Hombres buenos

Arturo Pérez-Reverte

Hombres buenos

ALFAGUARA

Primera edición: marzo de 2015

© 2015, Arturo Pérez-Reverte

© 2015, de la presente edición en castellano para todo el mundo:
Penguin Random House Grupo Editorial, S. A. U.
Travessera de Gràcia, 47-49. 08021 Barcelona

© 2015, derechos de la presente edición:
Penguin Random House Grupo Editorial USA, LLC.,
8950 SW 74th Court, Suite 2010
Miami, FL 33156

© 2015, Lookatcia.com, por el diseño de cubierta
Imagen de cubierta: *Vue de l'Île Saint-Louis avec Notre-Dame*, Nicolas-Jean-Baptiste Raguenet.
Fotografía del autor: © Jeosm Photography

ISBN: 978-1-941999-17-2

Printed in USA

Penguin
Random House
Grupo Editorial

A Gregorio Salvador.
Y a Antonio Colino, Antonio Mingote y el almirante
Álvarez-Arenas, in memoriam.

Una verdad, una fe, una generación de hombres pasa, se la olvida, ya no cuenta. Excepto para aquellos pocos, tal vez, que creyeron esa verdad, profesaron esa fe o amaron a esos hombres.

Joseph Conrad. Juventud

Esta novela se basa en hechos reales, con personajes y escenarios auténticos, aunque buena parte de la historia y de sus protagonistas responde a la libertad de ficción ejercida por el autor.

Imaginar un duelo al amanecer, en el París de finales del siglo XVIII, no es difícil. Basta con haber leído algunos libros y visto unas cuantas películas. Contarlo por escrito es algo más complejo. Y utilizarlo para el arranque de una novela tiene sus riesgos. La cuestión es lograr que el lector vea lo que el autor ve, o imagina. Convertirse en ojos ajenos, los del lector, y desaparecer discretamente para que sea él quien se las entienda con la historia que le narran. La de estas páginas necesita un prado cubierto por la escarcha de la mañana y una luz difusa, grisácea, para la que sería útil recurrir a una neblina suave, no demasiado espesa, de la que a menudo brotaba en los bosques de los alrededores de la capital francesa —hoy muchas de esas arboledas han desaparecido, o están incorporadas a ella— con la primera claridad del día.

La escena necesita también unos personajes. En la luz incierta del sol que aún no amanece deben advertirse, algo desvaídas entre la bruma, las siluetas de dos hombres. Un poco más retiradas, bajo los árboles, junto a tres coches de caballos allí detenidos, hay otras figuras humanas, masculinas, envueltas en capas y con sombreros de tres picos calados sobre el embozo. Son media docena, pero no interesan para la escena principal; así que pode-

11

mos prescindir de ellas por el momento. Lo que debe atraer nuestra atención son los dos hombres inmóviles uno frente a otro, de pie sobre la hierba húmeda del prado. Visten calzón ceñido y están en mangas de camisa. Uno es delgado, más bien alto para la época, y lleva el pelo gris recogido en una corta coleta sobre la nuca. El otro es de mediana estatura, y su pelo está rizado en las sienes, empolvado a usanza de la más exquisita moda de su tiempo. Ninguno de los dos parece joven, aunque estamos a demasiada distancia para apreciarlo. Acerquémonos un poco a ellos, por tanto. Observémoslos mejor.

Lo que sostienen en las manos, cada uno, es una espada. O una espada parecida a un florete, si nos fijamos en los detalles. El asunto, por tanto, parece serio. Grave. Los dos hombres están a tres pasos uno del otro, todavía inmóviles, mirándose con atención. Casi pensativos. Quizá concentrados en lo que va a ocurrir. Sus brazos caen a lo largo del cuerpo y las puntas de los aceros rozan la hierba escarchada del suelo. El más bajo, que de cerca también parece más joven, tiene una expresión altanera, quizá teatralmente despectiva. Se diría que, aunque estudie a su adversario, está pendiente de mostrar una bien compuesta figura ante quienes miran desde la linde del prado. El otro hombre, más alto y de más edad, posee unos ojos azules acuosos y melancólicos que aparentan contagiarse de la humedad ambiental. De primera impresión parece que esos ojos miren al hombre que tienen delante, pero si nos fijamos bien en ellos advertiremos que no es así. En realidad están absortos, o distraídos. Ausentes. Tal vez, si en ese momento el hombre que tienen enfrente cambiase de posición, esos ojos seguirían mirando hacia el mismo lugar, indiferentes a todo, atentos a imágenes lejanas que sólo ellos conocen.

Desde el grupo congregado bajo los árboles llega una voz, y los dos hombres que están en el prado levantan despacio los espadines. Saludan brevemente, llevando uno de ellos la guarnición a la altura del mentón, y luego se ponen en guardia. El más bajo apoya la mano libre en la cadera, adoptando una elegantísima postura de esgrima. El otro, el hombre alto de los ojos acuosos y la corta coleta gris, tiende el arma y alza la otra mano, puestos casi en ángulo recto brazo y antebrazo, con los dedos relajados y ligeramente caídos hacia adelante. Los aceros, al tocarse con suavidad por primera vez, producen un tintineo metálico que suena nítido, argentino, en el aire frío del amanecer.

Sigamos escribiendo, ahora. Contemos la historia. Sepamos qué ha traído a esos personajes hasta aquí.

1. El hombre alto y el hombre grueso

Es un gusto oírles hablar de matemáticas, física
moderna, historia natural, derecho de gentes, y
antigüedades y letras humanas, a veces con más
recato que si hicieran moneda falsa. Viven en la
oscuridad y mueren como vivieron.

J. Cadalso. *Cartas marruecas*

Los descubrí al fondo de la biblioteca, sin buscar-
los: veintiocho volúmenes en cuerpo grande, encuadernados en piel de color castaño claro desvaída por el tiempo,
maltratada por dos siglos y medio de uso. No sabía que
estaban allí —buscaba otra cosa y había estado curioseando en los estantes—, y me sorprendió leer en su lomo:
Encyclopédie, ou dictionnaire raisonné. Se trataba de la primera edición. La que empezó a salir de la imprenta en 1751
y cuyo último volumen vio la luz en 1772. Yo conocía la
obra, por supuesto. Al menos, razonablemente. Hasta había estado a punto de comprársela a mi amigo el librero
anticuario Luis Bardón cinco años atrás, quien me la ofreció en caso de que otro cliente que la tenía apalabrada se
echara atrás. Para mi desgracia —o fortuna, porque era muy
cara—, el cliente había cumplido. Era Pedro J. Ramírez, entonces director del diario *El Mundo.* Una noche, cenando
en su casa, la vi orgullosamente expuesta en su biblioteca.
El propietario conocía mi episodio con Bardón y bromea-
mos sobre ello. «Más suerte la próxima vez», me dijo. Pero
no hubo una próxima vez. Es una obra rara en el mercado del libro antiguo. Muy difícil de conseguir completa.
    El caso es que allí estaba esa mañana, en la biblio-
teca de la Real Academia Española —ocupo el sillón de la

letra T desde hace doce años—, parado frente a la obra que compendiaba la mayor aventura intelectual del siglo XVIII: el triunfo de la razón y el progreso sobre las fuerzas oscuras del mundo entonces conocido. Una exposición sistemática en 72.000 artículos, 16.500 páginas y 17 millones de palabras que contenía las ideas más revolucionarias de su tiempo, que llegó a ser condenada por la Iglesia católica y cuyos autores y editores se vieron amenazados con la prisión y la muerte. Me pregunté cómo esa obra, que durante tanto tiempo había estado en el *Índice* de libros prohibidos, había llegado hasta allí. Cuándo y de qué manera. Los rayos de sol, que al penetrar por las ventanas de la biblioteca formaban grandes rectángulos luminosos en el suelo, creaban una atmósfera casi velazqueña en la que relucían los añejos lomos dorados de los veintiocho volúmenes en sus estantes. Alargué las manos, cogí uno de ellos y lo abrí por la portadilla interior:

Encyclopédie,
ou
dictionnaire raisonné des sciences, des arts et des métiers,
par une société de gens de lettres.
Tome premier
MDCCLI
Avec approbation et privilege du roy

Las dos últimas líneas me suscitaron una sonrisa esquinada. Cuarenta y dos años después de aquel *MDCCLI*, en 1793, el nieto del *roy* que había concedido su aprobación y privilegio para la impresión de ese primer volumen era guillotinado en una plaza pública de París, precisamente en nombre de las ideas que, desde aquella misma *Encyclopédie,* habían incendiado Francia y buena parte del mundo. La vida tiene esas bromas, concluí. Su propio sentido del humor.

Hojeé algunas páginas al azar. El papel, inmaculadamente blanco pese a su edad, sonaba como si estuviera recién impreso. Buen y noble papel de hilo, pensé, resistente al tiempo y a la estupidez de los hombres, tan distinto a la ácida celulosa del papel moderno, que en pocos años amarillea las páginas y las hace quebradizas y caducas. Acerqué la nariz, aspirando con placer. Hasta su olor era fresco. Cerré el volumen, lo devolví al estante y salí de la biblioteca. Tenía otras cosas de que ocuparme, pero el recuerdo de aquellos veintiocho volúmenes situados en un rincón discreto del viejo edificio de la calle Felipe IV de Madrid, entre otros miles de libros, no se me iba de la cabeza. Lo comenté más tarde con Víctor García de la Concha, el director honorario, con quien me encontré en los percheros del vestíbulo. Éste me había abordado con motivo de otro asunto —quería pedirme un texto sobre el habla de germanías de Quevedo para no sé qué obra en curso—, pero llevé la conversación a lo que en ese momento me interesaba. García de la Concha acababa de escribir una historia de la Real Academia Española y debía de tener las cosas frescas.

—¿Cuándo consiguió la Academia la *Encyclopédie*?

Pareció sorprendido por la pregunta. Luego me cogió del brazo con esa exquisita delicadeza suya que, durante su mandato, lo mismo abortaba cismas de academias hermanas en Hispanoamérica —disuadir a los mejicanos cuando pretendieron hacer su propio Diccionario fue encaje de bolillos—, que convencía a una fundación bancaria para financiar siete volúmenes de *Obras completas* de Cervantes con motivo del cuarto centenario del *Quijote*. Quizá por eso lo habíamos reelegido varias veces, hasta que se le pasó la edad.

—No estoy muy al corriente —dijo mientras caminábamos por el pasillo hacia su despacho—. Sé que lleva aquí desde finales del siglo dieciocho.

—¿Quién puede orientarme?

—¿Para qué te interesa, si no es mostrarme indiscreto?

—Todavía no lo sé.

—¿Una novela?

—Es pronto para decir eso.

Clavó en mi pupila su pupila azul, un punto suspicaz. A veces, para inquietar un poco a mis colegas de la Academia, hablo de una novelita que en realidad no tengo intención de escribir, pero en la que amenazo con meterlos a todos. El título es *Limpia, mata y da esplendor:* una historia de crímenes con el fantasma de Cervantes, que vagaría por nuestro edificio haciéndose visible sólo a los conserjes. La idea es que los académicos vayan siendo asesinados uno tras otro, empezando por el profesor Francisco Rico, nuestro más conspicuo cervantista. Ése moriría el primero, ahorcado con el cordón de una cortina de la sala de pastas.

—No estarás hablando de esa polémica novela de crímenes, ¿verdad? La de...

—No. Tranquilo.

García de la Concha, que a menudo es un caballero, se guardó de suspirar aliviado. Pero se le notaba el alivio.

—Me gustó mucho la última tuya. *El bailarín murciano.* Fue algo, no sé...

Ése era el director honorario. Siempre buen muchacho. Dejó el final de la frase en el aire, dándome una generosa oportunidad para encoger los hombros con la adecuada modestia.

—Mundano.

—¿Perdón?

—Se llamaba *El bailarín mundano.*

—Ah, sí. Claro. Ésa... Hasta el presidente del gobierno salió el verano pasado en el *Hola* con un ejemplar encima de la hamaca, en Zahara de los Atunes.

—Sería de su mujer —objeté—. Ése no ha leído un libro en su vida.

—Por Dios... —García de la Concha sonreía evasivo, escandalizado sólo hasta el punto conveniente—. Por Dios.

—¿Alguna vez lo has visto en un acto cultural?... ¿En un estreno teatral? ¿En la ópera? ¿Viendo una película?

—Por Dios.

Eso último lo repitió ya en su despacho, mientras nos acomodábamos en unos sillones. El sol seguía entrando por las ventanas, y pensé que era uno de esos días en que las historias por contar se apoderan de ti y ya no te sueltan. Quizá, me dije, aquella conversación estaba hipotecando mis próximos dos años de vida. A esta edad hay más historias por escribir que tiempo para ocuparse de ellas. Elegir una implica dejar morir otras. Por eso es necesario escoger con cuidado. Equivocarse lo justo.

—¿No sabes nada más? —pregunté.

Encogió los hombros mientras jugueteaba con la plegadera de marfil que suele tener sobre la mesa, en cuyo mango están grabados el mismo escudo y lema que figuran esmaltados en las medallas que usamos en los actos solemnes. Desde su fundación en 1713, la Real Academia Española es una casa de tradiciones, y eso incluye usar corbata en el edificio, tratarnos de usted en momentos oficiales, y cosas así. La costumbre absurda de que no hubiera mujeres se rompió hace tiempo. Cada vez hay más de ellas sentadas en los plenos de los jueves. El mundo ha cambiado, y nuestra institución también. Ahora es una factoría lingüística de primer orden, de la que los académicos no somos sino el consejo rector. La vieja imagen de un club masculino de eruditos abuelos apolillados no es hoy más que un cliché rancio.

—Creo recordar que don Gregorio Salvador, nuestro académico decano, me habló de ello alguna vez —dijo

García de la Concha tras pensarlo un poco—. Un viaje a Francia, o algo así... Para traer esos libros.

—Qué raro —no me salían las cuentas—. Si fue a finales del dieciocho, como dijiste antes, la *Encyclopédie* estaba prohibida en España. Y aún lo estuvo durante cierto tiempo.

García de la Concha se había inclinado hasta apoyar los codos en la mesa y me observaba por encima de los dedos entrelazados. Como de costumbre, sus ojos transmitían una exhortación entusiasta a la acción ajena, siempre que no le complicara a él la vida.

—Quizá Sánchez Ron, el bibliotecario, pueda ayudarte —sugirió—. Él maneja los archivos, y allí están las actas de todos los plenos, desde la fundación. Si hubo viaje para traer los libros, habrá constancia.

—Si se hizo de forma clandestina, lo dudo.

El adjetivo lo hizo sonreír.

—No creas —opuso—. La Academia siempre mantuvo una independencia real respecto al poder, y eso que le tocó vivir varios tiempos difíciles. Acuérdate de Fernando VII, o de los intentos del dictador Primo de Rivera por controlarla... O de cuando, tras la guerra civil, Franco ordenó cubrir las plazas de académicos republicanos que estaban en el exilio, la Academia se negó a ello, y los sillones se mantuvieron sin ocupar hasta que los propietarios exiliados murieron o regresaron a España.

Reflexioné sobre las implicaciones del asunto, en su momento. Las posibles y complejas circunstancias. Aquélla, decía mi instinto, era una buena historia.

—Sería un bonito episodio, ¿verdad? —comenté—. Que esos libros hubieran llegado aquí en secreto.

—No sé. Nunca me ocupé de eso. Si tanto te interesa el asunto, vete a ver al bibliotecario y prueba suerte con él... También puedes acudir a don Gregorio Salvador.

Lo hice. A esas horas tenía picada la curiosidad. Empecé por Darío Villanueva, el director. Que, como gallego en ejercicio que es, me hizo treinta preguntas y no respondió a ninguna de las mías. También él se interesó por la novela de los crímenes, y cuando le dije que en ella moría el profesor Rico me pidió ser el asesino. Igual le daba cuerda de cortina que cuerda de guitarra.

—No puedo prometerte nada —respondí—. Hay cola para lo de Paco: todos quieren serlo.

Me miró persuasivo, con una mano en mi hombro.

—Haz lo que puedas, anda. Me hace ilusión. Te prometo devolver las tildes a los demostrativos pronominales.

Después fui a ver a José Manuel Sánchez Ron, el bibliotecario: un tipo alto, delgado, con el pelo cano y una mirada inteligente que proyecta sobre el mundo con fría lucidez. Fuimos elegidos académicos casi al mismo tiempo, y somos muy amigos. Él cubre la parte Científica de la Academia —es catedrático de historia de la Ciencia— y en esas fechas todavía se ocupaba de nuestra biblioteca. Eso incluía responsabilidad sobre joyas como una primera edición del *Quijote,* valiosos manuscritos de Lope o de Quevedo, y cosas así que tenemos abajo, en una caja fuerte del sótano.

—La *Encyclopédie* llegó a finales del siglo dieciocho —me confirmó—. Eso es seguro. Y, desde luego, estaba prohibida tanto en Francia como en España. Allí sólo nominalmente, y aquí de forma absoluta.

—Me interesa saber quién la trajo. Cómo pasó los filtros de la época... Cómo lograron meterla en nuestra biblioteca.

Lo pensó un instante balanceándose en el sillón, medio oculto al otro lado de las pilas de libros que cubrían su mesa de trabajo.

—Supongo que, como todas las decisiones de la Academia, se aprobó en un pleno —dijo al fin—. No creo que algo de tanta trascendencia se hiciera sin el acuerdo de todos los académicos... Así que debe de haber un acta que recoja eso.

Me erguí como un perro de caza que olfatea en el aire un buen rastro.

—¿Podemos buscar en los archivos?

—Claro. Pero las actas no están digitalizadas del todo. Se conservan los originales, tal cual. En papel.

—Si localizamos esas actas, podremos situar el momento. Y las circunstancias.

—¿Por qué te interesa tanto? ¿Otra novela?... ¿Histórica esta vez?

—De momento es curiosidad.

—Pues me pongo a ello. Hablo con la encargada del archivo y te cuento... Y oye, por cierto. ¿Qué es eso de Paco Rico?... ¿Cuentas conmigo para ser el asesino?

Me despedí de él y regresé a la biblioteca. A su añejo olor a papel y cuero antiguos. Los rectángulos de sol de las ventanas habían cambiado de lugar, estrechándose hasta casi desaparecer, y los veintiocho volúmenes de la *Encyclopédie* estaban ahora en penumbra, en sus estantes. El antiguo dorado de las letras de los lomos ya no relucía cuando pasé los dedos por ellos, acariciando la vieja y ajada piel. Entonces, de pronto, supe la historia que deseaba contar. Ocurrió con naturalidad, como a veces suceden estas cosas. Pude verla nítida, estructurada en mi cabeza con planteamiento, nudo y desenlace: una serie de escenas, casillas vacías que estaban por llenar. Había una novela en marcha, y su trama me aguardaba en los rincones de aquella biblioteca. Esa misma tarde, al regresar a casa, empecé a imaginar. A escribir.

Son veinticuatro, pero este jueves sólo asisten catorce...

Son veinticuatro, pero este jueves sólo asisten catorce. Llegaron espaciados al viejo caserón, uno por uno y a veces en parejas, algunos en coche y la mayor parte a pie, y formaron pequeños grupos en el vestíbulo mientras dejaban capas, gabanes y sombreros antes de entrar en la sala de plenos y situarse en torno a la gran mesa cuadrilonga, cubierta con tapete de badana con manchas de cera de velas y de tinta. Hay bastones que se apoyan en las sillas y pañuelos moqueros que entran y salen de las mangas de las casacas. Circula de mano en mano —detalle del director— una cajita con polvo de tabaco y escudo de marqués en la tapa. Atchís. Salud. Gracias. Más estornudos y pañuelos. Un educado rumor de toses, carraspeos y comentarios en voz baja sobre reumas, enfriamientos, dispepsias y otros achaques ocupa los primeros minutos de conversación antes de que, todavía en pie, se lea la oración *Veni Sancte Spiritus* y todos tomen asiento en sillas cuyo tapizado empieza a verse raído por el uso y el tiempo. El más joven de los presentes tiene medio siglo: casacas de paño en tonos oscuros, algunas sotanas, media docena de pelucas empolvadas o sin empolvar, rostros afeitados donde arrugas y marcas señalan los años de cada cual. Todo parece adecuarse al modesto escenario, iluminado de cera y aceite. Un retrato del difunto rey Felipe V y otro del marqués de Villena, fundador de la Academia, presiden el conjunto de cortinas de ajado terciopelo, alfombra antigua y descolorida, muebles de barniz apagado y estantes con libros y cartapacios. Desde hace tiempo, pese a la rigurosa limpieza semanal, todo eso aparece cubierto por una delgada capa de polvillo gris de albañilería: la Casa del Tesoro, donde la munificencia del rey Carlos III permite reunirse a los académicos, es antiguo anexo del nuevo Palacio Real, y éste se encuentra en obras. En este siglo XVIII que casi media su último tercio, y en España, hasta la lengua castellana y sus sabios pasan miseria.

—¿Libros? —solicita Vega de Sella, el director.

Don Jerónimo de la Campa, crítico teatral, autor de una prolija *Historia del teatro español* en veintidós volúmenes, se levanta con dificultad y camina hasta la silla del director para entregar el tomo XX, último publicado. Con una sonrisa de extrema cortesía, el director recibe el libro y lo pasa a manos del bibliotecario, don Hermógenes Molina: latinista conspicuo y traductor notable de Virgilio y de Tácito.

—La Academia agradece a don Jerónimo la entrega de su obra, que pasa a formar parte de la biblioteca —dice Vega de Sella.

Francisco de Paula Vega de Sella, marqués de Oxinaga, es caballerizo mayor de su majestad el rey. Hombre elegante, vestido a la última, su casaca azul bordada y su chupa de color cereza con dos cadenas de reloj ponen un insólito punto de color en la sala. Poseedor de una fortuna discreta, sabe moverse en la corte y su talento para la diplomacia es proverbial. Se dice de él que, de haber sido destinado por su familia a la carrera eclesiástica —como el hermano menor, ahora obispo de Solsona—, a estas alturas de su vida sería cardenal en Roma, con todas las papeletas para ser papa. Por lo demás, aunque como poeta sólo es aceptable —su *Cartas a Clorinda,* asunto de juventud, no obtuvo pena ni gloria—, el marqués se señaló con la publicación, hace diez años, de un librito titulado *Conversaciones sobre la pluralidad o igualdad de los hombres,* que le trajo fama en las tertulias de ideas avanzadas y contrariedades con los censores de la Inquisición. Sin contar la correspondencia mantenida durante algún tiempo con Rousseau. Eso contribuye a dar una vitola ilustrada a los trabajos de la Docta Casa; y, como consecuencia, alienta recelos en círculos ultramontanos.

—Asuntos de despacho —dice.

A su instancia, don Clemente Palafox, el secretario, informa a los presentes del estado de los trabajos de la

Academia, la asignación de tareas y papeletas de la próxima edición del Diccionario, la Ortografía y los ingresos obtenidos hasta ahora por la magna edición del *Quijote* en cuatro tomos que hace poco salió de las prensas del impresor Ibarra.

—Y ahora —concluye el secretario, mirándolos por encima de sus anteojos— se efectuará la votación prevista sobre el viaje a París y la *Encyclopédie*.

Lo pronuncia en francés, con buen acento —prestigioso helenista, Palafox es traductor de una *Poética* de Aristóteles anotada por él mismo—, mientras pasea la vista en torno, la pluma en la mano derecha y ésta suspendida unas pulgadas sobre el papel del acta, para comprobar si hay comentarios antes de seguir adelante.

—¿Alguna conclusión de los señores académicos, aparte lo discutido en la sesión anterior? —pregunta el director.

Una mano se alza al otro extremo. Regordeta, con anillos de oro. La luz de uno de los velones proyecta su sombra siniestra sobre la badana que cubre la mesa.

—Tiene la palabra don Manuel Higueruela.

E Higueruela habla. Es un sesentón de cuello grueso y voz nasal, que usa casaca de tontillo y peluca sin empolvar, siempre ladeada como si se asentara mal en una cabeza cuya vulgaridad sólo alteran los ojos, que son vivos, malignos e inteligentes. Es comediógrafo vulgar y poeta mediocre, pero edita el ultraconservador *Censor Literario,* que tiene fuertes apoyos en los sectores más reaccionarios de la nobleza y el clero. Desde su tribuna periodística lanza feroces ataques contra cuanto huela a progreso y doctrinas ilustradas.

—Quiero que conste en acta mi oposición a ese proyecto —dice.

El director mira de soslayo cómo el secretario toma nota de todo. Después suspira suavemente mientras elige con cuidado sus palabras:

—El viaje está aprobado por esta Academia, en junta ordinaria de hace una semana... Lo que corresponde votar hoy son los nombres de los dos señores académicos comisionados.

—Aun así, quiero reiterar mi desagrado ante ese disparate. Ha llegado a mis manos el contenido de los artículos que esa obra dedica a las palabras *Dios* y *Alma,* que han suscitado la indignación de los teólogos... Y les aseguro que leerlo me costó casi una enfermedad. Esa obra es indigna de estar aquí.

Vega de Sella mira alrededor, cauto. Cuando se plantean asuntos que exigen pronunciarse en público, la mayor parte de los académicos mantiene la boca cerrada y la expresión inescrutable, como si nada de lo que se trata fuese con ellos. Saben en qué mundo viven, y poca ayuda cabe esperar de esa parte. Por suerte, se consuela el director para sus adentros, pudo lograr que la votación de la pasada semana fuera secreta, con papeletas anónimas depositadas en la urna. Todo un éxito. De haber sido a mano alzada, pocos se habrían atrevido a comprometerse. Hace sólo un par de años, varios de ellos, incluido el propio director, se vieron implicados en un auto inquisitorial por la lectura de obras de filósofos extranjeros. Y aunque nada está probado de modo oficial, todos saben que el denunciante fue el mismo individuo que ahora pide la palabra.

—Manifiéstelo entonces, don Manuel —Vega de Sella sonríe con estoica afabilidad—. Como siempre, el señor secretario tomará cumplida nota.

Higueruela entra en materia, recreándose en la suerte. Al estilo de los artículos que él mismo redacta, pasa revista apocalíptica al estado calamitoso, en su opinión, de las ideas en Europa; al vendaval de libre pensamiento y ateísmo que contamina la paz de los pueblos inocentes; al descreído sindiós que mina los cimientos de las casas reales europeas, así como a la principal herramienta de zapa revolucionaria, las doctrinas de los filósofos, con el culto desaforado a la razón, que envenena el orden natural e insulta el divino: el cínico Voltaire, el hipócrita Rousseau, el tergiversador Montesquieu, los impíos Diderot y D'Alembert, y tantos otros cuyo infame pensamiento fraguó en esa *Enciclopedia* —pronunciar la palabra en lengua castellana hace más acerbo su tono despectivo— con que la Real Academia Española pretende deshonrar su biblioteca.

—Por eso me opongo a la adquisición de esa obra nefasta —concluye—. Y también a que dos miembros de esta corporación viajen a París para adquirirla allí.

Sigue un silencio sólo roto, ris-ras, ris-ras, por el rasgueo de la pluma del secretario sobre el papel del acta. El director, con su serenidad habitual, mira en torno.

—¿Alguno de los señores académicos desea hacer comentarios?

Se interrumpe el ris-ras del secretario, pero nadie abre la boca. La mayor parte de las miradas vagan en el vacío, aguardando a que pase el chubasco. El resto del sector más conservador presente en la sala, integrado por otros cuatro miembros —dos de los cinco sacerdotes que son académicos, el duque del Nuevo Extremo y un alto funcionario del Despacho de Hacienda—, asiente con la cabeza en obsequio de Higueruela. Y aunque la votación del jueves anterior fue anónima, el director Vega de Sella, como cualquiera allí dentro, adivina en ellos los nombres atribuibles a las papeletas entregadas en blanco: manera elegante de mostrar desaprobación en cuestiones sometidas a voto. En realidad, los pareceres contrarios a la adquisición de la *Encyclopédie* son seis, contando el de Higueruela. Y el director tiene la certeza absoluta de que el sexto voto adverso provino, paradójicamente, de alguien situado en las antípodas ideológicas del radical periodista:

un académico —casaca de frac a la nueva moda de Inglaterra y Francia, mangas estrechas, aparatosa corbata que le aprisiona el cuello, cabello sin empolvar pero rizado en las sienes— que en este momento, y no por casualidad, alza una mano desde un extremo de la mesa.

—Tiene la palabra el señor Sánchez Terrón.

El de ese individuo, saben todos, es un caso singular. Justo Sánchez Terrón es lo que se conoce en España como un ilustrado radical. Asturiano de origen modesto, hecho a sí mismo con estudios y lecturas, goza de reputación como hombre de ideas avanzadas. Funcionario del Estado, un escandaloso informe suyo sobre hospicios, cárceles e indultos generales —*Tratado sobre la infelicidad de los pueblos,* era el título— dio mucho de qué hablar. Desde entonces, varios cafés y tertulias de Madrid son escenario de los debates literario-filosóficos que protagoniza; y quizá en esa palabra, *protagonizar,* esté la clave de todo. Mediada la cincuentena, ofuscado por el éxito, incapaz de verse con lucidez crítica, Sánchez Terrón se ha convertido en un figurón pedante, pagado de sí hasta la más fastidiosa arrogancia —a causa del perpetuo tono moral de sus escritos y discursos lo apodan por lo bajini el *Catón de Oviedo*—. De postre, llegado con cierto retraso a los extremos del pensamiento y la cultura, su más irritante especialidad es descubrir lo que muchos ya conocen, y anunciarlo al mundo como si éste le debiera la noticia de su hallazgo. Además, se dice que prepara un drama teatral con el que se propone enterrar los cadáveres rancios de la escena nacional. En lo que se refiere a autores modernos y filósofos, el asturiano pretende ser único mediador entre ellos y la atrasada sociedad española, de la que se proclama sin complejos faro e intérprete. Y salvador, si lo dejan. En esa función no tolera injerencias, ni competidores. Todos están al tanto de que trabaja desde hace años en una larga obra titulada *Diccionario de la*

Razón, y de que buena parte de los artículos y argumentos presentados en él como propios están traducidos, sin apenas rebozo, de los enciclopedistas franceses.

—Que conste también en acta mi censura —dice gustándose a sí mismo, mientras compone los encajes que le asoman por los puños del frac— por ese viaje improcedente a París. No creo que esta institución sea lugar adecuado para la *Encyclopédie.* Si España necesita una regeneración, lo que resulta indiscutible, ésta sólo puede venir mediante las luces de determinadas élites del intelecto...

—Entre las que me cuento —parodia en voz baja uno de los académicos.

Interrumpe su discurso Sánchez Terrón, buscando con ojos airados al bromista; pero todos en torno a la mesa permanecen impasibles. Con aspecto inocente.

—Prosiga, don Justo —ruega el director, acudiendo donoso al quite.

—Luces de la razón y el progreso —hila de nuevo Sánchez Terrón— que no es esta docta casa la que debe buscar más allá de su cometido específico. La Real Academia Española está para hacer diccionarios, gramáticas y ortografías. Para fijar, limpiar y dar esplendor a la lengua castellana... Y punto. Las ideas, oportunísimas por cierto, de las nuevas luces son cosa de los filósofos —en este punto pasea en torno una mirada desafiante—. Y éstos son quienes deben ocuparse de ellas.

Todos entienden que con ese *los filósofos* ha querido decir: *nosotros los filósofos.* Dicho en refrán popular, zapateros a vuestros zapatos, y dejad la *Encyclopédie* para quienes sabemos y merecemos leerla. Al callar Sánchez Terrón corre por la mesa un murmullo de desagrado; hay académicos que se remueven incómodos en sus sillas, y alguna pulla aletea de modo ostensible en varios labios. Sin embargo, la mirada severa del director mantiene la fiesta en paz.

—Tiene la palabra nuestro bibliotecario, don Hermógenes Molina.

El mencionado —rechoncho de cuerpo, afable de rostro, casaca marrón rozada y brillante en los codos que sin duda conoció tiempos mejores— ha alzado la mano y, tras agradecer la ocasión al director, recuerda a sus compañeros el porqué de traer a la biblioteca los veintiocho volúmenes editados en París por Diderot, D'Alembert y Le Breton. Aquélla, recuerda no sin cierta emoción, incluso con sus imperfecciones, resulta la más brillante realización moderna del intelecto humano: una compilación monumental de los más avanzados conocimientos en materia de filosofía, ciencia, arte y todas las otras disciplinas conocidas y por conocer. Una de esas obras sabias y decisivas, raras en la historia de la humanidad, que iluminan a los hombres que las leen y abren la puerta a la felicidad, la cultura y el progreso de los pueblos.

—Tacha imperdonable sería —concluye— no contarla entre las obras que enriquecen nuestra biblioteca, para ilustración y deleite de los señores académicos, para estímulo de nuestros trabajos y para honra de esta docta institución.

Levanta de nuevo la mano el periodista Higueruela. Su mirada es venenosa.

—Filosofía, naturaleza, progreso, felicidad terrena —ataja con aspereza—, no son palabras que nos incumban, excepto para definirlas y prevenir de ellas a los ingenuos, sobre todo cuando atentan contra los fundamentos sagrados de la monarquía o la religión... Aunque nuestras ideas sean muy distantes, incluso opuestas, celebro coincidir en esto con mi compañero el señor Sánchez Terrón —una sonrisa torcida al aludido, que aquél corresponde con breve y seca inclinación de cabeza—. Desde ambos extremos, por así decirlo, los dos condenamos por igual este impropio designio... Y me permito recordar a los señores académicos que la *Encyclopédie* está incluida en el *Índice* de libros prohibidos por el Santo Oficio. Incluso en Francia.

Todos miran a don Joseph Ontiveros, procurador del arzobispado de Toledo y secretario perpetuo del Consejo de la Inquisición: acaba de cumplir ochenta y un años y es un clérigo de cabello blanco, rodillas débiles y mente despierta, que desde hace tres décadas largas ocupa la silla correspondiente a la letra R. Éste se encoge de hombros con sonrisa indulgente, plena de tolerancia. Pese a su cargo, Ontiveros es hombre de extrema ilustración y talante culto, desprovisto de complejos. La mejor versión en lengua castellana de Horacio salió hace cuarenta años de su pluma —*Tú, de fugitivas ninfas / divino amador, Fauno*—, y todos están al corriente de que la traducción firmada con el seudónimo *Linarco Andronio* de las poesías de Catulo, obra espléndida, también fue trabajo suyo.

—Por mi parte, *nihil obstat* —dice el eclesiástico, suscitando sonrisas en torno a la mesa.

—Le recuerdo con toda cordialidad a don Manuel Higueruela —interviene el director con su habitual tacto— que el permiso eclesiástico para traer la *Encyclopédie* a esta Academia se consiguió gracias a las oportunas gestiones de don Joseph Ontiveros... Con buen criterio, el Santo Oficio decidió que esos volúmenes, aunque es imprudente ponerlos al alcance de personas no formadas, pueden ser leídos por los señores académicos sin perjuicio de sus almas ni de sus conciencias... ¿No es cierto, don Joseph?

—Rigurosamente —confirma el interpelado.

—Prosigamos, entonces —dice el director, mirando el reloj de la pared—. ¿No le parece, señor secretario?

Deja éste de escribir y levanta la vista del libro de actas, paseándola por la asamblea mientras se ajusta mejor los anteojos sobre la nariz.

—Se procede a la votación para elegir a los dos señores académicos que viajarán a París para traer con ellos los veintiocho volúmenes de la *Encyclopédie,* según decisión tomada por este pleno, y cuya parte del acta correspondiente procedo a leer:

Reunido en su sede de la Casa del Tesoro y obtenidos los necesarios permisos del Rey Nuestro Señor y de la Autoridad Eclesiástica, el pleno de la Real Academia Española aprueba por mayoría designar entre los señores académicos a dos hombres buenos que, provistos de los correspondientes viáticos para transporte y subsistencia, viajen a París para adquirir la obra completa conocida como Encyclopédie, ou dictionnaire raisonné des sciences, des arts et des métiers, *y la traigan a la Academia para que, en su biblioteca, quede en disposición de libre consulta y lectura para los miembros de número de esta institución.*

Sigue un breve silencio sólo roto por la tos asmática del anciano don Felipe Hermosilla —autor del conocido *Catálogo de autores antiguos españoles*—. Los académicos se miran unos a otros: esperanzados y con aire solemne en su mayor parte, conscientes de la trascendencia simbólica del acto; hoscos o con visibles muestras de desagrado, una minoría: los dos eclesiásticos más conservadores, el duque del Nuevo Extremo y el alto funcionario del Despacho de Hacienda. Éstos observan cómplices a Higueruela y a Sánchez Terrón, solidarizándose con sus objeciones aunque sin querer complicarse la vida atreviéndose a manifestarlas.

—¿Algún comentario más?... ¿No? —se interesa el director—. Pues en tal caso, votemos. Como acaba de leer el señor secretario, se trata de elegir entre nuestros compañeros a dos hombres buenos.

—Así figuró en las actas —me confirmó don Gregorio Salvador cuando fui a visitarlo—: *dos hombres buenos.* Lo sé porque llegué a leer ese documento, hace años.

Por la ventana del balcón yo alcanzaba a ver, a sus espaldas, los edificios de la calle Malasaña. El viejo profesor y académico —octogenario, lingüista prestigioso, decano de los miembros activos de la Real Academia Española— estaba sentado en un sofá de la biblioteca de su casa. En la mesita había una taza de café que acababa de servirme una de sus nietas.

—¿Entonces, hay un acta de esa reunión? —me interesé.

Asintió con un vivo movimiento de cabeza. Era la suya una testa patricia, antigua, bien conservada: cabello blanco todavía abundante y ojos risueños a pesar de la edad y de una reciente operación de cataratas, que sólo necesitaban gafas para leer. Don Gregorio Salvador llevaba treinta años asistiendo a las sesiones de la Academia, a la que no faltaba ningún jueves. Conservaba una lucidez extraordinaria y era quien mejor conocía los pormenores históricos y las viejas anécdotas. Coautor del monumental *Atlas lingüístico y etnográfico de Andalucía,* era el único académico al que casi todos tratábamos de usted incluso fuera del protocolo tradicional de los plenos.

—Claro —respondió—. Las actas se conservan todas. Lo que pasa es que, al estar en papel, no hay forma de encontrar ésa con facilidad. Son trescientos años de libros de sesiones, hágase cargo. Para esa acta concreta habría que buscar con paciencia, jueves a jueves.

—¿Es posible determinar el año?

Lo pensó un momento, dando vueltas al bastón de ébano con puño de plata que sostenía en una mano.

La otra la tenía en el bolsillo de la rebeca de punto gris que llevaba sobre la camisa con corbata y los pantalones de franela oscura. Los zapatos se veían usados, bien lustrados y muy brillantes. Don Gregorio Salvador era un hombre pulcro. Riguroso.

—Me parece que fue después de 1780. Lo sé porque yo trabajaba en algo sobre la edición de nuestro *Quijote* de Ibarra, que fue ese año, y en el acta que vi se mencionaba éste como ya publicado.

—¿Y consta el viaje de dos académicos?

—Sí. Debían ir a París para traer la obra completa. Y no todos los compañeros estaban de acuerdo. Hubo un poco de trifulca.

—¿De qué clase?

Sacó la mano que tenía en el bolsillo —descarnada, nudosa, maltratada por la artrosis— e hizo un ademán vago en el aire.

—No sabría decirle. Como le cuento, esa acta la leí por encima. El asunto era curioso y me propuse volver a él, pero acabé enredado en otras cosas.

Acerqué a mis labios la taza de café.

—Es extraño, ¿no?... La *Encyclopédie* estaba prohibida en España. Que todo fuese tan fácil.

—No creo que fácil sea la palabra. Como le digo, creo que el viaje a Francia fue accidentado... Por otra parte, la Academia era una institución especial, integrada por personas interesantes —en ese punto, el viejo académico sonrió—. Había de todo.

—¿Buenos y malos, quiere decir?

Don Gregorio intensificaba la sonrisa. Durante unos segundos miró el puño de plata de su bastón sin decir nada.

—Es una forma de definirlo —respondió al fin—. Suponiendo que uno sepa realmente qué bando es correcto y cuál no lo es... Pero había bandos, claro. En España los hubo, entonces y siempre. Y en aquel tiempo, divergencias que más tarde se revelarían terribles para nuestra historia se perfilaban ya con cierta nitidez: un grupo animado de confianza, de generoso ardor, con fe en el progreso y la educación, convencido de que para hacer a los pueblos felices era preciso ilustrarlos... Otro, petrificado en su ignorancia deliberada, en su indiferencia hacia la modernidad y las luces, instalado en el odio a lo nuevo. Y por supuesto, todos los indecisos y oportunistas que, según las circunstancias, se agrupaban en torno a la gente honesta de uno y otro lado... Ya se tejían, tanto dentro de la Academia como fuera, los hilos de la cuerda con que los españoles nos estrangularíamos unos a otros durante los dos siglos siguientes.

Me miraba ahora con atención. Interesado. Calculando las posibilidades de lo que yo podía escribir sobre todo aquello. Al fin pareció concederme alguna.

—¿Conoce bien esa época? —inquirió.

—Más o menos.

—Julián Marías, que fue compañero nuestro en la Academia, el padre de Javier, el novelista, escribió a menudo sobre eso. Hay un librito suyo notable: *La España posible en tiempo de Carlos III...* No recuerdo bien, pero quizá cuente ahí cómo consiguió la Academia nuestra *Encyclopédie...* También él, por cierto, sufrió delaciones y persecución al acabar la guerra civil.

Sonrió de nuevo, distraído esta vez. Quizá sumido en recuerdos. Los primeros suyos —el viejo académico había nacido en 1927— conservaban imágenes de nuestros diversos y particulares Guernicas.

—La de España no es una historia feliz —comentó, melancólico.

—Pocas historias nacionales lo son.

—Cierto —admitió—. Pero nosotros fuimos especialmente infortunados. El siglo dieciocho fue otra de esas oportunidades perdidas: militares que leían, marinos científicos, ministros ilustrados... Estaba en marcha una renovación que poco a poco vencía la resistencia de los sectores más reaccionarios de la Iglesia y de la sociedad donde aquélla acechaba como una enorme araña negra. Las nuevas ideas sacudían la vieja Europa...

Ahora, al hablar, don Gregorio paseaba despacio la vista por las estanterías llenas de libros —los había por todas partes, apilados sobre los muebles y en el suelo—, y yo seguía su mirada. No pudo ser casual, añadió tras un instante, que el viaje de los académicos a París hubiera coincidido con el reinado de Carlos III. Se vivía entonces un tiempo de esperanza. Una parte del clero, aunque minoritaria, era culta y razonablemente avanzada. Había gente honorable que procuraba traer las luces, y con ellas dejar atrás siglos de oscuridad.

—La Real Academia Española —prosiguió— creía su deber sumarse a eso. Puesto que hay una obra magna que ilumina Europa, dijeron, traigámosla para estudiarla. Basta ya de que cada definición de nuestro Diccionario, espléndido por otra parte, se tiña de cristianocentrismo, con Dios presente hasta en los adverbios, dando en ese aspecto la espalda a la razón, a la ciencia y al futuro... Que la lengua española, además de noble, hermosa y culta, sea ilustrada y sea sabia. Sea filósofa.

—Un concepto revolucionario —admití.

—Sí. En su mayor parte, esos académicos eran hombres sagaces y con altura moral. Fíjese en las asombrosas definiciones que, con sus pocos medios, lograron en el *Diccionario de Autoridades*... A finales de siglo, casi todos eran todavía católicos practicantes, y varios de ellos, eclesiásticos; pero pretendieron de buena fe conciliar sus creencias con las nuevas ideas. Intuían que definiendo con rigor la lengua, haciéndola más racional y científica, también estaban cambiando España.

—Pero todo quedó ahí.

Don Gregorio alzó un poco el bastón, mostrándose en desacuerdo.

—No todo —objetó—. Aunque es cierto que la ocasión se perdió. Acabó faltando lo que hubo en Francia: una revolución que trastocara el viejo orden... Voltaire, Rousseau, Diderot, los filósofos que hicieron posible la *Encyclopédie,* se quedaron fuera, o penetraron con suma dificultad. Su legado se ahogó primero en represión y luego en sangre.

Apuré el resto del café, y hubo un silencio. El anciano académico volvía a mirarme con curiosidad.

—Sin embargo —añadió tras un instante—, la de los veintiocho volúmenes que están en nuestra biblioteca fue una hermosa aventura... ¿De verdad va a escribir sobre eso?

Indiqué con un ademán los libros que nos rodeaban, cual si en ellos estuviera la clave de todo.

—Puede. Si consigo averiguar más sobre el asunto.

Sonrió, benévolo. La idea parecía agradarle mucho.

—Estaría bien, porque ése fue un episodio noble de nuestra Academia. Sería de justicia recordar que, en tiempos de oscuridad, siempre hubo hombres buenos que lucharon por traer a sus compatriotas las luces y el progreso... Y que no faltaron quienes procuraban impedirlo.

Se han levantado a las ocho y media en punto, como es costumbre, despidiéndose hasta el siguiente jueves. El invierno da sus últimos coletazos, aunque la noche es serena: entre los aleros de los tejados alcanzan a verse las estrellas. Camina Justo Sánchez Terrón hacia la calle Mayor cuando a su espalda resuenan los cascos de un caballo. El farol de la Casa de los Reales Consejos proyecta junto al académico la sombra de un coche de punto acercándose. Al llegar a su altura se oyen unas palabras desde el interior, tira el cochero de las riendas, se detiene el carruaje, y la peluca torcida de Manuel Higueruela asoma por la ventanilla, coronando el rostro redondo y ruin.

—Suba usted, don Justo. Lo acerco a su casa.

Niega el interpelado con altivez desdeñosa que no intenta disimular. Él no es amigo de pasear por Madrid en coche, dice el gesto, y mucho menos sentado junto a un periodista y literato de ideas ultramontanas, aunque sea por calles mal iluminadas y sin apenas transeúntes que lo vean abdicar de su austera y conocida integridad.

—Como quiera —admite Higueruela—. Entonces lo acompañaré a pie.

Baja el periodista del carruaje, adereza capa y sombrero bajo el brazo —casi nunca se lo pone, a causa de la peluca—, despide al cochero y camina con desenfado junto a Sánchez Terrón. Va éste con las manos en los bolsillos del gabán, descubierta la cabeza, inclinado el mentón sobre el pecho. Grave hasta en el andar. Es ésta su actitud habitual cuando pasea: pensativa, introspectiva. Intransitiva. Lo hace siempre parecer ocupado en profundas reflexiones filosóficas, incluso cuando camina mirando el suelo, atento a no pisar un excremento de perro.

—Hay que frenar ese disparate —suelta Higueruela.

Sánchez Terrón sigue adelante en romano silencio. Sabe a qué disparate se refiere el otro. En la votación final del pleno, esta vez con ocho votos favorables frente a seis en blanco —entre estos últimos se contaba el suyo—, han sido designados para traer la *Encyclopédie* de París el bibliotecario, don Hermógenes Molina, y el brigadier de Marina retirado don Pedro Zárate, a quien todos en la Academia tratan de almirante, y que ocupa el asiento que, por tradición, suele reservarse a un miembro del ejército o la Real Armada vinculado al campo de las letras.

—Usted y yo, don Justo, discrepamos en muchas cosas —sigue diciendo Higueruela—. Pero en esto, aunque desde lugares opuestos, coinciden nuestros puntos de vista. Para mí, patriota y católico, esa obra de los llamados filósofos franceses es corrosiva y nefasta... Para usted, pensador profundo, perito en la minoría de edad de este ingenuo pueblo español, su lectura aquí y ahora resulta excesiva.

—Extemporánea —matiza el otro con áspera sequedad.

—Bueno, da igual. Extemporánea, prematura... Como guste llamarla. Para eso estamos los académicos: para adjetivar con propiedad. El caso es que, desde su óptica y la mía, España no está preparada para que esa torpe *Enciclopedia* circule de mano en mano... Según usted, y disculpe si me atrevo a penetrar su pensamiento, las ideas de Diderot y sus compinches son, aunque coincidan con las suyas, demasiado peligrosas para entregarlas al gran público.

Aquello motiva una mirada superior de Sánchez Terrón, casi olímpica en su desdén.

—¿Peligrosas, dice?

Pero el otro, que ya conoce el tono, no se deja amilanar.

—Lo digo, sí, con esta boca: peligrosas y absurdas. El hombre nacido de los peces y los montes del mar... ¡Qué disparate!

—El disparate es que opine de lo que no sabe.

—Déjeme de humitos de pajas, y vamos al grano. Lo que hace falta aquí son intermediarios, guías formados que interpreten y orienten sobre una obra tan descomunal y compleja —Higueruela le dirige al otro una mirada aviesa, cargada de intención y de halago—. Como usted, sin ir más lejos... En España, resumiendo, están verdes las uvas enciclopédicas para hacer vino... ¿Me equivoco en eso?

Caminan por las Platerías, en las inmediaciones de la plaza Mayor. A esa hora hay pocos transeúntes. La puerta de Guadalajara está en sombras, con los toldos de las joyerías recogidos y las puertas atrancadas con postigos de madera. Gatos silenciosos hurgan entre los montones de desperdicios que, acumulados junto a los portales, esperan el carro de la basura.

—Esto es España, don Justo. Ahora, si Dios no lo remedia, todos filósofos. Hasta algunas señoras que conozco hacen vanidad de nombrar a Newton y citar a Descartes, y tienen en sus tocadores libros de Buffon, aunque sólo sea para mirar las estampas... Acabaremos todos bailando contradanzas a la parisién, peinados a la filósofa y empolvados como ratones de molino.

—¿Y qué tiene eso que ver con la *Encyclopédie* y la Academia?

—Usted ha votado contra esa adquisición y ese viaje.

—Permítame recordarle que el voto ha sido secreto. No sé cómo se atreve...

—Ya. Secreto, sí. Pero en la Academia nos conocemos todos.

—Esta conversación es inadecuada, don Manuel.

—En absoluto... Permítame. Le acomoda a usted tanto como a mí.

Se oye una campanilla. Desde la vecina iglesia de San Ginés suben un sacerdote y un monaguillo con los óleos y el Santísimo, camino de asistir a un moribundo. Se detienen los dos académicos: santiguándose Higueruela con la cabeza inclinada; desaprobador y despectivo Sánchez Terrón.

—En cuanto a mi opinión, ya la sabe —dice el periodista cuando siguen camino—. Maldita la falta que nos hace ese torrente impreso de descreimiento e impiedad que insulta todo lo tradicional y todo lo honorable... Esa ola que pretende anegar el trono y el altar, sustituyéndolos por el culto a palabras como razón y naturaleza, que pocos entienden... ¿Imagina los trastornos y revoluciones a que nos exponen esas ideas, puestas a disposición de cualquier cadete, estudiante de primer año o mancebo de botica?

—Tampoco es eso —discrepa, formal, Sánchez Terrón—. Usted desafora, como acostumbra. Usted exagera. Yo no soy uno de sus cerriles lectores, recuérdelo. La Academia traerá la *Encyclopédie* para uso exclusivo de los académicos. Nadie habla de ponerla a disposición de gente inadecuada.

Sonríe Higueruela con cínico escepticismo.

—¿Académicos?... No me haga reír a estas horas, don Justo. Usted los conoce y desprecia como yo: en su mayor parte son mediocres juntaletras y eruditos de mesa camilla, ratones de biblioteca ajenos a los grandes problemas de nuestro tiempo... Y algunos, además, demasiado ingenuos, pese a sus años. ¿Cuántos hay ahí capaces de zamparse a Voltaire o a Rousseau sin indigestarse?... ¿Qué consecuencias tendrá ese material flamígero en manos poco adecuadas, fuera del control de filósofos solventes como usted?

La última frase es puro bálsamo. Nada opone a eso Sánchez Terrón, y se limita a fruncir más el ceño. Su vanidad lo impermeabiliza ante el descaro oportunista de Higueruela. Sigue el filósofo caminando despacio, adusto, las manos en los bolsillos del gabán y el mentón pegado al pecho. Pura imagen de la rectitud. A su lado, dispuesto a seguir echando cebo y no soltar la presa, el periodista mueve las manos, elocuente. Persuasivo.

—Admirable labor para la noble lengua castellana, la que hacemos en la Academia —insiste—. Eso resulta indiscutible: Cervantes, Quevedo, Ortografía, Diccionario y lo demás... Todo muy digno de loa. Muy filantrópico y patriótico... Pero meterse en moderneces filosóficas es sacar los pies del barreño. ¿Está de acuerdo?

—Podría estarlo —concede el otro.

Higueruela emite una risita satisfecha. La de quien va por buen camino.

—Todo eso no compete a la docta casa —añade, ganando confianza—. Hay límites a la lujuria, al libre pensamiento y a la soberbia del ser humano; y algunos de tales límites son la monarquía, la religión católica y sus indiscutibles dogmas...

En ese punto lo interrumpe Sánchez Terrón, respingando cual si acabara de ver una serpiente.

—¿Viles ateos a los que habría que arrojar a calabozos?... Conozco la vieja música, señor mío. La de usted y los de su cuerda, carcamales que gastan peluca hasta las cejas, uñas largas y camisa cada quince días. No siga por ese camino.

Recoge velas el periodista, prudente. Alerta por pisar terreno delicado.

—Bien. Disculpe, don Justo. No es mi intención ofenderlo ni discutir... Conozco sus ideas y las respeto.

Pero el Catón de Oviedo ya ha tomado carrerilla.

—Usted no respeta ni a su señora madre, don Manuel... Usted es un exaltado que se pasa la vida pidiendo haces de leña para quemar herejes, como en el otro siglo... Exigiendo a gritos hierros y tribunales, cada uno con su eclesiástico incluido. Esa publicación suya...

—Olvídese de ella. Del todo. Hoy no le habla el editor combativo, sino el amigo.

—¿Amigo?... No fastidie, hombre. ¿Me toma por imbécil?

Se han parado un momento junto a las gradas de San Felipe, tan animadas de día y desiertas a esa hora, frente a las librerías cerradas de Castillo, Correa y Fernández. Hay bultos oscuros de mendigos arropados sobre los peldaños de piedra y en los portales de las covachuelas.

—Yo lucho contra los enemigos de la humanidad, aunque me vea obligado a hacerlo solo —proclama Sánchez Terrón, señalando los cierres de las librerías como si las pusiera por testigos—. Sólo admito por guías la razón y el progreso. Mis ideas nada tienen que ver con las de usted.

—De acuerdo —concede el otro, desenvuelto—. Incluso las he atacado públicamente, por escrito, lo reconozco. Muchas veces.

—Y que lo diga. En su último número, por ejemplo, sin mencionarme expresamente...

—Oiga —ataja el periodista—. Es de tal gravedad lo que va a ocurrir, que sin que sirva de precedente estoy dispuesto a respetar sus ideas por el momento, don Justo, en nombre del interés común. Del decoro de la Real Academia Española.

—El decoro no es la principal característica de ese papelucho suyo, don Manuel. Si permite que se lo diga.

Otra vez la sonrisa cínica.

—Hoy se lo permito todo. Pero, metidos en confianzas, tampoco creo que usted se vea libre de ciertos fariseísmos.

Alza el rostro Sánchez Terrón, casi con violencia.

—Esta conversación ha terminado. Buenas noches.

Camina brusco, furioso, apretado el paso. Alejándose con rapidez. Pero Higueruela le va detrás hasta darle alcance y camina paciente a su lado, sin hacer más comentarios. Dándole espacio a reflexionar. Al cabo, Sánchez Terrón afloja la marcha, se detiene y mira al periodista.

—¿Qué propone?

—Usted no quiere que las ideas que recoge la *Enciclopedia* se conviertan en la Casa de Tócame Roque. Que las manosee cualquiera, sin intermediarios. Dicho en corto, sin usted como intérprete. Su *Diccionario de la Razón,* por ejemplo...

Lo estudia el otro, picado y altivo.

—¿Qué hay con eso?

Higueruela sonríe, lobuno. En su salsa. Él también sabe, de buena tinta, que Sánchez Terrón saquea sin escrúpulos a los filósofos transpirenaicos.

—Será una obra singular, sin duda. Y española, sobre todo, a mucha honra. Aquí no necesitamos pensadores gabachos. Hasta para el ateísmo y el error los españoles nos bastamos solos... ¿No cree?

El tono irónico se desliza otra vez, sin efecto, sobre la pétrea vanidad del filósofo.

—¿Y? —se limita a decir éste.

Higueruela se encoge de hombros con desparpajo.

—Le ofrezco una ramita de olivo.

Sánchez Terrón lo mira estupefacto, más asombrado que molesto.

—¿Usted y yo?

El periodista abre las manos, vueltas las palmas hacia arriba, para insinuar que nada oculta en ellas.

—Estimado colega, le propongo una tregua. Una alianza táctica temporal y fructífera. De los dos extremos.

—Explíquese mejor.

—Esos veintiocho volúmenes no deben llegar aquí. Ni siquiera pasar la frontera. Hay que arruinar el viaje.

Sánchez Terrón, arrugado el ceño, lo mira en silencio unos instantes.

—No veo cómo —concluye suspicaz—. La Academia ha provisto de fondos al bibliotecario y al almirante. Los dos hablan francés y son cumplidores. Hombres buenos, según el acta. Gente honorable. Nada puede impedir...

—Se equivoca. Veo muchos impedimentos posibles. Muchas dificultades.

—¿Por ejemplo?

Es un viaje largo, responde Higueruela con mueca equívoca. Hay fronteras, aduanas. Peligros. Y la *Enciclopedia,* condenada por la Iglesia, proscrita por muchas casas reales europeas, está oficialmente prohibida en Francia. Sus impresores la venden de forma clandestina, o casi.

—Con mucho relajo.

—Da igual... Usted, don Justo, conoce las discusiones que ha habido sobre eso en España. La oposición inicial del Santo Oficio y el Consejo de Estado, y la intervención final de su majestad el rey; que, mal aconsejado, favoreció el proyecto...

—¿A dónde quiere ir a parar? —se impacienta Sánchez Terrón.

El otro le sostiene la mirada, imperturbable.

—Al único lugar posible. A su colaboración para que ese viaje fracase.

—¿Y qué tecla toco yo ahí?

—Si todo fuese de mi mano, cabe la posibilidad de que se interpretara como una maniobra reaccionaria a palo seco. Pero con usted, la cosa cambia. Podemos unir fuerzas y recursos... Mantiene correspondencia con filósofos y libreros franceses. Gente de ideas avanzadas. Tiene amigos en París.

—¿Una pinza, quiere decir?... ¿Desde su postura y desde la mía?

—Exacto. Reventar entre ambos esa aventura absurda.

Han llegado, la vileza y la soberbia casi del brazo, a la puerta del Sol, donde se advierte más movimiento.

Una diligencia acaba de detenerse en la vecina calle de Postas, junto a las tiendas de lienzos cerradas, y los viajeros se dispersan entre la luz rojiza de los faroles de la plaza, seguidos por mozos de cuerda con bultos y maletas. Un pequeño grupo de ociosos aguarda junto a la garita de la Casa de Correos, donde a esta hora suelen llegar hojas impresas con noticias de la guerra con Inglaterra y el asedio de Gibraltar.

—Conozco a alguien —añade Higueruela—. Un sujeto perfecto para el propósito. Le daré detalles si decide secundarme en esto. Baste con decirle que ese individuo se mueve con soltura entre España y Francia, y ha hecho trabajos discretos a plena satisfacción de sus empleadores.

—Por dinero, deduzco.

—¿Por qué otra cosa, si no?... La experiencia, estimado don Justo, demuestra que no hay nada más eficaz que alguien bien pagado. Siempre desconfié de los voluntarios entusiastas, de los espontáneos que se ofrecen para esto o aquello sin otro beneficio que el de su conciencia o su capricho, y en cuanto flaquean te dejan a los pies de los caballos. Sin embargo, un hombre bien comprado, da igual cuáles sean sus ideas, suele permanecer fiel hasta el final. Y éste es uno de ésos.

—No estaremos hablando de que nuestros compañeros...

—Oh, claro que no. Descuide. ¿Por quién me toma?

Cruzan la puerta del Sol, acercándose a los coches de punto parados en la embocadura de Carretas. Sánchez Terrón vive a pocos pasos, junto a la posada de Preciados. Higueruela hace una señal a un cochero y éste enciende el farol del carruaje.

—Nadie pretende causar daño a nuestros dilectos bibliotecario y almirante —dice el periodista—. Sólo se trata de entorpecer la cosa. De ponerles tan difícil la tarea, que deban volver con las manos vacías... ¿Qué le parece?

—Meditable, en todo caso —concede cauto Sánchez Terrón—. ¿Y quién es ese sujeto?

—Un tipo de recursos, no le quepa duda. Y con los escrúpulos justos. Raposo, se llama... Pascual Raposo.

—¿Y dice usted que es listo?

Higueruela tiene un pie en el estribo del coche. Se toca el cráneo para recomponerse la peluca, y el farol de aceite le vuelve grasienta la sonrisa infame.

—Listo y peligroso —confirma— como su apellido.

No fue fácil consultar las actas. Estaban guardadas bajo siete llaves en el archivo de la Academia, y Lola Pemán, la archivera, pertenecía a esa clase de cancerberos para quienes la forma óptima de conservar un documento es que nadie pueda consultarlo. Pero al fin, vencidas las habituales resistencias burocráticas, conseguí acceso a los originales del XVIII.

—Tenga cuidado al pasar las páginas —la archivera se tomaba aquello como una afrenta personal—. No es buen papel y está muy deteriorado. Puede rasgarse.

—Descuide, Lola.

—Eso dicen todos... Y luego pasa lo que pasa.

Me senté junto a una de las ventanas de la biblioteca, en los nichos con mesas para el trabajo de los académicos que hay allí. Disfrutando del momento. Los pormenores de cada pleno de los jueves estaban anotados uno tras otro en el grueso volumen encuadernado en pasta española: letra clara, limpia, casi de amanuense, que cambiaba de vez en cuando, a la muerte de un redactor y la llegada de otro. La del secretario Palafox era elegante, picuda, fácil de leer: *La Academia, reunida en su sede de la casa de la calle del Tesoro...*

Para mi decepción, las actas no eran demasiado explícitas. En tiempos en los que, pese a la política ilustrada de los gobiernos de Carlos III, la Inquisición conservaba un inmenso poder, la prudencia de los académicos —también en los contenidos era reconocible la mano hábil del secretario Palafox— había procurado dejar por escrito el menor número de detalles posible. Sólo encontré una primera referencia al interés de la institución por adquirir la *Encyclopédie* completa —*El pleno de la Real Academia Española aprueba por mayoría...*— y una segunda anotación con los nombres de los académicos elegidos para el viaje: *Noticiosa hace tiempo la Academia de que se halla a la venta la obra completa de la Enciclopedia francesa, acuerda se compre en su edición original, y da comisión a los señores Molina y Zárate para que la traigan de París.*

Era suficiente, sin embargo, para seguir el hilo del asunto. En el documentado libro *Los académicos de la Española,* de Antonio Colino y Eliseo Álvarez-Arenas, pude consultar las biografías de los dos comisionados, aunque en ningún caso se mencionaba el viaje a París. El primero de ellos era el bibliotecario don Hermógenes Molina, que por esa época tenía sesenta y tres años y era un destacado profesor y traductor de clásicos. Al otro pude identificarlo como el brigadier retirado de la Real Armada don Pedro Zárate, llamado almirante por sus compañeros, especialista en terminología naval y autor de un importante diccionario sobre la materia.

Con aquellos datos básicos empecé a moverme: diccionarios biográficos, la Espasa, internet, bibliografías. En pocos días reconstruí de modo razonable cuanto podía averiguarse de la vida de los dos personajes. Que no era mucho. Ambos habían sido discretos, respetables.

Dos vidas grises, dedicadas una a la traducción y la enseñanza; otra, a un retiro apacible y al estudio erudito del arte naval, gratificado al fin con la dignidad académica. El único acto bélico del brigadier Zárate del que obtuve constancia fue su participación, siendo joven, en un gran combate naval mantenido con la escuadra británica el año 1744. Nada de cuanto leí sobre uno y otro desmentía las palabras escritas en el libro de actas por el secretario Palafox: *dos hombres buenos*.

Cruje el piso de madera cuando, tras los postres, un mozo trae la bandeja con una cafetera humeante, agua y una botella de licor, así como avío para fumar. Solícito con sus dos comensales, Vega de Sella, el director de la Real Academia Española, hace él mismo los honores: una taza colmada y una copita de marrasquino al bibliotecario, don Hermógenes Molina, y un dedo de moscatel al almirante Zárate, cuya austeridad —apenas ha probado el carnero verde y el vino de Medina del Campo— es notoria entre los miembros de la Docta Casa. Los tres están sentados en torno a una mesa del comedor pequeño de la fonda La Fontana de Oro, por cuya ventana abierta alcanza a verse el tráfico de calesas y gentío que sube y baja por la carrera de San Jerónimo.

—Es toda una aventura —está diciendo Vega de Sella—. Con la que, no necesito insistir en ello, ganan ustedes el reconocimiento de sus compañeros y de la Academia... Por eso quería agradecérselo a los dos con esta comida.

—No sé si estaremos a la altura —comenta el bibliotecario—. De lo que se espera.

Vega de Sella hace un ademán confiado, mundano, pletórico de oportuno afecto.

—De eso no me cabe duda —apunta, alentador—. Tanto usted, don Hermógenes, como el señor almirante, cumplirán como quienes son... Tengo la absoluta certeza.

Dicho eso, se inclina sobre la mesa y acerca el extremo de un cigarro habanero a la llamita de la vela encendida que trajo el mozo con el tabaco.

—Absoluta certeza —repite, recostándose en el respaldo de la silla mientras su sonrisa deja escapar una nube de humo azulado.

Don Hermógenes Molina, bibliotecario de la Academia —los amigos de confianza se atreven a llamarlo don Hermes—, asiente cortés, aunque poco convencido. Es un hombre bajo, grueso, bonachón, viudo desde hace cinco años. Latinista conspicuo, profesor de lenguas clásicas, su traducción de las *Vidas paralelas* de Plutarco marcó un hito en las letras cultas hispanas. Aunque poco cuidadoso de su apariencia —la casaca rozada en los codos tiene manchas de chocolate y restos de rapé en las solapas—, su buen carácter lo compensa con creces, haciéndolo estimado de sus compañeros. Como bibliotecario, permite a éstos utilizar libros que son de su propiedad particular, e incluso realiza adquisiciones de ejemplares raros o útiles en librerías de viejo con dinero propio, del que siempre olvida pedir el reembolso. A diferencia del director y de otros académicos, don Hermógenes no usa peluca ni polvos para el cabello, que lleva mocho y mal cortado, todavía oscuro aunque veteado de canas. La barba cerrada, que precisaría dos afeitados diarios para mostrar aseo, sombrea un rostro donde los ojos castaños, bondadosos, castigados de edad y lecturas, parecen contemplar el mundo con cierto despiste y un educado asombro.

—Lo haremos lo mejor que podamos, señor director.

—No me cabe duda.

—Confío mucho en el señor almirante —añade el bibliotecario—. Es hombre viajado, tiene mundo. Y habla muy bien francés.

Se inclina levemente el aludido desde la silla donde se encuentra con la espalda recta, rígido y formal como de costumbre, apoyados en el borde de la mesa los puños de su impecable casaca de frac negra, rematada por un corbatín ancho de seda, de nudo perfecto, que parece obligarle a mantener aún más erguida la cabeza. Vivo contraste, en toda su cuidada persona, con el desaliño entrañable del bibliotecario.

—También usted lo habla, don Hermógenes —apunta, seco.

Mueve éste la cabeza con negativa humilde, mientras Vega de Sella, entre volutas de humo, dirige una mirada valorativa al almirante; aprecia al viejo marino, aunque, como casi todos los académicos, desde cierta distancia. No en vano Pedro Zárate y Queralt tiene fama de hombre retraído y excéntrico. Brigadier retirado de la Real Armada, autor de un notable diccionario de Marina, el almirante es sujeto alto, delgado, todavía apuesto, de aire melancólico y maneras rígidas, casi adustas. Lleva el cabello gris moderadamente largo, aunque empieza a escasearle, sujeto en corta coleta con cinta de tafetán. Lo más llamativo de su rostro son los ojos de color azul claro, muy acuosos y transparentes, que suelen mirar a los interlocutores con una fijeza que se torna inquietante, casi fastidiosa, cuando la sostiene demasiado.

—No es igual —protesta don Hermógenes—. Lo mío es sólo teórico. Textos leídos y cosas así. El latín me chupó la vida, dejándome poco espacio para otras disciplinas.

—Pero usted lee a Montaigne y a Molière de corrido, señor bibliotecario —dice Vega de Sella—. Casi tan bien como a César o Tácito.

—Una cosa es leer una lengua, y otra hablarla con despejo —insiste el otro, humilde—. A diferencia de mí, don Pedro la ha practicado mucho: cuando navegaba con la escuadra francesa tuvo ocasión de utilizarla de sobra... Ésa es una de las razones por las que ha sido elegido para este viaje, naturalmente. Lo que sigo sin entender es por qué lo he sido yo.

El director modula una sonrisa perfecta. Casi dolorida por verse obligada a subrayar lo obvio.

—Porque es hombre de bien, don Hermógenes —precisa—. Sensato, estimable y competente bibliotecario para la Docta Casa. Alguien de fiar, igual que nuestro señor almirante. Los compañeros académicos no se han equivocado al depositar su confianza en ustedes... ¿Ya tienen fecha para el viaje?

Mira a uno y a otro dedicando a cada cual el mismo tiempo exacto, unos segundos de atención extrema. Solícita amabilidad de hombre fino. Esos detalles, en los que la delicadeza de Vega de Sella se muestra natural, contribuyen a que su majestad Carlos III lo tenga por su ojo derecho en materia de limpiar, fijar y dar esplendor a la lengua castellana, por otros llamada española. Se rumorea que está a punto de caerle al cuello el Toisón de Oro. Por los servicios.

—La organización se la dejo a mi compañero de viaje —aclara el bibliotecario—. Como militar tiene práctica en disponer cosas. Presencia de ánimo y demás. A mí todo eso me viene grande.

Vuélvese el director hacia don Pedro Zárate.

—¿Qué tiene pensado, almirante?

Pone éste un dedo en la mesa y otro a cierta distancia, y recorre con la vista el espacio entre ambos, cual si calculase millas en una carta náutica o un mapa.

—El camino de posta más corto: de Madrid a Bayona y de allí a París.

—Cosa de trescientas leguas, me temo...

—Doscientas sesenta y cinco, según mis cálculos —repone el otro con frialdad técnica—. Casi un mes de viaje. Sólo de ida.

—¿Cuándo tienen previsto salir?

—En dos semanas estaremos listos, supongo.

—Bien. Me da tiempo para organizar la provisión de fondos. ¿Ya hicieron el cálculo?

El almirante saca de la vuelta de una manga de su casaca una hoja de papel doblada en cuatro y la extiende sobre la mesa, alisándola mucho. Está llena de cifras con una letra manuscrita clara, muy recta y limpia.

—Aparte los ocho mil reales para la *Encyclopédie*, estimo cinco mil para gastos de estancia y transporte, así como tres mil para pagar la posta de cada uno de nosotros. Ahí está todo al detalle.

—No es mucho dinero —observa Vega de Sella, admirado.

—Bastará. No preveo otros gastos que los de subsistencia. La Academia no está para excesos.

—No quisiera que su bolsillo...

Con un punto de altanería, los ojos claros sostienen la mirada de Vega de Sella mientras éste se fija en una pequeña cicatriz horizontal que, medio oculta entre las arrugas del rostro, se extiende desde la sien al párpado izquierdo de su interlocutor. Aunque el viejo marino nunca habla de ello, corre entre los académicos que es marca de un astillazo recibido en su juventud, durante el combate naval de Tolón.

—Hablo por mí, señor director, no por don Hermógenes —dice el almirante—. Pero mi bolsillo es cosa mía.

Vega de Sella chupa su cigarro y mira al bibliotecario, que asiente con sonrisa afable.

—Confío a ciegas en los cálculos de mi compañero —dice éste—. Si él tiene la sobriedad espartana del marino, yo estoy hecho a vivir con poco.

—Como gusten —se da por vencido el director—. En unos días nuestro tesorero les entregará parte en metálico para el viaje, y el resto en carta de crédito para un banquero de París: la casa Vanden-Yver, que es gente de fiar.

Alza el almirante un dedo índice y lo asesta, marcial, sobre la hoja con los gastos del viaje.

—Se dará cumplida cuenta, por supuesto, de hasta el último real —el tono es solemne—. Con los recibos correspondientes.

—Por favor, querido amigo... No creo necesario llegar a extremos contables, con ustedes dos.

—Me reitero en lo dicho —insiste el otro con su sequedad usual, mientras mantiene el dedo índice en la nota de gastos como si le fuera la honra en ello. Vega de Sella observa que sus uñas, a diferencia de las sucias y largas del desaliñado bibliotecario, son muy cortas y están cuidadas hasta la perfección.

—Como quiera —admite—. Pero hay un detalle a considerar: la posta ordinaria no está bien provista: hay pocas diligencias que hagan el trayecto completo, y los caminos son terribles. Y ustedes no están para ir a lomos de mulas, si me permiten la confianza... Ninguno de nosotros lo estamos.

La suave broma suscita una sonrisa bonachona en don Hermógenes, aunque el almirante se mantiene impasible. En todo lo referido a su persona, don Pedro Zárate suele conducirse con reservada coquetería, incluso en lo tocante a la edad. Pese a su todavía buena figura, a la ropa que le cae como un guante y a su pulcra apariencia, los académicos le calculan de sesenta a sesenta y cinco años, aunque nadie está al corriente de su edad exacta.

—El viaje de regreso —expone el almirante— puede complicarse con la carga. Veintiocho volúmenes en cuerpo grande pesan mucho. Habrá que habilitar transporte; y, dada la situación, las aduanas y demás, no es prudente mandarlos sin custodia.

—Un coche, sin duda —sugiere Vega de Sella, tras pensarlo—. Lo ideal sería uno particular para ustedes solos. Y caballos en vez de mulas, porque tienen mejor paso y son más rápidos... —en ese punto tuerce el gesto, pensando en los gastos—. Aunque no sé si será posible.

—No se preocupe por eso. Nos arreglaremos con la posta ordinaria.

Lo medita el director un momento más.

—Yo tengo un coche inglés —concluye— que es perfecto para tiro de caballos. Quizá podrían disponer de él.

—Muy generoso de su parte, pero nos compondremos con lo que haya... ¿No le parece, don Hermógenes?

—Pues claro.

El director los imagina componiéndose cada uno a su estilo. Al bibliotecario, sometido a las incomodidades del camino con su habitual bondad resignada, haciendo bromas de todo a la propia costa, inalterable de humor y de ilusiones. Al almirante, estoico y cuidadoso de su apariencia, envuelto en la rígida disciplina militar como recurso ante las postas interminables, las ventas de mala muerte, los pucheros de bacalao seco y garbanzos, el polvo y los incidentes del viaje.

—También necesitarán un doméstico.

Don Hermógenes lo mira, sorprendido.

—¿Perdón?

—Un criado... Alguien que se encargue de las cosas menudas.

Se miran con cierto embarazo. Vega de Sella está al corriente de que don Hermógenes, desastroso en lo particular, vive mal atendido y peor alimentado por una anciana sirvienta que ya atendía la casa en vida de su mujer.

Don Pedro Zárate, sin embargo, es el caso opuesto. No se ha casado nunca. Desde su retiro de la Real Armada vive en compañía de dos hermanas suyas solteronas, de muy parecidos edad y físico —suele verse a los tres pasear los domingos bajo los olmos del Prado, cerca de su casa de la calle del Caballero de Gracia—, que consagran sus vidas a cuidar de él. Y esa abnegación femenina, devotamente fraterna, parece tener a gala que nadie en la Academia vista con la impecable y sobria elegancia del hermano: las casacas oscuras —ellas mismas cortan los patrones y vigilan al sastre—, siempre en paño fino azul, gris o negro, se adaptan a la perfección a la alta y flaca figura del almirante. Sus chalecos y calzones competirían en buena lid con los de cualquier aristócrata francés, las medias son impecables, sin una arruga ni un zurcido visible, y el planchado de camisas y corbatines habría hecho palidecer de envidia al mismísimo duque de Alba.

—Puedo cederles a alguien de mi casa —propone Vega de Sella.

—¿Y su sueldo? —se inquieta don Hermógenes—. Porque no sé el señor almirante, pero yo...

Frunce el ceño el aludido, incómodo. Es obvio que, por educación y carácter, le molesta tratar de dinero; aunque, pese a su cuidado aspecto, no le sobre. Vega de Sella sabe que don Pedro Zárate y las hermanas, sin apenas patrimonio particular, viven de algunos ahorros, la pensión de brigadier, y poco más. Que en esa desastrosa España eterna de injusticia y pagas atrasadas, donde marinos y militares retirados mueren a menudo en la miseria, ni siquiera se cobra con regular puntualidad.

—Es criado de mi casa, como digo. Me limitaría a cedérselo a ustedes.

—También muy espléndido por su parte, señor director —dice don Hermógenes—. Es muy amable. Pero no lo creo necesario... ¿Opina lo mismo, señor almirante?

Asiente don Pedro.

—Es un lujo del que podemos prescindir —estima, seco.

—Como prefieran —admite Vega de Sella—. Pero el coche y el cochero los pondré yo. Alguien de confianza. No irán a discutirme eso.

Asiente de nuevo don Pedro, esta vez sin despegar los labios. Adusto, muy serio, su aire es tan inescrutable como de costumbre; pero el rostro tiene una expresión melancólica. Tal vez, concluye el director, es su modo de expresar preocupación. Se trata de un viaje largo, azaroso. Extraña y noble aventura propia de su prodigioso tiempo: traer las luces, la sabiduría del siglo, hasta aquel humilde rincón de la España culta, su Real Academia. Y eso va a intentarse mediante dos hombres buenos, íntegros, arriscados, que viajarán a través de una Europa cada vez más revuelta, donde los viejos tronos se tambalean y todo parece cambiar demasiado deprisa.

2. El hombre peligroso

> Lo que se aceptó de fuera se hizo con excesivas
> precauciones doctrinales y políticas. Todo para
> proteger privilegios sin cuento y unas tradiciones
> ideológicas que no tenían cabida en el nuevo
> mundo que se alumbraba.
>
> F. Aguilar Piñal.
> *La España del absolutismo ilustrado*

En una novela intento siempre cuidar los escenarios, aunque se limiten a unas pocas líneas. Facilitan el ambiente adecuado para los personajes y la trama, y en ocasiones forman parte de ésta. Sin caer en excesos descriptivos, un día luminoso o gris, un espacio abierto o cerrado, la sensación de lluvia, de penumbra, de oscuridad, ayudan a establecer con más eficacia, implicándolos en la acción y el diálogo, los territorios narrativos. Se trata, en esencia, de que el lector imagine lo que el autor sugiere: escenas y situaciones. Que comparta, hasta el extremo de lo posible, la mirada de quien le cuenta la historia.

Yo estaba familiarizado con el Madrid del último tercio del siglo XVIII; lo había tratado en alguna novela anterior. De modo que, para mover a los personajes en ese escenario, sabía dónde buscar. Sobre usos y costumbres de la época, incluso sobre giros coloquiales y detalles del habla contemporánea, disponía de libros de consulta adecuados: las obras de Cadalso y de Leandro Fernández de Moratín, los sainetes de Ramón de la Cruz y González del Castillo, libros de memorias y relatos de viajeros con descripciones detalladas de personajes, lugares y monumentos. En cuanto a la estructura urbana, el trazado de calles y la localización de edificios tampoco planteaban problemas de importancia. En mi biblioteca disponía de dos piezas notables a las que ya había recurrido antes, con motivo de un relato sobre la sublevación contra el ejército de Napoleón el 2 de mayo de 1808. Una era el plano de Madrid publicado en 1785 por el cartógrafo Tomás López: obra de precisión admirable —a menudo olvidamos el mérito de un tiempo en el que no existía la fotografía por satélite—, acompañada de una relación completa de calles y edificios. La otra era el libro titulado *Plano de la Villa y Corte de Madrid,* publicado por Martínez de la Torre y Asensio en 1800, que años atrás me había proporcionado el librero anticuario Guillermo Blázquez. Esta última obra incluía, además del plano desplegable que daba nombre al título, sesenta y cuatro láminas menores con detalles específicos de cada uno de los barrios de la ciudad.

Con ese material a la vista fue fácil situar el edificio de la Casa del Tesoro, donde había estado la Real Academia Española cuando la adquisición de la *Encyclopédie:* un anexo al edificio del Palacio Real, cuyos interiores aún se estaban terminando de decorar en ese tiempo. La Casa del Tesoro ya no existe hoy, pues fue demolida en 1810 para la construcción de la plaza de Oriente; pero encontré en internet unos alzados del edificio, factura de un anónimo arquitecto francés, que están depositados en la Biblioteca Nacional. Con ellos y con copias de los otros planos anduve por la zona para situar la topografía actual en la del pasado, dando largos paseos mientras intentaba recrear el edificio donde los numerarios de la Española se habían estado reuniendo durante cuarenta años, hasta que en 1793 un decreto real les asignó otra sede en la calle de Valverde. Fue así como imaginé a los venerables sabios de entonces entrando y saliendo del viejo caserón, y como reconstruí el itinerario aproximado que Manuel

Higueruela y Justo Sánchez Terrón, los dos académicos que desde distintas posiciones ideológicas se habían opuesto a la adquisición de la *Encyclopédie,* siguieron en su paseo nocturno por la calle Mayor hasta la puerta del Sol mientras el primero convencía al segundo de la oportunidad de unir esfuerzos en la conspiración contra el viaje a París.

Había otra situación cuyo escenario debía resolver antes de seguir adelante: la entrevista de Higueruela y Sánchez Terrón con el hombre peligroso de esta historia, Pascual Raposo, que tanta importancia tendría en el desarrollo posterior de los acontecimientos. Por necesidades de la trama, esto debía ocurrir en un lugar adecuado, cuyo ambiente permitiese perfilar algunas características del personaje. Al fin decidí reunir a los tres en un local típico de la época: un café al estilo del de *La comedia nueva* de Moratín, pero con salas anexas donde se jugara a billar, cartas y ajedrez. El establecimiento debía estar en un lugar céntrico de la ciudad; así que, tras consultar los planos, acabé decidiéndome por las calles situadas entre la de San Justo y la plaza del Conde de Barajas, en el corazón del llamado —no siempre con propiedad— Madrid de los Austrias. Después fui a comprobarlo sobre el terreno: todo parecía encajar. Y allí, ante uno de los antiguos edificios que perfectamente podían haber existido en tiempos de esta narración, imaginé a uno de los personajes acudiendo a regañadientes a la cita.

El local que busca Justo Sánchez Terrón está en un callejón angosto y oscuro, cerca de Puerta Cerrada. Hay ropa tendida de balcón a balcón, y un reguero de agua sucia corre por el centro del empedrado. La fachada principal del edificio da a un lugar de aspecto más decente, pero el propio Sánchez Terrón ha insistido en llegar por un sitio discreto, poco expuesto a miradas públicas. Así que, fruncido el ceño y rápido el paso, el filósofo y académico recorre el último trecho, empuja el portón entreabierto y penetra en la casa arrugando la nariz: el interior huele a humedad vieja y humo de tabaco. Al fondo de un pasillo oscuro se oye rumor de conversaciones y entrechocar de bolas de billar. La claridad de un ventanuco alto ilumina desde arriba al hombre que espera sentado en una silla, hojeando el *Diario Noticioso* junto a una mesa donde hay una taza de chocolate mediada y un platillo con restos de bizcocho.

—Siempre puntual, don Justo —dice Manuel Higueruela a modo de saludo, guardándose en el bolsillo de la chupa el reloj que acaba de consultar.

—Abreviemos —responde Sánchez Terrón, incómodo.

—Todo lleva su tiempo.

—Pues no dispongo de mucho.

La sonrisa de Higueruela despacha un último sorbo de la taza mientras el periodista se pone en pie, trabajosamente.

—El reuma —comenta, dejando la taza—. Cuando estoy mucho tiempo quieto, me cuesta dar los primeros pasos... Usted, sin embargo, está siempre como una rosa. De pitiminí.

Sánchez Terrón hace un gesto de impaciencia.

—Ahórreme charla insustancial. No vengo a hablar de nuestra salud.

—Claro —sonrisa guasona—. Faltaría más.

Higueruela señala el pasillo con exagerada cortesía y los dos académicos lo recorren en silencio. El rumor de voces aumenta mientras se acercan a la sala que hay al fondo. Llegan así a una estancia amplia dividida en dos partes: una la ocupan dos mesas de billar donde varios individuos manejan tacos y bolas de marfil; en la otra, más reducida y situada sobre una tarima, hay mesas ocupadas por jugadores y mirones. Un mozo de delantal va de un lado a otro con una cafetera y una jarra de chocolate, llenando tazas. Se leen periódicos y se fuma mucho en pipas y cigarros, y las ventanas cerradas contribuyen a espesar la atmósfera, enrarecida de neblina gris.

—*Ecce homo* —dice Higueruela.

Con un gesto del mentón señala hacia una de las mesas donde juegan a las cartas. Allí, un hombre de unos cuarenta años, pelo rizado y espesas patillas negras en boca de hacha alza el rostro al verlos llegar. Después alarga un caballo de copas, cambia unas palabras con sus oponentes, se levanta y viene al encuentro de los recién llegados. Es más bien bajo, fornido de hombros en una casaca de paño marrón. Lleva calzón de ante y no usa medias ni zapatos de calle, sino botas rústicas con polainas. Cuando llega hasta ellos, Higueruela hace los honores.

—Don Justo, le presento a Pascual Raposo.

La mano que el tal Raposo tiende con desenfado —fuerte, áspera, tan morena como la piel atezada de su rostro— es ignorada por Sánchez Terrón, que mantiene las suyas cruzadas a la espalda y se limita a alzar un par de pulgadas el mentón, en ademán que más que saludo parece desaire. Sin alterarse, tras mantener un momento fija en él la mirada de sus ojos oscuros, casi amables, Raposo estudia un instante la propia mano aún extendida en el vacío, como para comprobar qué puede haber en ella de incómodo, y luego la lleva hasta el chaleco, donde la deja colgando de un bolsillo por el dedo pulgar.

—Vengan —dice.

Los dos académicos lo siguen hasta un reservado donde hay una mesa con tapete verde, una baraja muy sobada y varias sillas, en las que toman asiento.

—Ustedes dirán.

Raposo parece dirigirse a Higueruela, aunque estudia a Sánchez Terrón. Éste se encoge de hombros con gesto desabrido, pasando la iniciativa del asunto a su compañero. Entre gente como ustedes, parece insinuar el filósofo con su silencio, yo sólo estoy de visita.

—Don Justo y yo nos hemos puesto de acuerdo —aborda Higueruela—. En utilizar sus servicios.

—¿En los términos que acordamos hace tres días?

—En los mismos. ¿Cuándo puede ponerse en marcha?

—Cuando me digan. Dependerá, supongo, de la partida de esos dos señores.

—Según nuestras noticias, emprenden viaje el lunes próximo.

—¿Por la posta ordinaria?

—La Academia ha conseguido un coche de viaje... Irán cambiando caballos en los relevos de postas, cuando los haya.

Una pausa. Raposo ha cogido uno de los mazos de cartas y lo baraja, distraído. Sánchez Terrón observa que en cada movimiento se las arregla para que entre sus dedos aparezca un as.

—Deberá seguirlos —sigue diciendo Higueruela—. Discretamente, desde luego... ¿Viajará solo?

—Sí —el otro pone sobre el tapete tres sotas seguidas y mira la baraja como preguntándose dónde se esconde la cuarta—. A caballo, la mayor parte del tiempo.

—El señor Raposo fue soldado —explica Higueruela a Sánchez Terrón—. En caballería. También trabajó para la policía cuando la expulsión de los jesuitas. Y por otra parte...

Raposo alza una carta en el aire, el tres de bastos, para cortar la charla excesiva del periodista. Una mueca simpática —repentina, que se esfuma con la misma rapidez con que apareció— atenúa lo brusco del ademán.

—Dudo que al señor —comenta mirando a Sánchez Terrón— le interese mi biografía. No vinieron aquí para hablar de mí, sino del viaje. Y de los viajeros.

—El trayecto de ida es menos importante —aclara Higueruela—. Bastará con que los tenga vigilados... Su trabajo en serio empezará en París. Allí debe hacer cuanto sea posible por entorpecer su gestión. En ningún caso esos veintiocho volúmenes deben llegar a la frontera.

Raposo sonríe satisfecho. Acaba de poner la cuarta sota, la de bastos, junto a las otras tres.

—Puede hacerse —dice.

Un silencio. Ahora es Sánchez Terrón quien, tras una ligera vacilación, toma la palabra.

—Usted cuenta con buenos contactos en París, tengo entendido.

—Pasé allí algún tiempo... Conozco la ciudad. Y sus peligros.

La última palabra hace pestañear al filósofo.

—Por supuesto —apunta—, la integridad física de los dos viajeros debe respetarse a todo extremo.

—¿A todo extremo del todo?

—Eso he dicho.

Entre las patillas que le enmarcan el rostro, la mirada de Raposo asciende despacio, pensativa, de las cartas a los botones de nácar que adornan la casaca del Catón de Oviedo. Luego continúa por la ampulosa corbata hasta sus ojos.

—Por supuesto —dice, impasible.

Sánchez Terrón le sostiene el gesto unos instantes. Después se vuelve a medias hacia Higueruela, con displicencia. Pidiéndole el relevo.

—Eso no excluye, naturalmente —acude éste—, las molestias que usted, señor Raposo, juzgue necesarias.

—¿Molestias? —el aludido se rasca una patilla—. Ah, sí. Claro.

Los dos académicos cambian otra mirada: recelosa en Sánchez Terrón, tranquilizadora en Higueruela.

—Lo ideal sería —sugiere el periodista— que, ante determinadas dificultades, esos dos señores se vieran obligados a abandonar la empresa.

—Dificultades —comenta Raposo, como si diseccionara el término.

—Exacto.

—¿Y si no bastan las dificultades usuales?

Higueruela se repliega como un calamar. Sólo falta el chorro de tinta.

—No entiendo a dónde quiere usted llegar.

—Lo entiende perfectamente —Raposo recoge las sotas y ordena el mazo de cartas con mucho cuidado—. Lo que quiero saber es qué debo hacer si, pese a las dificultades y molestias del viaje, esos caballeros consiguen los libros que buscan.

Higueruela abre la boca para responder, pero se adelanta Sánchez Terrón.

—En tal caso, tiene usted carta blanca para arrebatárselos.

Si el filósofo pretendía establecer la autoridad moral en la conversación, no lo ha conseguido. Raposo lo mira con visible sorna.

—¿Cómo de blanca?

—Blanquísima.

El otro mira de soslayo a Higueruela, asegurándose de lo que escucha. Después deja la baraja sobre el tapete.

—Las cartas blancas cuestan dinero, señores.

—Todo se proveerá —lo tranquiliza el periodista—. Aparte lo convenido.

Metiendo una mano en un bolsillo interior de la casaca, extrae una bolsa —dentro hay 6.080 reales acuñados en diecinueve onzas de oro— y se la entrega a

Raposo. Éste la sopesa un instante, sin abrirla, mientras mira a uno y otro académico con tranquila insolencia.

—¿Comparten gastos?

Eso hace que Sánchez Terrón se remueva en la silla.

—No es asunto suyo —dice, desabrido.

El otro hace un gesto de conformidad mientras se guarda la bolsa.

—Tiene razón. No lo es.

Nueva pausa. Raposo sigue observándolos, callado, con un extraño brillo de diversión en la mirada.

—¿Juegan ustedes a las cartas? —inquiere de pronto—. ¿Al revesino o a cualquier otra cosa?

—Yo sí —dice Higueruela.

—No. En absoluto —opone con desdén Sánchez Terrón.

—En una partida se gana o se pierde... Pero siempre hay que atacar a unas cartas con otras... ¿Me siguen?

—Pues claro.

Raposo apoya los codos sobre el tapete, mira la baraja y luego se vuelve de nuevo hacia el filósofo. Al hacerlo, Sánchez Terrón cree advertir bajo su casaca, a un costado, las cachas de una navaja grande.

—¿Qué pasaría si, por circunstancias extremas de la vida, alguno de esos señores viajeros, o los dos, sufriese un percance?

Pausa muy larga. Es Higueruela quien, con su cinismo habitual, encaja primero.

—¿De qué gravedad?

—Oh, no sé —Raposo sonríe, evasivo—. Percance, he dicho. Lo normal en viajes largos y azarosos.

—Todos estamos en las manos de Dios.

—O del destino —tercia Sánchez Terrón, fatuo y solemne—. La naturaleza tiene reglas implacables.

—Entiendo —de nuevo aparece un brillo burlón en los ojos de Raposo—. Reglas naturales, dice usted.

—Eso es.

—Sotas, reyes y demás... Envidar o que te enviden.

—Sí. Supongo.

Raposo se rasca otra vez una patilla.

—Hay algo que siempre he querido saber —comenta tras pensar un poco—. Ustedes son académicos de la lengua, ¿no?

—En efecto —asiente Sánchez Terrón.

—Pues hay una duda que hace tiempo me desazona... Cuando va una letra *pe* detrás, ¿la palabra se escribe con *ene* o con *eme*?... ¿Es más correcto escribir *inplacables* o *implacables*?

A esa misma hora, en su casa de la calle del Niño, don Hermógenes Molina, bibliotecario de la Real Academia Española, hace el equipaje. Un pequeño baúl y una maleta vieja, de cartón y cuero muy sobados, están abiertos junto a la cama de su alcoba. En ellas, el ama que cuida de la casa ha colocado ropa blanca, un batín, un gorro de dormir y unos zapatos de repuesto nuevos, de piel de vaca, comprados para el viaje. No es un guardarropa flamante: las medias están zurcidas, las camisas empiezan a deshilacharse en los puños y el cuello, y la lana del gorro clarea más que abriga. Los ingresos de un viejo profesor y traductor de latín en el Madrid de este tiempo —como en el de cualquier otro— no dan para más, y los gastos de carbón, cera y aceite, el pago de lo que se usa en calentar, comer e iluminar, el alquiler y la contribución municipal, amén del rapé, los libros y otras menudencias, consumen los magros recursos de aquella casa.

—Ya está la mesa puesta, don Hermógenes —anuncia el ama, asomada a la puerta.

—Ahora voy.

El ama —quince años al servicio del interpelado y su difunta— suelta un gruñido desatento.

—No tarde usted, que se enfría la sopa.

—He dicho que ahora voy.

Sin apresurarse, don Hermógenes dobla una chupa y unos calzones, y los mete en el baúl. Después coloca encima, procurando que no se arruguen las mangas ni los faldones, una casaca de paño oscuro, muy usada. Sobre el respaldo de una silla hay una capa negra con vueltas de grana, un parasol de tafetán encerado y un sombrero de castor de ala redonda, de vagas reminiscencias eclesiásticas; y sobre la cómoda, el resto de humildes objetos que acompañarán a su propietario en el viaje que está a punto de emprender: avíos de afeitar y aseo, dos lápices y un cuaderno, un maltrecho reloj de faltriquera con cadena, una cajita de rapé esmaltada, una navaja con mango de asta de toro y un *Horacio* en edición bilingüe, editado en octavo.

Acomodada la casaca en el baúl, el bibliotecario permanece inmóvil. Pensativo. A veces, como ocurre ahora, la consideración del viaje que tiene por delante le produce una fatiga prematura intensa, espesa como el caldo de cocido que aguarda sobre la mesa del comedor. Un hondo desasosiego. Don Hermógenes todavía no comprende —todo el mundo lo atribuye a su bondad natural, pero eso no se lo plantea él— cómo aceptó sin demasiada resistencia el encargo de sus compañeros académicos, y cómo se encuentra ahora, en consecuencia, en vísperas de un viaje largo e incómodo a un país extranjero. No tiene edad ni cuerpo para fatigas, decide con un suspiro desazonado. Jamás le interesó viajar fuera de España, excepto a Italia, cuna del mundo latino al que dedicó su vida y estudios; pero nunca tuvo ocasión de hacer ese viaje soñado: conocer Florencia y Nápoles, visitar Roma y caminar entre sus piedras venerables, buscando en ellas los ecos de la hermosa lengua de la que, trabajada por la alquimia del tiempo y la historia, acabaría surgiendo la lengua castellana, ahora hablada por pueblos diversos a orillas de todos los océanos. Don Hermógenes nunca salió de España, y aun ésta la ha transitado poco: Alcalá y Salamanca por los estudios de su juventud, Sevilla, Córdoba, Zaragoza. Poco más. La mayor parte del tiempo la pasó quemándose los ojos a la luz de una vela sobre los viejos textos, sucios los dedos de tinta, mordisqueando el extremo de una pluma. *Para la gloria de Temístocles puede reputarse oscuro su origen...* Etcétera.

Y sin embargo, hay una palabra tentadora, un nombre de ciudad: París. Situado al extremo del fastidioso camino que el académico prevé ante él, ese nombre se ha convertido en los últimos tiempos en reclamo fascinante para quienes, como don Hermógenes, sienten el latido —en España, disimulado a menudo por razones de mera prudencia— del mundo que cambia; de las luces que, situando la razón por encima de los viejos dogmas, alumbran el sendero que puede conducir a la felicidad de los pueblos. A los sesenta y tres años, viudo de una buena mujer que murió enferma y cristianamente resignada a su suerte, el bibliotecario de la Academia cree en esa otra vida; su fe religiosa es sincera, y no se plantea dudas graves que, como ocurre con algunos conocidos —achaque propio de los tiempos que corren—, turben en exceso su alma. El bibliotecario de la Real Academia cree que Dios es autor y medida de todas las cosas; pero también, pues los textos entre cuyas líneas pasó la vida lo llevaron a esa conclusión, estima que el hombre debe alcanzar su bienestar y salvación en la tierra, durante una vida en armonía con las leyes naturales, y no aplazar esa plenitud para otra existencia no terrena que compense los sufrimientos de ésta. Conciliar ambas creencias no siempre es fácil; pero la sincera fe religiosa de don Hermógenes consigue, en los momentos de mayor incertidumbre, tender puentes sólidos entre su razón y su fe.

Con tal panorama, París supone un desafío. Una tentadora experiencia. En esa ciudad, convertida en ombligo indiscutible de la razón en pugna con la sinrazón, olla donde hierve la crema del intelecto humano y la moderna filosofía, se desatan hoy nudos gordianos, se desmoronan creencias antaño imbatibles, se discute de cuanto existe bajo el cielo y sobre la tierra. Ni siquiera el principio sagrado de la monarquía francesa —y como consecuencia lógica, de cuantas reinan— queda fuera del zafarrancho de las ideas. Conocer de cerca aquello, apoyar un dedo en la vena desbocada donde palpita el mundo nuevo, vivir unos días la efervescencia de una ciudad en cuyos salones, mentideros y cafés, desde las trastiendas de comerciantes hasta las antecámaras reales, hormiguea todo eso, es un desafío al que ni siquiera la natural disposición apacible de don Hermógenes puede resistirse.

—Le he dicho a usted que la sopa se enfría. Y no se lo digo más.

—Ya voy, Juana. No seas pesada... Te repito que ya voy.

Por la ventana de la alcoba, con sólo levantar los ojos, el bibliotecario alcanza a ver el convento de las Trinitarias, que está al extremo de la calle. Y no hay ocasión en que mire por esa ventana, concluye, que no se sienta inundado de melancolía. La rancia, deprimida e inculta nación que tanto necesita ideas que ilustren su futuro resume buena parte de sus dolencias endémicas tras aquellos muros de ladrillo. Miguel de Cervantes, el hombre que más gloria dio a las letras hispanas y universales, yace ahí mismo, en una fosa común. Sus huesos vueltos al polvo se perdieron con el tiempo. Murió pobre, abandonado de casi todos, arrojado al olvido por sus contemporáneos tras una vida desdichada, sin apenas gozar del éxito de su libro inmortal. Lo trajeron desde su modesta casa, a dos manzanas de aquí, en la esquina de la calle de Francos con la del León, sin acompañamiento ni pompa alguna, y fue enterrado en un rincón oscuro del que no se guardó memoria. Ninguneado por sus contemporáneos y sólo reivindicado más tarde, cuando en el extranjero ya devoraban y reimprimían su *Quijote,* ni siquiera una placa o una inscripción recuerdan hoy su nombre. Fueron sólo el tiempo, la sagacidad y la devoción de hombres justos —y extranjeros— los que le dieron, al fin, la gloria que sus compatriotas le negaron en vida y a la que todavía, en buena parte, la España cerril de toros, sainetes y majeza permanece indiferente. Triste símbolo, aquellos anónimos muros de ladrillo, de toda una nación inculta dormida entre los escombros de su pasado, suicidamente satisfecha y prisionera de sí misma. Amarga lección póstuma, esa tumba olvidada. La de aquel hombre bueno, soldado en Lepanto, cautivo en Argel, de vida desgraciada, que alumbró la novela más genial e innovadora de todos los tiempos.

—¡Don Hermógenes!... ¡O viene ahora mismo o devuelvo la sopa a la cocina!

Con un suspiro resignado, el académico da la espalda a la ventana y se dirige despacio al comedor, por el pasillo donde, frente a la pared cubierta de estantes con libros, hay una Purísima de escayola policromada bajo la que arde, con luz minúscula, una candelilla puesta en su palmatoria.

Documentar el personaje del brigadier retirado don Pedro Zárate y Queralt fue más complicado que el del bibliotecario. Al principio apenas encontré información sobre él, excepto una mención de pocas líneas en un libro de Sisiño González-Aller sobre los marinos españoles de la Ilustración. Al cabo, tras diversas consultas, pude cruzar algunos datos y reconstruir parte de la biografía. De vida discreta, sin nada notable que subrayar en su hoja de servicios, aquel académico no había sido figura destacada entre los militares ilustres de su tiempo. Pude establecer que, según todos los indicios, fue soltero —los marinos de guerra necesitaban permiso superior para casarse, y habría constado en los registros oficiales—, y confirmar que habitó una casa de la calle del Caballero de Gracia, esquina a la de Alcalá. La única intervención suya en acción de guerra de la que hallé noticia segura fue su presencia, a los veintiséis años y con la graduación de alférez de navío, a bordo del buque de 114 cañones *Real Felipe* cuando éste intervino en el duro combate naval de cabo Sicié, frente a Tolón, con la escuadra del marqués de la Victoria, el 22 de febrero de 1744. A partir de entonces su vida profesional en la Real Armada había transcurrido de forma oscura, primero en la academia de guardiamarinas de Cádiz y luego en labores burocráticas de la secretaría de estado de marina, hasta su retiro con la graduación de brigadier.

Respecto al ejercicio de las letras, en los archivos de la Academia conseguí algo más de información que sobre su carrera naval. Casi desde los comienzos, la Española tenía por tradición incorporar entre sus miembros a un representante de las fuerzas armadas, fuese de tierra o de mar, para que se encargara de las voces del Diccionario relacionadas con la milicia, muy frecuentes en años como aquéllos, cuando la guerra —Gran Bretaña fue el enemigo constante durante todo el siglo XVIII— estaba a la orden del día. En este sentido, la actividad de don Pedro Zárate había sido intensa, pues su nombre figuraba en varias papeletas de palabras incorporadas en las ediciones del Diccionario de 1783 y 1791, todas relacionadas con el habla militar. Pero la obra más importante de su vida era el *Diccionario de Marina,* primero de esta clase realizado en España tras algunas cartillas marítimas desordenadas o vocabularios menos ambiciosos. Tuve un ejemplar en mis manos, hojeándolo sentado en una de las mesas de trabajo de nuestra biblioteca: editado en cuarto, bella tipografía, impreso en Cádiz en 1775. Y unos días más tarde, comiendo en Lhardy con mi amigo el almirante José González Carrión, director del Museo Naval de Madrid, tuve ocasión de que éste hablara más a fondo del libro y de su autor. El de don Pedro Zárate, me confirmó, era un clásico. Una obra de referencia naval imprescindible para su época, sólo superada medio siglo más tarde por el *Diccionario marítimo español* de Timoteo O'Scanlan.

—Antes de eso, que nosotros sepamos, Zárate colaboró con Juan José Navarro, marqués de la Victoria, que había mandado la escuadra española cuando el combate con los ingleses en Tolón... Navarro dejó acabado en 1756 un estupendo álbum en gran formato sobre la ciencia náutica, que nunca llegó a publicarse hasta que hace poco hicimos una edición facsímil. En algunas notas referidas a esa obra figuran cartas e informes firmados por Pedro Zárate y Queralt. Casi todas se refieren a vocabulario de marina, por el que éste se interesaba mucho.

Se inclinó hacia el portafolios que tenía apoyado en una pata de la silla, extrajo una carpeta de plástico transparente y la puso ante mí, sobre el mantel. La carpeta contenía varias fotocopias.

—Ahí tienes cuanto he podido encontrar sobre tu brigadier, o almirante, como lo llamáis en la Real Academia. Incluye la recomendación para su ascenso a teniente de fragata, de puño y letra del marqués de la Victoria, y una carta suya, muy interesante, sobre las virtudes y concisión del lenguaje marítimo... Te acerca al personaje.

—La Real Academia Española lo eligió académico en 1776 —comenté—. Para cubrir la plaza del general Osorio, que era del ejército de tierra.

—Entonces coinciden las fechas: el diccionario de Zárate había salido un año antes, y parece lógico el interés. Su gran aportación fue que por primera vez se publicaba un compendio sistemático, muy bien ordenado, de toda la terminología naval... Y tuvo la buena idea de acompañar cada palabra con sus equivalentes en las lenguas de las otras marinas importantes de entonces, que eran la francesa y la inglesa. Fue una obra muy en línea con aquella marina ilustrada que estaba en plena renovación, todavía entre las principales del mundo: limpia, fresca, ordenada, moderna... Un logro científico y cultural de primer orden.

—Marinos que leían —apunté, provocador—. Y que escribían libros.

González Carrión se echó a reír. Ahora también hay alguno, dijo. Aunque sean menos. Lo cierto, añadió, es que en la segunda mitad del xviii, tras la reforma del marqués de la Ensenada, nuestra marina iba hacia arriba y parecía imparable. Las colonias americanas proporcionaban materiales para botar excelentes barcos con los sistemas de construcción naval más avanzados de su tiempo, y gracias a la academia de guardiamarinas de Cádiz los oficiales de la Real Armada tenían una formación científica y naval de élite; aunque las tripulaciones, reclutadas a la fuerza, mal pagadas y desmotivadas por un sistema aristocrático injusto, no siempre estuvieran a la altura. Era asombrosa la cantidad de obras importantes publicadas por marinos españoles de esa época que había en la biblioteca del Museo Naval: ordenanzas, cartografía, portulanos, manuales y tratados de navegación. Un centenar de libros fundamentales para la náutica y las ciencias en general.

—Fueron marinos ilustrados en un tiempo de esperanza —concluyó mi interlocutor—. Gente de prestigio incluso entre los enemigos... Cuando a Antonio de Ulloa lo apresaron los ingleses volviendo de medir el grado del meridiano en América, lo recibieron en Londres con todos los honores, haciéndolo miembro de sus sociedades científicas —se detuvo en este punto, contemplando su plato con aire melancólico—. Pero todo eso acabó en Trafalgar, unos años después: hombres, barcos, libros... Luego vino lo que vino.

Movió ligeramente el tenedor entre los garbanzos del cocido, pero volvió a dejarlo. Sus propias palabras parecían haberle hecho perder el apetito.

—Zárate, en su modesta parcela, era uno de esos marinos ilustrados —añadió tras un momento de silencio—. Uno de los empeñados en contribuir a una marina moderna y honorable, a la altura del desafío asumido por el imperio español que aún se extendía a los dos lados del Atlántico y por el Pacífico. Un hombre culto, digno, honrado, como tantos que acabaron con escaso reconocimiento oficial, muertos en combates navales sin esperanza, o de simple miseria, a media paga o sin cobrarla en absoluto... Porque el país en el que vivían no deseaba cambiar. Había demasiadas fuerzas oscuras tirando en dirección contraria.

Se detuvo de nuevo, todavía con el tenedor entre los dedos. Al cabo lo dejó a un lado del plato y extendió la mano hacia su copa de vino.

—Pero lo intentaron —bebió un sorbo y me miró, modulando una triste sonrisa—. Por lo menos, aquellos hombres formidables lo intentaron.

Existiendo el Diccionario de la Academia, que recoge la grandeza, hermosura y fecundidad de la lengua castellana, y siendo la Marina y la navegación motores del comercio y del progreso, quise componer un diccionario mucho más modesto que, a la manera de los que poseen otras naciones cultas, contuviese y ampliase la parte relacionada con las artes y ciencias de la mar; no para inventar voces, sino para recoger con fidelidad y pureza las que están sancionadas por la autoridad de nuestros escritores clásicos y por el uso discreto e ilustrado, e incluso por el habla común de las gentes sencillas de mar, y contribuir así a su mejor uso y conocimiento...

Don Pedro Zárate y Queralt, brigadier retirado de la Real Armada, deja la pluma y relee las últimas líneas, remate del breve prólogo que acompañará una nueva edición de su *Diccionario de Marina*. La luz del candil de aceite que está sobre la mesa del gabinete le basta para ello: pese a su edad, conserva una vista casi perfecta que hace innecesario el uso de anteojos para ver de cerca. Al fin, satisfecho del texto, sacude la salvadera con arenilla para enjugar la tinta, pliega el papel con otras cuatro hojas escritas antes y lo lacra todo. Después moja la pluma en el tintero, escribe la dirección —imprenta del Colegio de Guardiamarinas, Cádiz— y deja el paquete en el centro exacto de la mesa antes de ponerse en pie mientras echa un último vistazo en torno, para comprobar que todo queda ordenado. Aquella mirada final es una costumbre que, pese al paso de los años, sigue marcando sus rutinas. Aparte el orden natural impuesto por la educación como marino y los azares profesionales de su juventud, cuando emprender cada viaje incluía la posibilidad de que no hubiera un regreso, el almirante conserva la disciplina del orden minucioso; dejar cada cosa en su sitio, cómoda de reconocer a la vuelta, fácil de localizar por quienes quedan atrás y que tal vez, en ausencia definitiva del propietario, deban un día hacerse cargo de ella.

El gabinete es reducido, sobrio, a tono con una casa hidalga digna y sin pretensiones. La luz del candil ilumina unos pocos muebles prácticos de caoba y nogal, una alfombra de regular calidad, estantes de roble con muchos libros y alguna estampa de asunto naval. En la pared principal, sobre una chimenea que nunca se enciende y en cuya repisa, en urna de cristal, está el modelo de arsenal de un navío de 74 cañones, hay seis grandes grabados a color, puestos en marcos y colgados juntos, que representan el combate naval de Tolón entre las escuadras española e inglesa. Don Pedro Zárate les dirige una breve mirada y luego sale al pasillo y camina despacio hasta el vestíbulo, con las suelas de sus cómodas y viejas botas inglesas de viaje, recién engrasadas y lustradas, resonando en el piso de madera. Amparo y Peligros, las hermanas, están allí, vestidas con batas de estar en casa cuajadas de lazos y cintillos, recogidos los cabellos grises bajo pulcras cofias almidonadas. Se le parecen mucho en delgadez y estatura, en especial Amparo, la mayor; pero sobre todo a causa de los mismos ojos acuosos, de un azul tan descolorido que parece diluirse ante la luz, y que les confiere un aspecto físico poco español al uso, hasta el extremo de que algunos vecinos suelen referirse como *las inglesas* a las hermanas Zárate. Solteras, apacibles, abnegadas, hace treinta años que consagran su vida al bienestar del almirante. A cuidarlo, desde su regreso del mar, del mismo modo que cuidaron a su padre anciano, como habría hecho la madre que los tres perdieron de forma prematura. Las dos viven para el hermano, y sólo las distraen de ello el ejercicio de sus devociones religiosas, la misa diaria y la lectura de libros edificantes.

—Ha subido el mayoral a bajar tu equipaje —dice Amparo—. El coche espera en la calle.

Parece conmovida, y su hermana contiene el llanto. Pero las dos se mantienen erguidas, enteras, confortadas por el orgullo familiar. Saben qué motiva el viaje del almirante; y, aunque para ellas, en su particular opinión de mesa camilla, nada que venga de Francia puede ser bueno —filósofos perniciosos y otra gente disparatada no gozan del aprecio de sus confesores—, el orgullo de que don Pedro sea miembro de la Real Academia Española, y que ésta le haya encomendado una comisión en el extranjero, sitúa las cosas en lugar diferente. Si su hermano anda en eso, poco de malo puede haber en el asunto. Faltaría más. Nada debe objetarse a educar a los pueblos, sino todo lo contrario. Y de eso se trata, viájese a París o a Constantinopla. También los confesores, por muy santos clérigos que sean y pese a su proximidad a la gracia divina, pueden meter la pata de vez en cuando.

—Hemos puesto fiambre y dos hogazas en una cesta —dice la hermana mayor mientras entrega al almirante un sobretodo de anchas solapas, muy bien cortado en grueso paño azul oscuro—. Y también dos botellas de pajarete forradas de mimbre... ¿Será suficiente?

—Claro —don Pedro se estira las mangas de la casaca cortada en frac, a la inglesa, y mete los brazos en el abrigo—. En las ventas y posadas se encuentra de todo.

—Pues será ahora —comenta Peligros, que nunca ha pasado de Fuencarral.

El almirante acaricia un instante las mejillas marchitas de sus hermanas. Un suave roce a cada una. Un doble ademán de afecto que trasluce ternura.

—No os preocupéis de nada. Es un viaje cómodo, y hacemos la posta en un coche particular que nos ha conseguido, de su casa, el director de la Academia... Ade-

79

más, don Hermógenes Molina es un buen hombre; y el mayoral, de fiar.

—No sé yo —la hermana mayor arruga la nariz—. Muy desenvuelto, me ha parecido. Con su migaja de descaro.

—Por eso mismo —la tranquiliza el almirante—. Para un viaje como éste, viene bien un cochero con mundo, que haya viajado.

—Dudo que más que tú cuando eras joven. También eres hombre de mundo.

Sonríe el almirante con aire distraído, abotonándose el sobretodo.

—Quizá lo fui, Amparo... Pero hace tanto, que se me ha olvidado.

La hermana menor le entrega el sombrero negro de tres picos, cuyo fieltro luce impecable, recién cepillado. Don Pedro observa que en el interior, metido en la badana, han puesto una estampa de San Cristóbal, patrón de los viajeros.

—Ten mucho cuidado, Pedrito.

Sólo lo llaman Pedrito, como siendo niños, en circunstancias extremas. La última vez fue hace dos años, cuando el almirante pasó tres semanas en cama con una fluxión grave de pecho, a base de sanguijuelas, jarabes y emplastos de cirujano, y ellas se turnaban noche y día a su cabecera, rosario en mano y avemarías en los labios.

—He dejado una carta. Para Cádiz. Ponedla en el correo, por favor.

—Descuida.

El almirante elige un bastón entre la docena que hay en el bastonero. Puño de plata, caña de caoba. Dentro tiene escondidos cinco palmos de buen acero de Toledo. Al volverse hacia sus hermanas sorprende en ambas una mirada de preocupación, aunque ninguna dice nada: muchas veces lo han visto salir a pasear con él. Un bastón estoque no es más que una medida de prudencia propia de los tiempos que corren. Y de cualquier clase de tiempos.

—Tenéis algún dinero en el arcón de mi alcoba. Si os hiciera falta más...

—No hará —la hermana mayor lo interrumpe, un poco altiva—. Esta casa siempre se gobernó con lo que hay.

—Os traeré algo de París. Un sombrero para cada una. Y un chal de seda.

—No serán mejores que los mantones de aquí —objeta Peligros, picada en su patriotismo—. De las Filipinas vienen, que son islas bien españolas... A saber, esos chales franceses.

—Bueno. Ya encontraré otra cosa.

—Mejor no te gastes el dinero en tonterías —lo recrimina Amparo—. Lo que tienes que hacer es precaverte.

—Sólo vamos a buscar unos libros. No a una campaña naval.

—Aun así, no te fíes de nadie. Guarda el dinero bien escondido. Y cuidado con lo que comes. Allí cocinan con mucha grasa y mucha manteca, y eso no puede ser bueno para el estómago...

—Hasta caracoles guisan —apunta, crítica, la hermana menor.

—De acuerdo —concede el almirante—. Nada de caracoles, ni grasa, ni manteca. Sólo aceite de oliva. Lo prometo.

—¿Habrá en París? —se inquieta Peligros—. ¿Y en las ventas del camino?

Sonríe don Pedro, afectuoso y paciente.

—Estoy seguro, hermana. Pierde cuidado.

—Procura también abrigarte —insiste Amparo—, y no olvides cambiar de medias cada vez que te mojes los pies... Hemos puesto seis pares en el baúl. Dicen que en Francia llueve mucho.

—Lo haré —la sosiega de nuevo el almirante—. No os preocupéis.

—¿Llevas el jarabe que te preparó el boticario? ¿Sí?... Pues procura que no se te rompa el frasco. Y no lo olvides por ahí. Siempre fuiste delicado del pecho.

—Os prometo que lo tendré a mano.

—Y ten mucho ojo con las francesas —apunta Peligros, la más atrevida.

Amparo da un respingo, mirándola con censura.

—Por Dios, hermana.

—¿Qué pasa? —replica la otra—. ¿Acaso no son allí como son?

—Pero tú qué vas a saber... Además, hablar así es faltar a la caridad cristiana.

—Qué caridad ni qué niño envuelto. Menudas son ésas.

Se santigua la hermana mayor, escandalizada.

—Ay, Jesús bendito. Peligros...

—Déjate, que sé lo que me digo. Filósofas, todas, en esos salones a la moda donde dan conversación a los hombres... El día menos pensado acabarán frecuentando los cafés. Y no digo más.

Ríe el almirante, poniéndose el sombrero. Una cinta de tafetán negro le recoge, en la nuca, la corta coleta gris.

—Podéis quedar tranquilas. No estoy en edad de francesas, ni de españolas.

—Que te crees tú eso —objeta Peligros—. Ya quisieran muchos galanes, ¿verdad, Amparo?... Con tus años. Tener tu percha.

—Desde luego —confirma la hermana—. Ya quisieran.

Sentado a la primera luz del sol en la puerta del bodegón de San Miguel, con las piernas extendidas bajo la mesa, las manos en los bolsillos y una jarra de vino cerca, Pascual Raposo observa a los dos hombres que conversan junto a un coche de cuatro caballos detenido al otro lado de la calle, en la esquina con la plazuela de la Paja. El más alto y delgado —sobretodo oscuro, sombrero de tres picos, bastón en una mano— acaba de salir de un portal cercano y se ha detenido a hablar con otro bajo y grueso que usa capa española y sombrero de castor. Un cochero acomoda los últimos bultos sobre el techo del carruaje: individuo barbudo, de aspecto tosco, vestido con un capote grueso. El ojo avisado de Raposo, hecho a advertir detalles útiles en su oficio —otros, más torpes o menos curtidos, lamentan después no fijarse en tales cosas—, no pasa por alto la escopeta que está en el pescante metida en una funda, ni la caja de pistolas que trajo bajo el brazo al bajar el equipaje desde la casa, y que metió en el interior del coche antes de colocar arriba los bagajes.

A sus cuarenta y tres años, con una vida bregada y el viejo costurón de un navajazo sobre el riñón izquierdo, veterano del presidio de Ceuta, Raposo sigue vivo gracias a su buen ojo para esos pormenores. Siete años de vida militar, hace mucho trocada por otra clase de vida, lo hicieron a ello, o más bien sentaron la base táctica de lo que vendría después. Los hábitos y la mirada. Para este antiguo soldado de caballería, la existencia es un permanente salto de mata. Un buscarse la vida en diversos paisajes y oficios, aunque ninguno fácil. Todos ellos broncos.

Los dos hombres han subido al coche y cierran las portezuelas mientras el cochero se acomoda en el pescante. Resuena el látigo y los animales se ponen en marcha, despacio y al paso, arrastrando el carruaje en dirección a la red de San Luis. Tras dejar una moneda sobre la mesa, Raposo se pone en pie, estira pausadamente su chaquetón marsellés con adornos de pana y se pone el sombrero de Calañas arriscado sobre la frente, a lo majo. Una mujer joven, bonita, trigueña, con mantilla subida sobre la cabeza, viene taconeando desde alguna de las iglesias cercanas. Raposo la mira a los ojos con tranquila insolencia y se hace atrás para cederle el paso, galante.

—Bendito el cura que la bautizó a usted, hermosa.

La mujer se aleja, ignorándolo. Indiferente a su desdén, Raposo la mira alejarse unos pasos, chasquea la lengua y echa a andar tras el carruaje, siguiéndolo de lejos a lo largo de la calle del Caballero de Gracia. Eso no es del todo necesario, pues a estas horas el antiguo soldado de caballería ha hecho las averiguaciones pertinentes y sabe por dónde abandonará Madrid la pequeña expedición de los académicos. Pero más vale asegurarse. Lo previsto es que busquen el camino de Burgos por la puerta de Fuencarral o la de Santa Bárbara. Raposo conoce bien la ruta, con cada una de sus postas y albergues; así que, por la hora que es, lo insólitamente seco de la estación y siendo aún posibles ocho o diez horas de buen camino, calcula que los viajeros pasarán Somosierra al día siguiente, parando entonces a pernoctar, como se acostumbra, en la venta de Juanilla. Ahí piensa alcanzarlos, sin prisas, antes de que emprendan su tercera etapa. Viajará a caballo, a lomos de un buen animal que compró hace tres días: un bayo de media alzada fuerte y sano, de cuatro años, capaz de hacer frente al largo camino, o a gran parte de él. Como recurso, en caso de necesidad, siempre quedará la posibilidad de comprar otro, o recurrir a los de posta. En cuanto al equipo para el viaje de cuatro semanas hasta París, viejos hábitos acostumbraron hace tiempo a Raposo a moverse con lo imprescindible: una maleta de cuero atada a la grupa del caballo, un zurrón con provisiones, un capote encerado para protegerse del frío y la lluvia, una manta de Zamora enrollada y atada con correas, y un viejo sable de caballería metido dentro del rollo de la manta. Todo eso ya está dispuesto y empaquetado en el cuarto de la posada de la calle de la Palma donde vive calentándole la cama a la hija de la dueña —la madre abriga la esperanza absurda de casarlos—, mientras el caballo aguarda, bien comido y listo para la silla, en un establo próximo a la puerta de Fuencarral.

—Coño, Pascual. Qué sorpresa. Dichosos los ojos.

Lo inoportuno del encuentro no le borra la sonrisa a Raposo. En su arriesgado oficio, sonreír forma parte de las reglas hasta que, en el momento adecuado, la sonrisa se transforma en mueca carnicera. Quien lo saluda es un conocido de los antros bajunos del Barquillo y Lavapiés: un barbero con trenza a lo gitano y redecilla al pelo, que tiene tienda en la misma calle y que, aparte de rapar barbas, se maneja bien con la guitarra, el fandango y la seguidilla.

—Entra y te paso la navaja mientras te cuento algo, anda. Invita la casa.

—Voy con prisa, Pacorro —se excusa Raposo—. Estoy ocupado.

—Sólo es un momento. Hay un asunto que puede gustarte —un guiño cómplice—. De los tuyos.

—Los míos son muy variados.

—Éste lleva anís y ajonjolí, y está diciendo comedme... ¿Te acuerdas de la María Fernanda?

Asiente Raposo, guasón.

—Nos acordamos yo y media España.

—Bueno, pues hay uno que la ronda. Un petimetre con posibles. Marquesito, o algo así. O que se lo dice.

—¿Y?

—Al niño le gusta vestirse de majo y correrla por los garitos. Allí hemos intimado él y yo. Y se me ha ocurrido jugarle la de la doncella.

La última palabra arranca una risa esquinada a Raposo.

—La María Fernanda no fue doncella ni cuando estaba en la tripa de su madre.

Asiente el barbero, ecuánime.

—Ya, pero el petimetre no lo sabe. Y se le pueden sacar unos buenos duros... ¿Harías tú de hermano ofendido?

—Tengo otro asunto.

—Vaya. Lo siento... Navaja en mano, impones mucho. Incluso sin navaja.

Se encoge de hombros Raposo, despidiéndose.

—Otra vez será, Pacorro.

—Sí. Otra vez será.

Cuando Raposo se aleja de la barbería, el coche de los académicos ya va por la red de San Luis. Aprieta un poco el paso para darle alcance y comprueba que acaba de torcer a la derecha. Está claro que van camino de la puerta de Fuencarral, según la ruta prevista. Así que es momento de ir a la posada, recoger el equipaje, despedirse de la hija de la dueña y sacar el caballo del establo.

—Una limosna, por amor de Dios —se interpone un renqueante mendigo, mostrándole el muñón de un brazo mutilado.

—Largo de aquí.

Ante su cara de pocos amigos, el otro se esfuma en el acto, con milagrosa agilidad: visto y no visto. Mirando alejarse el carruaje, atento a lo suyo, Raposo se acaricia las patillas. En este momento su cabeza es un cálculo complejo, previsor, de leguas y millas, de postas, ventas y posadas. De caminos que se siguen, se adelantan o se cruzan. Al fin sonríe para sí mismo, descubriendo un poco los dientes. Casi feroz. Para alguien como él, cuyo trabajo habitual consistió durante cierto tiempo en ver matar a la gente, o matarla personalmente, la mayor parte de las cosas perdió su importancia original, y muy pocas tienen sentido. Una de ellas es que los hombres suelen dividirse en dos grandes grupos: los que cometen actos viles por bajeza natural, supervivencia o cobardía, y los que, como él mismo, para ejecutar esas vilezas exigen que se les pague al contado. Otra, la certidumbre de que, en un mundo injusto como el que le ha tocado conocer, sólo hay dos maneras posibles de soportar la injusticia, sea divina o humana: resignándose a sufrirla, o aliándose con ella.

3. Diálogos de ventas y camino

> Es a la física y a la experiencia a las que debe recurrir el hombre. A ellas debe consultar en su religión y en su moral, en sus leyes y en su gobierno político, en las ciencias y en las artes, en los placeres y en las desgracias.
>
> Barón Holbach. *Sistema de la naturaleza*

Recrear el viaje de Madrid a París me planteaba algunas dificultades técnicas. Las condiciones de los trayectos no eran las mismas: lo que ahora son carreteras y autopistas eran malos caminos de rueda o herradura en el siglo XVIII, impracticables durante las más crudas estaciones del año. En aquel tiempo, viaje era sinónimo de aventura. Ni siquiera el sistema de ventas, posadas y postas —las estaciones de relevo donde se cambiaban las caballerías de los carruajes— estaba perfeccionado como lo estuvo en la siguiente centuria. Precisamente, una de las preocupaciones de monarcas ilustrados como Carlos III fue la creación de un sistema de comunicaciones fiable, que asegurase la bondad de los desplazamientos y más confort para los viajeros.

Aunque los repertorios de caminos impresos existían desde dos siglos atrás, en la época de este relato, con la moda de los viajes y la curiosidad propia del siglo, esta clase de guías se había popularizado, editándose en forma de pequeños manuales de viaje que describían los recorridos entre las capitales europeas o los trayectos a provincias, con la distancia en leguas —cinco kilómetros y medio, lo que solía recorrerse en una hora— entre una posta y la siguiente; de manera que un viajero provisto de tales guías podía calcular las etapas con precisión, teniendo en cuenta que la distancia a recorrer en una jornada solía ser de entre seis y diez leguas.

En mi biblioteca disponía de algunas de esas guías, y otras las conseguí para construir este relato. Sobre itinerarios españoles resultó más adecuada la de Escribano, editada en 1775, mientras que los caminos y postas franceses los establecí con la impresa en París por Jaillot en 1763. Necesitaba también mapas que mostrasen caminos, pueblos y ciudades de su tiempo; y en una subasta de libros antiguos pude hacerme, en buen golpe de suerte, con un raro y grueso volumen en gran folio que contenía la obra completa de Tomás López, el español que cartografió toda la España de finales del siglo XVIII. En lo que a Francia se refiere, la solución me la dio una vieja amiga, la librera anticuaria Michèle Polak, que en su tienda de París, especializada en navegación y viajes, me consiguió un ejemplar en muy buen estado de la *Nouvelle carte des postes de France*.

—«Tengo algo que te interesará» —me dijo por teléfono.

Cuatro días después yo estaba en París. Cualquier pretexto era bueno para sumergirme en su abigarrada cueva de las maravillas de la rue de l'Échaudé, donde los libros se apilan en estanterías y montones sobre el suelo, en torno a una estufa eléctrica que siempre temo le pegue fuego a todo.

—¿Ahora te paseas por la tierra firme? —bromeó al verme llegar.

—Sin que sirva de precedente —respondí.

Era una vieja broma. Hacía cuarenta años que compraba allí libros de náutica y cartografía de los siglos XVIII y XIX, primero a su padre —Michèle era entonces una atractiva señorita— y luego a ella, cuando se hizo cargo del negocio. A sus buenos oficios, entre muchos tratados de navegación, debía uno de mis favoritos: el *Cours élémentaire de tactique navale dédié à Bonaparte,* de Ramatuelle, que habían utilizado los marinos franceses durante el combate de Trafalgar, y que usé para una novela publicada en 2005 sobre ese mismo episodio.

—Ahí tienes el mapa —dijo.

Lo había puesto sobre la mesa. Cinco palmos por cuatro, más o menos. Limpio y en estado excelente, sobre entelado moderno: *Dédiée à son Altesse Serenissime Monseigneur le Duc. Bernard Jaillot, géographe ordinaire du Roy.*

—La impresión es del año 1738 —apuntó Michèle, señalando la cartela.

—¿Algo prematuro para lo que necesito?

—No creo. Entonces las cosas cambiaban más despacio que ahora... Dudo que hubiese alteraciones apreciables en sólo cincuenta años.

Cogí la lupa que me ofrecía y busqué el camino general que habían seguido los académicos a partir de Bayona. Se veía muy bien trazado con una línea de puntos: Burdeos, Angulema, Orleans, París. Cada posta estaba señalada con un pequeño círculo. El detalle era minucioso.

—Magnífico —dije.

Movió la cabeza, confirmándolo.

—Oh, sí. Claro que lo es... ¿Te lo llevas?

Dejé la lupa sobre el mapa, tragué saliva con disimulo y la miré a los ojos.

—Depende —dije.

Su sonrisa me dio escalofríos. Ya dije que nos conocíamos desde cuarenta años atrás. Ella había echado los dientes en el negocio, y yo la había visto echarlos. A mis expensas, entre otros viejos clientes.

—¿Cuánto —pregunté— piensas cobrarme por él?

De vuelta en Madrid, con el mapa, seguí huroneando rastros. Necesitaba también textos especializados, contemporáneos de los personajes, que permitieran conocer los lugares por donde iban a moverse. Por fortuna, el XVIII abundó en tales obras: los desplazamientos fueron moda culta de ese tiempo, y muchos viajeros ilustrados publicaron guías, recuerdos y memorias. No tuve que buscar demasiado, pues poseía las detalladas colecciones de Cruz, Ponz y Álvarez de Colmenar, así como otros libros de viajes por España y Francia; y en especial, dos libros de memorias, el *Viaje por España en la época de Carlos III* de Joseph Townsend (1786-1787) y el *Viaje europeo* del marqués de Ureña (1787-1788), que cubrían parte de mis necesidades; y que, como iba a comprobar pronto, resultarían preciosos en cuanto a detalles menudos:

El camino es ancho y de bella huella, sobre tierras rojas y arcillosas. Son en todo siete leguas, con algún pedazo de mal camino por lo pedregoso...

Pude así ponerme al trabajo en esta parte de la narración, una vez situados mis personajes fuera de Madrid. Calcular itinerarios, relevos de postas, ventas para descansos en el camino. Moverme con la imaginación por los parajes que don Pedro Zárate y don Hermógenes Molina, seguidos de cerca por el sicario Pascual Raposo, habían recorrido en su viaje a la capital de Francia. Pisar su huella y comprender mejor el alcance de la peripecia. Sin embargo, hasta describir el vehículo en que viajaron los académicos requirió averiguaciones detalladas. Necesitaba un coche de camino, cubierto, capaz, resistente. En las memorias de Ureña encontré *berlina,* pero estuve a punto de descartarlo cuando en la edición del Diccionario de 1780 comprobé que el término se refería a un carruaje de sólo dos asientos; mientras que, por necesidades de la historia, yo necesitaba cuatro. Finalmente, tras dar vueltas por mi biblioteca y por internet, pude averiguar que berlina también se aplicaba a coches con más capacidad, y obtuve varias ilustraciones. Así que decidí utilizar ese nombre. Una berlina, por tanto, de cuatro asientos, pintada de negro y verde, equipada a la inglesa para ser tirada por cuatro caballos, con una baca arriba para el equipaje y un pescante donde iba sentado el cochero ofrecido por el marqués de Oxinaga. Y en el traqueteante interior, con las ventanillas corredizas de vidrio cerradas para protegerse del polvo del camino, sentados uno frente al otro sobre los gastados cojines de cuero, conversando a ratos, leyendo, dormitando, mirando silenciosos el áspero paisaje de la sierra, el almirante y el bibliotecario.

—¿Eso que he oído era el aullar de un lobo? —pregunta don Hermógenes, alzando la cabeza.

—Posiblemente.

Rechinan las ballestas del coche, monótonas, en el balanceo continuo que, al encontrar las ruedas una piedra o una irregularidad del camino, estremece la caja con resonantes crujidos. Lee el bibliotecario números atrasados del *Mercurio Histórico y Político,* del *Censor Literario* y de la *Gazeta de Madrid* mientras don Pedro Zárate mira por la ventanilla, absorto en las águilas y buitres que planean sobre los pedregales de granito y los abetos que espesan el paisaje en las quebradas de Somosierra.

—Va faltando luz —se lamenta el bibliotecario.

Descorre un poco más las cortinillas el almirante, sujetándolas con las correas para que su compañero de viaje disponga de más claridad, pero al poco trecho la gentileza resulta inútil. El sol, muy bajo, se oculta ya tras los árboles que bordean el camino y tiñe de un rojo apagado el cielo sobre las cumbres, que aún se ven nevadas a lo lejos. Cansado de forzar la vista, don Hermógenes acaba por dejar el periódico sobre el asiento. Después se quita los lentes, alza la vista y encuentra la mirada de don Pedro. Entonces le dirige una sonrisa benévola.

—Qué extraño, señor almirante. Qué curioso... Llevamos varios años en la Academia, y nunca habíamos tenido uno con otro más que unas pocas palabras... Y sin embargo, aquí estamos los dos, en esta rara aventura.

—Es un placer para mí, don Hermógenes —asiente su compañero—. Disfrutar así de su compañía.

Alza una mano afectuosa el bibliotecario.

—Le pido que me llame don Hermes, como hacen todos.

—Nunca me atrevería...

—Por favor, señor almirante. Estoy acostumbrado. Es una familiaridad simpática, y más viniendo de usted. Además, vamos a pasar juntos unas semanas. A compartir muchas cosas.

Lo medita el otro como si el asunto fuera de trascendencia.

—¿Don Hermes, entonces?

—Eso es.

—De acuerdo. A condición de que usted me apee el tratamiento. Eso de *señor almirante* suena excesivo entre compañeros de viaje. Le pido use mi nombre de pila.

—Se me hace raro. Entre los académicos, su condición de militar es algo que...

—Bien —lo interrumpe el otro—. Entonces, almirante a secas. Se lo ruego.

—Convenido.

El coche se inclina ligeramente, se detiene un instante y luego arranca de nuevo, con fuerza. El camino es ahora una cuesta empinada, y afuera, en el pescante, suena la voz del mayoral alentando a los caballos, punteada por chasquidos del látigo. Don Pedro señala el *Censor Literario* que el bibliotecario puso a un lado.

—¿Ha leído algo notable?

—Nada que merezca la pena. Lo de siempre... Una defensa encendida de las corridas de toros y una crítica feroz contra aquella obrita que el joven Moratín sacó bajo seudónimo.

Sonríe el almirante, amargo.

—¿Esa en la que critica la retórica y pedantería de los autores españoles, y propone fórmulas modernas?... ¿La que premiamos en el concurso de la Academia?

—La misma.

El almirante comenta que la leyó con mucho gusto, en su momento. Precisamente él estaba en el tribunal. Ideas nuevas y claras, las de ese Moratín: uno de los jóvenes educados en el buen gusto, críticos con la barbarie del vulgo mentecato: del público mal acostumbrado a los disparates que inundan los teatros con sainetes zafios de verduleras y manolos, o con tragedias llenas de portentos, tempestades, matanzas, grandes duques de Moscovia y zapateros remendones reconocidos como hijos perdidos por su padre el rey en el último acto.

—¿Y dice usted que en el *Censor* lo atacan? —concluye.

—Mortalmente... Ya sabe usted cómo se las gasta el amigo Higueruela.

—¿Con qué argumentos?

—Lo habitual —el bibliotecario hace un ademán resignado—. Las antiguas virtudes hispanas y todo eso. La rancia cantinela: las modas extranjeras corrompen la esencia medular de nuestro pueblo, las tradiciones, la religión y otros etcéteras.

—Qué triste. Los españoles seguimos siendo los primeros enemigos de nosotros mismos. Empeñados en apagar las luces allí donde las vemos brillar.

—Este viaje es la prueba de lo contrario.

—Este viaje, y discúlpeme, es una gota insignificante en un mar de resignación nacional.

El bibliotecario mira a su compañero con genuina sorpresa.

—¿No tiene fe en el futuro, almirante?

—Poca.

—¿Por qué se presta, entonces?... ¿Por qué participa en esta aventura?

Sigue un silencio roto por los chirridos del carruaje, el ruido de cascos de caballerías y el restallar del látigo afuera. Al fin, don Pedro sonríe de un modo extraño. Ensimismado.

—Una vez, en mi juventud, combatí a bordo de un navío... Estábamos rodeados de ingleses y en ese momento no había esperanza de vencer. Sin embargo, nadie pensó en arriar la bandera.

—Eso se llama heroísmo —se admira el bibliotecario.

Los húmedos ojos azules lo miran unos instantes sin responder.

—No —dice el almirante al fin—. Eso se llama tenacidad. Certeza de que, se gane o se pierda, uno hace su obligación.

—Con una pizca de orgullo, supongo. O me temo.

—El orgullo, don Hermes, si algo de inteligencia lo sazona, puede ser una virtud tan útil como otra cualquiera.

—Tiene usted razón... Tomo nota.

El almirante se ha vuelto a mirar por la ventanilla. Cada vez hay menos luz. El camino es ahora recto y cuesta abajo, los caballos se animan y el coche acelera su marcha.

—Apatía y resignación, son las palabras nacionales —dice al cabo de un momento—. Ganas de no complicarse la vida... A los españoles nos resulta cómodo ser menores de edad. Términos como tolerancia, razón, ciencia, naturaleza, nos perturban la siesta... Es vergonzoso que, como si fuéramos caribes o negros, seamos los últimos en recibir las noticias y las luces públicas que ya están esparcidas por Europa.

—Estoy de acuerdo.

—Y encima, lo poco de dentro lo convertimos en arma arrojadiza, de discordia: tal autor es extremeño, aquél es andaluz, éste valenciano... Nos falta mucho para ser nación civilizada con espíritu de unidad, como las otras que con justo motivo nos hacen sombra... Creo que no es el mejor medio recordar siempre, como solemos, la patria de cada cual. Antes convendría sepultarla en el olvido, y que a ninguna persona de mérito se la considere otra cosa que española.

—Tampoco en eso le falta razón —concede el bibliotecario—. Pero creo que exagera un poco.

—¿Exagero?... No contamos, don Hermógenes... Don Hermes. Eche cuentas... No tenemos Erasmos, por no decir Voltaires. Lo más que llegamos es al padre Feijoo.

—Que ya es algo.

—Pero ni siquiera él renuncia a su fe católica o su devoción monárquica. No hay en España pensadores originales, ni filósofos originales. La omnipresente religión impide florecer. No hay libertad... Cuanto llega de fuera se acepta con la punta de los dedos, por no quemarse.

—Le repito que tiene usted razón, almirante. Pero antes ha pronunciado la palabra *libertad,* donde hay doble filo. La gente del norte de Europa ve esa palabra de otra manera. Aquí es un delirio sugerir al pueblo inculto y violento que puede ser dueño de sí mismo. Esos extremos sentencian la suerte de los reyes. No van éstos a lanzarse al vacío de las reformas si se cavan la fosa.

—No me saldrá usted ahora con el carácter sagrado del trono, don Hermes...

—En absoluto. Pero sí con el respeto que se le debe. Y es extraño discutir esto con usted, que ha sido marino del rey.

El almirante emite una risa suave, casi amable. Después, inclinándose, da una amistosa palmadita sobre una rodilla del bibliotecario.

—Una cosa es que uno dé la vida por su deber, si hace falta, y otra que se engañe sobre la naturaleza de reyes y gobiernos... La lealtad es compatible con la lucidez crítica, querido amigo. Y le aseguro que a bordo de los navíos del rey vi cosas tan indignas como en tierra firme.

El sol se ocultó hace rato y apenas queda un rastro de claridad. Una luz mortecina, de un gris azulado, permite distinguir aún los contornos del paisaje y recorta en el interior del coche los bultos de los dos viajeros.

—Sólo soy un viejo oficial que lee libros —sigue diciendo el almirante—. Y en idioma castellano he leído sobre buen gusto, luces, ciencia y filosofía, pero nunca sobre la palabra libertad... El nuestro es un siglo en el que progreso y libertad van de la mano. En ningún otro fueron las luces tan vivas, ni alumbraron tanto el futuro, gracias a la valentía de los nuevos filósofos... Sin embargo, pocos en España se atreven a cruzar los límites del dogma católico. Quizá lo deseen, pero no tienen el valor de expresarlo públicamente.

—Esa actuación precavida es lógica —objeta el bibliotecario—. Fíjese en el pobre Olavide.

—Y que lo diga. Dan ganas de llorar. El intendente más fiel a los deseos reformistas de nuestro rey Carlos III, abandonado en silencio cobarde por el monarca y su gobierno...

—Por Dios, almirante. Yo no iba por ahí. Dejemos al rey fuera de esto.

—¿Por qué?... Todo pasa por ese punto, tarde o temprano. El rey fue quien ordenó a Olavide las reformas, y luego lo dejó en manos de la Inquisición. Su condena nos cubrió de vergüenza ante las naciones cultas, con esa subordinación a la superioridad eclesiástica por parte de la autoridad civil... Un rey ilustrado como el nuestro, en el que se depositan tantas esperanzas, no puede entregarse por escrúpulos de conciencia en brazos del Santo Oficio.

Ya sólo distinguen, ahora, la forma oscura del bulto del interlocutor entre las sombras. De repente suena un crujido y el coche da un pequeño salto, con un estremecimiento de la caja que casi arroja a los viajeros uno contra otro. La oscuridad del camino empieza a hacer peligroso el recorrido, y el bibliotecario descorre el cristal de una ventanilla para echar una ojeada aprensiva afuera.

—Es usted injusto —dice tras un momento—. El progreso no se consigue de golpe: hay estadios intermedios. Por convicciones personales, muchos podemos no desear la caída de los reyes o la desaparición de la religión... Soy partidario de las luces, como sabe; pero no estoy dispuesto a traspasar los límites de la fe católica. El punto luminoso debe seguir siendo la fe.

—El punto debe ser la razón —opone el almirante, rotundo—. El misterio y la revelación son incompatibles con la ciencia. Con la razón. Y la libertad es consecuencia de ella.

—Y vuelta a la libertad —el bibliotecario torna a asomar la cabeza por la ventanilla—... Es usted hombre pertinaz, mi querido amigo.

—Lo dijo Cervantes por boca de don Quijote: la libertad es el don más preciado que existe... *Me parece duro caso hacer esclavos a los que Dios y naturaleza hizo libres...* ¿Qué mira usted con tanta atención?

—Una luz, me parece. Quizá sea la venta donde pasaremos la noche.

—Ojalá. Tengo los riñones hechos polvo con el traqueteo. Y esto sólo acaba de empezar.

Un día más tarde, cuando Pascual Raposo entrega el caballo a un mozo de cuadra, coge su bagaje y entra sacudiéndose la ropa en la venta que está pasado el río Arlanza, hay gente que cena junto a la gran chimenea encendida, en tres mesas de bancos corridos, sin manteles. Una, atendida por la moza de la venta, la ocupan dos mayorales de carruaje, uno de ellos el que acompaña a los académicos. En la otra hay media docena de arrieros —Raposo ha visto las mulas en el establo y los bultos amontonados en el patio, vigilados por uno de la partida— que comen y beben charlando con alboroto. En la tercera, algo alejada, hay gente de más calidad: los dos viajeros a los que sigue la huella el recién llegado, y también una mujer, junto a la que se sienta un joven caballero. Esta mesa la atiende el ventero en persona, que al ver entrar a Raposo acude a su encuentro con gesto poco hospitalario.

—No quedan cuartos libres —anuncia desabrido—. Está todo lleno.

Sonríe el viajero con calma, dejando ver los dientes blancos en la cara aún cubierta de polvo del camino.

—No se preocupe, amigo. Ya me apaño... De momento, lo que quiero es cenar algo.

Su aparente buen conformar tranquiliza al ventero.

—Con eso no hay problema —dice, algo más amable—. Tenemos olla con morros y manos de puerco.

—¿Y el vino?

—De aquí. Se puede beber.

—Me acomoda.

Titubea el ventero mientras estudia de arriba abajo la indumentaria del nuevo huésped, intentando situarlo en categoría para asignarle mesa. El recién llegado viste de camino con casacón marsellés, calzón de ante y polainas. Podría pasar por cazador, pero al ventero no le pasa inadvertido el sable metido dentro del rollo de la manta que Raposo dejó con su equipaje junto a la puerta, al entrar. Éste le resuelve el asunto por propia iniciativa, yendo a sentarse en la mesa de los arrieros; que han callado al verlo llegar, pero hacen sitio de buen grado.

—Buenas noches a todos.

Saca la cachicuerna que lleva metida en la faja, a un costado, hace sonar los siete muelles al abrirla y corta una rebanada de la hogaza que está sobre la mesa. Luego, alargando la mano para coger la jarra que le ofrece un arriero, se sirve vino. La moza le ha puesto delante un plato de guiso todavía humeante, con buen aspecto.

—Que aproveche —dice uno de la mesa.

—Gracias.

Mete la cuchara de estaño y come con apetito, masticando despacio, mientras los arrieros reanudan su conversación. Algunos fuman y todos beben. Hablan de animales, de peajes en los puentes y garitas, antes de ponerse a discutir sobre las bondades del torero Costillares frente a las de Pepe-Hillo. Raposo despacha su cena en silencio, sin meterse en la conversación, observando con disimulo a los dos académicos, la señora y el joven que ocupan la mesa más alejada. Estos últimos son, sin duda, los que viajan en un segundo coche de camino que Raposo ha visto estacionado ante la venta. El conductor debe de ser el fulano que está en la otra mesa, con el mayoral de los académicos. La mujer es de edad mediana y buen aspecto, y el joven que se sienta a su lado tiene cierto parecido con ella. Los dos, sobre todo la mujer, conversan con sus compañeros de mesa, aunque Raposo no llega a oír las palabras.

—¿Es verdad que esos señores ocupan todos los cuartos? —le pregunta a la moza cuando ésta trae más vino.

La muchacha responde que sí. Los dos caballeros mayores comparten uno, y la señora y el joven cada uno el suyo. Por lo visto, confirma, ésos son madre e hijo, y viajan a Navarra. En otro cuarto de la venta duermen los dos cocheros; y el cuarto grande, donde hay seis jergones, lo ocupan los arrieros. Para pasar la noche, Raposo tendrá que negociar un sitio con los cocheros, o quedarse en el establo.

—Gracias, niña. Ya me las arreglo.

Mientras rebaña el plato con un trozo de pan, el gavilán estudia a sus presas. El más bajo y regordete de los académicos, el tal don Hermógenes Molina, conversa afable con la señora y el joven. Ambos, en especial la mujer, parecen complacidos de la compañía que les depara esta etapa del viaje. El bibliotecario parece simpático, atento, inofensivo, apacible; de esos individuos que caen bien al primer vistazo. El otro, el brigadier o almirante Zárate, interviene poco en la conversación, asintiendo o apuntando comentarios breves cuando sus compañeros de mesa se dirigen a él. Alto, flaco, con la corta coleta de marino recogiéndole el pelo gris sobre el cuello de la casaca, se mantiene sentado en el borde del banco, las muñecas apoyadas en el filo de la mesa, rígido y erguido como si estuviese pasando revista militar, mientras atiende la conversación de los otros, interviniendo de vez en cuando con aire educado, un punto melancólico, o quizá distante.

—¿Me pasa candela, amigo?

A requerimiento de Raposo, uno de los arrieros le acerca una palmatoria de latón donde arde una vela medio consumida. Tras dar las gracias, aquél saca de un bolsillo del casacón un atado de cuatro cigarros y se pone uno en la boca, arrimando el extremo a la llama. Luego se echa para atrás, soltando una bocanada de humo, mientras se vuelve a mirar la mesa donde están los dos cocheros. Sabe que el de los académicos se llama Zamarra y que, como la berlina de viaje, es de la casa del marqués de

Oxinaga, que lo cede a sus compañeros para que los asista. Antes de salir de Madrid, Raposo procuró informarse sobre él: cuarenta años, analfabeto, marcado de viruela en la cara. Es un don nadie grande, desgarbado, hecho a los caminos y sus incidencias, torpe de andar cuando no está subido al pescante con las riendas y el látigo en las manos. Familiarizado sin duda, ahí arriba, con la escopeta que lleva metida en una funda.

—Es en el robledal que hay antes de la posta de Milagros y el río Riaza. Según se sube.

—¿Donde el puente de madera?

—No. Más acá... En la cañada que lleva al vado.

Uno de los arrieros está contando algo que atrae la atención de Raposo. Salteadores, comenta. Y la moza de la venta lo confirma. Una partida merodea por la zona, en el camino de Aranda de Duero. Hace una semana asaltaron a unos viajeros, y se dice que aún siguen por allí, emboscados. Conviene tomar precauciones.

—Es cosa de viajar en grupo —sugiere un arriero—. De juntarse con más gente.

Raposo dirige una última mirada a la mesa de los académicos, que siguen conversando con la señora y su hijo. Después pide a la moza que le llene la cantimplora de agua y la bota de vino; y cuando ésta se las trae, llama al ventero, pregunta cuánto debe de la cena, el establo y la avena del caballo, paga por todo ello dos pesetas, dice buenas noches a los arrieros, recoge sus cosas y sale al exterior, donde se queda inmóvil fumando en la oscuridad hasta que el chicote del cigarro le quema los dedos. Entonces lo deja caer al suelo, lo aplasta con la suela, camina hasta el establo y echa un vistazo a su caballo, comprobándole las patas y las herraduras. Después, buscando un rincón tranquilo lejos de las bestias, y tras arreglar un montón de paja, extiende la zamorana y se echa a dormir.

Hace frío, y por las rendijas de la ventana sin vidrios casi podría colarse un mochuelo. A la vuelta de una visita al escusado, que está en el patio de la venta, y sentado ahora en el borde de su lecho —un mal jergón de borra de lana, a través del que se sienten las tablas de la cama—, don Hermógenes Molina musita, sin apenas despegar los labios, sus oraciones diarias. Viste camisa y gorro de dormir. A la luz de una pequeña lámpara que además de verter gota a gota el aceite llena de humo el techo del cuarto, el bibliotecario puede ver cómo su compañero, ya acostado y cubierto por una manta, pasa las páginas del libro que lee a ratos: *Lettres à une princesse d'Allemagne,* de Euler, tres volúmenes en octavo. Aunque es la segunda noche que comparten habitación, la intimidad obligada por las circunstancias aún resulta incómoda para ambos. Es la educación, la extrema cortesía de cada cual, lo que hace tolerables las situaciones más embarazosas del viaje: desnudarse, escuchar los ronquidos del otro, utilizar la jofaina para lavarse o recurrir al orinal que está, con su tapa de madera, en un ángulo de la habitación.

—Unas personas agradables, esa señora y su hijo —comenta el bibliotecario.

Don Pedro Zárate deja el libro en el regazo, sobre la manta, con un dedo puesto en la página para no perderla.

—Un muchacho educado —se muestra de acuerdo—. Y ella es mujer agradable.

—Encantadora —asiente don Hermógenes.

La coincidencia en la venta ha sido afortunada, considera el bibliotecario. Una cena simpática y una grata conversación de sobremesa. Se trata de una señora de buena familia, viuda del coronel de artillería Quiroga, que acompaña a su hijo, oficial del ejército, a visitar a la familia de la prometida de éste, residente en Pamplona. Petición de mano de por medio.

—Quizá los encontremos de nuevo en el camino —añade—. No me desagradaría compartir otra vez mesa con ellos.

—De momento iremos en convoy hasta Aranda de Duero.

Don Hermógenes siente una punzada de inquietud, que no le importa manifestar.

—¿Cree que lo de los bandoleros supone peligro?... Esas cruces que a veces se ven a un lado del camino, en recuerdo de viajeros asesinados, no tranquilizan lo más mínimo.

El almirante lo piensa un poco.

—No creo que pase nada —concluye—. Pero más vale tomar precauciones. La idea de viajar mañana los dos coches juntos me parece buena.

—De todas formas, contamos con dos mayorales armados con escopetas...

—Sin olvidar al joven Quiroga, que sin duda sabe defenderse. Y usted y yo tenemos mis pistolas. Las cargaré mañana antes de salir.

La mención a las armas inquieta aún más al bibliotecario.

—Yo no soy hombre de pólvora, mi querido almirante.

Ríe el otro, tranquilizador.

—Tampoco yo lo soy, puestos a eso. Hace demasiado tiempo que no. Pero le aseguro que, si se ve en la necesidad, usted será tan de pólvora como cualquiera... En tales casos, pocos no lo son.

—Confío en que no haga falta.

—También yo. Así que duerma tranquilo.

Se acuesta don Hermógenes, cubriéndose hasta el pecho.

—Triste España —comenta, desolado—. Basta alejarse unas leguas de cualquier ciudad para encontrarse entre bárbaros.

—No faltan en otras naciones, don Hermes... Lo que pasa es que éstos duelen más porque son nuestros.

El almirante parece haber renunciado por esta noche a la lectura. Ha puesto una señal en la página y dejado el libro sobre la mesita. Luego recuesta la cabeza en la almohada. Don Hermógenes alarga una mano para apagar la lámpara, pero se detiene en mitad del movimiento.

—¿Me permite un comentario de cierta impertinencia, mi querido almirante?... ¿Autorizado por esta intimidad forzosa en que nos vemos?

Los ojos claros de su compañero, que lo parecen aún más por efecto de la luz próxima que resalta las venillas rojizas de sus pómulos, lo miran atentos. Con ligera sorpresa.

—Claro que se lo permito.

Aún duda un instante don Hermógenes. Al fin, se decide.

—He observado que usted no es hombre de devociones.

—¿Se refiere a prácticas religiosas?

—Bueno... No sé. No lo he visto rezar, ni parece hacerlo. Se lo pregunto porque yo sí lo hago, y no quisiera ofenderlo con mis costumbres.

—¿Con sus supersticiones, quiere decir?

—No se burle.

Ríe el almirante de buen humor, desvanecida de pronto su anterior seriedad.

—No lo hago. Discúlpeme. Sólo bromeaba un poco.

Don Hermógenes mueve la cabeza, tolerante. Afectuoso.

—Hoy, cuando nos detuvimos un rato a estirar las piernas, estuvimos charlando sobre incompatibilidades... Razón y religión, recuerde.

—Lo recuerdo perfectamente.

—Bueno, pues tampoco quiero que me tome usted por un mojigato. Confieso que a veces tengo problemas de conciencia, pues me veo en el límite de lo permitido por la doctrina cristiana...

El almirante alza una mano, sin duda dispuesto a oponer algún argumento de más peso; pero parece pensarlo mejor, y la deja caer de nuevo sobre la manta.

—En otro lo llamaría hipocresía —su tono es afable—. Como esos que proclaman su fe ciega en el dogma mientras leen a escondidas a Rousseau... Pero lo conozco, don Hermes. Usted es un hombre honrado.

—Le aseguro que no se trata de hipocresía. Es un conflicto doloroso.

—En otras naciones cultas...

Con aire resignado, el almirante deja su frase inconclusa. Pero el bibliotecario está herido en su patriotismo.

—De élites cultas, querrá decir —objeta—. Gente que tira del carro. Como ha dicho hace un momento, pueblos groseros hay en todas partes.

—A eso me refería —el almirante señala el libro que dejó sobre la mesita—. Sólo un Estado organizado y fuerte, protector de sus artistas, pensadores y científicos, es capaz de proveer el progreso material y moral de una nación... Y ése no es nuestro caso.

Meditando tan amarga verdad, los dos académicos se quedan callados. A través del postigo de la ventana se oye el ladrido solitario de un perro. Después vuelve el silencio.

—¿Apago la luz? —pregunta don Hermógenes.

—Como guste.

Tras incorporarse un poco, el bibliotecario sopla la lámpara. El olor humoso de la mecha apagada se extiende por el cuarto a oscuras.

—Se llaman ilustradas —suena de pronto la voz del almirante— las naciones que cultivan su espíritu. Y se llaman civilizadas las que tienen costumbres conformes a la razón... Lo opuesto son naciones bárbaras, donde imperan los gustos del pueblo grosero y bajo, y como tal se halaga a éste, y se le engaña.

Asiente don Hermógenes en la oscuridad.

—Estoy de acuerdo.

—Me alegro. Porque la religión es la mayor forma de engaño inventada por el hombre. De violentar el sentido común hasta el disparate —el tono de don Pedro se vuelve ahora burlón—. ¿Qué opina usted, por ejemplo, de la polémica sobre las braguetas en los calzones? ¿De verdad cree que un clérigo tenga algo que decir sobre el trabajo de un sastre?

—Por Dios, almirante... No toque ese ridículo asunto, se lo ruego. No me angustie.

Ríen ambos de buena gana, hasta el punto de que el bibliotecario se ve alterado por un ataque de tos. La moda francesa de la portañuela única para los calzones de hombre, o bragueta, aireada por las gacetas extranjeras en sustitución de la doble portañuela con aberturas a derecha e izquierda, de uso tradicional, encuentra en España una violenta oposición por parte de la Iglesia, que la califica de inmoral y contraria a las buenas costumbres. Hasta la Inquisición interviene en ello, con edictos fijados en las iglesias anunciando castigos para sastres y clientes que adopten esa moda.

—Aunque ejemplo de lo que somos y nos hacen ser, lo de las braguetas es sólo una anécdota —comenta el almirante—. Peores son la esclavitud y trata de negros, la venta de oficios públicos, la censura de libros, los toros y el espectáculo de las ejecuciones públicas... Lo que necesitamos son menos doctores por Salamanca y más agricultores, comerciantes y marinos. Una España donde se entienda, al fin, que la aguja de coser hizo más por la felicidad del género humano que la *Lógica* de Aristóteles o la obra completa de Tomás de Aquino.

—Estoy de acuerdo —conviene el bibliotecario—. El sustantivo es educación, sin duda. Ella será palanca del hombre nuevo.

—Por eso viajamos usted y yo, don Hermes... Zarandeados en ese maldito coche y durmiendo en estas camas que Júpiter confunda, comidos de chinches y rascándonos las pulgas. Para poner nuestro humilde tornillito en esa palanca.

—Y comprarnos en París un par de calzones a la moda, con sus lindas braguetas.

Más carcajadas. El bibliotecario debe detenerse, como antes, cuando lo sofoca la tos. Todavía ríe un rato con estertor apagado, abiertos los ojos entre las sombras.

—Buenas noches, almirante.

—Buenas noches, amigo mío.

Madrid, Aranda de Duero, Burgos... En los días siguientes, ya familiarizado con los mapas y guías de caminos del xviii, establecí con más precisión el itinerario de los dos académicos, calculando las posadas y las postas, las distancias en leguas entre una y otra. Después lo llevé todo al mapa de Tomás López, y por último a una guía moderna de carreteras. La mayor parte de las rutas actuales coincidía con las antiguas: carreteras y autovías de doble sentido habían ido sustituyendo los viejos caminos de rueda y herradura, pero casi siempre el trazado era el mismo. Comprobé, además, que algunas carreteras secundarias se mantenían fieles a los antiguos caminos, jalonadas por los mismos topónimos que figuraban en las guías dieciochescas: la venta de Pedrezuela, Cabanillas, la venta del Foncioso... Para mi propósito resultaban útiles aquellas vías menos frecuentadas, que, aunque asfaltadas y con señalización moderna, conservaban el trazado de cuando los caminos se establecían buscando el terreno más llano y accesible por márgenes de ríos, puentes, vados, desfiladeros y cañadas. Poco habían cambiado esos pequeños tramos en dos siglos y medio, advertí comparando mapas. Siguiéndolos, me sería posible ver, o recrear con razonable propiedad, los mismos paisajes que el bibliotecario y el almirante habían visto durante su viaje. Así que metí en una bolsa un par de guías antiguas de caminos, un mapa actual de carreteras, una cámara fotográfica y un bloc de notas, y me dispuse a visitar aquellos lugares, recorriendo la autovía A-1 entre Madrid y la frontera con Francia.

Sin embargo, quedaba algo pendiente. Cabos por atar. Yo disponía en mi biblioteca de una bien provista sección sobre el siglo XVIII, que incluía libros contemporáneos, memorias, biografías y tratados modernos. Uno de esos libros en especial, recomendado por don Gregorio Salvador, *La España posible en tiempo de Carlos III* del filósofo Julián Marías, me había sido utilísimo para perfilar la forma de mirar el mundo de los protagonistas del viaje a París. Tenía los cuadernos de notas llenos de apuntes, y bien establecido el punto de vista de los personajes; pero necesitaba un respaldo final: la confirmación de que mi enfoque histórico del asunto era correcto. Así que telefoneé a Carmen Iglesias y la invité a comer.

—Resúmeme a Carlos III y su fracaso —le pedí.

—¿A qué nivel?

—Como si fuera uno de tus más torpes alumnos.

Se echó a reír.

—¿Me prefieres pesimista u optimista?

—Más bien crítica con lo que hubo.

—Pues hubo muchas cosas buenas, como sabes.

—Ya, pero hoy me interesan las malas.

Me miró con cara de lista.

—¿Novela nueva?

—Puede.

Siguió riendo un rato. Carmen y yo éramos amigos desde hacía doce años. Era menuda, elegante y endiabladamente lúcida. Condesa de algo. En su juventud había sido preceptora del príncipe de Asturias. También era autora de media docena de libros importantes sobre ideas políticas, y la primera mujer que ocupaba el cargo de director de la Real Academia de la Historia. Ante ese venerable edificio, casi esquina de la calle Huertas con la del León, la esperé una mañana tras conversar por teléfono. Hacía un bonito día, casi cálido. La idea era dar un corto paseo por el barrio antes de irnos a la taberna Viña Pe, en la plaza de Santa Ana.

—Carlos III fue un buen rey, dentro de lo que cabe.

Caminábamos en dirección a la calle del Prado, cerca del lugar donde había vivido el bibliotecario don Hermógenes Molina. Aquél, llamado de las Letras, era un barrio peculiar: el convento donde fue enterrado Cervantes quedaba a nuestra derecha, y a pocos pasos estaba el lugar de la casa que ocuparon Góngora y Quevedo. Algo más allá había vivido y muerto el autor del *Quijote*. Por supuesto, ninguna de esas casas se conservaba. Sólo la de Lope de Vega, también situada en las inmediaciones, pudo ser rescatada, antes de su demolición, por la Real Academia Española.

—¿Valdría entonces —me interesé— el tópico de monarquía ilustrada?

Carmen no lo confirmó con la inmediatez que yo esperaba.

—Sólo en cierto modo —dijo tras pensarlo un momento—. No fue un rey progresista en el sentido actual del término; pero venía de Nápoles y era un hombre culto que supo rodearse de gente adecuada, ministros competentes y con visión moderna... Por eso sus actuaciones coincidieron a menudo con la filosofía avanzada de su tiempo. Promulgó algunas leyes de un progresismo extraordinario, incluso más avanzadas que en Francia.

Yo empezaba a situar sus matices de historiadora. Sus reservas.

—Había límites, claro —concluí—. Con la Iglesia hemos dado, Sancho. Y todo eso.

Se rió, cogiéndose de mi brazo.

—No se trataba de topar sólo con la Iglesia. Carlos III era uno de esos reyes con magníficas intenciones, pero sujetos a escrúpulos de fe... Y los elementos reaccionarios obtuvieron ahí una vía de infiltración eficaz. No podían detener el progreso, pero sí meter arena en el mecanismo.

—En todo caso, fue un tiempo de esperanza, ¿no?...

—Sin duda.

—Pues mi impresión es que el dilema de si esa esperanza debía venir de la fe o de la razón no quedó resuelto.

Carmen se mostró de acuerdo con eso. En la España del XVIII, añadió, pesaban no sólo la Iglesia, sino las tradiciones y la apatía. La sociedad misma. En un lugar donde los nobles no pagaban impuestos, donde el trabajo se consideraba una maldición y donde daba lustre que ninguno de tus antepasados hubiese realizado oficios mecánicos, la tendencia natural era la indolencia, el rechazo a cuanto pudiera cambiar las cosas.

Me detuve, mirándola. A su espalda estaba el escaparate de una tienda de grabados antiguos, con láminas y grandes mapas expuestos en la vitrina. Uno de éstos era de España, y no pude evitar seguir en él, con un vistazo distraído, la ruta de mis dos académicos hacia la frontera.

—¿Quieres decir que aquí nunca se intentó cuestionar en serio el orden establecido? ¿Y que fue tanto por cobardía moral como por pereza?... Creía que también tuvimos ilustrados notables.

Me había soltado el brazo. Encogió los hombros, sosteniendo su bolso contra el pecho.

—No tuvimos luces en el sentido de otros lugares de Europa, porque nunca hubo un núcleo coordinado de filósofos y tratadistas políticos que manejara con libertad las nuevas ideas. Aquí la palabra *iluminar* se cambió por la de *ilustrar,* mucho más moderada. Por eso España no figura en la Europa de las luces por derecho propio, sino como caja de resonancia. Siendo honrados, ni con la mejor voluntad podemos comparar a Feijoo, a Cadalso o a Jovellanos con Diderot, Rousseau, Kant, Hume o Locke... En realidad, nuestra Ilustración se quedó a medio camino.

—Resulta curioso que digas eso. Llevo semanas leyendo textos de la época, de todas clases, y en ningún sitio he visto la palabra *libertad* con sentido positivo.

—Tampoco encontrarás una línea que cuestione el poder real. Y eso, cuando casi medio siglo atrás el barón Holbach ya había escrito en Francia aquello de: *¿Han podido las naciones, a no faltarles el juicio, conferir a los que hacen depositarios de sus derechos el de hacerlos constantemente desgraciados?*

—Ya veo —recapitulé—: rey con buenas intenciones, ministros ilustrados, pero líneas rojas por todas partes.

—Ésa es buena definición. Muy contados españoles osaron cruzar las del dogma católico y la monarquía tradicional. Algunos lo deseaban; pero, como te dije antes, pocos se atrevieron.

Habíamos vuelto a caminar. En la plaza de Santa Ana, las mesas de las terrazas estaban llenas de gente y un enjambre de niños jugaba en un pequeño parque infantil acotado. Un acordeonista estaba sentado bajo la estatua de Calderón de la Barca, tocando *El tango de la Guardia Vieja.* En el lado opuesto de la plaza, la efigie

113

de bronce de García Lorca, distraído con unos pajari-
llos, parecía esperar sin prisas el próximo pelotón de fu-
silamiento.

—La España ilustrada fue más bien prudente —concluyó Carmen—. Casi anémica, comparada con Francia.

Miré alrededor, deteniéndome en los niños que se
balanceaban en los columpios. En la gente de los bares.

—Faltó una guillotina, supongo... Me refiero a lo
que ese artilugio simboliza.

—No seas bruto.

—Hablo en serio.

Me miró entre divertida y escandalizada. Después
pareció pensarlo mejor.

—Simbólicamente, sí —asintió al fin—. Aquí no
hubo revolución de las ideas que abriese camino a otras revoluciones... Calcula lo arraigado de nuestras sombras, lo
que éstas oscurecieron el siglo dieciocho y lo que hoy debemos a quienes lucharon entonces, cuando las consecuencias no eran un titular de periódico o un comentario de
internet, sino el exilio, el descrédito, la prisión o la muerte.

Hablan de eso, precisamente: de la España posible
y de la imposible. Mientras la berlina traquetea rumbo al
norte, chirriantes las ballestas por el mal camino y reci-
biendo polvo del coche que los precede —este tramo lo
hacen en conserva con la señora y el hijo militar que conocieron en la venta—, don Hermógenes Molina y don
Pedro Zárate dormitan, leen, miran el paisaje o retoman
su prolongada conversación.

—¿Se rasca usted, don Hermes?

—Sí, querido almirante. Unos bichos minúscu-
los, ignoro de qué clasificación zoológica exacta, me han
estado picando toda la noche.

—Vaya. Qué mala suerte. Yo me he librado hoy de eso.

—He debido de caerles yo más simpático.

Los dos hombres, que durante años de Academia no cambiaron entre sí otra cosa que conceptos lingüísticos y cortesías convencionales, se acercan ahora el uno al otro, conociéndose mejor, intimando —si ésa es la palabra— de un modo que confirma respeto y barrunta amistad. Fragua así, despacio, todavía imperceptible para los interesados, el vínculo solidario, cada vez más estrecho, que es común a las naturalezas nobles cuando éstas se aproximan a causa de compartir imprevistos, afanes o aventuras.

—¿En qué piensa, almirante?

Tarda un momento el interpelado en apartar los ojos del exterior. Sobre las rodillas tiene abierto el libro de Euler, que hace rato no lee.

—Pienso en lo que comentábamos anoche. ¿Se imagina usted una enseñanza científica frente a la escolástica que con pocas excepciones reina en nuestras universidades?... ¿Imagina una España que en vez de un enjambre de teólogos, abogados, escribanos y latinistas tuviera geómetras, astrónomos, químicos, arquitectos y hombres de ciencia?

Asiente el bibliotecario, mostrándose conforme aunque con matices.

—Una nación con pensadores, filósofos y científicos no estará por eso mejor gobernada —objeta.

—Quizá. Pero si esos hombres sabios actúan y opinan con libertad, el pueblo podrá defenderse mejor de los malos gobiernos y de la Iglesia.

—Y dale Perico al torno —don Hermógenes alza una mano adversativa—. No meta a la Iglesia otra vez en danza, se lo ruego.

—¿Cómo no la voy a meter? Las matemáticas, la economía civil, la física moderna y la historia natural, despreciadas siempre por los que saben plantear treinta y dos silogismos sobre si el Purgatorio es fluido o sólido...

—Hombre, no exagere. La Iglesia también respeta la ciencia. Le recuerdo que Colón recibió el primer apoyo de los monjes astrónomos y científicos del monasterio de la Rábida.

—Una golondrina no hace verano, don Hermes. Ni veinte —el almirante aparta el libro y lo deja a un lado, sobre el asiento—. Dos siglos y medio después de Colón, Jorge Juan, ilustre marino al que tuve el honor de tratar un poco, me contaba que, a su regreso con Antonio de Ulloa de medir el grado del meridiano en el Perú, se vieron forzados a disimular en la relación del viaje ciertas conclusiones científicas, porque los censores eclesiásticos las consideraban en contradicción con el dogma católico, y hasta los obligaron a calificar de *hipótesis falsa* el sistema copernicano... Y eso me parece intolerable. ¿Desde cuándo la ciencia debe plegarse al criterio del obispo de turno?

Emite el bibliotecario una risilla bonachona. Divertida.

—Tratándose de marinos, como es el caso, no me extraña que a usted le asome el espíritu de cuerpo de la Real Armada.

—Lo único que me asoma es el sentido común, don Hermes. Cuando en un navío tenía que tomar una recta de altura con el octante, si el sol estaba oculto por las nubes, de nada aprovechaba rezar un padrenuestro... Lo que en mitad del mar saca de apuros son las tablas náuticas, los derroteros, el compás y la astronomía, no las oraciones.

El coche se ha detenido. Descorriendo el vidrio de la ventanilla, el bibliotecario asoma la cabeza para ver qué ocurre.

—No le quito a usted parte de razón. Lo admito... Pero le ruego que también respete mis puntos de vista.

—Como quiera —conviene el almirante—. Pero si nos quitáramos de encima esa losa de supersticiones, justo sería llamar a este siglo ilustrado o filósofo... Siglo que antes de acabar, estoy seguro, verá abandonadas las sutilezas peripatéticas y teológicas, empleando mejor su tiempo. Introduciéndose en su lugar los estudios sólidos y útiles; y en vez de tanta misa diaria, teatro calderoniano, toros, castañuelas, majeza y vocerío tendremos observatorios astronómicos, gabinetes de física, jardines botánicos y museos de historia natural... ¿Qué mira usted?

—Algo ocurre. El otro coche también se ha parado.

Abren la portezuela. El joven Quiroga ha bajado de su carruaje y camina hacia ellos.

—Se nos ha roto una rueda —informa—. El mayoral está intentando arreglarla, con ayuda del de ustedes.

—¿Es percance serio?

—Aún no se sabe. Es posible que el eje esté dañado.

—Qué contrariedad. ¿Su señora madre se encuentra bien?

—Perfectamente, gracias.

Bajan los académicos de la berlina. El almirante hace visera con una mano mientras entorna los ojos bajo la luz hiriente, observando el paisaje. El camino discurre entre pedregales antes de internarse en una cañada de robles con algunos sauces y olivos. En una altura que ya dejaron atrás se alzan los restos de un castillo arruinado, del que apenas quedan en pie una torre casi hueca y un lienzo de muro.

—Aprovecharemos para acercarnos a saludarla, si usted nos lo permite.

Sonríe el oficial mozo con aire agradecido. Lleva el pelo sin empolvar, y bajo el tricornio galoneado —único detalle que en su indumento civil delata al militar, ya que es teniente de guardias españolas— tiene un rostro de facciones agradables, curtido por el sol y el aire libre. Le calculan unos veintitrés o veinticinco años.

—Por supuesto. Se alegrará de conversar un rato con alguien que no sea yo.

Coge cada cual su sombrero y caminan los tres hacia el otro coche, mientras el joven Quiroga expresa su preocupación por la rueda: saltaron unos pernos, dando lugar a que se deformara el cubo y astillase un radio. El puente sobre el río Riaza es de madera, se encuentra en mal estado y no admite carruajes; así que una pieza mal reparada puede complicarles cruzar el vado que queda más abajo.

—No es el único problema posible —comenta el almirante, todavía estudiando el paisaje.

El joven, que sigue la dirección de su mirada, se hace cargo al momento.

—Es mal sitio —conviene, bajando la voz—. En descampado y a dos leguas de Aranda... ¿Le preocupa el robledal?

—Sí.

—¿Lo dicen por ese rumor que oímos en la venta? —se remueve el bibliotecario.

—Así es —responde el almirante—. Recuerde, don Hermes, que si hacemos este tramo con el teniente y su señora madre es por eso. Para protegernos un poco más.

—Diantre. Somos cinco hombres, contando a los mayorales... Eso hace bulto. ¿No?

—Todo depende del bulto que hagan los salteadores, si rondan por ahí. Y sólo contamos con las dos escopetas de los mayorales y mis pistolas de viaje.

—Yo traigo otras dos —apunta el joven Quiroga—. Y mi sable de reglamento.

Suspira el almirante, inquieto.

—Con su señora madre aquí, resistir si hay problemas quizá sea un riesgo excesivo... Sería someterla a sobresaltos desagradables.

Sonríe el joven.

—No crea. La coronela tiene cierto carácter. Y como esposa de militar, ya se vio en otras.

Han llegado conversando hasta el segundo coche, donde los mayorales se afanan con la rueda. Es Zamarra quien informa de los daños: el cubo de la rueda rota se ha deformado y astillado la madera, como temían; pero además quedó dañado el eje trasero. Si no consiguen repararlo, ese carruaje y el cochero deberán quedarse allí, y todos los viajeros seguir camino en la berlina hasta Aranda de Duero, de donde podrán enviar herramientas y una rueda de repuesto. Eso, si don Pedro y don Hermógenes no tienen inconveniente.

—Mi madre y yo no quisiéramos retrasarlos, ni molestar —se excusa el joven oficial.

—Por Dios, teniente. Faltaría más.

La viuda Quiroga está fuera del vehículo, paseando por el borde del camino donde crecen algunas amapolas y vinagrillos. Su vestido negro, todavía sin alivio de luto, pone una nota sombría en el paisaje, desmentida por la sonrisa con que acoge a los viajeros.

—Un lamentable incidente —comenta el almirante, cortés, descubriéndose como el bibliotecario.

La viuda los tranquiliza. Asume con naturalidad las incomodidades propias de los viajes, a las que se acostumbró en vida de su difunto marido.

—Según ese cochero de ustedes, tal vez haya que ir hasta Aranda todos juntos...

—Será un placer, señora. Ofrecerle nuestro transporte.

—Un poco apretados, tal vez. Pero, así, mi hijo y yo tendremos el gusto de su conversación.

Al hablar los mira a ambos, pero se dirige al almirante. Bajo el sombrero de fieltro, randas y cintas de la coronela hay unos ojos grandes, muy oscuros y vivos.

Debe de andar por los cuarenta y cinco largos y no es una mujer bonita, ni fea; pero tiene buenas formas y conserva cierta lozanía. Don Hermógenes advierte todo eso, ecuánime, del mismo modo que es consciente de la actitud algo envarada de su compañero, el modo en que éste se ajustó el corbatín cuando caminaban hacia la señora y la manera cortés con que se mantiene erguido, sombrero en una mano y la otra apoyada como con descuido en la cintura del frac, minuciosamente cortado por las hermanas del almirante según las revistas de moda inglesas: una prenda impecable, moderna, que al viejo marino le sienta como un guante y realza la figura gallarda que todavía conserva, pese a esa edad que —suave y disculpable coquetería, en bondadosa opinión del bibliotecario— don Pedro Zárate nunca confiesa, pero que rebasa cumplidamente las seis décadas.

—Podríamos dar todos un paseo por la cañada —propone la viuda—. El río está cerca, y me temo que disponemos de tiempo en abundancia.

—Excelente idea —la secunda don Hermógenes; aunque su sonrisa de aliento se enfría al advertir la mirada de preocupación que acaban de cambiar el almirante y el joven Quiroga.

—No sé si es buena idea, madre —dice este último.

—¿Por qué?... Si estamos...

Se interrumpe la señora, atenta a la expresión de su hijo. Éste observa con el ceño fruncido el vecino robledal, en cuya linde acaba de aparecer media docena de figuras humanas, aún distantes.

—¿Saben ustedes tirar bien? —pregunta el joven Quiroga.

Traga saliva don Hermógenes, visiblemente abrumado.

—Hombre, tirar... Lo que se dice tirar...

—Será mejor —apunta el almirante, sereno— que la señora regrese al coche, y que yo vaya a buscar mis pistolas.

Sentado con la espalda contra el lienzo de muro del castillo que aún se tiene en pie, a la sombra del torreón desmochado y hueco sobre el que asoma un nido de cigüeñas, Pascual Raposo espanta las moscas, mastica un trozo de queso, escupe la corteza y concluye con un tiento a la bota de vino que tiene entre las piernas, junto a las alforjas. Después corta un poco de tabaco, picándolo con la navaja, y lo lía con cuidado en una tira de papel que une en sus extremos, retorciéndolos. Al cabo saca un manojito de yesca, eslabón y pedernal, enciende el cigarro y fuma con parsimonia mientras observa, con ojos desapasionados, lo que ocurre doscientas varas ladera abajo. Desde aquella altura puede ver cómodamente, sin ser visto, el camino donde están detenidos los dos carruajes, el robledal cercano y la orilla del río que discurre algo más allá. También alcanza a divisar la media docena de hombres que se acerca despacio al camino desde la linde del bosquecillo, formando un amplio semicírculo entre los pedregales. Están demasiado lejos para verlos con detalle, pero al ojo experto de Raposo no escapa que lo que traen en las manos son escopetas y trabucos. En cuanto a los viajeros, se han replegado hacia los coches y la señora está dentro de la berlina. Los mayorales se han armado de escopetas y protegen el otro carruaje. Por su parte, el caballero joven empuña un sable en una mano y una pistola en la otra. A los dos académicos no puede verlos Raposo, porque en ese momento los tapa el coche mismo, aunque se diría que también van armados.

Los bandoleros están ahora más cerca de los carruajes, y uno de ellos agita un brazo en alto, como intimando a los viajeros a tomarse las cosas con calma. Con flemática curiosidad, Raposo saca del zurrón un catalejo plegable, lo extiende y se lo acerca al ojo derecho tras echarse atrás el sombrero. El círculo óptico le permite ver mejor al que levanta el brazo, cuyo aspecto es casi de ilustración de libro: sombrero rematado en punta, chaquetilla y calzones de cuero, un trabuco corto colgado del hombro. Sus acompañantes, comprueba Raposo desplazando el círculo, también son vera estampa de oficio a salto de mata: pañuelos, monteras y catites sobre patilludos rostros negruzcos, escopetas cortas, navajas y pistolas metidas en las fajas. Nada que ver con los aldeanos y pastores que en tiempos de penuria, que son los más, se resarcen limosneando o robando a infelices que topan de camino. Estos del robledal son gente de más peligro. Correosa carne de horca.

Todavía a treinta varas de los hombres que se aproximan están los dos coches y los viajeros. Interesado, Raposo enfoca en la lente a los mayorales, que se cubren tras el carruaje de la avería. A quince pasos, junto al otro coche, se agrupan los dos académicos y el caballero joven. Éste se ha plantado ante la portezuela de la berlina para proteger a la mujer que está dentro, y la manera serena en que empuña sable y pistola denota que sabe servirse de ellos. De los académicos, Raposo alcanza ahora a ver al más bajo y rechoncho, que no parece cómodo en tal coyuntura: se ha quitado la casaca y está en chupa y mangas de camisa, apoya una mano en una de las ruedas, como para darse firmeza, y sostiene una pistola con el mismo garbo y resolución que si sostuviera una zanahoria. El otro académico se ha movido un poco, al fin, y ahora la lente del largavista permite verlo bien: inmóvil, taciturno, grave, protegiendo la otra puerta de la berlina con una pistola que empuña casi con indiferencia, caído el brazo y apuntando el cañón al suelo. En ese momento, su mano libre abotona con minuciosa pulcritud la chaqueta del frac, cuyos faldones caen largos sobre el calzón oscuro y las medias grises, prolongando su alta y larga figura.

—Vaya, vaya —murmura Raposo entre dientes, admirado—. Parece que mis perdices no se dejan desplumar por las buenas.

Ha apartado el catalejo para dar una chupada al cigarro, y en ese instante suena abajo un estampido. Con precipitación, Raposo se lleva de nuevo la lente a la cara, y lo primero que ve es al bandolero que agitaba el brazo, tendido en el suelo. Suenan más disparos, cuyo eco repiten las colinas, y nubecillas de humo de pólvora salpican los pedregales y el camino. Raposo mueve el catalejo con rapidez, yendo de uno a otro, captando fragmentos fugaces de la escena: bandoleros que tiran con sus escopetas y trabucos, los mayorales que defienden el otro coche, el caballero joven que dispara y luego, con mucho aplomo, procede a cargar sus pistolas vacías. Y también el académico alto, al que el círculo óptico permite ver con nitidez mientras avanza tres pasos muy tieso y derecho, con notable sangre fría, extiende el brazo como en un tiro de salón, abre fuego y, aparentando la misma calma, retrocede, va hasta el otro académico, le coge la pistola que éste sostiene sin haberla disparado todavía, vuelve a caminar unos pasos hacia los salteadores y dispara de nuevo, indiferente a los plomazos que zurrean cerca.

Raposo deja el catalejo, y con el cigarro humeante entre los dedos asiste regocijado al final de la escena: el bandolero que estaba en el suelo se ha levantado y huye saltando a la pata coja, en pos de sus camaradas que han puesto pies en polvorosa de vuelta al robledal. Los mayorales lanzan gritos de alegría, y el caballero joven y el académico rechoncho se asoman al interior de la berlina para atender a la señora. Unos pasos más allá, inmóvil a un lado del camino, pistola descargada en mano, el académico alto mira huir a los bandoleros.

Rueda el carruaje por un mal camino estrecho bordeado de viñas, dejando atrás los ribazos y tajos del río Riaza, que cruzaron hace rato. El mayoral Zamarra ocupa el pescante, y van acomodados dentro los cuatro viajeros. El almirante y don Hermógenes, por deferencia a sus invitados, ocupan el asiento contrario a la marcha; la viuda Quiroga y su hijo, el principal. Aún comentan los pormenores de la aventura: la señora abre y cierra el abanico mientras conversa muy desenvuelta, con notable presencia de ánimo pese a lo ocurrido, y el joven teniente aporta el buen humor propio de sus años y oficio. Por su parte, don Hermógenes se confiesa admirado y no repuesto aún del sobresalto.

—Éstos son los resultados de las malas políticas —está diciendo el bibliotecario—. De las leyes que no se cumplen, de los impuestos injustos, de la falta de seguridad que nos avergüenza ante el mundo civilizado, de la inexistencia de una ley agraria que ponga en razón esta España de latifundios, propiedad de cuatro nobles, o de veinte... Todo eso echa al monte a un sinnúmero de desesperados, contrabandistas y maleantes que nos exponen a peligros como el de hoy.

—La nobleza española ganó honrosamente sus privilegios —objeta el joven Quiroga—. Ocho siglos de luchar contra los moros, las guerras europeas y América la acreditaron de sobra... Tiene merecimientos, en mi opinión.

—¿Merecimientos? —opone, amable, don Hermógenes—. Antaño, los nobles levantaban a expensas suyas regimientos para servir al rey, mientras que hoy levantan ejércitos de lacayos, peluqueros y sastres... Usted mismo es un ejemplo de lo contrario, estimado teniente. Su padre de usted fue un digno militar, como el hijo, que hace un rato ha demostrado serlo con creces. ¿Qué deben uno u otro a las hazañas que en siglo onceno hizo el antepasado de tal o cual grande de España?... ¿Qué se le debe a su tataranieto el duque de Tal o Cual, propietario de tierras inmensas que ni hace cultivar como es debido ni le interesan, excepto para pagarse coches de cuatro mulas, palcos en el teatro, frecuentar los Reales Sitios y zanganear en el paseo del Prado después de la siesta?

—En eso puede que tenga razón —apunta la viuda Quiroga.

Sonríe don Hermógenes entre resignado y melancólico.

—La tengo, sí. Desgraciadamente, pues me gustaría no tenerla. Porque todo eso, señora mía, ocurre en una España que todavía rotura campos con arados que carecen de plancha, cuchilla y vertedera, lo que aumenta la fricción y dificulta el trabajo de los bueyes... O donde a menudo se depende del viento para aventar trigo, ignorando la existencia de la máquina aventadora inventada por Reiselius, que otras naciones utilizan como lo más normal del mundo.

—Y cuyo uso condenan, por escrito, algunos de nuestros eclesiásticos —apunta don Pedro Zárate.

Todos lo miran. Había estado casi callado hasta ahora, interviniendo muy desde afuera en la conversación.

—No empecemos, querido amigo —suplica el bibliotecario—. No creo que delante de la señora...

—Al contrario —dice la viuda, vuelta su atención al otro académico—. Me interesa la opinión del señor almirante.

—No hay mucho que decir —comenta éste—, sino que ese invento moderno del que habla don Hermógenes fue criticado por la Iglesia.

—¿Por qué motivo? —se sorprende el joven Quiroga.

—Porque no depende de que la Divina Providencia envíe una brisa favorable.

El joven suelta una alegre carcajada.

—Ya veo. Cuestión de intermediarios, supongo. De mantener el monopolio.

—Luis, por favor —lo recrimina la madre.

—Tiene razón su hijo, estimada señora —dice el almirante—. No le tire de las orejas por nuestra causa... Es mozo despierto, y ha dado en el clavo. Por desgracia, el asunto es viejo como el mundo.

Observa detenidamente don Pedro al joven oficial, fijándose en las botas de buen cuero español, el pañuelo de seda morada sobre el cuello de la camisa, el calzón de ante y el ajustador de lo mismo, ceñido al torso bajo la casaca con su docena de botones de plata. Nada que ver, concluye, con los petimetres de estribo de dama, lunar en la cara y pelo empolvado en rizos de ala de pichón que infestan tertulias y lunetas de teatro; ni tampoco con los que practican la artificial majeza de juntarse, en plan desgarro, oiga compadre y redecilla al pelo, con gentuza baja en ventas de gitanos, tabernas de toreros y bailes de candil.

—¿Lee usted, joven?

—Algo. Pero no tanto como debiera.

—Ojalá no lo descuide. A su edad, leer representa el futuro.

—No estoy segura de que tanto libro sea bueno —opina la madre.

—Pues deseche esos temores, estimada señora —responde don Hermógenes—. La abundancia actual de lecturas, que algunos en España aún consideran un vicio, ofrece incluso a las mujeres y al pueblo bajo las luces que antes sólo se distribuían, y con escasez, entre las personas cultas —se vuelve hacia don Pedro, en demanda de aprobación—. ¿No le parece, almirante?

—Ésa es la esperanza —asiente éste tras corta reflexión—. Una juventud lúcida y audaz como aquí, el teniente. Con lecturas apropiadas. Gente que rasgue el velo del Templo.

Con la mención final se persigna la madre y sonríe el hijo. Tercia de nuevo don Hermógenes desde el rincón de su asiento, viendo venir otro nublado.

—Hay muy diversos templos, almirante...

Le guiña un ojo su compañero, vagamente socarrón.

—Usted sabe a qué me refiero.

—Vaya por Dios... Ya empezamos otra vez.

—No debe escandalizarse si hablo de templos, estimada señora —pide el almirante inclinándose hacia la viuda, que deja de abanicarse y lo mira a los ojos—. No era mi intención ir por ese camino. Cuando hablo a su hijo me refiero a la urgencia de nuevos españoles que no sean esclavos del mundo viejo... De militares como él, bravos pero también instruidos en doctas academias, que lean libros y sepan de geometría e historia.

—O marinos —apunta con simpática nobleza el joven Quiroga.

—Desde luego. También marinos ilustrados que fomenten el comercio, que exploren las fronteras del mundo y de la ciencia. Que abran puertas a la razón y al futuro.

—Gente de espíritu y patriotismo —apunta don Hermógenes.

—Eso es... Jóvenes capaces de iluminar su siglo, resueltos a no alumbrar otras obras que no tengan por objeto la utilidad física o moral para sus compatriotas.

—Me conmueve oírles decir eso —confiesa el joven Quiroga.

—Y a mí —dice la madre.

Hace don Pedro un ademán benévolo. Complacido.

—Tal es, en mi opinión —prosigue—, el patriotismo necesario en un joven militar... No el de esos matachines de salón que, creyendo que el amor a la patria es callar sus defectos y abrazar sus bajezas, sin haber visto más fuego que el de su cigarro, arrastran el sable por los cafés, vociferan mientras bailan un minué cómo habrían ellos expugnado Mahón, y desprecian a quienes hincan los codos para averiguar cómo determinar con un reloj la longitud en el mar o escribir un tratado de ingeniería...

—Quizá no sepan ustedes —comenta don Hermógenes— que se debe al almirante un admirable y útil diccionario de Marina. Aparte sus trabajos en la Real Academia Española.

—Vaya —se admira la viuda, mirando a uno y otro—. Parece la suya una interesante asamblea de sabios, ¿verdad?... Una especie de policía del habla castellana, es de suponer.

—Notarios, más que policías —matiza el bibliotecario—. Lo que allí hacemos, en lo posible, es registrar el uso que los hablantes dan a nuestra lengua, orientándolos con el Diccionario, la Ortografía y la Gramática, sobre los vicios que la afean... Pero, en última instancia, el dueño de un idioma es el pueblo que lo usa. Palabras que hoy suenan mal por extranjerizantes o vulgares pueden acabar, con el tiempo, formando parte del habla común.

—Y cuando eso ocurre, ¿qué hacen ustedes y sus compañeros?

—Llamar la atención sobre lo correcto, según nuestros mejores autores. A su limpio uso del castellano nos remitimos para fijar criterios. Pero si un mal uso se extiende de modo irremediable, no queda sino aceptar los hechos... Al fin y al cabo, las lenguas son herramientas vivas, en evolución constante.

Interviene el joven Quiroga, muy interesado.

—Entonces, de no ser por la Real Academia, ¿hablaríamos como en el mal teatro que imita a Lope de Vega y Calderón?

—Esa observación suya denota buen gusto —estima complacido don Hermógenes—. Y tiene razón. Aunque sería, más bien, una mezcla de disparates arcaicos y jerga vulgar.

—Un idioma bastardo y sin método —precisa el almirante.

—Por eso —continúa el bibliotecario— procuramos con nuestro trabajo desbrozar y modernizar el castellano. Fijar las referencias cultas para que sea más limpio, más bello y más eficaz.

—¿Su viaje a Francia tiene que ver con eso? —se interesa la viuda Quiroga.

—En cierto modo, sí. Vamos a consultar ciertos libros... Materias útiles para nuestro Diccionario...

Don Hermógenes está a punto de continuar, se interrumpe, duda si dejarlo ahí, y acaba volviéndose hacia el almirante en demanda de auxilio.

—Etimologías francesas —zanja éste.

—Eso. Etimologías.

Se abanica la señora, fascinada con la conversación. Tal vez también con el sobrio don Pedro Zárate, que sigue siendo objeto de su atención.

—Es extraordinario —opina la viuda—. Su trabajo prueba un profundo amor por nuestra lengua... Imagino que gozarán de la protección de su majestad el rey.

Se miran los dos académicos: incómodo don Hermógenes, irónico el almirante.

—Gozamos de la real simpatía —comenta el segundo, a media sonrisa—. Los reales dineros ya son otra cosa.

Ríe el joven Quiroga, moviendo la cabeza con admiración.

—La suya es una digna forma de servir a la patria, me parece.

—Celebro que un militar lo vea de ese modo.

El joven se da una ligera palmada en la frente, cual si acabase de caer en algo.

—Claro que sí —dice—. Diablos.

—Por favor, Luis —lo reprende la viuda.

—Perdóneme usted, madre... Pero acabo de caer en la cuenta de que conozco el diccionario naval del señor almirante. Tuve ocasión de consultarlo en la academia militar; pero hasta ahora no había relacionado el nombre del autor.

Hace don Pedro Zárate un ademán evasivo. De elegante indiferencia.

—Libros, mi estimado teniente —subraya—. Míos o de otros, da igual... Basta con su agradable conversación para saber que a usted no le son ajenos. Y, volviendo al asunto de antes, nadie puede ser sabio sin haber leído por lo menos una hora al día, sin tener biblioteca por modesta que sea, sin maestros a los que respetar, sin ser lo bastante humilde para formular preguntas y atender con provecho las respuestas... Procurando que nunca se diga de él lo que Sócrates dijo de Eutidemo, aplicable a muchos de nuestros compatriotas: *Nunca me preocupé de tener un maestro sabio, sino que me he pasado la vida procurando no sólo no aprender nada de nadie, sino también alardeando de ello.*

—Estoy de acuerdo. Tal es la manera que me enseñó mi difunto padre.

—Y de ello doy fe —confirma, tajante, la viuda Quiroga.

—Lo celebro, porque eso es de verdad ser ilustrado. Hay quienes creen que serlo consiste en hablar mal de España y no de sus verdaderos males: arquear las cejas, burlarse de nuestros abuelos, hacer como que se ha olvidado la lengua materna y trufar la conversación de una jerga italogalicana, con mucho *toeleta, petivú, pitoyable* y *troppo sdegno* tomados de los peluqueros, maestros de baile, operistas y cocineros que ahora está de moda sentar a la propia mesa... Y todo eso mientras se persigue a las ciencias y se desprecia a quienes las cultivan, y se mira a un filósofo, a un matemático, a un poeta serio, como a un bufón o a un mono de feria a los que cualquier muchacho tiene derecho a tirar piedras.

—Creo que llegamos a Aranda de Duero —anuncia don Hermógenes, que ha descorrido la ventanilla y se asoma a mirar.

Todos lo hacen. El sonido de las ruedas de la berlina se torna más seco al rodar por el empedrado de una calle que parece la principal; y el cielo poniente, que ya vira de rojizo a oscuro, parece cerrarse con nubes espesas sobre los tejados de las casas próximas. El lugar es mediano, de dos o tres mil vecinos, con un par de conventos y campanarios de iglesias. En la plaza donde se detiene el coche hay un mesón y una posada de apariencia razonable ante la que bajan los viajeros, desentumeciéndose, mientras el mayoral descarga los bultos del equipaje. Don Hermógenes se ocupa de acompañar a la viuda Quiroga, y el hijo y el almirante se dirigen al ayuntamiento para informar del intento de asalto sufrido en el robledal. Cuando salen, es noche cerrada. Mientras caminan bajo los soportales hacia el farol que señala la puerta de la posada, única luz encendida en las cercanías, el joven oficial y el académico se cruzan con un jinete solitario que atraviesa despacio la plaza, floja la rienda del caballo, envuelto en las sombras.

4. Sobre barcos, libros y mujeres

Hace poco se ha reconocido que la palabra «azar» no expresa sino nuestra ignorancia de las causas de ciertos efectos, y que ese azar disminuye a medida que la inteligencia del hombre aumenta.

A. de Parcieux.
Sobre las probabilidades de la vida humana

Todavía hacía sol cuando, al atardecer, me senté a la mesa de una terraza en la plaza mayor de Aranda de Duero. Pedí un café, abrí un par de libros y un mapa de los que llevaba en mi bolsa de viaje, y comprobé que hasta allí todo coincidía con las guías de caminos dieciochescas: las postas y ventas de Milagros y Fuentespina, el puente viejo sobre el río Duero, los campos cultivados de vides. Incluso la carretera que se apartaba de la autovía A-1 para entrar en la ciudad seguía con absoluto rigor el antiguo camino de rueda y herradura. Estuve un rato sentado, tomando notas, mientras repasaba la breve mención que, en el manuscrito de su viaje por Europa, el marqués de Ureña hizo del lugar en 1787:

Aranda tiene dos parroquias, dos conventos de frailes y dos de monjas. El caserío algo menos malo que el de Segovia, una posada trabajosa y otro mesón más estrecho...

La plaza principal de Aranda había cambiado mucho durante los más de dos siglos transcurridos desde el viaje de los académicos; pero conservaba su trazado original, algunos edificios de la época y buena parte de los viejos soportales bajo los que aquella noche, de vuelta del ayuntamiento, caminaron don Pedro Zárate y el joven Quiroga cuando se cruzaron, sin conocerlo, con Pascual Raposo. Ahora yo necesitaba establecer el ambiente adecuado para recrear una escena interior, de cena amistosa y conversación agradable entre el almirante, don Hermógenes, la viuda y su hijo. Cualquiera de los bares o restaurantes cercanos podía encontrarse en el mismo lugar que ocuparon el mesón *estrecho* y la posada *trabajosa,* palabras que en el siglo XVIII eran sinónimos de mal dispuesto, pobre o miserable. Respecto a este último alojamiento, decidí situarlo en uno de los edificios porticados más antiguos: anduve hasta él y me pareció idóneo, con una entrada amplia que en otro tiempo podía haber llevado a un patio interior con cochera y establo. Desde allí, mirando hacia el otro lado de la plaza, vi un bar donde muy bien podía haber estado el mesón citado por Ureña.

En cuanto al interior de la posada, el relato del marqués no me dejaba opción de lujo alguna. Debía ser, sin duda, una de aquellas donde mucha incomodidad tenía su asiento. La literatura de viajes por España abundó en descripciones apropiadas, así que era fácil imaginar en la planta baja una sola y ancha mesa de madera de roble sin barnizar, puesta junto a una gran chimenea toda ahumada, sillas de enea de mal respaldo, una lámpara de chorreantes velas amarillas colgada del techo, una cocina a la que era mejor no asomarse, junto a cuya puerta estaba colgada la guitarra del posadero, y una escalera rechinante, de madera, que llevaba a los cuartos superiores, encalados pero mal provistos de mantas y jergones de paja. Las pulgas y chinches resolví dejarlas para otra ocasión, más propias en ventas de camino frecuentadas por arrieros y caballerías de paso. Alguna maritornes hacendosa, supuse, por fortuna para mis viajeros, habría aireado y fregado casualmente aquel mismo día, con agua cocida con ceniza —*lexía,* en el *Diccionario de Autoridades* de la Real Academia—, las habitaciones de la posada de Aranda, dando cierto decoro al alojamiento. Y en la cocina, al precio de tres reales la libra de carnero, cinco cuartos la hogaza de pan y ocho el cuartillo de vino, hervía para los recién llegados un puchero de carne, garbanzos y tocino.

—Huele a gloria bendita —dice don Hermógenes, anudándose una servilleta al cuello.

Trae la posadera una olla bien provista, de la que todos se sirven y colman humeantes platos. Antes de entrar en materia hay una breve oración para bendecir la mesa por parte de la viuda Quiroga, a cuyo término se santiguan todos menos el almirante, que se limita a mantener con respeto la cabeza baja. Sólo están ellos en el comedor, pues el mayoral Zamarra cena en la cocina, y una pareja de comerciantes extremeños, que estaba en la misma mesa cuando llegaron, se retiró hace rato. Las emociones de la jornada les han abierto el apetito y la cena transcurre agradable, entre referencias jocosas al tiroteo de la mañana, con reiteradas cortesías y deferencias de los académicos hacia la señora, que se deja cuidar, complacida: su hijo le sirve vino rebajado con agua y don Hermógenes aparta para ella las mejores tajadas de carnero y le corta rebanadas de pan. Por su parte, el almirante come casi todo el tiempo en silencio, pensativo, escuchando cortés cuando se le incluye en la conversación e interviniendo entonces con frases breves y oportunas. Consciente, por otra parte, de las miradas de interés que la viuda, sentada frente a él, le dirige entre charla y cucharada.

Acaba la cena, mueven las sillas para acercarlas al rescoldo de la chimenea y hacen tertulia de sobremesa. La aventura de la mañana los mantiene excitados, por lo que el sueño, suponen, tardará en llegar. El joven Quiroga pide permiso a su madre para fumar, va en busca de su pipa y enciende un poco de tabaco, extendidas las piernas con las botas apoyadas en el zócalo del hogar. Y entre dos bocanadas de humo, con buen criterio militar, elogia la sangre fría mostrada por don Pedro Zárate en el encuentro con los bandoleros.

—Salta a los ojos, señor almirante, que el zafarrancho no le es ajeno.

Sonríe vago el aludido mientras mira consumirse las brasas de la chimenea.

—Fue usted quien estuvo muy gallardo y resuelto —dice, devolviendo el cumplido—. Cualquiera diría que ya había entrado antes en fuego.

—Todavía no tuve esa suerte. Aunque, si se refiere a la familiaridad con las armas y el tirar, en mi caso es natural por oficio: estar a lo que determine el servicio del rey.

—Pues ojalá el servicio de su majestad te requiera para otras cosas —le reprocha la madre—. Es terrible criar a un hijo para que se lo lleven a la guerra... Bastantes sobresaltos tuve en vida de tu pobre padre.

Ríe el joven, tranquilo, chupando su pipa.

—Madre, por favor. Repórtese usted... No sé qué van a pensar estos señores.

—No se preocupe por eso, teniente —tercia don Hermógenes—. Estamos en confianza. Es usted mozo de buen gusto, bello espíritu y brillante conversación. Pero una madre siempre es una madre.

Sigue un corto silencio, cual si las palabras del bibliotecario invitaran a la reflexión. Un tizón suelto, medio quemado, desprende humo que sale fuera de la campana. El humo hace lagrimear a la viuda, que se abanica para aliviar el sofoco. Inclinándose hacia el hogar, el almirante coge el atizador y empuja el tizón más adentro. Al levantar la vista vuelve a encontrar la mirada de la viuda Quiroga.

—¿Combatió usted en el mar, señor almirante? —pregunta ésta.

El interpelado tarda unos instantes en responder.

—Un poco. Sí.

—¿Hace mucho?

El resplandor de las brasas próximas enrojece los rostros, acentuando el tono de las mejillas del almirante, donde resaltan las minúsculas venillas cárdenas.

—Muchísimo... Llevo treinta años sin pisar la cubierta de un navío. La mayor parte del tiempo fui marino más bien teórico... De agua dulce.

—No tan dulce —interviene don Hermógenes—. En mi opinión, el almirante es modesto y se quita mérito. Antes de dedicarse al estudio y a su diccionario de Marina, estuvo en algunas funciones navales de importancia.

—¿Por ejemplo? —se interesa la viuda, dejando de abanicarse.

—Por lo menos la de Tolón, que yo sepa —la ilustra el bibliotecario—. Y en ella, desde luego, los ingleses se llevaron lo suyo... ¿No es cierto, querido amigo?

A modo de respuesta, todavía inclinado hacia las brasas, el almirante se limita a sonreír mientras las remueve con el atizador. El joven Quiroga, que ha acabado su pipa, aparta las botas de la chimenea y se yergue, ávido.

—¿Estuvo en Tolón, señor almirante? ¿El año cuarenta y cuatro?... Dios mío. Aquello fue duro de verdad, tengo entendido. Una gloriosa jornada.

—Usted no había nacido aún.

—Da igual. ¿Qué español no conoce los pormenores?... Sería muy joven, entonces.

Impasible, el almirante pasa por encima de la alusión a su edad. Y al cabo de un momento se limita a encoger los hombros.

—Era alférez de navío a bordo del *Real Felipe,* de ciento catorce cañones.

El joven Quiroga emite un corto silbido de admiración.

—Pues ése llevó la peor parte en el combate, según creo.

—Fue uno entre otros... Don Juan José Navarro había izado en él su insignia, así que era natural que los ingleses le fueran encima.

—Cuéntenos. Por favor —ruega la madre.

—No hay mucho que contar —mueve la cabeza el almirante, con sencillez—. Por mi parte, al menos. Mandaba la segunda batería; bajé a mi puesto al comenzar el combate, sobre la una de la tarde, y sólo subí a cubierta al final, cuando ya era de noche.

—Tuvo que ser terrible, ¿verdad? —interviene el joven Quiroga—. Todas esas horas allí abajo, entre el humo, los estallidos y los astillazos... Disculpe mi indiscreción, pero ¿esa cicatriz que tiene usted en la sien es de aquello?

Los ojos acuosos del almirante parecen volverse aún más transparentes cuando miran con fijeza al joven oficial.

—¿Le agradaría que lo fuera?

—Bueno —Quiroga titubea, desconcertado—. No sé qué decir a eso... En tal caso me parecería una honrosa marca, desde luego.

Un silencio. Breve.

—Honrosa, opina usted.

—Eso es.

—Desde luego —apostilla la madre, un poco escandalizada por el tono escéptico del almirante—. Se lo digo como esposa y madre de militar.

En los labios secos y finos de don Pedro Zárate —advierte don Hermógenes, que lo observa atento—

parece perfilarse una sonrisa. O quizá sólo sea efecto del resplandor de la chimenea en su rostro.

—No fue una situación cómoda, si a eso se refieren —comenta—. Lo que es frío, pasamos poco ese día: llegaron a juntarse al costado tres navíos ingleses batiéndonos al mismo tiempo.

Dicho eso, se queda un instante en silencio, mirando las brasas.

—Supongo que sí —añade al fin, casi en un suspiro—. Que lo tocante a la honra quedó cubierto con creces.

Asiente el joven Quiroga con vigor entusiasta, imaginando la escena.

—Siempre admiré a los marinos —confiesa—. Adiestrado para hacer la guerra en suelo firme, me asombra que sean capaces de soportar tales penalidades, frío e incertidumbres, mar adentro, buscando una estrella o el sol entre nubes para orientarse... Y a los temporales, a la crueldad natural del océano, hay que añadir los estragos de la guerra... Jamás vi un combate salvo en las estampas, aunque en el mar debe de ser un espectáculo horroroso.

—Toda guerra lo es, en el mar o en tierra firme. Y le aseguro, teniente, que ni la estampa del más hábil grabador hace justicia a la realidad.

—Ya... Entiendo lo que quiere decir. Pero la gloria...

—Le aseguro que a la segunda batería del *Real Felipe* no llegó ni pizca de esa gloria.

Al señor don Manuel Higueruela, en su casa de Madrid:

Cumpliendo sus instrucciones de informar de manera periódica, escribo esta carta en Aranda de Duero. Aquí llegué esta noche en seguimiento de los dos caballeros que Vd. conoce. Todo el tiempo procuro mantenerme a cierta distancia. De momento la estación se presenta buena y no hay lluvias ni barro. El viaje sigue su curso normal con algunos incidentes propios que de momento lo retrasan poco y no afectan la salud de los pasajeros. Es de señalar un encuentro con bandoleros (por completo ajeno a mi intervención) en el paraje del río Riaza. Fue encarado con resolución por sus dos amigos y los ocupantes de otro coche que los acompañaban. Pusieron en fuga a los malhechores (tras un cambio de pistoletazos donde el más alto de los dos pareció comportarse con una serenidad que yo no esperaba). Los acompañantes son una señora que dicen viuda y su hijo militar. Viajan a Pamplona en su propio coche. Por una rotura de rueda han hecho camino hasta Aranda en compañía de nuestros dos viajeros. En este momento todos se hospedan en la posada donde cenan. Por prudencia yo vengo a alojarme en un mesón sito enfrente (donde el yantar es infame y el aposento aún peor). Según me informo con el mozo de cuadra de la posada, la señora y su hijo se quedarán en Aranda a esperar la reparación de su coche. Nuestros dos viajeros siguen mañana su camino. La salida está prevista a las ocho. Según creo mantendrán el mismo propósito de itinerario hasta Bayona y de ahí a París que Vd. me dijo en Madrid.

Seguiré informándole de todo a lo largo del camino (según tenemos convenido). En especial de cuantos sucesos de importancia se produzcan. En caso de que Vd. quiera enviarme instrucciones o comunicación urgente de alguna clase antes de salir de España puede hacerlo en correos a caballo (si le parece bien afrontar el gasto) para alcanzarme en alguna de las postas que más adelante iré pasando por el camino. A mi entender las más seguras son la venta del Cojo en Burgos (donde se me conoce mucho) y la posada de Briviesca y la de Machín en Oyarzun (donde también me conocen). Esta última *está casi en la raya de Francia. Si de aquí a entonces no recibo nuevas instrucciones me atendré a las ya recibidas.*

Le hago llegar mis saludos (extensivos al otro caballero amigo suyo).

De mi consideración

Pascual Raposo

Dobla Raposo la carta, escribe la dirección y, arrimando la llama de la vela a una barrita de lacre, la sella con cuidado. Tiene intención de dejársela por la mañana al mesonero, con un real y medio para que la envíe a Madrid en la primera diligencia. Después recoge el recado de escribir y apura los dos dedos de mal vino que aún quedan en la frasca que tiene al alcance de la mano, sobre la mesa. La cena, como indicaba a Higueruela en su carta, consumida en ese mismo cuarto hace más de una hora —la moza de mesón que la trajo, poco limpia pero de buenas formas, no mala cara y edad razonable, se dejó sobar un poco antes de irse—, ha sido parca y poco sabrosa: media gallina seca, que debió de ser polluelo en vida del rey Wamba, y dos huevos seguramente puestos por esa misma gallina en su remota juventud. Aún quedan unas cortezas de pan y algo de queso en un plato, y Raposo liquida esos restos para acompañar el vino. La vida a salto de mata que ha llevado siempre, primero como soldado y luego como hombre de todo trance, acabó hace tiempo por estropearle el estómago; y cuando pasa un rato sin echarle nada dentro, un molesto ardor acaba por lastimárselo todo. Frotándose la barriga bajo la camisa que lleva suelta sobre los calzones —conserva las medias de lana puestas, pues se ha quitado las botas, el suelo está frío y no hay estera que lo cubra—, Raposo mira el reloj de plata con tapa y cadena que tiene sobre la mesa: un remontoir francés de buena factura, trofeo personal de un antiguo lance, ya casi olvidado, en el que su propietario original dejó de necesitarlo para siempre. Después se levanta y va hasta la ventana, cuyos postigos están abiertos. Desde allí, a través del grueso vidrio, dirige una ojeada al otro lado de la plaza desierta y sumida en sombras. La posada donde se alojan los otros viajeros está a oscuras, con sólo un pequeño farol en la puerta cuya llama parece a punto de extinguirse. Rememorando el incidente que presenció de lejos por la mañana, Raposo modula una sonrisa pensativa mientras se acaricia las patillas y piensa en ese individuo alto, el almirante, disparando con mucho sosiego las pistolas. Quién lo iba a imaginar, concluye, en un señor académico de la lengua castellana. Son sorpresas que tiene la vida, naturalmente. Nunca puede decirse de un cura que no es tu padre.

Una llamada discreta a la puerta, casi un roce, hace que a Raposo le cambie la sonrisa. Ahora es íntima, de placer anticipado. Sin cuidarse de su aspecto va hasta la puerta y la abre. La moza del mesón está allí, en camisa, la cabeza descubierta y una toquilla de lana sobre los hombros, con una palmatoria encendida en la mano; cumpliendo la promesa hecha una hora antes y puntual como las doce campanadas que en ese momento hace sonar el reloj del ayuntamiento. Se aparta el hombre a un lado y entra ella silenciosamente, soplando para apagar la candelilla. Sin preámbulos, Raposo extiende una mano y le acaricia el pecho, que es pesado y cálido bajo la tela burda de la bata. Después señala la mesa, donde hay dos monedas de plata, una sobre la otra. Asiente la mujer, ríe, y se deja hacer.

—No me beses en la boca —pide cuando él se le acerca más.

Huele a jornada larga de trabajo, a sudor de hembra fatigada y sucia. Eso excita a Raposo, que la empuja

142

hacia el lecho. Una vez allí, ella se levanta la bata hasta medio muslo, complaciente, y él se frota contra sus piernas desnudas, abriéndose paso mientras se desabrocha el calzón.

—No me lo eches dentro —dice la mujer.

Se ensancha la sonrisa zorruna y cruel de Raposo.

—No te preocupes —dice—. No pienso entrar ahí ni ciego de vino.

La velada se ha prolongado más de lo previsto, pues era de despedida: hubo charla hasta muy tarde junto a la chimenea, el joven Quiroga solicitó la guitarra del posadero, y para sorpresa de los académicos los entretuvo un rato con bastante buena mano. Don Hermógenes y don Pedro están cansados cuando suben a su cuarto, y en la escasa intimidad que les presta un biombo de caña y cotón mal pintado se desvisten para dormir.

—Amables personas, doña Ascensión y su hijo —comenta don Hermógenes—. Y el chico toca maravillosamente, ¿verdad?... Los echaré de menos.

El almirante no hace comentarios. Se quita la casaca y la cuelga con cuidado en el respaldo de una silla. Después se desabotona el chaleco y da cuerda al reloj. La parca luz de dos velas puestas en un candelabro de latón le ilumina media cara, prolongando sombras en sus mejillas rojizas.

—Sospecho, querido almirante —dice don Hermógenes—, que la señora también lo echará de menos a usted.

—No diga niñerías.

—Hablo en serio. Todos tenemos nuestros años a cuestas y sabemos interpretar miradas. Para mí que ha hecho usted una conquista.

Las sombras de la cara se le ahondan al otro en una mueca imprecisa.

—Acuéstese, don Hermes. Que se hace tarde.

Asiente el bibliotecario, va tras el biombo con la camisa de dormir al brazo y empieza a quitarse la ropa.

—Tampoco es para extrañarse —insiste—. La respetable viuda aún está en edad. Y usted tiene todavía buena planta, a sus...

Se calla un momento y asoma la cabeza, a la espera de que su compañero le complete la frase. Sin éxito. Como cada vez que se toca el asunto de su edad, el almirante no suelta prenda. Está sentado en la cama, en calzón y mangas de camisa, soltándose la cinta de tafetán que le ata la coleta gris.

—Además —prosigue don Hermógenes, metiendo de nuevo la cabeza—, su manera de ser impone.

A través de la tela del biombo escucha la risa del otro.

—¿Mi manera de ser?

—Sí, hombre. Tan serio siempre. Tan circunspecto.

—No sé cómo tomarme eso, señor bibliotecario.

Sale don Hermógenes en camisa hasta las rodillas, con la ropa en las manos y el gorro de dormir puesto.

—Oh, tómelo como la mejor cosa del mundo. Míreme a mí: bajo, rechoncho y con una cara que necesita afeitarse dos veces al día. Milagro fue que mi pobre difunta accediera a casarse conmigo. Y tampoco la convencí a la primera. Ahora, encima, estoy viejo, con gota y otros achaques. Usted, sin embargo...

El almirante lo mira irónico, con divertido interés. Sin decir palabra, coge de su maleta la camisa de dormir y se dirige al biombo.

—¿Me permite una pregunta, querido amigo? —dice el bibliotecario—. ¿Una impertinencia alentada por esta intimidad en que nos vemos?

El otro se ha detenido a medio camino y lo mira con curiosidad.

—Claro. Diga usted.

—¿Nunca pensó en casarse?

Una pausa. El almirante parece pensarlo, cual si de verdad estuviera haciendo memoria.

—Alguna vez, quizás —dice al fin—. Cuando era joven.

Aguarda el bibliotecario, en espera de que su compañero prosiga. Pero éste no lo hace. Se limita a encoger los hombros y desaparecer tras el biombo.

—El mar, supongo —aventura don Hermógenes, mirándose los pies metidos en pantuflas—. Imagino que era poco compatible con los viajes y todo lo propio de su oficio...

Del otro lado de la tela pintada llega la voz del almirante:

—Me alejé pronto del mar, y he vivido casi todo el tiempo en Cádiz y Madrid. No se trata de eso.

Un nuevo silencio. Al cabo, el almirante aparece también en camisa de dormir. Ésta, piensa don Hermógenes, lo hace parecer aún más flaco y alto.

—Nunca lo necesité, supongo —añade el almirante—. La parte egoísta del matrimonio, la doméstica, la cubrieron siempre mis hermanas. Por diversas circunstancias no pudieron casarse, o no quisieron. Al fin resolvieron dedicarse a mí.

—¿Y usted a ellas?

—Algo así.

—Cuestión de lealtades, entonces. Mutuas.

Encoge otra vez los hombros el almirante.

—Quizá esa palabra sea exagerada.

—Bueno. En cualquier caso, un hombre no necesita del matrimonio para...

Se interrumpe el bibliotecario, intimidado por la fijeza con que lo contempla su compañero.

—Disculpe —dice al cabo de un instante—. Estoy yendo demasiado lejos con esto de las confidencias.

—No se preocupe. El nuestro es un viaje largo. Conocerse resulta natural.

La sonrisa franca del almirante parece descartar cualquier malentendido. Eso anima a don Hermógenes, inspirándole cierta audacia.

—Supongo que en su mocedad, de puerto en puerto, no le faltaron ocasiones.

Ríe el almirante en voz baja, sin responder. Una risa, estima el bibliotecario, más entre dientes que otra cosa. Como si poco tuviera que ver con la conversación que mantienen.

—Debía de ser un apuesto joven oficial —prosigue don Hermógenes—. Si permite que se lo diga, todavía tiene buena planta, pese a los, ejem, años... Vuelvo a acogerme a cómo lo miraba la viuda Quiroga mientras el hijo, ese excelente muchacho, tocaba la guitarra. Desde el tiroteo de esta mañana, la señora sólo tenía ojos para usted. Estoy convencido de que...

Calla de pronto, sorprendido de sí mismo, y parpadea un poco, cual si acabara de advertir en sus propias palabras algo inusual, o imprevisto.

—Es curioso, señor almirante —dice tras meditarlo un poco—. Nunca hablé de mujeres, antes. Con nadie. Supongo que es el viaje, la aventura, lo que me hace locuaz. Le ruego que me perdone. La verdad es que ésta no es una conversación adecuada entre dos académicos de la Española.

Ahora su compañero sonríe alentador. Con visible afecto.

—¿Por qué no?

—Bueno, la materia que nos ocupa...

Alza una mano el almirante, descartando de nuevo todo malentendido.

—No se preocupe por eso. Sería espantoso hacer casi doscientas leguas hablando de voces, significados y derivaciones por orden alfabético.

Ríen ambos de buena gana. Mientras el almirante se mete en la cama —un mal jergón que cruje bajo su peso—, el bibliotecario se disculpa, coge el orinal que está en un rincón del cuarto y regresa con él tras el biombo. Por un momento sólo se oye el chorro que cae en la loza.

—Hay cosas que las mujeres llevan con ellas, don Hermes —dice de pronto el almirante—. Y que forman parte de su naturaleza.

Asoma el otro, orinal en mano. Intrigado.

—¿Cosas?... ¿Qué clase de cosas?

—Usted estuvo casado muchos años. Debe saberlo mejor que yo.

El bibliotecario deja el orinal en el suelo, y al pasar junto a la maleta abierta del almirante ve uno de los tres volúmenes de Euler.

—¿Me permite echarle un vistazo?

—Naturalmente.

Don Hermógenes coge el libro, se pone los lentes y se mete en su cama: *Lettres à une princesse d'Allemagne*, impreso en San Petersburgo en 1768.

—Le aseguro que nunca pensé en las mujeres de ese modo —dice mientras lo hojea, distraído—. La mía era una santa.

—No me refiero a eso, hombre. Sin duda que lo era.

—Ah.

—Es otra cosa. Es...

Una pausa pensativa. Parece que el almirante busque las palabras, y que no sea tarea fácil.

—Es como una enfermedad que tuvieran muchas de ellas —declara al fin—. Hecha de lucidez, de tristeza íntima, de presentimientos... De un no sé qué, difícil de formular.

—Vaya. Pues en mi pobre difunta no noté nada de eso. Sólo unos días raros al mes, ya me entiende usted. Y eso era todo.

—Lo mismo no se fijó bien. Demasiado latín, don Hermes. Demasiados libros.

—Puede que fuera eso, aunque *aliquando dormitat Homerus...* ¿Y dice que les pasa a todas?

—A las inteligentes, al menos. Incluso a las que no lo son, aunque éstas ignoren que les pasa. Una especie de enfermedad tranquila.

Se palpa el bibliotecario sobre la sábana y la manta, cómicamente inquieto.

—¿Enfermedad?... Vaya. Confío en que no sea contagiosa.

—Ése es el problema. Que si uno se acerca demasiado, se la contagian.

—No lo sabía a usted misógino, querido amigo. Pese a su soltería.

—Y no lo soy. Estamos hablando de otra cosa... Por eso hay que ser cauto. Pocos matrimonios responden a un plan inteligente meditado con tiempo. Y así salen, luego.

Surge un largo silencio. El almirante hace ademán de apagar el candelabro, pero observa que don Hermógenes sigue con el libro abierto en el regazo. Sin embargo no está leyendo, sino que lo mira a él con atención.

—¿Por esa razón se mantiene a distancia, almirante?

—¿A distancia?... Tengo dos mujeres en casa, nada menos.

—Usted sabe a qué me refiero.

No hay respuesta a eso. Con la cabeza sobre la almohada, el otro mira las sombras del techo.

—Yo echo de menos a la mía —continúa el bibliotecario—. Era una buena mujer, y la extraño. Pero, ahora que lo pienso, a veces quizá se quedara callada demasiado tiempo. Como si, incluso conmigo cerca, estuviera sola.

—Todas lo están, me parece... En cuanto al silencio, sospecho que todo el tiempo nos juzgan, y por eso callan.

—¿Silencio de jueces? —se yergue un poco don Hermógenes, interesado—. Vaya... Eso parece digno de pensarse.

—Aunque la mayor parte de sus veredictos, mucho me temo, oscilan entre la compasión y el desprecio.

—Diantre. Nunca me lo planteé de ese modo... Nunca.

Pasea los ojos el bibliotecario, distraído, por las páginas abiertas del libro: *Sin duda sería fácil a Dios hacer morir a un tirano antes de que éste haga sufrir a la buena gente...*, traduce. Luego alza la vista con un dedo puesto sobre esas líneas.

—Éste es un siglo diferente —concluye, pensativo—. Vienen tiempos nuevos... Luces que cambiarán muchas cosas. Incluso a las mujeres.

El almirante, ya embozado y vuelto de espaldas, parece dormir. Pero al rato suena su voz:

—Sin duda. Pero no sé si eso servirá para que desaparezca su enfermedad, o para agravarla.

A la altura de Briviesca me aparté de la autovía principal; pues, comparando antiguas guías de caminos con el mapa moderno de carreteras, comprobé que la N-1 seguía allí el trazado del antiguo camino real entre Burgos y Vitoria. El cielo estaba cubierto de nubarrones bajos que descargaron, al poco rato, una lluvia espesa que veló el horizonte y embarró los campos. Detuve el coche en una venta, para tomar café mientras escampaba un poco, y permanecí sentado bajo el porche, consultando el mapa y las notas de mi cuaderno mientras consideraba que hay un ejercicio fascinante, a medio camino entre la literatura y la vida: visitar lugares leídos en libros y proyectar en ellos, enriqueciéndolos con esa memoria lectora, las historias reales o imaginadas, los personajes auténticos o de ficción que en otro tiempo los poblaron. Ciudades, hoteles, paisajes, adquieren un carácter singular cuando alguien se acerca a ellos con lecturas previas en la cabeza. Cambia mucho las cosas, en tal sentido, recorrer la Mancha con el *Quijote* en las manos, visitar Palermo habiendo leído *El Gatopardo,* pasear por Buenos Aires con Borges o Bioy Casares en el recuerdo, o caminar por Hisarlik sabiendo que allí hubo una ciudad llamada Troya, y que los zapatos del viajero llevan el mismo polvo por el que Aquiles arrastró el cadáver de Héctor atado a su carro.

Pero eso no ocurre sólo con libros ya escritos, sino también con libros por escribir, cuando es el propio viajero quien puebla los lugares con su imaginación. Eso me ocurre con frecuencia, pues pertenezco a la clase de escritor que suele situar las escenas de sus novelas en sitios reales. Pocas sensaciones conozco tan agradables como caminar por ellos con maneras de cazador y el zurrón abierto mientras una historia fragua en tu cabeza; entrar en un edificio, caminar por una calle y decidir: este sitio me conviene, lo meto en mi historia. Imaginar a los personajes moviéndose por el mismo lugar, sentados donde estás, mirando lo que miras. Comparada con el acto de escribir, esa fase previa es aún más excitante y fértil, hasta el extremo de que ciertos momentos de la escritura, su materialización en tinta, papel o pantalla de ordenador, pueden presentarse luego como acto burocrático y hasta ingrato. Nada es parecido al impulso de inocencia original, el principio, la génesis primera de una novela cuando el escritor se acerca a la historia por contar como a alguien de quien acabara de enamorarse.

A veces, o con frecuencia, tales aproximaciones pueden ser indirectas. O casuales. Así me ocurrió aquella mañana en la venta cercana a Briviesca mientras miraba caer la lluvia. La carta escrita por Pascual Raposo a los académicos Higueruela y Sánchez Terrón daba pie a un nuevo encuentro de éstos en Madrid, y yo andaba dando vueltas en la cabeza a dónde situarlo. Ya había recurrido a los escenarios de un café y de un paseo nocturno por la ciudad para diálogos entre estos personajes; el siguiente tenía previsto situarlo en el edificio de la Real Academia, en la Casa del Tesoro, antes o después de una de las reuniones ordinarias celebradas los jueves; o quizá en el paseo del Prado. Sin embargo, mientras estaba sentado en el porche de la venta se me ocurrió otra idea. Había caminado un trecho bajo la lluvia, y mi calzado estaba sucio de barro. Eran unos zapatos de campo de buen cuero, de Valverde del Camino: desde hace muchos años uso el mismo modelo, que compro en una tienda de caballistas y equitación del Rastro madrileño. Los miraba, pensando que por la noche los tendría que limpiar bien cuando llegase a un hotel, y eso llevó mis pensamientos a la próxima necesidad de un par nuevo, a la tienda donde los compro, y al mismo Rastro. En el siglo XVIII, recordé entonces, ese barrio-mercado popular, con su compraventa de objetos usados, ya era un lugar castizo muy frecuentado por los habitantes de Madrid. Tenía a mi disposición abundante literatura costumbrista con descripciones de la época para documentar detalles, desde gacetas y autores contemporáneos a inmediatamente posteriores, como el sainetero Ramón de la Cruz o el cronista decimonónico

Mesonero Romanos, cuya descripción de la plazuela del Rastro —hoy llamada de Cascorro— y la ribera de Curtidores era perfectamente válida para describir el aspecto del lugar en los años ochenta del siglo anterior: *Mercado central donde van a parar todos los utensilios, muebles, ropas y cachivaches averiados por el tiempo, castigados por la fortuna, o sustraídos por el ingenio a sus legítimos dueños.* Decidí, por tanto, que Higueruela y Sánchez Terrón, los dos conspiradores contra la adquisición de la *Encyclopédie* por la Real Academia Española, tendrían su próxima reunión en algún lugar del Rastro. Y, por supuesto, en un día de lluvia.

Llueve a cántaros en la plazuela. Los toldos puestos sobre los tenderetes se abomban con el agua que, rebosante, se desliza por las costuras, remiendos y agujeros. Un goteo constante, monótono, salpica repicando en el empedrado. Sin embargo, los habituales del lugar no se arredran: aunque menos nutrida que otros domingos de cielo sereno, gente de toda clase y catadura, desde individuos respetables hasta criadas, lacayos y pillos, protegidos por parasoles, mantones, sombreros, capas y capotes de hule, deambula entre los puestos o curiosea bajo las lonas de las tiendas de lance situadas en los edificios que bordean el mercado.

Ante una covachuela de libros de segunda mano, pisando el serrín esparcido por el suelo del portal, coinciden Manuel Higueruela y Justo Sánchez Terrón. Discute este último el precio de un ajado primer tomo de *El oráculo de los nuevos filósofos,* por el que ofrece cuatro reales frente a los diez que pide el chalán, que es un fulano caído de patillas, de ojos rapaces y dedos sucios.

—De las dos pesetas no subo —sostiene Sánchez Terrón, enérgico.

—Del duro no bajo —se enroca el otro.

—Ahí va ese duro —interviene espontáneo Higueruela, poniéndole en la palma una moneda de plata.

Indiferente, el chalán prescinde de Sánchez Terrón y le entrega el libro al recién llegado. Es un ejemplar de tapas maltrechas, muy sobado por dentro. Sánchez Terrón, visiblemente molesto, contempla a Higueruela con agria censura.

—No sabía que estaba ahí detrás.

—Lo vi parado aquí, pero no quise molestar. Me divirtió su regateo.

Ahora Sánchez Terrón mira con rencor el libro en manos de su colega académico.

—Ya veo que se divertía, sí... Muy bajo por su parte.

Con una carcajada, Higueruela le entrega el libro.

—Es para usted, hombre. Un obsequio.

Lo mira el otro con sorpresa y recelo.

—No vale ese duro que ha pagado.

—Qué más da... Hágame el favor de aceptarlo.

Duda altivo Sánchez Terrón, con teatral desdén.

—Era simple capricho, no crea. El rancio conservadurismo de su autor...

—Que sí, hombre. Cójalo de una vez.

Acepta el otro al fin, como si hiciera un favor, y lo mete en un bolsillo del sobretodo. Caminan juntos bajo los toldos de las tiendas, resguardándose del agua que cae. Higueruela se cubre con capa negra encerada y un sombrero redondo de hule, y Sánchez Terrón, que lleva la cabeza descubierta, utiliza un parasol para proteger de la lluvia su elegante gabán a la francesa, de largos faldones y estrechado en la cintura.

—¿Cómo va nuestro asunto?

—¿Se refiere al de París? —responde Higueruela con malicia.

Sánchez Terrón frunce los labios con disgusto.

—No se me ocurre otro en el que coincidan sus intereses y los míos.

El periodista no responde en seguida. Todavía da unos pasos riendo entre dientes, divertido con el tono de su compañero.

—He recibido noticias de nuestro tercer viajero.

—¿Y?

—El jueves no tuve ocasión de comentarlo con usted en la Academia. Demasiados oídos cerca. Luego me fui con prisas.

—¿Siguen camino sin novedad?

—Ninguna que los retrase, al menos. Incluido un encuentro con bandoleros.

—Caramba... ¿Cosa seria?

—No parece. Por lo visto, el almirante estuvo muy puesto en militar, a la altura de las circunstancias. Con tiros y todo.

—¿Nuestro almirante?... Increíble.

—Pues ya ve. Quien tuvo, retuvo.

Caminan los dos académicos entre mauleros y prenderos, esquivando como pueden a la gente que busca protegerse bajo los toldos mientras curiosea muebles desencolados, alhajas de dudosa procedencia, espadines herrumbrosos, vajillas desportilladas o incompletas.

—Tengo un amigo en el Consejo de Castilla —comenta Sánchez Terrón—. Su nombre no viene al caso.

Higueruela lo mira con interés.

—¿Y qué cuenta su amigo?

Sánchez Terrón lo expone en pocas palabras. El viaje a París en busca de la *Encyclopédie* suscita comentarios en la corte, no siempre favorables. Hay quien opina que es un mal ejemplo. Y que la Academia, precisamente por la protección real de que goza, no debería meterse en jardines filosóficos. Dos días atrás, el arzobispo de Toledo hizo un par de comentarios al respecto. Eso, al parecer, dio pie a una breve charla sobre el asunto entre su majestad, el arzobispo y el marqués de Casa Prado, que estaba presente.

—Y entre esos dos —concluye Sánchez Terrón—, que son de la misma cuerda rancia, es decir la de usted, don Manuel, hicieron una envolvente bastante atrevida, sugiriendo al rey que desautorizase el viaje...

—¿Y qué dijo él? —se interesa el otro.

—No se pronunció. Escuchó atento, y al rato habló de otras cosas.

—Está mal aconsejado.

—Puede. Pero es lo que hay.

—¿Y la Inquisición?

—Ya oyó usted en el pleno a don Joseph Ontiveros, secretario perpetuo del Consejo... Por su parte, *nihil obstat*. Hasta el permiso para traer la obra de Francia lo ha gestionado él.

Higueruela chasquea la lengua y mueve la cabeza.

—Cochinos tiempos, éstos. Ya ni del Santo Oficio puede fiarse uno.

—Permítame que no replique a eso como usted merece.

Sonríe el otro, encanallado. Con descaro.

—Así me gusta, don Justo —ironiza—. Que me ahorre lo que merezco... Que sea usted un buen chico y respete nuestra tregua.

Mira Sánchez Terrón, distraído, la covacha de un ropavejero donde se apilan viejas casacas galoneadas, encajes amarillentos, sombreros apolillados o pasados de moda. Todo huele a antiguo, y la humedad ambiente no mejora los efluvios.

—¿Y no podría usted, en ese *Censor Literario* suyo...?

La mirada cáustica de Higueruela le hace dejar la frase a medias.

—¿Ese papelucho mío —pregunta el periodista, con sarcasmo— que sus correligionarios tachan de vocero del oscurantismo arcaico?... ¿Ese al que usted mismo, y lo sé de buena tinta, llamó *panfleto infame* el otro día, en la tertulia del café de la fonda de San Sebastián?

—Sí —admite Sánchez Terrón, altivo—. Ese mismo. ¿No podría, pregunto, ocuparse del asunto y denunciarlo utilizando voces autorizadas?

Higueruela, siempre práctico, recoge su rencor como quien recoge velas. Con toda naturalidad.

—¿Por ejemplo?

—Pues no sé. Mencionando la opinión de un par de obispos, del duque de Orán o del propio marqués de Casa Prado... Personas de peso en la corte, afines a usted y a sus ideas.

Alza el periodista un dedo adversativo, de uña sucia.

—Yo no puedo meterme en eso —objeta—. Una cosa es mi postura como editor y otra la mía como académico... Un punto es que me oponga en los plenos de la Española a este despropósito enciclopédico, y otro que tome postura pública atacando a la honorable institución a que usted y yo pertenecemos. Dando armas a quienes la atacan.

Se crece, engolado, Sánchez Terrón.

—Pues según su conciencia...

El otro lo interrumpe con una risa cáustica.

—Si de conciencias hablamos, puedo decirle lo mismo, señor filósofo. Hágalo usted, entonces, dando la cara en algún papel o lugar público. Mójese. Diga que las modernas luces deben circular exclusivamente a través de hombres ilustres como usted. Y que no se hizo la miel para la boca del asno.

—No diga disparates.

—Ya. Pero yo me entiendo, y usted me entiende también.

Los interrumpe un individuo agitanado, de pésima catadura, envuelto en una mojada capa parda, que saca de debajo de ésta cuatro cubiertos de plata envueltos en papel de estraza y se los ofrece por ciento veinte reales. Su mujer está enferma, asegura; y para atenderla, se ve en la precisión de vender esas alhajas.

—¿Muy enferma? —pregunta Higueruela, con guasa.

Se santigua el truhán con mucho desparpajo.

—Se lo juro por la gloria de mi madre.

—Anda... Vete por ahí antes de que llame a un guardia.

Esconde el otro la argentería, mirándolo esquinado.

—Arrieritos somos, caballero —masculla.

—Que te vayas, digo.

Siguen adelante los dos académicos y cruzan una bocacalle, esquivando charcos. Sánchez Terrón, que sostiene en alto el parasol, se vuelve a su compañero.

—¿Cree que habrá manera de entorpecer el asunto en París?

—¿Por parte de Pascual Raposo?... Estoy seguro. Conoce la ciudad y el ambiente. Es hombre de recursos... De recursos sucios, quiero decir.

Se han parado bajo un soportal donde arranca, calle abajo, la ribera de Curtidores. Pegado a una tienda de marcos vacíos y cuadros descoloridos o desgarrados hay otro librero de lance. Higueruela se sacude agua del sombrero y la capa, y su compañero cierra el parasol goteante.

—El jueves —dice éste—, en la Academia, comentando lo del viaje, el director dijo algo que yo ignoraba: el almirante y el bibliotecario llevan una carta de recomendación suya para nuestro embajador allí, el conde de Aranda.

A Higueruela no le agrada la noticia.

—Mala cosa —apunta—. Aranda es volteriano, impío y favorable a las nuevas filosofías.

—Como yo mismo, querrá usted decir.

El periodista le dirige una ojeada torva.

—No mezcle churras con merinas, don Justo... Estamos hablando de otra cosa.

—No mezclo —se pavonea Sánchez Terrón, algo picado por el símil—. Sólo puntualizo. Sepa usted que el conde de Aranda y yo coincidimos en no pocas...

Levanta Higueruela una mano, impaciente, reconduciendo el asunto.

—Bueno, da igual... El caso es que, sin duda, el embajador les prestará ayuda. Facilitará las cosas. Y nuestro hombre, Raposo, no podrá llegar hasta ahí... Sería picar demasiado alto para un rufián como él.

Toquetean los libros, echando un vistazo a los tejuelos descoloridos de los lomos y a las maltrechas encuadernaciones. En su mayor parte son religiosos. Entre volúmenes sueltos sin valor o incompletos hay un *Marco Aurelio* de Guevara medio destrozado, roído por los ratones y la humedad.

—Algo cuenta a nuestro favor —comenta Sánchez Terrón—. Yo tengo cierta familiaridad con Ignacio Heredia, el secretario particular de Aranda. Me envía libros y mantenemos correspondencia.

Nueva mirada de interés por parte de Higueruela.

—¿Podría servirnos para dificultar la tarea de nuestros dos viajeros en París?

El otro deja de hojear el volumen, al que falta casi un tercio de las páginas, y lo devuelve al montón con desagrado.

—No sé si llegaría a tanto. Yo no puedo comprometerme hasta ese punto, ni implicarlo demasiado a él. Uno nunca sabe en qué manos van a acabar las cartas que escribe.

—Pero alguna insinuación adecuada...

Sánchez Terrón parece pensarlo detenidamente. Al verlo dudar, insiste Higueruela.

—Bastarían unas palabras suyas en una carta cualquiera. Un comentario, hecho como al azar, que inspire cierta antipatía... Que no les ponga las cosas fáciles cuando se presenten allí, por muy recomendados que vayan.

Asiente al fin el otro, convencido.

—Sí. Eso es posible, supongo.

—Espléndido. Porque así, entre el secretario del embajador y nuestro apreciado Pascual Raposo, usted y yo combinamos la seda con el percal... O, dicho de otra manera, ponemos una vela a Dios y otra al diablo.

Silencios, conversación, alguna cabezada soñolienta. Apenas hay luz para leer. Avanza la berlina bajo la lluvia, con el cochero cubierto con un capote de hule, mientras las ruedas trazan profundos surcos en el barro del camino. En las zonas boscosas, el verde se hace más intenso y sombrío entre veladuras de bruma. En campo abierto, el paisaje enfangado, con grandes charcos y arroyuelos que reflejan el cielo plomizo y oscuro, se ve salpicado a intervalos por ráfagas de agua que repiquetean como disparos en la capota del carruaje.

Mira el almirante por la ventanilla, de la que de vez en cuando quita el vaho con la mano. Hace rato que permanece así, absorto en sus pensamientos, con el libro de Euler cerrado sobre la manta de viaje que le cubre las piernas. Sentado frente a él dormita don Hermógenes, cruzadas plácidamente las manos sobre el regazo y la capa que lo abriga. Al cabo de un rato se sobresalta el bibliotecario, despierta, alza la cabeza y mira a su compañero.

—¿Cómo vamos? —pregunta parpadeando, aturdido.

—La lluvia y el barro nos retrasan. A las pobres bestias les cuesta hacer camino.

—¿Cree que llegaremos a Vitoria antes de que se haga de noche?

—Confío en eso. Deben de quedar dos leguas, y no está el tiempo para pernoctar en una ruin venta de arrieros.

—Qué mala era la posada de Briviesca, ¿verdad?

—Infame.

Echa don Hermógenes un vistazo al exterior. Hay cerca unos cerros con árboles, y entre ellos, medio borrado por la bruma, un caserío distante, encalado de blanco.

—Triste paisaje, ¿no le parece?... Aunque con buen tiempo debe de ser hermoso, con tanta arboleda.

—Sin duda. Ésta es una tierra afortunada. Fértil.

—Es curioso —comenta el bibliotecario tras pensarlo un poco—. No es sólo el paisaje, la lluvia y todo esto, lo que causa una sensación de tristeza. Con buen tiempo sucede lo mismo. ¿No lo ha observado al pasar por los pueblos que hemos ido dejando atrás?... Acostumbrados como estamos al bullicio de Madrid, se nos olvida que no toda España es así... En contra de lo que cree mucha gente en el extranjero, los españoles somos un pueblo triste. ¿No le parece?

—Puede ser —conviene el almirante.

—Hace dos días en Briviesca, por ejemplo, que es un lugar próspero, abundante en ganados, huertas y arboledas, con buenos edificios, aunque la posada dejara que desear... ¿Recuerda usted?

—Claro. Un bonito lugar: dos conventos, una colegiata, una parroquia. Pero falto de alegría, como dice.

—Era domingo —rememora don Hermógenes—: día para que quienes pasan la semana trabajando se diviertan honestamente. No había empezado a llover, pero las calles estaban vacías, en silencio, y las pocas personas que encontramos fuera de sus casas parecían echadas de ellas por la desgana y el aburrimiento... Parecían estatuas funerarias, en la plaza o en el pórtico de la iglesia, ellos envueltos en sus capas y ellas en sus mantones, perezosamente sentados o vagando sin objeto. Sin asomo de diversión o interés por nada.

—Y al toque de oración, como pudo ver, todos de vuelta a casa.

—Eso mismo. Y lo que vimos allí ocurre en cualquier lugar de provincias. Por eso pienso que los españoles somos un pueblo triste. Y me pregunto por qué: tenemos sol, buen vino, guapas mujeres, buena gente...

El almirante mira con sarcástico interés a su compañero.

—¿Por qué la llama buena?

—Pues no sé —duda el otro—. Mala, buena... Quiero creer que...

—La gente no es buena ni mala. No es sino como la hacen.

—¿Y qué hace tristes a los naturales de Briviesca, por ejemplo?

—Las malas leyes, don Hermes —el almirante sonríe desganado, casi con pesadumbre—. La desconfianza de los gobernantes y el mal entendido celo de los jueces, seguros de que todo se cifra en la sujeción del pueblo: que la gente se estremezca ante la voz de la justicia, y que toda alegría sea considerada alboroto y ocasione pesquisas, prisiones y multas, en un país donde la venalidad de los funcionarios y la codicia de los jueces echa el resto... ¿Me sigue?

—Perfectamente.

—Entonces no tengo que explicarle cuánto acobarda y entristece eso al pueblo. Y al final, lo único que se le tolera es ir a misa los domingos, la romería a la ermita del santo y el poco esparcimiento que acompaña a bodas y bautizos.

Aparta la vista el bibliotecario, incómodo, mirando las gotas de agua que corren por el vidrio empañado de la ventanilla.

—Vaya, hombre... Ya tardaba usted en meter a la Iglesia de por medio.

Sonríe con afecto el almirante, quitándole hierro al asunto. No es sólo la Iglesia, señala tras un momento. Ella, añade, aporta un instrumento más al sistema perverso que gobierna a ciertos pueblos. Y no se trata de que la monarquía sea nefasta o no, pues ahí están los ingleses como ejemplo de que todo es compatible, sino de cómo en España se entiende la paz ciudadana.

—Nuestros reglamentos de policía —continúa— no sólo son contrarios a la felicidad, sino también a la prosperidad. En muchos lugares se prohíben músicas, veladas y bailes, en otros obligan a los vecinos a quedarse en casa al toque de oración, a no salir a la calle sin luz, a no pararse en corros... Y al campesino que regó con sudor los terrones del campo no le permiten la noche del sábado gritar con libertad en la plaza del pueblo, ni bailar con su mujer o la vecina, si le place, ni cantar una copla junto a la reja de su novia.

—La honestidad, ya sabe. Las costumbres...

—Qué honestidades ni qué niño envuelto. Sabe que no es ése el problema. Dejad leer y dejad danzar, pedía Voltaire. Y ahí está el punto de todo: menos misas y más música.

Alza las manos el bibliotecario, medio escandalizado.

—Exagera usted, querido almirante.

—¿Que exagero, dice?... De las romerías, por ejemplo, hablé antes. ¿Y qué pasa en ellas?... Deben interrum-

162

pirse antes de la hora de la oración; y no es que se prohíba que bailen hombres con mujeres, sino que la Iglesia ha hecho que se prohíban, incluso, las danzas de hombres.

—Pero el pueblo es paciente —objeta don Hermógenes—. Y todo lo sufre.

—Eso es lo peor. Que lo sufre, pero de mala gana. Y esa mala gana se corrige con medidas de policía, olvidando que quien sufre tiende a mudanzas violentas cuando estalla, y que sin libertad no hay prosperidad... En eso estará de acuerdo conmigo, supongo.

—Pues claro. Ya lo decían los griegos. Un pueblo libre y alegre será naturalmente laborioso.

—Exacto. Y a los buenos gobernantes corresponde no imponer, sino garantizar esa clase de felicidad.

—En eso tiene usted razón, desde luego. Dígame dónde hay que firmar. Un pueblo honrado no necesita que el gobierno lo divierta, sino que lo deje divertirse.

—Por supuesto. Y es que diversión y educación hacen a los ciudadanos laboriosos y responsables. Ayudan a eso los saraos públicos, cafés y casas de conversación, juegos de pelota, teatros...

—Y las corridas de toros —introduce el bibliotecario, que es notable aficionado.

En eso tuerce la boca el almirante, desaprobador.

—Ahí no estoy de acuerdo —responde con sequedad crítica—. Esa barbarie está bien prohibida.

—Una prohibición que no siempre se aplica a rajatabla, afortunadamente. Porque a mí me gustan, oiga. El valor de los toreros, la bravura de los animales...

—Es usted muy dueño, don Hermes —lo corta el almirante, algo desabrido—. Pero el espectáculo de una chusma analfabeta aplaudiendo el martirio de un animal nos avergüenza ante las naciones cultas. Si de amenidad pública se trata, en mi opinión la ideal para España es el teatro.

—Puede que tenga usted razón, sí... Ahí, desde luego, estamos de acuerdo.

Sufre la berlina un vaivén violento, salpicando barro afuera, y se detiene con brusquedad. Sin duda se trata de un bache del camino, oculto bajo el fango de un charco. Piensa don Hermógenes en descorrer la ventanilla para ver qué ocurre, pero la fuerte lluvia que golpea en el vidrio acaba por disuadirlo. Durante un rato, entre el repicar de agua sobre el techo, se oye el restallar del látigo y las voces malhumoradas del mayoral alentando a los caballos. Al fin, tras oscilar la caja a uno y otro lado, el coche da un tirón y reanuda la marcha.

—El teatro —prosigue el almirante— es una herramienta educativa de primer orden. Pero en España necesita una reforma que lo purgue de deshonestidades, fugas de doncellas, desafíos, crímenes, bufones insolentes y criados que presumen de bellacas tercerías... Añádale, si le parece, los entremeses y sainetes más bajos y groseros, a base de manolos, rufianes y verduleras, y tendrá el panorama de nuestra escena actual.

Se muestra vigorosamente de acuerdo don Hermógenes.

—Tiene razón. Sobre todo en lo de ese majismo y esa ordinariez, que desde los escenarios contagian a la gente... Todos los pueblos tienen su gusto por lo popular, claro. Lo malo es que en España ha subido a mayores, propagándose entre la nobleza y gente de forma, en lugar de quedarse, como en Inglaterra o Francia, en donde debe estar. ¿No le parece?... Y es que en todas partes hay plebe, como es natural. Pero lo de nuestra nación es plebeyismo.

—No puedo estar más de acuerdo, don Hermes... Esa estéril y grosera chulería, que a nada conduce, hace que en el extranjero la crean carácter nacional, y nos desacredita.

Otro bache hace que los académicos casi choquen uno con otro, y el coche vuelve a pararse. Decidiéndose al fin, don Hermógenes echa un vistazo por la ventanilla y la cierra con el rostro salpicado de gotas de lluvia, justo cuando restalla el látigo y la berlina arranca de nuevo en otro violento tirón. Con gesto de resignación, el bibliotecario se frota los riñones doloridos.

—Desde luego —retoma el hilo—, la religión y la buena política, cogidas de la mano, claman por una reforma rigurosa de esa bajunería nacional. De esas costumbres.

Sonríe don Pedro al oír aquello.

—Estaría más de acuerdo —objeta— en que religión y política se soltaran de la mano y no se la volvieran a tomar jamás... Mal camino es reformar mediante leyes de tufillo eclesiástico.

—No empecemos otra vez, se lo ruego.

—Ni empiezo ni termino, don Hermes. A mi juicio, una reforma de costumbres sólo debe orientarse por la razón y el buen gusto.

Protesta otra vez el bibliotecario, con su habitual candor.

—Mi querido almirante, un pueblo piadoso...

—No se trata de hacer pueblos piadosos —lo interrumpe el otro—, sino honrados, laboriosos, cultos y prósperos... Por eso hablo de un teatro que, como principal diversión nacional, fomente el patriotismo bien entendido, la utilidad del estudio, la honestidad del trabajo, la cultura, la virtud, con ejemplos que prestigien la libertad y protejan la inocencia... Un teatro, en fin, restituido al esplendor y el sentido común que el bien público exige.

—Ay, querido almirante. Creo que es pedir peras al olmo.

—Ya lo sé. Sin embargo, sacudiendo el olmo tal vez se obtengan algunas peras... Y de algún modo, en la humilde parte que a usted y a mí nos toca, este viaje en busca de unos libros prohibidos es una digna forma de sacudirlo.

El caballo avanza despacio, hundiendo los cascos en el barro del camino. La lluvia, que sigue siendo intensa, desborda los surcos gemelos de las ruedas de la berlina que avanza media milla por delante. También hace que Pascual Raposo, inclinado sobre el cuello de su montura, entorne los ojos para protegerse de los alfilerazos de agua que golpean su rostro, parcialmente cubierto por el ala deforme y empapada del sombrero. Bajo el capote que lo protege de la tormenta, el solitario jinete se siente friolento, húmedo, incómodo. Daría cualquier cosa por un fuego al que arrimarse hasta que sus ropas desprendieran vapor, o al menos por un lugar cubierto donde relajarse a resguardo de la lluvia. Sin embargo, el paraje no ofrece cobijo. Con su antiguo pasado de soldado de caballería a cuestas, Raposo está hecho a tales cosas, aunque el curso del tiempo, los años que corren sin remedio, las haga cada vez menos soportables. Algún día, piensa malhumorado, ya no estará en condiciones de buscarse la vida como se la busca. Y ojalá para entonces, concluye, disponga de algo con lo que sostenerse. Con lo que asegurar un techo, una mujer, un puchero caliente. Ese triple pensamiento, o su recuerdo bajo esta lluvia, basta para producirle una inmediata y tranquila desesperación. Una intensa melancolía.

Cojea el caballo al cruzar un puente de piedra, bajo el que un arroyo de aguas turbias corre con violencia. Mascullando una maldición, Raposo tira de la rienda, desmonta y comprueba las patas del animal, cuya carne cálida contrasta con el frío del agua que le corre por encima. Y la maldición se convierte en atroz blasfemia cuando Raposo comprueba que ha desaparecido una de las herraduras. Arropándose lo mejor que puede en el capote, a ratos cegado por la lluvia, abre las alforjas y saca una de repuesto, navaja, clavos y martillo. Luego, sujetando entre las piernas la pata del caballo, quitándose de vez en cuando el agua del rostro con el dorso de la mano, raspa el casco, coloca la herradura y la clava lo mejor que puede, mientras siente la lluvia que salpica alrededor, le cae encima y se filtra por las costuras de la tela encerada, corriéndole, fría hasta hacerlo estremecer, por el cogote hasta los hombros y la espalda. Cuando al cabo de un largo rato Raposo acaba la faena, tiene las piernas empapadas hasta los muslos, las mangas del marsellés chorreando, y el cuero de sus botas rezuma agua. Entonces, sin apresurarse, guarda las herramientas, saca el pellejo de vino que está en las alforjas y, echando la cabeza atrás, bebe un larguísimo trago mientras la lluvia le golpea la cara. Monta luego, y apenas el caballo siente floja la rienda y al hombre encima, se pone de nuevo en marcha, dejando atrás el sonido de los cascos sobre las piedras del puente.

Los surcos paralelos de las ruedas de la berlina ondulan en el barro del camino hasta perderse de vista, reflejando en sus estrechos cauces gemelos el cielo fosco y el velo brumoso del horizonte. Raposo imagina a los dos académicos secos y abrigados en el interior del carruaje, consultando con displicencia sus relojes para comprobar cuántas leguas quedan hasta Vitoria. Ese pensamiento le suscita un recio rencor. Ya vendrá el momento, piensa, en que todos ajustemos cuentas. En lo que a él se refiere, hay al menos un pagaré a liquidar por cada paso de su caballo, por cada tramo de camino hecho bajo aquella lluvia. Por el cansancio y el frío. Y cuando, sobre una arboleda lejana, un relámpago rasga el cielo antes de que el trueno llegue ensordecedor con la fuerza de un cañonazo entre las nubes negras y bajas, el resplandor ilumina la boca del jinete solitario, torcida en una mueca feroz, de aplazada venganza.

Es jueves, son las ocho y media en punto de la tarde, y la Real Academia termina sesión en su Casa del Tesoro de Madrid. Una luz grasienta, de cera y velones de aceite colocados sobre el tapete de badana de la mesa de plenos, ilumina mal los estantes llenos de libros y cartapacios amarillentos, los ficheros de madera oscura con letras escritas por orden alfabético en las tarjetas que los identifican. Puestos en pie, lee el director Vega de Sella la oración habitual y suena después ruido de sillas, toses para escamondar el pecho, carraspeos, conversaciones. Todavía discuten en voz baja el secretario Palafox y los académicos señores Echegárate —eminente glosador del *Cantar del Cid*— y Domínguez de León —autor del *Discurso sobre la reforma de las leyes criminales,* entre otros textos notables— en torno a la voz *axedrezado,* que acaba de ser aprobada como adjetivo para la próxima edición del Diccionario. Todos abandonan sus asientos, demorándose algunos para calentarse las manos junto al brasero que apenas caldea la estancia.

—Hay una posibilidad interesante —dice en voz baja Manuel Higueruela a Justo Sánchez Terrón—. Sobre nuestro asunto.

Se lo lleva aparte, a las cercanías del brasero, que acaban de despejar los otros académicos. Huele a picón calcinado. Sobre sus cabezas, en la penumbra de la pared, se adivinan los retratos de los difuntos monarca y marqués fundador, que presiden entre sombras la sala de plenos.

—Mañana, el arzobispo de Toledo y el nuncio de su santidad asisten a la comida del rey.

Enarca una ceja despectiva Sánchez Terrón, a su estilo.

—¿Y qué nos va en ello?

—Más de lo que cree. También estará allí el marqués de Casa Prado, que es de los nuestros.

—De los suyos de usted, querrá decir.

Higueruela chasquea la lengua, impaciente.

—No me fastidie, don Justo, que los dos somos mastines viejos... En lo del viaje a París no hay usted y yo que valga. Estamos en el mismo barco.

Se miran uno al otro, entendiéndose. El periodista baja un poco más la voz.

—Entre los tres intentarán convencer al rey de que desautorice el viaje.

Inclina la cabeza Sánchez Terrón, interesado a su pesar.

—¿No es un poco tarde para eso?

—En absoluto —el otro encanalla la sonrisa—. Un correo a caballo se pone en nuestra embajada en una semana.

—Olvida usted, me temo, que el embajador es el conde de Aranda. Un conspicuo ilustrado.

—No discutiría una orden del rey, si la hubiera. O hubiese.

Mira Sánchez Terrón alrededor, cauto. Todos los académicos se encuentran ya junto a los percheros del vestíbulo, requiriendo sombreros, capas y abrigos.

—De todas formas —apunta—, el arzobispo y el marqués ya lo intentaron hace unos días, según le conté a usted. Sin ningún éxito. El rey los oyó como quien oye llover.

—Tampoco se manifestó a favor ni en contra, que sepamos. Además, el nuncio no estaba con ellos; y ya sabe que monseñor Ottaviani tiene mucho carácter y suele manejar sólidos argumentos... Por otra parte, el rey es hombre piadoso. Tengo noticias serias de que ese aspecto lo trabaja también el confesor real.

—¿El padre Quílez?

—El mismo que ora et labora.

—Vaya —Sánchez Terrón hace una mueca amarga—. Cuánta energía despliegan ustedes, cuando les interesa.

—En este caso nos interesa a ambos. No se haga el estrecho, señor mío.

—Váyase al diablo.

Se sacude Sánchez Terrón el polvo del frac a la inglesa, rematado por una ampulosa corbata de vueltas anchas que le da aspecto de rígido petimetre entrado en años. Salen al vestíbulo, donde sólo quedan, despidiéndose, el director, el secretario y un par de académicos. Vega de Sella, asistido por el ujier de la casa, se está poniendo una capa sobre la elegante casaca donde lleva bordada la cruz de Santiago. Esta misma tarde, en el pleno, el director ha leído una carta del almirante y el bibliotecario, remitida desde Vitoria, donde éstos daban cuenta de los pormenores del viaje.

—Ah, don Justo —le dice a Sánchez Terrón—. Olvidaba felicitarlo por el artículo de la semana pasada en *El Mercurio de las Letras*... Muy inteligentemente expuesto, desde luego. Impresiona esa visión suya, profundísima, descubriéndonos las intenciones reales de Velázquez al pintar sin radios la rueca de *Las hilanderas*... Dinámico y subversor, creo que eran los originales adjetivos que usted usaba. Nunca se nos habría ocurrido, ¿verdad?, tratándose de Velázquez. No se le escapa nada.

Se pavonea Sánchez Terrón entre halagado y confuso, pues aquel tono excesivo no le cuadra. Detecta un grano de delicada guasa.

—Gracias, señor director —tantea—. Yo, en realidad...

La sonrisa distante de Vega de Sella disipa sus últimas dudas.

—No sé qué harían la cultura y la filosofía sin usted. En serio. No sé qué haríamos.

Dicho eso, el director se despide cortés, inclinando la cabeza empolvada.

—Buenas noches, señores.

Higueruela y Sánchez Terrón lo miran irse.

—Será imbécil —masculla el segundo—. Ése sabe algo.

—¿De qué? —inquiere Higueruela, aún secretamente regocijado por la escena.

—De nuestras conversaciones. De...

—Qué va a saber. Usted no le cae simpático, eso es todo.

—Pues bien que me votó para la Academia.

Asiente Higueruela, divertido.

—Todavía no había desvelado usted al mundo el genio pictórico de Velázquez, don Justo. Ni descubierto a los españoles las virtudes naturales del buen salvaje de las junglas y las praderas... Será eso.

Lo mira el otro de soslayo, buscando establecer el grado de sarcasmo del comentario. Todo resbala, sin embargo, sobre la sonrisa conchuda del periodista.

—¿No contraatacará Vega de Sella? —se inquieta Sánchez Terrón, cambiando el tercio.

—¿Con lo del nuncio y los otros?... ¿Cerca del rey?

—Claro.

Higueruela frunce los labios, disconforme.

—Si Ottaviani convence a su majestad, nuestro director no tiene nada que hacer. *Monarchia locuta, causa finita...* Y nuestros dos intrépidos compañeros no tendrán otra que volver grupas.

—¿Ha recibido nuevas noticias de su conocido? —la voz de Sánchez Terrón se torna susurro—. ¿Del tercer viajero?

—No. Pero a estas fechas deben de estar todos a punto de pasar la frontera. Y con nuncio o sin él, aún queda por delante un largo y azaroso camino.

Los conspiradores cogen sus abrigos y salen juntos a la calle, iluminada sólo por un farol que alumbra la bajada hacia el Palacio Real. Una vez allí, sin despedirse, cada uno camina alejándose del otro, apresurados. Casi furtivos.

Come su majestad Carlos III, solemne, en el ángulo de un vasto salón de palacio, entre dos puertas altas flanqueadas por tapices de la Real Fábrica con escenas mitológicas. Tiene el rey la nariz grande, el rostro moreno por el sol y la caza, a la que es gran aficionado, y su tez aún parece más oscura por contraste con la peluca blanca rizada en las sienes. Viste casaca de terciopelo verde, luce al cuello el Toisón de Oro y al pecho la cruz de la Orden que lleva su nombre, cuyos miembros, bula papal mediante, se comprometen a defender el dogma de la Inmaculada Concepción. Sobre su cabeza, a veinte codos del suelo, lo cubre un techo pintado con alegorías sobre las grandezas de la casa de Borbón y los dominios de América. Se sienta a la mesa solo, la espalda hacia la pared, masticando despacio y la vista fija en el plato, el aire pensativo, alargando de vez en cuando la mano, tras tocarse los labios con una servilleta, hacia una copa de cristal de La Granja llena de vino que tiene a su alcance. Supervisados de cerca por el mayordomo mayor de palacio, conde de los Anzules, sirvientes de estricta librea presentan cada plato con una inclinación de cabeza. Junto a la mesa están dos lebreles que dormitan sobre la alfombra o alzan el hocico atentos a lo que su amo, usando del mismo aire absorto con el que come, les deja caer de vez en cuando.

El protocolo es riguroso y rutinario: la veintena de personas que presencia la comida del monarca —sólo hay varones en la sala— se mantiene a respetuosa distancia. Asisten hoy los embajadores de Nápoles y de Rusia, el nuncio del papa, el arzobispo de Toledo y algunos cortesanos habituales e invitados singulares, formando entre todos un variado conjunto de casacas multicolores, sotanas, uniformes, chorreras de encaje, calzones elegantes y pelucas onduladas en los aladares. A veces el rey levanta la vista y mira a uno de ellos, invitándolo a acercarse, y éste se aproxima respetuoso, hace una reverencia, escucha lo que tiene que decirle Carlos III y departe con él hasta retirarse cuando el monarca, devolviendo la vista al plato, da por terminada la charla. Mientras, el resto de asistentes hace corros conversando en voz baja, espera o tiende con disimulo la oreja, atento a captar la conversación real.

—Fíjese, marqués, ojo al detalle... Peñaflorida apenas ha logrado del rey medio minuto de atención.

—Suficiente para pedir una coronelía para su yerno, supongo.

—Caramba. Qué agudo es usted.

Retiran los lacayos el último plato y sirven al monarca tres dedos de café en porcelana regalo del emperador de China. Sorbe un poco Carlos III, y por encima de la taza mira al cardenal Ottaviani, nuncio de Roma. Se acerca éste con diplomática sonrisa, las manos donde reluce el anillo de su dignidad enlazadas sobre la sobreveste carmesí orillada de encajes. Cambian cortesías, transmite el cardenal un mensaje del papa, pasan a otros asuntos. Pide el nuncio, en su rico español con matices toscanos, licencia para incorporar a la conversación al arzobispo de Toledo y al marqués de Casa Prado; accede el rey y se acercan éstos.

—No falta cierta inquietud, majestad —apunta el nuncio tras la puesta en situación.

Se introducen delicadamente el arzobispo y el marqués por la brecha, alternando argumentos. Escucha el monarca con aire distraído, mirando de vez en cuando a los perros, uno de los cuales se ha levantado de la alfombra y le lame una mano con sonoros lengüetazos. Bonachón, el rey de ambos mundos se deja hacer.

—La Real Academia Española, justamente por su prestigio, no puede descender a ciertas proposiciones de estos tiempos revueltos —ajusta el arzobispo de Toledo—. Está siendo muy comentado ese viaje a París para traer la *Encyclopédie.*

—Muy comentado —repite el marqués de Casa Prado, sostenido por un parpadeo de aprobación del nuncio.

—¿Por quién? —inquiere con suavidad el rey.

Cambian miradas unos con otros. Es el nuncio quien se hace cargo.

—En fin, majestad... Señor... Se trata de una indigesta compilación, muy salpicada de paradojas y errores, con todas esas teorías perniciosas sobre la ley natural. Una obra discutida y discutible, que figura en el *Índice* de la Iglesia.

Le sostiene la mirada el monarca, casi con candidez.

—Yo la tengo en mi real biblioteca.

Un silencio. El marqués de Casa Prado, como representante de la sociedad civil, detecta la señal y se bate ligeramente en retirada. Lo que significa que sonríe, cierra la boca y permanece mudo como una almeja. El sector eclesiástico parece mostrar más presencia de ánimo.

—La biblioteca de su majestad —desliza el arzobispo de Toledo— está fuera de toda...

Se queda ahí, buscando la palabra, o evitándola. Paciente, Carlos III se mira la mano que le lame el lebrel.

—Duda —apunta el nuncio, con cardenalicia cautela.

El rey coge la taza de café y, acercándola al hocico del perro, deja que éste la olfatee precavido antes de mover el rabo y limpiarla a lengüetazos.

—También la Real Academia Española lo está —dice tras un instante, devolviendo la taza a la mesa—, como sabe su eminencia.

Ahora es el arzobispo de Toledo quien capta las señales y enmudece, alineado junto al ya silencioso marqués de Casa Prado. Sólo el nuncio permanece en línea de fuego.

—La *Encyclopédie* está trufada de subterfugios, ironías y falsas afirmaciones de ortodoxia —insiste—. Todo lo destruye, y no deja en pie más que a Locke y a Newton... En mi opinión, que no es sino la de su santidad, esa obra socava los fundamentos cristianos del Estado.

—Pues el artículo *Cristianismo* es impecable —objeta el rey—. Al menos, en lo que yo recuerdo.

—Lo... ¿La ha leído su majestad?

—En parte, sí. No sólo de cazar nos ocupamos los reyes.

El silencio que sigue dura unos instantes: los que tarda el nuncio en reponerse.

—En tal caso —enhebra, al fin—, estoy seguro de que su majestad no se habrá dejado engañar. Para burlar la censura, los editores tuvieron la astucia de introducir dobles sentidos y herejías veladas... En un artículo aparentemente inocente como *Siako*, se burlan de su santidad vistiéndolo con ropas japonesas; y en *Ypaini* describen la Sagrada Eucaristía disfrazada como ritual extravagante y pagano... Por no hablar de *Autorité politique,* donde se rebaja la potestad de los reyes al consentimiento del pueblo.

—Ese artículo no lo he leído todavía —confiesa el monarca, interesado—. ¿Cómo decís que se titula?

—*Autorité politique,* majestad... Y en todo caso...

Alza un poco los dedos Carlos III, apenas un par de pulgadas del mantel. Suficiente para que el nuncio enmudezca.

—Ya que sois persona aficionada a leer, permitidme recomendaros algo: una obra que no tiene igual en ninguna otra nación de Europa. Me refiero al *Diccionario de la lengua castellana...* ¿Lo conoce su eminencia?

—Naturalmente, majestad.

—Entonces sabrá cuánta noble erudición hay dentro, y qué admirable trabajo hacen los académicos que, sin más ambición que la limpieza y gloria de nuestra lengua, la fijan en diccionarios, ortografías y gramáticas... Todo eso redunda en bien de la nación y del trono. Y como tal, lo mismo que para mis antecesores, merece todo mi amparo.

Traga saliva el nuncio.

—En resumen, majestad...

Carlos III aparta la vista y acaricia a sus lebreles.

—En resumen, estimado cardenal Ottaviani: que la *Encyclopédie* esté en la biblioteca de la Academia Española es algo que conviene a mi real servicio.

Y mirando al mayordomo real, que le retira la silla para que se levante, el monarca de ambos mundos da por terminada la conversación.

Tolosa, Oyarzun, Irún... Sigue lloviendo a trechos cuando al duodécimo día de camino, tras presentar temprano los pasaportes y pasar obligados trámites de aduana y moneda, la berlina de los académicos cruza la frontera del río Bidasoa, avanzando por un paisaje de maizales, viñedos y bosques por los que clarean, entre la humedad gris de la mañana, caseríos dispersos en el verdor del paisaje. Pese a la lluvia se advierte movimiento en los campos: vacas sueltas en los pastizales, aldeanas que hundiendo los zuecos en el barro conducen mulos y caballos, hombres cubiertos con sayos de lona que se inclinan sobre sus aperos en lindes de bosques y en sembrados. Y al coronar un cerro por el camino bordeado de robles, un claro permite ver la quebrazón de los Pirineos a la derecha, y a la izquierda la lámina argentada del mar, que un rayo de sol que por ese lado se abre camino ilumina con resplandor súbito, bellísimo, que alegra el corazón de los viajeros.

—En Francia, amigo mío —comenta don Hermógenes—. Aquí estamos, al fin. La patria de Corneille, de Molière, de Montaigne y de Descartes... La tierra del vino y la filosofía.

—Y también del mal francés —sugiere el almirante, provocador—. Por otro nombre llamado sífilis.

—Por Dios, hombre... Por Dios.

Como si de buen augurio se tratase, a partir de ese momento el tiempo empieza a cambiar, despejándose los cielos. Seguirán días soleados de viaje tranquilo, sin incidencias notables ni otras incomodidades que las propias del recorrido: una avería del coche cerca de Burdeos, una falta de caballos en la posta de Montlieu y un doloroso ataque de cálculos de don Hermógenes, que los obliga a buscar posada confortable y a permanecer dos días inmovilizados en Angulema, por consejo del médico cuyos servicios contrata el almirante. Todo el tiempo se muestra éste extraordinariamente solícito, atento al cuidado de su compañero, a cuya cabecera se mantiene día y noche.

—Váyase a dormir —ruega el enfermo cada vez que abre los ojos y encuentra al almirante sentado al revés en una silla, a horcajadas y dormitando con los brazos y la cabeza apoyados en el respaldo.

—¿Por qué? —replica el otro—. Así estoy divinamente.

Todo eso da lugar a nuevas conversaciones y trato íntimo que cuajan aún más el afecto entre los dos viajeros. Y cuando reanudan camino en dirección a Tours y al río Loira, uno y otro son, o tal se diría, los mejores amigos del mundo, aunque distingan a cada cual ciertos matices sutiles: se entrega sin reparos a esa amistad don Hermógenes, llevado de su natural bondad y del respeto que le inspira su compañero. A ello corresponde con gentileza el almirante, aunque mantenga, en materia de confianza, cierta distancia difícil de franquear. No excusa ninguno de los detalles a que obliga la más fina delicadeza, pero suele mostrarse más reservado en materia de sentimientos. Sobrio por carácter, cortés por educación, atrincherado tras un humor mordaz, adusto en ocasiones, don Pedro Zárate administra con cicatería los entusiasmos y confidencias en que, por contraste, tan pródigo suele mostrarse su compañero.

Parte de todo eso se pone de manifiesto en Poitiers; cuando, tras alojarse en una buena posada próxima al antiguo anfiteatro romano, bajan a pasear un poco antes de la cena...

Dejé de escribir ahí, en esos puntos suspensivos, con los dos académicos paseando por Poitiers al atardecer, pues advertí —intuí, más bien— que estaba entrando en un terreno peligroso en la estructura de este relato. Con ayuda de algunos libros de viaje y una lupa de buen aumento pretendía situar en un plano de la ciudad la calle donde estaba la posada de Artois —albergue de sólidas referencias, adecuado para los dos viajeros—, cuando me di cuenta de que me enfrentaba a un problema de índole técnica. De una parte, para la progresión de la historia necesitaba mover a los personajes por el mapa de Francia, dando el tiempo narrativo suficiente para que el lector, a su vez, advirtiese lo largo y fatigoso de la aventura. De la otra, esa descripción casi geográfica, sólo animada por los menudos incidentes que un viaje por tierra tenía en el último tercio del siglo XVIII, iba a prolongarse en exceso, abarcando páginas que a un lector convencional podrían aburrir, e incluso al autor parecerían tediosas, pues no aportaban nada especial ni permitían imaginar sucesos que amenizaran los que realmente ocurrieron. Sólo nuevos diálogos de camino entre el bibliotecario y el almirante animarían, quizás, esas páginas; pero a estas alturas de la historia, lo principal en ese aspecto estaba dicho; y el resto, vinculado a futuras situaciones, aún estaba por plantear. Creía haber puesto en boca de uno y otro personaje, hasta el momento, lo suficiente para que el lector menos informado pudiera hacerse idea de la España poco feliz a que se referían mis viajeros, y de cuáles eran, en aquellos años decisivos, las perspectivas reales de cambio; el noble empeño que justificaba el viaje a París en busca de aquella *Encyclopédie* que representaba el máximo avance intelectual en materia de luces y progreso. De todo, en suma, lo que esos ilustrados hombres buenos, y los compañeros que desde la Real Academia Española los sostenían, deseaban para su patria. En consecuencia, comprendí, la narración exigía que llevase pronto a los dos viajeros a las cercanías de París, o a la ciudad misma, donde sí habían ocurrido sucesos suficientes para mantener el interés del relato.

Decidí, por tanto, recurrir a una elipsis —y en ella estoy ahora— que permitiese aligerar en el texto aquellas aproximadas ochenta y cinco leguas, una semana larga de camino para la berlina de los académicos, que separaban Poitiers de la capital de Francia. En realidad fui yo quien las recorrió por ellos, siguiendo en automóvil la autovía hasta Tours; y de allí, por la N-152 que sigue la ribera derecha del Loira, alternándola a ratos con la carretera de la orilla opuesta, continué un agradable viaje que en pocas horas —don Hermógenes y el almirante ni lo habrían soñado— me permitió remontar el río, con un alto para comer entre viñedos mientras consultaba el relato de Ureña sobre su viaje en 1787 y comparaba el mapa Michelin de Francia con el dieciochesco que me había proporcionado la librera Polak, comprobando en ambos las sucesivas paradas de postas que habían recorrido los académicos españoles: Amboise, el puente de Choisy, Blois, Cléry... Lugares, todos ellos, fértiles, industriosos y ricos hoy como en el pasado; pero que en tiempos del viaje de los académicos a París ya empezaban a verse agitados por los movimientos sociales que acabaron fraguando en la Revolución Francesa. En aquel momento, de todas formas, y a cierta distancia todavía de que Luis XVI perdiese la cabeza en el cadalso, los signos de descontento popular, el hambre y las desigualdades sociales quedaban en segundo plano para el ojo superficial de unos viajeros que, como los nuestros, recorrían Francia mirándola con el filtro de admiración que todo hombre culto sentía en aquel tiempo por la tierra de los grandes pensadores y filósofos modernos. El *Viaje europeo* del marqués de Ureña abundaba en tales detalles, que imaginé sin dificultad como reflexión propia de los dos viajeros:

> *Hallé fijado en una esquina un cartel para hacer reclutas, que me pareció estudiado sobre Tácito o Tito Livio. No hay pequeñez que pueda dejar de llamarse un rasgo de la pintura del carácter genial de una nación.*

180

Al llegar a Cléry, muy cerca de Orleans, cumplí con un pequeño rito personal, pasando el puente hacia la otra orilla para detenerme un rato en Meung, donde comienza el primer capítulo de *Los tres mosqueteros:* cuando D'Artagnan encuentra por primera vez, ante la posada del Franc Meunier, a sus mortales enemigos Milady y Rochefort. El rito era doble, pues en Meung, además, siguiendo precisamente la traza de la novela de Alejandro Dumas, yo había pasado algunos días veinte años atrás, para situar allí un episodio de mi novela *La sombra de Richelieu;* el que empieza: *Era una noche lúgubre. El Loira corría turbulento...,* etcétera. En un bar del centro de la ciudad bebí un vaso de vino de Anjou en homenaje a los tiempos en que yo mismo era un lector inocente —incluso novelista inocente—, consulté algunas notas y seguí camino a París, cuya primera visión por parte del almirante y el bibliotecario no debió de ser muy distinta de la que, dos décadas más tarde, recogería Nicolás de la Cruz en la relación de su viaje por Francia, España e Italia:

Se sube a una pequeña cuesta de donde se descubre claramente París; la vista es soberbia, y el ánimo desea cuanto antes entrar en esta magnífica ciudad, tan celebrada de todas las naciones.

Decidí, sin embargo, que para la mirada de nuestros dos académicos sería razonable templar el entusiasmo de De la Cruz, combinando su impresión con la menos grata que, poco más de diez años antes, aquella ciudad había causado en Ureña:

París se descubre estando muy cerca por hallarse situada en una vega que ocupa casi toda, lo más del año envuelta en nieblas y con una cerca de pared que anuncia poco si no descollaran tantos domos, torres y chime-

neas, que con el humo y los techos de pizarras hacen
dentro y fuera un espectáculo fúnebre que angustia y
nubla el corazón.

Y de ese modo, con don Hermógenes suspenso de
admiración por la magnífica urbe celebrada de todas las
naciones, y con el almirante, por su parte, más inclinado
a verla con cierta angustia que a modo de mal presentimiento nublaba su corazón, fue como los dos académicos
entraron al fin, fatigados del largo viaje, en la capital del
mundo ilustrado.

5. La ciudad de los filósofos

> La ciudad entera actúa como un libro y los ciuda-
> danos caminan por ella leyéndola, embebiéndose
> de lecciones civiles a cada paso que dan.
>
> R. Darnton. *Los bestsellers prohibidos en Francia*
> *antes de la Revolución*

—Su excelencia los recibirá en un momento...
Tengan la bondad de esperar aquí.

El secretario viste de gris rata y acaba de identifi-
carse como Heredia, a secas, secretario de embajada. Con
ademán displicente señala unas sillas en una habitación decorada con alfombras, espejos y molduras de escayola
pintadas de azul y blanco, y se aleja por el pasillo sin esperar a que don Hermógenes y don Pedro tomen asiento.
Lo hacen mirando alrededor decepcionados, pues espera-
ban más empaque del lugar que alberga la representación
diplomática de España. El hotel de Montmartel es un
edificio que no llega a palacio: pequeño, sin duda, para la
función que desempeña su principal morador, el conde
de Aranda, cerca del rey Luis XVI. A los dos académicos
—casacón de paño oscuro el bibliotecario, frac azul
marino con botones de acero pulido el almirante— les
sorprende lo mezquino de cuanto han podido ver al
paso, insuficiente para el enjambre de mayordomos, es-
cribientes, pajes y visitantes que se mueve por despachos
y pasillos. Sin embargo, vista desde la calle, la embajada
engaña: su fachada es hermosa, tiene un gallardo guardia suizo de casaca roja y calzón blanco en la puerta, y
está en la rue Neuve des Petits Champs, en el corazón

elegante de París, a dos pasos del Louvre y del jardín de las Tullerías.

—Fachada por un lado y realidad por otro —ha comentado, zumbón, el almirante al franquear la entrada—. Todo tan español, que asusta.

Inquieto, el bibliotecario no para de removerse en el asiento; no todos los días está uno en París esperando ser recibido por el conde de Aranda. Por su lado, el almirante se mantiene impasible; lo observa todo con aire pensativo y encuentra de vez en cuando la mirada curiosa de un tercer hombre que está en la habitación y los estudia con descaro: un individuo de edad mediana, mal afeitado, cubierto con peluca despeinada y sucia de grasa, vestido con una casaca cuyo color, que en otro tiempo fue negro, debe ahora adivinarse. El desaliñado sujeto no tiene sombrero y apoya en las rodillas un grosero bastón con puño de asta. Sus piernas, flacas y largas, están enfundadas en medias rezurcidas de lana gris, sobre zapatos que harían feo papel incluso en la covacha de un remendón.

—Compatriotas, supongo —dice tras un rato de observación silenciosa.

Asiente don Hermógenes, siempre amable, y el desconocido esboza una mueca satisfecha. Lo único notable en su rostro huesudo y vulgar, observa el bibliotecario, son los ojos: oscuros, vivos, luminosos como obsidiana pulida. Ojos de fe, concluye. De convicción, o de elocuencia presta a romper diques. Algunos predicadores, concluye el académico, suben al púlpito con esa mirada.

—¿Llevan mucho tiempo en París?

—Apenas dos días —responde el cortés don Hermógenes.

—¿Y qué tal su alojamiento?

—Razonable. Estamos en el hotel de la Cour de France.

—Ah, lo conozco. Ahí cerca. Es sitio pasable, aunque la mesa deja que desear... ¿Ya visitaron la ciudad?

Sigue una breve charla sobre los alojamientos en París, las diversiones honestas posibles y la estrechez del edificio en el que se encuentran. Poco apropiado, conviene el estrafalario individuo, como legación de una España que, pese a los tiempos que corren, sigue siendo indiscutible potencia mundial; aunque sólo el alquiler de ese hotel cuesta la friolera de cien mil reales. Que no es moco de pavo.

—Lo sé de buena tinta —concluye en tono inesperadamente acerbo—. ¿Imaginan el uso útil a la humanidad que podría dársele a esa insultante cantidad de dinero? ¿La de bocas hambrientas que se alcanzaría a alimentar?... ¿La de huérfanas por proteger?

En la ignorancia de si se las ven con un imprudente o un provocador, quizá puesto allí a propósito para sondearlos, don Hermógenes decide guardar silencio, interesándose por el dibujo de la alfombra que tiene a los pies. Por su parte, el almirante, que en todo el tiempo no ha abierto la boca, contempla al extraño sujeto para apartar luego la mirada y fijarla en uno de los espejos que reflejan el artesonado del techo. Viéndose desatendido, el otro murmura algo ininteligible entre dientes, encoge los hombros con indiferencia y saca de un bolsillo un arrugado folleto impreso, que empieza a leer.

—Ah, los canallas —masculla de vez en cuando, sin duda en relación con lo que lee—. Ah, los infames...

De la incómoda situación viene a rescatar a los académicos el mismo secretario de antes, pidiéndoles que lo acompañen. Su excelencia, anuncia, tiene un momento libre y los recibirá ahora. Los dos se levantan y van tras él, aliviados, sin que el otro hombre, que continúa leyendo su folleto, alce la cabeza. Caminan así por un largo pasillo hasta la antesala y el despacho donde, en el contraluz de una ventana que da a un pequeño jardín inglés, cerca de una chimenea encendida, hay un hombre con peluca empolvada y tres fajas de rizos en cada sien. Está de pie, cogidas las manos a la espalda. Su casaca de terciopelo azul celeste, bordada de oro, se adapta de manera admirable —lo que dice mucho a favor del sastre— a los hombros cargados y la figura poco airosa de quien la viste, que es cetrino, con mala dentadura y una ligera bizquera en un ojo. Y también algo sordo, deducen los académicos cuando lo ven inclinarse ligeramente hacia el secretario para escuchar mejor lo que éste le dice.

—Don Hermógenes Molina y el brigadier retirado de la Armada don Pedro Zárate, excelencia... De la Real Academia Española.

Se inclinan ambos, estrechando la mano —más bien floja y adornada con un topacio enorme— que el embajador les tiende sin invitarlos a sentarse. Sean bienvenidos, dice con distraída sequedad, y luego habla de la lluvia. Tienen suerte de que no llueva, afirma de pronto, mirando el sol que ilumina el jardín como si éste tuviera la inaudita descortesía de contradecirlo.

—Aquí diluvia la mayor parte del año, ¿saben?... Y las calles se ponen imposibles —en ese punto se vuelve al secretario, acercándole una oreja—. Hum. ¿Está de acuerdo, Heredia?

—Por completo, excelencia.

—Aprovechándose de ello, cualquier cochero les cobrará el equivalente a doce reales por media hora. Figúrense... Así que vayan con ojo. Hum. No deja a la patria en buen lugar que te tomen por un pardillo.

Los dos viajeros pasan del desconcierto a la decepción. Pedro Pablo Abarca de Bolea, conde de Aranda, representante de su majestad católica ante la corte francesa, no corresponde físicamente a su propia leyenda: un grande de España, antiguo embajador en Lisboa y Varsovia, que antes de caer en desgracia —si de ese modo pueden calificarse los 12.000 doblones que ahora cobra al año— detentó en España el poder absoluto, ministro principal de Carlos III, político ilustrado, amigo de los enciclopedistas. El hombre que presidió el Consejo de Castilla después del motín de Esquilache, que expulsó de España a los jesuitas y que ahora, desde la embajada en París, gestiona con acierto la guerra por Menorca y Gibraltar y sostiene a las colonias americanas en su guerra contra Gran Bretaña. Y todo ese poder, semejante acopio de influencia, recursos y dinero, viene a encarnarse en un sexagenario encorvado, estrábico y con pocos dientes que dedica a los académicos una cortés mezcla de hastío y tolerancia mientras dirige vistazos impacientes al reloj que hace tic-tac sobre el zócalo de la chimenea; cuyo calor puede que temple la fría sangre del embajador, pero sofoca de modo indecible a sus visitantes; y también al secretario, que con discreción saca un pañuelo y, tras simular con mucha práctica un estornudo, se enjuga la frente.

—La *Encyclopédie,* me han dicho —comenta por fin Aranda.

Al decirlo señala la carta de recomendación que tiene sobre el tafilete verde de la mesa, abierta. Y sin dar ocasión a una respuesta, hunde el mentón en los encajes donde reluce el Toisón de Oro y dirige a sus visitantes un breve discurso, más bien mecánico, sobre la utilidad de aquella obra magna, su riqueza conceptual y su aporte decisivo a la filosofía moderna, las artes y las ciencias. Etcétera.

—Conozco a alguno de ellos, claro. Hum. De los redactores originales. ¿Quién no, viviendo en París?... Hum. Y durante un tiempo me carteé con Voltaire.

Cree que es buena idea, concluye, que la Academia tenga un ejemplar en su biblioteca, pese a quien pese. Que pesa, como de costumbre, a los de siempre. Hum. Luces, luces. Es lo que necesita España. Luces al alcance de todos, aunque dentro de un orden. Por lo demás, que se mueran los recalcitrantes. Y los tontos. Hum. Noble objeto, el de ese viaje. Tienen todas sus simpatías, por supuesto. Don Ignacio Heredia los pondrá en el buen camino, para cuanto necesiten. Hum, hum. Ha sido un verdadero placer, señores. Disfruten de París.

Dicho lo cual, sin darles apenas tiempo a emitir unas pocas fórmulas corteses, casi los empuja hasta la puerta. Un momento después, almirante y bibliotecario se ven en el pasillo, aún sudando bajo la ropa, mirando desorientados al secretario.

—Tiene un mal día —dice éste con aire distraído—. Mucha correspondencia por despachar, y esta tarde debe visitar al ministro de Finanzas. No imaginan ustedes qué vida lleva. O llevamos.

Asiente don Hermógenes, comprensivo y bonachón como suele. El almirante, en cambio, alterna miradas hoscas entre el secretario y la puerta que acaba de cerrarse a sus espaldas.

—Conde o embajador —arranca—, ésta no es...

El secretario alza una mano displicente, en demanda de paciencia. Lleva un cartapacio lleno de papeles que consulta con gesto atento, sin que los académicos puedan averiguar si tienen que ver con ellos o no, aunque sospechan que ni lo más mínimo. Tras un instante, alza la vista y los mira como si hubiera olvidado que estaban allí.

—Su *Encyclopédie,* por supuesto —comenta al fin—. Tengan la bondad de seguirme.

Los conduce a un despacho donde hay un escribiente trabajando en su pupitre, unos archivadores de madera oscura y una enorme mesa abarrotada de papeles. En el suelo, contra las paredes, se apilan documentos en gruesos legajos atados con cordel.

—Se lo voy a resumir a ustedes —dice, ofreciéndoles unas sillas y sentándose él en otra.

Y en efecto, lo resume. Pese a la carta de recomendación escrita por el marqués de Oxinaga, la embajada de España no puede mezclarse directamente en el asunto. La *Encyclopédie* es un libro que está en el *Índice* del Santo Oficio, y esa legación representa a un rey que, no sin justo título, ostenta el de Católica Majestad. Cierto es que la Real Academia Española posee licencia para tener en su biblioteca libros prohibidos; pero el permiso se refiere a la tenencia y lectura, no al transporte. Detalle —en este punto el secretario sonríe con eficiente frialdad técnica— de cuyas consecuencias espera se hagan cargo. Básicamente, el problema reside en que la embajada de España, aunque ve con buenos ojos el asunto, no puede intervenir en la adquisición y traslado de los libros. Ahí debe permanecer al margen.

—¿Y eso qué significa? —pregunta don Hermógenes, confuso.

—Que tienen ustedes toda nuestra simpatía, pero de modo oficial no podemos ayudarlos. La gestión con editores o libreros deberán hacerla directamente.

Se agita el bibliotecario, inquieto.

—¿Y el transporte?... Para facilitar el viaje a Madrid teníamos previsto poner los paquetes bajo protección diplomática. Ir con un salvoconducto de la embajada.

—¿Por valija nuestra? —el secretario dirige un rápido vistazo al escribiente, que continúa trabajando en su pupitre, y luego enarca las cejas, escandalizado—. Eso es imposible. Un compromiso así queda fuera de lugar.

La inquietud de don Hermógenes se torna visible angustia. A su lado, el almirante escucha sin despegar los labios. Grave e impasible, como suele.

—Podrán orientarnos, al menos. Indicarnos dónde...

—Muy por encima, me temo. Y debo advertirles de un par de cosas. La primera es que también en Francia la *Encyclopédie* está prohibida. Al menos, de forma oficial.

—Pero se imprime y se vende; o así fue hasta hace poco.

Ahora el secretario sonríe a medias, con suficiencia.

—Según y cómo. No es tan sencillo como parece. La historia de esos libros es una sucesión de autorizaciones y prohibiciones desde que salió el primer volumen. Ya entonces, el papa ordenó quemar todos los ejemplares, bajo pena de excomunión. Y en Francia, el Parlamento decidió que la obra era una conspiración para destruir la religión y minar el Estado, así que revocó el permiso de impresión... Sin la protección de gente de peso, simpatizante con las ideas de sus redactores, ésta se habría dejado de publicar después de los primeros volúmenes. Hasta se incorporó a los siguientes un falso pie de imprenta para guardar las formas, como si estuvieran hechos en el extranjero.

—En Suiza, tenemos entendido —apunta don Hermógenes.

—Sí. Neuchâtel. Todo eso situó a la *Encyclopédie* en una especie de...

—¿Limbo editorial?

—Eso es: existe, aunque no existe. Se imprime, aunque no se imprime.

—Pero ¿continúa a la venta?

El secretario lanza otro vistazo rápido al escribiente, que con la cabeza inclinada sobre pluma, tintero y papel, sigue a lo suyo.

—Oficialmente, no —responde—. O más bien de forma nebulosa. En realidad tampoco se imprime la obra completa original: está agotada. Los dos últimos volúmenes se publicaron hace ocho o nueve años, y es raro que un librero la tenga disponible.

—Según nuestras noticias, hay ejemplares que circulan. Por eso hemos venido.

El secretario hace un gesto ambiguo, casi francés, con la mano y los labios fruncidos.

—Pueden encontrarse ediciones clandestinas impresas en Inglaterra, Italia y Suiza para aprovecharse del éxito editorial; pero no son de confianza porque suelen estar corregidas o retocadas. Lo que se vende en Francia son reimpresiones o nuevas ediciones, fiables sólo hasta cierto punto. Creo que hay una, en cuarto...

Niega con la cabeza don Hermógenes.

—Nos interesa la original *in folio*.

—Ésa es rara de conseguir. Una reimpresión sería más fácil, supongo. Y, desde luego, más barata.

—Ya. Pero se trata de la Real Academia Española —muy serio, el almirante se ha inclinado hacia adelante en su silla—. Hay un decoro que debemos mantener... ¿Comprende?

El secretario parpadea ante la fijeza de los ojos azules.

—Por supuesto.

—¿Cree que podremos encontrar los veintiocho volúmenes en una primera edición completa?

—Supongo que será posible hacerse con ella... Si están dispuestos a pagar lo que les pidan, naturalmente.

—¿Y eso significa...?

—Calculen un mínimo de sesenta luises.

Cuenta con los dedos don Hermógenes.

—Lo que hace...

—De mil cuatrocientas libras para arriba —apunta el almirante—. En reales de España, unos seis mil.

—Cinco mil seiscientos —confirma el secretario.

Don Hermógenes dirige a su compañero una mirada de alivio. La previsión de gastos para adquirir los veintiocho volúmenes de la *Encyclopédie* alcanza hasta los 8.000 reales, lo que supone casi un par de miles de libras. En principio, salvo complicaciones y gastos extras, tienen suficiente.

—Está dentro de nuestras posibilidades —concluye.

—Bien —el secretario se pone en pie—. Eso facilita las cosas.

Salen de la habitación sin que el escribiente levante la cabeza de su pupitre. El secretario los precede por el pasillo, visiblemente aliviado por quitárselos de encima.

—¿Puede darnos al menos la dirección de un librero que sea de fiar? —demanda el almirante.

El secretario se detiene, arruga el ceño con expresión contrariada y los mira, indeciso.

—Como dije antes, eso no entra en las competencias de esta embajada —de pronto parece ocurrírsele una idea—. Pero hay algo que sí puedo hacer, a título particular: ponerlos en contacto con una persona adecuada.

Invitándolos a acompañarlo, da unos pasos hasta la puerta de la habitación donde hicieron antesala antes de ver al embajador. Una vez allí, señala desde el umbral al desaliñado hombre de negro, que sigue sentado leyendo su folleto.

—Creo que ya lo han visto aquí antes. Éste es el abate Bringas.

La irrupción de Salas Bringas Ponzano en esta historia me tomó por sorpresa. Su nombre figuraba, comprobé estupefacto, en dos de las cartas que el almirante y el bibliotecario habían enviado desde París, cuyos originales se encontraban entre el material conservado en el archivo de la Academia. Como cualquiera que haya leído sobre finales del siglo XVIII, el exilio de los ilustrados españoles y la Revolución Francesa, yo tenía noticia del abate Bringas. Y al ver su nombre relacionado con el viaje de los académicos, procuré ampliar lo que sabía. Algunos libros de mi biblioteca lo mencionaban: la correspondencia de Moratín —*Ese imprudente Bringas, siempre fanático y brillante*—, la obra de Miguel Oliver *Los españoles en la Revolución Francesa*, una extensa biografía del conde de Aranda escrita por Olaechea y Ferrer, la *Historia de la Revolución Francesa* de Michelet y la no menos monumental *Historia de los heterodoxos españoles* de Menéndez y Pelayo. Además, Francisco Rico le dedicó un extenso capítulo en *Los aventureros de las Luces.* Todo eso bastaba para acercarme al personaje; pero aún pude ampliarlo con ayuda del *Diccionario biográfico español,* de una incursión por varias obras históricas conservadas en la biblioteca de la Real Academia Española y de algunas interesantes referencias que obtuve un poco más tarde durante una conversación con el profesor Rico. Y fue así como, al cabo, estuve en condiciones de establecer el papel que tan extraño personaje tuvo en la accidentada adquisición de la *Encyclopédie.*

La vida del polémico abate Bringas —había recibido órdenes menores en Zaragoza, donde estudió teología y leyes— merecería, quizá, la novela que aún nadie escribió sobre él. Había nacido en Siétamo, provincia de Huesca, hacia 1740; lo que sitúa su edad, en el momento del encuentro en París con don Pedro Zárate y don Hermógenes Molina, en torno a los cuarenta años. Por esa época, Salas Bringas ya cargaba a sus espaldas una complicada biografía: fugitivo tras la condena por la Inquisición de su poema *Tiranía,* relacionado luego con los exiliados españoles de Bayona, había conocido su primera cárcel francesa, oficialmente —o al menos eso afirmaba él— a causa de la publicación en París, bajo seudónimo, del panfleto *De la naturaleza de reyes, papas y otros tiranos.* Años después reapareció procedente de Italia, de donde trajo unos poemas inéditos de Safo de Lesbos traducidos al latín —*Furor vagina ministrat,* etcétera— que publicó con gran escándalo, y que al final resultaron ser una falsificación de su propia mano. De la cárcel lo sacó esta vez el conde de Aranda, nacido como él en Siétamo, que ya ejercía de embajador de España en París, y a quien divirtió mucho un ingenioso memorial en verso que Bringas, apelando al paisanaje oscense, le escribió desde prisión. La tolerancia de Aranda permitió al pintoresco abate subsistir en París, donde se relacionó con radicales y exiliados en los años previos a la Revolución, traduciendo a Diderot y Rousseau al castellano mientras se ganaba la vida con cambio de moneda, servicios de mediador, alcahuete o cicerone, venta de recuerdos, baratijas, pornografía y específicos de botica para abortar; lo que no le cerraba el paso a ciertas casas y salones donde divertía a la buena sociedad con su encanallamiento, ingenio y descaro. La marcha de Aranda y la publicación de un nuevo panfleto titulado *La intolerancia religiosa y los enemigos del pueblo* lo enviarían otra vez a la cárcel, donde iba a permanecer hasta que la suerte hizo de él uno de los presos liberados el 14 de julio de 1789. A partir de entonces es posible seguir fácilmente su vida en los libros que historian esa época: naturalizado francés, amigo de los españoles Guzmán y Marchena —a quienes acabó delatando durante la caída en desgracia de dantonistas y girondinos—, juzgado y exonerado con honores por el tribunal revolucionario, colaborador en *L'Ami du Peuple* de Marat, el incendiario Bringas llegó a ocupar un asiento en la Convención, militó en las huestes más radicales, destacándose como sanguinario orador durante el Terror, y acabó guillotinado con Robespierre y sus amigos, ocupando exactamente el tercer lugar de esa jornada, justo después de Saint-Just, bajo la cuchilla —sus últimas palabras fueron: *Iros todos al carajo*—. Para hacerse idea de su estilo oratorio-ideológico en general, basta echar un vistazo al arranque del poema *Tiranía:*

> *¿Quién hizo a reyes, papas y regentes*
> *árbitros de la ley, jueces del mundo?*
> *¿Quién ungió a esa ralea pestilente*
> *con el óleo blasfemo de lo inmundo?*

Ése fue, en esencia y espíritu, el abate Bringas: poeta, libelista, revolucionario. El sujeto, en ese momento aún desconocido para el almirante y el bibliotecario, que el secretario de embajada Ignacio Heredia —cuya relación epistolar con Justo Sánchez Terrón tuvo quizás algo que ver en ello— recomendó para que los ayudara a conseguir la *Encyclopédie*. El futuro jacobino, proveedor insaciable de carne para la guillotina y luego víctima de ésta, a quien Michelet llamaría *scélérat déterminé*, Lamartine *jacobin fou*, y Menéndez y Pelayo, que había leído a ambos, *loco genial e impío*. Decisión, la del secretario, que suponía poner la aventura académica en muy peligrosas manos.

—Ahí la tienen ustedes —dice Bringas, rascándose una oreja bajo la grasienta peluca—: la calle que contiene tras sus fachadas el *tout Paris*... La Babilonia del mundo.

Han cruzado la calle y, después de recorrer el jardín público del Palaïs-Royal, que está en obras, desembocado en la rue Saint-Honoré. Y allí, en efecto, el espectáculo es fascinante. Acostumbrados al encanto apacible y casi provinciano de Madrid, el almirante y el bibliotecario miran en torno, fascinados ante esa feria perpetua animada por miles de personas que entran, salen o pasean por las tiendas de la elegante avenida, bordeada de lujosos hoteles particulares. Éste, los informa su estrafalario cicerone, es el lugar más conspicuo de París; ceca y meca del comercio elegante, donde cualquiera puede encontrar lo que se ajuste a sus gustos y aficiones: surtidas librerías, restaurantes, cafés donde apoltronarse a mirar a la gente o leer las gacetas, comercios innumerables con toda suerte de artículos refinados, desde instrumentos científicos a selectas sastrerías, tiendas de ropa ya confeccionada, sombreros, guantes, aguas de olor, bastones y complementos de variadas clases. Las señoras, sobre todo, se encuentran aquí en el paraíso: cualquier padre de familia suda sangre para satisfacer los caprichos de una esposa o unas hijas, pendientes de lo último que ha puesto de moda la princesa Tal o la duquesa Cual según la tiranía de madame Baulard, mademoiselle Alexandre u otras modistas célebres. El simple paseo de una señora por esta calle puede arruinar a un marido.

—Dicen que a este lugar le saldrá un serio competidor ahí mismo, en el Palais-Royal, que como han visto está lleno de albañiles y andamios. El sitio es propiedad del duque de Chartres, primo del rey, y lo está rodeando con unas amplias galerías cubiertas donde habrá locales para alquilar a empresarios y comerciantes. Es una operación inmobiliaria polémica, discutida, pero que sin duda reportará al muy rufián del duque una fortuna... ¿Les apetece tomar algo?

Sin aguardar respuesta, el abate ocupa una de las sillas de mimbre que hay en torno a los veladores de mármol de un café, al sol. Ocupan otras los académicos, acude un mozo, pide Bringas chocolate con agua y lo mismo para sus acompañantes. Ah, y unos bizcochos para él. Para mojar.

—Con las prisas, ocupado en negocios, salí de casa sin desayunar.

Mientras aguardan, habla del faubourg Saint-Honoré; de cómo se ha convertido en escenario ineludible de la moda y la elegancia, al que se viene a ver y a dejarse ver. Señala con el bastón, mencionándolas por sus nombres, a algunas señoras tocadas con elegantes sombreros, y a los caballeros de cabellos empolvados, dos relojes con muchos dijes colgando de las cadenas del chaleco y lunar en la mejilla —imbéciles petimetres, los califica con gesto de escupir entre dientes— que las escoltan llevando en brazos, serviles, a sus perritos falderos.

—Aquí el pasatiempo de las damas es la coquetería. Todo muy ligero, muy francés, rodeadas de sus maestros de baile, peluqueros, modistas y cocineros... Desengáñense, señores, si creían que en París no entra nadie que no sea geómetra.

Luego se complace Bringas, con sonrisa feroz, en detallar la jornada de esas damas: doce horas en la cama, cuatro en el tocador, cinco en visitas y tres de paseo, o en el teatro. En aquella calle y las cercanas, donde reinan el *monde* y sus sacerdotisas, la invención de un nuevo peinado, de un sorbete, de un perfume, se tiene por prueba matemática de los progresos del entendimiento humano. Y mientras tanto, por los barrios pobres la gente se muere de enfermedades y de hambre, ronda los mercados en busca de alguna verdura podrida o se prostituye para llevar un chusco de pan a casa. Treinta mil mujeres públicas hay en París, puntualiza. Ni una más, ni una menos. Sin contar las entretenidas y las que lo disimulan.

—Algún día todo esto será abrasado por el fuego de la Historia —comenta con perverso deleite—. Pero de momento, aquí estamos... Así que vivámosle.

Se miran los dos académicos, interrogándose en silencio sobre si, abundancia de leísmos aparte, se hallan en la compañía adecuada. En ese instante llegan las tazas de chocolate, Bringas prueba el suyo con recelo, moja un bizcocho y acaba discutiendo con el camarero y pidiendo también un café.

—Ah, y una bavaresa —añade.

El almirante observa que un individuo que estaba sentado en una de las sillas cercanas se aproxima a ellos después de mirarlos durante un rato. De lejos tenía aspecto respetable; de cerca, su casaca y sombrero se delatan raídos y sucios. Al llegar a su lado pronuncia unas palabras en francés coloquial que el almirante apenas comprende: algo sobre la necesidad urgente de vender algún objeto de valor, una joya o algo que insinúa palpándose un bolsillo.

—No —le dice el almirante, seco, al adivinarle la intención.

El sujeto lo observa con desvergüenza, sosteniéndole la mirada, antes de dar media vuelta y perderse entre la gente.

—Ha hecho bien, señor mío —le dice Bringas—. Esta ciudad bulle de buscavidas como ése, de los que más vale precaverse... Permítame, sin embargo, un consejo útil: en París nunca diga *no,* pues casi equivale a un insulto. Más o menos a lo que sería en España decir a otro que miente.

—Curioso —comenta el almirante—. ¿Qué debo responder, entonces, a una impertinencia?

—Un *perdón* soluciona el asunto de manera decorosa. Y no expone a una estocada ahí cerca, en los Campos Elíseos. Porque debe saber que en París los duelos son frecuentes. Raro es el día que no despachan a alguien.

—Creía que estaban prohibidos, como en nuestra patria.

Bringas le dirige una sonrisa torcida, maligna.

—Eso de *nuestra* podemos discutirlo otro día con más calma —dice mientras se hurga la nariz—. En cuanto a los duelos, es cierto que están prohibidos. Pero los franceses, sobre todo cierta lamentable clase social, son muy puntillosos en materia de piques... Aquí está de moda el duelo como pueden estarlo las pelucas de ala de pichón, los escofiones de encaje o los tricornios a la suiza.

Sonríe el almirante.

—Tomo debida nota, y le agradezco el consejo... ¿Se ha batido alguna vez?

El abate suelta una teatral carcajada y hace un ademán amplio con la mano derecha, como si pusiera toda la rue Saint-Honoré por testigo. Luego se lleva la mano al pecho, exactamente sobre un zurcido de la casaca.

—¿Yo?... El diablo me libre. Jamás arriesgaría el precioso don de la vida en una de esas parodias estúpidas. Mi honor le defiendo con la razón, la cultura y la palabra. Otro gallo cantaría si recurriésemos a esas armas con más frecuencia.

—Eso es muy de elogiar —coincide el pacífico don Hermógenes.

Llega la cuenta, se palpa Bringas aparatosamente los bolsillos y se disculpa, con grandes visajes, por haber olvidado la bolsa en casa. Paga el almirante —como se veía venir desde que se sentaron—, se ponen en pie y reanudan el paseo mientras el abate balancea el bastón y sigue poniéndolos al corriente de cuanto ven, interrumpiéndose de vez en cuando para lanzar miradas a las jóvenes grisetas que se ocupan de las tiendas.

—Observen ustedes a aquella Venus, asomada a la puerta con el mayor descaro y con todos los atractivos de la tentadora liviandad... O esa otra... Ah, estas muchachas. Suelen enredarse con sujetos cuyos medios no alcanzan a una mantenida de lujo o una bailarina de la Ópera. Y a veces hasta se enamoran, las pobres. Expuestas en las tiendas, son carne de cañón a corto o medio plazo, ya me comprenden... Escandaliza ver tanta virtud a merced de este mundo venal. De este siglo corrupto. Aunque naturalmente, si ustedes...

Los mira penetrante, significativo, y se calla al no obtener respuesta, antes de cambiar con mucha desenvoltura de conversación. Para ese momento, almirante y bibliotecario han tomado ya el pulso a su pintoresco guía. Sin embargo, convienen tácitamente, Bringas es cuanto tienen a mano en una ciudad que desconocen. Y no cabe duda de que la domina perfectamente.

—Hay un librero al que trato en la rue Jacob, al otro lado del río —prosigue el abate—. Tiene volúmenes sueltos de la *Encyclopédie,* o al menos les ha tenido. Podemos empezar por él... ¿Les parece bien?

—De perlas —responde don Hermógenes.

Se apartan para dejar paso a un coche.

—Ah, tengan cuidado con esos fiacres, porque los cocheros son desalmados sin conciencia, capaces de atropellarte al menor descuido. O mejor, tomemos uno. ¿No creen?... A esta hora no apetece caminar.

En menos de veinte minutos, el coche de punto los lleva hasta el Pont Royal —atestado de carruajes y alfombrado de estiércol de caballerías— por el Louvre y la orilla del Sena, que cruzan los académicos tan admirados por su ancho caudal como por el paisaje urbano que se asoma a sus orillas.

—Aquélla es la estatua de Enrique el Bearnés, sobre el Pont Neuf —informa Bringas, apoyada la barbilla en las manos cruzadas sobre el puño de su bastón—. Y detrás de los tejados de la isla que parte el río en dos brazos pueden ver las torres truncadas de Notre-Dame: símbolo acertadísimo de cómo pueden malgastar los hombres su talento y su riqueza en ritos y supersticiones que no dan de comer sino a quienes no lo necesitan. Si se emplearan mejor esos infames dineros...

—Sospecho, señor abate —lo interrumpe el almirante—, que pese al título no es usted precisamente un hombre devoto.

Lo mira Bringas, cogido a contrapelo.

—No, en efecto, ya que pregunta. Lo mío es una vieja y larga historia... En todo caso, espero no ofenderle con mis comentarios.

Sonríe sereno el académico.

—En absoluto. Mis susceptibilidades no van por ahí. Pero temo que las de mi compañero sí vayan... Don Hermógenes es hombre paciente; bondadoso, incluso. Pero ciertos conceptos pueden herir sus creencias y sentimientos.

—Ah, vaya —se disculpa Bringas, exageradamente contrito—. Les aseguro que no era mi intención...

—No haga caso al almirante —tercia el bibliotecario, conciliador—. Las palabras de usted no me incomodan en absoluto. Es libre de expresarse como quiera; y más, estando como estamos en la ciudad de los filósofos.

—Me alegra oír eso. Hablo con el corazón en la mano. Por nada quisiera ser impertinente.

Pese a su sonrisa y al tono manso, Bringas mira torvo al almirante, con visibles segundas; como si considerase replicarle a él con alguna mordacidad. Y éste, que lo advierte, cree vislumbrar por un brevísimo instante, en aquellos ojos negros y duros, un destello peligroso, encanallado, de velada amenaza o ansia de revancha. Pero no tiene tiempo de pensar en ello, porque el coche acaba de detenerse en un cruce de calles muy transitado. El ambiente allí es distinto al del otro lado del río: menudean lacayos, burgueses modestos, artesanos, mozos de cuerda y pueblo bajo, y nadie parece dedicado al ocio. Todo tiene un aire industrioso y activo.

—Rue Jacob —anuncia el abate, casi triunfante.

Bajan del fiacre, y, tras repetir Bringas el ademán de palparse inútilmente los bolsillos, paga el almirante veinte sueldos al cochero, que protesta insolente hasta que el abate le dirige unas cortas y ásperas frases en argot suburbial; y el otro, refunfuñando, hace sonar el látigo y se aleja con su carruaje.

—Allí es —señala Bringas—: Lesueur, impresor y librero, proveedor del rey... Suponiendo, claro, que su majestad Luis Dieciséis, ese pedazo de carne con ojos, sea capaz de leer algo.

Después se endereza la peluca, escupe al suelo como si tuviera al rey tendido a los pies, y los tres cruzan la calle.

El librero Lesueur es flaco, desgarbado y cano-
so, con unas insólitas patillas a la tudesca que se le jun-
tan con el bigote, poco a tono con la moda de rostros
afeitados que impera en París. Fuera de eso, su aspecto
—viste un guardapolvos gris recién planchado y un bo-
nete doméstico de lana— es tan aseado como el de su
tienda. Una ventana grande, con los visillos abiertos,
deja entrar la luz de la calle e ilumina los dorados y adornos
en los lomos de los libros que, alineados en los estantes,
aguardan comprador. Todo allí huele a piel encerada y
papel nuevo, a limpieza y a método. Sobre el mostrador hay una pila de ejemplares sueltos del *Journal des
Sçavants* y varios volúmenes en rústica, recién desemba-
lados de un paquete que está en el suelo a medio deshacer, cuyo título observan los académicos con curiosidad: *Mémoire sur la découverte du magnétisme animal,
par M. Mesmer.*

    —No tengo primera edición de la *Encyclopédie*
—se lamenta Lesueur—. Ni siquiera la tengo completa
en reimpresión. Sólo dispongo de los once primeros tomos de la edición de Ginebra-Neuchâtel; pero ésta es en
cuarto, por orden de materias, y alcanza treinta y nueve
volúmenes... No es lo que ustedes buscan.

    Mientras habla se ha vuelto hacia un estante, del
que extrae un ejemplar entre una fila de libros encuadernados en cartoné gris con tejuelo de papel en el lomo.

    —Ésta sí es posible conseguirla con facilidad —aña-
de, mostrándoles el volumen abierto—. Si me dan un par de
semanas, me comprometo a tenerla disponible entera...
Desde luego, les saldría más barata que la primera edición.
Aquélla, por su rareza, si es que la encuentran, no bajará mucho de dos mil libras.

    —En la embajada nos hablaron de unas mil cua-
trocientas —objeta don Hermógenes.

—Pues hablaron sin conocimiento de causa. De esa edición sólo se hicieron cuatro mil y pico ejemplares, y salió a la venta en doscientas ochenta libras; aunque luego, con el éxito de la obra, el precio fue subiendo. Hace cuatro años vendí una completa por mil trescientas libras, que en moneda de ustedes son, me parece...

—Cinco mil doscientos reales —apunta el almirante, siempre rápido para los números, mientras echa un vistazo al ejemplar que le ha pasado el librero. Se trata de una bonita edición pese a su tamaño, más reducido que el infolio original:

Mis en ordre et publié par M. Diderot.
Et quant à la partie mathématique, par M. D'Alembert.
Troisième édition
À Genève, chez Jean-Léonard Pellet.
À Neuchâtel, chez la Société Typographique.

—Pónganse ahora en un tercio más, si la encuentran —pronostica el librero.

El almirante sigue pasando páginas mientras don Hermógenes y el abate Bringas miran por encima de su hombro.

—Me temo que eso rebasa nuestro límite.

El librero tamborilea con los dedos sobre el mostrador.

—Pues les deseo suerte, porque la van a necesitar. Tengan en cuenta que de aquellas primeras *Encyclopédies* impresas, el número que llegó a los suscriptores debió de ser menor, pues siempre hay que descartar los pliegos defectuosos o los volúmenes estropeados. Y buena parte, además, se vendió fuera de Francia... Eso la hace muy rara, claro. Y la encarece.

El almirante alza el ejemplar que tiene en las manos.

—¿Y qué hay de ésta?

Mira Lesueur el libro, pensativo, y tras un instante encoge los hombros.

—No los voy a engañar: se trata de una reedición presentada como fiel al texto original; pero la verdad es que contiene cambios importantes... Desde luego, no es lo que buscan.

—Le agradezco su franqueza, señor.

—No hay de qué. La mía es una casa seria.

El librero recupera el volumen de manos del almirante y lo devuelve a su sitio en las baldas.

—De todas formas, si cambian de idea —prosigue mientras procura que el ejemplar quede bien alineado con los otros—, por esta edición puedo hacerles un precio especial de doscientas treinta libras... Y les aseguro que es una ganga; pese a todo, no creo que haya disponibles en Francia más de medio centenar de colecciones completas.

—Estamos algo confusos —comenta don Hermógenes—. ¿Cuántas ediciones hay de la *Encyclopédie*?

—Aparte de la primera, que ustedes buscan, y dejando a un lado las impresiones no autorizadas que se han hecho en los últimos años, como la italiana de Lucca, circulan más de las que la gente sospecha: la reimpresión en folio de dos mil y pico ejemplares que se hizo en Ginebra entre 1771 y 1776, la de Leghorn, también en folio, que acabó de imprimirse hace un par de años, y ésta en cuarto que les ofrezco...

—Tengo entendido que hay otra en formato pequeño —comenta el abate Bringas.

—Sí, en octavo. Una nueva edición de treinta y seis volúmenes de texto y tres de láminas que se está haciendo en Lausana y Berna. Y ésa es otra posibilidad... Puestos en plan económico, y si no tienen prisa por completarla, les ofrezco suscribirse a ella por doscientas cincuenta libras...

—¿Por qué dice que si no tenemos prisa?

—Porque de ésa han aparecido los primeros volúmenes, pero el resto no estará impreso hasta dentro de un par de años, por lo menos. Las cosas de imprenta van despacio. Las obras extensas se anuncian en folleto, se buscan suscriptores, y hasta que no llega el primer dinero no empiezan a trabajar las prensas.

—En cualquier caso, ¿los contenidos de esas ediciones son de fiar?

—No sé qué decir. Ya le conté antes sobre la de Ginebra-Neuchâtel. Siempre hubo problemas con la censura, intervención de unos y otros...

—Hasta la Asamblea de Clérigos Franceses metió baza —apunta Bringas con rencor.

Es muy cierto, confirma el librero. Esa denuncia, cuenta, hizo que la policía secuestrara seis mil volúmenes de la reimpresión que hizo el editor Panckoucke; y fue el duque de Choiseul quien, tras muchos dimes y diretes que duraron seis años, consiguió que los devolvieran al editor. Pero además, Diderot, alma de la primera edición, se dijo insatisfecho con el resultado y habló de modificar ciertas cosas, e incluso de reescribirla entera. También autores como D'Alembert y Condorcet, que redactaron artículos de la obra original, intervinieron en las reediciones e impresiones posteriores, añadiendo o retocando. Todo eso altera los textos originales: unos para mejor, claro. O eso supone Lesueur. Pero no sabe si puede decirse lo mismo del conjunto de la obra.

—Así que, en realidad —concreta el librero—, fiable en cuanto al espíritu inicial, rigurosa y exacta tal y como salió entre 1751 y 1772, con los diez primeros volúmenes impresos en París y los siguientes con el falso pie de imprenta de Neuchâtel, sólo puede considerarse la primera edición... Eso la hace tan rara, naturalmente. Tan valiosa.

—¿Y cree que alguno de sus colegas la tendrá disponible? —pregunta don Hermógenes.

—No sabría decirle. Puedo hacer gestiones, cargándoles la correspondiente comisión si la encuentro.

—¿Qué clase de comisión? —se interesa Bringas, chispeantes los ojos.

—Un cinco por ciento es lo usual.

El otro frunce el ceño y se queda haciendo cálculos. Sólo le falta, observa el almirante, sacar papel y lápiz. Un centenar de libras no es bocado menor en París, y menos para un buscavidas como el abate.

—¿Y en libreros de viejo? —inquiere el bibliotecario.

—Ahí es más difícil. Quizá encuentren algunos volúmenes sueltos, y poco más. No es una obra de lance. Cabe también la posibilidad de localizar a algún propietario dispuesto a desprenderse de ella; pero en tal caso, el precio es impredecible. Si me dan la dirección donde se alojan...

—No hace falta —interviene de nuevo Bringas, con sospechosa rapidez—. Yo me encargo de eso. Estaremos en contacto.

—Como gusten —Lesueur observa las miradas que el almirante dirige a los libros del mostrador—. Veo que le interesa, señor, la obra de Mesmer.

Asiente el almirante, que ha cogido un ejemplar y lo hojea con placer: buen papel y perfecta impresión. Hace tiempo que oye hablar de ese profesor austríaco y de sus curiosos experimentos hipnóticos, basados en las más modernas teorías sobre corrientes físicas, eléctricas y cosmológicas defendidas por científicos como Franklin y los Montgolfier.

—En España lo mencionan algunas gacetas —dice.

—Sí —confirma don Hermógenes—. Pero allí lo vinculan con el jansenismo y la masonería, y por eso su venta está prohibida.

Sonríe el librero, suficiente y algo despectivo desde que escuchó la palabra *España*.

—Pues aquí pueden comprarlo con libertad, aunque deberían darse prisa. Me lo acaba de enviar el impresor Didot, y me lo quitan de las manos... Puedo ofrecerle ese ejemplar por tres libras, o por cinco si lo prefiere encuadernado en piel fina, con lomo cuajado de oro de calidad... ¿Se animan?

Duda el almirante, pero la sonrisa de superioridad que el librero mantiene en los labios acaba por disuadirlo. Una cosa es una cosa, piensa, y otra cosa es otra cosa. Quizá ser español sea a menudo una desgracia; pero en todas partes cuecen habas; y si en Madrid hay Inquisición, en París hay una Bastilla. Así que el tal Lesueur y sus libros pueden ir a sonreírle a su tía. O al diablo.

—No, muchas gracias —responde con sequedad—. Tal vez en otra ocasión.

Y poniéndose el sombrero, brusco, sin fórmula de despedida, don Pedro Zárate abandona la librería.

Al señor don Manuel Higueruela, en su casa de Madrid:

Según las instrucciones de mantenerlo informado, pongo en su conocimiento que los dos viajeros se alojan en un hotel de la calle Vivienne (cerca de la embajada de España). Según mis noticias visitaron al conde de Aranda. Éste no les habría prestado mucha atención, derivándolos a manos de un español que reside aquí. El individuo responde al nombre de Salas Bringas. Es literato de poca monta, sin oficio ni beneficio. Malvive escribiendo libelos y haciendo tareas bajas para unos y otros. Según pude averiguar se le tiene por sedicioso, de ideas exaltadas. Tuvo asuntos con el Santo Oficio y con la Justicia en España (la policía tendrá allí antecedentes del personaje). Es sujeto conocido en los círculos de exiliados españoles de Bayona y París. Aquí estuvo al menos dos veces en prisión. Su paisanaje con el conde de Aranda (nacieron en el mismo pueblo, me parece) lo faculta para frecuentar la embajada de España. Se dice que allí hace de confidente y hombre para pequeñas tareas. También tiene acceso a algún salón de la sociedad de París, donde se le tolera en tertulia por lo pintoresco del personaje. Frecuenta cafés de filósofos y agitación política.

En lo que se refiere a los dos viajeros, han hecho gestiones para adquirir lo que vinieron a comprar, pero sin éxito hasta ahora. Según he averiguado, la edición del libro que buscan no es fácil de encontrar. Por lo demás no hacen vida notable. El tiempo que no emplean en visitar a libreros lo dedican a paseos por calles céntricas, o a sentarse en cafés donde pueden leerse gacetas francesas, españolas e inglesas. El tal Bringas no se despega de ellos (come, cena y va a los cafés a su costa). Los tengo a todos localizados en sus movimientos, que averiguo con puntualidad y de los que iré informando a Vd. como convinimos.

Por mi parte sigo estudiando la manera más eficaz de resolver el negocio. En cuanto a mis gastos, temo que superen los previstos. En París todo está por las nubes y las gestiones que hago no son baratas (aquí nadie abre la boca por menos de un luis). De todo eso tendremos que hacer ajustes a mi vuelta. O si la situación se prolonga, proveer más dinero mediante una letra de cambio.

De mi consideración

Pascual Raposo

Después de echar arenilla de salvadera y sacudir el papel, comprobando que la tinta está seca, Pascual Raposo lo envuelve en otro que dobla y lacra antes de escribir la dirección en el anverso. Al cabo se levanta, estira los brazos y camina hasta la ventana, haciendo crujir el deteriorado piso de madera. Está en calzón, chaleco y mangas de camisa, y su reducido equipaje se encuentra repartido por el cuarto de la pensión donde se aloja: un segundo piso en el hotel du Roi Henri, modesto establecimiento situado en la rue de la Ferronnerie, donde a todas horas se oyen los gritos de los carreteros y verduleras que discuten abajo, en el laberinto de calles, puestos y barracas del mercado cercano, pegado a la tapia del viejo cementerio de los Inocentes, frontero al hotel de Raposo. Que no es la primera vez que se aloja allí. Siempre que sus ocupaciones —por la más ingenua de ellas lo habrían podido ahorcar— lo trajeron a París en el pasado, el antiguo soldado de caballería vino a hospedarse en el mismo sitio, que le conviene por ser lugar frecuentado por viajeros y comerciantes donde resulta fácil pasar inadvertido; y los tres luises que cuesta por semana incluyen un buen desayuno de tenedor. El único inconveniente, en esta ocasión, es que el lugar acaba de cambiar de dueños. El antiguo propietario, un bretón silencioso y hosco, se retiró con sus ahorros a un pueblecito de Morbihan, y los nuevos hoteleros son un matrimonio de mediana edad que, con ayuda de una hija y una sirvienta, llevan el negocio.

Tras echar un vistazo por la ventana, Raposo va hasta la puerta, la abre y llama. Sube la hija de los dueños, que es moza sobre los veinte, de buenas formas y ojos saltones bajo la cofia que le recoge los cabellos. Raposo le entrega la carta y cinco libras, encargándole que la lleve a la Posta. Se demora la joven en mirar el sable del huésped, que está colgado en la pared, y no se escandaliza demasiado cuando éste, tanteando posibilidades tácticas, le palmea la rotunda grupa mientras ella se dirige a la puerta. Carne prieta y joven, revela el contacto. Y la sonrisa de la muchacha —Henriette, se llama— ofrece posibilidades, o al menos no las descarta. Eso es lo bueno de París, estima Raposo, donde las costumbres son ligeras y una mujer no hace ascos si quien se arrima tiene con qué, o lo aparenta. Mientras toma nota mental de todo ello, consulta el reloj que tiene en un cajón de la cómoda de pino, junto a un cartucho de monedas y una pistola corta, de dobles caño y gatillo. Después guarda el reloj en el chaleco, se enfunda una casaca de paño pardo, requiere el sombrero y, tras comprobar el cebo y la carga, se mete el arma en el bolsillo derecho de la casaca, coge el cartucho de monedas, cierra con llave la puerta, baja las escaleras y sale a la calle saludando con un gesto de la cabeza al patrón, que fuma su pipa sentado en la puerta.

La tapia del cementerio —cerrado a los enterramientos hace sólo unos meses, y con los huesos allí todavía— apesta a verduras y fruta podrida, y por el centro del arroyo corre un canalillo de agua turbia y sospechosa. Raposo camina hasta el Sena por Saint-Denis, pasa bajo los siniestros muros medievales del Petit Châtelet y tuerce a la izquierda, siguiendo el muelle hasta llegar a la plaza de Grève. A poca distancia del ayuntamiento, haciendo chaflán de un edificio estrecho que se alza junto al río, está el viejo cabaret de l'Image Notre-Dame, que a esa hora no registra otra animación que algunos ociosos sentados a la puerta, disfrutando del sol que inunda la plaza. Raposo se sienta en un banco de madera, apoya la espalda en la pared, pide una jarra de agua fresca y contempla la vecina isla de Saint-Louis, el Pont Rouge y las torres blancas de la catedral que se alzan sobre los tejados de pizarra, felicitándose por el buen tiempo que lo acompaña esta vez. La mayor parte de las anteriores que estuvo en París sufrió la inclemencia de la lluvia pertinaz que suele mojar la ciudad durante casi todo el año, embarrando sus calles hasta hacerlas apenas transitables, pese al pavimento. Porque si París, como aseguran quienes saben de eso, pasa por capital de las luces que alumbran Europa, no es, desde luego, la capital de la limpieza.

—Benditos los ojos, Pascual... ¿Qué mal viento te trae por aquí?

Raposo, que ha visto venir de soslayo al hombre que acaba de saludarlo en un torpe español, encoge los hombros y acerca con el pie un taburete para que se siente a su lado.

—Celebro verte, Milot —responde en francés—. Veo que recibiste mi aviso.

—Y aquí me tienes, dispuesto a saludar a un amigo. ¿Cuánto desde la última vez?... ¿Un año?

—Casi dos.

Milot, un tipo grueso y calvo que no usa peluca, vestido con tricornio y redingote oscuro que le llega hasta las botas sucias, sonríe mientras se da palmaditas en las rodillas.

—Mierda, mierda... Cómo pasa el tiempo.

Con ojo experto, Raposo observa el bastón de nudos y puño de bronce que el otro sostiene entre las piernas, característico de los inspectores de policía que recorren los barrios de París, y muy adecuado para partirle el cráneo a cualquiera con un solo golpe. Por su parte, Milot sabe usarlo: el propio Raposo fue testigo de ello alguna vez, en el curso de negocios que uno y otro compartieron en la ciudad.

—¿Cómo va la vida? —pregunta.

El policía se rasca la entrepierna bajo el faldón del abrigo.

—No me quejo.

—¿Sigues asignado a este barrio?

—Conservo la casa ahí cerca, en el Marais, pero ahora estoy en las Tullerías, a la caza de putillas y bujarrones... Es divertido, y siempre hay quien afloja unos francos para que lo deje irse de rositas en vez de mandarlo a la cárcel. Y las chicas se portan bien, ya sabes... Son agradecidas.

—Tengo que acompañarte un día en tu ronda, a ver aquello.

—Estupendo. Te prometo diversión y unas jarras en la taberna de la Rente, que está bien provista.

—Sí. Y esta vez, de lo caro.

Al oír aquello, Milot lo mira, escrutador. Raposo sabe en qué está pensando.

—¿Hay asunto? —se interesa el policía.

—Puede.

—¿Conmigo dentro?

—Tal vez.

Milot se roe la uña de un dedo pulgar, reflexivo.

—¿De cuánto estamos hablando?

—Lo veremos. Eso depende... Todavía no hay prisa.

Sale el tabernero y Milot pide vino tinto. Con los ojos entornados de bienestar, disfrutando de la tibieza del sol como un gato tumbado sobre su cola, Raposo contempla la plaza inundada de luz, la gente que pasa, los innumerables carruajes de toda clase que cruzan el puente cercano y las gabarras de carbón, leña y forraje amarradas en el muelle. Le agrada sentirse en París, de nuevo. Le gusta mucho esta ciudad complicada y enorme, cuando no llueve.

—¿Siguen ejecutando a la gente en esta plaza?

—Claro —Milot emite una risa corta y seca, ajena al humor—. El verdugo de París frecuenta más la Grève que los borrachos este cabaret... La última vez fue hace dos semanas: una doncella que había envenenado a sus señores con arsénico para ratas. Por lo visto, el amo la preñó, luego la hizo abortar, y quería echarla a la calle. La chica era rubia, joven, medio bonita. Tenías que haber visto a todas las pescaderas y verduleras del barrio, enternecidas, apiadándose de ella mientras la subían al cadalso... Al final apedrearon al verdugo y hubo que disolver a sablazos.

—¿Hay mal ambiente?

El otro arruga el entrecejo.

—Lo normal, diría yo. Pero la gente se ha vuelto más desvergonzada y se insolenta a menudo. Aguanta menos. A algún noble le han apedreado el coche... Hubo un par de motines en los barrios bajos, otra vez por la carestía del pan y porque no hay agua potable: cristales rotos y varios tenderos apaleados... A un panadero que adulteraba con yeso el pan lo tiraron al Sena, y se ahogó.

—¿Y los cafés?

—Pues como siempre. Se conspira, se habla, se discursea, se agitan gacetas, se leen panfletos, se amenaza... Al rey se le mienta poco, sigue siendo querido del pueblo. La cosa va más contra la reina: la perra austríaca y tal. Le endilgan un amante nuevo cada dos semanas... Pero todo queda ahí. De vez en cuando, el ministro pone a la firma del rey unas cuantas *lettres de cachet,* se encierra a media docena de idiotas en la Bastilla, y todo tranquilo hasta la próxima.

Calla mientras se acerca el dueño con el vino. Una jarra y dos vasos. Raposo hace los honores: dos dedos para él, un vaso lleno para el otro.

—Venga, cuéntame —lo apremia Milot.

Raposo lo piensa un poco. Despacio. El modo de abordar la cosa.

—Estoy detrás de dos compatriotas míos, recién llegados —se decide al fin.

—¿Exiliados?

—No. Éstos traen pasaporte en regla.

—¿Y son peligrosos?

Balancea la cabeza Raposo, dubitativo, mientras recuerda al académico alto y flaco disparando contra los bandoleros que intentaron asaltar los coches cerca de Aranda de Duero.

—Son gente respetable —concluye— a la que no puedes pringar con tonterías.

—¿Tienen dinero que aliviarles?

Raposo alza una mano para descartarlo como motivo.

—No viene al caso. No se trata de eso.

—Entiendo... Bueno. Situados los sujetos, vayamos ahora al negocio.

—Hay dos partes —asiente Raposo—. Primera, controlar por dónde se mueven.

—¿Y cuál es su ambiente?

—Libreros, impresores, gente así...

Surge un brillo de curiosidad adicional en los ojos de Milot, que son grises y duros.

—¿En plan clandestino?

—No lo sé. De todas clases, imagino.

—Bien. Eso es fácil de controlar... ¿Y el segundo volumen?

—Ahí pasaríamos a la acción, si fuera necesario.

—¿Qué clase de acción?... ¿Violenta? ¿Contundente? —Milot tuerce la boca con desenfado—. ¿Mortal de necesidad?

Con un ademán vago, Raposo elude contestar de momento. Después mete la mano izquierda en el bolsillo opuesto a aquel donde lleva la pistola.

—Carajo... Te digo que es gente respetable. Éste es asunto delicado, ¿comprendes?... En todo caso, ya iremos viendo cómo.

Mientras habla, saca el cartucho de dinero y se lo pasa al otro con discreción.

—Ahí va un adelanto: diez dobles luises para aceitar las bisagras.

—Vaya —Milot sopesa el cartucho en la palma de la mano, complacido—. Bonito detalle... Bienvenido a París, camarada.

Y, levantando su vaso, brinda a la salud de Pascual
Raposo.

Decepción. La palabra la usa tres veces el abatido don Hermógenes mientras despachan un fricasé de
pollo y una botella de vino de Anjou, a seis francos por
persona, después de una mañana de gestiones infructuosas. Están en casa Landelle, en el hotel de Buci, donde los ha llevado Bringas; y como el día es soleado, a través de la gran ventana abierta pueden ver el vaivén de
carruajes y paseantes que vienen de comprar joyas, adornos y prendas de moda en el Petit Dunkerke del muelle
Conti y en la plaza Dauphine. Observa curioso el bibliotecario a las señoras mientras piensa en la suya difunta, tan diferente de estas desenvueltas parisienses
acostumbradas a tiendas donde se ofrece lo último. A su
lado come imperturbable el almirante, manejando silencioso el tenedor mientras contempla el desfile de dra-
peados a la moda polonesa o circasiana, la variedad de
peinados altos, cintas y sombreros sobre cabellos empolvados, postizos o naturales. Por su parte, Bringas mastica con urgencia, ayudándose con frecuentes sorbos de
vino. Tan ávido de lo que tiene en el plato como de lo que
ve en la calle.
—Ah, lo juro, caballeros... —se pasa la lengua por
los labios, casi lúbrico, para eliminar los restos del fricasé—. No hay mujeres como las de París.
Dejan caer don Hermógenes y don Pedro esas palabras en el vacío, por no ser ninguno de ellos inclinado a
tal clase de conversación. Así que, tras un par de intentos
frustrados de volver sobre el tema, el estrafalario abate
termina cambiando de tercio; no sin antes dirigir, por encima de su vaso de vino, un vistazo calculador a sus

acompañantes: el de quien sondea carne por saber a qué atenerse, y da en hueso. De momento.

—En cuanto a que estén decepcionados —dice, cambiando de tono—, no creo que deban desanimarse. Estas cosas van despacio. No siempre es llegar y besar el santo.

—Nuestros recursos son limitados, como sabe —dice don Hermógenes.

—Tengan fe, que es virtud teologal. Todo se solucionará pronto, así que pidamos otra botella. Mientras hay vino en la mesa, hay esperanza en el corazón —los mira, sonriente—. ¿Les gusta la sentencia?

—No está mal.

—Es mía. De un opúsculo en el que trabajo, titulado: *Tratado higiénico y filosófico sobre el onanismo como benefactor de la humanidad*.

—Vaya —comenta don Hermógenes, que parpadea incómodo.

—Prometedor —pronostica guasón el almirante.

Moja Bringas trozos de pan en los restos de salsa, rebañando el plato. Bajo la peluca de nudos desordenados y grasientos, la claridad de la ventana enflaquece su rostro huesudo, mal afeitado.

—La idea —aclara— consiste en exponer cuántos tiranos se habrían ahorrado los pueblos si...

Lo corta el almirante con notable presencia de ánimo.

—No se moleste. Captamos el fondo del asunto.

Mira por la ventana el abate, masticando mientras observa a la gente que circula por la calle. Sus labios mezquinos se crispan de pronto en una mueca feroz.

—Aunque a menudo —dice con súbito desprecio— cada tirano tiene esclavos que le merecen... Miren ustedes esas pirámides capilares enyesadas con pomada, tenacillas calientes y vanidad... ¡A quien se diga que en

París un peluquero gana más que un artesano, y que alguno se jacta de conocer ciento cincuenta formas de torcer los rizos de una dama o un caballero...! ¿Y qué me dicen de la ropa? ¿De esas prendas con faldones judaicos, llamadas levitas, que se están poniendo de moda? ¿De esa manía de que todo, chalecos, casacas o calzones, lleve rayas, porque la cebra del gabinete real se ha vuelto inspiración de los sastres elegantes?... ¡Que el diablo nos lleve! Pocos se endeudan por comprar libros, pero nadie se priva de lucir cada domingo una casaca nueva; y aun así, muchos de esos currutacos todavía deben la suya al que se la hizo... ¡Habría sorpresas si la policía obligara a todos a llevar encima, como justificante, el recibo de su sastre!

—También en Madrid la moda absurda hace estragos —opina don Hermógenes.

—Pero es que aquí lo justifica y explica todo. Moda al eclipse, al globo de aire caliente, al peinado de la reina, a la fanfán, a la caquita del perro de la Polignac... ¡Y a la estupidez la cortejan como si fuese regla con pena de vida!... Ahí se va el dinero, mientras un trabajador gana dos tristes sueldos y el pueblo pasa hambre.

—Aun así —opina el almirante—, esa hambre es menor que en España.

Bringas le dirige una sonrisa sardónica. Insolente.

—Les llevaré, si gustan, a que vean con sus propios ojos el hambre de verdad —dice—. El rostro del París famélico, lejos de esto —señala con desdén a la gente elegante que pasa por la calle—. La Francia real, a pocas manzanas de aquí.

La sonrisa se extingue en el acto, barrida por una sombra oscura. Después, con una expresión por completo distinta que le acude al rostro como una súbita máscara, el abate mira melancólico su plato ya vacío. Al fin bebe un largo trago de vino y se seca la boca con el dorso de una mano de uñas demasiado largas. En los puños de la casaca, así como bajo el pañuelo que le ciñe el cuello, se deshilacha una camisa limpia, aunque rozada en los filos.

—El hambre no conoce fronteras, señores. Siempre es la misma... Les digo yo, que en esa materia soy perito... ¡Qué de estrecheces pasa el sabio que no sabe lisonjear ni al vulgo ni al poderoso!... Tanta hambre pasé aquí como en España e Italia. Más, se lo aseguro, que un caracol en la vela de un barco... Dicho sea, naturalmente, como figura retórica.

—¿Por qué se fue de su patria? —se interesa el almirante.

El abate apoya un codo en la mesa para acariciarse el mentón. Trágico.

—Esa palabra es ambigua —sentencia—. Mi patria está allí donde consigo un trozo de pan. Y papel, pluma y tintero, a ser posible.

Don Pedro no se deja amilanar por la pose ni por el palabreo.

—¿Y aparte de eso? —insiste.

—Necesitaba aire para respirar. Libertad, en una palabra, aunque nunca imaginé que sería aquí, precisamente, donde conocería el oprobio y la prisión.

—Vaya... —el almirante se introduce un bocado, mastica despacio y se limpia los labios con la servilleta antes de beber un sorbo de vino—. ¿Estuvo en la cárcel? ¿En Francia?

Yergue arrogante la cabeza el otro.

—No me avergüenza decirlo: conocí la Bastilla; donde mi espíritu, no hay mal que por bien no venga, se templó en la solidaridad con los que sufren. Allí aprendí a ser paciente y a esperar la hora.

—¿Qué hora? —pregunta don Hermógenes, despistado.

—La hora espantosa que sacudirá los tronos de la tierra.

—Jesús.

Sigue un silencio incómodo, durante el que el bibliotecario y el almirante imaginan a Bringas afilando el hacha mientras ordena rencores por orden alfabético. No es una imagen insólita, decide el último. Ni imposible.

—En lo que dijo antes de Francia no puedo estar de acuerdo —objeta al fin el bibliotecario—. Encuentro gran diferencia con nuestra patria... El viaje desde Bayona nos descubrió un país fértil, de ríos caudalosos y campos verdes. Muy diferente a nuestros pedregales secos y ásperos. A la quebrada geografía española, que a tanta pobreza nos condena.

Golpea la mesa el abate con la palma abierta.

—No se deje engañar por las apariencias —dice con desdén—. Éste es un país rico, desde luego, dotado por la naturaleza. Pero todo lo chupa el desagüe de la vanidad, la codicia y la injusticia. Aunque es verdad que aquí, al menos, conocemos libertades que no existen bajo los Pirineos...

El almirante deja los cubiertos a un lado de su plato vacío, en la posición exacta de las cinco horas del reloj, y recurre por última vez a la servilleta.

—Hay libros —apunta escueto, como si eso lo resumiera todo.

—Exactamente —a Bringas le chispean los ojos vengativos—. Bendita letra impresa que un día, al fin, derribará falsos ídolos. Que acabará despertando al pueblo embrutecido.

—Ése es otro punto que admiro y envidio —suaviza don Hermógenes—: la abundancia de lecturas. Aunque lo de despertar al pueblo...

—En Francia —lo interrumpe el abate— el Estado arruina la vida de muchos de los que cultivamos las letras y las ideas, incluidos impresores y libreros; pero no ha podido arrancar la raíz de la libertad. Y eso es precisamente gracias a los libros.

—Estamos de acuerdo. Pero le decía que los despertares del pueblo, así a palo seco, me dan cierto repelús...

—¿Saben cuál es la diferencia? —Bringas sigue atento a su propio discurso—. Que en España los libros se consideran un objeto subversivo y peligroso. Un lujo prescindible, o un privilegio reservado a unos pocos.

—Y aquí son un negocio —ataja el almirante.

—Lucrativo, además. Y para todos. Proporciona trabajo desde el autor hasta el impresor, el cajista o el distribuidor, que pagan impuestos. Es una actividad que da dinero y crea riqueza.

—Pero los edictos... —opone el bibliotecario—. Las prohibiciones...

Bringas suelta una carcajada teatral y se sirve otro vaso de vino.

—Ah, todo es relativo. La prohibición absoluta perjudica las finanzas, de modo que el Estado, aunque legisla y prohíbe, también permite que el negocio siga su curso natural y no vaya a instalarse en Suiza, Inglaterra, Holanda o Prusia... ¡Ésa es la verdadera fertilidad de Francia! Su pragmatismo. El poder sabe que el libro le amenaza, pero también que da riqueza. Por eso busca modos de arreglo.

—Ya. Pero en cuanto a nuestra *Encyclopédie*...

—¿Qué pasa con ella?

—Que seguimos sin conseguirla.

El abate hace un ademán de suficiencia, señalando la calle.

—Después de comer visitaremos a un amigo mío, vendedor de libros filosóficos.

—Curioso término —decide el bibliotecario—. Ignoraba que hubiese vendedores especializados en filosofía. Supongo que se refiere a Voltaire, Rousseau y autores así. Pero creía que la venta pública de esa clase de libros estaba prohibida.

Ríe de nuevo, ahora desdeñoso, Bringas.

—Lo está, pero no se deje engañar por las palabras. *Libros filosóficos* es una expresión convencional entre libreros para hablar de obras donde la filosofía suele brillar por su ausencia. La expresión se refiere a libros prohibidos... Por lo general, pornográficos.

Se sobresalta don Hermógenes.

—¿Cómo que pornográficos?

—Novelas de tocador y cosas por el estilo —precisa el abate con una mueca equívoca—. Obritas de las que, según Diderot, deben leerse con una sola mano.

Se sonroja don Hermógenes.

—Por Dios... ¿Y qué tenemos nosotros que ver con eso?

—Entiendo que nada —lo tranquiliza el almirante—. Este señor no ha dicho que todos sean de esa clase.

De un largo trago, Bringas se bebe cuanto queda del vino.

—El término *libros filosóficos* —aclara—, usual en los gabinetes de lectura, es amplio y abarca todo: desde *Le christianisme dévoilé* hasta *La fille de joie* —con el último título guiña un ojo, cómplice—... ¿Les conocen?

—Ni por las tapas —responde el almirante—. Si aquí están prohibidos, figúrese en España.

—Esas cochinadas no llegan allí —apostilla, digno, el bibliotecario.

Sonríe Bringas con superioridad.

—Ah, *La fille de joie* no digo que no. Pero el otro sí es filosófico de verdad.

—Pues con ese título —insiste don Hermógenes—, parece más cochino todavía. Lo que hay que hacer con el cristianismo es practicarlo, no desvelarlo ni meterse en jardines que nunca llevan a buen sitio.

El abate lo mira, algo desconcertado.

—Creía que ustedes dos...

—Y cree lo correcto —interrumpe el almirante, que parece divertirse mucho—. Pero, como ya le dije, mi compañero es un ilustrado de los que van a misa: variedad más frecuente en España de lo que se cree.

—Hombre, querido almirante —protesta el aludido—. Tampoco es eso. Yo...

Lo acalla el otro con el gesto afectuoso de colocar una mano sobre su brazo.

—Nuestro don Hermógenes —sigue diciéndole a Bringas— estima compatible la seda con el percal... Así que respetemos su punto de vista.

El abate los mira alternativamente; cual si intentara situarlos, no sin dificultad, en alguna de las categorías por él conocidas. Al cabo esboza una mueca magnánima.

—Como quieran.

—Libros filosóficos —le recuerda el almirante, yendo al grano.

—Ah, sí. Pues eso... Los llamados de ese modo, en resumen, son obras de diversa condición que circulan de manera clandestina, y cuya tolerancia depende del humor del ministro de turno... La cosa es que ciertos libreros venden bajo el mostrador, avizoran las oportunidades y saben precaverse de redadas y condenas a galeras. Este amigo del que les hablo conoce el paño. Quizá pueda echarnos una mano.

Don Hermógenes lo estudia, más bien inquieto. Ha sacado su caja de rapé y un pañuelo, toma una pizca, estornuda y se la ofrece a Bringas.

—¿Ese librero es hombre respetable?

—Como yo mismo.

Cambian una rápida mirada los académicos, que no pasa inadvertida para el abate. Tampoco al almirante se le escapa que a Bringas no se le escape.

—Eso no nos traerá problemas, espero —dice.

Y se lo queda mirando con fijeza. Tranquilo, sin ceremonias, Bringas mete dos dedos en la tabaquera del bibliotecario, coge una buena pulgarada de tabaco molido, se lo pone en el dorso de la mano y arrima la nariz.

—¿Problemas?... Snif. La vida del hombre ilustrado ya es un problema en sí, caballeros.

Dicho esto, guiña los ojos complacido, boquea un instante y estornuda a su vez, con mucho estrépito.

—Y ahora —dice sacando del bolsillo un arrugadísimo pañuelo—, si tienen la bondad de acompañarme, voy a mostrarles otro París... El que no sale en *El tocador de las damas.*

Fue complicado, al principio, moverme por el París del *ancien régime* que, en vísperas de la Revolución Francesa, habían conocido don Pedro Zárate y don Hermógenes Molina. Incluso el París revolucionario, que tanto acabó por cambiar la fisonomía de la ciudad, con sus calles y nombres —les Cordeliers, les Petits Augustins— tan vinculados a la historia de aquellos años agitados, desapareció en gran parte con la reforma urbana que a partir de 1852 hizo el barón Haussmann. Hasta el mercado de Les Halles se vio de nuevo transformado, en el último tercio del siglo XX, en el complejo cultural que hoy preside el Centro Pompidou; y sus tiendas, bares y restaurantes acabaron siendo lugar de moda y atracción turística. La única forma de recomponer literariamente todo aquello era cruzar antiguos textos y planos de la ciudad con referencias modernas, superponer la actual traza de París a la antigua, y establecer así la topografía más exacta posible de los lugares donde había transcurrido la aventura de los dos académicos.

Aparte algunos planos y media docena de libros sobre la historia de la ciudad, mi biblioteca no abundaba en materia de urbanismo parisién; y el útil pero limitado *Connaissance du Vieux Paris* de Hillairet, con el que había callejeado mucho en otros tiempos, no sirvió esta vez más que para situar unas pocas calles por su antigua nomenclatura. De más utilidad fue el monumental *Paris à travers les âges,* de Hoffbauer. Y con internet descubrí un par de útiles puntos de partida sobre el aspecto real de la ciudad en la década de los años ochenta del siglo xviii: el *Atlas historique de Paris* correspondiente a 1790, y una práctica relación del callejero entre 1760 y 1771 que incluía los nombres actuales. También encontré una treintena de grabados de época con vistas de calles, plazas y jardines tal como eran en los años anteriores a la Revolución. Pero lo más importante que obtuve fueron las referencias de dos planos que unos días más tarde, de nuevo en París y gracias a los buenos oficios de la librera Michèle Polak, conseguí con relativa facilidad. Uno de ellos era el realizado en 1775 por Jaillot, pieza espléndida y clara que llegó a mis manos en muy buen estado. El otro, que resultó fundamental para el escenario urbano de estos capítulos, fue el magnífico *Nouveau plan routier de la ville et faubourgs de Paris* publicado en 1780 por Alibert, Esnauts y Rapilly; que, junto a una detalladísima imagen de la ciudad, contenía cartelas con un minucioso callejero y su localización por coordenadas. En cuanto a los datos a situar en esos planos, estaban dispuestos desde tiempo atrás en forma de anotaciones sobre calles, cafés, hoteles, comercios y otros lugares de interés; extraídos, unos, de las cartas del bibliotecario conservadas en los archivos de la Real Academia Española; y otros, de relaciones dieciochescas de viaje, descripciones de la ciudad como las contenidas en la excelente *Guide des amateurs et des étrangers voyageurs* (1787), de Thiéry, periódicos de la época, correspondencia y anotaciones de varios autores, incluidos los diarios de Leandro Fernández de Moratín —cuya sombra, entre otras, planeó todo el tiempo sobre este relato— y las *Memorias* de Giacomo Casanova, abundantes en detalles de sus visitas a la capital francesa, efectuadas poco antes de los hechos que aquí se relatan. Con eso pude ponerme a trabajar.

Y fue de ese modo como me encontré desayunando una mañana en Les Deux Magots con mi cuaderno de notas abierto sobre una fotocopia manchada de café y llena de anotaciones del *Nouveau plan routier* de 1780; intentando situar la visita que don Pedro Zárate y don Hermógenes Molina hicieron, guiados por el estrafalario abate Bringas, a un barrio marginal de París, tal como detallaba la carta —que yo había tenido oportunidad de consultar en la Real Academia— dirigida en términos extrañamente premonitorios por el bibliotecario al director Vega de Sella, en la que le contaba:

> ... *la visita hecha ayer, desconcertante por lo inesperada, a unas calles bajas de esta ciudad donde lo fastuoso de la urbe se entenebrece ante la sordidez de la vida de los más desfavorecidos, donde toda necesidad tiene su ejemplo y todo vicio su triste manifestación. Lo que prueba que, incluso en naciones cultas y en ciudades donde majestuosidad y luces son más aparentes, criaturas desgraciadas padecen agravio y acumulan peligroso rencor. De lo que deberían tomar nota, para su propia salud, quienes tienen por obligación trabajar por la felicidad de los pueblos que Dios les ha confiado.*

Lamentablemente, el nombre de ese barrio no aparecía en la carta que firmaba don Hermógenes; así que me vi obligado a imaginarlo. Quizá se trataba, concluí, de algunas calles de las situadas cerca del Sena, en el antiguo centro urbano —hoy reedificado casi por completo—, entonces pobladas de tugurios y lugares miserables que recibían, aún a finales del siglo XVIII, nombres tan elocuentes como rue des Rats, Pied de Boeuf y Pet-au-Diable. Aunque también podía referirse a un arrabal como el de Saint-Marcel, situado al sur de la ciudad, o a otros barrios semejantes localizados en el norte. En todo caso, el abate Bringas debió de llevar a los dos académicos a alguno de esos lugares que no aparecían en las relaciones de viajes ni en las gacetas elegantes de la época, pero donde pocos años más tarde prendería, con saña popular, la chispa revolucionaria que iba a incendiar Francia, derribar un trono y estremecer al mundo.

—El pueblo bajo de París, como el español —está diciendo Bringas—, no tiene existencia política. No posee ni la costumbre ni los medios para expresar su odio o su descontento... Los ingleses tienen conciencia de sus intereses; pero españoles y franceses, bajo estos nefastos Borbones, carecen de ese instinto cívico que les dicte lo que sería más beneficioso.

—Todo es cuestión de instrucción, naturalmente —comenta don Hermógenes, que al escuchar la palabra *nefastos* ha mirado en torno con aprensión.

—Claro. Ni aquí ni en España la gente sabe leer.

—Pero Francia...

Alza el otro una mano, desdeñoso.

—Ustedes tienen a Francia mitificada, me parece. Aquí pocos son conscientes de la que se avecina.

Han bajado de un fiacre alquilado en la embocadura de tres calles estrechas, junto a un solar lleno de escombros y maleza. Hay casas de apariencia casi medieval, desvencijadas, con grandes vigas cruzadas de madera que sostienen los muros. Sobre los tejados de pizarra humea una neblina gris, de chimeneas sucias y fogones que escupen hollín.

—Este París no se parece al otro, ¿verdad?

Bringas se ha vuelto a mirarlos, sarcástico, acechando sus rostros. La suya no es una pregunta. Hay más dinero en una sola casa de la rue Saint-Honoré, añade, que en todo este barrio. Don Hermógenes y don Pedro observan a los muchachos harapientos y descalzos que han dejado de jugar en el arroyo para rodearlos con desconfianza. Son media docena, de ambos sexos, y acaban pidiendo una moneda. Hay un par de niñas entre ellos.

—Ah, promiscuidad y miseria —comenta Bringas, apartando a los chicos de un manotazo—. Aquí no se oye otro ruido de zapatos que el de pobres zuecos de madera, cuando se da la suerte de tenerlos: desde luego, no estas criaturas desnudas, que duermen revueltas con sus padres en la vil mezcolanza de cuartuchos infectos... Y claro. Sin libertad de prensa, sin instrucción, el pueblo aún pasará mucho tiempo incapaz, ignorante, sin que sus verdaderos intereses ni su patriotismo se vean iluminados por la luz de la razón... Su voz, que es la de la verdad, nunca llega a oídos del soberano. Al contrario: cualquier palabra dicha en alto, cualquier impaciencia, se interpreta como atentado sedicioso, como revuelta ilegítima.

—Pero en Francia se observan libertades —objeta el bibliotecario.

—Sólo formales: prensa más atrevida e impresión de libros inimaginables en España. Pero eso queda para las élites, y a menudo como simple divertimento de salón... El pueblo no tiene derecho a hablar ni a ser escuchado; es simple espectador y víctima de las operaciones ministeriales... Su estúpida ignorancia política sólo se ve superada por la nuestra: la de los españoles.

Siguen los dos académicos al abate, que camina decidido balanceando el bastón. En los portales, bajo perchas con ropa tendida que cuelga de las ventanas como banderas tristes, hay mujeres hoscas de expresión sombría, brazos desnudos y manos enrojecidas, que apalean tinas de lavar o amamantan a criaturas sucias de mocos.

—Vean... —dice Bringas con amargura—. No me digan que no es vergonzoso para la especie humana haber medido la distancia de la Tierra al Sol, haber pesado todos los planetas cercanos, y no haber descubierto las leyes fecundas que hacen la felicidad de los pueblos.

Sentado en un poyo de piedra, con los pies descalzos, un anciano desdentado, que viste vieja casaca militar hecha jirones, se quita la pipa de la boca y lleva los dedos a la frente al verlos pasar. Todo el lugar huele desagradable, a carne corrompida. Por el suelo sin empedrar corre un arroyuelo de agua parda, sanguinolenta.

—Carnicerías ilegales —informa Bringas a los pocos pasos—. Hay un matadero clandestino cerca. Tolerado por la policía, claro; que se beneficia de ello como de tantas otras cosas.

Llegan ante una casa que en otro tiempo debió de ser acomodada, con puerta cochera. El patio interior ha sido convertido en lonja de pequeños puestos de carne donde se venden menudillos, asaduras, cabezas y manos de vaca y cerdo. Al fondo hay un despacho de vino con dos grandes toneles a modo de mesas. Bringas camina seguro entre los puestos, seguido por los académicos, a los que tenderos y compradores apenas prestan atención. Aun así, con risotada insolente, una mujer rolliza de cofia gris y delantal sucio de sangre, que sostiene un cuchillo, le muestra al almirante una pálida cabeza de cordero.

—Lo dijo Diderot, me parece —dice el abate, guiñando un ojo a los académicos—. Cada siglo tiene un espíritu característico, y el espíritu de éste es el de la libertad.

Después se echa a reír, siniestro como un mal augurio. Aún le dura la risa cuando llegan ante un local contiguo al despacho de vinos. Bringas muestra su contrariedad al hallarlo cerrado, pregunta al tabernero, y éste, como si la barba que le cubre la mitad inferior del rostro velase sus palabras, responde en cerrado argot parisién.

—Hay que esperar un poco —traduce el abate.

Pide vino, que el tabernero sirve en una jarra y vasos de barro vidriado, y los tres se sitúan en torno a uno de los toneles.

—Cada lunes, los barriles vacíos de vino barato se cuentan aquí por docenas —dice Bringas secándose la boca con el dorso de una mano—. Esta gente sólo tiene eso, cuando puede pagarlo: engendrar como conejos y beber en un día lo de toda la semana, un mes o una vida. Y aun así, la policía les vigila la ebriedad, porque a menudo sale a relucir el cuchillo... Ah, es muy corto el camino de la taberna o el cabaret a la cárcel. Hasta la fiesta del pobre está sometida a vigilancia.

Don Hermógenes apenas moja los labios, más por cortesía que por otra cosa. Por su parte, don Pedro Zárate bebe un cauto sorbo, lo encuentra agrio y deja su vaso casi intacto sobre el tonel. Para entonces, Bringas ha despachado ya dos vasos sin pestañear. Con un último vistazo, el almirante acaba por definir a su estrafalario guía: exaltado, un punto miserable, culto y peligroso. No resulta extraño que Salas Bringas se mantenga lejos de España. Allí sería carne inmediata de calabozo, o de cadalso.

—Ah, la tormenta —murmura críptico el abate, entre trago y trago—. La tormenta que viene.

—¿Qué esperamos aquí? —lo interroga el almirante.

El otro no parece haberlo oído. Echa más vino y se queda mirándolo atento, como si pudiera leer en el líquido rojizo y aguado.

—Los ministerios en Francia son despóticos —dice, alzando al fin la vista para mirar alrededor—. Al pueblo se le desangra a impuestos que van al bolsillo de unos pocos, y al Estado le roen las deudas... Hace falta una buena sacudida. Algo que cambie todo esto. Que le revuelva de arriba abajo. Una revolución sangrienta.

—No tiene por qué ser tan extrema —se sobresalta don Hermógenes—. Bastaría con que fuera moral y patriótica.

Bringas, que en ese momento se lleva el vaso a la boca, separa de éste un dedo de uña demasiado larga y apunta con él al bibliotecario.

—Es usted un poco ingenuo, señor. Ni la nobleza ni el clero, por no decir el rey y su familia, tienen sentimientos lo bastante generosos para hacer los pocos sacrificios que harían de éste un país honrado.

—Pero el rey Luis tiene fama de bondadoso...

—¿Bondadoso?... No me haga reír, que me da el flato. ¿Ese joven rollito de manteca cuyo único talento es ser cornudo, practicar la caza y arreglar relojes descompuestos?... Fue su firma en una *lettre de cachet* la que me mandó a la Bastilla, acusado de libelo.

Por encima de su vaso, rencoroso el ceño, Bringas pasea la vista por el patio.

—Miren a esta gente —añade—. A estos imbéciles. Todavía creen, la mayor parte de ellos, que el rey es un hombre bueno, un padre amantísimo desorientado por su Jezabel austríaca y sus ministros.

Con un ruido seco, que suena como el golpe del verdugo sobre el tocón del condenado, el abate deja su vaso vacío encima del tonel.

—Ah, pero un día despertarán. O se les hará despertar. Y entonces...

—Entonces, ¿qué? —se interesa don Hermógenes.

—Llegará el momento de la fecunda degollina revolucionaria.

—¡Qué barbaridad!

Sin inmutarse, Bringas lo mira penetrante.

—Se equivoca, señor. Toda revolución, con sus excesos, lo mismo que toda guerra civil, despliega los talentos más escondidos. Hace surgir a hombres extraordinarios que dirigen a otros hombres... Ah, se lo aseguro. Se trata de remedios terribles, pero necesarios.

Los interrumpe —oportunamente, a juicio de don Hermógenes— la llegada de un individuo de peluca pelirroja, vestido de paño pardo, que abre la puerta de la tienda y los mira inquisitivo, reconociendo a Bringas; y éste, mientras deja que el almirante eche mano al bolsillo y ponga unas monedas sobre el tonel, se dirige a su encuentro, le estrecha la mano y cambia algunas palabras en voz baja, señalando a sus acompañantes. Asiente el otro, los invita a entrar y se encuentran los académicos en un lugar insospechado: un almacén de papel, lleno de paquetes con folletos y periódicos viejos, donde hay un mueble de cajista con los cajones entreabiertos y los tipos de plomo desordenados, y una vieja prensa de impresor que aún parece en uso. La única luz de la estancia, que entra por una claraboya situada casi en el techo, ilumina cajones de libros apilados al fondo.

—El señor —lo presenta Bringas— es amigo mío de toda confianza. Por lo demás, se llama Vidal y es lo que aquí llaman *colporteur*. En España diríamos vendedor ambulante de libros e impresos. Y en este caso, especialista —recalca la palabra, con intención— en libros de todas clases.

El llamado Vidal, que habla un español aceptable, sonríe como hombre que ha comprendido, mostrando una dentadura que sin duda masticó tiempos mejores. Tiene la cara apergaminada y llena de arrugas, salpicada de pecas, y por su aspecto más parece inglés que francés.

—¿Les interesan a los señores los libros filosóficos?

—Depende —responde con presteza don Hermógenes.

—¿De qué?

Duda el bibliotecario, azarado, pues recuerda la conversación mantenida con el abate sobre ese asunto. El almirante, que lo advierte, acude en su auxilio.

—De la clase de filosofía que lleven dentro —apunta.

—Éstos, desde luego, no llevan la de Aristóteles —ríe Bringas.

Indiferente, el librero señala los cajones de libros.

—Acabo de recibir veinte ejemplares de *La fille naturelle*. Y me quedan algunos de *L'Académie des dames*... También tengo *Vénus dans le cloître* y la edición de Londres de *Anecdotes sur Madame la comtesse Du Barry*, que sigue siendo un éxito.

—Oye, Vidal, no —advierte risueño Bringas—. Estos caballeros no van por ahí.

Lo mira el librero, sorprendido.

—¿Quieren filosofía de verdad?

—Eso es.

—Bueno, algo hay también... *L'An 2440*, de Mercier, que por cierto lo han quemado en España, me lo quitan de las manos. Y tengo algunas cosas de Helvétius, Raynal, Diderot, y el *Dictionnaire philosophique* de Voltaire... Este último a un precio alto; a diferencia del *Émile* de Rousseau, que de tanto reeditarse está por todas partes y ya no interesa a nadie.

—¿En serio? —se maravilla don Hermógenes.

—Completamente. Voltaire es lo que más requisa la policía. Eso lo encarece mucho.

—Estos caballeros buscan la *Encyclopédie*.

—No creo que haya problema. No la tengo disponible, pero se puede conseguir con facilidad. Déjame hacer unas gestiones.

—Se refieren a la primera edición.

Vidal tuerce el gesto.

—Huy, ésa es más difícil. Dejó de imprimirse, y la gente prefiere las nuevas. ¿No les sirve alguna de las hechas en el extranjero?... Varias de ellas mejoran el texto original, dicen, y otras son idénticas a la primera. Creo que les conseguiría una buena reimpresión: la de Livorno dedicada al archiduque Leopoldo, por ejemplo, que son diecisiete volúmenes de artículos y once de láminas... También puedo intentarlo con la de Ginebra hecha por Cramer.

—Me temo que los señores traen una idea fija —objeta Bringas.

—Tiene que ser la original —confirma don Hermógenes—. Los veintiocho volúmenes aparecidos entre 1751 y 1772... ¿No hay forma de hacerse con una?

—Se puede intentar, pero necesitaré unos días. Y no garantizo nada.

Se ha acercado el almirante a los cajones de libros. En su mayor parte están en rústica, con cubiertas azules o grises. Entre el hedor que viene de la calle, el olor a papel nuevo y tinta recién impresa se eleva como un grato perfume que por un momento hace olvidar todo lo demás.

—¿Me permite echar un vistazo?

—Naturalmente —responde Vidal—. Pero aparte los libros que están encima. No creo que le interesen la *Liturgie pour les protestants de France* o las novelitas de madame Riccoboni.

Retira don Pedro los libros que ocupan la parte superior de un cajón, y mira los que hay debajo: *La chandelle d'Arras, Le Parnasse libertin, La putain errante, L'Académie des dames*... Este último está encuadernado en pasta española; una bonita edición en octavo mayor.

—¿Es bueno?

—No sé —Vidal se rasca la nariz—. En mi oficio, el libro bueno es el que se vende.

El almirante lo hojea despacio, deteniéndose en las muy explícitas ilustraciones. En una de ellas, una voluptuosa dama, el seno desnudo y la falda levantada sobre unos atractivos muslos abiertos en un ángulo de aproximadamente ciento cuarenta grados, observa con sumo interés el falo enhiesto de un joven que, de pie ante ella, se dispone a pasar a mayores. Por un momento, divertido, el almirante siente la tentación de mostrar aquello a don Hermógenes, al acecho de su reacción. Pero, compasivo al fin, decide dejar correr la idea.

—Serán libros caros, supongo —le comenta al librero.

—No tienen precio fijo —responde Vidal—. Suben o bajan según se encuentren en el mercado, o según las redadas para incautarse de ellos. *L'Académie des dames*, por ejemplo, es un libro muy buscado. Lo piden mucho, pero hay demasiadas ediciones. Ésa es reciente, holandesa, con treinta y siete ilustraciones. La vendo a veinticuatro libras.

Curioso, don Hermógenes ha acabado por acercarse al almirante y hace amago de echar un vistazo al libro que éste aún tiene abierto por la ilustración. Don Pedro se lo muestra un instante, con maligna rapidez, y el bibliotecario, escandalizado, retrocede como si acabara de ver al diablo.

—Tiene gracia —dice el almirante—. Cuando uno piensa en el libro clandestino, piensa más bien en Voltaire, en Rousseau, en D'Alembert...

Se encoge de hombros Vidal. Ésa es la vitola, responde. Lo que parece. En realidad, el libro filosófico auténtico es sólo una parte pequeña del mercado. Hay quien lo demanda, y mucho. Pero la mayor parte del comercio de libros prohibidos tiene que ver con esa otra clase. De cualquier manera, todos llegan igual: se imprimen en Suiza u Holanda, los llevan a Francia sin encuadernar, en pliegos camuflados entre pliegos de otros libros de apariencia inocente, y allí se ponen a punto y se distribuyen.

—Otros los traen contrabandistas, directamente por la frontera —apunta Bringas—. Una vez quise dedicarme a esto, llevándolos desde Suiza a España, pero lo dejé. Era demasiado peligroso.

—Es verdad —confirma el librero—. Por eso cuestan más caros, pues no siempre es posible sobornar barato a aduaneros e intendentes... Y cuando algo sale mal, quienes los traen se arriesgan a que les marquen el hombro y los lleven a pudrirse en las galeras.

—¿Y por qué está usted en este barrio? —se interesa el almirante.

—Antes estaba asociado con un compadre, un tal Duluc, que tenía un pequeño gabinete de lectura en el muelle des Augustins...

—Conocí a Duluc —dice Bringas.

—No era mal tipo, ¿te acuerdas? —Vidal se vuelve hacia los académicos—. Yo iba y venía, y él se encargaba de la venta. Hasta que un policía no cobró lo que esperaba, requisaron cinco mil libras en obras filosóficas demasiado bien ilustradas, ya me entienden, y a Duluc lo mandaron directamente a la Bastilla... Así que me vine aquí.

—Ah, éste no es mal sitio —comenta Bringas.

—Claro que no... Paso inadvertido, porque cada vecino es ciego y mudo: viven y dejan vivir. La gente entra y sale de las carnicerías, y el trajín me protege bastante. Viene quien quiere venir, pago al vigilante del barrio y no incomodo a nadie...

—Y cada cuatro semanas cierras la tienda, cargas un carro con libros escondidos, y te das una vuelta por provincias, repartiendo novedades.

—Más o menos.

El almirante devuelve *L'Académie des dames* al cajón.

—Interesante —dice.

—¿De verdad no lo quiere? —insiste el librero—. Dudo que en España puedan conseguir uno de ésos.

6. Los rencores del abate Bringas

Cuántos compatriotas nuestros allí se dieron cita,
por rebeldes al yugo de nuestro despotismo e intolerancia.

M. S. Oliver.
Los españoles en la Revolución Francesa

Henriette, la hija de los dueños que atiende en el hotel du Roi Henri, es de las que toman varas; y Pascual Raposo no tarda en confirmarlo por vía de hechos. Cada vez que ella sube a la habitación con cualquier pretexto, hacer la cama, traer velas o aceite para el candil, el antiguo soldado de caballería explora más a fondo, internándose en las fragosidades del terreno sin que la resistencia del enemigo sea excesiva. En este momento —son las dos de la tarde—, acorralada la moza contra la pared, sus ojos saltones aceptan mientras la boca niega y ríe a la vez, y las manos de Raposo ascienden audaces bajo la blusa de hilo crudo, palpando con avidez la piel blanca y tersa, los pechos que oscilan cálidos entre sus dedos y aumentan la violenta erección del hombre que presiona contra los muslos de Henriette hasta que ésta se debate, zafándose al fin, justo cuando él se derrama en su propio calzón con un gruñido animal, que arranca a la joven una carcajada de descaro antes de alisarse la blusa y desaparecer por la puerta, rápida como una ardilla, escalera abajo.

Apoyado en la pared, Raposo recobra el aliento. Después cierra la puerta, se palpa con desagrado la humedad del calzón y camina hasta la ventana que se abre a la rue de la Ferronnerie. La calle bulle de animación.

237

En una covacha de los edificios contiguos al viejo cementerio de los Inocentes, bajo un busto y una placa de mármol que indican que en ese lugar, en 1610, fue asesinado Enrique IV por un fanático llamado Ravaillac, un cerrajero lima una pieza de metal sujeta sobre un banco, ante la puerta en cuyas hojas abiertas expone un abundante surtido de pestillos y candados. Y mientras lo mira trabajar, un rayo de sol ilumina el rostro de Raposo y acentúa el reflejo en el vidrio de la ventana: desordenado el pelo, dos días sin afeitar, cercos de fatiga bajo los ojos. Buena parte de la noche la ha pasado despierto, sin poder conciliar el sueño hasta entrada la mañana; removiéndose entre las sábanas arrugadas, limpiando las botas, el sable, la pistola, dando cuerda al reloj, sentado junto a la ventana para contemplar las sombras y las estrellas. Eso ocurre cuando le duele el estómago, y ahora con más frecuencia, cada vez que la maldita duermevela lo zambulle en algo parecido a un océano denso, gris, como mercurio donde flotan ingratos recuerdos y fantasmas creados por su imaginación. Esas noches todo se vuelve desasosiego, pues la sola idea de quedarse dormido, de olvidar el dolor pero entregarse a los monstruos que surgen del sueño, le parece aterradora.

A lo lejos, por la calle llena de gente, ve venir a Milot. El policía camina con el tricornio echado hacia atrás, abierto el redingote que parece ondear a sus flancos como alas de pájaro de mal agüero, empuñado el bastón de nudos con pomo de bronce. Raposo va hasta la jofaina —que está bajo una estampa coloreada del viejo Luis XV con manto de armiño, pegada con miga de pan en la pared—, vierte agua y se lava la cara. Después se pone la casaca y desciende a la planta baja abotonándose, justo en el momento en que el recién llegado franquea el umbral.

—Salve, compañero —dice Milot.

El hotelero —su nombre es Barbou— está sentado junto a la puerta, como suele, y la mujer y la hija trajinan cerca. Así que Raposo y el policía salen a dar un paseo. Milot trae noticias frescas, pues por encargo suyo un par de esbirros ha estado vigilando en los últimos días a los académicos españoles.

—Siguen con sus gestiones —resume, consultando un mugriento cuadernito de notas escritas a lápiz que saca del abrigo—. Y todo el tiempo los acompaña ese fulano, Bringas... Ayer estuvieron en casa de un vendedor de libros prohibidos llamado Vidal; pero, según parece, con poco éxito.

—¿Podemos buscarles problemas por ese lado?

—No, que yo sepa. Por lo visto, se limitaron a conversar. El librero vende obras filosóficas y licenciosas, pero tus amiguitos no compraron nada con lo que podamos comprometerlos.

—¿Y qué hicieron luego?

El policía vuelve a consultar sus notas.

—Poca cosa de interés para ti... Estuvieron curioseando en las librerías y puestos de la orilla derecha, dieron un paseo hasta Saint-Honoré para ver tiendas y luego siguieron hasta los bulevares, donde visitaron el salón de figuras de cera... Cenaron en el hotel de Bourbon, que es un sitio fino. Hasta tengo el menú: jamón, ostras, paté y dos botellas de borgoña, de las que una y media se la bebió el tal Bringas.

Han dejado atrás el mercado que está junto al cementerio, donde a esa hora ya han cerrado los puestos de fruta y verduras, y pasan junto a los ropavejeros de la plaza contigua. No hay brisa, sino un calor húmedo. Milot suda bajo el redingote, pasándose la lengua por los labios.

—Esta mañana me encargué yo mismo de seguirlos —añade—. Visitaron temprano otras dos librerías, to-

maron un refresco en el café de la Grille y pasearon por
los Campos Elíseos.

—¿Siempre con el abate?

—No se despega de ellos. Nunca se ha visto en
otra como ésta: come y bebe gratis, a granel, y cada vez
los lleva a sitios más caros.

Los dos bajan despacio hacia el Sena por la rue
des Lavandières, que está llena de gente. Con un golpecito del bastón, Milot aparta a un limpiabotas que entorpe-
ce el paso con su cajón de cepillos y betún.

—El caso es que en los Campos Elíseos, cerca de la
barrera de la plaza Luis XV, hubo un encuentro curioso que
igual te interesa... Estaba mirándolos de lejos cuando se me
acercó el jefe de guardias de allí, un suizo llamado Federici
al que conozco bien. Y estando de charla, quejándose él de
los petimetres de la nobleza que, pese a las ordenanzas, pasean por ese lugar a caballo, observé que el abate se acerca-
ba a saludar a unos paseantes: dos señoras de muy buen
porte, una vestida de verde y otra de azul, con sombrillas y
sombreros de cintas, y dos caballeros que las escoltaban por
la avenida... Uno llevaba el cordón de San Luis. Eso me
despertó la curiosidad, y pregunté a Federici quiénes eran.

Raposo se vuelve a mirarlo, atento. Milot, que se
ha detenido, retira el sombrero y se pasa una mano por el
cráneo calvo, cubierto de gotitas de sudor.

—El del cordón era un tal Coëtlegon, que fue militar; y el otro, un peluquero llamado Des Veuves: un tipo
de moda en París, al que las damas de la alta sociedad están haciendo millonario.

—¿Por qué?

—Imagínate. Peluqueros y modistos son los amos de
esta ciudad, con todas esas pelucas, trajes y peinados a la última. Hoy la moda en París es a la Des Veuves, porque un
día, por lo visto, ese tío peinó a la princesa de Lamballe, que
es amiga íntima de la reina. ¿Cómo lo ves?

—En Madrid pasa igual... Sólo que allí todo ocurre seis meses después, cuando llegan vuestras putas gacetas ilustradas.

Ríe Milot, que seca con un pañuelo muy arrugado la badana de su sombrero.

—Una de las señoras, la del vestido verde, era la pintora Adélaïde Labille-Guiard. Y la de azul era madame Dancenis... ¿Te suena?

—Para nada. ¿Debería?

—Pues claro, hombre —Milot se pone el sombrero y echa a andar de nuevo—. Es compatriota tuya.

—¿Española?... ¿Con ese apellido?

—Es de su marido: Pierre-Joseph Dancenis fue comisario real de Abastos e hizo fortuna en negocios inmobiliarios. Antes fue jefe de la misión comercial francesa en San Sebastián, donde conoció a su mujer, se casó con ella y se la trajo. Tienen una casa soberbia en la rue Saint-Honoré y una finca cerca de Versalles.

—¿Conoces su apellido español?

—Echarri, se llama ella. Margarita Echarri de Dancenis, es el nombre completo. Hija de un financiero de allí.

Raposo hace memoria.

—Hubo un Echarri, me parece, que estuvo en el banco de San Rafael, hasta la quiebra.

—Será ése. Desde luego, gente de mucho dinero... Ella está acostumbrada al lujo: elegante, rica, mujer de moda, tiene una tertulia famosa, entre filosófica y literaria, en su salón, donde recibe los miércoles.

—¿Edad?

—Sobre los treinta largos. O más. Las malas lenguas dicen que cuarenta muy bien llevados... Piel pálida y ojos negros y grandes: una de esas mujeres guapas que saben de sobra que lo son. Y ejercen.

—¿Y qué tiene que ver ella con el abate Bringas?... No me cuadra.

—Te va a cuadrar en cuanto te lo cuente.

—Pues empieza.

Y Milot, que no es mal narrador, se pone a ello. Federici —el suizo del que habló a Raposo hace un momento— es jefe de vigilantes de los Campos Elíseos: hombre puntilloso y serio, falto de imaginación como buen suizo; pero justo por eso no se le escapa un nombre, ni una cara, ni un detalle de cuanto ocurre tras la verja de sus dominios. Y según él, ese abate Bringas, aunque sujeto poco recomendable —que dice haber sido detenido por publicar panfletos políticos, aunque lo fue por vender pornografía—, es también hombre culto y ameno. O eso comentan. Así que, además de zascandilear por cafés de escritores y filósofos, cae en gracia en algunos círculos de la buena sociedad parisién, donde divierte por su carácter exaltado y frecuenta tertulias en un par de casas buenas, incluida la de monsieur Dancenis; donde a su mujer le hace, más o menos, el papel de bufón con talento.

—¿Me explico, compañero?

—Perfectamente.

Han llegado al muelle de l'École, junto al viejo Louvre. Milot va a acodarse en el pretil de piedra y Raposo se sitúa a su lado. La vista desde allí es magnífica: el Pont Neuf lleno de carruajes que van y vienen entre ambas orillas, con el espolón de la isla de Notre-Dame metido en la corriente. El río está lleno de barcas y gabarras navegando o amarradas como en racimos.

—Pues no te extrañe —comenta Milot— si tus dos pájaros y el bufón acaban aterrizando un miércoles donde los Dancenis. Porque esta mañana Bringas los presentó a la señora en los Campos Elíseos; y luego anduvieron de paseo y charla animada hasta su coche, que esperaba en la plaza Luis XV.

—¿Todos juntos?

—Como te digo. Delante de mis ojos, y con Federici a mi lado como un perro de San Bernardo, interpretándome cada gesto.

Raposo se da la vuelta, y de espaldas al río apoya los codos en el parapeto. Frente a él se alza el campanario de Saint-Germain-l'Auxerrois. Ante esa iglesia, tiene entendido, se mató mucho y bien la noche de San Bartolomé, cuando el pueblo de París hizo una linda montería de protestantes. Para que luego digan, concluye en sus adentros, de los españoles y sus frailes. Unos cardan la lana y otros se llevan la fama.

—Tendré que informarme sobre los Dancenis, entonces. Por si acaso.

—Te informo yo de buena gana, para que luego no digas que no sé ganarme los luises del otro día... Y los que estén por caer.

—¿Tienen mucho dinero?

—Muchísimo. Para comprarnos a ti y a mí con lo que se gastan en una cena.

—¿Y ella?

Milot le dirige una mirada socarrona.

—Ella, ¿qué?

—Ya sabes —Raposo curva un pulgar y un índice e introduce un dedo de la otra mano por el agujero—. ¿Tiene amantes?

Ríe el otro, grosero, enseñando los dientes y unas encías descarnadas.

—Esto es París, ombligo de la vida galante y toda esa mierda... Hasta la misma reina da buen ejemplo: los maridos, del rey abajo, llevan los cuernos con tanta naturalidad como la peluca empolvada... A la Dancenis se le suponen historias, claro. O al menos, la cortejan y ella se deja adorar. Su legítimo es hombre apacible, retirado de los negocios, disfrutando de la tranquilidad. Tiene una buena biblioteca, donde pasa la mayor parte del tiempo.

Y según mis noticias, posee una *Encyclopédie*... Ahí puede haber relación con tus dos viajeros.

—¿Podemos controlar eso?

—Claro. Donde hay lacayos y criados, y de ésos los Dancenis tienen unos cuantos, siempre se saca información.

—Lo dejo de tu cuenta, entonces.

—Descuida, compañero. Confía en el viejo Milot... Acabarás sabiéndolo todo como si estuvieras dentro.

El policía le golpea el hombro, amistoso, y señala una taberna situada al otro lado de la embocadura del puente.

—Tengo hambre —comenta frotándose la barriga—. ¿Tú has comido algo?

—Todavía no.

—¿Qué tal unas orejas de cerdo fritas y unos tintos para quitarnos las telarañas?

—De acuerdo... Sus y a ellos.

—Invitas tú, claro. A cargo de lo mío.

—Ni lo sueñes.

—Pues nos lo jugamos a los dados... ¿Te parece?

Por el camino se cruzan con algunas mujeres bonitas, a las que Raposo sigue con la mirada. Le gustan las francesas, confirma una vez más. No gastan melindres como las españolas, siempre aferradas al misal y el rosario. Que hasta para sonreír a un hombre parecen estarle haciendo un favor.

—¿Cómo andas de esparcimiento? —se interesa Milot, pícaro.

—Me defiendo.

—Cuando quieras nos vamos por ahí y te recomiendo a alguna de confianza —el policía suelta una risotada lúbrica—. En tu última visita a París no lo pasaste mal, que yo recuerde.

—Tomo nota.

—Más te vale. Porque te desaconsejo ir de caza a ciegas. No paramos de enviar putas a Saint-Martin, y la mayor parte están infectadas... Aquí te descuidas y por poco dinero te hacen coronel de caballería: te pasas el resto de tu vida rascándote la entrepierna.

A esa misma hora, los dos académicos y el abate Bringas se encuentran en el lado opuesto —por decirlo en términos morales— del diálogo que mantienen Raposo y su compadre Milot. Es fiesta de guardar en España, don Hermógenes acaba de asistir a misa en Notre-Dame, y con el *ite, missa est* sale de la catedral para reunirse con el almirante y el abate, que aguardan bajo el pórtico guarnecido de santos y reyes. Antes de que empezara la misa, el almirante acompañó un rato al bibliotecario, visitando con fría curiosidad la inmensa nave de la principal iglesia de París; pero al empezar el oficio religioso salió a la calle, a esperar en compañía de Bringas, que se había quedado fuera aguardándolos desaprobador, el aire hosco.

—¿Qué tal la misa? —se interesa cortés el almirante.

—Conmovedora, en ese escenario. Aunque nada que no tenga la catedral de León, o la de Burgos... El edificio es magnífico, pero me han decepcionado los vitrales. Había leído que dan a la catedral una luz misteriosa, casi mágica.

—Así eran —confirma Bringas—. Pero hace tiempo se cambiaron por vidrio blanco.

—En cualquier caso, una iglesia extraordinaria... ¿No cree?

Frunce el ceño el abate.

—Me parece excesiva, ya que lo pregunta. Como todas, por fastuosas o humildes que sean. Llena de símbolos negativos para la humanidad.

—Pero reconózcalo, hombre: es una obra maestra de la arquitectura.

Como si le hubiera picado una serpiente, Bringas se vuelve, brusco, señalando el edificio que dejan atrás, semejante a un enorme navío varado a orillas del río.

—¿Sabe cuántos obreros cayeron de sus andamios mientras se construía ese monumento a la superstición y a la soberbia?... Centenares. Miles, tal vez. ¿Imagina cuántas bocas hambrientas podrían haberse saciado con lo que costó este disparate de piedra?

—En cualquier caso, disparate irreemplazable —opone don Hermógenes.

—Ah, yo le haría demoler, más que reemplazar. En París, como en el resto de Europa, por no decir España, sobran iglesias. ¿Saben cuántas misas se dicen en esta ciudad cada día?... Cuatro mil. A quince sueldos cada una, significa que la religión se embolsa a diario... Ah... Esto...

Se ha puesto a contar con los dedos, perplejo. Acude en su socorro el almirante.

—Tres mil libras —apunta con sequedad—. Lo que hace cuatro millones al año.

Triunfal, Bringas se golpea la palma de una mano con el puño de la otra.

—Ahí lo tienen. ¡Linda renta, a fe mía!... Y eso, sin contar la colecta en la misa y los cepillos de vírgenes y santos.

—Se trata de un acto voluntario —argumenta don Hermógenes—. En París se da una libertad de culto envidiable. Reconózcalo.

—Lo reconozco, desde luego. Si no quieres, el cura te incomoda lo mínimo. Y cuando estás enfermo, no viene a dar matraca a menos que le llames... O que seas tan célebre que la Iglesia pretenda apuntarse el tanto. No hay sueño de párroco que no incluya dar los óleos a un filósofo y alardear de ello en el sermón del domingo.

Bringas se detiene de pronto y alza un dedo, cual si acabase de caer en algo que reclamara especial atención.

—¿Les apetece un paseo?... Quiero enseñarles otra clase de templo, más siniestro todavía.

Siguiéndolo, cruzan el puente que comunica la isla con la orilla derecha. En realidad es un pasaje construido con casas de varios pisos a ambos lados, que impiden ver el Sena y cuyos bajos albergan tiendas de libros viejos y objetos religiosos.

—De todas formas —comenta Bringas, mirando malhumorado un tenderete lleno de rosarios, crucifijos y estampas—, no hay que olvidar que esos curas negaron hace poco el entierro cristiano incluso a Voltaire...

Ha pronunciado el nombre con tal familiaridad que don Hermógenes lo mira, ingenuamente interesado.

—¿Llegó a ver usted a Voltaire?... ¿A conocerlo?

Da unos pasos el abate, gacha la cabeza. Rumiando un visible rencor que parece irle creciendo en las entrañas. Al fin se yergue vigorosamente y abre los brazos, como para abarcar el mundo.

—¡Ah, Voltaire! —exclama—. ¡Ese gran traidor a la humanidad!

—Me deja usted de piedra —se sorprende el bibliotecario.

El otro lo perfora con ojos febriles.

—¿De piedra, dice?... Así quedé yo cuando el hombre que cambió la inteligencia de nuestro siglo vendió su primogenitura por un plato de lentejas en la mesa de los poderosos.

—Qué me dice usted.

—Lo que oye. Al solitario de Ferney, en realidad le gustaba muy poco la soledad, y mucho el halago, el poder, el dinero, las palmaditas en la espalda de los mismos imbéciles a los que decía combatir en sus escritos... Nadie como él a la hora de escurrirse como una anguila en las polémicas peligrosas, que llevaron a sus fieles a la cárcel o el cadalso... Nadie tan hábil a la hora de eludir el bulto... Amagando siempre, sí, con enorme talento; pero sin rematar nunca. Por eso su poderosa inteligencia no merece perdón humano.

—Diantre. ¿Y a quién salva usted, entonces?

—¿A quién?... ¿A quién, dice?... Al grande, noble, integérrimo... Al único puro de todos ellos. Al gran Juan Jacobo.

Camina un poco más Bringas, se detiene a llevarse las manos a la cara, dramático. Al fin camina de nuevo.

—Todavía derramo lágrimas cuando recuerdo nuestro encuentro...

—Vaya —se interesa el almirante—. ¿Conoció a Rousseau?

—Tangencialmente —matiza el otro—. Le reconocí saliendo de su casa en la rue Plâtriere, su Getsemaní: la calle más humilde, incómoda y mezquina de esta ciudad, a la que fue a vivir oscuramente, pobre y desconfiado tras persecuciones y maltratos, vilipendiado por Voltaire, Hume, Mirabeau y los encumbrados de su ralea... Era el cuatro de mayo del año setenta y ocho; le quedaban sólo dos meses de vida... Ese día le marqué con piedra blanca en la parte heroica del calendario de mi existencia. Me quité el sombrero, recuerdo que se me cayó la peluca al suelo, y me detuve a vitorearlo a gritos. Él me miró al pasar: dos miradas, dos inteligencias, una sola alma... Y eso fue todo.

Don Hermógenes parece decepcionado.

—¿Todo?

—Sí, todo —Bringas lo observa de través—. ¿Le parece mal?

—¿No llegó a hablar con él?

—¿Para qué?... Durante años habíamos dialogado a través de sus escritos. Y sí. Supe en el acto que el gran filósofo, merced a su intuición prodigiosa, reconocía a un hermano gemelo, a un amigo leal. Y entonces me sonrió con aquella boca suya tan elocuente, tan noble, tan...

—¿Hambrienta? —aventura el almirante, sin poderlo remediar.

La mirada torva de Bringas no hace mella en la sonrisa imperturbable, siempre cortés, del académico.

—¿No se estará usted choteando de mí? —inquiere el abate, amoscado.

—En absoluto.

—Pues lo parece, la verdad.

—No... Para nada.

—¡Rousseau, nada menos! —retoma el hilo Bringas, tras unos segundos de agria reflexión—. Y todavía le persiguen y difaman esos eclesiásticos sin conciencia... Ya ven ustedes: caridad, la justa. Ojo al detalle. El clero más reaccionario no perdona la luz de la razón... ¡Perros!

—Hombre, señor mío —protesta don Hermógenes—. Perros, perros...

—Ni hombre ni pimientos en vinagre... Como digo. Perros de hocico a rabo.

Han dejado atrás el puente y la plaza de Grève y caminan por la explanada que orilla el río, llena de barcazas atracadas y cobertizos donde se almacena el heno para los caballos de los miles de carruajes que atascan París.

—Pero no sólo ellos —añade Bringas a los pocos pasos—. Rousseau era el único puro. Los otros... Ah, los otros. Esos filosofillos de salón, dedicados a entretener y adular, desde su falsa autoridad, a aristócratas empolvados y ociosos...

El sol enflaquece aún más la sombra estrafalaria del abate: su casaca estrecha y raída, las medias de lana zurcidas, la grasienta peluca enredada de nudos, acentúan su imagen desastrada y miserable. En ocasiones hunde el mentón, caviloso, en el pañuelo arrugado que lleva al cuello; y cada vez, los pelos de la barba, que necesita la cuchilla de un barbero, rozan ruidosos la seda amarillenta.

—Más que nunca —dice al cabo—, la humanidad necesita de nosotros, los artilleros temerarios y audaces, insobornables, que hacemos caer bombas sobre la casa de Dios.

Carraspea don Hermógenes, incómodo con las obsesiones del abate.

—Apreciado señor, respetando sus ideas como respeto las de todo el mundo, creo que la cercanía de Dios a través de su obra... En fin... La religión...

Se queda ahí, porque Bringas, que se ha parado frente a él, lo perfora con mirada asesina.

—¿Religión?... No me haga reír, que no he almorzado.

—Haberlo dicho —apunta el almirante, palpándose un bolsillo del chaleco.

Con desdén filosófico, aunque no sin obvia lucha interior, Bringas aleja de momento la sugerencia.

—Eso puede esperar... Déjeme decirle antes aquí, a su compañero, que un salvaje errante por los bosques de América, contemplando el cielo y la naturaleza, sintiendo así al único amo que conoce, que es la ley natural, está más cerca de la idea de Dios que un monje encerrado en una celda, o una monja acariciando los fantasmas de su ardiente imaginación... Y acariciándose de paso con ellos.

—Por Dios, señor —se escandaliza don Hermógenes—. Le ruego que a las monjas...

Suelta Bringas una carcajada tétrica. Apocalíptica.

—Todas las monjas deberían ser elevadas a la categoría de madres... De grado, o por fuerza.

—Jesús... —el bibliotecario se vuelve hacia el almirante, en demanda de socorro y buen juicio—. ¿No dice usted nada ante semejante barbaridad?

—Yo en cosa de monjas no me meto —responde el otro, que parece divertirse mucho.

Sacando fuerzas de su propia indignación, don Hermógenes se encara de nuevo con Bringas.

—En eso el almirante es como usted, me temo... Creyendo incompatibles las palabras Dios y razón.

Ahora es Bringas quien se dirige al almirante, estudiándolo benévolo.

—¿Es cierto eso?... ¿Qué opina usted, señor?

Esta vez don Pedro tarda en responder. Y lo hace con elegante indiferencia.

—La polémica entre don Hermógenes y yo es vieja, y no tengo respuesta... Resumiré diciendo que si Dios es un error, no puede ser útil al género humano. Y si es una verdad, debería mostrar pruebas físicas lo bastante claras.

—La idea de Dios puede ser útil, de todas formas —insiste el bibliotecario—. Reconózcalo.

—Aunque así fuera, mi querido amigo, la utilidad de una opinión no la convierte en verdadera.

Pero el bibliotecario no se da por vencido.

—En materia de dioses —opone—, desde hace siglos, los hombres han coincidido en su existencia. Y ya sabe: puesto que estamos hechos para la verdad, no puede dejar de serlo aquello en lo que nos mostramos universalmente de acuerdo.

El almirante le dirige una sonrisa escéptica.

—Eso de que estamos hechos para la verdad me parece discutible... Por otra parte, el consentimiento general de los hombres en torno a algo que ninguno de ellos puede conocer, no prueba nada.

Tras dejar atrás el río, han subido paseando por la rue Saint-Antoine, entre las tiendas de muebles, ebanistería y espejos que prolongan sus escaparates y mostradores hasta la iglesia de Sainte-Marie. Hay allí un café estrecho y oscuro donde Bringas se mete sin titubeos, tras recordar a los académicos que no ha comido aún. Al salir, después de que el almirante pague dos cafés con leche y un panecillo con manteca y cecina para el abate, siguen paseando. Más allá se elevan, siniestros, los muros oscuros de la Bastilla.

—Ahí estuve —casi escupe Bringas, señalándolos—. Embastillado hasta las trancas, en ese templo laico de la sinrazón y la tiranía.

—Gentil definición —comenta el almirante—. Digna de diccionario.

Con ojos extraviados, tocándose la peluca torcida, Bringas suelta a continuación una larga perorata. Sólo hay algo a lo que los hombres con cargos públicos, del rey al ministro, dice, temen más que la educación de sus súbditos: la pluma de los buenos escritores. La conciencia de los poderosos se retuerce cada vez que uno de estos héroes del pueblo, como el propio Bringas sin ir más lejos, denuncia lo que esos infames no se avergüenzan de perpetrar. Por eso la censura pública, y el tachar de crimen la prosa que los ataca, y la criba de textos que da lugar a que los mejores aspectos se pierdan y que la pluma del genio quede sujeta a la tijera cruel de la mediocridad culpable.

—¿Me siguen ustedes el razonamiento?

—Hasta la médula —responde el almirante.

—Pues en eso la Iglesia es cómplice, cuando no inspiradora... Aunque por lo menos, volviendo a lo de antes, el clero francés es permeable a las nuevas ideas y su poder está más fragmentado y contestado que en España, donde la injusticia se acomoda en púlpitos y confesonarios... Desde los años oscuros de Trento, volviendo la espalda al futuro, allí siempre nos equivocamos de Dios y de enemigos...

—Sobre todo de enemigos —conviene el almirante—. Precisamente aquellas naciones donde la imprenta está más desarrollada, y donde se editan libros que nos ponen como hoja de perejil.

—Tiene razón —se muestra de acuerdo don Hermógenes—. Hasta para eso tuvimos mala suerte.

—Poco tiene que ver la suerte —opone el almirante—. Y mucho la abulia y el desinterés por las artes, las ciencias y la educación, materias que hacen a los hombres libres.

—Gran verdad —apostilla Bringas—. Hay una frase típica española que me quema la sangre, muy usada en materia de colegios y enseñanza: «Es muy humilde el niño», dicen. Argumentado como elogio, naturalmente... Lo que, traducido, viene a significar: «Ya ha contraído, gracias a Dios, la enfermedad tan española de la sumisión, la hipocresía y el silencio».

—Pero también en nuestra patria hay clérigos ilustrados —protesta don Hermógenes—. Como también hay nobles, burgueses y hasta ministros interesados en la moderna filosofía. Con el tiempo, eso se irá convirtiendo en más libertad y más cultura. En soberanos prudentes que, al menos en lo terrenal, alejen su morada de la de Dios.

—Desengáñese usted —se enroca Bringas—. Si un día hay revolución...

—Yo no hablo de revolución. Ese término...

El abate mira las torres sombrías de la Bastilla como si su contemplación, o sus recuerdos personales tras aquellos muros, le inspirasen energía. Rencor dialéctico.

—Pues yo sí hablo, y a mucha honra. Hablo de reducir a la condición de simples ciudadanos a esos monarcas que alegan un derecho divino como prerrogativa frente al pueblo... Reducirles mediante la persuasión filosófica o mediante el hacha del verdugo.

Don Hermógenes da un respingo y mira alrededor con sobresalto.

—Menuda destemplanza... Diga usted algo, almirante. Me refiero a algo sensato.

—Ni por pienso —sonríe éste—. Yo encuentro amenísima la charla.

—Dios mío.

Absorto en su propio discurso, Bringas no les presta atención. De regreso al Sena, han salido de la rue Saint-Antoine y se internan por una zona de callejas de aspecto humilde. Una trapera borracha, sentada junto a su carretón cargado de harapos, discute con un cochero al que impide el paso, que baja del pescante del fiacre y la abofetea, para regocijo de los vecinos que observan la escena.

—Míreles —dice el abate, señalándolos—. Embrutecidos en sus pequeñas miserias, sin ver más allá. Sin desear la aurora de las ideas que les liberen... Ajenos a cuanto no sea comer, beber, reñir, dormir y procrear.

Siguen camino. Algo más allá, dos obreros discuten vivamente, pero callan y se quitan las gorras cuando pasa junto a ellos un cabriolé conducido por un individuo con aspecto de comerciante adinerado.

—Ahí les tienen —ríe Bringas, cáustico—: resignados a lo poco que tienen, se arrodillan, rezan y besan la mano de curas y príncipes porque sus padres, tan idiotas como ellos, les enseñaron a hacerlo... No son los tiranos los que hacen esclavos. Son los esclavos los que hacen a los tiranos.

—Pero a veces el pueblo estalla —comenta don Hermógenes—. Ya ocurrió aquí, me parece, hace cinco o seis años. Cuando los motines del trigo en Lyon y París, la carestía de pan y todo eso...

—Le veo a usted informado, señor.

—Basta con leer las gacetas, y en Madrid se publican varias. Aquello no es África.

—Ya... Pero lo del pan quedó en nada. Prendió la llama y se apagó rápido. Los alborotadores venían de fuera, y el pueblo de París permaneció pasivo y mirando. Al poco volvió la resignación. O no se fue nunca.

—Pero ahora hay incidentes... ¿No?

—Son menores, aislados. Fáciles de dominar. Alguna bronca esporádica y los versos impresos contra la reina, que cada vez corren más y mejor. Aquí bastan dos mil soldados de las guardias francesas y el regimiento suizo de Versalles, amén de policías y soplones, para mantener la calma. No hay en el pueblo un verdadero ambiente, todavía... Gruñen, pero pasa el rey en carroza, como ese tendero de hace un rato, y todos aplauden porque tiene cara de buen chico. O porque la reina está preñada. Como si eso diera de comer... Lo que, por cierto, refresca unos versos míos que vienen al pelo:

> *Grotesca esclavitud,*
> *aquí donde me hallo.*
> *A pie va la virtud,*
> *el vicio va a caballo.*

—A la reina no la aplauden tanto —apunta don Hermógenes.

—¿Qué le iban a aplaudir?... ¿El derroche? ¿Los amantes?... A saber de quién es el delfincito que esa austríaca espera. Por ahí vendrá la ruina principal, supongo. O deseo. Más aún que por el Estado despótico, el enriquecimiento de unos pocos y las finanzas arruinadas... Las Jezabel, las Salomé, las mujeres de Putifar, las Pompadour y las Du Barry siempre dieron buen juego a la hora de perderse hombres y reinos... Por ese lado roe la Historia a los monarcas viciosos. Por donde más pecado tienen.

Aún da unos pasos el abate, envenenados los ojos de cólera.

—Dormidos al borde de un abismo que los cortesanos y los oportunistas cubren de flores —concluye, casi poético.

Don Hermógenes cree llegado el momento de introducir en la conversación algo de buen juicio.

—Yo, sin embargo —expone—, creo que este rey, como el nuestro en España, es un príncipe conocido por la bondad de su corazón, la ecuanimidad de su espíritu y la simplicidad de sus costumbres... Si lograse establecer una autoridad serena, una bondad grave y justa, el pueblo se mostraría agradecido...

—Ah, desengáñense —se rebota de nuevo Bringas—. El francés, como el español, es un pueblo licencioso sin libertad, derrochador sin fortuna, arrogante sin coraje, cargado de los hierros oprobiosos de la esclavitud y la miseria... Pueblos que se apasionan en cafés y tabernas por la libertad de las trece colonias americanas, que están a mil doscientas leguas, pero son incapaces de defender la suya propia. Animales perezosos que necesitan que les metan aliaga espinosa en el culo.

—Por Dios.

Junto a la tapia del cementerio de Saint-Jean se cruzan con unas floristas. El almirante observa cómo a Bringas, pese a su discurso indignado, le queda un resto de atención para dedicar a una de ellas, joven y robusta bajo la blusa bien colmada y el mantón, que los mira con descaro.

—¿Y las mujeres? —se interroga el abate a los pocos pasos—. Para no pocas, las ideas que tienen por la mañana son las del hombre con el que pasaron la noche... Todas dejan de ser ellas mismas a los quince o dieciséis años, y a partir de entonces se aparean con siervos, dispuestas a parir pequeños siervos.

—Pero la felicidad del pueblo... —empieza a decir don Hermógenes.

—Yo no quiero felicidad para el pueblo —lo corta el otro, brutal—. Quiero su libertad. Usándola, que sea o no feliz ya será asunto suyo.

—La nueva filosofía hará ese trabajo. Sin duda.

—Ya, pero a bofetadas. El pueblo es demasiado grosero para comprender. Por eso hace falta que deje de respetar la autoridad que lo aprisiona... Que se agiten los espíritus del hombre bajo, mostrándole la vergüenza de su propia esclavitud. Esos enjambres de hijos que devoran con los ojos la comida expuesta en las tiendas lujosas, el marido que se desloma para meter en casa unos pocos francos y se emborracha para olvidar su miseria, el pan, la leña, las velas que no pueden pagarse, la madre que no come para que sus criaturas puedan hacerlo, y prostituye a las hijas apenas tienen edad, a fin de meter algún dinero en casa... Ése es el París real, y no el de la rue Saint-Honoré y los bulevares, que tanto elogian las guías de viajeros.

Han vuelto a los muelles del Sena. La ciudad vieja se amontona al otro lado, tras los muros que circundan la orilla: abigarrada, sucia, cubierta por la nube de humo de hollín que parece achatarse sobre tejados y chimeneas.

—Si hay revolución en Francia, en España, en el mundo podrido que habitamos —prosigue Bringas, mascando las palabras cual si le supieran amargas en la boca—, no saldrá de las clases altas ilustradas de salón, ni tampoco del pueblo analfabeto y resignado, ni de los tenderos y artesanos que ni leen la *Encyclopédie* ni la leerán nunca... Vendrá de los impresores, periodistas, de nosotros los escritores capaces de transformar la teoría filosófica en prosa vibrante. En olas de implacable violencia que derriben altares y tronos...

Con una fuerte y doble palmada, el abate apoya las manos en el parapeto de piedra. Después dirige una mirada a uno y otro lado, al almirante y a don Hermógenes, antes de ensimismarse en la contemplación del río.

—No hay mayor aliado de los tiranos —dice tras un silencio largo— que un pueblo sumiso porque cree tener alguna esperanza en lo que sea: el progreso material o la vida eterna... La misión de quienes manejamos la pluma, nuestro deber filosófico, es demostrar que no hay esperanza ninguna. Enfrentar al ser humano a su propia desolación. Sólo entonces se alzará pidiendo justicia o venganza...

Se detiene en ese punto del discurso, un instante. Lo justo para lanzar un sonoro, denso escupitajo al agua verdegrís que arrastra ramas, basura y cadáveres de ratas.

—Se acerca la hora de que este siglo levante cadalsos y afile el cuchillo —concluye—. Y no hay mejor piedra de amolar cuchillos que la letra impresa.

—El abate Bringas es un clarísimo ejemplo de rencor prerrevolucionario —opinó el profesor Rico mientras encendía su enésimo cigarrillo—. Un ejemplo de cómo el fracaso y la frustración intelectual engendran, también, sus propios monstruos.

Había sido, para mí, un feliz encuentro. Al telefonear a Francisco Rico para consultarle un par de detalles sobre el personaje, éste me había dicho que también se encontraba en París, con motivo de unas conferencias. Algo sobre Erasmo, Nebrija o uno de ésos. Nos habíamos citado para desayunar en Lipp, donde me estuvo contando un disparatado proyecto suyo para buscar huellas digitales de Quevedo, Lope de Vega y Calderón en los manuscritos originales que tenemos en la Academia, idea que lo divertía mucho de puro inútil, y ahora bajábamos paseando por la rue Bonaparte, atento yo a sus palabras; flaco, elegante y despectivo él, como de costumbre, con su calva pulquérrima, sus gafas de Mefistófeles de biblioteca y su boca ancha y muelle, tan desdeñosa hacia el resto del mundo como la corbata azul tinta de nudo grueso y el dandiesco pañuelo de color amarillo imposible que se le derramaba desde el bolsillo superior de una chaqueta italiana de corte impecable. Creo haber mencionado antes que el profesor Rico es autor de *Los aventureros de las Luces,* un estudio muy interesante —enemigo contumaz de toda falsa modestia, él lo califica de imprescindible— sobre los intelectuales españoles en la Revolución Francesa.

—¿Has leído mi obrita baladí? —quiso saber. —Claro.

—¿Y los libros de Robert Darnton y Blom?... ¿Los de los enciclopedistas, los títulos prohibidos y demás parafernalia?

—Elemental, querido Paco. Pero me falta el toque maestro. Por eso, como estás a mano, recurro a ti.

Lo de toque maestro le había gustado. Lo demostró haciendo un aro de humo con los labios fruncidos —un aro propio de él, exquisito, casi perfecto— y dejando caer la ceniza, desde arriba y al pasar, en el vaso de plástico de un mendigo rumano.

—Pues entre uno y otros lo tenemos todo dicho, querido. O casi. Darnton, que toma la idea de Gerbier, y yo mismo, que no la tomo de nadie porque para eso he leído más libros que ellos dos juntos, explican, o explicamos muy bien, a gente como nuestro radicalísimo abate... ¿Me sigues?

—Hasta el fin del mundo, profesor.

—Como es tu obligación. Pues eso. Porque estamos hablando de los parias de la intelectualidad, vaya. Y mira —señaló con el cigarrillo la calle, como si todos anduvieran por allí cerca—. De una parte estaba el *grand monde,* los que habían logrado llegar a lo alto: los nombres ilustres como Voltaire, Diderot, D'Alembert, que además ganaban dinero... Gente recibida en los salones y respetada por los lectores. Triunfadores de las corrientes ideológicas a la moda... De la otra estaban los del quiero y no puedo, los mediocres o desafortunados, que soñaban con el esplendor de ese mundo pero se iban quedando por el camino. ¿Imaginas?... Todo ese rencor acumulado por cualquier jovenzuelo que, creyéndose con talento, acudía a París esperando codearse con Rousseau y envejecía malviviendo en una buhardilla, escribiendo libelos baratos y pornografía para conseguir al menos una comida al día... Ni para pagarse una *fille de joie* tenían.

Nos detuvimos a mirar el escaparate de la librería y tienda de autógrafos de la rue Bonaparte. Allí, prácticamente, había nacido una de mis novelas, *La sombra de Richelieu,* en la que el propietario de aquella tienda, ya fallecido, daba título a uno de los capítulos. El profesor Rico dudó de la autenticidad de una carta autógrafa de Victor Hugo expuesta en la vitrina, y mencionó en italiano una cita que supuse apócrifa de *La leyenda de los siglos* —«En francés pierde mucho», aclaró—. Después dejó caer la colilla sobre la alfombrilla que tapizaba la entrada, mirándola con desapasionada curiosidad científica mientras se consumía —«Esa moqueta no es ignífuga», dijo al concluir la observación—, encendió otro cigarrillo y seguimos nuestro camino.

—Ni en el siglo dieciocho ni ahora —continuó al cabo de un momento— acepta nadie que su fracaso se deba a falta de talento, sino que ve injusticias, conspiraciones y desdenes por todas partes... Bringas era uno de esos pseudofilósofos frustrados y radicales que mostraban en sus libelos y panfletos más odio contra los que, según ellos, les negaban el reconocimiento debido, que hacia los aristócratas y reyes a los que decían odiar... Sentían el rencor más feroz contra los que se habían adueñado de la república de las letras y no les cedían unas migajas de gloria. Fue eso lo que más tarde convirtió a muchos como Bringas en despiadados revolucionarios... Pero no es exclusivo de su tiempo: se da siempre, en cada terremoto histórico... ¿Recuerdas las delaciones entre intelectuales y artistas durante la guerra civil española y los años del franquismo?

—Por supuesto... Menudearon las denuncias, encarcelamientos y ejecuciones en ambos bandos: García Lorca, Muñoz Seca... Y la delación contra el filósofo Julián Marías, el padre de Javier, a los once días de acabar la guerra: la que casi le cuesta el paredón.

Por no contarte lo mío de ahora, remató el profesor Rico mientras miraba de reojo, crítico, su perfil en el cristal de un escaparate. Es duro estar siempre arriba, oye. No creo que puedas hacerte idea. Y en realidad, añadió al cabo de un momento, los Bringas y su rencor social fueron los que precipitaron la Revolución en Francia. Las luces podían haber quedado en asunto de salones y tertulias aristocráticas, de cafés selectos frecuentados por teóricos de la nueva filosofía. Fue la desesperación de los amargados pobres diablos la que, al estallar en las capas sociales más bajas, acabó inflamando al pueblo. En la práctica, fanáticos rencorosos como el enloquecido abate,

261

con su frustración y su odio, echaron más gente a la calle que todos los enciclopedistas juntos.

—La Revolución, cuando estalló, puso al frente, como suele ocurrir, a los que no tenían nada que perder. Y los llevó arriba, frotándose las manos, dispuestos a ajustar cuentas... Actores y dramaturgos frustrados como Collot y Fabre mandaron a la guillotina a cuantos pudieron de los antiguos colegas... En su etapa jacobina, Bringas no dejó filósofo triunfador con cabeza, hasta que también él cayó con Robespierre y sus compadres... Un caso claro es el de Bertenval, un enciclopedista al que tu abate adulaba en público pero odiaba con toda su alma, y al que delató y mandó al cadalso durante el Terror... A mí, por supuesto, de haber estado allí, me habrían reservado plaza en la primera carreta. Por entonces ya había cervantistas mediocres, no vayas a creer... O más bien todos lo eran. Pero, en fin —parecía lamentarlo—. No estuve.

Tomamos a la izquierda en el cruce con la rue Jacob para detenernos de nuevo ante una librería; esta vez, especializada en libros de ciencia. En el escaparate estaba expuesta una soberbia edición de *La Méthode des fluxions* de Newton, traducido por Buffon. Entré a preguntar por el libro, considerando la posibilidad de regalárselo a José Manuel Sánchez Ron a mi regreso a Madrid, pues Newton es su tótem. Pero era atrozmente caro. Cuando salí, el profesor Rico, que se había quedado fuera haciendo nuevos aros de humo, pareció recordar algo.

—Hay unas *Memorias* muy interesantes —dijo—. Las de Lenoir. Casi tanto como si fueran mías.

Miré el escaparate antes de caer en la cuenta de que me hablaba de otra cosa.

—¿El que fue jefe de la policía antes de la Revolución?

Hizo un nuevo aro de humo, tiró el cigarrillo y se quitó los lentes para limpiarlos con el espectacular pañuelo de seda amarilla.

—Ese mismo.

—Las tengo, sí. Encontré el libro en la colección Bouquins, aunque aún no le he metido mano.

—Pues hazlo. En él hay un apartado delicioso, donde Lenoir menciona una lista de fulanos que luego fueron diputados radicales, votaron la muerte del rey y ocuparon cargos de importancia durante el Terror... Unos pocos años antes, en los informes policiales todos ellos eran considerados chusma mediocre y fracasada, bajuna... Y la lista es divertida: en ella están Fabre d'Églantine, tu amigo Bringas y también Marat, el amiguito del pueblo... El comentario sobre este último es magnífico. Algo así como: *Desvergonzado charlatán, ejerce la medicina sin ser médico, y ha sido denunciado porque muchos enfermos han muerto en sus manos.*

Miró los lentes al trasluz, volvió a ponérselos, e introdujo de nuevo el pañuelo en el bolsillo superior de la chaqueta con un elegante floreo de muñeca, dejando colgar las puntas. Lánguidas.

—Espero —dijo, displicente— que no hagas como el cabrón de Javier Marías, y que no se te ocurra sacarme de personaje en tu próxima novela.

—Ni hablar —respondí—. Descuida.

Sopla viento afuera, que el almirante ya previó al atardecer, cuando las nubes y la neblina de hollín empezaron a deshilacharse sobre la ciudad en colas de caballo. Ahora resuenan rachas en las oquedades del edificio, aleros y canalones, y baten los postigos sueltos de las casas vecinas. El cambio de tiempo parece haber traído algún malestar a don Hermógenes, que tiene fiebre y el pulso rápido, aunque él lo achaca a la discusión mantenida con el abate Bringas sobre religión. Sentado en su cama a la luz de un velón de aceite, con batín y gorro de dormir, conversa con el almirante, que en chaleco y mangas de camisa aviva la estufa con una paletada de carbón.

—Los ojos de ese hombre, Bringas —comenta el bibliotecario.

—¿Qué tienen de particular?

—No paran. ¿Se ha dado cuenta?... Van de un lado a otro, casi feroces, como si tomaran nota de todo para un archivo siniestro y personal. El ojo tiene siete músculos, como usted sabe...

—Ocho, tengo entendido.

—Bueno, tanto da. El caso es que los de nuestro abate, o lo que ese individuo sea ahora, trabajan a una velocidad sorprendente.

Sonríe don Pedro, volviéndose hacia su amigo tras cerrar la trampilla de la estufa, y ocupa una silla junto a la cama.

—Lo que tiene que hacer usted es cerrar los suyos y descansar. Demasiados paseos, me temo. Demasiadas corrientes de aire.

Don Hermógenes asiente, se queda un momento pensativo y frunce el ceño con aire censor.

—Por cierto, querido almirante: no me sentí en absoluto apoyado por usted cuando salió a relucir el asunto religioso... ¡Qué saña la de ese sujeto! ¡Qué beligerancia y qué rencor!... Ya sé que comparte algunas de sus ideas, aunque gracias a Dios, no las más exaltadas.

Se ensancha la sonrisa de don Pedro. Le ha tomado una muñeca al bibliotecario para tantearle el pulso.

—El disparate estaba en la forma de plantearlas, no en el fondo. Las ideas del tal Bringas, aunque desaforadas, me parecen en su fondo correctas.

—Vaya por Dios.

El almirante le suelta la muñeca y se recuesta en la silla.

—Lo siento, don Hermes... Pero en lo tocante a religiones, Bringas tiene razón. En las nueve mil leguas que tiene de perímetro el mundo, no hay un solo lugar donde las supuestas órdenes de algún dios no hayan consagrado algún crimen.

—Porque son dioses torpes los que nos representan, propios de bestias sin luces. Para eso están los misioneros lúcidos, precisamente. Tanto en sentido literal como en el figurado. Para persuadir de la verdadera y necesaria fe, compatible con la verdadera y necesaria razón.

Mira el almirante a su compañero, guasón. Ha sacado su reloj de un bolsillo, consulta la hora y se lo lleva a la oreja para comprobar su funcionamiento.

—¿Misioneros, a estas alturas, don Hermes?... ¿Misioneros, y yo en ayunas?

—No empecemos, querido amigo.

Coge el bibliotecario el Horacio que tiene en la mesita de noche y hace ademán de hojearlo, aunque no le presta atención y acaba dejándolo sobre la colcha.

—Y más en este siglo de progreso y adelantos —dice de pronto—. Todos esos pueblos recién descubiertos en el corazón de África y en el Pacífico... Primero la noción de un dios justo, luego la civilización y luego combinar ideas. Nada más natural. Nada más positivo.

Niega con la cabeza, cortés pero firme, el almirante.

—A los pueblos recién descubiertos —dice con mucha calma, dándole cuerda al reloj— debería enviarse antes que al misionero, al geómetra. Alguien que, para empezar, los convierta a los principios básicos... Que primero sepan combinar unidades, y luego ya combinarán ideas. Es a la física y a la experiencia, prueba y error, a las que debe rendir culto el hombre libre.

En la ventana, por fuera, el viento hace golpear uno de los postigos, mal cerrado. El almirante inclina la cabeza, el aire ausente, ensimismado en imágenes o recuerdos. Al fin la sacude casi con violencia, cual si buscara regresar al presente.

—Si junto limadura de hierro con azufre y agua, se produce fuego —dice tras un instante—. Si un objeto cae, golpea los cuerpos que encuentra en su caída y les comunica movimiento según su densidad... Si un navío navega de A hacia B, abate en su rumbo debido al factor C, integrado por el viento y la corriente... Ése es el catecismo real. El único que sirve de algo.

—Pero la idea de Dios...

Ulula el viento y sigue batiendo el postigo. Se levanta don Pedro, brusco, y da tres zancadas hasta la ventana.

—Ésa sólo sirve para camuflar la parte del catecismo natural que el hombre todavía no conoce... Lo peor de las cosas es el error deificado.

Mientras dice eso, abre la ventana y cierra el postigo con un fuerte golpe. Desde la cama, el bibliotecario lo mira, extrañado.

—Caramba, almirante. Se le diría a usted furioso. Y no comprendo...

—Cierto, discúlpeme. Pero no es con usted.

Regresa despacio hasta su silla, pero no se sienta; permanece en pie, apoyadas las manos en el respaldo. Su expresión es sombría.

—El hombre es infeliz porque ignora a la naturaleza. Incapaz de interrogarla de modo científico, no percibe que ésta, desprovista tanto de maldad como de bondad intrínsecas, se limita a seguir leyes inmutables y necesarias... O dicho de otra manera, que no puede actuar de modo distinto al que actúa. Por eso los hombres, en su ignorancia, se someten a hombres iguales que ellos: reyes, hechiceros y sacerdotes, a los que su estupidez los hace considerar dioses sobre la tierra. Y éstos aprovechan para esclavizarlos, corromperlos y volverlos viciosos y miserables.

—Puedo estar de acuerdo —responde don Hermógenes con mucha mesura—, aunque sólo en parte y con matices. Hoy dijo Bringas algo en lo que convengo: no son los tiranos los que hacen a los esclavos, sino éstos quienes hacen a los tiranos.

—Con un agravante, querido amigo... En los tiempos de oscuridad, la ignorancia del hombre era disculpable. En un siglo ilustrado como éste, resulta imperdonable.

Dicho eso, el almirante calla y permanece un rato inmóvil. La luz de aceite ahonda sombras en el rostro delgado, envejeciéndolo más con profundas arrugas. Intensificando el efecto de humedad en sus ojos.

—Ya dejé atrás los años en que la maldad me enfurecía —añade al fin—. Ahora me enfurece la estupidez.

—No sé cómo tomarme eso.

—Tampoco va por usted.

Resuena una prolongada racha de viento tras el postigo cerrado. De pronto, el bibliotecario comprende lo que le ocurre a su compañero. Está recordando el mar. La furia ciega de la naturaleza, que opera según sus propias reglas. Indiferente a la virtud o la maldad de los hombres a los que zarandea y mata.

—¿De verdad cree usted, don Hermes, que porque un hombre cambie en voz baja unas palabras con otro, borrará de su conciencia o dejará de pagar en otra vida el mal que haya hecho en ésta?

Sigue inmóvil el almirante, apoyadas las manos en el respaldo de la silla, mirando a su amigo. Y éste siente la necesidad de oponer algún lenitivo a aquella extraña calma. A la helada resignación del compañero al que admira.

—Por Dios —dice con impulsiva honradez—. ¿No le gustaría, al menos, empezar una nueva vida, otra vez? ¿Empezar desde cero, con la conciencia limpia?... Eso es lo hermoso de la contrición cristiana. Basta humillarse ante Dios para obtener la inmortalidad del alma. Un paso por el Purgatorio, y listo.

—¿Y cuánto tiempo me administraría allí, amigo mío?

—Es usted imposible.

Ahora el almirante sonríe al fin. Se ha movido un poco, y las sombras dejan de torturarle el rostro.

—Si me dieran la inmortalidad absoluta a cambio de un día de Purgatorio, rechazaría el trato. Qué pereza, luego, todo el tiempo tocando el arpa en una nube, vestido con un ridículo camisón blanco... Lo mejor es dejar de existir.

—Me temo, y eso me horroriza, que hable usted en serio.

—Claro que hablo en serio. Cuando se ha vivido de forma adecuada, no hay nada mejor que un largo, bien ganado descanso.

—Bueno. Al menos, usted tiene motivos para merecerlo, cuando llegue su hora. Porque nada tiene que reprocharse: militar, se batió por su rey y por su patria; hombre de ciencia, deja tras de sí sus trabajos y ese magnífico diccionario de Marina; académico, hombre cabal, es respetado por sus amigos, entre los que creo contarme... Es para estar orgulloso.

El almirante se lo queda mirando con mucha fijeza, sin responder en seguida. Al cabo aparta las manos del respaldo de la silla y parece erguirse con una especie de dignidad solitaria. Melancólica. De un modo parecido, piensa fugazmente el bibliotecario, debió de erguirse en su juventud sobre la cubierta de un navío, cuando resonaba la metralla de los buques enemigos.

—No lo sé, don Hermes... En realidad estoy menos orgulloso de lo que soy que de lo que he conseguido no ser.

Los dos viajeros no pueden saberlo; pero en ese momento, a doscientas sesenta y cinco leguas de allí, a la luz de una lámpara de aceite Argand regalada hace tres días por el rey a la Real Academia Española —único signo de confort moderno en la polvorienta sala de reuniones—, el pleno de compañeros académicos mantiene una discusión parecida a la suya. Todo empezó cuando, tras los asuntos de despacho, se discutió la papeleta con el lema *Ente,* que a propuesta de algunos presentes debería modificarse en la próxima edición del Diccionario; de forma que la definición que figura en el tomo correspondiente del de Autoridades, publicado en 1732, y que se ha mantenido durante casi medio siglo, sea acortada. O racionalmente puesta al día, como pide que conste en acta Justo Sánchez Terrón, uno de los académicos que con más denuedo apoyan el cambio. Así, la definición original: *Dícese de todo lo que realmente existe. Por antonomasia lo es Dios, por ser Ente increado, e independiente, que por sí mismo subsiste, y por participación lo son todas las cosas creadas,* debería verse, según criterios de modernidad, reducida al primer párrafo; o, como mucho, a *Todo lo que tiene real existencia,* dejando, en cualquier caso, en materia de entes y entidades, a Dios y su creación aparte. Eso ha suscitado un vivo debate que aún se mantiene, aunque en términos más ásperos que el de los dos viajeros en París: ni todos los académicos que tienen fe religiosa, o aseguran tenerla, muestran tanta delicadeza como don Hermógenes, ni todos los que rinden culto a la razón son tan corteses o templados como el almirante.

—Mientras en el extranjero progresan la física, la anatomía, la botánica, la geografía, la historia natural —dice Sánchez Terrón con muchas pausas, gustándose a sí mismo como acostumbra—, nosotros debatimos aquí sobre si el ente es unívoco o análogo, sobre si trascienden las diferencias o sobre si la relación se distingue del fundamento... Y así están las universidades españolas, señores. Así la educación nacional.

Hay protestas en torno al sobado tapete de badana que cubre la mesa, manos alzadas, gestos de aprobación o desagrado. Lanzando rápidas miradas a uno y otro lado, el secretario Palafox toma nota de todo mientras Vega de Sella, el director, concede la palabra.

—Es intolerable —argumenta don Nicolás Carvajal, matemático y autor del *Tratado de arquitectura civil,* en apoyo del académico que lo ha precedido— que enseñanza y universidad estén, todavía, en manos de defensores de la doctrina aristotélico-tomista frente a los partidarios de la ciencia moderna, cuando éste es el siglo de la educación, de la diplomacia y de la ciencia.

Viene a continuación el turno de palabra de don Antonio Murguía, archivero de su majestad y miembro de la Academia de la Historia: un hombre feo, menudo y enérgico, tocado con rizada peluca gris, autor de una conocida biografía de Felipe V y varios tratados sobre la decadencia de los Austrias y la guerra de Sucesión.

—Los mensajes de los *novatores* del pasado siglo —argumenta—, pese a su timidez, fueron ya considerados por teólogos y moralistas atrincherados en el escolasticismo y el aristotelismo como una amenaza... Su presión obligó a muchos hombres sabios al silencio prudente. Y las costas las pagamos todavía. Así que esta docta casa no puede seguir siendo cómplice de tales silencios.

Preocupado por la deriva que toma el debate, el director mira el reloj que está en la pared, coteja la hora —son las ocho y cuarto— con la que marca el que saca discretamente de un bolsillo de la chupa, y recuerda a los presentes que se trata de discutir sobre una simple acepción del Diccionario, no de diagnosticar los males intelectuales de la nación.

—Se trata de revisar una definición, señores académicos. De la lengua castellana, o española. Y en los términos adecuados... O sea, que no estamos polemizando en un café sobre el contenido de una gaceta.

Asienten algunos y encogen otros los hombros; corre en torno a la mesa, en fin, un dispar murmullo de aprobación y desaprobación. Y acaba haciéndose con la palabra, torcido el gesto, Manuel Higueruela. En términos agriados, como suele, lanzando bajo su peluca miradas maliciosas a los compañeros de los que discrepa, el periodista se declara opuesto al newtonianismo y racionalismo porque el científico, subraya, debe centrarse en conocer y poseer la sabiduría de Dios, no en descubrir supuestas leyes de la naturaleza cuyo control no le corresponde, lo que es necio y perverso. Pretender racionalizar el mundo mediante la observación y la experiencia significa anular la necesidad de una explicación divina y considerar inútil la digna función eclesiástica.

Asiente silenciosa y vigorosamente, a su exposición, el grupo más ultramontano de los académicos: dos de los cinco clérigos que lo son de número, el alto funcionario de Hacienda y el duque del Nuevo Extremo. Por su parte, el secretario perpetuo del Consejo de la Inquisición, don Joseph Ontiveros, permanece callado, con una sonrisa distante en los labios. Al fin alza la cabeza cana y pide la palabra.

—Vaya por delante que no creo que deba tocarse la definición de *Ente,* tal y como está; al menos en la

271

próxima edición del Diccionario. Pero es cierto que a la larga no podremos volver la espalda a la efervescencia que se extiende por todas partes... Todo es ahora analizado, discutido, removido, nos guste o no, desde los principios de la ciencia hasta los fundamentos de la fe religiosa, desde la metafísica al buen gusto, desde la teología hasta la economía y el comercio... Negarse a verlo así perjudica a la religión aún más que a la razón, pues la sitúa como enemiga.

Toma de nuevo la palabra Higueruela, que levanta la mano gordezuela en la que relucen anillos de oro, y apunta un dedo acusador hacia el radical Sánchez Terrón, quien sonríe con desdén al otro lado de la mesa. En realidad, por encima del tapete y de afinidades tácticas, son espacios y siglos los que se extienden entre ambos.

—No falta autoridad al reverendo padre Ontiveros —dice Higueruela, aunque mira al otro—. Pero esa mesura, esa comprensión cristiana, no hacen sino dar aliento a los descreídos. Al sinedrio filosófico que, como algunos compañeros de esta casa, pretende que en vez del padrenuestro la gente recite: *e,* elevado a *pi,* más uno, igual a cero. Que dejemos las ciudades para recobrar nuestro estado natural, volviendo a las praderas y selvas con los hotentotes, patagones e iroqueses... Que recemos a San Euler y a San Voltaire. O que no recemos a nadie, ni respetemos reyes, ni sotanas, ni togas... Y eso ya es aberración y es soberbia.

El discurso de Higueruela —de aquí a una semana saldrá impreso en tinta fresca y con idénticas palabras en el *Censor Literario* que edita el periodista— cae mal en torno a la mesa; y el director Vega de Sella, que lanza frecuentes y desesperados vistazos al reloj de la pared, se ve obligado a reclamar orden; aunque no puede evitar que por alusiones, aunque no sean directas, Sánchez Terrón pida de nuevo la palabra, y en términos de relativa dureza critique —así figurará en las actas escritas por el diligente secretario Palafox— «la absurda cosmología aristotélico-ptolemaica de algunos señores académicos, su escolasticismo a ultranza y su defensa de las Sagradas Escrituras como autoridad». España, concluye, debe dejar de resistirse a la ciencia y la razón. Que aprenda a pensar, y a leer. Que apañada va, y buena falta le hace.

—¿Que aprendamos a leer? —salta Higueruela, irritado, sin aguardar turno de palabra—. ¿Nos está llamando analfabetos en nuestras barbas el señor académico?

—En absoluto —niega Sánchez Terrón, con un desdén y una cínica sonrisa superior que desmienten sus palabras.

Higueruela parece escupir veneno sobre el tapete.

—Esas reflexiones ya se han hecho en toda Europa, con resultados nefastos: ya no hay reino, menos el de España, que para su desgracia no sea newtoniano, y por consiguiente copernicano, y por consiguiente ofensivo para las sagradas letras que tanto debemos venerar... O para el simple sentido común. Porque hace poco leí algo del señor Sánchez Terrón, y desde entonces no pego ojo: cuando despacho un plato de fresas me trago otros tantos animalitos sensibles, cuando huelo una rosa casi puedo conversar con ella de ente a ente, y cuando corto una flor me expongo, prácticamente, a ser enjuiciado por homicidio... ¿A dónde vamos a parar con tanta insensatez?

—Sólo recomiendo —insiste fríamente Sánchez Terrón, con la misma displicencia de antes— que aprendan a dejarse guiar por las luces.

—Por luces extraviadas, querrá decir... O ajenas —matiza Higueruela con pésima intención—. Me refiero a ese empeño frívolo en manejar mucho énfasis, mucha oscuridad, mucho desahogo en pregonar ideas extranjeras que apenas se rozan en la superficie, indiferentes a su mucha o poca verdad... La razón no se ejerce imitando, sino siendo. Y, ante todo, español.

—No le consiento...

—Me trae al fresco que lo consienta o no.

El reloj da por fin una campanada, y el director Vega de Sella aparta de él los ojos con visible alivio.

—Se levanta la sesión, señores académicos. *Agimus tibi gratias...*

Se encuentran a la salida, envuelto en su capa española Higueruela, abrigado Sánchez Terrón con gabán de paño cortado a la última. Salen de la Academia sin mirarse, altaneros, y caminan cada uno por un lado de la calle del Tesoro. Allí, el paso del uno se torna más lento hasta dar al otro ocasión de alcanzarlo y ponérsele a la par.

—Es usted un impertinente —masculla Sánchez Terrón.

Higueruela se encoge de hombros y sigue junto a él, al mismo ritmo. Lleva el sombrero de tres picos bajo el brazo, y la peluca da a su cabeza redonda, de cuello corto que parece atornillado en el torso, un toque grotesco.

—No se queje, porque en la diatriba antifilosófica de mi próximo *Censor* lo dejo al margen. Yo soy hombre que sabe respetar las treguas.

—No tengo ninguna tregua con usted.

—Llámela como quiera: acuerdo táctico, comunidad de intereses, ganas de fastidiar... El caso es que tenemos un pequeño asunto en común. Y eso, le guste o no, crea sus vínculos. Su deleitoso puntito.

Titubea el otro, incómodo.

—Quiero dejarle claro que, en ningún momento, yo...

—Claro, claro. Natural. No se preocupe. Me hago cargo.

—Me temo que usted no entiende nada.

—Pues crea que lo entiendo como de dulce. Le gusta que le hagan los trabajos sucios, pero quiere presumir de manos limpias.

—Buenas noches, señor.

Envarado, metiendo las manos en los bolsillos del gabán, Sánchez Terrón da media vuelta y se aleja a grandes pasos hacia la plaza del palacio real. Sin inmutarse, el otro le va detrás, paciente y callado durante un trecho. Al fin vuelve a ponerse a su lado y le tira de una manga.

—Oiga, míreme a la cara... Usted no se baja de esta diligencia en marcha, se lo aseguro.

—Esto ha ido demasiado lejos.

Emite Higueruela una risita taimada.

—Es lo que me fascina de ustedes, los redentores del pueblo: su facilidad para ponerse de perfil cuando las cosas giran hacia lo real. Cuando hay que pagar los precios morales de los deseos ejecutados por otros.

Se han detenido en la luz de uno de los faroles de la plaza. Al otro lado, entre las sombras, bajo un cielo salpicado de estrellas, clarea la mole de piedra blanca del palacio real. Higueruela levanta la mano de los anillos, señala el pecho de Sánchez Terrón y luego se toca el suyo.

—Está en esto igual que yo —puntualiza.

—La idea fue de usted.

—Y le pareció estupenda.

—Pues ya me lo parece menos.

—Demasiado tarde. Lo de nuestro hombre en París sigue su curso, y habrá que afrontar las consecuencias... Precisamente esta mañana recibí carta de él.

Un destello de interés despeja, a su pesar, la fatua gravedad de Sánchez Terrón.

—¿Y qué cuenta?

—Que los viajeros tienen dificultades para encontrar lo que buscan, y se dispone a entorpecerlo más todavía. Que están en manos, además, de un individuo poco de fiar, y que la embajada se desentiende... Todo bien, como ve. Favorable para nuestros planes.

Da un respingo el otro, indignado de nuevo. Arrogante.

—Le repito que yo...

—No se moleste en repetirlo. Precisamente el tal Raposo acaba de pedir un poco más de dinero. Los gastos se acumulan, al parecer. O eso dice.

—Ya le di a usted tres mil reales.

—Sí. Y desde luego, no creo todo lo que cuenta Raposo. Sin embargo, para estar tranquilos, creo que algo más podemos mandarle.

—¿De qué cantidad me habla?

—Mil quinientos reales.

—¿En total?

—Cada uno. Me he permitido enviárselo todo hoy de mi bolsillo, con una carta de pago del Giro Real contra la banca Sartorius de París... Por eso le agradecería que me haga llegar su parte en cuanto le sea posible.

Han vuelto a caminar, esta vez a lo largo de la fachada del palacio. Frente al cuerpo de guardia, a la luz de un fanal, un centinela los mira indiferente, desde el abrigo de su garita.

—Sé lo que está pensando —comenta Higueruela—. Podría haber hecho frente a ese pago yo solo, naturalmente... Pero me tienta violentar un poquito su prístina conciencia ilustrada.

—Es usted un mal bicho.

—Hay días que sí. Algo... Por eso mi *Censor Literario* se vende como se vende.

Sánchez Terrón emite una risa desagradable, áspera, ajena al buen humor.

—Claro... Majismo y desgarro nacional, toros y coplas, sátiras injuriosas, libelos difamatorios contra los sujetos más beneméritos de nuestras letras modernas nunca faltan ahí. Pero elogios de sabios, mención de sus obras y reflexiones sobre los progresos de la ciencia, en eso anda su periodicucho muy escaso... Y encima, los funcionarios de la censura son de su cuerda. Sus compinches.

—Señor mío, la libertad de imprenta, se lo dice alguien que desde hace veinte años imprime papeles públicos, tiene sus límites. El choque de ciertos entendimientos y materias produce la luz, es verdad. Pero en algunos asuntos como religión y monarquía, ese choque provoca incendios que deben evitarse con cauta prudencia... Dígame. En un sistema político gobernado por los de su cuerda, ¿habría libertad de imprenta?

—No le quepa duda.

—¿Y se me permitiría publicar mi gaceta, tan lindamente?

Vacila un instante Sánchez Terrón.

—Supongo.

—Sabe que no —ahora quien ríe es Higueruela—. Que, pese a todo con lo que se llenan la boca, lo primero que harían los suyos sería prohibir publicaciones como la mía.

—Eso es falso.

—Lo dice con letra pequeña. No es lo mismo desvestir santos que vestirlos. Manejar ideas que afrontar hechos... Así que, como tengo la suerte de estar en el mango de la sartén, me curo en salud y procuro que nunca llegue ese momento.

—Maldita sea... ¿Cómo diablos entró usted en la Academia?

—Aparte del amor a las letras, por relaciones y ambición... Como usted, más o menos. A mí me tienen miedo, y usted es un figurón moderno que da vitola ilustrada.

—Vendrá un tiempo en que tengan miedo a los hombres como yo, no a los de su calaña.

Silba bajito el otro, irónico.

—En tal contexto —comenta tras pensarlo un poco—, y tras lo de *mal bicho,* eso de *calaña* suena fuerte entre académicos de la Española... Recuérdeme que el próximo jueves busquemos en el Diccionario la definición.

—Se la digo yo: semejanza. En este caso, con algo de mínima especie. Y mal bicho es sinónimo de *canalla:* gente baja y ruin.

—Diantre. No son términos para usar entre caballeros.

—Usted no es un caballero.

—Ya... Usted sí, se entiende. Tan puro... Tan noble siempre, en su arrogante razón ilustrada.

Caminan los dos alejándose del cuerpo de guardia, precedidos por sus sombras que alarga el fanal a sus espaldas. Pensativos y hermanados en el mutuo odio. A los pocos pasos, Higueruela encoge los hombros, contemporizador.

—En cualquier caso, por esta vez lo dejaremos pasar. Me refiero a las dos definiciones académicas. Y en cuanto al futuro... Bueno. Ya procuraremos que el tiempo en que los teman a usted y los suyos tarde mucho en llegar. En todo caso, para entonces nuestra pequeña alianza táctica se habrá deshecho.

—Eso espero.

—Pues no se haga ilusiones, ya que surgirán otras nuevas. Porque mire: vitriolo entre nosotros aparte, hay una cierta concurrencia de intereses, aunque sean opuestos, que no desaparecerá nunca... A pesar de la necesidad, tan española, no de vencer o convencer, sino de exterminar al adversario, en el fondo me necesita tanto como yo a usted.

—No diga disparates.

—¿Se lo parecen?... Razone un poco, ya que tanto lo predica. Como organismos parásitos, vivimos uno del otro. Justificamos nuestro papel a uno y otro lado de un pueblo torpe y brutal, de instintos bajos, cuya posibilidad de redención siempre será escasa... Incluso aunque nos matáramos a garrotazos surgiría siempre, al fin, la necesidad de resucitarnos mutuamente. Los pueblos, sobre todo el español, viven del sueño, del apetito, del odio y del miedo; y eso la gente como usted y yo, cada cual a su manera, lo administra como nadie. ¿No cree?... Y a fin de cuentas, recuerde el viejo dicho. Tarde o temprano, los extremos se tocan.

—¿Qué es ese tumulto? —pregunta don Hermógenes.

—Putas —responde el abate Bringas—. Les llevan a la Salpêtrière.

Se han detenido en la esquina de la rue Saint-Martin, donde se arremolina una multitud de curiosos, paseantes y gente que sale a mirar desde los comercios cercanos. También hay vecinos asomados a las ventanas. Sobre las cabezas y sombreros se ve avanzar una carreta llena de mujeres: son una docena, de diversas edades, y van despeinadas, mal vestidas, agrupadas en el carruaje descubierto, custodiadas por una docena de guardias de uniforme azul armados con fusiles y bayonetas.

—Qué extraño espectáculo —comenta el almirante.

—No tiene nada de extraño —apunta Bringas—. En París hay treinta mil prostitutas, entre descaradas y encubiertas, y cada semana se hacen detenciones nocturnas, con un celo ciertamente excesivo... Les concentran ahí arriba, en la cárcel de Saint-Martin, y una vez al mes comparecen ante los jueces, escuchan su sentencia de rodillas y son llevadas a prisión de esta manera pública, para que sirva de escarmiento.

Se han detenido los tres y observan el paso de la carreta. Hay entre la multitud congregada, comprueban los académicos, quien asiste a la escena con simple curiosidad, pero también quien se burla de las detenidas, o las insulta. Las mujeres son de varias edades, desde la encallecida veterana hasta la muchacha de apariencia inocente. Algunas, sobre todo las más jóvenes, van con la cabeza baja, avergonzadas y llorosas. Otras sostienen con descaro las miradas que les dirigen, y algunas devuelven con desparpajo los improperios o zahieren a los guardias, dirigiéndoles toda clase de procacidades.

—Es desolador —opina don Hermógenes—. Esto golpea los sentimientos. Ni siquiera esas desventuradas merecen que se las trate así.

Bringas hace un ademán de impotencia.

—Pues ahí van. Así es también esta ciudad hipócrita, esta urbe de filósofos que ustedes tanto admiran. Las infelices no tienen procuradores, ni abogados... Se les encierra de cualquier manera, sin la menor garantía. Sin el menor derecho.

—¿Y a dónde dice usted que las llevan?

—A la Salpêtrière, donde está la prisión para mujeres públicas. Allí se separa a las que están infectadas y sin cura posible, y se envía a éstas a Bicêtre, a una legua de París: lugar espantoso donde las palabras compasión y esperanza brillan por su ausencia... Un infierno donde se hacinan de cuatro a cinco mil personas, y del que rara vez salen estas desgraciadas, consumidas por el vicio y las enfermedades... Un nombre, el de ese lugar, receptáculo de la sociedad más inmunda, donde están mezclados delincuentes, mendigos, desgraciados, locos, enfermos de toda clase, que nadie puede pronunciar sin espanto. Que es baldón de esta ciudad y vergüenza de la humanidad.

—Qué horror —don Hermógenes se fija en una joven detenida que lleva a un niño de pocos meses en brazos, envuelto en una toquilla—. Algunas mueven a compasión.

Bringas se muestra de acuerdo. Lo peor, comenta, es la arbitrariedad con que se hace todo. La conciencia de cualquier marquesa o princesa libertina, de las que en París abundan, está más sucia de vicios y pecados que la de esas pobres mujeres. En aquella carreta de oprobio van las infortunadas que no gozan de protección, que no tienen detrás a un policía, a una autoridad, a un protector con recursos. Las más abandonadas.

—Cuando uno piensa —añade amargo el abate— en todas las rameras camufladas de respetabilidad que pululan por esta ciudad, las chicas de la Ópera, las mantenidas, las confidentes de la policía, las que tienen donde arrimarse, y compara eso con estas desgraciadas, comprende lo injusto que es todo... Ni siquiera entre esas mismas detenidas hay equidad. La que tiene recursos, amigos, dinero, consigue que le dejen ir en otro carruaje cubierto, a otras horas, para escapar a la vergüenza pública.

Un grupo de hombres y mujeres de entre los que miran, que debe de conocer a una de las detenidas, le grita chanzas groseras que ésta, con mucho aplomo y desenvoltura, devuelve en forma de terribles obscenidades, hasta que un guardia la amenaza con la bayoneta y le ordena que se calle.

—Fíjense en esos miserables —apunta Bringas—. Esos infames. Los mismos que se mofan son quienes quizá ayer mismo se aprovecharon de ellas... Se puede calcular en unos cincuenta millones por año el dinero que en París mueven las mujeres públicas, y que acaba en manos de modistos, joyeros, alquiladores de coches, restaurantes y propietarios de casas de citas. Un negocio inmenso, como pueden imaginar. Y la misma ciudad que se beneficia de los sudores de estas peripatéticas, valga el eufemismo, les castiga y avergüenza de ese modo. *Ibi virtus laudatur et auget dum vitia coronantur...* Es vomitivo.

Mientras la carreta pasa ante el abate y los académicos, el niño al que llevan en brazos rompe a llorar. El llanto desgarrado de la criatura se eleva sobre las voces de la gente.

—Es terrible —dice don Hermógenes, conmovido.

No es el único que lo está. Inclinadas como él a la compasión, varias mujeres, verduleras del mercado cercano, alzan la voz en favor de la joven madre y su hijo e insultan indignadas a los guardias. Sus gritos parecen cambiar el tono de la multitud, de la que, apagados de pronto los insultos y las burlas, brota ahora un clamor de piedad y repulsa por la escena. Con aire complacido, Bringas mira largamente en torno, sonriendo mordaz.

—Ah, escuchen a la voluble turba —dice satisfecho—. No todo está perdido. Aún quedan sentimientos, decencia... Aún hay quien se conmueve ante la injusticia y la desgracia. Quien alza el puño bajo un cielo sin dioses... El puño hoy todavía desnudo, pero que un día empuñará el gladio redentor. La antorcha purificadora.

Sube el clamor. Como un reguero de pólvora, los gritos de reprobación corren entre la multitud, que ahora se agita e increpa a los guardias. Gozoso, Bringas se suma a ellos.

—¡Abajo la injusticia! —grita con enérgico entusiasmo—. ¡Mueran el mal gobierno y la represión infame!

—Por Dios, señor abate —lo reconviene don Hermógenes, sobresaltado, tirándole de la casaca—. Cálmese usted.

Bringas lo mira con ojos extraviados.

—¿Que me calme, dice? ¿Que me calme, en presencia de este espectáculo de oprobio y vileza?... ¡Al diablo la calma! ¡Abajo el abuso y las bayonetas!

Son precisamente las bayonetas las que empiezan a reaccionar frente al tumulto. Algunas de las verduleras exigen a los guardias favor para la madre, y éstos las rechazan con violencia, bajando los fusiles que llevaban al hombro. Eso hace arreciar los gritos de la multitud, que ondula indignada como un campo de trigo bajo el viento. Todo son ahora insultos para los guardias, y algunos objetos son lanzados contra ellos. El oficial al mando saca el sable.

—Habría que apartarse de aquí —sugiere el almirante.

—¡Nunca! —vocea Bringas, desencadenado—. ¡Favor para esa madre y su hijo!... ¡Favor para esas desgraciadas!

Ha gritado en francés dirigiéndose a la gente, enfervorecido, señalando la carreta con el bastón. Unos muchachos desharrapados y algunos tipos de mala catadura se han unido a las verduleras y empujan a los guardias, intentando llegar a la carreta y liberar a las mujeres. Se producen ya los primeros golpes y culatazos.

—¡Canallas! —grita Bringas, debatiéndose entre la gente que se empuja y atropella—. ¡Sicarios sin conciencia!... ¡Esclavos de los tiranos! ¡Filisteos!

Reaccionando con mucha presencia de ánimo, el almirante lo agarra por un brazo y se lo lleva para atrás, entre la gente, mientras arrastra con la otra mano al desconcertado don Hermógenes. Todo es ahora confusión y griterío. Relucen las bayonetas frente a la multitud, y de pronto suena un tiro. El estampido produce una desbandada general. Todo el mundo echa a correr, dispersándose por las calles adyacentes. Con el gentío, Bringas y los dos académicos huyen como pueden por la rue des Lombards, espantado el bibliotecario, apresurándose don Pedro, vuelto Bringas de vez en cuando para lanzar venablos a lo que dejan atrás, hasta el punto de que el almirante se ve forzado a tirar de él varias veces para obligarlo a seguirlos. Corren así un buen trecho, descompuestos y resoplando por el esfuerzo, hasta que al fin se detienen los tres, sofocados por la carrera, tras doblar una esquina y al resguardo de un portal.

—¡Está usted loco! —apostrofa don Hermógenes a Bringas, escandalizado, apenas recobra el aliento y el uso de la palabra.

—Como una cabra —coincide don Pedro, que se apoya en la pared, exhausto por la carrera.

Secándose la frente con un pañuelo, el bibliotecario respira con dificultad, entre pitidos asmáticos.

—¿Imagina que nos vieran en Madrid? ¿Considera que hubiesen presenciado este alboroto los amigos y conocidos?... Usted y yo, almirante, dos respetables académicos de la Española, corriendo como vulgares insurrectos... Y a nuestra edad, santo cielo. Mírenos... A nuestros años.

A modo de respuesta, el almirante emite un sonido extraño, en tono quedo. Don Hermógenes le presta atención y advierte, con sorpresa, que se está riendo. Aquello escandaliza aún más al bibliotecario, que lo mira con censura.

—No sé de qué se ríe, hombre... Dios mío. Ha sido... Es horroroso.

—Ah, es la vida real que llama a la puerta —interviene Bringas, apocalíptico—. Bienvenidos a ella.

Don Hermógenes se vuelve hacia el abate con una mezcla de estupor y censura. A Bringas se le ha torcido la peluca en la carrera. Se la recompone mientras asiente sudoroso, feliz como un niño que acabe de cometer una magnífica travesura.

—También esto es París, caballeros —añade con mucho aplomo—. Chispazos que un día no muy lejano prenderán la pólvora.

Y después emite una diabólica carcajada.

7. La tertulia de la rue Saint-Honoré

Recibía en la rue Saint-Honoré. Nadie podía soñar
con hacer una carrera literaria sin su aprobación,
y una invitación a leer un manuscrito en su casa
no sólo era signo de reconocimiento, sino garantía de éxito.

Philipp Blom. *Gente peligrosa*

—Margarita Dancenis fue una de las mujeres que
marcaron el tono de los salones antes de la Revolución, en
los últimos años del Antiguo Régimen —dijo Chantal
Keraudren—. Ella y otra española, Teresa Cabarrús, cada
una a su manera, triunfaron en la sociedad y fueron árbi-
tros de la moda y la vida social... Pero, a diferencia de la
Cabarrús, cuyo ascenso fue posible gracias a una serie de
afortunados azares, la Dancenis lo tuvo todo fácil desde el
principio.

—Era guapa, tengo entendido.

Chantal inclinó su cabeza pelirroja para mirarse
las manos moteadas de pecas, y luego alzó el rostro, sonriente. Estábamos sentados en dos sillas de tijera, junto a
su puesto de libros adosado al pretil del muelle de Conti,
en la orilla izquierda del Sena. El tráfico de automóviles
era intenso frente a nosotros, pero el sol —aquél era uno
de esos extraños días en que no llueve sobre París— ilu-
minaba el lugar, haciéndolo muy agradable.

—Era varias cosas: guapa, inteligente, de una familia del norte de España muy bien acomodada... Y pasó
de la alta vida burguesa en San Sebastián al corazón de la
vida elegante e intelectual del París de entonces. Con
concesiones, por cierto, al ambiente libertino de la época.

Yo escuchaba atento, con una libreta de notas abierta sobre las rodillas, que apenas utilizaba —hace tiempo aprendí que tomar apuntes resta fluidez y naturalidad al interlocutor, cuando lo interrogas—. Chantal Keraudren, profesora de Historia en un colegio de la rue Saint-Benoît, hija y nieta de buquinistas del Sena, me había sido recomendada por dos amigos franceses, los escritores Philippe Nourry y Étienne de Montety, como especialista en mujeres de los siglos XVIII y XIX —su tesis doctoral había sido sobre Madame de Staël—. El puesto de libros, del que todavía se ocupaba un par de días a la semana, mostraba, cuidadosamente protegidos en fundas de celofán y con el precio escrito encima a rotulador, una interesante variedad de títulos sobre la materia: *Desirée y Julia Clary, Paulina Bonaparte, Vida de la emperatriz Josefina, Un invierno en Mallorca, Diez años de destierro, Cautiverio y muerte de María Antonieta,* entre otros; y también autoras contemporáneas como Virginia Woolf, Patricia Highsmith o Carson McCullers. Recordé que tiempo atrás, antes de conocer a Chantal por su nombre, yo mismo había comprado allí los tres volúmenes de la *Correspondencia* de madame de Sévigné en la edición de La Pléiade.

—¿Tuvo amantes?

La librera se echó a reír. Eso le marcaba innumerables arrugas en torno a los párpados; aunque, paradójicamente, la rejuvenecía. Le calculé unos cincuenta y cinco años. La recordaba de mucho tiempo atrás, sentada ante su puesto los días de sol. Había sido atractiva, recordaba. Pelirroja, joven e interesante, con todos aquellos libros detrás y su bicicleta siempre apoyada en el parapeto de piedra del río. Nunca habíamos cambiado más de una docena de frases hasta ese día.

—¿Y quién no los tuvo, en aquel París?... Ella fue, dicho en términos modernos, una mujer libre. Los prejuicios habían sido triturados por el talento mordaz de Voltaire, la lógica elocuente de Rousseau, la erudición apabullante de la *Encyclopédie*... Esas cosas. Pero mientras tales ideas, discutidas libremente en los salones de moda, cambiaban Francia, el antiguo orden social mantenía su esplendor. El trono dejaba poco a poco de ser respetado, pero aún se guardaban las maneras, y filósofos integrados en el gran mundo alternaban con aristócratas y financieros. Y en la rue Saint-Honoré, que era el centro de todo eso, estuvo el salón de madame Dancenis...

—¿Cómo era el marido?

—Mayor que ella —dijo, como si esto lo situara todo en sus justos términos.

—¿Mucho?

—Lo suficiente para no molestar. Con olfato para los negocios y sentido del humor, por lo visto... Lo citan con simpatía algunos contemporáneos como hombre correcto y culto, en esa época enfrascado ya en sus lecturas: inteligente, bibliófilo, tranquilo...

—¿Rico?

—Riquísimo. Pierre-Joseph Dancenis había sido comisario real de Abastos, nada menos. También fue socio del duque de Orleans en negocios inmobiliarios donde hizo mucho dinero, incluida la operación comercial del Palais-Royal.

Miré hacia el otro lado del río, en dirección al Louvre y los edificios que éste ocultaba más allá de la rue de Rivoli.

—En esa fecha —quise confirmar— todavía lo estaban acondicionando para gran centro comercial, ¿no?

—Así es. Andaban justo en eso, con todo lleno de andamios y albañiles. Las tiendas elegantes aún seguían en Saint-Honoré y las calles próximas. En el Palais funcionaba el café del pasaje Richelieu, que luego ampliaron, y poco más... Deberías hacerte con lo que escribió Mercier sobre la ciudad de entonces.

Yo seguía mirando el Sena. Los puentes cercanos, pensé, eran los mismos que en el siglo XVIII, excepto el Pont des Arts, de construcción posterior: en otro tiempo mi lugar favorito de aquella ciudad, donde veinte años atrás había ambientado una de las escenas de *El cazador de libros*. Ahora, pensé con amargura, sería imposible creérsela, con aquellas barandillas recargadas de estúpidos candaditos románticos a lo Moccia, y los vendedores que los ofrecían en el mismo puente. La tarde anterior me había dado el siniestro placer de comprar a un pakistaní uno de esos candados para tirarlo directamente al río, con la llave puesta.

Señalé el puesto de libros, volviendo a la conversación.

—¿Tienes aquí el libro de Mercier?

—No —Chantal lo descartó con una nueva sonrisa—. Es demasiado selecto para mi nivel de negocio.

—Ayer conseguí una versión abreviada, en formato bolsillo.

—No te basta... Mercier íntegro es casi enciclopédico, formidable para conocer el París que te interesa. El problema, como te digo, es que sale muy caro. Y eso, cuando se encuentra... Vi un ejemplar completo hace meses en la librería Clavreuil-Teissèdre de Saint-André-des-Arts.

—La conozco.

—Puedes probar allí. O con Michèle Polak, que también tuvo uno... De todas formas, me parece que hay una edición barata, en Bouquins, creo, donde van Mercier y La Bretonne en un solo volumen. Pero no estoy segura.

Esta vez sí tomé nota de todo. Después le pedí que volviéramos a madame Dancenis.

—Conoció a su marido cuando éste era jefe de una misión comercial francesa en España —respondió Chantal—. Se casaron, y la trajo a París. En la época que te interesa estaba prácticamente retirado. Debía de andar por los cincuenta muy largos, y ella por los treinta y tantos, o cuarenta. La dejaba reinar en la pequeña corte de su salón, acompañándola un poco desde fuera, asistiendo a todo con una sonrisa condescendiente, o distraída...

—¿Tuvieron hijos?

—No, que yo sepa.

—¿Y hay retratos de ellos?

Chantal hizo memoria, rematándola con un ademán vago. Ella sólo conocía el cuadro que había pintado Adélaïde Labille-Guiard. Y me aconsejaba buscarlo en internet, porque la artista interpretaba bien al matrimonio Dancenis: ella aparecía vestida de campo, a la inglesa, con chaqueta de montar y sombrero, segura de sí, el pelo oscuro sin empolvar, mirando con sus ojos grandes y negros, y sostenía sobre la falda, lo que no era casualidad pero sin duda sí coquetería, las *Confesiones* de Rousseau. El marido estaba en pie a su lado, con bata de seda bordada, peluca gris, expresión apacible y un gato lamiéndole los zapatos. No tenía nada en las manos, pero a su espalda se abría la puerta de una biblioteca donde se adivinaban centenares de volúmenes.

—Recibían los miércoles en su salón de Saint-Honoré: hotel, hoy desaparecido, que Dancenis le compró al marqués de Thibouville y reformó espléndidamente para su mujer.

—¿Cómo lograba uno introducirse en esas tertulias? —me interesé.

—Era indispensable tener talento, elegancia, conocer anécdotas de la corte, hablar lo mismo de filosofía o física que de las mil cosas menores, ligeras y picantes que componían la conversación cultivada de la época...

Ese arte, aliñado con ingenio, era esencial, muy característico del espíritu de libertad que se respiraba en aquel tiempo donde se hablaba de democracia en los bailes, de filosofía en los teatros y de literatura en los tocadores... Cuando era más apreciado un elogio de Buffon o Diderot que el favor de un príncipe.

—¿Fue un salón famoso, entonces?

—Bastante. El de Margarita Dancenis, a la que llamaban Margot, su marido y los habituales de la casa, compitió en su momento con los de madame de Montesson, la condesa de Beauharnais o Émilie de Sainte-Amaranthe... Por allí pasaron, entre otros, Buffon, D'Alembert, Bertenval, Mirabeau, Holbach, el conde de Ségur, Benjamin Franklin...

—Y en otra escala —apunté, divertido—, el abate Bringas.

Me miró, confusa al principio.

—¿Quién?... Ah, sí —cayó en la cuenta—. Aquel español radical y sanguinario que acabó en la pandilla de Robespierre, despachando cabezas al verdugo, y lo siguió hasta el cadalso...

—El mismo. Y me sorprende que lo admitieran en un lugar así.

—No es tan raro. Sé poco de él, pero se le recuerda como personaje enloquecido, aunque con ingenio y talento, que hacía reír a los asistentes. Según cuenta Ségur en sus *Memorias,* o me parece que fue él, madame Dancenis trataba al tal Bringas con una tolerancia que le costó cara, pues más tarde fue uno de los que la denunciaron a los tribunales revolucionarios... Pero Bringas no era el único pintoresco allí. Junto a la gente de primer orden, asistía una pequeña corte de secundarios: el peluquero Des Veuves, que también lo era de la princesa de Lamballe, el autor y músico La Touche, el libertino Coëtlegon, el literato Restif de La Bretonne... También iba de visita

Laclos, que entonces era un simple militar con aspiraciones literarias...

—¿El de *Las relaciones peligrosas*?

—El mismo.

—¿Es verdad que después ocupó un puesto en el gobierno revolucionario?... Creo haberlo leído en Thiers.

—Sí. Comisario del poder ejecutivo, me parece. Fue hombre de Danton, que lo protegió muchísimo. Eso estuvo a punto de costarle el cuello cuando Danton fue guillotinado... ¿Y adivinas quién lo denunció varias veces, haciéndolo encarcelar?

—Me lo pones fácil, creo... ¿Mi buen abate Bringas?

—Tu buen abate. Sí. Como ves, la lista de asuntos pendientes de ese individuo era larga.

Miré otra vez hacia el río, a cuyas aguas se habían asomado doscientos treinta y tres años atrás los protagonistas de mi historia. Un número razonable de público deambulaba a lo largo de los puestos de libros y estampas. Hacía años que no compraba nada en ese lugar —lo último había sido lo de madame de Sévigné—, pero aún dedicaba un rato, cuando estaba en París, a pasear por allí; y en ocasiones creía reconocerme al otro lado del tiempo, en algún jovencito de mochila al hombro al que veía husmear, con dedos de cazador aún inexperto, en alguno de los tenderetes que ofrecen algo a quienes todavía buscan, leen y sueñan. Lamentablemente, la mayor parte de los buquinistas del Sena se adaptaba a los tiempos, y los añejos volúmenes, revistas y grabados cedían cada vez más espacio a reproducciones burdas, postales y recuerdos para turistas.

—En fin —resumía Chantal—. Así era la gente que frecuentaba el salón de tu compatriota: de todo tipo, interesante en buena parte, en aquellos años previos a la debacle. Y eso duró todavía una década, hasta que aquel mundo se vino abajo.

Pensé en el marido.

—¿Qué fue de Pierre-Joseph Dancenis?

—Murió asesinado cuando las matanzas de septiembre, en Saint-Germain.

—¿Y ella?

—Se salvó por muy poco. Condenada a muerte por un tribunal revolucionario, escapó a la guillotina con la caída de Robespierre.

—Vaya... Tuvo suerte.

La librera hizo una mueca de duda y volvió a mirarse las manos moteadas de pecas.

—Eso, según se mire —dijo tras un momento—. Pobre y enferma, Margarita Dancenis se suicidó tres años después, tragándose cincuenta granos de opio en un mal albergue de la plaza Maubert... Extinguida como toda aquella brillante sociedad en la que tan alto figuró, ahora emigrada, dispersa o desaparecida entre las nieblas de Londres, las orillas del Rin o bajo la cuchilla de la guillotina. Añorando, supongo, aquellos días en su casa de la rue Saint-Honoré, donde filósofos y literatos, mezclados con peluqueros y galanes libertinos, discutían sobre la regeneración del mundo con una copa en la mano y la espalda apoyada en la chimenea... Allí donde, según me cuentas, fueron a visitarla esos dos académicos compatriotas tuyos.

Son las siete y media de la tarde —acaban de sonar dos campanadas en un soberbio reloj de péndulo situado sobre una consola—, y tres criados, moviéndose silenciosos como gatos, despabilan las velas en los candelabros que iluminan los cuadros y espejos que adornan las paredes y multiplican los focos de luz dorada en el salón principal de la casa. Entre los contertulios se discute sobre aire *deflogisticado,* según el término científico a la moda. Se obtiene, afirma alguien, calentando cal de mercurio, de manera que el aire resultante no sólo es más rico y vivaz, sino que aumenta la intensidad de la llama de una vela, y hasta hace la respiración más ligera y fácil durante cierto tiempo.

—El negocio sería redondo —concluye monsieur Mouchy, físico notable, profesor en la universidad y miembro de la Academia de Ciencias— si pudiera embotellarse, vendiéndolo como artículo de lujo... ¿Quién no querría respirar mejor de vez en cuando, en los tiempos que corren?

Suenan risas corteses y comentarios sazonados de ingenio. Alguien introduce el nombre de Lavoisier, menciona el aire vital y el aire ázote, y la conversación sigue por ahí. Sentado en el corro de sillas y sillones puestos de cualquier manera sobre una magnífica alfombra turca, vestido de muy correcto oscuro, don Hermógenes Molina, cuyo francés no es lo bastante bueno, asiente con sonrisa bondadosa cada vez que no entiende algo. Junto al bibliotecario, don Pedro Zárate, frac azul con botones de acero y calzón blanco de nanquín, se mantiene un poco aparte en su silla, algo envarado, más observador del ambiente y personajes que atento a la charla. Que en realidad no es una sola, pues hay tres grupos formados en el amplio salón de los Dancenis, peinadas y vestidas las mujeres para la cena, los hombres en casaca con chupa o chaleco, en tonos serenos y oscuros con pocas excepciones, algún frac y ningún uniforme.

El grupo más lejano es el de los jugadores. Están en un saloncito contiguo, al otro lado de dos grandes cortinas abiertas que prolongan el espacio principal. El dueño de la casa y tres invitados, todos hombres, juegan al faraón y uno en pie mira jugar: es el abate Bringas, que esta tarde cepilló su vieja casaca y peinó un poco la peluca, y va de un grupo a otro dejando caer un comentario aquí o allá, siempre recibido con bromas o irónica tolerancia. El almirante ya retuvo el nombre de uno de los jugadores hace unos días, en los Campos Elíseos, cuando don Hermógenes y él fueron presentados por el abate a madame Dancenis, a la que ese mismo caballero acompañaba. Se llama Coëtlegon, lleva el cordón rojo de San Luis y responde a lo que en España llamarían, con cierta inexactitud, un petimetre a la moda: apuesto y en torno a los cuarenta, viste de forma exquisita y gasta pelo natural con coleta y rizado en las sienes, empolvado con esmero. Según Bringas, es un noble de provincias que sirvió en un regimiento de élite y se gasta en el juego y las mujeres el dinero que tiene, o aparenta tener; lo que le da fama de audaz y libertino. Hace un rato el almirante lo vio tallar y reconoció el género; es de los que arriesgan sumas escalofriantes sin despegar los labios, pierden sin quejarse y arrojan las cartas sobre la mesa con frío desdén cuando ganan. En el mismo tono, según Bringas, hace la corte a la señora de la casa, que se deja querer con poco disimulo. Todo muy a la manera del *monde,* como ha comentado por lo bajini el abate hace un rato, adobándolo con una mueca sardónica.

—Y el marido, ahí lo ven. Cortando la baraja, impasible... Hay que reconocer que nadie sabe llevar los cuernos como un francés.

El segundo grupo está más próximo, ocupando un sofá y sillas junto a una estufa rusa, y lo forman Des Veuves, famoso peluquero que además de peinar a la princesa de Lamballe peina a la señora de la casa, la pintora acuarelista Emma Tancredi, amiga íntima de los Dancenis —muy flaca, etérea, de largas pestañas y aire trágico—, y madame de Chavannes, que es toda seda, encajes, arrugas e ingenio: una septuagenaria viuda, elegante, locuaz y divertida, habitual de los miércoles, que tuvo notorios amoríos en su juventud y conoce al dedillo las anécdotas de alcoba del tiempo de Luis XV. En este momento conversan los tres sobre peinados a la última, y Des Veuves —nervioso, amanerado, demasiadas rayas de color y puntillas en la casaca, tupé alto y dos rizos empolvados cayéndole a uno y otro lado del rostro, que adorna un lunar— comenta con malvada precisión técnica el peinado *pouf au sentiment* con tirabuzones, de dos palmos de altura, que la duquesa de Chartres lució hace tres días en la Ópera. Divinamente inadecuado, en suma.

—Además, iba espolvoreada de polvos de iris, que la hacían todavía más rubia y más pálida... Un verdadero artificio, señoras mías... Una auténtica muñeca de cartón pintado, allí en su palco, con el amante a un lado y el marido al otro.

—Pues en cierta ocasión en Versalles, la Du Barry... —empieza a decir madame de Chavannes, y cuchichea algo junto a las cabezas inclinadas del peluquero y la acuarelista.

Suenan risas. Don Pedro vuelve la vista al grupo del que forma parte, desplegado en torno al sillón que ocupa la dueña de la casa. En la chimenea, cuya repisa está decorada con porcelana española y portuguesa, arde un fuego discreto que templa ese lugar del salón. Cerca está sentado Mouchy, el miembro de la Academia de Ciencias, que ha resultado ser conversador ameno, y que en este momento instruye a los contertulios sobre la virtud de las píldoras de cicuta para enfermedades obstructivas como glándulas atascadas y tumores. Completan el grupo, aparte del almirante y don Hermógenes, el chevalier Saint-Gilbert, vividor maduro, simpático e insustancial, que acude siempre provisto de un arsenal de hablillas y chismorreos que va colocando como puede, y cuando se marcha aún le quedan dos o tres sin usar; y también Simon La Motte, cincuentón engolado, maestro de los ballets de la Ópera, y su amante mademoiselle Terray: actriz de teatro rubia, joven, especializada en papeles de ingenua que suelen causar cierta hilaridad entre quienes conocen su biografía.

—El agua siempre se consideró un cuerpo simple, y los antiguos la denominaron elemento —está diciendo madame Dancenis, en respuesta a algo más que ha dicho Mouchy—. Pero ni siquiera ella escapa a la disección implacable de la química moderna.

Es Margarita Dancenis quien ocupa el centro geográfico del salón —o el punto fijo, se dice interesado el almirante—, e incluso de los otros dos grupos; como si una red oculta de fuerza magnética los vinculase estrechamente a su persona. Salta a la vista que es ella quien, como una diosa olímpica, repartiendo el don de su charla y sus sonrisas, estimulando a éste o halagando a aquél, sin perder detalle de nada, regula el ritmo social, los gestos y la conversación que la rodean.

—El día que consigan hacer lo mismo con la mente de nosotras, las mujeres, el mundo se descubrirá a sí mismo, asombrado. En su peligroso candor.

Madame Dancenis, resuelve el almirante, es una mujer culta, de rápido ingenio; pero quizá parte de su ascendente social se deba a que el físico encaja en la idea que los franceses tienen de las españolas de buena casta: piel blanquísima, dientes perfectos, ojos grandes y negros que miran con inteligencia bajo el pelo hoy rizado y sin empolvar, tocado sólo por una cofia de seda con graciosas cintas a tono con su vestido malva, ceñido por un corpiño a la moda, de los que llaman Pierrot. La madurez en que se adentra poco a poco todavía no le causa estragos en la piel, que sigue tersa en la frente, el cuello y las mejillas, suave en las cuidadas manos que abren y cierran el abanico, utilizándolo como una prolongación de sí misma con la que señala, amonesta o premia a sus invitados.

—¿Qué opina usted, señor almirante?... Como español, tendrá sus ideas al respecto.

—En materia de damas, invitado y en París, doña Margarita, mis ideas se apoyan en la más rigurosa prudencia.

—Oh, puede llamarme Margot, como todos.

—Se lo agradezco.

Obtiene don Pedro una sonrisa de curiosidad por respuesta. Y erguido en el borde del asiento, las manos sobre las rodillas, siente la mirada de madame Dancenis estudiarlo a fondo.

—No tiene usted ojos de español.

—El mar me los decoloró, sin duda —sonríe, cortés—. Con ayuda de los muchos años.

—No sea coqueto, querido señor... Su edad, sea cual sea, la lleva perfectamente.

—Ojalá —suspira don Pedro, melancólico—. Usted, sin embargo, es bellamente española. Como compatriota, no puedo menos que enorgullecerme.

—Vaya —halagada, la Dancenis se vuelve a don Hermógenes—. ¿Todos en la Real Academia son así de galantes?

—Todos, sí señora —se sonroja el interpelado, buscando desesperadamente las palabras idóneas en francés—. Aunque no tengamos el despejo de expresarlo como el almirante.

Con el abanico cerrado, madame Dancenis señala hacia la mesa de juego.

—Ese increíble abate me ha contado que están ustedes en París para adquirir una *Encyclopédie*.

—Así es.

—Quizá mi marido pueda orientarlos en eso, en cuanto pierda algunos luises más. Los libros son su vida, y su biblioteca su castillo —se vuelve hacia el profesor de física, interrumpiendo la conversación a media voz que éste mantiene con La Motte—. ¿No es cierto, mi querido Mouchy?

—Por completo —responde el aludido con presteza—. Y también me pongo a disposición de los señores.

Los interrumpe la llegada de dos invitados más. Uno es un anciano de peluca blanca y casaca bordada, muy elegante, con un toque a la antigua; el otro viste sencillas ropas burguesas de buen paño, sobrepasa la cincuentena y lleva el pelo empolvado de gris. Ambos llegan cogidos del brazo y con soltura de habituales de la casa. Puestos en pie don Hermógenes y el almirante, madame Dancenis hace los honores.

—Estos caballeros, recién llegados a París, son académicos de la lengua española: don Hermógenes Molina y el almirante don Pedro Zárate... El conde de Buffon, miembro de las dos academias, eminente naturalista y gloria de las ciencias de Francia... El señor Bertenval, profesor de literatura en el Colegio Real, académico, filósofo, hombre de éxito y buen amigo de esta casa... Él escribió media docena de artículos de esa misma *Encyclopédie* que buscan ustedes.

Los saluda el almirante inclinando un poco la cabeza con respeto y fórmula de cortesía, sin más comentarios; pero al oír los nombres, don Hermógenes se ha atragantado de entusiasmo, incrédulo.

—Por Dios, señores —balbucea, dirigiéndose al de más edad—... ¿Estoy ante el señor Georges Lecrerc de Buffon?... ¿El eminente autor de la *Histoire naturelle*?

Sonríe el anciano, superior. Condescendiente y acostumbrado al halago.

—Sí, desde luego. Soy yo.

—Un placer. Dios mío —don Hermógenes se vuelve al otro—. ¿Y el señor es Guy Bertenval, el que fue amigo de Voltaire?... ¿El notable filósofo y hombre de letras, autor de *Essai sur l'Intolérance,* y que mantuvo aquel heroico enfrentamiento, famoso en Europa, con el sector más reaccionario de La Sorbona?

Lo confirma sonriente Bertenval, que como colega académico se pone de inmediato a disposición de los españoles —fórmula que, por otra parte, en París no compromete a nada—, y cuya mano estrecha con calor el bibliotecario.

—Dios mío... —repite éste como para sí mismo, feliz—. Dios mío... Sólo por este encuentro ya se justifica haber viajado hasta París.

Los recién llegados toman asiento junto a la chimenea, y pronto la conversación gira en torno al trabajo de las academias de Madrid y París. Al elogiar el trabajo de la española y sus magníficos diccionarios, con el debate constante entre lengua, ciencia y religión, Buffon recuerda que también él, pese a su edad y a la prudencia con la que, respeto aparte, siempre se mantuvo desligado de los enciclopedistas y filósofos más radicales, fue denunciado hace dos años por un doctor en teología de la Universidad de París.

—Lo que demuestra —concluye, dirigiéndose con mucha cortesía a don Pedro y don Hermógenes— que no sólo en España revolotean los cuervos negros en torno a las ideas, nuevas o viejas.

—Le cambio sus cuervos por los nuestros —apunta el almirante.

Se celebra la agudeza. Al saberlo marino de profesión, lo interroga Bertenval sobre algunos aspectos de la construcción naval en La Habana y las ciencias aplicadas a la navegación. Acaban los dos hablando de Locke y Newton, cuyas obras, para sorpresa del enciclopedista —incluso de don Hermógenes, que asiste fascinado a la conversación serena y educada de su compañero—, confiesa admirar el almirante; quien a una pregunta de madame Dancenis se declara, con cortés firmeza, anglófilo en materia de ciencia. Felicita don Pedro en términos mesurados a Buffon por apoyar a Newton en la polémica que éste mantuvo con el alemán Leibniz sobre la invención del cálculo infinitesimal, y acaba introduciendo, con mucha pertinencia y cierto pundonor patriótico, el nombre del científico y marino español Jorge Juan. Para satisfacción de los dos académicos, tanto Bertenval como Buffon alaban la personalidad del aludido, cuya obra parecen conocer bien.

—Es una lástima que ese hombre notable no haya sido honrado en su patria y reconocido en Europa como merece —opina Buffon—. ¿Lo conoce en persona?

—Tuve esa suerte.

—¿Tuvo?... ¿Qué ha sido de él?

—Murió. Entre la indiferencia general.

—Lamentable... Individuos como él honran a quienes los escuchan, y deshonran a quienes los descuidan. Y realmente, sus *Observaciones astronómicas y físicas...*

—Observemos ahora cómo está dispuesta la cena —los interrumpe madame Dancenis tras advertir el aviso silencioso de un criado.

Todavía se presenta otra invitada: la pintora Adélaïde Labille-Guiard, amiga íntima de la casa. Es una mujer bella, hermosa de formas, de rostro redondo y simpático. A su llegada se levantan todos camino del comedor, coincidiendo en mitad del salón con el marido y los que jugaban. Pierre-Joseph Dancenis es hombre próximo a los sesenta, que tiene una frente despejada y lleva el cabello cano sin empolvar. Viste de frac color nuez, calzón negro y zapatos sin hebilla, con el descuido de quien se encuentra en casa y entre amigos de confianza. Su aspecto doméstico y tranquilo se ve confirmado por la sonrisa amable, más bien ausente, que pasea entre los invitados de su mujer.

Con el grupo viene el abate Bringas, que al ver a Bertenval en el salón se acerca a saludarlo; pero el almirante, que se encuentra cerca, advierte que el filósofo vuelve la cara con disgusto.

—Sólo quiero ofrecerle mis respetos —dice Bringas, desairado.

—Mejor ofrézcamelos por escrito, en vez de ensuciar mi nombre atacándome en esos folletos anónimos que publica.

—Le aseguro, señor...

—Déjeme de cuentos. En esta ciudad nos conocemos bien.

Sin pretenderlo, el almirante ha asistido a este intercambio, que zanja Bertenval dando la espalda al abate y, tras inclinarse hacia madame Dancenis, susurrarle mientras entran en el comedor: «Veo que sigue usted invitando a ese miserable».

—Me divierte —responde ella con desenvoltura.

—Bueno. Es su casa, querida señora... Todos necesitamos una extravagancia de vez en cuando. Y nunca hubo corte de reina sin bellaco chocarrero.

Toman asiento en torno a una mesa espléndida puesta con vajilla de Sèvres para dieciocho cubiertos, propia de una casa que, según comentó Bringas a los académicos cuando llegaban paseando, costó 800.000 libras, dicen, y cuyo servicio doméstico consiste en siete criados y doncellas sin contar los cocineros, cochero, paje y el suizo de la puerta.

—Ayer, en el Petit Dunkerke, vi a madame de Luynes —está contando el chevalier Saint-Gilbert—. Y ya saben ustedes lo que de ella se dice... Está tan gorda, que sus amantes pueden besarla durante toda una noche sin besarla nunca en el mismo sitio...

La cena es amena, con charla grata y altas dosis de ingenio, y la conversación pasa con naturalidad de un tema a otro, de las anécdotas divertidas de madame de Chavannes y el chevalier Saint-Gilbert a incursiones en política, moral e historia. Todo transcurre, para placer del bibliotecario y del almirante, en un ambiente de dulzura de conceptos, tolerancia mutua, buen humor que seduce fácilmente. Por todos se esgrimen opiniones diversas —al almirante le sorprende, aunque no lo manifiesta, que el anciano Buffon no exponga ideas tan avanzadas como le suponía—, pero en ningún momento la divergencia entre antiguas y nuevas tendencias se plantea como confrontación, sino como teorías abiertas donde cabe la extrema cortesía. Sólo Bringas, claramente contenido a su pesar, lanza feroces miradas a Bertenval desde el extremo de la mesa donde está sentado junto al peluquero Des Veuves, y en ocasiones emite suspiros sarcásticos o interviene destemplado en la charla; como cuando el escritor y filósofo, con destacado ingenio, narra sus cuatro estancias en la Bastilla y las órdenes de prisión o *lettres de cachet* —que denomina, humorísticamente, «mi correspondencia con el rey»—, y Bringas, con una copa de burdeos agarrada en una mano y alzando con la otra un tenedor que tiene pinchado un trozo de faisán goteante de salsa, sentencia desde su esquina:

—Hay Bastillas y Bastillas... Hay quien entra allí frívolamente, sabiendo que va a salir, pues goza de amigos en la corte, y hay quien se ve sepultado sin esperanza.

—Pues a usted, lamentablemente, siempre me lo encuentro fuera —comenta Bertenval con sonrisa despectiva.

Bringas se mete la comida en la boca, bebe vino y apunta al filósofo con el tenedor.

—Tiempo vendrá en que todo lo blanquearemos en la colada.

—¿El trueno de Dios? —se interesa el chevalier Saint-Gilbert, risueño como suele.

—¿De quién?... Repita el nombre, señor. El ruido de los tiempos, de los tronos y altares que pronto caerán me tiene sordo.

—Dejemos los tronos en paz por ahora, mi estimado abate —lo tranquiliza madame Dancenis, sentada entre Bertenval y Buffon—. Y en lo posible, también a Dios —añade dirigiendo una mirada severa a Saint-Gilbert.

Bringas pincha otro trozo del plato.

—Obedezco, señora. A la belleza y la inteligencia, único salvable en esta hipócrita Babilonia, me someto y obedezco.

—Así me gusta.

De vez en cuando, los ojos de la dueña de la casa coinciden con los del almirante, que está frente a ella y los sostiene con naturalidad cortés; y siempre corresponde al gesto una leve sonrisa que marca simpáticos hoyuelos en las mejillas de Margot Dancenis. Antes, cuando se dirigían al comedor, don Pedro la ha visto caminar con elegante seguridad sobre los tacones de unos zapatos de satén, altos de tres pulgadas, que imprimían a su cuerpo un ondulante atractivo. En cuanto al vestido, su drapeado a la francesa muestra en el escote generoso, apenas cubierto de muselina, la piel suave y blanca del arranque del pecho. El almirante fija un segundo allí la vista, involuntariamente; pero eso basta para que al alzar los ojos encuentre la mirada de la mujer, que ahora lo observa con un grato aire de diversión, o de sorpresa. Prudente, don Pedro aparta la suya y bebe un corto sorbo de vino. Y al dejar la copa sobre el mantel bordado y mirar de nuevo en torno, encuentra la mirada fría, inamistosa, del tal Coëtlegon: el individuo que, según Bringas, hace la corte a Margot Dancenis y tiene la fortuna de ser correspondido. Ignorando al otro, el almirante presta atención a lo que a su lado dice madame de Chavannes, que cuenta un episodio de su vida en la corte del difunto Luis XV, cuando el mariscal de Brissac intentó ir demasiado lejos en materia íntima mientras ambos, persiguiendo un jabalí, se encontraban perdidos durante una cacería real, en Vincennes.

—... Y entonces, interponiendo mi mano entre mis encantos y su deseo, le dije: «Señor, imagine que nos sorprende su esposa, o el jabalí»... A lo que el buen mariscal respondió con mucha presencia de ánimo: «Lo cierto, querida señora, es que prefiero imaginar que nos sorprende el jabalí».

Todos ríen, y la conversación gira hacia las costumbres francesas y españolas, los libertinos y el libertinaje.

—A menudo, cuando miro alrededor en esta ciudad magnífica —confiesa madame Dancenis—, no me reconozco en aquella jovencita educada en un mojigato pensionado de Fuenterrabía.

—Su San Jorge la rescató de las garras del dragón —apunta La Motte, el maestro de la Ópera.

Todos miran al marido, que trincha con mucha sangre fría el faisán de su plato, sentado a la izquierda de don Hermógenes.

—Hice cosas más osadas —dice aquél, sonriente—. Conseguir hace dos años que el señor conde de Buffon honrase mi biblioteca con su *Époques de la nature,* dedicado y gratis, sin pagar un luis, sí que fue una hazaña...

Todos ríen de nuevo, incluido el viejo naturalista, que tiene fama de tacaño. Después, el asunto de los libertinos vuelve a ser puesto sobre el mantel. Lo hace uno de los que jugaban al faraón con Dancenis y Coëtlegon; que, aunque viste de paisano, con coleta empolvada y frac color nuez con doble fila de ojales, ha sido presentado a los académicos como monsieur de Laclos, capitán de artillería. Es un hombre todavía joven, simpático, de rostro inteligente.

—Precisamente —comenta en tono ligero— me ocupo ahora del asunto en una novelita que tengo a medias: la seducción, la honestidad y la figura del libertino como cazador sin escrúpulos...

—¿Y será publicada? —se interesa la dueña de la casa.

—Así lo espero.

—¿Hay malvados?

—Malvadas, más bien. En femenino.

—Bravo. Qué, si no. ¿Y escenas subidas de tono?

—Alguna, sí. Pero no tanto como en esas novelas que lee usted para aliviarse los dolores de cabeza.

Sonrisas regocijadas. Alguien ha comentado antes, medio en broma y medio en serio, que madame Dancenis sufre de vapores después de recibir cada miércoles. Demasiada trascendencia. Y que se alivia leyendo libros filosóficos.

—No sea malvado, Laclos.

Éste hace un ademán para quitarse importancia.

—En realidad, mi novela es una historia sobre la instrucción de la inocencia. Dicho muy en corto.

—¿Ya tiene título?

—Todavía no.

—Me encantará leerla... ¿Sale el señor Coëtlegon?

Suenan carcajadas mientras el aludido inclina la cabeza en irónico saludo.

—A él —añade Margot Dancenis, falsamente severa— no le importa nada instruir a las inocentes, cuando le dan ocasión.

Escandalizado por aquella libertad de conversación, que considera inusual entre gente educada y en presencia de señoras, que además tienen el desahogo de intervenir en ella —sólo madame Tancredi, la acuarelista, permanece silenciosa y lánguida—, don Hermógenes se vuelve a menudo hacia el almirante, sin dar crédito a lo que oye. También observa, intrigado, la imperturbabilidad de monsieur Dancenis, que sigue comiendo con mucha flema, como si nada de aquello fuera con él; desempeñando con poco esfuerzo el papel de marido tolerante que se mueve entre los invitados sin participar en exceso, cual si la puerta siempre abierta de su biblioteca le ofreciera un refugio cómodo y cercano: un baluarte al que poder retirarse, en caso necesario, sin que adviertan su ausencia.

Los demás siguen a vueltas con el libertinaje. Causas y efectos. En ese punto, el filósofo Bertenval, a quien la conversación ha dejado un poco al margen, recupera terreno.

—Lo que perjudica la belleza moral, aumenta la belleza poética —opina, grave.

—Se trata más bien de combinar lo amargo y lo dulce —apostilla por su parte Buffon, que pese a sus años no desea quedarse atrás.

Frunce el ceño Bertenval, buscando un remate digno del competidor.

—Conjugando —concluye, clásico— la severidad con el placer.

—Tienen ustedes razón —responde madame Dancenis mientras ignora, como hacen todos, los aplausos sarcásticos que Bringas, ya algo bebido, dedica a Bertenval y Buffon desde su extremo de la mesa—. Con la virtud no se hacen más que cuadros fríos y tranquilos... A fin de cuentas, son la pasión y el vicio los que animan las composiciones del pintor, del poeta y del músico.

—Completamente de acuerdo en eso —tercia el maestro La Motte, mientras aprieta con disimulo la mano de mademoiselle Terray.

—Los libertinos —declara el físico Mouchy, reclamando su cuota de atención— son bien acogidos en la sociedad porque son desenfadados, alegres, manirrotos, amigos de todos los placeres.

—Y a menudo, atractivos —añade mademoiselle Terray.

—También conocen mejor el corazón humano —opina Adélaïde Labille-Guiard.

Bromea Laclos, bienhumorado.

—Hoy, en París, toda señora que se precie debe tener en su corte al menos a un libertino y a un geómetra, como antes tenían pajes.

La ocurrencia es muy celebrada. Mouchy y Des Veuves, intencionados, reclaman la opinión de Coëtlegon. Éste, que acaba de beber un poco de vino, se seca los labios con la servilleta, mira fugazmente a madame Dancenis y esboza una sonrisa distante.

—Sobre la geometría no me pronuncio... En cuanto a lo otro, algunos preferimos, supongo, los vicios que nos divierten a las virtudes que nos aburren.

—Detalle eso, Coëtlegon —pide alguien.

El aludido mira alrededor, dedicándoles a todos una sonrisa helada. Es atractivo, concluye el almirante: perfil delicado y masculino a la vez, gestos elegantes, algo desdeñosos, y aquella expresión tranquila, de suficiencia y despego. Le han dicho que el sujeto fue oficial del regimiento de granaderos del Rey, y eso quizá explique una parte de aquel aplomo. Su vanidad estrecha. Refinada.

—Mejor lo dejamos para otra cena —dice Coëtlegon—. Esta noche, el vicio parece estar en minoría.

—Puede usted contar con mi espada, señor —ríe Laclos.

Llegan los postres. Está siendo una cena estupenda, piensa don Hermógenes, que apenas ha probado el vino pero siente que el par de sorbos que tomó se le suben a la cabeza, inspirándole un amable bienestar. Al otro lado de madame de Chavannes, el almirante atiende a todo con su habitual serenidad, conversando tranquilo y amable; y el bibliotecario se siente orgulloso de la desenvoltura con que se conduce su amigo y compañero: hombre viajado, a fin de cuentas, y con la educación rigurosa de un oficial de la Real Armada; no como él, que pasó la vida gastándose los ojos en Plutarco a la luz de una vela. *Entre los griegos, hablar es la parte de los sabios, y juzgar, la de los necios...* Etcétera.

—¿Hay libertinos en España? —pregunta Adélaïde Labille-Guiard a los académicos.

—Como en todas partes —se oye decir a Bringas, pero nadie le hace caso. Todos miran a don Hermógenes y al almirante. Cohibido, el primero se echa atrás en el respaldo de la silla, deja sus cubiertos en el plato y mira a su compañero, transfiriéndole toda la responsabilidad.

—Los hay, pero de estilo distinto —dice éste con calma—. Lo que aquí llaman libertino es una figura mal vista, o inexistente en esos términos.

—El peso de la religión —apunta Margot Dancenis.

Don Pedro la mira sin parpadear, con reconocimiento.

—Exacto. Allí es otro tipo de hombre mujeriego el que conocemos. Más tocante a la majeza, el desgarro, las costumbres populares. De venta, colmado, guitarra, palmas y gitanería. A menudo, con mujeres de clase inferior. Ninguna señora...

Se interrumpe, dejándolo ahí. Los hoyuelos de Margot Dancenis se ahondan en sus mejillas.

—El almirante quiere decir que, a diferencia de las francesas, ninguna española coquetea con otro hombre en presencia de su marido.

—Por favor —protesta don Pedro—. Nunca se me ocurriría...

Ella se inclina un poco hacia adelante, apoyada en los codos, mirándolo con fijeza.

—¿Cuál es, a su juicio, el atractivo de un libertino para una mujer, tal como lo entendemos en Francia?

—Lo prohibido —responde el almirante, sin vacilar.

Parpadea ella, sorprendida.

—¿Perdón?

—Lo oscuro.

—Vaya —los hoyuelos se acentúan de nuevo—. Menuda claridad de ideas, querido señor. Cualquiera diría que sabe de lo que habla.

—No, en absoluto.

Para alivio del almirante los interrumpe Bringas, a quien el vino empieza a asomarle a la lengua.

—A las mujeres les gusta esa clase de hombres, porque ellas son libertinas por naturaleza —sentencia.

—Buena jugada, abate —responde Margot Dancenis con mucha calma—. *In vino veritas...* ¿Está de acuerdo, almirante?

—¿En lo del vino?

Ella le dirige otra sonrisa lenta, deliberada. Casi agradecida.

—No se haga el tonto, señor. En lo de las mujeres.

De soslayo, don Pedro siente los ojos fríos de Coëtlegon fijos en él. Qué manera más absurda, concluye, de hacerse un enemigo. Sin necesidad.

—No estoy seguro, con Diderot —dice al fin—, de que a ustedes les disguste que las hagan sonrojarse.

Margot Dancenis emite una carcajada limpia, segura de sí. Endiabladamente atractiva, piensa melancólico el almirante. Pero no dice nada, y al cabo, tras sostener su mirada un momento, don Pedro se ve obligado a apartar los ojos. Es Bringas quien, desde el extremo de la mesa, habla primero.

—Ah, bien dicho, señor. Un libertino ocupa el lugar social que otros muchos hombres no se atreven o no pueden ocupar... Les falta, o nos falta, lo que hay que tener.

Se interrumpe, bebe y está a punto de atragantarse. La peluca se le ha torcido más de lo habitual, y su mirada tiene un reflejo vago, impreciso, como si hubiera dejado de ver, o de interesarle, cuanto hay alrededor.

—También los tiempos que vienen —masculla— cambiarán eso.

—¿Qué tiempos? —lo zahiere el peluquero Des Veuves, guiñando un ojo a los demás.

—Los espantosos del cuchillo y la gran ramera del Apocalipsis.

—La mujer, vaya —apunta Mouchy—. El quinto jinete.

—Ah, ¿pero hay otros cuatro?

Sigue una animada discusión, de vuelta a hombres, mujeres, libertinos y castidades cuestionables. Y es madame Dancenis quien, antes de levantarse de la mesa, resume con más franqueza su visión del asunto.

—En el fondo —dice—, a una mujer de mundo le gusta saber que hay hombres superiores a otros, más audaces y elegantes, que no defraudarán su vanidad, no se detendrán ante su pretendida virtud, y tomarán la iniciativa usando, incluso, la violencia adecuada que sirva de excusa a la mujer... ¿Me explico?

—Como Cicerón, señora mía —dice Bertenval.

—Pues volvamos al salón, a tomar el café.

A medianoche, coincidiendo con las doce campanadas de Saint-Roch, los dos académicos están cerca de la iglesia, buscando un coche para llevar a Bringas a su casa. El abate se tambalea, algo más que un poco ebrio, y desgrana una letanía de amenazas contra el mundo en general y contra los invitados de madame Dancenis en particular. El bastón se le cae al suelo en tres ocasiones.

—Ah, tiempo llegará, desde luego —repite una y otra vez con lengua insegura—. Tiempo vendrá, a fe mía... —se vuelve a mirar atrás, como para grabarse el lugar en la memoria—. La cólera del pueblo sabrá dónde, hip, encontraros...

Dan con un fiacre cerca de la plaza Vendôme, consiguen sacarle a Bringas la dirección —orilla izquierda, confirma el cochero— y se acomodan en el gastado asiento, uno a cada lado del abate. Casi sosteniéndolo. Don Hermógenes lleva en la mano la peluca que se le ha caído al otro, quien apoya la cabeza rapada a trasquilones en un hombro del almirante.

—La cólera... —repite Bringas, monótono—. La cólera del pueblo.

Pasan frente a la fachada de la Ópera, que acaba de cerrar sus puertas y apagar las luces. Todavía quedan carruajes y público rezagado en las calles próximas. Aún más adelante, y pese a lo avanzado de la hora, la ciudad no está desierta. El viento ha cesado, la noche es serena y no demasiado fría, y por las calles caminan transeúntes cubiertos con sobretodos y capas; algunos de ellos, acompañados por saboyanos con antorchas que se alquilan para recorridos cortos. Algún local sigue abierto, como el cabaret elegante de la esquina de L'Arbre Sec, que tiene carruajes, luz y animación ante la puerta. París, han comprobado los académicos, al menos en sus barrios principales, es una ciudad tan segura de noche como de día. Más, desde luego, que Madrid con sus patilludos malandrines embozados, sus calles sombrías y sus malos encuentros de taberna y navaja. Aquí hay reverberos cada cierto espacio, la policía secreta y sus esbirros patean las calles, y en varios puntos vigilan retenes de guardias francesas. Lo comentan los académicos mientras

ven desfilar luces y sombras al otro lado de las ventanillas, y Bringas, no tan dormido como parece, murmura
con voz pastosa:

—Un espíritu... Esto... Un espíritu libre prefiere
el desorden, señores... Es triste que la seguridad del súb-
dito... Hip... dependa de la tiranía del monarca.

—Bien dicho —sonríe el almirante, dándole gol-
pecitos animosos.

—Hip.

Cruzan el Pont Royal. A la escasa claridad de
una luna en cuarto creciente, el río es una ancha cinta
negra bordeada de sombras más espesas y altas, donde
culebrea el reflejo de alguna ventana iluminada y puntos de luz de faroles lejanos. El puente, que durante el
día se llena de carruajes, está ahora desierto. En el puesto de guardia los detiene un piquete. El sargento, mal
afeitado y con el tricornio torcido, se asoma a la ventanilla. A su espalda, un fanal alumbra la piel grasienta de
rostros en vela, casacas azules y relucientes bayonetas.
No todo París, se dice el almirante, es tan sereno como
parece. A poco que uno se fije, encuentra comezón bajo
la ropa.

—¿Llevan armas de fuego, espadas o cuchillos?

—En absoluto.

El militar se fija en el bastón que don Pedro tiene
entre las piernas.

—¿Es un bastón estoque?

—Sí. Para mi uso particular.

El otro repara en el acento.

—¿Extranjeros?

—Españoles, señor.

—Ah, bien... Circulen.

Al otro lado del Sena, dejando atrás los muelles, el
coche se interna por calles estrechas y desordenadas, y parece ingresar en otra clase de mundo. Las casas están muy

próximas entre sí, e impiden que llegue hasta abajo la débil claridad lunar. Los reverberos son más escasos; y los que hay, provistos con poco aceite, languidecen o están casi apagados, con una claridad anaranjada que apenas ilumina unos pasos alrededor. Contemplando el sombrío paisaje, don Hermógenes no puede menos que considerar su contraste con el mundo de la otra orilla: la casa de los Dancenis, con aquella iluminación gradual que iba de la discreta de la puerta a la atenuada de los pasillos y la brillante del salón y el comedor. O la espléndida araña de cristal veneciano que multiplicaba la luz de cera iluminando a los invitados, que conversaban con esa afable despreocupación que la buena sociedad francesa sabe, como nadie, asociar a las conveniencias, incluso cuando trata asuntos inconvenientes.

La velada con los Dancenis también había sido agradable después de la cena. De regreso al salón, los invitados hicieron tertulia general: Buffon, Mouchy, Laclos y Des Veuves se despidieron después del café; Bertenval informó a madame Dancenis sobre las nuevas candidaturas a la Academia Francesa —el filósofo tiene mano con D'Alembert, secretario perpetuo de la institución, y ella le ha hecho prometer que le presentará a los académicos españoles—; el chevalier Saint-Gilbert agotó su reserva de chismes; el abate Bringas siguió alternando la bebida con anuncios apocalípticos que fueron recibidos con buen humor, y al cabo surgió una discusión suscitada por La Motte y Adélaïde Labille-Guiard sobre el talento de Beaumarchais y el contraste con la mediocridad de su obra, su mal gusto al abusar de los *concetti* italianos y los tópicos sobre España contenidos en *El barbero de Sevilla*.

—Quizá no sepan ustedes —informó don Hermógenes al oír aquello— que las hermanas de monsieur Beaumarchais vivieron en Madrid en la calle Montera, no lejos de mi casa, y fueron visitadas varias veces por su hermano... De ahí el conocimiento, aunque superficial, que de mi patria tiene ese señor.

—¿Y a qué se dedicaban allí? —quiso saber madame Dancenis.

—Eran modistas, que yo sepa.

—¿Modistas?... Delicioso.

La anécdota fue apreciada por todos, para placer y cierto sonrojo del buen don Hermógenes. Más tarde, la acuarelista Tancredi, siempre etérea, tocó en el clavecín una pieza de Scarlatti que fue exageradamente aplaudida, y acabaron, diversión de moda, recortando siluetas mediante la luz de una vela proyectada en la pared; todos menos Bringas, que siguió bebiendo mientras calificaba aquello de divertimento ridículo. La más lograda de las siluetas resultó ser una que madame Dancenis hizo del almirante, muy alabada por todos a causa de su exactitud. Después, mientras mademoiselle Terray deleitaba a la concurrencia con un fragmento de la *Rosaida* de Dorat, don Pedro encontró fija en él la mirada amable de madame Dancenis acompañada de una leve sonrisa; y no tuvo necesidad de volverse hacia monsieur Coëtlegon para advertir que, en cada ocasión, éste lo observaba con menos simpatía.

Fue entonces cuando el dueño de la casa, que había asistido a todo con su acostumbrada actitud cortés y algo distante, casi distraída, rogó que lo disculparan pues tenía qué hacer en su biblioteca; y al ponerse en pie, invitó a los académicos españoles a conocerla. Lo acompañaron éstos con mucho gusto, y tras recorrer un pasillo adornado con espléndidas pinturas —«Un Greuze, un Watteau, un Fragonard... Ahí un Labille-Guiard... Ya ven... Cosas de mi mujer», informaba Dancenis al paso, con tranquila indiferencia—, se vieron en una sala espaciosa, las cuatro paredes cubiertas de libros y una mesa central con volúmenes de gran formato que contenían grabados y estampas.

—Asombroso —comentó don Hermógenes, admirándolo todo con ojos ávidos.

Se habían detenido a contemplar algunos títulos en los magníficos lomos dorados, a la luz de un candelabro que Dancenis encendió con algo que calificó de invento nuevo: unas prácticas cerillas azufradas que, al meterlas en un frasco de fósforo, se inflamaban a modo de pajuelas de luz.

—Es mi trinchera —comentó éste, abarcando la estancia con un ademán—. Retiro y paz de mi desierto, como dijo aquel poeta de ustedes, Quevedo, que tanto gusta a mi mujer, y que define bien el lugar.

Seguían mirando los dos académicos, extasiados. La biblioteca estaba clasificada por materias: filosofía antigua y moderna, historia, botánica, ciencia, viajes y navegación... Dancenis extraía volúmenes de los estantes y se los iba poniendo en las manos a sus invitados.

—Vean, éste es un compatriota suyo, el padre Feijoo. Su *Teatro crítico universal* en ocho tomos. Buena edición, ¿verdad? Es de la Imprenta Real de Madrid... Y también tengo este soberbio *Quijote* de Ibarra, en folio: el que ustedes, la Real Academia Española, publicaron el año pasado... Una obra magna, si me permiten decirlo, de impresión perfecta. Extraordinaria.

—Es nuestro orgullo —admitió complacido don Hermógenes.

—Y también mío, como feliz poseedor. Una joya que honra esta biblioteca.

—¿Lee usted en lengua española?

—Con dificultad. Pero un libro hermoso lo es siempre, esté impreso en la lengua que esté. Y su *Quijote* es bellísimo, aunque tengo otros, fíjense... Ahí está la edición Verdussen, impresa en Amberes, y también la magnífica francesa de Armand, de mil setecientos cuarenta y uno... En cuanto a usted, señor almirante, quizá le interesen en especial aquellos de allí.

Se acercó don Pedro a echar un vistazo, admirando los títulos en los lomos: *Voyage de George Anson, Voyage de La Condamine...* Lo sorprendió gratamente ver también, traducido y en dos volúmenes, el *Voyage historique de l'Amérique Méridionale* de Ulloa y Jorge Juan.

—Negocios afortunados me dieron el privilegio de retirarme aquí —dijo Dancenis—. Y ya ven. Tengo con qué llenar mi vida, o lo que de ella me quede.

—Le queda mucho, sin duda.

—Nunca se sabe... En todo caso, desde este lugar miro a Margot, participo de su mundo y puedo volver sosegadamente al mío, cuando se apagan las luces.

Don Pedro, que hojeaba uno de los volúmenes, sonrió con calor.

—Es usted un bibliófilo admirable.

—El término es excesivo —protestó Dancenis—. Sólo soy de los que procuran amueblarse el mundo con libros.

Devolvió el almirante el volumen a su lugar y siguió mirando: *Lettres sur l'origine des sciences, Tableau méthodique des minéraux...* Imposible no sentir, ante aquello, una razonable envidia.

—Una biblioteca no es algo por leer, sino una compañía —dijo, tras dar unos pasos más—. Un remedio y un consuelo.

Sonrió Dancenis, casi agradecido.

—Usted sabe de qué habla, señor. Una biblioteca es un lugar donde hallar lo conveniente en el momento oportuno.

—En mi opinión, incluso más que eso... Cuando algunos sentimos la tentación de despreciar demasiado a nuestros semejantes, nos basta para reconciliarnos con ellos contemplar una biblioteca como ésta, llena de monumentos elevados por la grandeza del hombre.

—Qué gran verdad, ésa.

En una mesita supletoria había una docena de publicaciones recientes: *Journal des Sçavants, Courier de l'Europe, Journal Politique et Littéraire...* Don Pedro las hojeó con curiosidad. Nada de aquello llegaba a Madrid. Como mucho, noticias recortadas y filtradas para la *Gazeta* por la censura oficial.

—¿Tiene las últimas novedades?... ¿Se mantiene al día?

—Sólo relativamente —sonrió Dancenis—. No todos los libros ni todos los seres humanos pasan de ese umbral.

Seguía sonriendo mientras señalaba más allá del pasillo como quien se refiere a un mundo extraño, lejano. Un lugar del que se procura mantener la distancia. En otro tiempo, en el mar, el almirante había visto a hombres que señalaban así una costa a sotavento.

—Sería —añadió Dancenis tras un instante— como si Europa se dejara colonizar por los salvajes de los bosques y las praderas de América, ¿comprende?

—Perfectamente.

Fueron a reunirse con don Hermógenes, que escuchaba algo apartado mientras huroneaba en los estantes de filosofía y literatura. El hecho, comentó Dancenis, era que en Francia se publicaban demasiados libros. Leer estaba de moda. Cualquier abate hambriento, cualquier militar a media paga, cualquier solterona aburrida, se ponían a escribir y los libreros compraban el resultado por malo que fuera, pues había lectores para todo; y las obras impresas, por moda o por afición sincera, circulaban por todas partes. Con lo que se daba una maraña de historiadores, compiladores, poetas, diaristas, autores de novelas y otros bípedos más o menos implumes que pretendían ser Voltaire y madame Riccoboni al mismo tiempo. O dicho de otro modo, filosofar y ganar dinero. Para desgracia, naturalmente, de la maltratada filosofía.

Se había detenido con un libro en las manos —un espléndido Jenofonte en griego y latín—, inclinada la cabeza, cual si reflexionara sobre sus propias palabras.

—Sí —concluyó tras un momento—. Ustedes entienden lo que quiero decir... Son hombres de letras.

Habían llegado ante veintiocho volúmenes en gran folio, encuadernados en piel de color marrón, con bellos dorados cuajando sus lomos. Y ninguno de los dos académicos pudo evitar un estremecimiento.

—¿Es...? —preguntó don Hermógenes.

—Sí —sonrió Dancenis.

—¿Puedo tocarla?

—Por favor.

Allí estaba, en efecto, y la veían por primera vez: *Encyclopédie, ou dictionnaire raisonné des sciences, des arts et des métiers.* Al natural, con aquel papel soberbio, los amplios márgenes y la bella tipografía, impresionaba aún más que por referencias.

—Es una gran obra. ¿Conocen su prólogo?... Lo escribió D'Alembert y es magistral.

Había cogido don Hermógenes el primero de los pesados volúmenes, llevándolo hasta la mesa central. Y allí, con cuidado exquisito, se puso los lentes, lo abrió por la página 8 del discurso preliminar y leyó en voz alta, emocionado:

No es mediante hipótesis vagas y arbitrarias como conoceremos la naturaleza, sino por el estudio reflexivo de los fenómenos, por la comparación de unos y otros, por el arte de reducir, tanto como sea posible, un gran número de fenómenos a uno solo que pueda ser visto como principio general...

No pudo seguir. Se le quebró la voz, miró a don Pedro, y éste comprobó que tenía los ojos enrojecidos, húmedos de felicidad.

—Aquí está, señor almirante...

—Sí —apoyó éste, sonriendo, una mano en el hombro de su amigo—. Aquí está, por fin.

Dancenis los observaba con curiosidad.

—Incluso en Francia —comentó—, hay quien todavía mira esta obra como una indigesta compilación salpicada de paradojas y errores; pero otros la ven, o la vemos, como un riquísimo tesoro.

Asintió el almirante.

—Ésa es también la opinión de la Academia Española. Por eso estamos en París.

—Ah, claro. He oído a ese Bringas que buscan hacerse con una *Encyclopédie*.

—Así es. En su primera edición, como ésta.

—La primera es difícil de encontrar. Demasiadas reediciones y copias, me temo... —Dancenis reflexionó un instante, miró alrededor y se encogió de hombros, afable—. Lamentablemente, no puedo desprenderme de la mía. Quizá monsieur Bertenval, con sus contactos, les consiga una. Puedo darles la dirección de algunos libreros de mi confianza; pero una primera edición completa...

Se calló un rato para permitir a los académicos hojear algunos volúmenes de la obra, de la que admiraron especialmente los grabados de los suplementos.

—Me gustaría conocer su Academia, en Madrid —dijo al fin, melancólico.

—Cuando guste, señor, será bien recibido allí —se ofreció don Hermógenes—. Pero tememos decepcionarlo. Es una sede modesta, con pocos recursos.

Dancenis hizo gesto de fruncir los labios, muy a la francesa.

—No creo que eso ocurra nunca. Me refiero a viajar... Me da pereza. Yo viajo a través de estos libros, y eso me basta.

Los ayudó a devolver los volúmenes de la *Encyclopédie* a su lugar.

—Modesta o no —añadió—, creo que la suya en Madrid es una institución seria, que ha publicado diccionarios, ortografías y gramáticas de fácil manejo... Muy distinta, me parece, a la de aquí. Desde que la fundó Richelieu, nuestra Academia se ha convertido en una encrucijada de ambiciones, favores y vanidades... Los académicos franceses se llaman a sí mismos *inmortales,* y con eso está dicho todo.

—Pues los señores Bertenval y Buffon son de trato agradable —opinó don Hermógenes.

—Sí. Con D'Alembert y alguno más, de los pocos tratables. Y por otra parte, Margot sabe suavizarlos bastante... Nadie como ella para armonizar lo ácido con lo dulce, lo frívolo con lo grave.

—Una mujer admirable —apuntó el almirante.

—Sí —Dancenis se quedó un instante pensativo—. Lo es.

Iban ya a retirarse cuando don Hermógenes descubrió un libro de Bertenval —*De l'état de la philosophie en Europe*— y se detuvo a hojearlo. Quizá debido a su imperfecto francés, el arranque le pareció algo pretencioso.

—El de los académicos en Francia es una especie de despotismo de las letras, que abre y cierra la puerta de sus favores —dijo Dancenis, como si adivinara su pensamiento—. Poco es lo que el pueblo llano se beneficia de sus trabajos.

Tomó el libro de las manos de don Hermógenes y sonrió levemente mientras lo devolvía a su lugar.

—Entre ustedes los académicos españoles, sin embargo —añadió—, no cuentan tanto las personas como la obra conjunta... Hacen un trabajo de educación patriótica muy importante. Y eso incluye las posesiones de América.

Fue hasta el candelabro, sopló las velas, y la biblioteca quedó iluminada sólo por la luz que llegaba del pasillo.

—No es un mal modo —dijo el almirante— de convivir con una esposa tan espléndida como madame Dancenis.

Se detuvo el dueño de la casa, con una brusquedad que en él parecía inusual. En aquella luz indecisa parecía más abstraído y ausente todavía. Don Pedro no pudo verle la cara, pero supo que lo miraba a él.

—El mejor que conozco. Todo lo demás queda fuera de esa puerta. ¿Comprenden?

—Perfectamente, señor.

Aún pareció dudar un segundo Dancenis.

—Ella tiene su propia biblioteca —añadió al fin—. Es otro estilo.

—Rue des Poitevins —grita el cochero desde el pescante.

El fiacre se ha detenido bajo el único farol del lugar, situado en un ángulo de la calle, que es corta, quebrada y miserable, con el suelo convertido en barro a causa del agua sucia que se vierte desde las casas. Huele a sal nitrosa y azufre, comprueba el almirante aspirando el aire con desagrado. La luz mortecina del reverbero no destruye las sombras, sino que las hace aún más intensas. Una decrépita torre medieval se adivina lejos, rematada por un cono de sombra.

—¿Dónde está su casa, estimado amigo?

—Ahí.

Apoyado con una mano en una pared, el abate descarga ruidosamente la vejiga.

—Aquí moran —dice mientras zigzaguea con el chorro en la oscuridad— los hombres justos y arruinados... Los misántropos geniales... Los alquimistas de las ideas y la pluma...

—Hay sitios peores —opina don Hermógenes, con torpe buena voluntad.

—Yerra usted, señor... Aunque llegará el día...

Pidiendo al cochero que espere, lo conducen entre ambos. El portal es en realidad una puerta de carruajes medio condenada con ladrillos y tablones, junto a un taller de encuadernación cerrado a esas horas, donde la luz del farol alcanza a iluminar apenas el rótulo pintado de la muestra: *Antoine et fils, relieurs*.

—Ah, no se molesten... A fe que puedo yo solo.

—No es molestia.

Don Pedro y don Hermógenes ayudan a Bringas a subir a oscuras los peldaños de madera, que crujen y parecen a punto de romperse bajo los pies, y una vez en el último piso lo ayudan a abrir la puerta de una buhardilla. Tanteando junto a la entrada, el almirante encuentra eslabón y pedernal para encender una vela, ante cuya luz corretea por el suelo, despavorida, media docena de cucarachas rojizas. Hace frío. En la casa, dos habitaciones de aspecto miserable, hay una jofaina, una mesa con mendrugos de pan bajo una servilleta, una cama turca, una estufa apagada, un armario ropero y una mesa con recado para escribir donde se apila medio centenar de libros y folletos. Hay otros tantos en el suelo, en su mayor parte muy usados y mugrientos. Todo huele a humanidad y ambiente cerrado, pan rancio, ayuno, soledad y miseria. Sin embargo, los libros se ven muy ordenados, y en el cesto de ropa blanca y planchada que está junto a la cama, dos camisas y un par de medias, aunque zurcidas y recompuestas, están inmaculadamente limpias.

—Déjenme... Les digo que puedo solo.

Bringas se deja caer en la cama, los ojos cerrados, haciéndola rechinar. Mientras don Hermógenes cuelga la peluca del abate en una bola de latón de la cabecera, le quita los zapatos y lo cubre con una manta, el almirante echa un vistazo al cuarto y mira los títulos de algunos libros: *Le gazetier cuirassé, La chandelle d'Arras, Histoire philosophique et politique des établissements des européens dans les deux Indes...* Hay muchos párrafos subrayados a tinta. Se mezcla allí todo, sin criterio aparente, desde literatura libertina a obras filosóficas o teológicas, desde Raynal al Aretino, o Montesquieu, pasando por Helvétius, Diderot o Rousseau. Y en la pared, sobre tan variopinta biblioteca, tres estampas coloreadas forman una insólita combinación de efigies: Voltaire, Catalina de Rusia y Federico de Prusia. A todos les ha pintado Bringas bigotes, cuernos y otros trazos grotescos.

—Está dormido —susurra don Hermógenes.

No hace falta que lo diga, comprueba el almirante. Los ronquidos que emite el abate hacen temblar las paredes.

—Pues vámonos.

Antes de apagar la luz, don Pedro repara en un texto manuscrito que está sobre la mesa, con aparente letra del propio Bringas. Por escrúpulo no se atreve a tocarlo, pero la curiosidad lo vence hasta el punto de inclinarse, vela en mano, para leer unas pocas líneas escritas con letra fina y quebrada, aguzada como puñales:

Un autor de ingenio que sepa manejar su pluma puede hacer gran beneficio a la libertad de los pueblos a través del público que asiste al teatro, diciendo allí con sólida y elegante elocuencia, mediante ejemplos y personajes artificiosamente tomados de la Historia, lo que el más ardiente patriota no puede, o no se atreve a decir a un príncipe, a un valido o a un po-

deroso. Por eso el teatro es principal fuente de felicidad pública y escuela de educación general, que puede convertirse en arma afiladísima en manos de hombres audaces sin otro límite que su coraje y su talento...

—¿Es suyo? —se interesa don Hermógenes.

—Lo parece.

Los dos académicos se disponen a salir.

—¿Y qué tal escribe?

—Nada mal, desde luego. Y tengo la impresión de que nuestro abate no es tan disparatado como aparenta.

En la puerta, antes de apagar la vela y dejarla donde estaba, el almirante dirige una última mirada al bulto inmóvil entre las sombras de la cama. Los ronquidos de Bringas siguen atronando el aire. Vino ajeno y miseria propia. El reposo breve de un guerrero.

Una hora más tarde, en la rue Vivienne, alzando la vista bajo el ala vuelta del sombrero calañés, Pascual Raposo observa cómo se apaga la luz de las habitaciones de los académicos en el hotel de la Cour de France. Después deja caer el cigarro, lo aplasta con el tacón de la bota y camina despacio, envuelto en su capote, alejándose del lugar. En realidad, la vigilancia personal de hoy no es necesaria; pocas lo son, pues el policía Milot y su red de confidentes mantienen informado a Raposo de cuanto el almirante y el bibliotecario hacen en la ciudad. Pero ocurre que, como en noches anteriores, el antiguo soldado de caballería sabe que aún tardará en dormirse; que pasará horas desvelado por el ardor de estómago, moviéndose sin objeto por la habitación, o fumando asomado a la ventana. Por eso procura retrasar el momento de meterse entre las sábanas hasta que el sueño sea más profundo, y no lo haga llegar al alba en esa duermevela agotadora que también le deja la cabeza confusa, la boca áspera y los ojos inyectados en sangre.

Ni siquiera Henriette Barbou, la hija de los dueños del hotel, es aliciente para templarlo. A estas horas, calcula Raposo, la joven podría haber ido a su habitación, descalza para no hacer ruido, en camisón y con una vela encendida, dispuesta a meterse en la cama con él —ese pensamiento le provoca una violenta e inoportuna erección—. Ya esta misma tarde se produjo un avance sustancioso cuando él la encontró de rodillas en el suelo, fregando el rellano de la escalera con cubo y bayeta, y ella aceptó una breve escaramuza que concluyó con la promesa de culminarla en la primera ocasión. Sin embargo, ni siquiera eso basta ahora para atraer a Raposo. Es demasiado pronto; si no para él —aunque los estragos de la mala vida empiecen a pasar factura, y la fatiga, ya que no el sueño, llegue cada vez más temprano—, sí para su estómago, su inquieta cabeza y los fantasmas que recuerda, o que genera. Así que, sin prisa, Raposo camina hacia donde sabe que su compadre Milot suele acabar cada jornada laboral: en alguno de los cabarets que abundan en torno a Les Halles, el corazón de los mercados de París.

Pasa la una de la madrugada. Por las calles mal iluminadas crece la animación a medida que Raposo se acerca a su destino. A tales horas, cada noche, cuatro o cinco mil campesinos llegan al centro de la ciudad por diferentes caminos, con mulas y carretas, trayendo desde una distancia de varias leguas verdura, legumbres, fruta, pescado, huevos: todo lo que, por la mañana, aprovisionará los mercados que nutren el vientre enorme de la ciudad. Por eso este lugar de la orilla derecha se encuentra más concurrido de noche que de día. Carros y animales obstruyen algunas calles. En la rue de Grenelle, más iluminada que otras, hay varias tabernas abiertas; y en los angostos callejones laterales, sumidos en sombras, se adivinan bultos de mujeres que acechan a los transeúntes llamándolos con chasquidos de lengua.

—Coño, Pascual. Qué alegría verte por aquí.

En realidad Milot no ha dicho *coño,* sino *parbleu;* que es una manera de decir *pardiez* a la francesa. Pero a Raposo siempre le parecieron los juramentos y blasfemias demasiado suaves en lengua de Molière; de los que alivian poco. Muy alejados, por supuesto, de los sonoros *voto a Dios* y *me cisco en Cristo* con los que, sin ir más lejos, o yendo, un español de boca fácil se queda a gusto mientras echa fuera los diablos. Así que, en traducción libre, adapta el idioma gabacho a su manera.

—Tenía sed —responde Raposo.

—Estás en el sitio adecuado, compañero —el policía señala con el bastón de nudos un portal—. ¿Tinto o blanco?

—Déjate de mariconadas —se burla Raposo—. A esta hora, aguardiente.

Sabe que eso empeorará el ardor de estómago, pero le da igual. En su francés cuartelero ha utilizado la palabra *emproseuries;* que, comparada con las correspondientes en áspera lengua castellana, apenas tiene color: *Laisse tomber avec tes emproseuries,* ha dicho. Milot se echa a reír y lo conduce al cabaret, donde penetran hendiendo el humo de tabaco y el hedor a humanidad. Al ver entrar al policía, el tabernero deja libre una mesa y dos taburetes en un rincón, donde se acomodan.

—*Eau-de-vie?* —pregunta el tabernero, refiriéndose al aguardiente.

—Qué cojones agua de vida —sigue choteándose Raposo mientras se quita capote y calañés—. Agua que arde, hombre. *Eau-qui-brûle,* o como se diga. Con unos granos de pimienta, si puede ser.

—Te hacía durmiendo o jodiendo —comenta Milot cuando deja de soltar carcajadas.

—Cada cosa a su tiempo.

—¿Has ido tras tus pájaros?... Te dije que no hacía falta. Mi gente se encarga.

—Es igual. Me gusta echar yo mismo un vistazo, de vez en cuando.

—Pundonor profesional, llamo a eso.

—Llámalo precaución a secas. Por desconfiar, todavía no se ha muerto nadie.

Llegan la frasca de aguardiente y los vasos. Raposo huele la bebida, cauto, y luego la paladea con gusto. Es fuerte, y la pimienta ayuda a que suba a la nariz. Se enjuaga la boca con un sorbo antes de tragarlo. Sin dolor, de momento.

—Según mis noticias —cuenta Milot—, siguen sin conseguir su *Encyclopédie.* Hay un librero del Louvre, un tal Cugnet, que ha prometido buscar para ellos; pero ya me encargaré de convencerlo para que no lo haga...

—De todas formas —opone Raposo—, por mucho que entorpezcamos, no puede descartarse que al final localicen una. Y tengo algunas ideas para eso.

—¿Por ejemplo?

—Necesitarán dinero para pagar; y el dinero se roba. La ciudad está infestada de desaprensivos.

Milot se pasa una mano por la calva y le guiña un ojo a Raposo.

—Eso dicen.

—También tendrían que transportarla de regreso, si llegan a hacerse con los libros, que son un montón. Supone muchos fardos; y pesados, además... Sujetos a mil accidentes por esos caminos.

—Muy sujetos, sí.

—Pues ahí puede haber mil imprevistos.

—Desde luego. Y si permites un consejo policial, te sugiero una denuncia.

—¿De qué clase?... ¿Por libros prohibidos?

—No. A estas alturas, la *Encyclopédie* se la trae floja a todo el mundo. Hasta el ministro de Policía tiene una. Necesitas algo más llamativo.

Un pescadero ebrio, que huele a su oficio, tropieza con Raposo al pasar. Éste lo rechaza con violencia y el otro se revuelve, airado. Milot va a intervenir y alarga una mano hacia el bastón de nudos, pero es suficiente con un cruce de miradas. Tras observar brevemente a uno y otro, el pescadero agacha la cabeza y sigue su camino. Milot atisba con ojo profesional el bulto en un bolsillo de la casaca de su compadre.

—¿Sigues llevando ese pistolete tuyo de doble caño?

Raposo encoge los hombros.

—A ratos.

—Ya sabes que está prohibido en la ciudad.

—Sí —conviene el otro, indiferente—. Eso tengo entendido.

Beben en silencio mirando alrededor, a la gente que fuma, charla o dormita el vino.

—Cabe la posibilidad —dice Raposo al cabo de un momento— de meter a mis viajeros en algún embrollo con ese abate que los acompaña... ¿Qué te parece?

—Es una opción —admite Milot.

—Algo que los entretenga una temporada. Que permita confiscarles libros, papeles y equipajes.

—¿Por ejemplo?

Arruga el ceño Raposo, pensando. Se ayuda con un trago y vuelve a pensar.

—Espionaje —concluye—. Para una potencia extranjera.

Milot considera las posibilidades del asunto.

—Oye —sonríe al fin—. Eso es muy bueno.

—Puede. Pero hay un inconveniente: Francia y España son aliadas.

—¿Y qué?... Se les denuncia como espías ingleses, y asunto resuelto.

Lo piensa Raposo un poco más.

—¿Puedes ayudarme en eso?

—Pues claro. Es mi especialidad, compañero. Levantar falsos testimonios, previo pago de su importe.

Chocan los vasos mientras hace cálculos Raposo. Momentos, oportunidades. Ventajas e inconvenientes. La idea de ver a los honorables académicos acusados de espionaje le arranca una sonrisa malévola.

—¿Cuánto tiempo me garantizaría algo así? —pregunta al fin.

Milot compone un gesto ambiguo.

—Depende de cómo se muevan ellos. Del interés que se tome vuestra embajada.

—Bueno, son miembros de la Academia Española. Gente de respeto... Y trajeron cartas de recomendación para el conde de Aranda.

—Entonces sería mejor jugársela fuera de aquí... Dos espías ingleses en cualquier pueblo del camino, figúrate. La ilusión que iba a hacer a los de allí. Entre el comisario que avisa al alcalde, o al revés, y el otro que pide instrucciones a París, y los interrogatorios... Mientras tanto, ese equipaje incautado, indefenso...

—En manos de cualquier desalmado que pueda hacerse con él o destruirlo —concluye Raposo, siguiéndole la idea.

—Ahí le diste, compañero.

—¿Parece razonable?

—Sí. Bastante. La guerra con Inglaterra facilita esa clase de cosas... ¿Pido más *agua-que-arde*?

La piden. Llega una segunda frasca y beben de nuevo. El estómago de Raposo sigue sin dar señales de protesta. Saca éste el reloj del chaleco y consulta la hora. Todavía es pronto, comprueba, para dormir como él desea. Después de todo, el cabaret no está mal, Milot resulta un buen camarada y la bebida es buena. Y de momento, indolora.

—¿Cuánto hace que dejaste el ejército? —se interesa el policía, que lo observa con curiosidad.

—Dieciocho años.

—¿Y tu última campaña?

—Contra los ingleses, en Portugal.

Tuerce Milot la boca.

—¿Y por qué lo dejaste?... ¿No era buena vida, la de soldado de caballería?

—No era mala.

Se ha ensombrecido Raposo, y el otro se percata.

—Oye, disculpa. Puede que no te guste hablar de eso.

—No me importa hablar.

Raposo se echa hacia atrás, apoyando la espalda en la pared. Mira el vaso de aguardiente y bebe otro trago. Ahora sí nota el alcohol escocerle dentro. Un poco.

—¿Has oído hablar del desfiladero de La Guardia?

—En mi puta vida.

—Pues fue allí, en el camino de Lisboa... Los ingleses y los portugueses se defendían bien. Estábamos cansados y con bajas, y nos tuvieron un buen rato esperando formados, inmóviles y al descubierto, con la artillería enemiga arrimándonos candela todo el tiempo...

—¿Muchos muertos? —se interesa Milot.

—Los suficientes para jiñarte en Dios y en la madre que lo parió.

—Entiendo.

Raposo desgrana ahora con lentitud las palabras. Su voz suena opaca, o tal vez indiferente.

—Después de un par de horas así —continúa tras un corto silencio— llegó la orden de atacar... Una granada había dejado listo de papeles a nuestro jefe de escuadrón, así que tomó el mando el teniente: un tipo mayor, chusquero... ¿Cómo lo decís aquí?

—*Ancien? Vétéran?...* ¿Procedente de la tropa?

—Sí, eso. Chusquero. Con mala suerte en los ascensos, bigotes grises y cara de cansancio... Había estado tragándose toda aquella mierda con nosotros, sobre su caballo, al frente de la formación. Oyéndonos protestar y blasfemar... Sabía cómo respirábamos.

Raposo calla un momento mientras se frota el estómago. Por unos instantes ha estado mirando el vacío, cual si en él se recrearan de nuevo, ante sus ojos, los detalles del recuerdo que narra. Y ahora se vuelve a Milot casi con sorpresa, o con gesto de duda. Se diría que de pronto le extraña verlo allí, a su lado, entre el humo y las voces de la taberna.

—Al fin —prosigue tras un instante— llegó un batidor con la orden. El teniente sacó el sable, dijo: «Listos para cargar» y nos puso al paso. Lo seguimos con la rienda floja, de mala gana. Seguían cayendo granadas. Cuando gritó: «Al trote», empezamos a pararnos. Y cuando ordenó la carga, ni uno de los que estábamos en la formación se movió. Nos quedamos quietos, tirando de las riendas, mientras el teniente se lanzaba al galope con el sable apuntando al desfiladero... Sabía que no íbamos a irle detrás, pero cabalgó hasta perderse de vista. Ni siquiera se volvió a mirarnos... Sólo lo siguió un corneta joven como de quince años, soplando el cobre, y lo último que vimos fue la nubecilla de polvo de los dos caballos y aquel absurdo toque de corneta que se alejaba, hasta que cesó de pronto.

—¿Y eso fue todo? —pregunta el policía tras un momento de silencio.

Aunque asiente despacio, Raposo tarda un poco en responder. El estómago empieza a dolerle en serio.

—Eso fue todo —dice al fin—. Nunca volvimos a verlos. El escuadrón fue disuelto, se fusiló a los sargentos, y a los demás nos mandaron cuatro años al presidio de Ceuta.

—Joder —Milot tiene la boca abierta de estupor—. Eso no lo sabía, compañero.

Raposo se pone en pie.

—Pues ahora ya lo sabes.

Un poco más tarde, Pascual Raposo recorre la rue de la Chaussetterie. El aceite del alumbrado público se extinguió hace rato, y la luz artificial se reduce a una breve claridad naranja en torno a las mechas que humean tras el vidrio de los faroles colgados de sus poleas. Con paso algo vacilante, embozado en su capote y calado el sombrero hasta los ojos, el antiguo soldado de caballería camina a la sombra de las casas, como un criminal. Sobre él gravita la noche, que añade sombras extrañas a la noche misma. El aguardiente y la conversación de hace un rato le han fijado en la cabeza imágenes antiguas, recuerdos que rinden ahora mal servicio. Y entre ellos flota uno especialmente incómodo: el rostro cansado y los bigotes grises de aquel teniente, de nombre olvidado, que hace dieciocho años cargó, seguido sólo por un corneta, en el desfiladero de La Guardia.

No es, para ser exactos, remordimiento lo que agita el espíritu de Raposo. Sería demasiado pintoresco, en su caso. Igual que la mayor parte de los seres humanos, los individuos como él encuentran con facilidad justificaciones para cada uno de los actos de su vida, por crudos o miserables que sean; y raro es quien arrastra consigo más fantasmas de los que le conviene soportar. El suyo, esta noche, es más bien un recuerdo melancólico: una incómoda certeza de tiempo pasado y distancia irreparable. Quizá, también, de ocasiones perdidas. Al recordar el rostro de aquel oficial mientras sacaba el sable de la vaina y gritaba órdenes sabiendo que nadie las iba a cumplir, picando luego espuelas sin volverse a mirar atrás, Raposo se entristece más por lo que en otro tiempo pudo ser y no fue, que por otra cosa. Por sí mismo, en realidad. Por el hombre que en él dejó de existir, o de ser posible, apenas tiró de la rienda de su caballo, deteniéndolo como todos los otros, frente a aquel polvoriento desfiladero portugués. Es la suya, en fin, una melancolía tocante a su propia juventud, al tiempo transcurrido. A quienes pasaron por su lado sin que él retuviese de ellos lo que, tal vez, habría podido ayudarlo a dormir mejor en horas como ésta.

Un bulto que se destaca de la oscuridad. Un chasquido de lengua que detiene la mano que ya se introducía bajo el capote, en un bolsillo de la casaca, buscando la pistola. La puta ha salido de las sombras, situándose en el escaso contraluz del farol mortecino que tiene detrás. Lleva un corpiño de rayas rojas y blancas, y apenas puede vérsele el rostro, aunque las formas parecen correctas.

—Venga a pasar un buen rato, señor —dice con descaro profesional.

—¿Dónde? —inquiere Raposo.

—Tengo un sitio aquí cerca: cinco francos yo, seis sueldos una cama con sábanas... ¿Le va bien?

—Tengo prisa.

La mujer señala un callejón oscuro. Parece cansada.

—Pues lo hacemos ahí mismo.

Duda Raposo, frotándose el estómago dolorido. Llevarse una sífilis como recuerdo de París no es el objeto de su vida.

—¿Tienes protección?

—¿Cómo?

—Vainas protectoras. Preservativos... Tripa de oveja, vamos.

—Se me han acabado.

—Ya.

La puta se acerca un poco más. No lleva sombrero, y ahora Raposo puede verla un poco mejor. Parece joven. Huele a sudor y a vino mezclados con un perfume violento y barato. A hombres que esta misma noche ya pasaron por ahí.

—Me lo puede hacer por detrás si lo prefiere, señor.

—Sin vaina de protección, me da igual por detrás que por delante.

—¿Y con la boca?

Lo piensa un momento Raposo. Con cierto interés. Teniendo en cuenta que no es ésa una variedad del asunto que practiquen las putas españolas —son más de misa y rosario, y sus confesores lo prohíben—, la propuesta parece tentadora. Pero al fin menea la cabeza.

—No, déjalo.

—Tres francos.

—Te he dicho que no.

Mientras se aleja, escucha a la mujer insultarlo en voz baja. *Salaud de merde,* dice, o algo parecido. El tono vale para cualquier idioma. Y algo más allá, abierto el capote, Raposo alivia la vejiga orinando sobre un montón de ladrillos rotos, en un callejón corto y estrecho cuyas sombras, atenuadas por un ápice de luna creciente que en ese momento penetra entre dos aleros, permiten distinguir montones de basura; y también, en el instante en que Raposo se abotona el calzón, los ojos rojizos, brillantes y malignos de una rata que lo observa. Aquélla es casi tan grande como un gato, y está inmóvil, mirándolo con fijeza, replegada en sí misma mientras espera pasar inadvertida.

Raposo la contempla un momento, y después se agacha despacio para coger uno de los trozos de ladrillo. La rata parece adivinar la intención, pues emite un chillido de miedo y amenaza que hace sonreír, cruel, al hombre que la observa alzando la mano con el ladrillo. Una rata acorralada en un callejón, entre basura. Perfecta imagen del mundo, piensa Raposo mientras le arroja el trozo de ladrillo.

8. Los caballeros del café Procope

Ya pasó el tiempo en que la sinrazón me ponía furioso.

Denis Diderot. *Cartas a Sophie Volland*

No hay suerte con la *Encyclopédie.* Pese a la buena voluntad del abate Bringas y las orientaciones de amigos y conocidos, incluida una recomendación de monsieur Dancenis para sus proveedores habituales, la primera edición sigue resistiéndose a las pesquisas. Parece no quedar ni una impresión original completa en todo París —el filósofo Bertenval confirmó que de los 4.225 ejemplares de la primera tirada, tres cuartas partes se vendieron en el extranjero—, y las visitas de don Pedro y don Hermógenes a toda clase de libreros han resultado infructuosas: Rapenot frente a Les Carmes, Quillau junto al hotel Dieu, Samson y Cugnet bajo las arcadas del Louvre, la viuda Ballard en la rue des Mathurins... Ni los más selectos ni los más humildes, incluidos buquinistas y *colporteurs* del Sena y los Campos Elíseos, disponen de los veintiocho volúmenes en folio. De éstos sólo hay localizables algunos tomos sueltos, y madame Ballard, impresora del rey, tiene a la venta una reedición de los catorce últimos, hecha en Ginebra. En cuanto a la obra completa, la búsqueda sólo ha permitido encontrar dos *Encyclopédies,* ambas en ediciones de escasa confianza: la de Lucca, en folio, y la de Yverdon, impresa en treinta y nueve volúmenes en cuarto y muy manipulada en sus textos, que un librero llamado Bellin tiene a la venta por sólo 300 libras en su tienda de la rue Saint-Jacques, y que el abate Bringas desautoriza por completo.

—Su mismo precio la desacredita —comenta, despectivo—. Y para colmo, ha sido elogiada por Voltaire.

Lo dice mientras don Hermógenes, víctima de una fluxión del pecho, se ve obligado a guardar cama. Está el bibliotecario en camisa y gorro de dormir, tapado con la colcha hasta el mentón oscurecido por una barba de dos días, que parece enflaquecerle el rostro donde lagrimean los ojos enrojecidos y febriles. La ventana que da a la calle está cerrada, el orinal lleno a rebosar de orina turbia. Todo en el cuarto huele a cerrado, a dolencia y fatiga humana. El abate y don Pedro acaban de regresar de la calle tras hacer su enésima gestión sin resultado, y ponen al corriente al enfermo. Están sentados junto a la cama mientras el almirante hace beber a su compañero un vaso de limonada tibia para combatir la deshidratación.

—No es nada, querido amigo. Sólo un catarro, y no de los peores... Vi a mucha gente así.

—Siento el pecho muy cargado —se queja débilmente don Hermógenes.

—Pero la tos, aunque frecuente, es húmeda. Fluida... Expectora usted, y eso es buena señal... De todas formas, el señor abate ha avisado a un médico amigo suyo.

—Así es —confirma el otro—. Un facultativo de confianza. Estará al llegar.

—También es mala suerte la mía —comenta el bibliotecario, dolorido—. En París, y enfermo. Descuidando mi obligación.

—Hay poco por descuidar —lo conforta el almirante—. Nuestras posibilidades se han reducido mucho. Esa primera edición parece haberse desvanecido... Ni siquiera la reimpresión en folio hecha en Ginebra la encontramos completa. Por lo visto, de ésa se pusieron a la venta menos de dos mil ejemplares, y también están agotados.

—¿Y las otras?... De perdidos, al río, almirante... ¿Qué hay de la edición toscana de la que nos hablaron hace unos días?

—Descartada por completo. Los artículos, según nos cuentan, fueron reescritos para esa impresión.

—Dios mío... Tendremos que volver con las manos vacías.

—No lo sé. Esta mañana escribí a la Academia, por la posta urgente.

Se inquieta don Hermógenes.

—Pero eso es carísimo —protesta—. Y los gastos... Ya nos va escaseando el dinero.

—Lo sé, pero no hay otra. Necesitamos instrucciones de los compañeros de Madrid... Lo único que podemos hacer de momento es esperar, confiando en un golpe de suerte. Y usted, curarse.

—Acérqueme ese orinal, hágame el favor.

—Claro.

Llaman a la puerta, y se presenta el médico amigo de Bringas. Es un sujeto de facciones vulgares y mirada intensa. Lleva el pelo largo, grasiento, sin empolvar, en una cabeza que parece demasiado grande para su cuerpo flaco y desgarbado. La boca, ancha y ligeramente torcida, le confiere un singular aspecto de batracio bípedo.

—¿Cómo es la orina? —pregunta a bocajarro.

—Huele agrio, es turbia y escasa —le informa don Hermógenes.

—El pecho está tomado de la erisipela —diagnostica el médico tras tomarle el pulso y estudiar su garganta con el mango de una cuchara, con tal brusquedad que casi lo hace vomitar—. Hay que devolver el humor a la piel, abriéndole todas las puertas: transpiración, orina, heces, eméticos y una vía artificial en el brazo, con emplastos vesicantes... Por supuesto, nada de corrientes de aire: puerta y ventana cerradas a cal y canto, y estufa bien caliente... Ahora voy a practicarle una sangría.

—¿Con lo débil que está? —se extraña el almirante.

—Precisamente por eso. Dando salida al humor maligno secaremos los pulmones y acabará todo.

—Disculpe, doctor... No retuve su nombre.

—No lo he dicho. Me llamo Marat.

—Pues mire, señor Marat...

—*Doctor* Marat, si no le importa.

Asiente el almirante con mucha calma.

—No me importa en absoluto. Doctor, si lo prefiere... Pero, con todo el respeto por la ciencia que usted practica, voy a oponerme a que le dé un tajo en una vena a este amigo mío.

Se sobresalta el otro como si hubiera recibido un insulto.

—¿Por qué?

—Porque sin ser médico, viví lo suficiente para reconocer un simple enfriamiento cuando lo veo. Y también para desconfiar como del diablo de la lanceta y las sangrías; que de poco aprovechan en este siglo, ni en ninguno de los pasados. Y que deberían desterrarse para siempre de la práctica de la medicina.

El médico ha palidecido. Aprieta los labios hasta casi hacerlos desaparecer.

—No sabe lo que dice, señor —masculla al fin—. Mi experiencia...

Con la misma flema que antes, don Pedro alza una mano.

—Según la mía, mucho más limitada y quizá por eso más sencilla y práctica, lo que necesita don Hermógenes, en vez de sangrías, emplastos y aflorar de humores erisipelatosos, es una ventana abierta que airee bien esta habitación, y mucho zumo de limón en agua tibia. Con azúcar, a ser posible.

—¿Me va usted a decir a mí...?

—Le voy a decir que si eso funciona en un barco, con lo insalubre que es aquello, escorbuto aparte, figúrese en lugar cómodo como éste. Dígame qué le debo por su visita.

—Es inaudito, señor... —tartamudea el médico— Es... Son diez francos.

—Algo caro me parece, diantre —el almirante introduce los dedos en el bolsillo del chaleco y saca unas monedas—. Pero no vamos a discutir por un emplasto vesicante de más o de menos... Buenos días, señor.

El médico coge bruscamente el dinero y, sin mirar a nadie, ni siquiera al paciente, sale dando un portazo. Mientras el almirante va hasta la ventana y la abre de par en par, dejando entrar el sol y el aire, Bringas lo mira con sombría censura.

—Ha hecho usted mal —protesta—. El doctor Marat...

—El doctor, por muy amigo suyo que sea, es un matasanos de los que se reconocen a tiro de pistola... ¿De verdad tiene título para ejercer la medicina?

—Él dice que sí —se bate en retirada Bringas—. Aunque es cierto que sus colegas se lo discuten. Hay cierto barullo con eso... En realidad es un especialista en problemas oculares. Hasta tiene escrito algo sobre el particular... Y también un tratado sobre la gonorrea.

—Acabáramos, señor abate. Eso último encaja más con el personaje —don Pedro ha vuelto junto al bibliotecario, y le ofrece de nuevo el vaso con limonada—. ¿De qué se conocen, si me permite la curiosidad?

—Vive cerca de mi casa y frecuentamos el mismo café. En mi opinión, el problema viene de que es hombre de ideas avanzadas...

—No me lo ha parecido mucho.

—Me refiero a ideas políticas. Y tiene futuro. Por eso en la Academia de Ciencias no lo tragan.

—Ah, bueno —el almirante se encoge de hombros—. En el futuro político del señor Marat, ahí ya no me meto. Pero como médico, resulta un peligro público... Observo en él una molesta inclinación a despachar gente para el otro barrio.

El sol poniente es tibio en el atardecer de Madrid. Desde la calle de Alcalá hasta la puerta de Atocha, el Prado está lleno de carruajes, sillas de manos y paseantes que conversan de pie o sentados en los bancos, las tijeretas de alquiler y los puestos de refrescos, bajo los árboles cuyas ramas verdean de hojas tiernas. Frente a las caballerizas del Buen Retiro se encuentran casualmente Manuel Higueruela y Justo Sánchez Terrón. Pasea éste del brazo con su mujer, y sale el otro de rezar el rosario en San Fermín de los Navarros con su familia: esposa y dos hijas casaderas —sombrero con randas la señora y redecillas al pelo las niñas—. Ambos se cruzan entre la gente cuando Higueruela y su tropa femenina se apartan para dejar paso a un carruaje tirado por cuatro mulas, con escudo nobiliario pintado en la portezuela y lacayos de librea en el pescante. Al divisar a Sánchez Terrón, Higueruela le dirige una señal de reconocimiento disimulada, casi masónica. Tras un cruce de miradas y ligera vacilación por parte del filósofo, se acercan uno al otro, hacen las presentaciones convenientes y se retrasan un poco mientras las cuatro mujeres caminan juntas, delante de ellos, mirando los coches y los vestidos de los paseantes.

—Tiene usted una esposa muy guapa —dice Higueruela para romper el hielo.

—También sus hijas lo son.

—La menor, tal vez —comenta Higueruela, ecuánime—. A la mayor nos va a costar casarla.

Dan unos pasos en silencio, mirando a los paseantes. Sánchez Terrón, que intenta caminar apartado del periodista para que nadie les suponga intimidad, lleva la cabeza descubierta y sin empolvar, como suele; y cuando encuentra algún rostro conocido, saluda con seca cortesía, hundiendo el mentón en un grueso corbatín que le da varias vueltas al cuello. Higueruela, por su parte, para no mover la peluca, se toca el ala del sombrero de tres picos.

—El jueves lo echamos de menos en la Academia —dice este último.

—Tenía cosas que hacer.

Higueruela sigue con la vista un coche de los llamados bávaras, con tanta ventanilla de vidrio que parece un farol enorme moviéndose entre el gentío.

—Lo sé —asiente—. Su interesante disertación sobre *El estado de las letras en Europa...* Se llamaba así, ¿verdad?... Lo tuvo ocupado. Tengo entendido que fue...

Se detiene deliberadamente, como si buscara palabras elogiosas.

—Un éxito, en efecto —zanja Sánchez Terrón—. Resulté muy aplaudido.

Higueruela sonríe con mala fe.

—No me cabe duda... El amigo que me informó dijo que asistieron diecisiete personas, contándolo a él.

—Algunas más.

—Es posible. De cualquier manera, le voy a sacar una reseña en el *Censor Literario* la semana que viene. Favorable, naturalmente. Al menos hasta cierto punto... Para que quepa, cortaré un poco de un artículo que tengo preparado sobre las operaciones contra Gibraltar y la guerra en las colonias inglesas de América.

Todavía molesto, Sánchez Terrón hace un ademán de impaciencia altiva.

—No necesito sus elogios.

Se intensifica la mueca del otro.

—Claro —concluye—. Más bien lo perjudican, quiere decir —se detiene y parece meditar sobre eso; después sonríe algo más torcido que antes—. Le estropean la imagen de incomprendido intransigente, a la que tanto jugo saca.

—Usted no sabe lo que dice.

—Sé lo que digo y lo que no digo. Y también lo que hago o no hago... Habrá observado que en el último número de mi periódico, en la substanciada diatriba contra los autores modernos, quedaba usted al margen.

—No leo sus cosas.

—Venga, hombre. Sé que las lee. Que devora cuanto se publica, aunque aparente despreciarlo, y siempre buscando ver si sale su nombre... Por eso habrá notado que, en el demoledor artículo que dediqué a esa secta de librepensadores y filósofos de pacotilla, usted queda incólume como una virgen de Delfos, o de por allí cerca. Como ve, respeto nuestra tregua.

—¿Respetar?... Qué va a respetar, caramba. Usted no respeta a nadie.

—Las treguas, como le digo. Aquí donde me ve, soy un hombre de honor.

—Bobadas.

Saluda Sánchez Terrón, circunspecto, a un individuo todavía joven, sin sombrero ni polvos, con lentes de pinza, que viste levita entallada hasta lo ridículo y estrecha el cuello de su camisa con un corbatín muy apretado que parece cortarle el resuello.

—Ése es uno de los suyos, ¿verdad?... —comenta Higueruela, risueño— El que firma Erudio Trapiello, si no me equivoco.

—El mismo.

—Vaya —Higueruela silba con exagerada admiración—. Nada menos que el autor del *Viaje simbólico a la República de las Letras y resurrección de la Poesía Española, completado con recetas morales, por un ingenio cervantino de esta corte, profesor de Filosofía, Retórica y Letras divinas y humanas...* Ese que, si mal no recuerdo, empieza el prólogo diciendo: *No veo qué mérito tengan el griego Homero o el inglés Shakespeare, sino la mucha invención,* y que tras señalar que Virgilio, tan sobrevalorado, era un gandumbas, prosigue: *En cuanto a Horacio, aunque sus hexámetros no son los mejores...* ¿Me dejo algo del título? ¿O del contenido?... ¿O del personaje?

De través, Sánchez Terrón le dirige una mirada acre.

—¿Ha querido hablarme para decir sandeces?

—Dios me guarde... Lo hago para contarle las últimas novedades, ya que el jueves pasado no pude. Nuestros dos colegas tienen problemas en París, y sus gestiones van despacio. Por lo visto, hacerse con la *Encyclopédie* les está resultando difícil. No sé la parte que en ello tienen las gestiones del amigo Raposo, pero él se atribuye todo el mérito... Lo cierto es que así están las cosas.

—¿Y?

—Pues que el tiempo se agota, y el asunto puede entrar en una fase más delicada.

—¿Cómo de delicada?

—Delicadísima. Para cogerla con pinzas.

—Le aseguro que no sé a dónde se encamina usted.

—Al mismo sitio que usted. *Nemine discrepante,* espero. Recordará que cuando contratamos los servicios de nuestro hombre, éste nos preguntó hasta dónde podía llegar en sus trabajos de entorpecimiento.

Parpadea Sánchez Terrón, incómodo. Inseguro.

—¿De qué, dice?

Higueruela hace ademán de escribir en el aire.

—Entorpecimiento: forma sustantiva del verbo entorpecer... Véase la palabra *eufemismo*.

—No estoy para chacotas.

—Disculpe. No es mi intención...

—Sigo sin saber a dónde va —le corta el otro—. Qué pretende decirme.

Han dejado atrás la fuentecilla y continúan hacia la embocadura de la carrera de San Jerónimo, bajo los olmos. Ahora es Higueruela quien saluda, servil, a unas señoras que pasean a pie —esposas de dos altos funcionarios del Consejo de Gracia y Justicia—, vestidas con mantilla negra y hábito de Santa Rita, cuya gravedad alivian con crucifijos de oro y escapularios de plata al cuello, camafeos con la efigie de la Inmaculada y pulseras de esmeraldas con medallitas religiosas colgadas. Últimamente esa santa es la que está de moda, sustituyendo a San Francisco de Paula en la devoción de la católica buena sociedad local. Como afirmó el propio Higueruela en un reciente artículo publicado en su periódico, en el que alababa tan piadosa tendencia, París tiene sus modas y Madrid sus devotas tradiciones. Cada cual lo suyo. Nada en ese terreno pueden enseñarnos en el extranjero.

—Es una lástima —dice el periodista a los pocos pasos—, porque suelo expresarme bastante bien. En fin... Con los circunloquios adecuados, admirables, dicho sea de paso, en un individuo elemental como Raposo, éste nos pregunta de nuevo, en su carta, hasta dónde queremos llegar para reventar el viaje francés de nuestros colegas... Si al fin consiguen los libros y toman camino de vuelta, cuál es el grado de daño, por decirlo de un modo crudo, que se puede causar a objetos y personas.

—¿Personas? —se sobresalta Sánchez Terrón.

—Eso he dicho. O mejor dicho, eso insinúa él.

—¿Y qué le ha respondido?

—Huy, no, señor mío. Yo aún no he respondido nada, porque cualquier respuesta la llevamos a medias. Compartimos responsabilidades morales, materia esta que usted trajina mucho.

—En cuanto a los objetos, está claro. Pero las personas...

Higueruela saca de una manga de la casaca un enorme pañuelo y se suena ruidosamente.

—¿Sabe una cosa? —dice al cabo de un momento—. Criar a dos hijas en estos tiempos no es fácil.

—Y a mí qué me cuenta.

—¿Comedias? ¿Bailes? —prosigue el otro como si no lo hubiese oído—... Por Dios. El bastidor de bordar y el encaje de bolillos eran el Prado y la Florida de nuestras madres y abuelas. Ya no se educa con cristiandad, modestia y recato, y así nos va... Cada día, al compás de los peines y el fuelle de los polvos, de que estas circasianas o aquellas polonesas están echadas a perder, o de mil tontadas parecidas, se me plantean conflictos domésticos irresolubles; y siempre a cuento de gasas, cintas, sedas y sombrerillos recién llegados de París, o del arrimo de algún primo, vecino o petimetre que pretende alzar de cascos a las niñas, enseñándoles, sobre todo a la menor, la contradanza, el baile inglés, o cantándoles a la vihuela la tercera parte de la tirana del *Abandono*... Y con mi mujer me pasa algo curioso, fíjese. Cuando las mocitas están de buen talante y todo va como una malva, son *nuestras* hijas. Cuando hay algún problema, siempre son *mis* hijas.

Hace una pausa, asiente para sí mismo, y al cabo señala a las cuatro mujeres que caminan delante.

—A usted no lo ha bendecido Dios con descendencia. ¿Verdad?

—No creo en eso —responde el otro, adusto. Casi pomposo.

—¿En Dios?

—En la descendencia.

—Perdón... ¿En qué dice que tampoco cree?

—En la descendencia, digo. Traer hijos a este mundo injusto, de esclavos, es sumar a todo una injusticia más.

Higueruela se rasca bajo la peluca.

—Interesante —concluye—. Por eso no tiene hijos, entonces... Por no engendrar nuevos esclavitos. Filantropía biológica, la suya. Admirable.

Sánchez Terrón le advierte la guasa.

—Váyase al diablo.

—Iré o no. Cada cosa a su tiempo, y los nabos en Adviento —Higueruela se ha parado y clava en el interlocutor sus ojos pequeños y maliciosos—. Ahora lo que urge es que me establezca usted hasta dónde le digo a *nuestro* Raposo que puede llegar... En lo tocante a personas.

Respira hondo Sánchez Terrón, mira a uno y otro lado. Al fin encara al periodista.

—De personas, nada —sentencia.

Se pone en jarras Higueruela. Su sonrisa burlona es ahora casi insultante.

—¿Y si no hay más remedio?... No vamos a estar, a estas alturas del negocio, entre Caifás y Pilatos.

Hunde el mentón, airado, Sánchez Terrón en el ampuloso corbatín.

—Quiero decir lo que digo. Nada de personas. ¿Me entiende?... Esto ha ido demasiado lejos.

Y apenas dicho eso, con violencia, da tres zancadas hasta su mujer, la coge del brazo, saluda con seca inclinación de cabeza a la esposa y las hijas de Higueruela, y se aleja deprisa. Todavía inmóvil, el otro lo observa irse tan estirado, tan grave como suele, mientras dedica a su espalda huidiza una sonrisa taimada y cruel. El Catón de Oviedo, piensa con sarcasmo. Él y su hipócrita cuadrilla. Llegará un día, piensa malévolo, en que todos aquellos filósofos de vía estrecha, vanidosos pedantes de café, rindan cuentas como es debido, ante ese Dios en el que no creen y ante esos hombres a los que, diciendo amar, desdeñan. Y rendirá cuentas el propio Sánchez Terrón, con esas manos tan pulcramente limpias que rehúyen estrechar las otras por no contaminarse. Dejando que las decisiones sobre la parte sucia de la vida, las que alguien debe tomar tarde o temprano, las tomen otros.

A esa misma hora, en París, hace rato que el abate Bringas se fue a su casa. Descansa don Hermógenes tapado con una manta, caída sobre la nariz la borla del gorro de dormir. A su lado, leyendo, en chaleco y mangas de camisa, vela don Pedro Zárate. Por la ventana abierta llega el ruido de los carruajes que pasan sobre el empedrado de la rue Vivienne.

Si nuestra ignorancia de la naturaleza creó a los dioses, el conocimiento de la naturaleza está hecho para destruirlos.

El título del libro es *Système de la nature;* comprado por el almirante en una de las últimas visitas a los libreros, está impreso en Londres hace una década, y lo firma M. Mirabaud; pero hace tiempo que todo el mundo sabe que su verdadero autor es el enciclopedista barón Holbach:

¿No es mejor echarse en brazos de una naturaleza ciega, desprovista de sabiduría y objetivos, que temblar toda la vida esclavizados por una supuesta Inteligencia Todopoderosa, que ha dispuesto sus sublimes designios para que los pobres mortales tengan la libertad de deso-

bedecerlos, y convertirse así en continuas víctimas de su cólera implacable?

Atardece fuera, y la luz escasea en la habitación. El almirante deja un momento el libro y enciende el candelabro que está en la mesilla de noche. Lo hace con un moderno instrumento que también adquirió estos días en París: una minúscula piedra de sílex y una ruedecilla de acero incorporadas a un tubito de latón que contiene la mecha, de modo que para encender ésta, sacando chispas, basta con accionar fuerte la ruedecilla. En realidad se trata de una versión a tamaño reducido del portamechas que desde hace algunos años llevan los granaderos en el correaje, a fin de dar fuego a las granadas. *Briquet,* lo llaman en Francia, que equivale a la palabra española *eslabón.* Invento práctico de cualquier manera, opina el almirante, que sin duda tendrá éxito para uso doméstico, en los viajes y entre la gente que fuma. Así que, antes de volver a su lectura, don Pedro se hace propósito de sugerir, algún jueves, la inclusión de ese nuevo objeto en una próxima edición del Diccionario, de forma independiente o ampliando la acepción de la palabra *mechero,* que hasta ahora sólo se refiere al tubo donde va inserta la mecha del candil.

Bajo un dios injusto y temible, un devoto apacible es alguien que no ha razonado en absoluto...

—Tengo un poco de frío —murmura don Hermógenes, removiéndose.

El almirante deja de nuevo el libro, estira con alguna dificultad su larga figura —después de mucho tiempo inmóvil, las articulaciones suelen pasarle factura—, va hasta la ventana y la cierra. De regreso a la silla, ve que su amigo ha abierto del todo los ojos y lo mira con una débil sonrisa.

—Me encuentro mejor —dice éste, anticipándose a la pregunta.

Don Pedro se sienta a su lado y le toma el pulso. Aún es algo rápido, pero late casi con normalidad. Firme y regular.

—¿Un poco más de limonada?

—Gracias.

El almirante ayuda a don Hermógenes a incorporarse un poco y beber.

—Me salvó usted la vida, creo —dice el bibliotecario cuando se recuesta de nuevo—, alejando a ese doctor... ¿Y no le pareció caro, diez francos?

—Pagué para quitárnoslo de en medio, amigo mío. Estoy seguro de que aun así nos salió barato.

—No me extrañaría que Bringas se haya llevado comisión. Parecen tal para cual.

Ríe don Pedro de buena gana.

—Conocemos demasiado bien a esa clase de médicos, don Hermes. Para ellos no hay Pirineos: gente de lanceta fácil, y si te mueres no me acuerdo... ¡Eméticos y vesicantes, nada menos!

—Para eméticos estaba yo —suspira don Hermógenes.

Se quedan un momento en silencio. Al otro lado de los vidrios de la ventana, el cielo enrojece sobre los tejados.

—¿Qué está leyendo usted?

—Este primer volumen del libro que compré ayer... El de Holbach, ya sabe.

—¿El prohibido?

—Prohibidísimo. Incluso en la ilustrada Francia. Fíjese que se dice impreso en Londres, por si acaso.

—¿Y lo encuentra interesante?

—Lo encuentro extraordinario. Debería ser de lectura obligatoria, sobre todo para los jóvenes en edad de recibir una educación... Aunque usted lo desaprobará en buena parte, cuando lo lea.

—Ya se lo diré, llegado el caso. ¿Lo ve traducible al español?

—Ni hablar. Eso es imposible, en este triste siglo nuestro. Los cuervos negros del Santo Oficio se lanzarían sobre quien se atreviera —en ese punto, el almirante abre otra vez el *Système de la nature*—. Escuche esto: *Si necesitáis quimeras, dejad que vuestros semejantes tengan las suyas propias. No los degolléis cuando no quieran delirar como vosotros...* ¿Qué le parece?

—Que más de uno se sentiría aludido, me temo.

—Teme usted bien.

El almirante deja el libro en la mesilla y mira languidecer la luz en la ventana. Al cabo de un momento parece volver en sí.

—Francia no es el paraíso, por supuesto —dice con cierta brusquedad—. Y, desde luego, París no es toda Francia. Pero, en comparación, ¡cuánto tiempo perdido en España, amigo mío! ¡Cuánta energía desperdiciada en bagatelas, y qué poco sentido de lo necesario!... Convendrá conmigo en que la teología, la lógica y la metafísica, para quien lo sabe todo suponen no saber nada... Toda la discusión filosófica que se ha dado sobre el movimiento, Aquiles, la tortuga y demás bobadas no sirve para determinar cosas realmente necesarias: la línea de reflexión por donde vuelve la pelota tirada contra una pared, o la velocidad con que baja un peso por un plano inclinado. Por ejemplo.

—Ahí asoma su querido Newton... —sonríe don Hermógenes, afectuoso.

—Por supuesto. Y el suyo.

—Sin duda —admite el otro—. En eso no hay discusión posible.

El almirante mueve la cabeza.

—Aunque católico sincero, usted es hombre ilustrado. Pero ni todos son sinceros, ni todos son ilustrados... Piense en el matasanos que quiso abrirle una vena hace rato, y lo que representa de atraso e ignorancia camuflados bajo una ciencia que no lo es.

—Ya lo hago, no crea. Y tiemblo.

—¿Y qué pensarán los hombres del futuro cuando sepan que todavía hoy se discute, y no sólo en España, lo que hace un siglo expuso Newton en sus *Philosophiæ naturalis principia mathematica,* obra cumbre del pensamiento humano y la ciencia moderna del siglo?... ¿Qué dirán de quienes todavía hoy se niegan a transferir el concepto de Verdad de la religión a la ciencia, de los teólogos y sacerdotes a los científicos y filósofos?

Se detiene y coge otra vez el libro, abriéndolo por una página cuya esquina dejó doblada.

—Escuche lo que escribe Holbach: *¡Cuánto camino habría recorrido el talento humano si hubiera podido disfrutar de las recompensas que desde hace siglos se conceden a quienes siempre se opusieron a su progreso! ¡Cuánto habrían avanzado, perfeccionándose, las ciencias útiles, las artes, la moral, la política y la Verdad si hubieran gozado de la misma consideración y las mismas ayudas que la mentira, el delirio, el fervor supersticioso y la inutilidad!...* ¿Qué le parece?

Ha dejado el libro sobre sus rodillas y mira a don Hermógenes, expectante.

—Palabra de Dios —admite éste—. Y que Dios me perdone.

—Nadie asumió eso en España tan cabalmente como Jorge Juan.

—Tardaba usted en nombrar —comenta benévolo don Hermógenes— a su también querido científico, y colega.

—Queridísimo, como sabe. Físico teórico y experimental, ingeniero, astrónomo, marino... Lo suyo fue un maravilloso diálogo continuo con Newton; no con su conciencia religiosa, a la que nadie había dado vela en ese entierro...

—No empecemos, querido almirante —protesta don Hermógenes—. Y no se enardezca, se lo ruego, que quien tiene fiebre soy yo. La conciencia religiosa es asunto de cada cual.

—Lo siento, don Hermes. No era nada personal. Pero hablar de ciencia española es tropezar a cada paso con el escollo del escrúpulo religioso.

—Tiene razón —admite el otro—. Esto se lo reconozco.

El almirante devuelve el libro a la mesilla. La luz exterior ya es mínima, y cuando vuelve el rostro, las velas encendidas le dejan la mitad en sombras.

—Mi querido Jorge Juan, como usted me honra diciendo, fue el mejor ejemplo de ello, porque es nuestra más obvia conexión con Newton, a quien entendió perfectamente... Sus experimentos con objetos flotantes y modelos de barcos fueron revolucionarios, el *Compendio de navegación* y su *Examen marítimo* son obras cumbres. Y tuve el honor de asistir con él a la observación del tránsito de Venus por delante de la Tierra en el año sesenta y nueve...

—¿Llegaron a navegar juntos?

—Muy corto tiempo. Él, dedicado a lo suyo, a partir de cierto momento frecuentó poco el mar; y yo me dediqué a mi *Diccionario de Marina*. Pero su amistad y mi respeto duraron hasta su muerte.

—Otro gran hombre olvidado —se lamenta don Hermógenes—. Y lo que es peor, sin discípulos que prolongaran su obra.

El sarcasmo le crispa la boca al almirante.

—Como para atreverse... Ya en vida, sus enemigos lo atacaron y encorsetaron cuanto pudieron.

—Mal endémico español, ése. Nuestra envidia nacional.

—Cierto —opina don Pedro—. Fueron contra él y contra cuanto representaba... Acuérdese de cuando el gobierno quiso implantar la física newtoniana en las universidades españolas, y éstas se opusieron. O hace un par de años, cuando el Consejo de Castilla encargó al capuchino Villalpando que incorporase las novedades científicas a la universidad, y los docentes dijeron nones... ¿Se da usted cuenta?... Se negaron, y punto. Así de fácil.

—Aun así, algo tenemos —opone don Hermógenes—. Es usted injusto. Pienso en el Jardín Botánico y su laboratorio de química, en el gabinete de historia natural de Madrid, en esa expedición botánica que tenemos ahora en Chile y el virreinato del Perú... Por no hablar del excelente observatorio que está en el Colegio de Guardiamarinas de Cádiz. Al menos ustedes los militares son un reducto de la ciencia. Ahí se meten menos esos cuervos negros de los que me hablaba antes. Ingenieros, artilleros, marinos... Podríamos decir que en España, para su fortuna, la ciencia está militarizada.

—Hombre, claro. Ahí no valen retóricas. Construir fortificaciones que resistan a las bombas y navíos que floten y combatan no puede dejarse en manos de Aristóteles o de Santo Tomás. Por eso la Armada es semillero científico puntero... Pero fuera de eso, apenas hay nada. Ni siquiera una academia o sociedad científica como la tienen Francia o Inglaterra. El peso de la Iglesia lo impide... Incluso entre los militares, y sé lo que digo, la jerarquía y la disciplina controlan las ideas. Todo sigue dentro de un orden.

—Pero están las sociedades económicas de amigos del país, que hacen lo que pueden.

Eso no basta, argumenta el almirante. En su opinión, no se trata sólo de dar premios al campesino que críe vacas más gordas o a quien perfeccione una máquina de hilar. Se necesita una política de Estado que aliente a la sociedad burguesa a financiar, viendo negocio en ellas, las ciencias experimentales. En España, la ciencia, la educación, la cultura, todo tropieza en lo mismo. Y a causa de ello, los prudentes callan y los audaces sufren.

—Por eso —concluye— no tenemos un Euler, un Voltaire, un Newton... Y cuando aparecen, se les encarcela o se les convoca ante la Inquisición. Ése es el peligro que entre nosotros conlleva el método científico... A Ulloa y Jorge Juan, al regreso de América, les costó publicar sus obras. Sólo pudieron hacerlo renunciando a parte de sus conclusiones y cambiando o disimulando otras.

—Lo cierto es que tiene razón —acepta el bibliotecario—. Habría que aplicar las leyes de la física celeste newtoniana al gobierno de todo el imperio español... Lo que están haciendo los ingleses, pese a sus problemas con las colonias americanas, y también los franceses. Que ni siquiera tienen imperio.

—Exacto. Pero eso pasa por la educación, por los libros, por quienes los escriben y traducen... Es necesario que pueda discurrirse sobre los sistemas científicos sin la obligación de refutarlos acto seguido. No es decente obligar a que cada vez que un español publica un libro de ciencia, si es que lo consigue, tenga que añadir tras cada conclusión: *Pero no se crea esto, por ser contrario a las Sagradas Escrituras...* Eso nos incapacita para el progreso y nos convierte en el hazmerreír de Europa.

—Bueno... Por eso estamos usted y yo en París, almirante —apunta alentador don Hermógenes—. ¿No cree que ya significa algo?

Sonríe con tristeza el almirante. La luz de las velas parece aclarar y humedecer todavía más sus ojos casi transparentes. Desprovistos de esperanza.

—Sí, querido amigo —asiente, despacio—. Por eso estamos en París.

Necesitaba un café. No para beberlo —de ésos hubo muchos durante la escritura de esta novela—, sino para situar en él la acción de una escena. De las cartas y documentos que consulté en la Academia se deducía que don Pedro Zárate y don Hermógenes Molina habían frecuentado varios cafés en París, y que en uno de ellos conocieron a otros destacados enciclopedistas. Al principio pensé que ese último lugar era el café de Foy, que por aquel tiempo estuvo situado en el pasaje Richelieu del Palais-Royal; que tras la remodelación hecha por el duque de Orleans, terminada un poco más tarde, se convertiría en centro de la vida social y comercial elegante del París prerrevolucionario —la fecha en que acabaron las obras me causó problemas cronológicos en la trama de la novela, y al fin me hizo trasladar a la rue Saint-Honoré una escena prevista para el Palais-Royal en el capítulo 5—. Pero al cabo, tras encontrar en una carta del bibliotecario una referencia a la *calle de San Andrés, cerca de la vieja Comedia,* comprendí que el único posible, el que sin duda visitaron aquel día los dos académicos, era el Procope: un viejo café, el más antiguo de los que todavía siguen abiertos en París, ante cuya fachada me encontré, provisto de mi libreta de notas y mi plano de 1780, a la hora de planificar este pasaje de esta historia.

Yo conocía el Procope y su fama de haber acogido en sus salas a los más destacados intelectuales del siglo XVIII; incluso había comido una vez allí —nada especialmente reseñable en términos gastronómicos— en compañía de mi agente literaria Raquel de la Concha y mi editora francesa Annie Morvan. Sabía que, puesto de moda como café literario por la gente que frecuentaba el cercano edificio de la Comedia Francesa, los enciclopedistas fueron contertulios habituales en sus salas, y que el club de los Cordeliers se reunió allí con frecuencia un poco más tarde, durante los años duros de la Revolución. Pero nunca, hasta entonces, me había enfrentado al lugar con ojos de escritor. Con mirada práctica. Por fortuna, la calle donde está situada la fachada interior del café, el actual pasaje del Commerce Saint-André, escapó a la drástica reforma urbana con la que Haussmann cortó en línea recta, como con un bisturí, lo que hoy es el bulevar Saint-Germain. El pasaje quedó al margen por sólo unos metros, y en la actualidad, ocupado por pequeñas tiendas y restaurantes, mantiene su antigua configuración, edificios y café incluidos. Visitarlo e imaginarlo, por tanto, no era difícil. Una de las fachadas del Procope todavía da al pasaje mismo, y la otra, pintada de rojo y azul, se abre al lado opuesto del edificio, en la actual rue de l'Ancienne-Comédie, que en el siglo XVIII aún se llamaba en ese tramo, según el plano de Alibert, Esnauts y Rapilly, rue des Fossés-Saint-Germain-des-Prés. Por lo demás, para recrear el ambiente interior, las voces, los sonidos, la disposición de las mesas, el café y el chocolate consumidos, disponía de material suficiente. Un par de ilustraciones de época reproducidas en *Le Paris des Lumières* —un magnífico estudio de la ciudad a partir del plano de Turgot— me familiarizaron con la decoración interior, el suelo de baldosas, los frascos de vidrio y espejos que animaban las paredes, las elegantes lámparas de cristal pendientes del techo y los veladores redondos de madera, hierro y mármol.

A pocos pasos, en la rue des Fossés-Saint-Germain-des-Prés, convertida en calle de la Comedia desde que en 1688 los cómicos franceses vinieron a establecerse allí, el café Procope alcanzó muy pronto una fama europea. Tuvo por clientes a los escritores más célebres: Destouches,

D'Alembert, Bertenval, Holbach, Jean-Jacques Rous-
seau, Diderot y una multitud de otros literatos hicieron
de este café una sucursal de la Academia.

Eso decía, entre otras cosas, *Les cafés artistiques et*
littéraires de Lepage, algunas de cuyas páginas llevaba
conmigo fotocopiadas y subrayadas, situando al Procope
en el contexto de libros útiles que conseguí aquellos días
cribando librerías de París: la antología *Le XVIIIe siècle* de
Maurepas y Brayard, *La vie quotidienne sous Louis XVI* de
Kunstler, y sobre todo el magnífico *Tableau de Paris* de
Mercier, que gracias a la librera Chantal Keraudren había
encontrado de segunda mano en edición moderna, en un
estante bajo y casi escondido de la librería Gibert Jeune
de Saint-Michel.

Y de ese modo, equipado con todo aquello en mis
notas y situándolo con la imaginación sobre el plano de
París de 1780, fue como, olvidándome de los rótulos modernos, de los animados restaurantes y comercios, de los
turistas que llenaban el pasaje del Commerce Saint-André, entré, o hice entrar al almirante y al bibliotecario en
el café Procope tal como lo habían hecho —o podido hacer— aquella mañana de su viaje, acompañados por el
abate Bringas.

—No puedo creer que estemos aquí —dice don
Hermógenes mirando alrededor, deslumbrado—. En el
famoso Procope.

Dentro del local, la animación es absoluta. Todas
las mesas están ocupadas, con corros de gente que discute o conversa, en un zumbido continuo de voces y sonidos. El aire huele a humo de tabaco y café caliente.

—Parece una colmena —comenta el almirante.

—De zánganos —remata Bringas, con su rencor habitual—. Es el ocio y no el trabajo lo que les trae aquí.

—Creía que aprobaba usted estos lugares.

—Hay unos y otros. Categorías, quiero decir. Y quienes vienen a este café han perdido el contacto real con la vida. Son parásitos retóricos que se nutren de ellos mismos, intercambiando vanidades y favores. Pocos escapan a esa regla... Como aquel de allí, fíjense —añade señalando hacia una mesa—, que es uno de los raros parroquianos honorables.

Don Hermógenes observa al individuo que Bringas indica: es de cierta edad, viste una casaca vieja y medias arrugadas, y está solo e inmóvil ante una taza de café, mirando el vacío.

—¿Quién es?

El abate enarca las cejas cual si la pregunta fuera impertinente.

—El gran ajedrecista François-André Philidor... ¿Les suena el nombre?

—Claro —dice el almirante—. Aunque lo imaginaba mayor.

—En los cafés casi siempre se sienta solo... A menudo ni siquiera necesita ir al piso de arriba en busca de un tablero o un adversario, porque juega en su cabeza —Bringas chasquea la lengua con admiración—. Ahí, como lo ven... Solo contra el mundo.

—Me gustaría saludarlo —comenta don Hermógenes—. Yo juego un poquito al ajedrez.

—No lo intente, porque ni le dirigiría la palabra. Nunca habla con nadie.

—Lástima.

Deambulan por el local en busca de sitio para sentarse. Hay gente que sube y baja por las escaleras que conducen a las salas de ajedrez, damas y dominó de la segunda planta, camareros que recorren las salas con frascos de agua, helados, cafeteras o chocolateras humeantes.

—Aquí hay cuatro clases de público —explica Bringas—: los que vienen a tomar café y conversar, los jugadores, que van arriba, los que leen gacetas y los que pasan el día esperando que alguien les pague un café o media botella de sidra con que llenar el estómago.

—¿Viene usted a menudo? —se interesa don Hermógenes.

—¿Aquí?... Nunca. Hoy lo hago por ustedes. Prefiero el antro para fumar y beber aguardiente que está en la rue Basse-du-Rempart, o los sitios humildes de los bulevares, donde el café es malo y chamuscado pero las Ideas y la Verdad, con mayúscula, respiran sin artificio... Como mucho, entro en el de la Ópera, en la rue Saint-Nicaise, donde por una moneda de seis sueldos puedo pasar el día caliente con un café con leche junto a una estufa, desde las diez de la mañana hasta las once de la noche, despreciando a los que no pasan frío y se calientan con la grasa de los pobres... Allí hay un gabinete de lectura con gacetas extranjeras y libros filosóficos.

—¿Filosóficos de verdad o de metáfora? —pregunta el bibliotecario, suspicaz.

—De ambos.

En sillas junto a un anaquel y una mesa grande bien surtidos de folletos y gacetas, hay lectores absortos en *L'Almanach des Muses,* el *Courier de l'Europe, Le Journal de Paris* y otras publicaciones. Acostumbrados a la pobre oferta de periódicos españoles, de los que poco más que la *Gazeta* oficial puede hallarse gratis en los cafés, los académicos miran el despliegue con curiosidad.

—El más popular es *Le Journal* —aclara Bringas—. Porque se publica a diario y por las esquelas mortuorias que trae.

—No veo la *Gazette de France* —comenta don Hermógenes.

—Es el periódico oficial, y aquí está mal visto. Se da por sentado que quien le lee no razona un pimiento... En cuanto al *Mercure de France,* tan mal impreso que es casi ilegible, queda para los que gustan de resolver el enigma o el logogrifo de su página de pasatiempos, o para la gente apolillada del Marais: los rancios que todavía se creen en tiempos de Luis XIV.

—Ahí hay alguien leyendo el *London Evening Post* —se extraña el almirante.

—Sí. A pesar de la guerra, los periódicos ingleses llegan casi con normalidad. Esto es París, señores. Tanto para lo malo como para lo bueno.

Se detiene un momento Bringas y mira alrededor, fosco.

—Ah, en otro tiempo el Procope albergaba a hombres dignos, libres, heroicos, a los que no se les permitía reunirse en otros lugares públicos —dice como si escupiera sobre aquél—. Los Rousseau, los Marivaux, los Diderot, hablaban aquí de literatura y de filosofía... Hoy, sin embargo, no encuentra uno más que tontos, picaflores, espías de la policía y pavos hinchados como los de la mesa junto a la ventana de aquel saloncito aparte, allí enfrente... Como ese Bertenval, digo, que acaba de vernos, a mí con muy mala cara, desde luego, y se levanta a saludarles a ustedes... Porque lo que yo voy a hacer es ir a la mesa de lectura a ver si puedo quitarle a alguien de las manos el *Journal de Paris,* para complacerme en averiguar quiénes libraron ayer al mundo de su presencia... Disculpen.

En efecto. Visiblemente satisfecho al ver que Bringas se quita de en medio, Bertenval, que formaba parte del grupo que conversa junto a la citada ventana, se adelanta a los académicos con los brazos abiertos y expresión calurosa, dándoles la bienvenida. Alegrándose de que aceptaran la sugerencia que les hizo el pasado miércoles en casa de madame Dancenis.

—Permitan que haga los honores mientras acerco unas sillas... Estos señores son miembros de la Academia Española, y nos gratifican con su visita... El brigadier retirado don Pedro Zárate... El bibliotecario de la institución, literato y traductor, don Hermenegildo Molina.

—Hermógenes —rectifica el aludido.

—Eso, don Hermógenes... Siéntense, por favor. Tomarán café, ¿verdad?... Éstos son los señores Condorcet, D'Alembert y Franklin.

Tartamudea el bibliotecario, cuando toma asiento, palabras casi incoherentes de reconocimiento y admiración. No es para menos: tiene enfrente a Jean d'Alembert. Impulsor de la *Encyclopédie,* con Diderot, y autor del famoso prólogo de la obra, aparenta poco más de sesenta años, lleva peluca empolvada y viste con extrema pulcritud. Secretario perpetuo de la Academia Francesa, eminente matemático, considerado uno de los más conspicuos pensadores de las luces, D'Alembert está en la cumbre absoluta de su fama. Por otra parte, conoce bien los trabajos de la Academia Española, a la que ha enviado varios libros de la francesa, incluida la cuarta edición de su *Dictionnaire.* Todo eso da aún más valor a la sonrisa amable con que el veterano enciclopedista acoge el entusiasmo de don Hermógenes:

—Créame, señor —dice el bibliotecario—. Sin desdoro de monsieur Bertenval, a quien tuve el honor de conocer hace unos días, ni de estos caballeros, éste es uno de los momentos más importantes de mi vida.

Acepta el cumplido D'Alembert con la naturalidad de quien, a su edad y en su posición, ha recibido muchos. Por su parte, en términos austeros y corteses, el almirante elogia dos obras de D'Alembert que, comenta, conoce y ha leído con gusto y aprovechamiento: *Traité de l'équilibre et du mouvement des fluides* y *Théorie générale des vents,* ambos muy interesantes para un marino.

—El honor es nuestro, estimados colegas —dice el filósofo—. Recibir en París a dos ilustres académicos españoles.

El almirante se inclina ahora con amable naturalidad hacia otro de los que ha presentado Bertenval: un hombre mayor, alto, grueso, calvo por la zona superior y con el pelo hasta los hombros, que tiene la piel del rostro enrojecida de psoriasis.

—¿Tengo el privilegio de encontrarme ante el profesor Franklin? —pregunta en un inglés bastante pasable.

—Así es —confirma el otro, complacido.

—Es un honor y un placer, señor —dice el almirante, cambiando al francés—. Tuve el gusto de leer algunos de sus trabajos. Me han interesado mucho los estudios sobre cristal y lentes bifocales, y también sobre el posible uso de pararrayos en los navíos... Permita que manifieste mi simpatía por la lucha de independencia que llevan a cabo sus conciudadanos en la América septentrional... Que, como sabe, mi patria apoya sin reservas.

—Lo sé y se lo agradezco mucho —responde Franklin en el mismo tono gentil—. Desde que estoy en París trato a menudo con el embajador de ustedes, el conde de Aranda, y siempre del modo más satisfactorio.

Sigue una conversación animada, cuando Bertenval pone en antecedentes a sus contertulios del objeto de la estancia de don Hermógenes y don Pedro en París. Exponen éstos sus dificultades, y les confirma D'Alembert la discutible fiabilidad de algunas reediciones de la *Encyclopédie*. Sólo la reimpresión en folio de Ginebra, asegura, hecha entre 1776 y 1777, es absolutamente fiel a la primera edición. A causa de eso, incluso la reimpresión es difícil de encontrar, ahora. La última edición completa disponible que él conocía, por desgracia para los dos españoles, fue enviada hace unos meses a Filadelfia por el señor Franklin, allí presente.

—Cuando ustedes llegaron conversábamos precisamente sobre la revolución americana —concluye.

—El estandarte de la libertad está en pie —dice Franklin, cual si eso resumiera el anterior diálogo—. Y ahora se trata de conseguir que se mantenga.

—A ello se dedica este señor en París, entre otras cosas —explica D'Alembert a los dos académicos—. Buscar dinero y apoyos.

—Le deseo lo mejor en esa noble tarea —declara don Hermógenes, formal.

—Gracias. Es muy amable.

—El señor Bertenval —dice D'Alembert— sostenía que los angloamericanos nunca lograrán consolidar su república insurgente. El doctor Franklin, por supuesto, disentía. Y el señor Condorcet se inclinaba más por el segundo que por el primero... —se vuelve hacia don Pedro—. ¿Qué opinan ustedes, como españoles, de la nación inglesa y su actitud en esa guerra?

El almirante tarda en responder.

—Soy demasiado parcial para opinar —dice tras pensarlo un poco—. Admiro a Gran Bretaña en su coraje militar y virtudes cívicas; pero como marino español que soy, o he sido, mi enemigo natural fue siempre el inglés. Así que me reservo el juicio.

—Son cínicos, brutales y expeditivos —opina Franklin, sin rodeos—. Su forma de mantener el imperio es a cañonazos y puñetazos. Por lo demás, señor, la famosa cortesía británica se limita a una reducida élite... Le aseguro que cualquier campesino español tiene más dignidad que un militar inglés.

—¿Y qué les parece a ustedes la guerra en las trece colonias? —pregunta Bertenval a los académicos.

Esta vez el almirante no tiene que pensarlo.

—En mi opinión —responde—, la América septentrional acabará convertida en una república de ciudadanos: el ambiente, como en todos los países nuevos, tiende a eso. Incluso el paisaje.

—Una relación interesante, esa del paisaje. Y muy apropiada —se sorprende Franklin—. ¿Conoce usted aquellas tierras?

—Algo. En mi juventud anduve embarcado por sus costas y también por las del Pacífico... Y creo que el carácter individualista que aquellas vastas soledades imprimen en los hombres encaja mal con los viejos modos monárquicos que conservamos en Europa.

—Tiene mucha razón —se vuelve Franklin a don Hermógenes—. Y usted, señor, ¿qué opina?

—Yo apenas salí de Madrid —responde el bibliotecario—. Y lo veo distinto. Creo que cuando alguien tiene bienes materiales o espirituales que conservar, y madurez, y deja atrás la efervescencia de la juventud, y en eso incluyo a pueblos jóvenes como el de las colonias inglesas, tiende a sentar reyes en los tronos... Por eso creo que también lo harán allí: un monarca americano que represente a la nueva nación con el rango adecuado, y que al mismo tiempo vele paternalmente por la vida de los súbditos.

—¡Dios nos libre! —ríe Franklin, de buena gana—. Confía usted poco en mis conciudadanos, por lo que veo.

—Claro que confío. Pero confío más en los reyes justos y sabios.

—Eso lo sitúa a usted contra los señores Franklin y Condorcet —dice D'Alembert.

—Nunca se me ocurriría... Eso me sitúa, imagino, en el campo de las ideas discutibles con razones y buena voluntad.

—Ahí nos encontraremos siempre, señor —concede Franklin, amable.

—¿Y usted, señor brigadier? —se interesa D'Alembert—. ¿Confía en los ciudadanos, o en los reyes?

—Yo no confío ni en unos ni en otros.

—¿Pese a ser español?

Una pausa prudente por parte de don Pedro. Pensativa. Luego, una sonrisa triste.

—Precisamente por eso —dice con suavidad.

—En parte, estoy de acuerdo con el señor brigadier —concluye D'Alembert—. Yo tampoco me fío del ser humano entregado a sus propios arrebatos, y a sus solas fuerzas y límites individuales.

—Monarquía ilustrada, entonces —sugiere Bertenval, bromeando.

—Y católica, a ser posible —apunta con timidez don Hermógenes, que ha tomado el comentario en serio.

Se miran unos a otros mientras el bibliotecario parpadea cándido, sin comprender.

—Todo es respetable —opina D'Alembert tras un corto silencio.

Un mozo llena otra vez las tazas a requerimiento de Bertenval, y durante un momento conversan todos de cosas triviales. Pero don Hermógenes, que le da vueltas, se cree obligado a aclarar su postura.

—Pese a sus defectos —dice al fin—, y aunque sin duda perfectible, lo que ustedes tienen aquí parece razonable.

—¿A qué se refiere? —pregunta Condorcet.

—A la institución monárquica. En mi opinión, una monarquía ilustrada es una gran familia con padres amantes e hijos satisfechos, o que aspiran a serlo por vía pacífica... Por eso me gusta Francia; porque un gobierno culto, paternal, que concede las libertades necesarias y maneja un amplio margen de tolerancia, no tiene revoluciones que temer.

—¿Usted cree?

—En mi modesta opinión, sí, lo creo. Sin tiranía, sin déspotas, Francia está al abrigo de las conmociones terribles que agitan a los pueblos encadenados.

El otro hace un gesto de educado escepticismo. Nicolas de Condorcet es un caballero de aspecto simpático, vestido a la inglesa, de poco más de cuarenta años. Según contó antes Bertenval a los académicos, pese a su relativa juventud es matemático prestigioso: una autoridad en cálculo integral, republicano a ultranza, que también intervino en la redacción de algunos artículos técnicos de la *Encyclopédie*.

—Usted idealiza demasiado a esta Francia, estimado señor —dice Condorcet—. Nuestro gobierno es tan absoluto y despótico como el de ustedes en España. La diferencia es que aquí se guardan mejor las formas.

—¿Piensa lo mismo que su amigo? —pregunta D'Alembert al almirante.

Mueve don Pedro la cabeza y dirige un ademán conciliador a don Hermógenes, pidiéndole de antemano disculpas.

—No... Yo creo que las conmociones son parte de las reglas del juego. De la naturaleza misma del mundo y de las cosas.

El veterano filósofo se inclina un poco hacia él, interesado.

—¿Inevitables, entonces?

—Sin duda.

—¿Incluyendo la violencia y demás horrores?

—Todos los del mundo.

—¿Y cree, como el señor Condorcet, que tales conmociones son necesarias, o inevitables, en Francia?

—Por supuesto. Como en la América septentrional francesa.

—¿Y en España y la América española?

—También. Tarde o temprano descargará el rayo.

D'Alembert sigue escuchando con mucha atención.

—A fe mía, que no parece lamentarlo usted demasiado —comenta.

Se encoge de hombros el almirante.

—Es como en el ajedrez, o en la náutica —coge su taza de café y la mira antes de beber un sorbo—. Las reglas, los principios básicos, no se lamentan ni se aplauden. Están ahí. Todo es cuestión de reconocerlos. De asumirlos.

D'Alembert le dedica ahora una sonrisa admirada y pensativa.

—Es usted un hombre con visión interesante del futuro, señor... Algo insólito en un militar de su nación.

—Marino.

—Claro, disculpe... ¿Y podría decirnos cuáles son los pecados que, a su juicio, acabarán descargando el rayo sobre España?

—Podría, tal vez —el almirante deja su taza sobre la mesa, saca un pañuelo de la manga de la casaca y se seca con cuidado los labios—. Aunque me van a disculpar que no lo haga. Soy un hombre fuera de su patria. Conozco los defectos de la mía, y con frecuencia los discuto con mis compatriotas... Pero sería deshonroso tratarlos fuera de ella. Con extraños, si tienen la cortesía de disculparme el término —se vuelve hacia el bibliotecario—. Estoy seguro de que don Hermógenes opina lo mismo.

D'Alembert mira sonriente al aludido.

—¿Es cierto eso, señor?... ¿También usted guarda el silencio de los leales?

—Por completo —responde el bibliotecario, sosteniendo con franqueza la mirada de todos.

—Eso los honra a ambos —zanja el filósofo.

Conversan luego sobre ideas, historia y revoluciones. Bertenval menciona algunos ejemplos clásicos y Condorcet se refiere en términos entusiastas a la sublevación de gladiadores y esclavos acaudillados por Espartaco, en la antigua Roma.

—En mi opinión, y contra la del señor Condorcet —interviene D'Alembert—, la Europa culta, ilustrada, no vivirá revoluciones dramáticas. No hicimos la *Encyclopédie* para esto, se lo aseguro... La penetración de las ideas, de las luces, acabará transformando lo que resulta inevitable transformar... Nosotros, en nuestra modesta parcela, no trabajamos para hacer bascular el mundo, sino para cambiarlo con dulzura y sentido común. Los hombres acostumbrados a gozar con el estudio nunca serán, o seremos, ciudadanos peligrosos.

—¿Usted cree? —pregunta el almirante, sereno.

—Por completo.

—Todo hombre, estudie o no, es peligroso cuando se le utiliza para serlo. Me parece... O cuando se le obliga a serlo.

Sonríe el enciclopedista, interesado.

—Lo dice como si supiera de lo que habla.

—No le quepa duda, señor.

Franklin y Condorcet se declaran a favor de don Pedro.

—Yo sigo de acuerdo con el señor brigadier —apunta el primero.

—También yo, por descontado —lo secunda el otro.

D'Alembert alza ambas manos pidiendo conciliación.

—Estamos mezclando un mundo con otro —dice con suavidad—: Europa y América, madurez y juventud, el aceite y el agua... Estoy convencido de que, sean cuales sean nuestras ideas, nuestras teorías, nuestros anhelos, nunca provocarán revoluciones súbitas ni violentas.

—No estoy seguro de eso —insiste Condorcet.

—Yo sí lo estoy. Porque las mentes de los pueblos son capaces de inflamarse delicadamente con lo bueno y noble, cuando se les ofrece. Y de eso también tiene la moderna filosofía. Todo delirio, toda conmoción brutal a causa de nuestras ideas es descartable... Cualquier revolución en Europa, en este viejo mundo, se llevará a cabo, no mediante la violencia, sino mediante una larga serie de reflexiones y razonamientos.

Una pausa. Todos lo escuchan con respeto, aunque el almirante advierte una débil sonrisa escéptica en Condorcet. Por su parte, don Hermógenes atiende fascinado e ingenuo, asintiendo con la cabeza. Como un muchacho ante un maestro al que respeta y admira.

—Si es cierto que los compatriotas del señor Franklin necesitan mosquetes y pólvora para su empeño —añade D'Alembert—, nuestra Europa, más vieja y madura de intelecto, no necesita sino conocer y respetar las reglas que la naturaleza y la razón prescriben... Para nuestra revolución, señores, no hacen falta otras armas que el libro y la palabra.

Apartando la vista del grupo, el almirante mira a Bringas, que lee y los observa de lejos, ceñudo. Dejan al margen a ese estrafalario abate, está a punto de decir, y a los que son como él. Nunca estuvieron ustedes, por ejemplo, a bordo de un navío por el que volaba metralla y astillas, conscientes de lo que alberga el corazón del hombre. Desde la equívoca seguridad de este café, de estos educados modales, de esta culta conversación, de estas hermosas ideas filantrópicas, olvidan a los infelices y a los llenos de agravios, al ejército oscuro que rumia su rencor y su desesperanza en los rincones de los cafés y los suburbios apenas iluminados por la razón y la filosofía. Olvidan la fuerza del torrente, y la del mar, y la de la naturaleza que golpea ciega cuanto halla a su paso. Olvidan las reglas de la vida. Y pensando en ello, por un momento, don Pedro experimenta el impulso de dar un golpe en la mesa y apuntar un dedo en dirección al hombre al que todos ignoran, como quien señala los signos en la pared durante el frívolo, eterno y trágico festín de Baltasar. Siente la necesidad de llamarles la atención sobre el oscuro personaje que está inmóvil allá al fondo, devorando gacetas con los ojos y el universo con la mente. Golpear la mesa y decir todo eso. Que él sabe quién incendiará el mundo. Pero al cabo encoge los hombros, vuelve a su taza de café, y no lo hace.

Por la tarde, al regreso de visitar sin resultado a un librero de la rue d'Anjou, los dos académicos y el abate Bringas caminan por la terraza de poniente del jardín de las Tullerías, entre los caballos alados. Como no se permite la entrada de coches, el lugar está muy concurrido de paseantes. El cielo se ve ligeramente cubierto, pero el sol sigue alto y la temperatura es agradable. Al otro lado del puente se aprecia una espléndida vista de la plaza Luis XV, con el bronce ecuestre del monarca a lo lejos, la arboleda de los Campos Elíseos y el Sena que corre en la distancia.

—Desde luego —confirma Bringas—: uno de los más hermosos paisajes urbanos de Europa... Las puestas de sol son extraordinarias.

—Es un detalle agradable que permitan pasear por aquí —se extraña el almirante—. Creía que era un espacio privado del rey, y que sólo se abría el día de San Luis.

—Eso es para el pueblo bajo —ironiza el abate—. Para la chusma. Observen qué clase de paseantes hay: gente bien, ropa cara, señoras con perritos en brazos, que asados les viera yo, mantenidas de la Ópera, petimetres y parásitos... Vean aquellos preciosos ridículos con sus altas pelucas, sus lunares postizos y sus estúpidas casacas estrechas a lo macarroni. ¡A remar en galeras les mandaba!... Y mientras, los suizos de las puertas impiden el paso a la gente honrada que no aparenta buena condición, si no llevan encajes en las mangas o galón en el sombrero. Hasta a mí me miraron mal, ¿recuerdan?... Como si fuera el hábito lo que hace al monje.

—Son graciosos esos niños —observa don Hermógenes, mirando a dos que caminan muy serios junto a sus padres, vestidos como si fueran adultos, con pelo empolvado y espadines de corte.

—¿Ésos? —se indigna Bringas—. Nada más irritante, señor, que ver a tales criaturas envilecidas prematuramente por la estupidez paterna... Míreles disfrazados, con esos rizos blancos de pomada, esos bucles afeminados, esas espaditas ridículas y sus tricornios bajo el brazo, tan fatuos y graves como sus papás, o como los adultos en que un día se convertirán... Habría que exterminarles ahora que son pequeños e indefensos. Dentro de unos años, costará más.

—Qué atrocidad, señor abate.

—¿Atrocidad?... Al tiempo, si no. Arrieritos somos... De cualquier manera, esas modas ridículas no hacen sino estropear la verdadera naturaleza. Si yo fuera legislador, cada vez que viera a uno así disfrazado se le arrebataría a sus padres, por imbéciles, para reeducarlo en colegios del Estado.

—Como Licurgo —ríe el almirante.

El abate lo mira, atravesado.

—Pues sí, señor. Como ese ilustre lacedemonio, en efecto... No sé de qué se ríe usted, la verdad. No le veo la gracia.

Un rayo de sol desgarra la capa ligera de nubes, y la vegetación del jardín parece cobrar colores nuevos. A lo lejos, la ancha cinta gris del Sena resplandece de reflejos acerados.

—Realmente hermoso —comenta el almirante, cambiando de asunto.

—Ah, pero llegará el día... —sigue diciendo Bringas, a lo suyo, aunque se interrumpe.

Don Hermógenes, que apoya las manos en la balaustrada, no parece prestar atención. Tiene la cabeza baja y parece preocupado. Casi dolorido.

—¿Hay algún problema, don Hermes? —pregunta el almirante.

—Uno de orden físico —confiesa el bibliotecario, avergonzado—. Necesidad natural y más bien imperiosa... Temo que las recientes calenturas me tengan descompuesto.

Don Pedro mira alrededor con desconcierto.

—Vaya. No sé si aquí...

—No hay problema —anuncia Bringas—. Al final de aquellas escaleras, bajo las terrazas, tenemos gabinetes de pago.

—Útil modernidad —se asombra y felicita don Hermógenes—. ¿Le importaría conducirme allí con cierta premura?

—Ahora mismo. ¿Tienen unas monedas sueltas?... Pues espérenos aquí, si quiere, señor almirante.

Cuando se alejan Bringas y el bibliotecario, don Pedro se apoya en la balaustrada y disfruta de la vista. Hay algunos coches al otro lado del puente, en la plaza misma, pero en la parte de los jardines todos pasean a pie entre los árboles y los cuadrados de césped. Menudean vestidos de seda y mantoncillos orillados de encaje, sombreros de mujer con cintas y plumas, levitas y casacas ceñidas, tricornios a la suiza. Entre aquel ir y venir destaca la sobriedad del almirante, vestido con sencillo frac de paño azul marino con botones de acero, calzón de gamuza y botas inglesas. Bajo el brazo sostiene el bastón estoque, y sobre el pelo gris sin empolvar, recogido en coleta sobre la nuca, un sombrero negro de tres picos se inclina ligeramente hacia su ceja derecha.

—Menuda sorpresa —dice una voz a su espalda—. Un grave caballero español, solo en las Tullerías.

Cuando se vuelve, el almirante encuentra la sonrisa de madame Dancenis. Ésta se ha quitado un guante y extiende su mano, que don Pedro, tras descubrirse, toma y roza con los labios, inclinándose.

—Espero a mis amigos.

—¿Al abate y a ese agradable don Hermógenes?... Debí suponerlo.

Margot Dancenis sonríe de un modo encantador. Parece gratamente sorprendida por el encuentro. Viste de paseo: paño avellana drapeado, con faja carmesí en una cintura que no necesita corsé de ballenas para verse esbelta. Con mantilla a la Médicis, sombrilla, sin sombrero, el peinado alto adornado con una cinta y una pluma de avestruz. Sencilla y distinguida. La flanquean los señores Laclos y Coëtlegon, que saludan a su vez. Amable el primero, seco y circunspecto el segundo, tintineándole las cadenas y dijes del reloj que asoman de su chaleco rayado.

—No podemos dejarlo solo. Lo escoltaremos hasta que sus amigos regresen.

La sonrisa descubre los dientes blancos y regulares, y hace chispear los grandes ojos negros. Con la luz del día, las pequeñas imperfecciones y levísimas arrugas de la piel se advierten más; pero eso, decide el almirante, no resta un ápice a su belleza. Al contrario: la hace parecer más cuajada y madura. Más atractiva de lo que conseguiría la piel tersa, todavía incólume y desprovista de historia, de una insípida jovencita.

—¿Qué le parece la vista, señor almirante?

Ella ha señalado el paisaje, pero lo mira a él.

—Soberbia —responde don Pedro, impasible, sosteniéndole la mirada.

—Al señor Coëtlegon también le encanta este lugar... Y al señor Laclos, naturalmente.

—No me extraña en absoluto.

Siguen unos minutos de conversación ligera, mundana. De la búsqueda de la *Encyclopédie* a los restaurantes y cafés de París, pasando por la eficacia universal del magnetismo y la infalibilidad de la hipnosis, asuntos tan a la moda. Todo el tiempo, el almirante siente fijos en él los ojos de Coëtlegon. Éste, como su amigo Laclos, viste de tarde, con casaca alevitada de manga estrecha, chaleco corto y espadín de corte. Lleva el cordón de San Luis, y su tricornio luce una escarapela que indica la condición de antiguo militar. Un par de veces, al volverse hacia él, don Pedro encuentra la mirada inexpresiva del sujeto.

—Pensábamos sentarnos a tomar un refresco en la terraza de les Feuillants —dice madame Dancenis—. ¿Querrán acompañarnos?

Regresan en ese momento don Hermógenes y Bringas, y tras los saludos de rigor y un par de bromas dedicadas al abate, que éste encaja estoico, se ponen todos en camino por la avenida bordeada de tilos hacia la embocadura de la plaza Vendôme, que entre los elegantes hoteles que la circundan descubre, al otro lado de la calle, una estatua de Luis XIV situada en el centro de la plaza.

—Con gusto tomaría un helado —dice la Dancenis.

El kiosco de les Feuillants es un pequeño café al aire libre situado junto a la verja, en la terraza de las Tullerías mismas, muy concurrido, propiedad de un suizo de los encargados de vigilar la puerta. Toman todos asiento en torno a una de las mesas libres, situándose la mujer entre Coëtlegon y el almirante. Encargan helados, limonada y café —Bringas pide también un bollo con azúcar y manteca— y charlan sobre los últimos cotilleos de Versalles, la ascensión en globo de aire caliente que prepara un tal monsieur Charles, las interesantes visitas que los dos académicos han hecho al gabinete de historia natural del Rey y al

378

gabinete de física de monsieur Brisson, de la Academia de Ciencias.

—Supongo que a estas fechas conocen todas las librerías de París —comenta madame Dancenis—. Aparte de esa *Encyclopédie* que tanto los obsesiona, ¿han comprado libros?

—Algunos. Aunque no podemos cargar mucho equipaje.

—No se preocupen por eso. Siempre se los pueden enviar de aquí a Madrid. Mi marido se encargaría de ello con mucho gusto.

—Quizá aceptemos su amable ofrecimiento —se lo agradece don Hermógenes—. ¡La cantidad de libros que se publica aquí es asombrosa!

—Háganlo, por favor. Incluso nos las arreglaremos para enviarles algunos de los prohibidos allí, si lo desean.

—¿Libros filosóficos? —pregunta interesado don Hermógenes.

—En ambos sentidos —ella hace un mohín de malicia—. Eso depende de ustedes.

Se ruboriza de pronto el bibliotecario, pues acaba de advertir a qué se refiere.

—Oh, discúlpeme —balbucea, confuso—. No pretendía... Quiero decir que nunca... Yo...

—No se preocupe —ríe Laclos—. La señora no se escandaliza. Al contrario. Ella misma es lectora de libros filosóficos, ¿verdad, Margot?... En ambos sentidos.

Parpadea don Hermógenes, más confuso aún.

—¿Quiere decir que...? En fin... Que...

—Exacto —confirma madame Dancenis—. Es lo que este incorregible Laclos pretende decir.

—Pérdida de tiempo —dice desabrido Bringas, poco satisfecho con el giro de la conversación—. Frivolidad enorme, habiendo como hay tanto libro realmente filosófico que limpia los ojos y el espíritu.

La Dancenis, que miraba al almirante, alza una mano fina, de uñas cuidadas, donde relucen un par de piedras preciosas. La piel es blanca, observa don Pedro. Suavemente surcada de finas venas azules.

—Yerra usted, señor abate —dice ella—. Todo tiene su aquél. Su momento.

Ríe Cöetlegon, y es la suya una risa que no gusta nada al almirante: soberbia, segura de sí. Un punto grosera, tal vez. Risa de quien goza, o cree hacerlo, de privilegios de los que otros carecen.

—Y el momento de Margot es por las mañanas, con el desayuno —dice Coëtlegon, mirando a los ojos del almirante.

Ajeno al vaivén de miradas y sobreentendidos, don Hermógenes sonríe, plácido, a madame Dancenis.

—¿Es cierto, señora?... ¿O sólo bromean estos caballeros? ¿Es cierto que lee usted libros, ejem, filosóficos de los que no lo son del todo?

—Vaya si lo es —dice Bringas, malhumorado.

—Absolutamente —confirma ella—. No hay lectura más simpática. Pienso en *Félicia,* en *Mémoires de Suzon* o en *Thérèse philosophe,* que estoy leyendo ahora. Y como dice Coëtlegon con ese descaro que en él es moneda corriente, suelo dedicarles un rato cuando aún estoy en la cama, tras el desayuno... Algunos de esos libros están maravillosamente escritos, todos son divertidos, y a alguno que otro, y pese a su apariencia libertina, no le falta hondura filosófica real.

Burlón, Laclos se pone una mano en el corazón y recita.

—*Los dos resucitamos un instante para morir de nuevo... ¡Dios!... ¡Qué noche!... ¡Qué hombre!... ¡Qué pasión!*

—Es suficiente, Laclos —lo reprende madame Dancenis.

—¿Por qué?... Ese párrafo de *Félicia* es de los más suaves. No creo que estos señores se escandalicen.

—Puedo escandalizarme yo.

Ríe el otro mientras bebe un sorbo de limonada.

—¿Usted, querida amiga?... ¿Minerva escandalizada por Safo? Lo dudo.

—Estos señores van a tomarme por una chica de la Ópera.

—Ni hablar. Ellos son demasiado inteligentes. ¿Saben?... —Laclos se vuelve hacia el almirante y el bibliotecario—. A veces, cuando dispensa el honor de invitar a desayunar a los afortunados mortales que gozamos de su benevolencia, Margot se queda allí, en magnífico deshabillé de seda, recostada en sus almohadones como una reina, y nos hace leerle algunas páginas... Y eso, les doy mi palabra, es mucho más ameno que las tertulias de los miércoles.

Madame Dancenis le da un golpecito en el hombro, severa.

—Es usted demasiado indiscreto, señor. Me sorprende que aún haya quien lo tome por el caballero que no es.

—La caballerosidad no rinde homenaje suficiente a la belleza, querida amiga. Sin granos de pimienta, la salsa queda insípida... ¿No es cierto, Coëtlegon?

Se ha vuelto a mirar al otro, que escucha sonriendo con desdén.

—Las salsas dependen de los cocineros —dice, petulante.

—Basta, señores —ordena la Dancenis—. Yo lo mando.

—A la orden —ríe Laclos.

—En penitencia, hoy pagará usted los refrescos.

—Acato su autoridad. No se hable más.

Sigue un corto silencio. El almirante siente en él la mirada curiosa de la mujer y la mirada hostil del amante. Por qué diablos, se pregunta. Por qué yo.

—¿Y usted, señor? —le pregunta Coëtlegon, de improviso—. En su lejana juventud, ¿leía libros filosóficos?

Tiene la misma sonrisa en los labios. Seca, despectiva. Quizá provocadora.

—Me temo que no —responde con sencillez don Pedro—. En mi juventud, lejana como usted dice, leía más bien de astronomía y náutica.

—Autores franceses e ingleses, supongo.

Al almirante no se le ha escapado el punto de mala fe. Sin embargo, asiente con mucha calma.

—Por supuesto. Aunque también compatriotas míos. ¿Nunca oyó hablar de Jorge Juan, de Ulloa o de Gaztañeta?... Buena parte de los más importantes tratados de ciencia naval de este siglo son españoles, como quizá usted sepa.

Se acentúa el desdén en los labios del otro.

—No, no lo sabía.

—Pues ahora ya lo sabe.

Un silencio. Todos callan, atentos a ellos. Don Pedro cree percibir en los ojos de madame Dancenis una preocupada advertencia a Coëtlegon. Algo así como estás llevando esto demasiado lejos. Sin necesidad.

—¿Estuvo mucho tiempo embarcado, señor?

El mismo desdén. La misma mirada hostil. El almirante responde con calculada mesura.

—No demasiado: diecisiete años... Luego acabé en tierra, colaborando con el almirante Navarro. Y algo después me dediqué a los estudios teóricos y a mi diccionario de Marina.

—¿Navarro? —parece interesarse el otro—. ¿El del combate de Tolón?

—El mismo. Marqués de la Victoria, precisamente por aquella acción.

Ahora el desdén se torna sonrisa. Seca, casi insolente. O sin casi.

—Bueno, lo de *victoria* me parece discutible... Leí sobre aquello, e incluso un hermano de mi madre estuvo en esa función naval.

Todos los demás guardan silencio, pendientes de sus palabras. Laclos mira a su amigo con expresión preocupada, y los ojos de don Hermógenes van de uno a otro, desconcertados. El almirante siente la mirada de madame Dancenis fija en él, como un ruego o una advertencia. No siga adelante, parece decir. Déjelo ahí y cambiemos de asunto. Por favor. Conozco al hombre con el que conversa.

—¿Y qué es lo que le parece discutible, señor? Coëtlegon encoge los hombros.

—Que se pregonara como triunfo español lo que fue un combate de la flota combinada hispanofrancesa con la inglesa... Y que no fue para tanto.

—¿Dice usted no ser para tanto, batirse durante más de siete horas y tener ciento cuarenta y un muertos, y tres comandantes, seis oficiales y casi quinientos marineros heridos, y hacerle otro tanto a los ingleses?

—Vaya —la sorpresa del otro parece sincera—. Tiene usted las cifras claras, señor. Han pasado casi cuarenta años.

—Lo que tengo es memoria. Yo estaba allí.

Un leve parpadeo: único indicio, por parte de Coëtlegon, de acuse de recibo.

—No lo sabía.

—Pues ya lo sabe. Era alférez de navío a bordo del *Real Felipe*... ¿Y sabe por qué nos batimos así, en proporción de uno a cuatro? Porque nuestros aliados franceses mandados por el almirante Court de La Bruyère, en uno de cuyos navíos iba, supongo, ese señor pariente de usted, siguieron a rumbo sin entrar en combate, dejando a la división española sola a retaguardia.

—Pues el hermano de mi madre...

Qué diablos, piensa el almirante. Estoy harto de esa sonrisa insolente, y de esas miradas de suficiencia. Estoy harto de este matasiete de salón, con su cordón rojo y su desvergüenza camuflada tras una seca cortesía que a nadie engaña. Si me anda buscando, es hora de que me encuentre.

—Si el hermano de su señora madre afirma otra cosa, miente como un bellaco... Y si usted insiste, señor, es un impertinente.

Un silencio mortal. Don Hermógenes mira a su compañero con la boca abierta. Por su parte, Coëtlegon palidece como si le hubieran retirado de golpe la sangre del rostro.

—No le tolero eso.

—Pues revise usted, si es tan amable, sus límites de tolerancia.

—Basta, señores. Por favor —ruega madame Dancenis—. Esto ha ido demasiado lejos.

Don Pedro se pone lentamente en pie.

—Tiene razón... Y estoy afligido por eso. Le ruego que acepte, señora, mis sentidas disculpas.

Mete dos dedos en un bolsillo del chaleco, pone un luis de oro sobre la mesa, hace una inclinación de cabeza y se aleja seguido por Bringas y el bibliotecario. Por el rabillo del ojo, éste ve que Coëtlegon se inclina hacia Laclos, quien mueve la cabeza, reprobador, y que Coëtlegon insiste. Madame Dancenis se ha vuelto hacia ellos, discutiendo con viveza hasta que al fin desiste y se cubre el rostro con las manos. Entonces Laclos se levanta y viene tras ellos, apresurando el paso hasta darles alcance.

—Lo siento mucho, caballeros —dice en tono grave, descubriéndose—. Señor almirante... La mía es una penosa comisión.

Don Pedro se ha detenido y lo escucha con serenidad. También él se ha quitado el sombrero.

—Comprendo. Dígame.

—El señor Coëtlegon se siente maltratado por usted —dice Laclos tras vacilar un instante—. Y exige una satisfacción apropiada.

Mira el almirante el espadín que el otro lleva al cinto, y luego su propio bastón estoque.

—¿Ahora?

—No, por Dios —protesta Laclos—. En debida forma... Pasado mañana al amanecer, en el prado de los Campos Elíseos. Si le va bien.

—Como guste.

—Le ruego que elija las armas.

—No soy experto en estas cosas, pero creo que corresponde a él hacerlo.

—Le deja a usted esa preferencia, en atención a su edad... ¿Pistola?

Don Hermógenes, que escuchaba con los ojos muy abiertos, reacciona al fin.

—No estarán ustedes hablando en serio.

—Claro que hablan en serio —dice Bringas, que parece disfrutar horrores con todo aquello.

El almirante se señala los ojos y dirige a Laclos una sonrisa triste.

—Mi vista ya es mala para pistola, a una hora tan temprana. Con la poca luz.

—El señor Coëtlegon lo comprenderá... ¿Espada, entonces?

—Como guste.

—¿A primera sangre?

—Eso dependerá del señor Coëtlegon.

—Bien. Intentaré que así sea. ¿Sus padrinos?

El almirante señala con frialdad a don Hermógenes.

—Este señor.

—¿Yo?... ¿Padrino?... —protesta el bibliotecario—. ¿Se han vuelto locos?

Nadie le hace caso. Bringas asiste a todo con una mueca divertida y feroz, el almirante permanece impasible y Laclos asiente, satisfecho.

—Me encargaré de todo lo demás —resume éste—, incluyendo un cirujano de confianza —se vuelve a don Hermógenes, que sigue boquiabierto—. Nos veremos mañana, para ponerlo a punto... ¿Sabrán llegar al prado al que me refiero?

—Yo lo conozco —dice Bringas.

—Perfecto —Laclos se ha vuelto hacia el almirante, y estrecha su mano—. Siento en el alma todo esto, señor... Coëtlegon lleva unos días fuera de sí. Quizá todavía podamos convencerlo.

Ahora es el almirante quien, al fin, sonríe. Es el suyo un gesto vago, distante pero cálido al tiempo. Ajeno a él mismo, o tal vez rejuvenecido. Se diría que el alférez de navío que hace treinta y siete años combatió a bordo del *Real Felipe* acudiera hoy a prestarle esa sonrisa.

—Estoy a su disposición, en cualquier caso. Buenas tardes.

A Pascual Raposo lo sorprenden tantas idas y venidas, tanta conversación y actitudes extrañas. Algo insólito ocurre, intuye, pero no logra adivinar qué. Está apoyado en la verja a cincuenta pasos del grupo, observando con curiosidad. Hoy le corresponde a él la vigilancia —los confidentes de Milot andan ocupados en otras cosas—, así que lleva todo el día siguiendo a los académicos y a Bringas, atento a sus visitas al café Procope, a los libreros y al paseo final hasta el jardín de las Tullerías, donde ha podido entrar sin dificultad dándole una propina al vigilante. El sol ya se encuentra muy bajo, volviendo ámbar el cielo entre las copas de los tilos, y Raposo se felicita por ello. Está siendo una jornada demasiado larga. Henriette, la hija de los dueños del hotel du Roi Henri, calienta su cama desde anoche sin ninguna clase de complejos, y en tal menester se ha destapado como moza atrevida y ardiente. Más de lo esperado. O sea, mucho. Así que Raposo está deseando volver a su habitación para reanudar el diálogo mudo, aunque expresivo, que la noche pasada los tuvo a los dos despiertos hasta muy entrada el alba, haciéndole olvidar sus insomnios y dolencias gástricas.

Sin embargo, reflexiona mientras mira de lejos a los dos académicos y a Bringas, algo ocurre aquí que se le escapa. Madame Dancenis y los otros dos caballeros se han levantado de la mesa del kiosco y caminan por la terraza en dirección a la rue Saint-Honoré. Dos de ellos hablan vivamente entre sí, como si discutieran, y la señora parece molesta, pues camina un poco por delante; y cuando uno de ellos intenta darle el brazo para ayudarla a subir unos escalones, ella aparta el suyo con disgusto.

Dejándolos alejarse —habrá ocasión de averiguar qué ocurre, vía Milot, si lo comentan en casa de ella ante los criados—, Raposo se centra en los otros tres, que caminan en dirección opuesta, cruzando el jardín entre los macizos de flores y los cuadrados de césped hasta las escaleras que bajan al muelle de las Tullerías. Y tampoco la actitud de éstos, comprueba, parece natural. Bringas y el bibliotecario discuten agitados, dirigiéndose en ocasiones al almirante, que apenas responde y permanece casi todo el tiempo en silencio, balanceando el bastón con aire pensativo. Y de ese modo bajan las escaleras del muelle y caminan entre el Sena y la fachada del Louvre, mientras el sol poniente enrojece el paisaje a sus espaldas.

9. Una cuestión de honor

Todos los hombres de honor tienen una sola mejilla.

Denis Diderot. *Jacques el fatalista*

—El duelo repugna a la razón —está diciendo don Hermógenes—. No hay virtudes en ese disparate, por Dios. La era de las luces no puede menos que desaprobar este modo de solventar disputas. ¿No les parece?... Es un cruel desvarío creer que el mérito de un hombre consiste en matar a un semejante, o irse al otro mundo por capricho de cualquier petimetre o matón empolvado... Resulta absurdo dar a quien hizo un mal pequeño la oportunidad de que lo haga aún mayor.

El bibliotecario se muestra indignado, y la aparente indiferencia de don Pedro lo remueve todavía más. Caminan los tres por la orilla del Sena, con la luz poniente del cielo arrebolado enrojeciendo a su izquierda la fachada del Louvre. Junto a los pretiles de piedra del río, tenderos y buquinistas recogen sus mercancías y desmontan los puestos.

—Nunca imaginé que usted, querido almirante...

—No es culpa suya —tercia Bringas, conciliador—. No le quedaba otra.

—Pero es que precisamente él y yo hemos hablado del duelo, varias veces. Y siempre lo reprobó en términos de mucha lucidez. Es un atraso y una barbaridad, decía. Y ahora, de pronto, acepta batirse tan bonitamente, sin rechistar... ¿Qué mosca le ha picado?

—No podía negarme —dice el almirante tras un largo silencio.

—Es cierto —apostilla Bringas.

Pero don Hermógenes está lejos de dejarse convencer.

—Claro que podía... Haber dicho que eso era una estupidez, volviendo la espalda a aquellos señores. Punto. Tomárselo a chacota, y rechazar la coacción. Porque el duelo es eso: una coacción sobre el individuo. Nada racional.

Sonríe apenas don Pedro, lejano, como distraído con otros pensamientos.

—No todo es racional en la vida, don Hermes.

El bibliotecario lo mira con estupor.

—Me deja atónito. Por Dios que no lo reconozco... Vaya. Jamás hubiera imaginado que usted, con su sangre fría...

Se queda así, la boca abierta y moviendo la cabeza, en busca de los argumentos adecuados. Al cabo alza los brazos y los deja caer, impotente.

—Absurdo, absurdo —repite—. Contradictorio y absurdo, en un hombre de su calidad.

—Yo, sin embargo, comprendo que el señor almirante tenga sus razones —interviene Bringas—. Era difícil negarse en tal situación, con el honor de su patria en entredicho, y además con una dama por testigo... De esto se valió ese canalla de Coëtlegon —en este punto se vuelve hacia don Pedro, solemne—. Porque sus razones, señor...

—Mis razones son cosa mía —lo interrumpe el almirante con súbita sequedad.

—Ah, bueno —recoge velas el abate—. Disculpe.

Han llegado a la altura del Pont Neuf, lleno de transeúntes y carruajes. Entre el muelle des Orfèvres y el de Morfondues se ve la plaza Dauphine hormiguear de gente que hace las últimas compras. Bajo los pilares, la luz agonizante vuelve de color rojo sangre el agua del Sena.

—Los que provocan a duelo —opina don Hermógenes— son asesinos peores que los salteadores de caminos, y como a tales habría que castigarlos... En España, con todos sus defectos, esto no se tolera. Las penas por batirse son muy duras, e incluyen la de muerte.

—Pues en Francia hacen la vista gorda, ya ven —comenta Bringas—. El duelo es costumbre social. Aquí se baten por nada.

—En eso, al menos, los españoles no somos tan bárbaros.

Dejando atrás el río y el atardecer, tuercen a la izquierda y penetran en los espacios de sombra, donde en tiendas, soportales y casas empiezan a encenderse las primeras luces. Bringas se muestra sarcástico.

—Lo paradójico es que aquí se plantea en términos contrarios —dice—. Como una infame exquisitez de la civilización: luchar con decoro, no como vulgares plebeyos... Todo el ceremonial del duelo tiende a marcarlo como exclusivo de una élite. Es una costumbre tiránica, tan arraigada en la clase alta que hasta el juez que condena a un duelista, siempre que éste sea de buena familia, aprueba en el fondo su conducta y aplica cuantos atenuantes puede para exonerarlo.

—Tiene usted razón —coincide don Hermógenes—. Pero en el caso del almirante...

—Ah, me temo que esta vez el señor almirante participa del sistema. Acepta, luego es cómplice. Por muy ilustrado que sea, y por mucho culto que rinda a la razón, es prisionero de sus propias contradicciones. No puede sustraerse a su condición de marino y caballero. En realidad es uno de ellos.

El bibliotecario se ha vuelto hacia don Pedro con expresión angustiada.

—Por Dios, almirante. Diga algo... Defiéndase.

Éste, que camina en silencio, balanceando distraído el bastón, hace un ademán evasivo. Sombrío.

—¿Qué quiere usted que diga?

Se para el bibliotecario, los brazos en jarras.

—¿Cómo? ¿Se queda así, tan campante?

Encoge los hombros el almirante, que también se ha detenido.

—Es que algo de razón tiene el señor abate —confiesa.

Al oír aquello, a Bringas le resplandece el rostro.

—Ah, claro que la tengo —se exalta, triunfal—. El duelo beneficia un orden social, refuerza unos privilegios... Los adversarios se consideran, en el fondo, compañeros en el deber común de defender a su clase alta en un mundo filisteo. El duelo les coloca por encima, ¿comprenden?...

—Nunca lo había visto así —confiesa humilde don Hermógenes, mientras los tres echan a andar de nuevo.

—Pues véalo, señor... El colmo de la elegancia es que dos caballeros puedan matarse libremente entre ellos, sometiéndose a protocolos aprobados por sus iguales. Aunque parezcan enemigos, en realidad son socios... El estilo de vida aristocrático, y de quienes le imitan, oculta bajo esas maneras feudales el desprecio hacia quienes no pertenecemos a esa clase y no compartimos tan estúpidos códigos.

Bringas parece en su salsa. Alza un dedo apocalíptico, señalando el cielo ensombrecido como si lo pusiera por testigo, o por culpable.

—Una clase anticuada parásita e inútil hizo del duelo un símbolo —continúa, en el mismo tono—. Imitadores y advenedizos refuerzan ese mito, y así será hasta que la opinión pública califique el duelo de malvado, nocivo o ridículo... O hasta que, y para eso falta menos —aquí introduce una risita siniestra—, las olas del mar Rojo se cierren sobre las huestes del faraón.

—Si la sociedad de los hombres fuera razonable —opina don Hermógenes—, el duelo debería desaparecer con este siglo, pues es una de las cosas en que Ilustración y religión están de acuerdo... El duelista se coloca por encima de la ley y prueba que su orgullo le importa más que cualquier autoridad humana o divina...

En la esquina de la rue de la Chaussetterie, un empleado municipal hace bajar un farol de la polea y enciende la llama. Luego vuelve a izarlo, balanceándose la luz brillante y joven del aceite de tripas. Los tres pasan junto a él, caminando el almirante un poco adelantado, taciturno, y discutiendo Bringas y el bibliotecario.

—Debería resolverse hablando —va diciendo éste—. O de cualquier otra forma. En eso envidio al pueblo llano, que en su elemental brutalidad solventa los asuntos a puñetazos.

—O a navajazos —apunta sarcástico el almirante, sin volverse.

—Puñetazos y navajazos se dejan para las clases inferiores —estima Bringas, amargo—. No son elegantes, ¿comprenden?... Para un duelo, sin embargo, hay que intercambiar tarjetas, nombrar padrinos y estar preparado para darse estocadas o disparos con toda ridícula cortesía.

—¿Soy un padrino de ésos? —se inquieta don Hermógenes, como si no hubiera caído en ello hasta entonces.

—Claro que lo es —se burla Bringas—. No pretenderá irse de rositas.

El bibliotecario lo piensa un momento, desconcertado. Luego niega con la cabeza.

—Ni hablar —lo piensa de nuevo y vuelve a negar—. No jugaré semejante papel en esta atrocidad.

—No puede negarse, ¿verdad, almirante?... —Bringas parece disfrutar mucho con todo aquello—. Aunque le repugne, no puede. Ésa es la trampa saducea.

—Me temo que el señor abate tiene razón —dice don Pedro.

—Por supuesto que la tengo —afirma Bringas—. Su deber será garantizar el juego limpio, las mismas oportunidades. Ése es el cebo perverso: su mismo concepto de la amistad le obliga a ser cómplice del asunto. Como padrino, tendrá que confirmar con Laclos la hora, el lugar, las armas... Y sobre el terreno, deberá asegurarse de que nadie tiene ventaja ilícita: espadas de la misma longitud, el sol lejos de los ojos, el suelo igual de seco o de mojado... ¿Ve como don Pedro le necesita?... Los padrinos examinan la ropa de los combatientes para asegurarse de que no tengan protecciones ocultas, los asisten en todo y se ocupan de ellos cuando están heridos o muertos... —recalca, complaciéndose en esa última imagen—. También intentan reconciliarlos un momento antes del combate, pero esto suele ser pura fórmula.

—Y a veces se baten entre ellos —apunta el almirante, con tétrica guasa.

Don Hermógenes da un respingo y se santigua.

—Jesús.

Por aquel barrio, con el anochecer, la ciudad se ha vuelto silenciosa. Ya sólo las luces encendidas dentro de algunas tiendas y los faroles que arden de trecho en trecho rompen la oscuridad. Y habría que cenar algo, ha propuesto Bringas. Para templar estómagos y mentes. Casualmente, añade, allí cerca hay un buen sitio, en la rue des Deux Écus, donde asan suculentas rodajas de buey suizo.

—Todo se encara mejor —dice, casi filosófico— con el estómago lleno.

Caminan cerca de Les Halles, a esas horas insólitamente tranquilos. Hambriento Bringas, indiferente el almirante, dándole vueltas a lo del duelo don Hermógenes.

—Familias arruinadas —se lamenta—, niños huérfanos, mujeres viudas... Todo por esa palabra nefasta: honor, que en el fondo a nadie importa. Y a la cordura la llaman cobardía.

—No se trata de eso —murmura don Pedro, como si hablara para sí mismo.

—¿No?

—O no del todo.

Don Hermógenes lo mira, apenado. Casi no se distinguen las facciones de unos y otros cuando caminan lejos de una luz. Eso parece revestir la delgada y alta figura del almirante de una singular soledad.

—Se trate de lo que se trate, si yo gobernara —dice el bibliotecario—, cualquiera que propusiera un duelo sería desterrado en el acto, quien muriese en duelo acabaría expuesto en la picota, y quien matara iría a la cárcel sin más trámite.

—¿Y su bondad habitual, don Hermes? —inquiere con sorna el almirante.

—Déjeme de sofismas, querido amigo. Hay que saber distinguir. Como le digo, quien se batiera, encarcelado.

—O con una soga al cuello —sugiere Bringas.

—Yo estoy contra la pena de muerte, señor.

—Pues a mí me parece un instrumento social higiénico. Y si no, al tiempo. Tanto para los que se baten como para los que no.

Se han detenido ante la casa de comidas: hotelito oscuro, con un reverbero que ilumina una cabeza de buey pintada a modo de muestra sobre la puerta.

—En cualquier caso —dice el almirante, objetivo— algo hay que agradecer a que los franceses sean propensos a batirse. Gracias al duelo, o a la posibilidad de verse envuelto en uno, en Francia reina una gran cortesía... Quizá la grosería española se deba a su impunidad.

—¿Está usted de broma? —pregunta el bibliotecario.

—En absoluto... O no del todo.

—Dios mío, querido amigo —apoya don Hermógenes una mano en un brazo de su compañero—. ¿Y si lo matan?

—Tendrá usted que seguir buscando la *Encyclopédie* por su cuenta.

Se yergue Bringas, melodramático y solemne.

—En tal caso, señor, me tiene a mí. A sus órdenes.

—¿Ve? —don Pedro se lo señala al bibliotecario con un irónico movimiento de cabeza—. No hay mal que por bien no venga. Lo tiene a él.

—No le veo la gracia. Sigo sin comprender...

—¿Qué es lo que no comprende?

—Su cambio de actitud, como le digo. Su insólita disposición.

La luz del portal ilumina la sonrisa suave y triste del almirante. De pronto, un espacio inmenso parece interponerse entre él y don Hermógenes.

—¿No se le ha ocurrido pensar que tal vez yo tenía ganas de batirme?

Lo del duelo en París me tomó por sorpresa, pues no figuraba en las actas redactadas por el secretario Palafox que yo había revisado al principio. Ni Víctor García de la Concha, ni don Gregorio Salvador, ni nadie entre los académicos que consulté pudieron confirmarlo. Pero la carta que encontré entre la documentación adicional que me había proporcionado José Manuel Sánchez Ron no dejaba dudas. La cuartilla manuscrita por don Hermógenes Molina que me reveló el asunto —penúltima carta que el bibliotecario escribió desde París— era parca en detalles. Quizá hubiera otra más explícita; pero en tal caso habría sido destruida, supuse, para evitar responsabilidades y compromisos incómodos. En cuanto al documento conservado, al principio creí haberlo interpretado mal, a causa de la enrevesada letra de don Hermógenes; pero una segunda lectura puso en claro el hecho principal: había habido duelo. En su carta, escrita después de que se batieran el almirante y Coëtlegon, el asunto se trataba con los circunloquios oportunos; discreción lógica, por otra parte, para un suceso que tanto en Francia como en la España de Carlos III constituía delito grave:

> *Un lance enojoso por motivos de honor, de graves consecuencias, que además de comprometer la vida de mi compañero nos coloca en situación delicada...*

Eso era todo. O casi. Reconstruir el resto de la escena, de lo ocurrido aquel dramático día en París, sus preliminares y desenlace, me correspondía a mí. Para abordarlo con el rigor necesario acudí a unos cuantos textos y refresqué viejos conocimientos de esgrima a los que ya había recurrido veintitantos años atrás, cuando escribí mi novela *La estocada*. Un par de antiguos tratados, como el muy conocido del maestro Guzmán Rolando —mi ejemplar aún tenía subrayados a lápiz del trabajo anterior—, me permitieron poner al día los conocimientos básicos. En cuanto al protocolo del duelo, me apoyé en varios manuales decimonónicos de mi biblioteca, incluido el *Códice caballeresco italiano,* de Gelli; pues aunque éstos eran posteriores a la época en la que transcurría la novela, los usos para resolver asuntos de honor habían cambiado poco en un siglo. También añadí un repaso superficial a Casanova, Restif de La Bretonne, Choderlos de Laclos —fue divertido situar al autor de *Las relaciones peligrosas* como padrino del duelo—. Eso me permitió adobarlo todo con el necesario ambiente de época. Quedaba así resuelta la parte técnica del asunto, desde los usos y protocolos al desarrollo del lance, cuya localización topográfica obtuve en el diario del suizo Ferdinand Federici —*Flagrants délits sur les Champs-Élysées*—, jefe de vigilantes del escenario que, por discreto y frecuentado para estos asuntos, fue elegido por los duelistas.

Los diálogos de los personajes, los puntos de vista, la contradicción entre la condena de los lances de honor que hacían los ilustrados y la realidad en Francia y en España, me dieron trabajo aparte. Ver aquello como lo veían el almirante, el bibliotecario y el abate Bringas requería un acercamiento que no podía resolver aplicando conceptos modernos. La certeza de los peligros que supone juzgar el pasado con los códigos éticos del presente me obligó, antes de sentarme a resolver diálogos y situaciones, a penetrar la psicología real de los duelistas y el mundo de la época. Y de nuevo los libros ayudaron a ello. Uno de éstos fue *El duelo en la historia de Europa*, de Kiernan, que pese a su estructura confusa y su excesivo anglocentrismo aportó ideas útiles para dotar con ellas a don Hermógenes y al abate Bringas. También fue de mucha utilidad un ensayo —*El duelo en la obra de los académicos ilustrados*— de mi compañero en la Real Academia Santiago Muñoz Machado; donde con grata sorpresa encontré el nombre de don Hermógenes Molina referido a un folleto que el bibliotecario escribió sobre la materia —*El trasnochado concepto del honor y otras reflexiones morales*— poco después de su regreso de París. En cuanto a las reflexiones morales y contradicciones de don Pedro Zárate, propias de quienes, como el almirante, participaron en su tiempo de la atracción intelectual de las luces sin dejar atrás ciertas tradiciones e impulsos arraigados en el viejo concepto del honor, resolví guiarlas con las reflexiones que otro ilustrado español, Gaspar de Jovellanos —tercera de las sombras constantes en este relato, con las de Cadalso y Moratín—, hizo a lo largo de su obra, y en especial en la pieza teatral *El delincuente honrado;* donde trata, precisamente, el debate de conciencia en un hombre de ideas liberales atrapado en las aristas del honor y de la culpa.

Me quedaba, antes de recrear las circunstancias del duelo entre don Pedro y Coëtlegon, un detalle importante: medir la capacidad de un caballero de buena salud y razonable vigor, de edad en torno a los sesenta y dos o sesenta y tres años —no de ahora, sino de finales del XVIII—, para batirse a espada con otro más joven. Comprendiendo los motivos del almirante para descartar la pistola como arma —es cierto que, a la luz incierta de un amanecer, la vista de un sexagenario podía inducir a errores mortales—, quedaba por ver cómo se sentiría alguien de esa edad con una espada o un florete en la mano. Así que, recurriendo a un buen amigo, el escritor, periodista y tirador de esgrima Jacinto Antón, le pedí que me ayudara a desempolvar mis oxidados floretes —hacía veinticinco años que no pisaba una sala de armas— y tantear fuerzas. Las del almirante, en este caso. Pues pensaba prestarle las mías.

Jacinto me cosió a botonazos. Ocho en los primeros asaltos, que tuvieron lugar en la galería del maestro Jesús Esperanza, situada justo detrás de la Real Academia. Después de semejante prólogo, comprendiendo que en el ataque había poco que hacer, pues la diferencia de edad ponía a cada cual en su sitio, resolví adoptar una actitud defensiva, de esgrima clásica, esperando acometidas en vez de buscarlas. De aquel modo fue mejor, pude equilibrar la situación, arriesgando poco y fatigándome mucho menos; y al cabo, Jacinto, agresivo y nervioso como buen esgrimista en forma, encajó un par de estocadas que habrían, quizá, dejado mal parado a Coëtlegon en el campo del honor. Así que me quité la careta, más o menos satisfecho. La supervivencia del almirante con un oponente más joven era, al menos en parte, posible.

Jacinto es un gran tipo: leal, viajado, leído y culto. Su bondad natural, además, teñida de cierto osado candor —es un especialista en aventureros y trotamundos de todo pelaje, desde Lawrence de Arabia a Rupert de Hentzau y otros conspicuos espadachines de ficción—, podría haber servido perfectamente para caracterizar a don Hermógenes en la novela. Con la careta de esgrima en una mano y el florete bajo el brazo, cubierto el rostro de gotas de sudor, me preguntó si estaba satisfecho.

—Mucho —respondí, riendo—. Sigo vivo.

—Está claro que si tu personaje quiere salir bien del lance, debe batirse a la defensiva —concluyó—. A partir de cierta edad, los esfuerzos de acometer sofocan y acaban fatigando mucho.

Me mostré de acuerdo. Yo mismo acababa de experimentarlo de sobra.

—Tienes razón. Pasados los primeros minutos, el brazo me pesaba como si el florete fuese de plomo —toqué mi pecho, bajo el peto—. Y con tus botonazos me has dejado hecho un eccehomo.

—Aun así, estás en forma... ¿Ese almirante también lo estaba?

—Más o menos. Teniendo en cuenta cómo se envejecía entonces, podemos considerarlo bastante bien para su edad.

—Yo habría elegido pistola, si era buen tirador.

—Creo que lo era, pero le preocupaba la visión. Esa luz del amanecer, ya sabes.

Jacinto se mostró de acuerdo.

—Ah, claro. Normal... ¿Sabías que Blasco Ibáñez, el novelista, tuvo un duelo a pistola?

—No lo sabía.

—Pues sí. En los años veinte. A veinticinco pasos y a *outrance,* como se decía entonces... Ya sabes que Blasco era republicano, y tuvo querella con un militar, con desafío incluido. Falló dos tiros, y el otro le acertó uno en la barriga, con tanta suerte que la bala dio en el cinturón del novelista. Y ahí quedó la cosa.

Nos quitamos los petos y fuimos a echarnos agua en la cara. Jacinto, siempre minucioso, estaba muy interesado por los detalles técnicos.

—¿Tu académico se batió a sable, espada o florete?

—A espada, creo. Aquellas espadas ligeras y finas que se usaban entonces.

—Ah, bueno... Hablas del espadín. La espada de cazoleta y sección triangular se hizo popular en los duelos algo más tarde. Casi florete, entonces: unos ochenta centímetros de hoja. Mejor para tu almirante, supongo... ¿Cómo acabó el duelo?

Sonreí mientras me secaba el rostro con la toalla.

—Todavía no lo sé.

—Vaya. Pues espero que ganara.

Imaginé al almirante, flaco y alto, con su espadín en la mano, erguido en el amanecer de aquel prado. Y a don Hermógenes angustiado, mirando.

—Eso espero yo también.

Aunque son las doce del mediodía y se trata de una comida, don Pedro Zárate —que paga de su bolsillo, como casi siempre— la ha llamado, con notable presencia de ánimo y humor negro, *la última cena.* Con don

Hermógenes y el abate Bringas, el almirante ocupa una mesa en un reservado del hotel d'Aligre, en pleno corazón de Saint-Honoré: un local doble, al estilo de los colmados españoles, que de una parte ofrece para venta al público una exquisita muestra de la alta gastronomía francesa —hay aparadores con quesos y embutidos, frascos de mostaza, jamones colgados formando medallones con pretensiones casi artísticas—, y de la otra mantiene un restaurante selecto, frecuentado por un público que puede permitirse pagar doce francos por cubierto. Pero un día es un día, y los tres comensales ignoran si para el almirante habrá otro. De manera que el menú al que se hace honor —remojado con una botella de Chambertin y otra de Laffitte— está a la altura de las circunstancias: paté de pularda con trufas Le Sage, trucha del lago de Ginebra, perdiz roja de Quercy y salchichas de Estrasburgo: muy encarecidas estas últimas por el abate Bringas, pues, según afirma, previenen el escorbuto, depuran la sangre y templan los humores de modo saludable.

—Será a las siete, pasada la Estrella, a doscientos pasos de un café que está al final de los Campos Elíseos —comenta don Hermógenes—. Coëtlegon irá en un fiacre alquilado, con su padrino, y nosotros en el nuestro.

—El uso es que los padrinos sean dos por cada adversario —apunta el almirante.

—Y así es: el abate y yo, por parte de usted. Laclos y otro amigo de ellos, por la suya... Hemos preferido hacerlo de forma discreta, a fin de dar a esto la menor difusión posible.

Apunta el almirante una sonrisa socarrona.

—Lo veo muy eficiente, don Hermes... Cualquiera diría que pretende facilitarme el *exitus* con todas las de la ley.

Se escandaliza el bibliotecario, dejando en el plato el tenedor con el trozo de salchicha que iba a llevarse a la boca.

—Por Dios... ¿Cómo puede decir eso? Yo...

—Bromeaba, hombre. No se haga mala sangre, y coma.

—¿Cómo no me la voy a hacer?... ¿Cómo quiere que pruebe bocado, oyendo tales cosas?... Si es una broma no tiene gracia, almirante. Ni la más mínima.

—De acuerdo, perdóneme —sin borrar la sonrisa, el almirante toma un corto sorbo de vino—. ¿Lo saben en la embajada?

—Oh, Jesús, espero que no... Aunque me gustaría que se enterasen, y que alguien de allí impidiera esta atrocidad.

El almirante se ha puesto serio. Ahora lo mira, severo.

—Procurará usted que no sea así.

—Descuide —don Hermógenes traga saliva—. Le di mi palabra. Sólo estamos al corriente los implicados directos.

Se vuelve don Pedro a Bringas.

—¿Y usted, abate?

—Mis labios están sellados, descuide —dice éste mientras masca a ambos carrillos—. Por nada del mundo me perdería esto.

El bibliotecario lo mira con censura.

—Parece que disfrute con la idea de ver al almirante y a Coëtlegon matarse entre ellos... Sin embargo, el otro día lo oí criticar acerbamente los duelos.

—No es nada personal —responde Bringas sin inmutarse—. Aprecio al señor almirante, desde luego, y Coëtlegon me parece un pisaverde y un imbécil. Mi satisfacción proviene de algo más complicado que todo eso.

—Lo comprendo —conviene el almirante.

Desconcertado, don Hermógenes mira a uno y a otro.

—Pues yo no comprendo nada en absoluto —concluye.

—El señor abate se refiere al aspecto conceptual del asunto —aclara el almirante—. Desde ese punto de vista, no le desagrada que los estúpidos seamos víctimas de nuestra estupidez. Y tiene razón.

Protesta Bringas, una mano en el zurcido de la casaca que tiene a la altura del corazón.

—Ah, nunca me atrevería...

—Olvídelo —el almirante se vuelve a don Hermógenes—. ¿Quién más estará presente?

—En un tercer coche irán el médico y el director del duelo. Para eso, Laclos propuso a monsieur Bertenval, el enciclopedista, que es de toda confianza. Y me pareció bien.

—A mí también. Ese caballero es muy amable aceptando intervenir en esto.

—No puede negarse a un colega académico, ha dicho.

—Claro —dice Bringas, malévolo—. Ni al placer de verles destriparse.

Don Hermógenes lo contempla con hosquedad. Luego mira su plato, que tiene a medias, y lo rechaza con cara de haber perdido el apetito.

—Hay que prestar atención al calzado —dice con timidez—. A esa hora, la hierba del prado estará húmeda. Quizá resbaladiza.

—Lo tendré en cuenta —responde el almirante sin inmutarse—. ¿Qué hay de las armas?

—Dos espadines de corte, idénticos. Son propiedad de Coëtlegon, que sabe que no tenemos y pone uno a nuestra disposición. Me he procurado uno igual, o muy parecido, para que esta tarde pueda usted ejercitarse un poco con él... De todas formas, debió hacerme caso e ir a alguna sala de armas, para calentar el brazo. Para recordar estocadas, paradas y viejos trucos.

—No es necesario. De vez en cuando tiro en Madrid, en el Círculo Militar, para hacer ejercicio. En cuanto a los viejos trucos, no se me han olvidado. Sobre todo el principal, atendiendo a mi edad: cubrirme y ser paciente, a la espera de que el error lo cometa el otro.

—Confío en que mate a ese individuo —dice Bringas, sin dejar de masticar—. A él y a cuanto de perverso y arrogante simboliza, etcétera.

—Si tanto interés tiene —le reprocha don Hermógenes—, podría haberlo desafiado usted.

Tenedor en alto, Bringas se echa atrás en la silla y mira desdeñoso al bibliotecario.

—Lo mío no es la esgrima ni la pistola, señor. Lo mío es anunciar, metafóricamente de momento, el cadalso para los tiranos y sus lacayos. El trueno espantoso de la Historia. Y mi arma es la sola fuerza de la pluma: *Longa manus calami,* y todo eso. Ya saben... Por cierto, esta salchicha está exquisita.

Don Hermógenes deja de prestarle atención. Se ha vuelto hacia el almirante con una sincera angustia pintada en el rostro.

—¿Cree que saldremos de ésta?

Sonríe de nuevo don Pedro, afectuoso.

—Le agradezco ese plural, querido don Hermes. Pero lo cierto es que no lo sé. En estas cosas no sólo cuenta la habilidad. La suerte también mete su sota de espadas.

—Diantre. Me gustaría tener su sangre fría. No parece importarle mucho.

—Me importa. No tengo ningún interés en morir mañana por la mañana. Pienso en mis hermanas, sobre todo... Pero hay cosas que no pueden prevenirse. Hay reglas.

—Reglas absurdas, almirante. El honor...

—No me refiero a esa clase de reglas. Hablo de cosas más íntimas. Más privadas.

Sobreviene un silencio, sólo roto por el mascar del abate. El restaurante huele bien, con un aroma de especias, fiambre y salazones que estimula los sentidos. Sin embargo, el almirante apenas prueba la comida, y don Hermógenes sigue sin tocar su plato. Sólo Bringas, en su salsa, hace los honores. Nada tiene que ver aquel restaurante, comentó cuando encargaban el menú, con la miserable fonda de la rue des Mauvais-Garçons donde malcome rodeado de obreros y pescaderas, cuando puede permitírselo, por seis cochinos sueldos.

—Hay otro asunto —dice el bibliotecario con cautela, como si le hubiera estado dando vueltas antes de plantearlo—. Se necesitan dos cartas, una firmada por Coëtlegon y otra por usted, para ser usadas en caso necesario, exonerando al otro... En ellas afirman que el daño recibido se lo han hecho ustedes mismos, y que no debe culparse a nadie.

Asiente el almirante con indiferencia.

—La escribiré esta noche.

Don Hermógenes le pone una mano en el hombro.

—¿Se da cuenta de que si es usted el... ejem, infortunado, quien lea esa carta pensará que ha cometido suicidio?

—¿Y qué?

—No es un final cristiano, querido amigo.

—Nunca tuve intención de tener un final cristiano.

Deja Bringas de comer un momento, mira al almirante e inclina aprobador la cabeza.

—Eso le honra, señor. No esperaba menos.

Don Hermógenes no comparte la satisfacción del abate.

—Lamento oír eso. Quizá usted, a última hora...

El almirante lo mira con desusada sequedad.

—Lo lamenta, pero lo respetará. Si mañana me veo con unas pulgadas de acero en el pecho, no quiero gastar mi último aliento en mandar al diablo al confesor que usted me traiga... ¿Está claro?

—Clarísimo.

Los interrumpe Pontaillé, el dueño del restaurante, que trae un sobre lacrado. Se acaba de presentar, dice, un lacayo de librea con un billete para los señores; o en concreto para uno de ellos: el almirante don Pedro Zárate. El mensajero viene desde el hotel de la Cour de France, en la rue Vivienne, donde le han dicho el lugar donde estaba comiendo el destinatario.

—Démelo —dice el almirante.

Bringas y el bibliotecario lo miran con curiosidad mientras rompe el sello y lee, aunque su rostro inexpresivo no trasluce nada. Al cabo, don Pedro dobla de nuevo el papel y se lo mete en la vuelta de una manga de su casaca. Después saca de un bolsillo del chaleco el reloj, abre la tapa y consulta la hora.

—Tendrán que disculparme esta tarde. Cuando acabemos de comer debo atender un asunto.

—¿Grave? —se inquieta don Hermógenes.

—No lo sé.

—¿Particular?

Le sostiene la mirada el almirante, impasible.

—Eso creo.

La rue Saint-Honoré no es Versalles pero lo parece, piensa don Pedro Zárate mientras camina por ella. El lugar tiene su propia corte de carruajes de toda clase, paseantes de buen aspecto y señoras que entran y salen de las tiendas. Se diría que esta concurrida arteria de París y las calles adyacentes no están hechas más que de comercios, y en su laberinto de tiendas de modas, perfumerías, cafés y locales lujosos se ve atrapada media ciudad: el faubourg Saint-Germain, la chaussée-d'Antin, Montmartre, el Marais, según le contó el abate Bringas, se vacían durante la jornada porque buena parte de sus moradores acuden aquí a pie, en fiacre, en berlina, en cabriolé, a pasear, comer, tomar café, comprar o mirar.

Atento a los números de la calle y las muestras de las tiendas, el almirante llega a la que busca, situada entre un comercio de papeles pintados y una guantería. El rótulo le arranca una sonrisa: *Mlle. Boléro, chapeaux à la mode.* Hay en la puerta una vitrina con cintas, pompones, plumas, cofias y sombreros de todas clases. Don Pedro empuja la puerta, que hace sonar una campanilla, se descubre y penetra en el interior. El sonido hace alzar la vista a dos muchachas, más bien lindas, que cosen junto a un mostrador, aderezando muñecas que, supone el almirante, pronto viajarán a todas las capitales de Europa, desde Madrid hasta Constantinopla o San Petersburgo, vestidas a la última moda y tocadas con los elegantes sombreros de mademoiselle Boléro.

—Buenas tardes.

Una señora de mediana edad y rostro agradable acude a su encuentro. Viste de raso oscuro, con discreción, y lleva el pelo recogido a la española.

—Soy el señor Zárate... Creo que me esperan.

Margot Dancenis está sentada en un pequeño patio cubierto por una montera de vidrio, junto a una mesita de jardín rodeada de plantas. Hay un juego de té de porcelana fina sobre la mesa.

—Gracias por venir, señor.

Don Pedro ocupa una silla. Cuando se vuelve a mirar la puerta, la señora que lo recibió ha desaparecido.

—Es una buena amiga —explica madame Dancenis—. Española, como nosotros. Confecciona mis sombreros desde hace años. Y es de toda confianza.

Estudia el almirante a su interlocutora. Viste con talle ajustado y falda hueca, seda gris bordada con flores minúsculas y un pañuelo de muselina, a modo de pañoleta, velándole a medias el escote. Lleva el cabello recogido en una cofia que combina de modo encantador con un sombrerito de paja de ala ancha, sin duda obra del taller de mademoiselle Boléro. Y sus ojos grandes y oscuros miran preocupados al almirante.

—Necesitaba verlo antes de lo que ocurrirá mañana.

Sonríe con suavidad el almirante.

—Estoy a su disposición.

—Coëtlegon no es un duelista de los que van por ahí buscando querella... No es un mal hombre.

—Nunca pensé que lo fuera.

Ella abre y cierra un abanico de nácar, cuyo país está pintado con flores y pájaros.

—Sólo está celoso.

A don Pedro se le desvanece la sonrisa.

—No hay ningún motivo —dice, seco.

—No, no lo hay.

Un breve silencio. Al cabo, madame Dancenis hace un ademán de impaciencia.

—Lo de mañana es un disparate. Quiero impedirlo.

Nuevo silencio. Nada encuentra el almirante que responder a eso, de modo que se limita a mirar las manos de la mujer: bellas, cuidadas, con aquellas suaves venas azules de mujer de fina casta.

—Coëtlegon es demasiado orgulloso —dice ella de pronto—. Y se dice ofendido. Usted lo dejó por embustero.

—Es lógico —responde el almirante, sereno—. Mintió.

—Estaba irritado.

—Hay muchas formas de estarlo... Aquélla fue del todo improcedente.

La mujer lo mira entre suplicante y caprichosa.

—¿No hay solución posible?

—Creo que no la entiendo, señora Dancenis.

—Llámeme Margot, por favor.

—Creo que no la entiendo, Margot.

Ella coge la tetera y vierte el líquido humeante en dos tazas. Al inclinarse para hacerlo, él percibe su perfume. Suave, a pétalos de flor. De rosa.

—¿No podría usted darle alguna clase de satisfacción privada, anulando el duelo?... ¿Disculparse con él o algo parecido?

Sonríe de nuevo el almirante, melancólico.

—Me temo que eso es imposible.

—Es ridículo que el orgullo de dos hombres...

—Lamento no poder complacerla, señora Dancenis.

—Margot, le he pedido.

—Margot.

Ella sorbe un poco de su taza y la deja en el plato, pensativa, abriendo y cerrando el abanico como si comprobase el estado de las varillas.

—Yo soy la causa —dice en voz baja.

—No por mi parte.

—Por la de ambos. Es cierto que usted no lo buscó. Que es inocente. Pero soy la causa. Coëtlegon está celoso.

—No le ha dado usted el menor motivo.

Ella se toca con el abanico cerrado una comisura de la boca.

—No estoy segura de eso.

Ahora ha alzado el rostro. Lo mira a los ojos.

—Lo he hecho venir, señor, porque me considero responsable.

Él, que alargaba la mano hacia su taza de té, la retira sin llegar a tocarla.

—Quíteselo de la cabeza —dice tras un instante—. Eso es una tontería.

—No lo es. Y quiero decirle que aprecio su delicadeza. Su exquisita prudencia.

—No sé de qué habla.

Margot Dancenis vuelve a mirar el abanico.

—¿No hay nada que yo pueda hacer, entonces, para evitar este desvarío?

—Nada.

—Él es... No quiero ofenderlo, señor almirante... Su adversario es...

—¿Joven?

Don Pedro ha cogido al fin su taza y se la lleva a los labios mientras ve a la mujer negar con la cabeza, casi angustiada.

—Las cosas serán lo que deban ser —dice él cuando deja la taza.

—Temo que me haya interpretado mal. Usted no es... Bueno. No es la palabra *viejo* la que mejor le cuadra.

Lo ha dicho de un modo encantador, con una sonrisa que derretiría todo el chocolate de la rue Saint-Honoré. Don Pedro se remueve, incómodo. No es lo usual. No es lo que acostumbra a escuchar. Hace tiempo que no.

—¿Es cierto, entonces, que estuvo en lo de Tolón? —pregunta ella de improviso. Voluble. O no tanto.

—Sí.

—¿Fue un combate muy terrible?

—Difícil, es la palabra.

—Como espectáculo, debió de ser grandioso.

—No vi mucho espectáculo —el almirante entorna los ojos cual si lo cegara un resplandor lejano—. Esta-

411

ba abajo, mandando la segunda batería de un navío. Entre eso y el humo no pude ver gran cosa. Gritos, ruido, calor... Cosas así.

Ella le señala el rostro con el abanico.

—¿Esa marca de su cara es de aquel día?

De modo irreflexivo, espontáneo, el almirante se toca la cicatriz.

—Sí.

—¿Metralla?

—Una astilla.

—Dios mío —parece horrorizada—. Pudo dejarlo ciego.

—Exagera usted.

—En absoluto. Y habría sido una lástima. Tiene ojos interesantes, señor. ¿Siempre fueron así?... ¿Tan claros, húmedos y fríos?

—No lo recuerdo.

Ahora la pausa es larga. Los dos beben el té en silencio.

—Lo olvidaba —dice ella al fin, despacio, cual si le costara alejarse de cuanto han hablado antes—. Mi marido, que se ha ido a la finca de Versalles para ocuparse de asuntos inaplazables, me ha dado un recado para usted.

La mira, sorprendido.

—¿Él sabe lo de mañana?

—Oh, claro que no. Hemos procurado ocultárselo. Se afligiría mucho.

—Comprendo... ¿Cuál es el recado?

—Ha muerto un amigo suyo, el procurador Hénault: bibliófilo empedernido, como él, poseía una *Encyclopédie.* Mi marido conoce a la viuda, que siempre detestó la afición a los libros del difunto. Y como él dice, cuando muere un bibliófilo, a los pocos días sale la biblioteca por la misma puerta por donde salió el cadáver... Así que ha escrito una carta de presentación para ustedes, por si quieren ponerse en contacto con ella.

—Se lo agradezco. Mis respetos al señor Dancenis.

—Supongo que estos días no está usted para enciclopedias ni nada por el estilo. Pero ahí queda esa posibilidad. Si todo sale bien mañana...

—¿Para quién? —se burla don Pedro—. ¿Para el señor Coëtlegon o para mí?

Ella se abanica, deliberadamente frívola.

—Oh, me refiero a los dos. Por supuesto. No quiero que nadie resulte herido. Me han dicho que es a primera sangre, así que ojalá se resuelva con algún rasguño sin importancia.

—Eso espero. De no ser así, crea que ha sido un honor conocerla. Un placer absoluto.

Madame Dancenis se ha puesto seria de pronto. Cierra el abanico y lo deja en el regazo.

—Siento que por algo ocurrido en mi presencia...

—Cualquier cosa relacionada con usted merece la pena.

Ella lo estudia con equívoca inocencia.

—¿Está casado, señor?

—No. Nunca lo estuve.

—¿Nadie se ocupa de usted?

—Dos hermanas solteras.

Chispean los ojos de la mujer, divertidos. Casi con ternura.

—Eso es delicioso.

Se miran. Margot Dancenis mantiene los labios un poco separados, como si respirase con suave dificultad. La línea esbelta y blanca de su garganta se prolonga bajo la muselina del escote, haciendo pensar en el cuello de un hermoso cisne. Al cabo de un momento ella toca la tetera y retira la mano, contrariada, como si estuviera demasiado tibia para su gusto.

—Cuando consigan la *Encyclopédie* se irán de París, imagino. Usted y su amigo.

—Sí. Suponiendo que la salud me lo permita.

—No sea tonto —en los ojos oscuros brilla una luz diferente—. No hable así. Estoy segura de que...

—Sentiré no volver a verla.

—¿Habla en serio?... ¿Sentirá no volver a verme?

Parece perpleja. Don Pedro no responde. Se limita a sostenerle la mirada.

—Vaya —dice ella, casi en un murmullo.

Al fin recurre de nuevo al abanico. Lo abre y se da aire con más vigor.

—Haremos una cosa, señor almirante. Cuando este enojoso asunto termine, espero que de forma satisfactoria para todos, venga a desayunar a mi casa.

—No comprendo —ahora es él quien está desconcertado—. Me temo...

—No tema nada. Lo invito a desayunar, que es lo más corriente del mundo. Ya sabe que suelo invitar a mis amigos. Leemos libros filosóficos y reímos un rato. Me gustaría verlo allí.

—Es un honor —aún duda él—. Pero esa intimidad...

—Oh, señor. No me decepcione. Ya sé que en España no es costumbre, pero lo creía a usted por encima de eso... Lo tomo por un terrible duelista, y me sale ahora mojigato.

Ríe con ganas el almirante. Sincero.

—Tiene usted razón. ¿Qué puedo hacer para rehabilitarme?

—Aceptar.

—En tal caso, de acuerdo.

—Entonces es cosa hecha... Si todo sale bien, que saldrá, lo espero uno de estos días. Para desayunar.

A la luz de un velón de aceite, en su cuarto del hotel du Roi Henri, Pascual Raposo firma una carta y echa polvos secantes para enjugar la tinta. Después relee lo escrito, prestando atención especial a uno de los párrafos:

Tengo noticia (vía mis agentes locales) de que hubo cuestión de honor entre uno de los viajeros y un caballero francés. Y que debe resolverse por los medios usuales en las próximas horas. Si hubiera desenlace trágico, eso ayudaría mucho...

Temiendo no haber sido lo bastante explícito —tampoco es cosa de comprometerse con nombres y detalles innecesarios, en cartas que no sabe dónde acabarán—, Raposo moja de nuevo la pluma de ave en el tintero y subraya con una línea la palabra *resolverse*. Al cabo dobla la hoja, escribe la dirección, echa polvos de nuevo y derrite con la llama del velón, sobre las solapas del reverso, el extremo de una barrita de lacre. Después, dejando el sobre encima de la mesa, enciende un cigarro en la llama, se pone en pie y abre la ventana. La estufa calienta demasiado, y el calor en la habitación es excesivo. En mangas de camisa, con los brazos cruzados, fuma mirando las casas y casuchas adosadas a la tapia del cementerio de los Inocentes, que destacan entre las sombras de la calle. Sobre ellas, medio veladas por las nubes bajas en un cielo que todavía no es del todo negro, despuntan las primeras estrellas.

Unos golpes en la puerta. Raposo mira la hora y se sorprende, pues no espera a Henriette hasta más tarde. El recuerdo del cuerpo joven y ávido bajo el camisón, el calor de los muslos y la impúdica tibieza de los senos jóvenes de la muchacha, estimula su imaginación. Pero la sonrisa que se le dibuja en la boca cruel mientras se dirige a la puerta y la abre se desvanece cuando ve al otro lado no a Henriette, sino a su padre. El dueño del hotel se ha puesto una casaca y un corbatín —algo inusual en alguien que se pasa la vida sentado y fumando su pipa en chupa y camisa—, y el aspecto es insólitamente formal, lo que acentúa la expresión grave de su rostro cuando mira a Raposo y, tras una breve vacilación, le pregunta si pueden tener una charla. Éste se hace a un lado, lo deja pasar, y con el cigarro entre los dientes observa cómo monsieur Barbou mira alrededor, prestando atención a los detalles del cuarto: la carta lacrada sobre la mesa, la ventana abierta, el sable colgado de un clavo en la pared, la vieja estampa de Luis XV pegada con miga de pan. Acaba deteniéndose en la cama, a la que dirige una mirada triste. Casi dolorida.

—Hay un asunto grave, señor —dice—. Muy grave.

Raposo le ofrece la silla, y el otro se acomoda mientras él va a sentarse sobre la colcha arrugada del lecho.

—Vengo a hablarle como padre, no como propietario de este lugar.

El tono está acorde con la expresión del rostro. Grave, honradamente burguesa. Solemne, quizás.

—Se trata de Henriette.

Entorna Raposo un poco los ojos y da una chupada al cigarro.

—Adelante —dice.

Duda el otro. Si no llevara ya un par de semanas en el hotel du Roi Henri, Raposo lo creería avergonzado.

—Es nuestra única hija —aventura.

Aquel plural, piensa Raposo, contiene todo el matiz. Es rico en detalles. La gente, concluye mientras da otra chupada al cigarro, no presta atención a los plurales. Y luego pasa lo que pasa.

—¿Y bien?

—Su madre me ha hablado. Me ha contado sus sospechas... Después, en fin... Hemos interrogado a Henriette. Y nos lo ha confirmado todo.

Sentado en la cama, Raposo sigue fumando, impasible.

—¿Qué es lo que ha confirmado?

—Pues eso... En fin. Que ya me entiende usted, señor.

—Se equivoca. No entiendo absolutamente nada.

Un silencio. Barbou vuelve a pasear la vista por la habitación. Esta vez se detiene en el retrato del rey difunto, cual si en éste encontrase dignidad para seguir exponiendo lo que ha venido a exponer.

—Su virtud... —empieza a decir, y se calla.

—¿Qué pasa con mi virtud?

—No me refiero a la suya, señor. Hablo de mi hija. La virtud de Henriette...

El hotelero se detiene ahí, embarazado. Sus ojos se han vuelto casi suplicantes, como pidiendo a Raposo que ayude, con su comprensión, a superar el difícil trecho que tiene por delante. El mal rato. Pero Raposo sigue mirándolo en silencio, ligeramente entornados los ojos, como antes, el cigarro humeándole en la boca.

—Usted le ha quitado la honra a nuestra hija —suelta Barbou, al fin.

Otra vez el plural. Raposo, que contiene con dificultad una carcajada —lleva rato preparándose para ella—, imagina a la señora Barbou en el pasillo, la toquilla sobre los hombros y el oído atento. Esperando el resultado de la entrevista.

—¿Y qué esperan de mí? —pregunta con mucha flema.

Se mira las manos el otro como si dudara. La luz del velón de aceite le ilumina a medias el rostro y enflaquece sus mejillas, dándole aspecto de hombre atormentado.

—Una reparación.

Ahora sí que ríe Raposo, con descaro. Se quita el cigarro de la boca y emite una carcajada de sincero buen humor.

—¿Qué pretenden que repare?

—La virtud de Henriette...

—De la virtud ya me habló antes. ¿Qué más?

—Según su madre, ha tenido una falta.

—Y a mí qué me cuenta. Llevo en París sólo quince días.

Duda el otro, desviando de nuevo la mirada.

—Yo de eso no entiendo... Son cosas de mujeres.

—De mujeres, dice usted.

—Eso es.

—Comprendo. ¿Y en qué consiste esa reparación?... Porque no pretenderán que me case con ella.

—Bueno. No se trata de eso... Su madre y yo lo hemos hablado. Y lo cierto es que...

—¿Y su hija? —lo interrumpe Raposo—. ¿Qué opina de esto?

—Ella es casi una niña. Tiene poco que opinar. Y usted es un viajero. Está de paso.

—¿Se refieren entonces a una reparación económica?

La expresión grave del hotelero parece aclararse un poco.

—Podríamos discutirlo, sí... Ya le dije a mi mujer que parece usted un hombre razonable y un caballero.

Raposo mira su cigarro, que está casi consumido. Después se levanta con mucha calma, va hasta la ventana y lo arroja por ella, viendo cómo la brasa describe un arco hasta perderse en la oscuridad. Aún permanece un momento de espaldas a su interlocutor, mirando la calle, el antiguo cementerio en sombras, el cielo ya negro donde las estrellas brillan entre nubes desgarradas y oscuras que parecen tocar los aleros de las casas. Al cabo, con la misma tranquilidad, se vuelve hacia Barbou.

—Su hija es un putón desorejado —dice, sin alterar la voz.

El hotelero lo mira con la boca abierta, como si le hubieran metido en ella algo muy frío o muy caliente.

—¿Perdón? —balbucea al fin.

Raposo da tres pasos hacia él, situándosele enfrente, tan cerca que el otro se ve forzado a alzar mucho la cara para mirarlo. Y lo que ve no debe de gustarle nada, pues parpadea, inquieto.

—Su hija sólo tiene vírgenes los tímpanos de las orejas, que yo sepa —dice Raposo en el mismo tono—. Y estaba así mucho antes de que entre su madre y usted la metieran en mi cama, a ver qué podían sacar de ello.

—No le consiento...

Desapasionadamente, sin apresurarse, sin poner en ello más violencia que la necesaria, Raposo le pega a Barbou una bofetada que lo hace caer de la silla al suelo. Después se inclina sobre él, le pone una rodilla en el pecho y lo agarra por el corbatín, tirando de él hasta casi estrangularlo.

—En París hay miles de rameras, sin contar las mantenidas, las chicas de la Ópera y las puercas de hotel como tu hija... ¿Y tienes la pretensión de sacarme dinero por ella?

Debatiéndose bajo la rodilla de Raposo, medio asfixiado por la mano que tira de la corbata deshecha, espantados los ojos y aturdido por una violencia que no esperaba, Barbou lo mira con ojos de terror.

—Yo mismo he jugado ese truco alguna vez en España, con viajeros incautos —dice Raposo, riendo como un lobo malo—. Allí lo llamamos reparar a la doncella. Y tengo que venir a París para que lo intenten conmigo... ¡Tiene gracia!

Soltando la presa, Raposo se pone en pie. Ahora ríe, divertido de veras. No se lo van a creer los compadres en Madrid, cuando lo cuente. Piensa. Querer hacérsela a él, Pascual Raposo, como si fuera un pichón sin malicia. A mí, que las vendo.

Barbou se ha incorporado frotándose el cuello, desorbitados los ojos. Aún con el terror y la humillación pintados en la cara.

—La policía... —murmura, descompuesto.

Lo mira Raposo casi con sorpresa. Con un interés repentino que hace enmudecer al otro.

—La policía, imbécil, es amiga mía. ¿Te suena de algo el nombre de Milot?... Pues ve a él. A quejarte.

Dicho eso, se acerca al hotelero, que ante su proximidad retrocede un paso.

—¿Ves ese sable? —añade, señalando el que está colgado en la pared—. Pues no lo pierdas de vista, Barbou... Porque a la menor molestia te degüello con él, y a tu mujer y a tu hija se lo meto por el coño.

Hay mucho silencio en el hotel de la Cour de France. Es tarde. En gorro de dormir, bata y pantuflas, una vela encendida en la mano, don Hermógenes regresa del escusado. Al pasar ante la habitación del almirante, vacila un momento. Luego, decidiéndose, llama con suavidad. Al oír «Pase», abre la puerta, que no está cerrada con llave. A la luz de un candelabro donde arden dos velas, don Pedro se encuentra sentado en un sillón, todavía vestido, con calzón de ante y en mangas de camisa, dándole cuerda al reloj. Tiene las piernas extendidas sobre un taburete y un libro abierto puesto boca abajo sobre la mesa, al alcance de la mano.

—Debería estar durmiendo —dice el bibliotecario.

—Debería, sí —responde el otro.

Don Hermógenes deja la palmatoria sobre la mesa, donde hay un pequeño paquete de papel sujeto con cordel y lacrado.

—¿Puedo hacerle compañía un rato?

—Se lo agradezco.

Tras dirigir una mirada suspicaz al paquete, se sienta el bibliotecario en una silla, junto a la cama que está sin deshacer. En ésta, sobre la colcha, se encuentra el espadín que don Hermógenes consiguió por la mañana para que practicase el almirante.

—¿Lo ha usado?

—No.

—Pues debería, querido amigo. Para eso lo traje.

—No tengo humor para posturas de esgrima.

Sobreviene un silencio. Don Hermógenes mira a su compañero con afecto.

—¿Cómo se encuentra?

—Extraño.

Se queda un instante pensativo el almirante, tras decir aquello. Al cabo deja el reloj junto al libro, inclina un poco la cabeza y sonríe vagamente.

—Y también cansado —añade.

—Por eso le digo que debe dormir.

—No es esa clase de cansancio.

El paquete lacrado sigue atrayendo la atención de don Hermógenes, que al fin se deja vencer por la curiosidad.

—¿Qué contiene, si me disculpa la impertinencia?

El almirante mira el paquete como si hubiera olvidado que estaba ahí.

—Dos cartas y unas últimas voluntades —responde con sencillez—. Las cartas son una para mis hermanas y otra para el director de nuestra Real Academia. Esta última, con mis excusas.

—Estaría bueno. No creo que sea necesario...

—Vine a París como usted, con una misión que cumplir; y me arriesgo a no terminarla. Lo menos que puedo hacer es justificarme.

—Usted no necesita justificación —protesta don Hermógenes, conmovido.

—Se equivoca. Lo que voy a hacer mañana es una estupidez que repugna a cuanto sostuve durante buena parte de mi vida.

—No la haga entonces. Niéguese a esa barbaridad.

El almirante lo mira y no dice nada. Por fin se vuelve hacia la ventana, como si las respuestas se hallasen al otro lado.

—Todo en la naturaleza es cuestión de equilibrio. De leyes compensatorias.

—Por Dios... ¿No lo fatiga a veces ese corazón suyo, siempre acompasado con la cabeza como una aguja de reloj y su péndulo?

—No puedo elegir.

Se toca el bibliotecario el mentón, donde ya rasca un apunte de barba.

—No lo entiendo.

—Da igual, querido amigo.

—No, no da igual en absoluto. Si tiene usted una conciencia, una razón que rechaza este disparate, siga su dictado... Sé que es hombre de cuajo suficiente para no tener que demostrar nada a nadie. Y si lo toman por lo que no es, peor para ellos.

—Digamos que es un lujo que voy a permitirme.

—¿Un qué?... ¿Batirse por un supuesto honor lo considera usted un lujo?

—Yo no me bato por mi honor, don Hermes. Mi honor nunca estuvo en cuestión. No, al menos, lo que suele entenderse por eso.

Mira el bibliotecario el lomo del libro que está abierto y boca abajo en la mesa —*Morale universelle*, pone en el tejuelo—, junto al paquete lacrado. El libro lo compró el almirante hace unos días en una tienda de la rue Saint-Jacques, junto con el *Système de la nature* del barón Holbach.

—Esa carta para sus hermanas... —comenta don Hermógenes—. ¿No le inquieta dejarlas solas? ¿Ha pensado en el disgusto que sufrirán si...?

—Tienen algún pequeño ahorro con que vivir, y unas modestas acciones de la Compañía de Caracas.

—Pero lo echarían de menos. Hablo de afectos.

—Oh, eso sí. Mucho. Nos quedamos pronto huérfanos, y una de las razones por las que abandoné el mar fue para ocuparme de ellas. Y las dos, a su vez, permanecieron solteras para cuidar de mí. Hemos vivido juntos todos estos años, y sin duda me tendrán en falta si yo... Claro. Ellas son el único remordimiento real que tengo. Lo que me impide estar en paz del todo.

—En cuanto a la Academia...

—Por esa parte estoy tranquilo. Usted me dejará bien, no cabe duda. Lo adornará todo de modo conveniente: «El almirante se batió por el honor de su patria y la reputación de la Real Armada»... Argumento impecable que a todos parecerá estupendo. Suspenderán un pleno en mi memoria, el secretario Palafox levantará acta y asunto resuelto... Por cierto. No consienta que me digan misas. Volvería del Más Allá para tirarle por la noche de los pies.

—Es usted incorregible.

—Lo que soy es demasiado viejo para tonterías.

Se impacienta don Hermógenes. Por un momento alarga una mano para tocar la empuñadura del espadín: es de guarnición dorada, estrecho y fino, con la hoja dentro de una vaina de piel negra.

—Qué absurda y contradictoria es Francia —comenta—. Foco de luces y razón, por una parte, y tan ridículamente duelista, por la otra. Esta triste disposición a creerse insultados a cada momento y a ver en todo una ofensa...

El almirante le dirige una mirada no exenta de humor.

—Seamos justos, don Hermes. Yo realmente insulté a Coëtlegon.

—Fue él quien se lo anduvo buscando. Demasiado se contuvo usted. Yo me refiero a la propensión que tienen aquí a tirar de espada o de pistola por esta clase de idioteces... ¿Pierde uno en el juego? Se bate. ¿Alguien te mira demasiado fijo? Te bates. ¿Tu mujer o tu amada son unas coquetas? Te bates, y encima te haces matar por eso. ¿Has deshonrado a un buen hombre, quitándole la mujer, y él te llama canalla? Te bates, y lo matas, si puedes... Y menos mal que muchos duelos son a primera sangre.

Hace don Pedro un ademán de indiferencia.

—Supongo que ahí está la explicación —opina tras pensarlo un poco—. En Italia o España no se anda la gente con tantos remilgos. Si hay duelo se destripan a conciencia, con ganas. Quizá por eso son tan escasos los lances en España... Pero en Francia, donde todo en sociedad se toma de manera frívola, la mayor parte de los duelos son a primera sangre, como el mío. Se detienen con la primera herida, para volver a empezar veinte veces si los contendientes lo deciden. No son gente seria en esta clase de asuntos.

—Ya, pero la muerte sí lo es —se indigna don Hermógenes—. Una primera herida puede ser una estocada en el corazón. O una infección que en dos semanas lo lleve a uno a la tumba.

—Mala suerte, entonces.

—¿Por qué forzarla, en tal caso?... ¿Por qué se presta a esta mascarada?

Ahora el silencio es largo. El almirante ha retirado las piernas del taburete y se yergue en el asiento. Durante un momento permanece así, inmóvil, como atento a un sonido o una señal que sólo él pudiera advertir en la distancia.

—Antes de que saliéramos al mar a romper el bloqueo en Tolón —dice al fin, pausadamente—, en febrero del año cuarenta y cuatro, hubo una entrevista entre el almirante inglés y el francés que debía proteger con su escuadra nuestra salida del puerto... El acuerdo fue que los franceses seguirían navegando y no abrirían fuego si los ingleses sólo disparaban contra nosotros, y no contra ellos... Y así ocurrió frente al cabo Sicié: treinta y dos navíos ingleses contra doce españoles, mientras los dieciséis franceses seguían a rumbo, tranquilos y sin intervenir, alejándose del combate.

Se ha detenido. Ahora mira la llama de las velas.

—Aun así, combatimos siete horas y media sin dejarnos atrapar —añade tras un momento.

—Fue una gran victoria, sin duda —sonríe don Hermógenes.

El almirante lo mira casi con sorpresa, cual si no esperase aquellas palabras.

—No fue una victoria —responde, seco—. Fue sólo una magnífica supervivencia.

Se ha levantado, estirando despacio su larga figura como si las articulaciones le dolieran. La luz de cera proyecta, agrandada, su sombra en la pared. Don Hermógenes coge el libro que estaba abierto boca abajo en la mesa, le da la vuelta y lee, forzando la vista:

El que haya meditado bien sus deberes y los haya cumplido fielmente gozará de una felicidad verdadera

durante su vida y la dejará sin temor ni remordimien-
tos. Una vida adornada de virtudes es necesariamente
feliz y dichosa, y nos conduce tranquilamente a un tér-
mino en el que nadie podrá arrepentirse de seguir el ca-
mino designado por la naturaleza.

—Aquel día nos hicimos a la mar sabiendo lo que iba a ocurrir —dice el almirante cuando don Hermógenes deja el libro—. Que los franceses nos dejarían solos... Y aun así, salimos.

—Por el honor y la bandera, naturalmente.

—No. Porque teníamos órdenes. ¿Comprende? Todos nos habríamos quedado en el puerto, la mar de felices. A nadie gusta morir o quedar mutilado.

Tras contemplar un momento el espadín, don Pedro lo coge de encima de la cama y lo mete en el armario ropero.

—Sólo se trataba de cumplir las reglas —dice mientras cierra el armario—. La vida te sitúa ante ellas. Se asumen, se cumplen, y punto... Sin grandes gestos. Sin dramatismos.

—Usted nunca... —empieza a decir el bibliotecario.

Pero el otro no parece haberlo oído.

—Ahora sé que cuantos peleamos allí, y a fe mía que se hizo lo mejor que se pudo, no lo hicimos por honor, ni patria, ni reputación... Lo hicimos porque tocaba hacerlo. Tocaba cumplir las reglas.

—Sin embargo, la voluntad de Dios...

—Por favor, don Hermes —la sonrisa del almirante es ancha, franca, casi divertida—. No meta a Dios en esto. Déjelo usted en el Sinaí, tranquilo, dictando tablas de la Ley.

—Válgame Cristo. Me recuerda usted a aquel frío geómetra que, cansado de oír hablar del *Quijote,* se decidió al fin a leerlo; y al acabar el primer capítulo, comentó: «Pero esto ¿qué demuestra?».

—Pues en cierto sentido no le faltaba razón...

Mueve el bibliotecario la cabeza con desaliento.

—Por eso va a batirse mañana, entonces: por nada. Sólo porque toca batirse.

La sonrisa aún no se ha borrado en la boca del almirante cuando éste asiente despacio, con infinita calma.

—Sólo por eso. Sí. No por nada, sino por todo... Porque toca, y no hay otra. Y porque nadie vive eternamente.

—Aquí es —dice Milot, golpeando con el bastón el techo del fiacre.

Pascual Raposo y el policía bajan del coche, envuelto en su capote el primero, abotonado el otro el redingote hasta el cuello. No hace mucho frío, pero la humedad reina en el bosque y tapiza de rocío la hierba. Todavía no asoma el sol, y una ligera bruma parece trabarse en las copas de los árboles mientras los dos hombres caminan cuesta abajo, dejando atrás los Campos Elíseos.

—De ti depende —va diciendo Milot—. Si quieres, interrumpo el lance y me llevo detenido al personaje, se lo entregamos a Federici, el jefe de vigilantes, y que lo empapele. Nada más fácil. Pero ya sabes que un duelo, en grado de tentativa y antes de que corra sangre, suele liquidarse con una amonestación y una multa. Mañana o pasado, tu duelista estará en la calle... Habrás ganado un par de días, como mucho.

—Vamos a ver qué pasa. Cabe la posibilidad de que lo hieran de gravedad, o lo maten.

Ríe Milot, complacido.

—Sí, claro. Eso vendría de perlas. Problema resuelto para ti, o al menos la mitad del problema... Incluso si es él quien mata al otro, siempre se le puede detener con cargos más serios. Ahí ya le sería difícil zafarse.

—Por eso te digo. Miraremos de lejos, de momento.

—Bueno. Es tu negocio, compañero.

Al final de la cuesta hay una zanja, que los dos hombres cruzan saltando, y luego el terreno se nivela hasta la linde del bosque, donde se extiende un claro en forma de prado. Hay más árboles al otro lado, pero éstos se ven difuminados por la humedad ambiente que agrisa el amanecer. Bajo aquellos árboles hay dos coches detenidos junto a una cerca de madera.

—Éste es buen sitio —dice Milot.

Se nota que el policía conoce el lugar por haberlo frecuentado otras veces. Ha ido directamente hasta el grueso tronco de un árbol caído entre arbustos, del que aparta el rocío con la mano para sentarse, acomodando los faldones del redingote. Aquel prado, le ha contado a Raposo cuando venían en el coche, es escenario habitual de esa clase de encuentros: discreto, a menos de media hora de la plaza Luis XV y fuera del recinto de los Campos Elíseos: donde hay otros lugares a propósito, pero la vigilancia de los suizos de Federici plantea más dificultades a la gente que se bate.

—Ponte cómodo —le sugiere a Raposo.

Éste se sienta en el tronco y comprueba que los arbustos preservan de miradas ajenas, aunque permiten ver el prado en casi toda su extensión. Asiento de primera clase, concluye satisfecho. Y gratis. En lo que a él se refiere, puede empezar el espectáculo.

—¿Tienes para mí uno de tus petardos? —pregunta el policía.

—Claro.

Saca Raposo dos cigarros, piedra y mecha, y tras algunos intentos en falso a causa de la humedad, fuman en silencio.

—Mira —Milot consulta su reloj—. Justo a tiempo. Creo que han llegado todos.

Raposo, que ha sacado de un bolsillo su catalejo plegable, también está mirando. Un tercer carruaje ha aparecido al extremo del claro y se acerca despacio. Mientras esto ocurre, de los otros bajan varios individuos. Tres de ellos caminan dando la espalda al coche que se acerca, adentrándose un poco en el prado. Dos visten de negro, con casacas, capas y sombreros de tres picos, y el otro va en calzón pardo, medias blancas y mangas de una camisa con encajes en el cuello y los puños. Lleva la cabeza descubierta, el pelo rizado en las sienes y empolvado de blanco pese a lo temprano de la hora, y parece en buena forma. Camina despacio, conversando con sus acompañantes, hasta que se detiene y permanece inmóvil, mirando de lejos el coche que se aproxima.

—Ése es Coëtlegon —dice Milot innecesariamente, señalando con el cigarro al que está en mangas de camisa.

Raposo mira el tercer carruaje. Se ha detenido junto a los otros, donde aguardan dos sujetos más, cubiertos con capas negras, y de él bajan tres hombres. Uno es el abate Bringas, reconocible por su aspecto desgarbado, el mal gabán gris que lleva puesto y el arrugado sombrero. Otro es más bien bajo, un poco grueso: don Hermógenes Molina. Don Pedro Zárate, alto y flaco, baja del fiacre y tras mirar alrededor y dirigir una ojeada al oponente que aguarda en el prado, se quita la casaca y la deja doblada sobre el asiento. Luego, en mangas de camisa, estrecha la mano de los dos hombres que aguardan embozados en sus capas.

—Son el director del duelo y el cirujano —informa Milot a Raposo cuando éste le pasa el catalejo—. El que lleva bajo el brazo la funda con las espadas es Bertenval, de la Academia Francesa.

Solemnes, todos avanzan unos pasos en dirección a los que aguardan. A medio camino se detiene el almirante y siguen los demás hasta reunirse con los padrinos de Coëtlegon, que también van hacia ellos. Se encuentra así el grupo de seis hombres en el centro, padrinos, director y cirujano, y conversan mientras los dos duelistas, a veinte pasos uno de otro, permanecen solos en sus respectivos lugares, esperando a que se fijen las últimas condiciones.

—Se ve tranquilo, tu compatriota.

—Fue marino, ya sabes.

—Será por eso —Milot le devuelve el catalejo—. En estos casos, alguno suele ponerse nervioso.

Con mucho interés, Raposo observa a don Pedro. El académico lleva el pelo gris recogido en una coleta con cinta de tafetán, viste camisa sencilla con corbatín negro, calzón negro ajustado y medias del mismo color. Se muestra sereno, casi indiferente, las manos cogidas a la espalda y el aire abstraído, como si contemplara la bruma entre los árboles del bosque. A diferencia de su oponente, que tras un momento da un par de pasos que parecen denotar impaciencia o deseo de desentumecerse, el almirante permanece inmóvil todo el tiempo, sin moverse del sitio hasta que los del grupo central que conversan parecen estar de acuerdo. Entonces, cada pareja de padrinos se dirige hacia su apadrinado y lo hacen acercarse hasta donde aguardan el cirujano y el director del lance.

—¿Te batiste alguna vez en duelo?

—Nunca —Raposo ríe entre dientes—. Eso es una idiotez. El mejor duelo es el que se resuelve con un navajazo inesperado en la ingle, aquí, ¿ves?... Ya sabes. En la femoral.

—Y que lo digas —conviene Milot—. Eso no hay torniquete que lo pare.

—En España lo llamamos la puñalada del torero.

—¿En serio?... Tiene gracia.

Raposo mira el grupo del prado con ojo crítico y mueca lobuna.

—Esto de los testigos y el protocolo es una ridiculez —opina.

Después da otra chupada al cigarro y escupe saliva amarilla por el colmillo, entre los arbustos.

—En materia de arreglar asuntos —añade tras pensarlo un poco—, cuantos menos testigos, mejor.

—Recuerden —está diciendo Bertenval mientras entrega las armas— que no pueden ustedes utilizar la mano izquierda para apartar ni sujetar la espada del contrario.

La situación agobia tanto a don Hermógenes que con gusto se internaría en el bosque para vomitar el café con leche que tomó como desayuno —él fue el único, pues el almirante dijo que, por seguridad, prefería batirse en ayunas—. Admirado, se pregunta el bibliotecario cómo puede su compañero mantenerse sereno en tales circunstancias, y recibir la espada con una mano tan firme; cuando la suya, en caso semejante, temblaría como la de un azogado.

—A mi voz deberán detener el lance en el acto.

Mientras Bertenval enumera las últimas de las condiciones en que se desarrollará el enfrentamiento, Cöetlegon, que no abandona el ceño fruncido y el aire desdeñoso, prueba la flexibilidad de la hoja y se asegura de que ésta se encuentra en buenas condiciones y perfectamente recta, haciendo un par de movimientos en el aire, algo teatrales, que suenan como el zumbar de una fusta. Por su parte, el almirante permanece inmóvil a tres pasos de él, la espada en la mano derecha y ésta pendiente a lo largo del cuerpo, la punta tocando la hierba húmeda. Tranquilo y pensativo como si su cabeza se hallara en otra parte. Coëtlegon, por su lado, ya ha dejado de moverse, baja también el brazo de la espada y mira por primera vez a la cara de su oponente. En ese momento, como si hubiera sentido aquella mirada, don Pedro alza despacio la vista, y sus ojos azules y acuosos, que la bruma de la mañana parece humedecer aún más, se fijan en la espada del adversario y luego ascienden hasta encontrar los suyos.

—En guardia —ordena Bertenval, y retrocede cinco pasos.

Como director del duelo tiene en las manos un largo bastón, destinado a interrumpir la lid si uno de los adversarios comete una incorrección o resulta herido. A su voz, don Hermógenes, el cirujano y los otros padrinos se apartan de la línea de los contendientes mientras éstos alzan las espadas. El bibliotecario observa que Coëtlegon lo hace primero a modo de saludo, con puntillosa etiqueta, llevando la guarnición a la altura del rostro; pero que el almirante se limita a levantar un poco su arma con el codo pegado a la cintura.

—A su asunto, caballeros —dice Bertenval.

El corazón de don Hermógenes late tan rápido que lo siente golpear en el pecho; no sería peor, se dice, si él fuera quien estuviese ahí acero en mano. Con el alma en suspenso ve cómo Coëtlegon se pasa la lengua por los labios, flexiona las piernas, apoya la mano izquierda en la cadera y adopta una elegante postura de esgrima, propia de una estampa sobre la materia. Por su parte, el almirante lo hace alzando su brazo libre en ángulo recto, algo caída la mano, la hoja de la espada ahora más arriba y la empuñadura a la altura de la cara, cual si apuntase al rostro del adversario, con absoluta sangre fría. Como si no hubiera hecho otra cosa en su vida. Fascinado pese al horror que siente, advirtiendo a su lado la sonrisa feroz del abate Bringas, don Hermógenes observa que Coëtlegon mira casi siempre la espada de su contrario, pero que el almirante, como si ignorase la del otro, permanece atento a los ojos de éste, cual si el peligro real estuviera en ellos y no en un simple acero movido por la voluntad de esa mirada. El caso es que uno y otro permanecen así un momento que para el bibliotecario parece prolongarse de modo insoportable, inmóviles y estudiándose, los aceros a unas pulgadas uno de otro. Es Coëtlegon el primero que mueve el suyo, adelantándolo un poco mientras echa ligeramente el cuerpo hacia adelante, a modo de tanteo. Y el sonido metálico de las espadas suena al fin, argentino y nítido, en el aire húmedo de la mañana.

Vacío absoluto de pensamientos, ausencia de cuanto no sea simple concentración física, extraña calma interior. Un curioso distanciamiento de todo y de todos. Eso es lo que experimenta el almirante mientras empuña la espada, atento a las intenciones de su adversario. A la conexión entre la mirada de éste y el movimiento del acero que se produce un segundo más tarde. Al vínculo entre los ojos de Coëtlegon, que ya no se muestran desdeñosos sino concentrados e inquietos, y la punta aguzada que don Pedro siente a tres o cuatro palmos de su cuerpo. Heridas, muerte, vida. Por un momento, cuando el acero enemigo se mueve con rapidez, amaga una finta e intenta penetrar por el hueco de una defensa que el almirante establece en segunda, sin pensar y por simple instinto de supervivencia, don Pedro siente la amenaza mucho más próxima, la insinuación, la posibilidad concreta del contacto metálico en su carne, que le sobreviene en forma de leve escalofrío en las ingles. Premonitorio y siniestro.

Retrocede dos pasos sin bajar la espada y vuelve a ponerse en guardia. De nuevo se rozan las hojas por los extremos, a distancia, midiéndose con lenta prudencia. La hierba está demasiado resbaladiza, piensa ahora por un brevísimo instante, pero el pensamiento se aleja con la misma rapidez con que surgió y con el consuelo de que su adversario se enfrenta a lo mismo. Otra vez la mente en blanco, la atención puesta en los ojos del otro. Allí lee de nuevo, mientras permanece a la defensiva, el ataque serio que su contrincante desencadena a continuación, dos pasos adelante perfectamente calculados, un intercambio que acaba con parada en cuarta, una estocada a fondo desprovista de titubeos, que no busca primera sangre sino pasarle al almirante el pecho de parte a parte, y de la que éste no logra zafarse más que rompiendo la línea hacia la derecha, con un latigazo bajo, muy poco elegante y muy poco ortodoxo, que roza la rodilla derecha de Coëtlegon y lo hace saltar atrás, los labios apretados de furia.

—Por favor, caballeros —se oye decir a Bertenval, cuya voz suena a millas de allí.

Alza una mano don Pedro para pedir breve tregua, y se detiene el otro.

—Lo siento, señor —dice el almirante—. Fue involuntario.

Asiente el otro, impaciente, y ambos se ponen otra vez en guardia. El disgusto de Coëtlegon se manifiesta en un ataque rápido que obliga al almirante a retroceder de nuevo para protegerse. Insiste el adversario, y se sucede un rápido tintineo de aceros en el que don Pedro pierde de vista la espada enemiga, lo que le produce una desagradable desorientación que roza el pánico. Acaba el almirante dando dos estocadas defensivas a ciegas, gira sobre sí mismo para zafarse, a punto de resbalar, y se pone en guardia de nuevo, a tiempo de parar una nueva acometida enemiga. Empieza a fatigarse, y el brazo que sostiene la espada le pesa como si ésta se fuera convirtiendo en plomo. Sin embargo, el rostro enrojecido de Coëtlegon, donde las gotas de rocío parecen gotas de sudor, o tal vez sea al contrario, lo reconforta un poco. En aquellos ataques vigorosos el adversario gasta buena parte de sus fuerzas. Y la esgrima más segura pasados los sesenta años, como recuerda el almirante de sus viejos maestros, consiste en tener a raya al adversario hasta que éste, por cansancio o enardecimiento, cometa algún error.

Sin embargo, el error lo comete él. Al retrasar un pie para afirmarse, éste resbala un poco en la hierba; y el titubeo permite al otro largarle una estocada que no alcanza su pecho por una pulgada, pero que al moverse para pararla termina rasgándole la camisa a la altura del hombro, haciéndole sentir el picotazo violento de la punta enemiga. Retrocede el almirante dos pasos, doliéndose del hombro mientras mueve el brazo para desentumecerlo. Advertido por los padrinos y el director del duelo, éste se adelanta un poco.

—¡Alto!... ¡Hay herida, caballeros!... Deténganse y permítanme examinarla.

Lo mira el almirante, asombrado de que haya alguien más allí; haciendo un esfuerzo para recordar que Coëtlegon y él no están solos. Junto a Bertenval y el cirujano encuentra la mirada horrorizada de don Hermógenes, que se retuerce las manos, blanco como el papel, y también las expresiones preocupadas de los otros padrinos, Laclos y el segundo caballero, y la sonrisa —extasiada— de Bringas. Tocándose el hombro herido con la

mano libre, don Pedro comprueba que hay sangre moján-
dole la camisa. No es mucha y se extiende con la humedad y el sudor; pero es primera sangre. Suficiente, en
principio, para detener ahí el duelo.

—Puedo seguir —se oye decir a sí mismo, mirando a su adversario.

Coëtlegon, que sonreía satisfecho, deja de hacerlo.

—Tiene derecho —dice, poniéndose de nuevo en
guardia.

Toques de punta, a modo de tanteo. Inmóvil, en
posición defensiva de segunda, el almirante ahorra fuerzas intentando recobrarse. Por el hombro siente gotear, a
veces, un pequeño reguero que se pierde en la tela de la
camisa, bajo la axila. La pérdida de sangre le produce, contra lo esperado, una calma profunda y una insólita lucidez. Aunque ésta puede ser engañosa, reflexiona rápida-
mente: una falsa seguridad que acabe con medio palmo
de acero dentro de sus pulmones. Así que resuelve mantenerse desconfiado, a la espera, siempre pendiente de lo
que pueda leer en los ojos del otro. De todas formas,
piensa mientras avanza, toca acero y retrocede un paso,
soy demasiado viejo para esto.

Un relámpago metálico, y en los ojos de Coëtlegon la mirada furiosa, decidida, del hombre que se lanza a matar. Sin apenas pensar en lo que hace, don Pedro
retrocede un paso, para, alza la punta amenazando el
rostro del adversario, y cuando éste ladea el rostro y se
tira a fondo, el almirante, en vez de retirarse, baja la espada en oblicua, para, se mantiene firme y nota, con
una sacudida que le deja dolorida la muñeca —la punta
ha debido de tocar el hueso de la cadera—, cómo su adversario se clava él solo, bajo el costado derecho, el acero que tiene delante. Retrocediendo, con un brusco movimiento del codo, el almirante recupera y deja libre su
espada. Soltando una imprecación de furia, Coëtlegon

da unos pasos en semicírculo, furioso, azotando el aire con la suya.

—¡Alto, caballeros! —ordena Bertenval—. Permítanme examinar...

Coëtlegon lo interrumpe con una blasfemia.

—¡Estoy perfectamente!... ¡Prosigamos!

Con la mano libre se toca la herida, por la que mana sangre que le mancha la parte superior del calzón. Pero no es verdad que, como dice, esté perfectamente. De una ojeada, don Pedro advierte que tiene el rostro amarillento, del color de la cera vieja, y que aprieta los labios hasta hacerlos desaparecer en una furiosa línea. La mirada es ahora aviesa. Descompuesta.

—¡Prosigamos! —repite Cöetlegon, poniéndose en guardia.

—¡El duelo es a primera sangre, caballeros! —protesta Bertenval—. Debo examinarles las heridas.

—¡No quiero enfriarme! ¡Prosigamos!

Se lanza de nuevo al ataque, la espada por delante, buscando obstinado una estocada que traspase el pecho de don Pedro. Pero éste, que ha tenido tiempo de precaverse, para en cuarta baja, aleja el acero enemigo de un fuerte latigazo y rompe distancia, retrocediendo tres pasos.

—Creo que es suficiente, señor —dice, sereno.

Coëtlegon lo mira como si no comprendiera las palabras, se pone en guardia y ataca de nuevo. Pero antes de consumar el movimiento palidece más, vacila y baja la espada. La mancha roja le llega ya a la ingle del calzón.

—No creo... —dice, y se le traba la lengua.

Ha soltado la espada y cae de rodillas, despacio. Todos corren hacia él, haciéndolo primero el almirante, que lo sujeta en sus brazos para impedir que llegue al suelo. Los ojos de Coëtlegon lo miran, extraviados.

—Ya es... de sobra —murmura.

—Le presento mis disculpas, señor —dice don Pedro, sosteniéndolo—. Fui excesivo el otro día.

Lo mira el otro con ojos turbios y hace un débil movimiento afirmativo con la cabeza. Se dispone el almirante a rasgar una manga de su propia camisa para presionar con ella la herida de Coëtlegon, pero la llegada del cirujano lo hace innecesario. Entre todos lo tumban en la hierba húmeda, sobre una capa que extiende Laclos.

—No es herida seria, salvo que se infecte —dice el cirujano, tranquilizándolos tras examinar el daño—. El hueso detuvo la punta.

Incorporándose, don Pedro se percata de que aún tiene la espada en la mano. Se la entrega a Bringas, que la recibe con visible gozo.

—Ah, buen asalto, señor —comenta el abate, satisfecho y sarcástico a la vez—. Muy lindo asalto.

A su lado, el bibliotecario observa a don Pedro con un respeto que raya en la veneración. Mientras, con mucha calma, éste se oprime la herida del hombro con una mano, intentando restañar esta vez su propia sangre.

—¿Es profunda? —pregunta don Hermógenes, inquieto.

—No.

El sol del amanecer despunta en ese momento sobre el horizonte, entre los jirones de bruma que parecen colgados de los árboles. Y el primer rayo de sol ilumina, diluyéndolo hasta casi la transparencia, el azul en los ojos claros del almirante.

10. Los desayunos de madame Dancenis

Sólo os pido perdón por mi sorpresa. Es la primera
vez que oigo hablar de actos tan lúbricos.
Marqués de Sade. *La filosofía en el tocador*

La viuda Hénault vive en una bonita casa del Marais, muy cerca de la Place Royale y a poca distancia de la
Bastilla. El barrio ha venido a menos, según informes del
abate Bringas; pero aún conserva el empaque de los viejos
tiempos, con un aire de *grand siècle* a lo Luis XIV que se
ve favorecido por los árboles, las calles razonablemente
anchas y las fachadas de los viejos hoteles. Para la visita,
que se efectúa al día siguiente del duelo, don Pedro Zárate y don Hermógenes Molina se han vestido de modo
conveniente, sobrios y de oscuro como suelen, acentuando en lo posible su aspecto respetable, y han dejado libre
al abate Bringas pese a su insistencia en acompañarlos. La
misión es delicada, y ni el almirante ni el bibliotecario
desean que cualquier impertinencia de aquél lo eche todo
a perder.

El único inconveniente es la lluvia. Desde la tarde
de ayer llueve sobre París, y la ciudad se ha vuelto intran-
sitable. Empezaron cayendo gotas gruesas, aisladas, que
al poco rato granizaron como metralla y se convirtieron
en espesas sábanas de agua. Los coches bloquean las calles y los puentes principales, y los canalones de los tejados
vierten gruesos chorros sobre los transeúntes que, buscando protegerse de la lluvia y esquivar los coches, caminan

pegados a las fachadas. Las plazas parecen lagos donde repiquetea el agua, y las calles, torrentes. Y así, el fiacre que transporta al almirante y al bibliotecario tarda casi una hora en llevarlos desde la rue Vivienne hasta la de Saint-Antoine, atrapado en diversos atascos. A través del vaho de las ventanillas, los dos académicos observan una ciudad diferente de la que han conocido hasta hoy: un laberinto urbano sucio, embarrado y gris.

—¿Tomarán café o té?

Los ha recibido la viuda Hénault acompañada de uno de sus hijos. Ella es una mujer mayor —debe de andar por los setenta— y seca de aspecto, de cara enjuta y mandíbula huidiza, con ojos verdes que sin duda en otro tiempo fueron lindos. Viste de luto, con una cofia negra recogiéndole los cabellos grises. El hijo tiene la misma mandíbula que la madre. Va de oscuro y usa peluca de dos rizos en las sienes y casaca de corte tradicional con frondosa chorrera de encaje en el cuello de la camisa. Por lo visto es abogado, procurador o algo parecido, con despacho cerca del palacio de Justicia.

—Para mi marido —está diciendo la viuda—, los libros eran su vida. Por ellos hizo gastos enormes, y en sus últimos años, ya enfermo, apenas salía de la biblioteca. Era su consuelo, decía. Su mejor medicina.

—¿Cuántos libros llegó a reunir? —se interesa don Hermógenes.

Están sentados en un saloncito decorado con porcelana azul y rosa, paredes cubiertas de papel pintado y grabados de pájaros enmarcados con buen gusto. En otro tiempo debió de ser un lugar acogedor, pero ahora huele a cerrado, a limpieza poco puesta a punto; y los postigos de las ventanas, medio entornados, dejan entrar una claridad sucia que ensombrece la habitación, avara en luz de cera o aceite. Una sirvienta mayor y desgarbada ha traído una bandeja con el servicio.

—No sabemos la cantidad exacta —interviene el hijo—. Hemos contado, a ojo, unos cuatro mil... Sobre todo de botánica, viajes e historia, que eran sus mayores aficiones.

—¿Usted no las comparte?

Sonríe de circunstancias el otro, algo incómodo.

—Mi trabajo me ocupa en otras cosas —dice, acariciando con gesto distraído una mano de su madre—. Lo mío es el Derecho, y lo que tenía mi padre de esa materia me lo he llevado ya.

—Es una lástima, deshacer tan hermosa biblioteca. Dispersarla.

—A mí me da mucha pena —dice madame Hénault.

—Sí, madre. Pero ya sabe usted que no hay espacio en mi casa ni en la de mi hermana —se vuelve a los académicos—. Por otra parte, ella quiere dejar este edificio y vivir con nosotros, así que la biblioteca es más un engorro que otra cosa... Aparte que no le irá mal lo que pueda obtener por ella.

—¿Han venido ya libreros a hacerles ofertas?

—Estamos en tratos con alguno —admite el hijo—. Pero ya saben lo que es eso. Todos los marchantes de libros son cuervos sin escrúpulos: aparentan no dar importancia a ejemplares valiosos, dicen «esto vale poco y me costará venderlo», e intentan llevárselo todo por el menor precio posible. ¿Es lo mismo en España?

—Idéntico.

—De todas formas, la intención de mi madre era venderla completa. Sólo la amistad de mi padre con el señor Dancenis y la carta que hemos recibido de él nos animan a hacer una excepción con ustedes... Si llegamos a un acuerdo, podrán disponer de la *Encyclopédie*.

—¿Quieren verla? —pregunta la viuda.

—Por supuesto.

441

Dejan las tazas en la mesita, cruzan un pasillo con libros a uno y otro lado y llegan a la habitación contigua, que es un despacho muy amplio con las paredes cubiertas de estantes con libros y una ventana que se abre sobre la Place Royale, donde sigue cayendo la lluvia.

—Hay mucho de botánica, como les dije —el hijo descorre más las cortinas para que entre más luz—. Y de historia: vean esa *Histoire militaire de Louis le Grand* en siete volúmenes, que es magnífica... Los de botánica están de ese lado. Hay uno de Plumier sobre las plantas de América y el primer tomo de *Voyages dans les Alpes,* de Saussure, que mi padre apreciaba mucho.

Miran con detalle don Hermógenes y don Pedro. Éste, que tiene un apósito sobre la herida del hombro del día anterior, crispa un poco los labios de dolor cuando el hijo de la viuda Hénault le pone en las manos un pesado volumen de Linneo.

—¿Se encuentra bien, señor?

—Sí, claro. No se preocupe... Es sólo un poco de reuma.

—Claro —el otro devuelve el libro a su estante—. Tanta lluvia. La humedad.

Le señala un lugar de la biblioteca ante el que don Hermógenes se ha detenido ya, extasiado. Allí, en la luz plomiza que penetra por la ventana, destacan los lomos dorados de veintiocho volúmenes en gran folio, encuadernados en piel de color castaño claro: *Encyclopédie,* puede leerse en los tejuelos rojos y verdes.

—¿Puedo abrir uno? —pregunta don Hermógenes.

—Por favor.

Con reverente unción, como si fuera un sacerdote que lleva en las manos el Santísimo Sacramento, el bibliotecario se pone los lentes, saca el primer volumen del estante, lo coloca sobre la mesa de despacho y lo abre cuidadosamente. *Discours préliminaire des éditeurs* —lee, casi emocionado—. *L'Encyclopédie que nous présentons au Public, est, comme son titre l'annonce, l'ouvrage d'une société de gens de Lettres...*

—La encuadernación es impecable, como ven —apunta el hijo de madame Hénault—. En cuanto a la conservación, también es perfecta.

—Mi difunto esposo enceraba él mismo los libros —dice la viuda—. Dedicaba muchas horas a eso.

—Están incluso los últimos tomos de láminas —añade el hijo—. Todo completo. Mi padre fue suscriptor desde el comienzo mismo, cuando salieron los primeros volúmenes. Y la leía con frecuencia... Tenemos entendido que ahora esta edición es difícil de encontrar.

—No es fácil, desde luego —reconoce don Hermógenes con cierta cautela.

No le pasa inadvertida a don Pedro la mirada rápida que cambian madre e hijo.

—Tendremos que hablar del precio —dice este último.

—Naturalmente —admite don Hermógenes—. Para eso hemos venido, señor. Aunque esperamos que todo sea razonable.

—¿A qué se refiere? —pregunta el abogado, suspicaz.

—A que nuestros recursos —aclara el almirante— son adecuados, pero no enormes.

Sonríe pensativo el otro mientras devuelve el volumen a su sitio. Ya era hora, dice el gesto, de que entrásemos en materia.

—Veamos... La suscripción inicial que hizo mi padre fue de doscientas ochenta libras, ahí sobre la mesa están todos los papeles, aunque el precio final con los volúmenes de láminas subió hasta las novecientas ochenta... Al ser primera edición, el precio de mercado habrá subido mucho. Ahora lo calculamos en ochenta luises.

Parpadea don Hermógenes, desconcertado como cada vez que oye hablar de números.

—¿Que en libras es...?

—Casi mil novecientas —apunta don Pedro, rápido—. O para más detalle, mil ochocientas sesenta y cuatro.

—Es exacto —conviene el hijo, sorprendido de la habilidad para el cálculo del almirante.

—A nosotros —dice don Hermógenes— los libreros nos han hablado de unas mil cuatrocientas.

El abogado mira a su madre y se encoge de hombros.

—No sé... En todo caso, como pueden ver, los veintiocho volúmenes están en perfecto estado. Creemos que el nuestro es un precio justo.

—Claro —responde don Hermógenes—. Sin embargo, teniendo en cuenta las...

—Podemos pagar mil quinientas libras —lo interrumpe el almirante.

El bibliotecario mira a don Pedro, éste al abogado y aquél a su madre.

—Es poco —dice ella.

—Quizá —apunta el hijo— pudiéramos llegar a un acuerdo en torno a las mil setecientas.

—Disculpen, pero no me he explicado bien —dice don Pedro con absoluta flema—. Lo que quiero decir es que el dinero del que disponemos realmente, ni un sueldo más, es mil quinientas libras. En oro y contra una carta de pago para la banca Vanden-Yver. Ése es todo nuestro capital.

Nuevas miradas entre madre e hijo.

—¿Pueden disculparnos un momento?

Salen ambos del despacho, dejándolos solos. Curiosean el almirante y el bibliotecario entre los libros, tocan unos y hojean otros. Don Pedro se interesa por unos *Viajes* de Cook en dieciocho volúmenes. Al fin, como atraídos por una fuente magnética, los dos se acercan a la *Encyclopédie*.

—¿Cree usted que aceptarán nuestras condiciones? —susurra don Hermógenes.

—No tengo ni idea.

Saca el bibliotecario su cajita de rapé, toma una pulgarada, estornuda y se suena con el pañuelo. Está inquieto.

—Pero es el único ejemplar completo que hemos encontrado —argumenta, bajando la voz.

—Ya lo sé —responde el almirante en el mismo tono—. Pero tenemos un límite.

—¿Y no habría manera, regateando...?

Don Pedro lo mira, muy serio.

—No estamos en el zoco de Tetuán, don Hermes. Somos académicos de la Española, qué diantre. Además, estamos pagando el alojamiento y la comida del mayoral, y la cochera de la berlina. Que nos cuestan un Perú.

—Tiene usted razón —el bibliotecario acaricia con ternura el lomo del primer volumen de la *Encyclopédie*—. Pero sentiría tanto perderla...

—Veremos.

Regresa Hénault hijo, solo. Una sonrisa complaciente anuncia sus palabras:

—Teniendo en cuenta que es para una prestigiosa institución española, mi madre está de acuerdo en las mil quinientas libras... ¿Cómo lo formalizamos?

Don Hermógenes deja escapar un suspiro de alivio que le vale una severa mirada del almirante.

—En cuanto sea posible entregaremos el dinero y nos haremos cargo de los libros —dice éste, circunspecto.

—Querrán un recibo, claro.

—Por supuesto.

El abogado parece satisfecho. Sin embargo, tras un momento de duda, alza un dedo.

—¿Dejarían ustedes una señal?

Abre la boca don Hermógenes, pero se adelanta el almirante.

—Por supuesto que no, señor.

Se repliega el otro, inseguro. Cogido a contrapelo.

—Oh, bueno... Aunque el uso...

La mirada de don Pedro congelaría la lluvia que sigue cayendo al otro lado de la ventana.

—Ignoro el uso, pues no es mi oficio comprar y vender libros. Y mucho menos, regatear su precio. Pero tiene usted mi palabra.

La sonrisa del abogado es toda una disculpa.

—Claro, claro... Me parece bien, entonces. Los espero en mi despacho en dos días, si les acomoda, para formalizarlo todo.

—Allí estaremos. No le quepa duda.

Tres inclinaciones de cabeza y dos sonrisas: la de Hénault hijo y la de don Hermógenes. Don Pedro se dirige hacia la puerta con semblante serio.

—Ha sido un placer, caballeros —dice el abogado, obsequioso.

—Lo mismo digo —responde el almirante—. Despídanos de su señora madre.

Sorteando los chorros de agua que caen de los tejados, Pascual Raposo se detiene al llegar a la esquina de la plaza de Grève; y allí, como si se dispusiera a cruzar un glacis bajo fuego enemigo, aguarda un instante, dándose ánimos mientras se cala más el sombrero y se sube las solapas del capote, y luego corre entre los charcos, bajo el aguacero, hasta la entrada del cabaret de l'Image Notre-Dame.

—Vienes hecho una sopa —le dice Milot a modo de saludo.

Gruñe Raposo, asintiendo mientras se sacude el agua como un perro mojado. Luego arroja capote y sombrero sobre una silla y se sienta junto a la estufa, estirando las piernas, mientras su compadre le pasa un vaso de vino caliente.

—¿Hay noticias?

—Alguna.

Huele a vino y humanidad, a serrín húmedo sobre el piso de madera, a ventanas cerradas. Hay toneles, botellas, estampas militares pegadas en las paredes y un mostrador largo y mugriento bajo el techo ahumado por el hollín de la estufa y el humo de candiles y velas. A esa hora se ve poca gente. Una moza entrada en carnes sirve a conserjes del ayuntamiento, estibadores y barqueros del muelle cercano, mientras la dueña, o la encargada, hace cuentas y se limpia las uñas detrás del mostrador. En un rincón, dos soldados con el uniforme azul de la guardia de la ciudad duermen el vino tumbados en un banco, mientras un gato le lame a uno la mano que cuelga hasta el suelo.

—Esta mañana —informa Milot— tus académicos han visitado a madame Hénault, que se quedó viuda hace poco. Y en su biblioteca hay una *Encyclopédie*.

Se yergue Raposo, tenso como una serpiente.

—¿Estás seguro?

—Del todo. Mis hombres, que los habían seguido hasta allí, hicieron bien las cosas. Apenas salieron los otros de la casa, averiguaron si había criados en ella... Resultó que sólo una sirvienta, pero fue suficiente, pues la abordaron cuando bajó a comprar.

A Raposo se le ha secado la boca, pese al vino.

—¿Y?

—La impresión es que la viuda vende.

—No jodas.

Milot encoge los hombros y bebe despacio su vino. Raposo liquida el suyo sin respirar.

—¿Se ha hecho el pago? —pregunta, ceñudo.

—Todavía no, aunque yo diría que están en eso... Desde la casa, que está aquí cerca, en Saint-Antoine, tus dos viajeros fueron a su hotel de la rue Vivienne, y de allí a la banca Vanden-Yver, que está en la misma calle, un poco más arriba, donde mostraron una carta de pago por valor de dos mil libras. Que, según he podido saber, es válida y se les está tramitando.

—¿Retiraron el dinero?

—He dicho que está en trámite. Esas cosas llevan su papeleo. Requieren tiempo, firmas, sellos y demás. Por lo que sé, tienen previsto volver mañana.

Raposo vuelve a estirar las piernas junto a la estufa, alarga el vaso vacío y Milot se lo llena de nuevo con la jarra que todavía humea.

—Adivino lo que piensas —dice el policía—. Y estoy de acuerdo. Tienes dos posibilidades: hacerte hoy con la carta de pago, o mañana con el dinero.

Raposo se calienta las manos con el vaso.

—¿Qué harías tú?

—Hombre, la carta de pago es más fácil de robar. Imagino que a estas horas la tienen de nuevo en sus habitaciones del hotel. Sólo habría que buscarla.

Un destello de interés. Técnico.

—¿Es posible?

Milot sonríe, torcido.

—Aquí todo lo es, tocando las teclas debidas... El inconveniente es que si te hicieras con ella no aprovecharía a nadie, ni siquiera a ti, porque una carta de pago requiere firmas, identificaciones y todo lo demás.

Raposo mira su vaso, bebe un sorbo y lo vuelve a mirar.

—Pero un simple papel es fácil de coger y destruir, si hace falta —dice tras pensarlo un momento.

—Por descontado —Milot baja la voz—. El fastidio es que habría que actuar esta tarde o esta noche, cuando no estén en su habitación... La cosa es complicada, y tiene sus riesgos.

—¿Y el dinero en contante y sonante?

—Eso ya es otra cosa. Una vez cambia de manos, el dinero sigue siéndolo, y además no tiene nombre: es de quien lo tiene. Sería lindo metálico para ti, y también para mí —le guiña un ojo a Raposo—. En eso iríamos a medias, ¿no?

—Claro. Descontando lo que te he dado ya.

—Me parece justo —admite el policía—. Y desde luego, me inclino por esa opción: caerles encima cuando hayan cobrado el dinero y vayan a entregarlo.

—¿Propones un robo a la luz del día, en pleno París?

—Exacto.

—¿Así de fácil?

La voz de Milot se ha convertido en un susurro.

—Seguramente mañana seguirá lloviendo, y eso facilita las cosas. Y éste es mi territorio, no lo olvides... Otra ventaja es que dos mil libras, o lo que vayan a pagar de esa cantidad a la viuda, no ocupan mucho. Lo normal es que en Vanden-Yver lo reciban todo en luises de oro; y eso serán ocho o nueve cartuchos sellados de diez monedas: algo que puede llevarse en los bolsillos.

En ese punto, Milot se queda atento a la expresión de Raposo. Éste bebe a sorbos, pensativo, hasta apurar el vaso.

—Parece posible —admite tras un instante.

—Pues claro. Se les vigila, y les caemos encima apenas salgan del banco. Desde la rue Vivienne hay varios lugares a propósito.

—¿Y si van en coche?

—Da lo mismo. Se les para en mitad de la calle.

—¿Lo haríamos tú y yo?

—¿Te has vuelto loco? —el otro mira a los soldados dormidos como si éstos pudieran oírlos—. Olvidas que tratas con el viejo Milot. Tengo a la gente adecuada.

—¿De plena confianza?

Milot suelta una carcajada.

—La duda ofende, compañero. Tratas conmigo, repito... Nosotros estaríamos cerca, atentos. Listos para embolsarnos los luises.

Sigue un silencio. Raposo le da vueltas entre los dedos al vaso vacío. Imagina el día siguiente, bajo el aguacero, en cualquier lugar de la ciudad. Los académicos sorprendidos. Sus posibles reacciones. Los eventuales peligros.

—Tú decides —apunta el policía.

Asiente Raposo, al fin. Convencido.

—De acuerdo. Lo haremos mañana.

—Eso merece un trago, o varios —Milot llama a la camarera—. Al fin y al cabo, el dinero de los tontos es el patrimonio de los listos.

La noche cayó hace rato y la lluvia se dibuja en rachas amarillentas a la luz de los faroles colgados de sus poleas. Don Pedro, don Hermógenes y el abate Bringas caminan apresurados, los dos primeros protegiéndose bajo un parasol de tafetán encerado, con el sombrero y el gabán empapados el abate. Por fortuna, el incómodo trayecto es corto, pues desde donde han cenado hasta la rue Vivienne y el hotel de los académicos, la distancia es poca. En este momento recorren la rue Colbert, junto a la Biblioteca Real, esquivando el agua que cae de los tejados hasta que cada carruaje que pasa, salpicando barro en la calle desprovista de aceras, los obliga a pegarse a las fachadas y recibir encima, sin remedio, los chorros de lluvia.

—A remojo, pero bien cenados —bromea Bringas, chapoteando en los charcos.

Los pisotea como un niño, pues va tan rezumante de agua que parece darle igual. También camina un poco achispado, como cada vez que se levantan de una mesa. Esta noche ha sido la del hotel Beauvilliers de la rue Richelieu: decoración refinada y comida a la carta. El local también es caro; pero, a sugerencia de Bringas, los académicos decidieron celebrar el hallazgo de la *Encyclopédie* con otra cena memorable. Y así, entre los tres y con el decisivo concurso del abate —don Hermógenes tampoco se quedó atrás—, han pasado un par de gratas horas despachando exquisiteces en vinagre y mostaza, paté de atún de Tolón, foie gras del Périgord y becadas de Douves, ayudándose con dos botellas de buen vino de Anjou.

—París con lluvia es un extraordinario espectáculo hidráulico —comenta Bringas, sarcástico—. Vean si no: veinte mil chorros de agua cayendo desde cincuenta pies de altura, arrastrando toda la suciedad e inmundicia de los tejados y las casas, con cocheros y caballos levantando surtidores de barro que atacan desde abajo y las calles convertidas en torrentes resbaladizos... Una delicia, voto a Dios.

—Al menos, esto limpia las calles —apunta don Hermógenes.

—¿Al precio de ahogar al indefenso peatón?... Ah, no, señor mío. La lluvia es lo que peor llevo de esta tierra de promisión y asilo... Puestos a eso, prefiero la suciedad y las moscas del enjuto Madrid. Allí, al menos, te apestas y pudres en seco.

Pasa otro carruaje, obligándolos a pegarse de nuevo a una fachada y recibir el torrente de los canalones. En voz alta y clara, que se alza sobre el repiqueteo de la lluvia, Bringas insulta al cochero llamándolo bellaco y otras lindezas. Después se refugian en un portal abierto, bajo un farol encendido, para darse reposo. Bringas sacude su gabán y don Pedro abre y cierra el parasol. Cada uno de ellos, con lo que gotea, forma un charco de agua en el suelo.

—¿A qué hora iremos mañana a la banca Vanden-Yver? —pregunta don Hermógenes.

—Aquí suelen abrir a las nueve —informa Bringas.

—No hay que apresurarse, entonces —comenta el almirante—. La cita en el despacho del hijo de la viuda Hénault no es hasta las doce.

—¿No es demasiado dinero para llevarlo por la calle? —se inquieta el bibliotecario.

—Por eso lo digo. No es cuestión de pasear por París con mil quinientas libras encima.

—Ya han visto que es una ciudad segura —advierte el abate—. Alguna ventaja debía tener que esté infestada de guardias, policías, confidentes y otros paniaguados de la tiranía. Aquí asaltas a un ciudadano y das con un esbirro.

—Aun así —opina el almirante—. Lo mejor será desayunar tranquilos e ir luego a Vanden-Yver. Sobre las diez y media —se ha vuelto hacia Bringas—. ¿Conoce usted el lugar donde el abogado Hénault tiene su despacho?

—Sí. Frente al café del Parnaso, en la bajada del Pont Neuf, cerca del Louvre. Si llegamos demasiado pronto podemos tomar algo en el café, que es un sitio seguro, frecuentado por abogados, leguleyos y procuradores del palacio de Justicia.

—Perfecto. Podríamos reunirnos en nuestro hotel a las ocho y media. ¿Le va bien?

—De perlas.

Se preocupa don Hermógenes.

—Aun así —dice—, es temprano para usted, señor abate, pues desde su casa a la rue Vivienne hay un trecho. Y puede seguir lloviendo.

Bringas se ha quitado el sombrero y la peluca y sacude ambos. Bajo el cráneo rapado a trasquilones brilla la cara salpicada de gotas de agua.

—No se preocupen. La causa lo vale, y madrugaré con mucho gusto.

—No sé cómo agradecerle cuanto ha hecho por nosotros —dice don Pedro.

La luz incierta que llega del exterior difumina la sonrisa satisfecha del otro.

—Está siendo un placer. Y en cuanto al agradecimiento, no se preocupen. Gracias a ustedes, las comidas son pantagruélicas. Hacía años que no zampaba tanto, tan bien y tan seguido.

—Aun así —insiste el almirante—, le hemos quitado mucho tiempo, y causado molestias. Nuestra deuda...

—No hablemos más de eso.

—Desearíamos...

Bringas lo observa, penetrante, y al cabo hace un ademán casi irritado.

—¿Qué es lo que desearían, señor?

—No se ofenda, querido abate. Pero querríamos compensarlo por todo este tiempo. Por sus amabilidades.

El otro lo mira como si no diera crédito a lo que escucha.

—¿Habla de dinero?

—En realidad —el almirante busca con cuidado las palabras— hablo de gratificarlo a usted por sus servicios.

Sigue un silencio largo e incómodo, empleado por Bringas en estudiar minuciosamente su peluca. Al cabo se la encasqueta de nuevo, majestuoso.

—Señor almirante... Usted, como aquí, don Hermógenes, habrá notado que mi situación financiera no es envidiable. ¿Verdad?

—Eso parece, al menos. Ya que lo pregunta.

El abate mira ahora su sombrero, lo sacude otra vez y lo frota con una manga antes de encajárselo con cuidado sobre la peluca.

—Vivo como puedo. Y en ciertas malas rachas, que son penosamente frecuentes, no me importa reconocerlo, paso hambre... ¿Me siguen?

—Más o menos —responde el almirante, inseguro de a dónde va a parar Bringas.

—Bueno, pues en mi hambre mando yo.

—¿Perdón?

—Eso. Lo dicho. Mi tiempo lo invierto en lo que quiero, y estos días he decidido invertirlo en ustedes.

—Pero...

—No hay pero ni pera ni manzana que valga —Bringas hace una pausa y los mira alternativamente con ojos acerados—. Ustedes son hombres dignos, y su causa, noble. Yo nunca seré académico de la Española ni de la de aquí... Pero permítanme creer, o tener la grata certidumbre, de que esa *Encyclopédie* ayudará a iluminar un rincón de la patria cerril de la que tuve que marchar. A cambiarle y hacerle un poco mejor: más lúcida, culta y digna... Con eso me doy por bien pagado.

—Es usted de una nobleza abrumadora —admite don Hermógenes tras un breve, admirado silencio en el que no se oye más que caer la lluvia afuera.

Sonríe Bringas condescendiente. Majestuoso.

—Lo sé, aunque depende un poco de los días —ahora se ha vuelto hacia el almirante—. Por curiosidad, ¿cuánto tenía pensado pagarme?

Parpadea éste, sorprendido. Con la guardia baja.

—Pues no sé —empieza a decir—. Yo, la verdad...

—Vamos, señor —lo anima Bringas—. A estas alturas, hay cierta confianza.

El almirante mira a don Hermógenes en demanda de auxilio, pero éste se encuentra tan desconcertado como él.

—Por favor —insiste el abate—. No me dejen con esa duda.

—Vaya, pues... En fin —el almirante hace un gesto vago—. Quizá cien o ciento cincuenta libras. Algo así.

Se yergue Bringas, airado, en la penumbra plomiza del portal.

—¿Y no cayó en la cuenta de que me insultaba?

—Le ruego que me disculpe, señor abate. Estoy desolado. Nunca en mi vida...

—El almirante tiene razón —tercia don Hermógenes—. Él nunca osaría...

—Yo no habría aceptado menos de doscientas. Es cuestión de principios.

Se miran los dos académicos y después vuelven a mirarlo a él.

—Quiere usted decir... —interpreta el almirante.

Alza una mano imperiosa Bringas, dando por concluida la conversación.

—Que me ha convencido, señor. Ya que insiste, y por tratarse de ustedes, aunque no sin repugnancia ética, aceptaré esa cantidad.

Al hotel de la Cour de France, un venerable edificio de piedra blanca que se destaca en la penumbra de la calle mal iluminada, se accede por una amplia puerta cochera desde la rue Vivienne, que comunica con un patio interior embaldosado donde repiquetea con fuerza la lluvia. Los dos académicos y su acompañante llegan empapados al vestíbulo, donde el almirante ofrece a Bringas beber algo, a modo de reconstituyente, antes de que éste siga camino hacia su casa.

—No está usted en condiciones de irse sin un respiro. Chorrea como una esponja. Así que pase, acomódese un rato y tome algo, a ver si mientras tanto cede un poco este infame aguacero.

—Estoy hecho a la más dura inclemencia, señor —opone Bringas, solemne—. Como al infortunio.

—No me cabe duda, hombre. Pero un poco de descanso, calorcillo y estímulo le sentarán bien... Pase y quítese ese gabán mojado.

Acepta al fin el abate, y se acomodan los tres en el saloncito adornado con motivos de caza, a la luz de la chimenea, humeantes las ropas de vapor, mientras el mozo de noche trae la bebida solicitada para Bringas: un vaso de aguardiente con una yema de huevo dentro. En la bandeja del ponche viene un billete cerrado y lacrado, dirigido a don Pedro, que éste sostiene en la mano, sin abrir, mientras atiende cortés a la conversación del abate, que se ha quitado la peluca por el calor y gesticula con ella en la mano.

—Ah, si no fuera por el clima, que allí es peor, les aseguro que viviría en Londres, y no aquí —afirma Bringas—. Juro por Newton y Shakespeare que estaría en las orillas del Támesis, saludando los aires de libertad de un pueblo que supo decapitar a un rey...

—¿Y eso le parece saludable? —se escandaliza don Hermógenes.

—Claro, señor. Por completo. Me parece hasta higiénico. Gracias a ese bello ejemplo, los siguientes reyes tomaron buena nota; y esa isla, hoy famosa por sus libertades ciudadanas, prueba que, con reyes o sin ellos, son posibles los buenos gobiernos.

—¿Y usted, almirante? —se interesa don Hermógenes—. Creo recordar que los ingleses no le agradan tanto como a nuestro querido amigo.

Don Pedro se ha sentado en un viejo sillón de cuero cuarteado por su cercanía al calor de la chimenea. Tiene las piernas cruzadas e inclina la cabeza con una sonrisa pensativa, resignada, mirando el sobre sin abrir.

—Como ciudadanos, comerciantes y marinos los envidio, desde luego... Creo que son un pueblo guerrero, emprendedor y admirable. Pero por mi buena o mala suerte nací español, y como tal no me queda otra que aborrecerlos, pues siempre fueron enemigos naturales de mi patria.

—Qué diferentes son los pueblos —comenta Bringas, que sigue de pie y de espaldas al fuego, su taza de aguardiente en una mano y la peluca en la otra—. El inglés, robusto y bien alimentado, recolecta el fruto de su esfuerzo y su osadía. El francés es triste: no ríe en el campo, donde trabaja como un buey, ni en la ciudad, donde mira de reojo el lujo de los nobles y rumia futuros ajustes de cuentas... El italiano despierta a veces de su letargo para atender el llamado del amor, la pasión o la música. El alemán trabaja, bebe, ronca y engorda. El ruso se deja esclavizar y ara el campo como una bestia...

—¿Y nuestros compatriotas? —se adelanta impaciente don Hermógenes.

—¿El español?... De ése no me hable. Envuelto en su capa y en sus quimeras, despreciando cuanto ignora, que es casi todo, duerme la siesta bajo la sombra de cualquier árbol, esperando que la Providencia le procure sustento y le saque de apuros.

—No es mala pintura —ríe el bibliotecario.

—Resulta natural. De toda la gente de letras que trato, soy el único que conoce al pueblo, porque me mezclo con él... No ando mendigando migajas en la mesa de los ricos, como Bertenval y esos filósofos de pacotilla del café Procope.

Don Hermógenes se fija en el sobre cerrado que don Pedro sigue teniendo en las manos.

—Debería usted leerlo, almirante. Pueden ser noticias serias.

—Claro —apunta Bringas—. Háganos el favor.

Asiente don Pedro, se excusa, rompe el lacre y abre el billete. Luego lee, y sólo un extremo control de sí mismo impide que las emociones se le pinten en el semblante.

Feliz por el resultado poco grave del incidente quisiera expresar personalmente mi satisfacción. Le recuerdo la invitación a desayunar que hice el otro día. Lo espero mañana en casa, a las nueve.

Margot Dancenis

—¿Alguna mala noticia? —inquiere don Hermógenes, preocupado por el silencio de su compañero.

—No, en absoluto —responde el almirante tras reflexionar un momento—. Pero hay una dificultad... Mañana tendrán que ir sin mí a la banca Vanden-Yver, a retirar el dinero. Ha surgido un compromiso imprevisto.

El bibliotecario le dirige una mirada inquieta.

—Vaya... ¿Es algo serio?

—No en sentido grave. De modo que, si no tienen inconveniente, nos reuniremos después en ese café que mencionó el señor abate.

—El Parnaso —apunta Bringas.

—Muy bien —don Pedro asiente, impasible, mientras se guarda el billete en la manga de la casaca—. Nos veremos allí, a las doce menos cuarto, para ir juntos al despacho del abogado.

Después de un par de semanas de investigación regresé de París con la trama de la novela organizada, a falta de los capítulos finales. Quedaba por delante la parte más dura y menos divertida: la escritura constante, adelante y vuelta atrás, la corrección interminable, sometida a continua revisión, que aún iba a llevarme un año de trabajo. Pero el argumento principal, la historia de los dos académicos, su viaje y los hechos que sucedieron, se sostenía ya por sí sola. A esas alturas yo sabía cuanto era posible averiguar sobre lo ocurrido; y el resto, las lagunas, los puntos oscuros, la parte imposible de establecer con rigor documental, era capaz de reconstruirlo, o imaginarlo, con la veracidad adecuada.

La visita privada que don Pedro Zárate hizo a madame Dancenis me preocupaba un poco. Sabía que iba a encontrarme con una situación incómoda para el almirante; que, por supuesto, perfecto caballero como fue toda su vida, no dejó constancia alguna del episodio en su correspondencia, ni tampoco en la memoria del viaje elevada más tarde a sus compañeros de la Española. Aquí no había más remedio, por tanto, que imaginar cómo habían ocurrido las cosas durante el famoso desayuno. Por fortuna, el detallado libro de Mary Summer impreso en 1898, *Quelques salons de Paris au XVIIIe siècle*, y el ya muy subrayado y anotado *Tableau de Paris* de Mercier me proporcionaron algunos indicios valiosos sobre las costumbres sociales de madame Dancenis; pormenores que pude ampliar más tarde con un largo artículo que Chantal Keraudren, la buquinista del Sena y profesora de Historia, acabó por hacerme llegar tras rescatarlo por casualidad, según me contó, de un número atrasado de la *Revue des Deux Mondes*. El artículo, firmado en 1991 por Gérard de Cortanze, se refería a textos de memorias galantes de la Francia prerrevolucionaria, y en él se mencionaba dos veces a Margot Dancenis.

Completé ese material con otro detenido estudio, esta vez lupa en mano, del retrato del matrimonio Dancenis hecho por su amiga Adélaïde Labille-Guiard, del que había conseguido una buena copia. Era importante para mí penetrar un poco más el carácter de Margot Dancenis a través de su aspecto, buscando en ella la manera en que aquella mujer singular y libre de costumbres había encarado los sentimientos, puntos de vista y libertades propios de su tiempo. El retrato, desde luego, le hacía honor, y no sólo en lo físico. En contraste con el aspecto doméstico del marido, la ropa de campo a la inglesa, la chaqueta de montar y el sombrero de amazona le conferían a ella un aire de serena firmeza. Una fresca y aplomada desenvoltura. Y aquel libro de Rousseau en su regazo obligaba a que la mirada del espectador se dirigiese después a los ojos de ella, hermosos y muy oscuros, enmarcados por los rizos de cabello negro sin empolvar que se le derramaban bajo el ala corta y la pluma de faisán del sombrero. Esa mirada lo resumía todo: su inteligencia, su serenidad, sus pasiones. En aquellos ojos, comprendí, era posible reconstruir cuanto había ocurrido durante el desayuno con el almirante.

Y así, disponiendo ya de todo eso, una vez instalado en Madrid frente al teclado de mi mesa de trabajo, pude abordar por fin la situación. Rehacer, también en este caso con ayuda del plano de París de Alibert, Esnauts y Rapilly, lo sucedido aquella mañana, cuando don Pedro Zárate, tras pasar bajo los soportales y entre los andamios de las obras del Palais-Royal a fin de protegerse de la lluvia, cruzó la rue Saint-Honoré para franquear la verja negra y dorada del elegante hotel de los Dancenis; en cuya puerta, tras tirar de la campanilla, entregó a las nueve en punto su tarjeta a un mayordomo.

—Me encuentra usted en pleno dilema: qué tono de carmín usar hoy. Elegirlo es un asunto capital. Las actrices usan el *rouge* para que las favorezca la luz de las bujías, la cortesana elegante se da un toque procurando no parezca excesivo, la mujerzuela se embadurna como la mujer de un carnicero... En el tono de rojo está el detalle en París, señor.

Bellos cabellos recién peinados, rasgos finos con un suave toque de maquillaje, luz adecuada, combinación de postigos abiertos al día gris y velas encendidas. Todo está dispuesto con deliberación y buen gusto, pues madame Dancenis tiene sentido de la escena y de las situaciones. Ha recibido al almirante sentada en la cama, la colcha subida hasta el regazo y almohadones a la espalda, vestida con un peinador ligero que resalta, más que oculta, las formas que se adivinan bajo el camisón de satén. Sobre la colcha hay una bandeja de desayuno con doble servicio de plata y porcelana; a un lado, un libro abierto puesto boca abajo; y al alcance de la mano, sobre la mesilla de noche, los tres frascos de carmín sobre los que, con toda naturalidad, la mujer ha empezado la conversación.

—Pero siéntese, almirante —Margot Dancenis señala una silla forrada de terciopelo, junto a la cama—. ¿Tomará café?

—Por favor.

—¿Con leche?

—Solo.

—A la española, entonces.

—Eso es.

Ella misma le sirve una taza y se la entrega, humeante. Al inclinarse hacia ella, don Pedro percibe la fragancia de perfume delicado que hoy recuerda el aroma de jazmín. Después, mientras se lleva la taza a los labios, el almirante mira alrededor. La alcoba está decorada con cuadritos, siluetas, miniaturas y objetos caros a la moda parisién: la estatuilla de un mago de la China, un desnudo de Klingstedt en tinta negra, unas figuritas de las llamadas pantines que representan a Octavio, Lucinda y Scaramouche, y una docena de cajas lacadas de varias formas y tamaños. El tapiz que adorna la cabecera de la cama —una escena galante de merienda campestre— debe de valer, al menos, diez mil libras.

—Nos ha fallado madame Tancredi, que también estaba invitada al desayuno. Se encuentra en cama con migraña, según parece. Y Des Veuves, mi peluquero, ha tenido que marcharse hace un instante, después de arreglarme un poco. Espero que no le importe, señor.

—En absoluto.

—Coëtlegon viene a veces, a tomar café. Es un loco del café. Pero hoy no está en condiciones, claro.

Conversa desenvuelta, impasible, mirando a don Pedro con sólo una levísima sonrisa en la comisura de la boca. Sin decir nada, el almirante sostiene su mirada con calma mientras bebe otro sorbo de la taza. La luz de la habitación, tan artísticamente dispuesta como para un cuadro, favorece mucho a Margot Dancenis: suaviza los aún leves estragos de la edad, desvanece los últimos rastros de la noche, resalta la expresión de los ojos negros y atentos, la belleza de su garganta y la blancura de su piel. Sin olvidar, por supuesto, las formas que se adivinan bajo el peinador. Algo así, concluye el almirante, como una atractiva Diana saliendo del sueño. O del baño.

Ella parece adivinar sus pensamientos. O quizá los adivina por completo, sin error posible.

—En París, toda mujer de mundo hace cada mañana dos toilettes —dice con una sonrisa—. La primera es secreta, y ni los amantes asisten. Ellos no entran más que a la hora indicada, pues se puede traicionar a una mujer, pero nunca sorprenderla... La segunda viene después: una especie de juego inventado por la coquetería. Un peinador que se desliza, un deshabillé más o menos sugerente...

Todo eso, entre polvos de tocador, gasas y tules sutiles, cartas a medio leer y un libro abierto sobre la colcha, como este que ve... Espero estar siendo canónica, señor.

Ahora es el almirante quien sonríe.

—No le quepa duda. El buen gusto y la belleza lucen más de este modo que en vestido formal... Su aspecto, señora, es propio de un delicioso azar.

—Nada de azar —ella frunce los labios en un mohín falsamente ofendido—. Esa palabra sólo es sinónimo de ignorancia. El trabajo, la sagacidad, la paciencia, el cálculo, son lo que suministra la naturaleza para descubrir sus más preciados tesoros.

—No se hace justicia. El cálculo le resulta innecesario. Usted es como es.

Lo ha dicho demasiado rápido, sin reflexionar apenas. Casi con vehemencia. Margot Dancenis lo mira un instante en silencio, extrañamente pensativa.

—Se lo agradezco —dice al fin—. Por la mañana, sólo mi perrito *Voltaire* y los buenos amigos tienen libertad de entrar aquí. Las ventanas no están abiertas del todo, y la jornada no empieza más que a mediodía. Muchas mujeres de París no se levantan hasta la tarde, y se acuestan al amanecer. Mujeres decentes; o al menos, oficialmente lo son.

A veces calla un momento entre dos frases o palabras, con la mirada siempre atenta al almirante. Estudiando minuciosa cada uno de sus gestos, o el efecto de sus palabras. Y cada vez, don Pedro se lleva de nuevo la taza a los labios, encajando estoico su observación.

—Con tantas nodrizas, gobernantas, preceptores, colegios y conventos —prosigue madame Dancenis—, algunas ni siquiera se percatan de que son madres. Esas mujeres de pechos intactos... Antes, un pecho marchito era bello: había amamantado hijos, y eso lo embellecía. Hoy... Bueno, yo nunca tuve esa suerte. No he tenido hijos, ni creo que los tenga ya. Pronto, mi aspecto...

Lo deja ahí, y el silencio calculado suscita otra suave sonrisa en el almirante.

—Su aspecto, señora, será siempre de lo más adecuado. Con hijos o sin ellos.

—Al menos me ahorro, de momento, lo del pecho marchito.

Sigue otro silencio: una breve pausa, que ella emplea en retorcer con los dedos un encaje de la colcha.

—A falta de embarazos, cuando quiero parecer interesante siempre me pongo algo enferma... Estar enferma en París es un estado habitual. Las mujeres lo elegimos a menudo como el más adecuado. Vapores, es la palabra.

—*La mollesse est douce, et sa suite est cruelle* —dice el almirante.

—Vaya —lo está mirando con sorpresa—. ¿Ha leído a Voltaire?

—Lo normal.

Llevándose con delicadeza una mano al cuello, ella emite una graciosa carcajada.

—En un español, leer a Voltaire no tiene nada de normal.

—Le sorprendería, señora, los muchos que allí lo leen.

—¿En la Academia?

—Y fuera de ella.

—¿A pesar de las prohibiciones?

—A pesar de todo.

—Mi padre, desde luego, no lo leía. Y ninguno de sus amigos. Tampoco en mi colegio de monjas el *impío filósofo* resultaba apreciado. Hasta el nombre estaba prohibido pronunciar... Te azotaban.

—¿La azotaron alguna vez? —se sorprende don Pedro, casi imprudente.

Ella sonríe con aplomo, de un modo tan extraño que lo hace vacilar.

—Nunca de niña.

—Oh, bueno —el almirante se remueve en la silla, sin saber cómo salir de aquello—... Quiero decir que, en fin... Los tiempos cambian.

—Mucho tendrán que cambiar allí abajo, me temo... ¿Más café?

—Por favor.

Acerca él su taza, aliviado por cambiar de asunto, y Margot Dancenis vierte otro chorro oscuro, ya tibio, de la cafetera.

—De todas formas —dice ella, retomando el hilo de la conversación—, el principio es cierto: la debilidad sienta bien a una mujer, y nosotras lo sabemos. Nos interesa parecer delicadas y necesitadas del hombre.

—Eso halaga el amor propio de quien es testigo de esa modestia —confirma el almirante.

Ella lo mira con renovado interés.

—Pero nos vuelve mortalmente aburridas. Una mujer que sufre de vapores no hace nada más que ir del baño al tocador y del tocador a su sofá otomano. Aquí en París, a seguir en un coche una lenta y aburrida fila de carruajes, a entrar en una tienda de Saint-Honoré, lo llamamos pasear. Algunas identifican condición femenina con la más estúpida languidez.

Alzando una mano, tira del cordón que hay junto a la cabecera para llamar a la doncella. A diferencia de la habitual campanilla española, ha observado el almirante, las casas de París están cruzadas por todas partes de esos cordones que llaman *sonnettes*. Es plena moda.

—Las parisinas somos delgadas —comenta madame Dancenis—. La desesperación es engordar a partir de los treinta, y debérselo todo a los corsés y las varillas de ballena. Algunas beben vinagre para conservar la cintura. Por eso se les queda esa cara.

Una sirvienta joven y bonita, vestida con gracia, entra en la alcoba, arregla los almohadones de su señora y retira el servicio de desayuno.

—Tiene usted una doncella encantadora —comenta el almirante, cuando se va.

—Las doncellas no tienen los vicios de los lacayos. Adoptan los modales de las mujeres a las que sirven, y se cultivan así... Cuando se casan con pequeños burgueses, ellas tienen un aire distinguido que impresiona mucho a los de su clase, y un ojo poco experto incluso las tomaría por personas del gran mundo: por *demoiselles* y *madames*.

—He observado que en París se abusa un poco de esos tratamientos.

—Se dice *demoiselle* a todas las jóvenes a las que no se tutea. También se llama *madame* a todas las mujeres, desde la duquesa a la lavandera o la florista, y pronto ya no llamaremos a las jóvenes sino *madame,* pues hay tantas viejas *demoiselles* que son equívocas... ¿Qué piensa usted de las mujeres de París?

—No sé qué responder a eso... Interesantes, desde luego. Desenvueltas, un punto descaradas. Mucho más de lo que acostumbran en España.

—Aquí, hechas a estar en lugares públicos y a tratar con hombres, las mujeres tienen su propio orgullo, su audacia y hasta su propia mirada... Las burguesas, dedicadas a los maridos e hijos y a las tareas de la casa, son ahorrativas, prudentes y trabajadoras... Las de clase alta escriben diez o doce billetes al día, envían solicitaciones, asedian a ministros. Colocan a sus amantes, sus maridos, sus hijos...

—Rousseau escribió cosas muy duras de las mujeres de París.

Margot Dancenis parpadea, de nuevo sorprendida.

—¿También leyó al buen Jean-Jacques?

—Un poco.

—Es usted una mina de hallazgos, señor... En todo caso, a Rousseau no le faltaba razón. Las parisinas solemos ser derrochadoras, galantes y frívolas. Empleamos el día en pedir, y la noche en conceder. Es el marido quien debería influir en la mujer; pero como las tres cuartas partes de los hombres carecen de carácter, de fuerza y de dignidad, son ellas quienes se hacen cargo a menudo de las cosas... Aquí, no importa el origen humilde, la belleza de una griseta o de una florista puede arrastrar al duque, al mariscal de Francia, al ministro y hasta al rey. Y mandar a través de ellos.

—Eso en España es imposible —apunta el almirante.

—Lo dice como si se alegrara de eso.

—Y es verdad: me alegro. Con todos nuestros defectos, nuestros reyes y grandes hombres tienen dignidad, porque el pueblo se la exige... Allí las amantes no intervienen en política. Sería indecoroso. Algo intolerable.

Sobreviene un silencio. Ella sigue mirándolo con fijeza.

—Pensará usted que soy coqueta.

—En absoluto.

—No soy coqueta —ahora modula una suave sonrisa—. Sólo sé que el interés de los hombres por las mujeres los hace más ingeniosos y divertidos. Audaces, incluso. Así que me dejo querer. A mis años. ¿Calcula usted mis años, señor?

Se yergue el almirante en su silla, casi con sobresalto.

—Nunca me atrevería... Aunque está en una edad en la que cualquiera podría atreverse, sin ser descortés.

Ella entreabre los labios, complacida.

—Es usted un verdadero gentilhombre.

—Exagera, señora mía.

Don Pedro mira uno de los cuadritos con siluetas negras colgados sobre el papel que decora la pared.

En la figura, pintada con tinta de China, se reconoce muy bien a la dueña de la casa. Su perfil es fácilmente identificable: delicado y elegante, con peinado de calle y una sombrilla en las manos. Madame Dancenis ha seguido la dirección de su mirada y de nuevo sonríe, complacida.

—Sitúeme hacia los cuarenta, o próximos, y no errará demasiado.

Mueve don Pedro la cabeza, negando casi con dulzura.

—Una mujer hermosa nunca tiene cuarenta años: tiene treinta o tiene sesenta.

—Vaya, señor. Posee usted talento. O mejor, eso intraducible al español que aquí llamamos *esprit*.

—Lo único que tengo es sentido común.

Esta vez la pausa es larga y muy grata. Ella se mira las manos blancas y cuidadas, de uñas perfectas. Después toca levemente el libro que está boca abajo sobre la colcha y suspira con suavidad antes de alzar, de nuevo, los ojos hacia el almirante, que sigue mirando el cuadrito.

—¿Le agrada esa silueta?

—Mucho.

—La dibujó mi amiga Adélaïde Labille-Guiard.

—Es muy delicada. Le hace a usted plena justicia.

La ve sonreír, melancólica.

—Hay un momento cruel —dice ella tras un instante— para toda mujer que haya excitado el deseo de los hombres y los celos de otras mujeres: cuando el espejo le dice que ya no es tan bella como antes.

Asiente don Pedro, cauto.

—Es posible... Supongo que será un golpe duro, cuando llega el caso.

Madame Dancenis parece ahora ensombrecida, como si la luz de la ventana y la del candelabro hubieran dejado súbitamente de favorecerla.

—No imagina cuánto. Mucho más que el del ministro que, de un día para otro, se ve desprovisto del poder o del favor del rey. Y sólo hay dos soluciones, llegadas a ese punto: la devoción religiosa o el talento que permite envejecer con dignidad. Así, tras haber tenido buen número de amantes, una mujer debe considerarse afortunada si sabe convertir a alguno de ellos, el más inteligente, en un fiel y leal amigo.

—Me parece algo muy puesto en razón.

—Lo es. Porque, cuando se desvanece la ilusión de las primeras pasiones, la razón se perfecciona... Una mujer de cuarenta años puede volverse una excelente amiga, se vincula al hombre cuya amistad estima, y le hace mil servicios.

—Es natural —opina el almirante—. Hay mujeres admirables, acostumbradas a pensar. Damas inteligentes, libres de espíritu, que se sitúan por encima de los prejuicios y combinan el alma fuerte de los hombres con la sensibilidad de su sexo.

—Eso es muy cierto. Quizá por eso, las mujeres de talento aman más tiernamente a sus viejos amigos que a sus jóvenes amantes... Ellas pueden engañar a veces al marido o al amante, pero nunca al amigo.

Nueva pausa. Madame Dancenis vuelve a mirar el libro, del que don Pedro no alcanza a leer el título en el lomo.

—Por cierto: le escribí una nota breve porque temía cometer algún error ortográfico... Mi español se va apagando con la falta de uso, y habría sido imperdonable con un académico.

—Una mujer como usted puede fallar en la ortografía, pero jamás falla en el estilo.

La sonrisa de ella es ahora radiante. Fundiría, decide don Pedro, no ya todo el chocolate de la rue Saint-Honoré, sino todo el hielo acumulado en el Ártico.

—Me gusta usted, señor. A menudo sonríe en lugar de responder. No busca ser ingenioso, tener e*sprit*. Es de los que dejan hablar a los otros y sabe escuchar, o lo aparenta.

Incapaz de responder a eso, don Pedro se limita a sostener la mirada de su interlocutora. Margot Dancenis se mueve un poco, acomodándose mejor en los almohadones, y sus formas se moldean con más evidencia bajo el peinador y el satén ligero del camisón.

—Una mujer perspicaz —continúa ella— adivina al pedante en la tercera frase, y es capaz de ver el talento del que guarda silencio.

Ha cogido el libro y se lo muestra como quien comparte un secreto.

—Cada mañana leo media hora antes de levantarme —añade—. Ahora estoy con éste. ¿Lo conoce?

Lo toma en sus manos el almirante. Es un volumen en octavo encuadernado en piel, con ilustraciones. *Thérèse philosophe,* lee en la portadilla. Por Boyer d'Argens.

—No lo conocía.

—Es lo que aquí llaman *lectura filosófica*... O galante.

—¿Un libro libertino? —se sorprende don Pedro.

—Sí —ríe ella—. Eso suena más exacto.

Pasa el almirante algunas páginas. Para su sorpresa, las ilustraciones son abiertamente pornográficas. Cuando alza los ojos hacia madame Dancenis, comprueba que ella acecha el efecto en su rostro, divertida.

—Hay lecturas galantes convencionales, o casi inocentes, como *Paméla, Clarisse Harlowe* o *La Nouvelle Héloïse*... Ésa va un poco más allá.

Bastante más allá, comprueba don Pedro mientras sigue pasando páginas y se esfuerza por mantener una expresión impasible. Una de las ilustraciones, absolutamente explícita, muestra a una mujer desnuda, entre sábanas, siendo penetrada por un hombre.

—Hay mujeres convencidas de que pueden decidir sobre un libro como si fuera una bola de polvos o una cinta para el sombrero —está diciendo madame Dancenis con toda naturalidad—: según el color y la encuadernación. Son las que te dicen muy serias que ellas prefieren Racine a Corneille, o viceversa... Las mujeres realmente distinguidas han renunciado a ese ridículo de *femmes savantes,* tan de moda hace treinta años, para dejar a las mujeres de académicos defender la reputación de sus maridos y juzgar el talento de los jóvenes o viejos autores... Esta clase de novelas no sólo son más divertidas, sino que te hacen más consciente de ti. Más libre.

Sigue pasando páginas don Pedro. En otra ilustración, una joven de senos desnudos acaricia la espalda de un hombre que se ocupa muy a fondo, y desde atrás, de otra mujer arrodillada. Al llegar a la tercera estampa —tres monjes que acarician diversos lugares de la anatomía de una muchacha cuya ropa levantan—, el almirante cesa de hojear el libro y lo deja sobre la colcha, sin comentarios.

—En París —prosigue Margot Dancenis—, el amor no es más que un libertinaje mitigado, un ejercicio social que somete nuestros sentidos sin comprometer la razón ni la obligación. Delicado por su inconstancia, no exige sacrificios que nos cuesten caros. El seductor no lo es sino para la que quiere ser seducida, y la verdadera virtud puede conservarse intacta entre todo lo demás. El amor es ligero, volátil, y se esfuma con el aburrimiento... ¿Comprende lo que quiero decir?

La pausa es breve. Lo necesario para que el almirante, con destacada presencia de ánimo, trague saliva antes de responder. O lo intente, porque tiene la boca seca.

—Eso creo —dice al fin, rehaciéndose como puede—. Quiere usted decir que el amor ataca con tanta superficialidad que no hiere más que a los corazones dispuestos a ser heridos.

Ella hace ademán de aplaudir silenciosamente.

—Exacto. Por eso, mientras las cosas ocurran con discreción, un marido no es en absoluto responsable, ni nadie se burla de él. En el gran mundo, un marido en París no es dueño de su esposa, ni ésta se ve sujeta a obediencia. Cada uno vive su vida, sus amigos, sus aficiones. Se tratan con respeto. Vigilar, acosar a la esposa se considera una ordinariez burguesa... ¿Comprende?

—Claro.

—A fin de cuentas, con la virtud no se hacen más que cuadros fríos y tranquilos. Son la pasión y el vicio los que animan las composiciones del pintor, del poeta, del músico. Las que inspiran al amante audaz.

—Eso lo dijo usted el otro día, en aquella cena.

—Tiene buena memoria.

—A veces.

Nueva pausa. El silencio es ahora tan tenso que a don Pedro, estirado y recto en su silla desde hace rato, empiezan a dolerle los músculos de la espalda.

—¿Es usted audaz, almirante?

Esboza éste una sonrisa triste.

—Hace tiempo que no.

—¿Y honesto?

—Hay días en que lo intento.

—Percibo algo melancólico en usted —dice ella despacio, pensativa—. Y creo que no corresponde a los años.

Rehecho por fin, más dueño de sí —la alusión a su edad acaba, paradójicamente, por confortarlo—, el almirante encoge los hombros con íntimo desdén.

—En mi juventud viajé por una parte del mundo con cierta melancolía como equipaje... Con la seguridad prematura, o el presentimiento, de que la vida me haría perder las cosas hermosas que iba a descubrir.

—¿Por ejemplo?

—No se me ocurre ninguno —responde él tras una cortísima pausa.

—¿Está seguro?

—Sí.

Recostada en los almohadones, Margot Dancenis sigue mirándolo inquisitiva, muy atenta; pero su sonrisa parece ahora de aprobación. La carne, en el cuello y los brazos, tiene una apariencia tibia. Acogedora. Está bellísima, piensa de pronto el almirante. De nuevo. En aquel lugar. Con aquella luz.

—Rousseau aconsejaba viajar para despreciar al ser humano —comenta ella.

—Yo no lo desprecio —el almirante ha recobrado su sangre fría—. Me limito a intentar conocerlo. A observarlo.

Margot Dancenis coge otra vez el libro y pasa sus páginas, grabados incluidos, con expresión indiferente. De pronto alza rápida la vista, cual si pretendiera sorprender en el almirante un gesto que éste no controle.

—Lo que sí es usted, sin duda, es un hombre guapo —dice tras un instante.

—No sé lo que entiende por eso —parpadea don Pedro, incómodo—. A mi edad...

—Un hombre guapo es aquel a quien la naturaleza ha formado adecuadamente para realizar las dos funciones principales: la conservación del individuo, que se extiende a muchas cosas, incluida la guerra, y la propagación de la especie, que se extiende a una sola... ¿Ha besado a alguna mujer en París, señor?

Ahora la mira desconcertado. Casi al borde del pánico.

—No creo que eso... Por Dios, señora... Naturalmente que no.

—¿Naturalmente?... A diferencia de España, se besa con gran facilidad en París. Nada más natural aquí que ese detalle de afecto.

Le alarga el libro al almirante, insistiendo hasta que él lo coge de nuevo.

—Léame un poco, señor. Se lo ruego. Mis amistades suelen leerme en voz alta.

—No sé si debo —se excusa don Pedro, confuso—. Está en francés.

—Usted habla muy bien el francés. Traduzca al español. Me apetece comprobar cómo suena esto en nuestra lengua.

Se lo ha dado abierto por una página, señalándola con el dedo. Lee el almirante en voz alta, al fin, con las pausas adecuadas, procurando pronunciar bien las palabras:

Ellas tienen sus necesidades como los hombres y están hechas del mismo material, pero no pueden servirse de los mismos recursos. El punto de honor, el miedo a un indiscreto, a un torpe, a que les hagan un niño, no les permite recurrir al mismo remedio que los hombres...

—Siga, por favor —dice Margot Dancenis cuando él alza los ojos para mirarla—. Unas líneas más adelante, si es tan amable.

—Como guste. Veamos...

La sangre, los espíritus, el nervio erector, han inflado y endurecido el dardo. Ambos de acuerdo, adoptan la postura idónea; la flecha del amante es empujada en el carcaj de su amada, las simientes se preparan por el frote recíproco de las partes. El exceso de placer las transporta; ya el elixir divino está listo para derramarse...

Se detiene ahí don Pedro, confuso. El desconcierto, imagina —y no le gusta imaginarlo—, se le debe de estar reflejando en la cara. Ella lo observa con mucha atención.

—¿Qué le parece? —pregunta.

Duda él mientras busca la palabra adecuada.

—Estimulante —concluye—. Supongo.

—¿Supone, señor?

—Sí.

Margot Dancenis ensancha la sonrisa.

—Literatura filosófica, llaman a eso.

Ahora el almirante no responde. Entre los labios aún sin maquillar de la mujer despunta el extremo de los incisivos, muy blancos. Muy relucientes. También tiene un brillo distinto en los ojos.

—Siga entonces, por favor. Léame ahora a partir de la página marcada con una señal.

La mira don Pedro, sereno. Recobrada ya la sangre fría.

—¿Está segura, señora?... ¿Le parece conveniente?

—Por completo.

Vuelve a aplicarse él en voz alta, espaciando bien las frases. Traduciendo sin prisa ni dificultad. *À l'instant vous tombâtes entre mes bras...,* lee.

Al momento caísteis en mis brazos. Agarré, sin vacilar, el dardo que hasta entonces me había parecido tan temible, y lo situé yo misma en la embocadura que el dardo amenazaba. Os hundisteis en mí sin que vuestros empujones redoblados me arrancasen el menor grito; mi atención, fija en la idea del placer, no me dejó advertir el sentimiento de dolor... Ya la pasión parecía haber borrado la filosofía del hombre dueño de sí mismo, cuando me dijisteis con palabras mal articuladas:

—No usaré, Thérèse, de todo el derecho que me concedéis; teméis quedar encinta, y lo evitaré. El gran placer se acerca, acercad de nuevo vuestra mano a vuestro vencedor, en cuanto lo retire, y ayudadlo con algunas sacudidas... Ya es momento, hija mía... Yo... de... placer...

475

—¡Ah!, yo también muero —grité—. Ya no me siento más... Pierdo... el... sentido...

Mientras tanto, yo había agarrado el dardo y lo estrechaba ligeramente en mi mano, que le servía de estuche, y en la que él acabó de recorrer el espacio que lo separaba de la voluptuosidad...

Al llegar a ese punto, tras cerrar lentamente el libro, el almirante se pone en pie y permanece así unos instantes, inmóvil, serio y pensativo. Después, acercándose despacio a Margot Dancenis como si diera a ésta la oportunidad de detenerlo con una palabra o una mirada, recorre, sin hallar obstáculo, el espacio que lo separa de la voluptuosidad.

La lluvia tiende una cortina gris a lo largo de toda la rue Vivienne, difuminando a rachas los edificios que la flanquean. Pegado a las fachadas del lado izquierdo, protegido del agua con capote y sombrero, Pascual Raposo sigue de lejos a don Hermógenes Molina y al abate Bringas, que caminan apresurados del brazo, cubriéndose del aguacero bajo un gran parasol negro. Con una breve mirada a su derecha, Raposo se asegura de que Milot, en compañía de otros dos hombres —truhanes de su confianza, ha asegurado el policía—, avanza también tras ellos por el otro lado, atento como un gavilán, sorteando los chorros de agua que caen de los canalones y los tejados. Hay poca gente en las calles: algún carruaje que de vez en cuando pasa salpicando lodo, y transeúntes aislados que se mueven con rapidez casi furtiva o corren para esquivar la lluvia. La luz grisácea deja los huecos de los portales en penumbra, y algunas tiendas muestran los escaparates iluminados con bujías, desde dentro. Todo tiene un aspecto frío, húmedo, desolado y triste.

Raposo hace cálculos mientras acecha la ocasión. La rue Vivienne muere en la Neuve des Petits Champs, junto al Palais-Royal. El abate y el académico salieron hace cinco minutos de las oficinas de la banca Vanden-Yver, y caminan en dirección al Sena. Es de suponer que a esas horas llevan encima el dinero destinado a la *Encyclopédie* de la viuda Hénault, que según Milot, siempre fiable en esta clase de averiguaciones, debe ser entregado al hijo, un abogado con despacho próximo al palacio de Justicia. Eso proporciona varias ocasiones adecuadas para lo que Raposo prepara, y que le arranca una sonrisa prematura, carnicera, cuando piensa en ello. Todo está hablado y dispuesto, a falta sólo del lugar idóneo para llevarlo a cabo. Aun así, a medida que el abate y el bibliotecario se aproximen más al río y al centro de la ciudad, las posibilidades de actuar serán menores. En las cercanías del Louvre hay más gente y movimiento de coches, incluso con aquella lluvia; y también un inoportuno retén de guardias francesas en el Pont Neuf. Todo debe ocurrir antes, sin duda, en una zona cuya frontera imaginaria ha establecido Milot en la rue Saint-Honoré. Aquél, según el policía, es el punto límite. La última oportunidad de caerles encima y huir sin problemas.

Lo que sorprende, piensa Raposo mientras esquiva —soltando una cruda blasfemia— el denso chorro de agua que vierte un canalón, es la ausencia de don Pedro Zárate. Aunque Raposo, Milot y los dos truhanes siguen al bibliotecario y al abate desde que salieron de la banca Vanden-Yver después de pasar una hora dentro, el almirante no aparece por ninguna parte. Eso no tiene demasiada importancia, pues resulta evidente en manos de quién está el dinero canjeado por la carta bancaria de los académicos; pero Raposo es hombre de método, al que no gusta andar por la vida dejando cabos sueltos. Quizá acuden a una cita con él, concluye. Tal vez está indispuesto, o donde el abogado, o en el Marais con la viuda Hénault. Este último pensamiento lo inquieta un poco. Espero, se dice suspicaz, que ese individuo no se encuentre ya, a estas horas, empaquetando los veintiocho volúmenes del maldito libro.

El abate y el bibliotecario han llegado a la esquina. Unos andamios de albañilería les cortan el paso a los jardines y galerías en obras del Palais-Royal, y Raposo observa cómo tuercen a la izquierda. Apresurándose para no perderlos de vista, se acerca con rapidez chapoteando en los charcos, mientras por la derecha ve a Milot y los otros avivarse también. Al llegar a la esquina, Raposo se asoma a tiempo para ver cómo los dos hombres toman la rue des Bons-Enfants y desaparecen por ella. Es una de las calles que el policía y él exploraron ayer a conciencia, como el resto de los alrededores, vías probables e improbables, en previsión de los movimientos de hoy. Y resulta perfecta para el plan, con un recodo y un pasaje estrecho, adyacente, que se abre justo en la mitad. Alza Raposo una mano para advertir a Milot, pero antes de consumar el gesto advierte que éste ha comprendido la situación, pues da instrucciones a sus dos esbirros, que salen corriendo salpicando agua, se meten entre los andamios del Palais-Royal y desaparecen de la vista. Luego, Milot se vuelve a Raposo haciéndole señal de que todo está en regla; entonces éste se apresura de nuevo, dobla la esquina y ve a los dos perseguidos que siguen caminando del brazo bajo el parasol, ajenos a lo que se dispone a sus espaldas. Se encuentran a unos veinte pasos, así que Raposo aprieta el suyo acercándose con rapidez, la lluvia golpeándole la cara bajo el ala vencida del sombrero y chorreando por los faldones del capote, mojadas las piernas hasta los muslos pese a las polainas que lleva. Avanza tenso como un resorte, determinado, feroz, sintiendo batirle el pulso con violencia en los oídos y el corazón. Es bueno, piensa brevemente, recobrar de vez en cuando los antiguos hábitos. Los viejos instintos. Por un momento se vuelve para comprobar si Milot cumple y viene detrás, y lo ve doblando la esquina con la mayor calma del mundo, dispuesto a presenciarlo todo desde lejos. Como debe ser. De ese modo no habrá problemas si las cosas se tuercen y alguien llama a la policía. Al fin y al cabo, como dijo anoche Milot con una puta sentada encima de cada rodilla mientras bebían cerveza en el antiguo cabaret de Ramponeau, la policía es él.

Nunca don Hermógenes había visto llover tanto. Pese al parasol que los cubre a él y al abate Bringas, que lo empuña con abnegada solicitud, tiene las piernas y medio cuerpo empapado bajo la capa española, que cala por todas partes. Y Bringas, a pesar del gabán abotonado hasta el cuello, no está más seco que él. No ha habido forma de conseguir un fiacre, pues los coches libres parecen haberse disuelto en la lluvia; así que los dos hombres caminan hombro con hombro, protegiéndose del agua como pueden, apresurado el paso.

—Al llegar al Louvre estaremos bajo cubierto —dice Bringas, alentador—. Yendo por los arcos.

Asiente poco convencido don Hermógenes, para quien los arcos del Louvre parecen en este momento tan lejanos como las minas del Perú. Con la mano izquierda se mantiene asido al brazo del abate que sostiene el parasol, y con la derecha, metida en el bolsillo de la casaca, toca inquieto los pesados cartuchos de monedas que les han entregado en la banca Vanden-Yver a cambio de casi toda la carta de pago emitida por la Academia. Don Hermógenes lleva tres cartuchos en cada bolsillo, para equilibrar el peso: mil quinientas libras en buen oro francés, acuñado con los perfiles de Luis XV y Luis XVI. Demasiados luises para pasear tranquilo, de todas formas. Con todo eso encima y sin otra escolta que el abate. Aunque es poca la gente con la que se cruzan por la calle, o quizá por eso mismo, el bibliotecario no las tiene todas consigo. Le falta costumbre. Seguridad. Nunca había sido responsable de tanto dinero junto. Ni siquiera lo había visto. Aquel oro, comprueba, pesa como una cadena al cuello, o como una sentencia suspendida. Y también como una amenaza. Así que la lluvia y sus incomodidades no son las únicas razones por las que don Hermógenes fuerza a su acompañante a apretar la marcha, decidido a llegar cuanto antes al café donde deben verse con el almirante antes de cerrar el asunto con el abogado Hénault.

Se encuentran a mitad de la calle cuando el bibliotecario oye un chapoteo a su espalda, entre el repiqueteo de la lluvia. Está a medio volverse para ver quién viene detrás, cuando de un pasaje estrecho y oscuro, situado a su derecha, se destacan dos sombras que se mueven con rapidez, acercándose. De pronto, la grisura del día se torna siniestra, como si el agua que cae del cielo acabara de convertirse en ceniza, y un escalofrío de alarma y pánico, desconocido hasta hoy, recorre las ingles del bibliotecario, le agarrota el vientre y parece detenerle el corazón.

—¡Corra, abate! —grita.

Tan súbita presencia de ánimo —insólita en un hombre de costumbres pacíficas como él— resulta inútil. Aún no acaba de decirlo cuando el chapoteo que había oído a la espalda se vuelve más rápido y próximo, y un golpe terrible, resonante, lo alcanza en la base del cráneo, disparando ante sus ojos, o dentro de ellos, un estallido de puntitos luminosos. Tambaleante, intentando mantenerse agarrado al brazo de Bringas para no caer al suelo, don Hermógenes siente estremecerse a éste, soltar un gemido y dejar caer el parasol, que cubre al bibliotecario con un velo negro donde siguen reluciendo los puntitos de luz que van y vienen como centellas, acribillando su cerebro.

—¡Bellacos!... ¡Socorro!... ¡A mí!... ¡Socorro! —oye gritar a Bringas.

La voz parece llegar desde lejos. Mientras don Hermógenes manotea a fin de librarse del parasol, boqueando para respirar, pues el aire parece habérsele retirado de golpe de los pulmones, siente que las rodillas le flaquean, que unas manos vigorosas lo agarran y suspenden en vilo, y al cabo, cuando logra entreabrir los ojos y ver algo entre el disparate de fuegos artificiales que perturba su visión, percibe tres formas oscuras: tres siluetas que, en el contraluz del pasaje estrecho y negro al que lo arrastran, golpean sin piedad al abate y le propinan a él un nuevo golpe, esta vez en la boca del estómago, que lo hace encogerse como un animal lastimado, caer al suelo y quedarse allí inmóvil sobre un costado, tan lleno de dolor y miedo que, mientras se orina encima —una humedad cálida, casi agradable, que inunda despacio sus ingles—, apenas siente, distantes como en una pesadilla, las manos ávidas que registran sus bolsillos y le quitan los cartuchos de monedas de oro.

11. El inquilino del hotel de Montmartel

La oscuridad acabará en un nuevo siglo de luz.
Nos deslumbrará el amanecer, después de haber
estado algún tiempo en las tinieblas.
Jean le Rond d'Alembert.
Prólogo a la *Encyclopédie*

Las pelucas son blancas y las casacas sobrias y oscuras. Por su cercanía al palacio de Justicia, la clientela
habitual del café del Parnaso tiene aspecto grave, incluso
solemne. La atmósfera está cargada de humo de tabaco y
rumor de conversaciones, olor a multitud, a serrín mojado en el suelo, a ropa húmeda. Hay gabanes en los percheros, parasoles goteantes cerrados y apoyados en la pared, a la entrada; y dentro, en torno a mesas cubiertas de
carpetas, papeles y tazas de café, hombres de leyes de toda
clase escriben, leen, fuman y charlan.

—Es un golpe terrible —resume don Pedro Zárate—. Un desastre.

Están sentados los tres en un reservado del fondo,
junto a una estufa maloliente y bajo un cuadro de mala
factura que representa una escena de caza. Frente al almirante, los codos apoyados en una mesa y las manos en la
cara, don Hermógenes acaba de contar los últimos pormenores del episodio. Tiene la ropa sucia y todavía mojada, pese a la estufa, y un desgarrón en el hombro de la
casaca. Aparte su expresión contrita, el rostro del bibliotecario muestra los estragos de la reciente aventura: párpados hinchados, un ojo con un derrame de sangre en la
esclerótica, expresión todavía aturdida. A su lado, el aba-

te Bringas no muestra mejor aspecto: se ha quitado la peluca, y entre los trasquilones se adivina el bulto de un grueso chichón. También tiene un hematoma violáceo en un pómulo, y se mueve con los ademanes doloridos y cautos de quien acaba de verse molido a palos.

—Nos lo robaron todo —musita don Hermógenes, deshecho—. Absolutamente todo. Hasta el reloj me quitaron. Y la tabaquera de rapé.

—Sin duda nos venían siguiendo desde la banca Vanden-Yver —apunta el abate.

—¿Y cómo pudieron averiguar que llevaban tanto dinero?

—No lo sé —el bibliotecario mueve la cabeza, desolado—. No me lo explico.

—Lo importante es que ustedes están bien.

—Bien apaleados —se lamenta Bringas.

—Aun así, no hubo daños más graves. Hay que felicitarse por eso. En estos casos, siempre puede ser peor... ¿Resistieron?

Se mueve el bibliotecario, sofocando un quejido.

—Lo que pudimos. El señor abate más que yo, desde luego. Lo oí debatirse en la refriega como gato panza arriba.

—Lo de refriega es excesivo —matiza Bringas con despecho—. No tuvimos ninguna oportunidad... ¡Ah, si los hubiera visto venir!... En otro tiempo, yo... Bueno. El caso es que esos tres canallas fueron rápidos y eficaces. Sabían lo que hacían.

—¿Sólo eran tres? —se lamenta don Hermógenes—. A mí, por los golpes, se me antojaron treinta.

Se quedan en silencio, mirándose sombríos. Indecisos.

—¿Qué vamos a hacer? —pregunta al fin don Hermógenes.

El almirante mueve la cabeza.

—No lo sé.

—Habrá que denunciar el robo.

—No servirá de mucho. A estas horas, ese oro habrá volado muy lejos.

—De todas formas, presentemos una queja formal en la embajada —sugiere Bringas.

—Eso no resuelve el problema principal —responde el almirante—. Tenemos un compromiso: la *Encyclopédie* de la viuda Hénault... Y su hijo está esperando el dinero.

—Dígales que hay retraso. Un par de días.

—En un par de días no habremos resuelto el problema. No tenemos otras mil quinientas libras.

—Ni forma de conseguirlas —apunta don Hermógenes.

—Exacto.

El bibliotecario vuelve a hundir el rostro entre las manos.

—Imposible creer lo que está ocurriendo. Nuestra mala suerte.

—Es culpa mía —intenta consolarlo el almirante—. Debí estar con ustedes.

—No habría cambiado nada, querido amigo... Seríamos tres apaleados, en vez de dos. Y el oro habría volado igual.

—Entre los tres nos habríamos defendido mejor.

—Le aseguro que no había defensa posible —insiste Bringas—. Nos cayeron encima como tigres de Bengala.

El abate y don Hermógenes miran ahora al almirante, pidiendo de su serenidad un diagnóstico de la situación. A modo de resumen, éste encoge los hombros.

—Nos quedan unas seiscientas libras, que estaban destinadas a los últimos gastos en París y al viaje de vuelta. Incluido el alojamiento del mayoral, la cochera de la berlina y las postas de los caballos.

—Con eso no alcanza —admite el bibliotecario—. Y nos dejaría en la indigencia.

—Absoluta, sí.

—Quizá podríamos darle la mitad a los Hénault como señal, para que esperen unos días.

—¿Cuántos?... Reunir el resto es imposible.

—Escriban a Madrid, contando lo ocurrido —propone Bringas—. Que su Academia decida.

Asiente el almirante, aunque escéptico.

—Habrá que hacerlo, por supuesto. Pero recibir una respuesta llevará tiempo. Y nos arriesgamos a perder la *Encyclopédie* mientras esperamos... Por otra parte, es difícil explicar lo que ha ocurrido, las dificultades pasadas y presentes, en una simple carta. No sé si nuestros compañeros académicos lo iban a entender.

—Dios mío... —se lamenta don Hermógenes, desesperado—. Qué vergüenza... Qué deshonra.

Arruga el ceño Bringas, a quien parece habérsele ocurrido una idea, y mira a don Pedro.

—¿Cree usted que alguien conocido, como los Dancenis, podría...?

El almirante se echa atrás en la silla, impasible el rostro. Seco.

—Ni pensarlo.

Surge otro silencio. Los tres se miran, abatidos.

—Estamos en un callejón sin salida —concluye don Pedro—. Habrá que abandonar.

Se quedan callados de nuevo. Bringas le da vueltas a su peluca, pensativo. Al fin se palpa el chichón y, con sumo cuidado, se la encaja encima.

—Antes he dicho de presentar una queja en la embajada.

—Y lo haremos —responde el almirante—. Resulta lógico.

—Ya. Pero es que hay otras cosas que pueden intentarse en la embajada misma.

Lo mira don Pedro con curiosidad.

—Explíquese.

—Ustedes son académicos de la Española... No son cualquiera.

—Académicos apaleados —apunta don Hermógenes—. Al menos en la parte que me toca.

El almirante sigue atento al abate.

—¿A dónde quiere ir a parar?

Bringas sonríe ahora por un lado de la boca. Casi taimado.

—El embajador, mi paisano el conde de Aranda, no puede negarse a recibirles. Y más tratándose de lo que se trata. También está obligado a aconsejarles. Y en caso necesario, a darles socorro.

—¿Se refiere a dinero?

—Naturalmente... Alguien que, como él, dispone de doscientas mil libras anuales para gastos, y eso sin contar dispendios secretos, bien puede proveerlos a ustedes. Si lo convencen, claro... Porque tiene fama de tacaño.

El almirante se queda un momento en silencio, considerando aquello, mientras don Hermógenes mira a uno y otro, esperanzado.

—No perdemos nada con intentarlo —dice—. ¿Nos recibiría otra vez?... La anterior no nos hizo mucho caso.

Bringas hace un ademán de suficiencia.

—Ah, la recepción pueden darla por segura. Sería un escándalo que, después de lo ocurrido, un embajador de España no se interesara por los problemas en París de dos compatriotas académicos... Otra cosa es que lo convenzan de aflojar la mosca.

Asiente convencido don Hermógenes, que no deja de observar al almirante.

—¿Por qué no? —aventura—. Nada perdemos con intentarlo.

Bringas se apoya en la mesa con súbita animación.

—Es cosa de presentarse allí... Pero háganme caso, pues conozco a mis clásicos: nada de ir en plan humilde, solicitando una audiencia por vía ordinaria. Vayamos ahora mismo, con ustedes dos pisando fuerte, con mucha indignación, y exijan al secretario Heredia ver al conde inmediatamente: asunto de suma gravedad, y todo eso, pateando la puerta.

—Hombre, pateándola... —opone don Hermógenes.

—Es una figura retórica. Pero les aseguro que, con el cuerpo diplomático, esa actitud es mano de santo.

—Si usted lo dice...

—Lo digo y lo sostengo. Yo mismo, como saben, tengo cierta facilidad de acceso a la embajada. Y les aseguro que...

—De acuerdo —lo interrumpe el almirante, brusco.

Parpadea Bringas, sorprendido por el tono.

—¿Está seguro, señor?

—Del todo. Tiene usted razón. De perdidos, al río. Y más en París, con esta lluvia.

En toda novela hay personajes secundarios que dan cierto trabajo; y en ésta, el conde de Aranda, embajador de España en París, fue uno de ellos. Llegado a este punto de la aventura de los dos académicos, yo necesitaba algunos datos específicos sobre la misión diplomática de Aranda en la Francia prerrevolucionaria y ciertos detalles concretos en la biografía del personaje. Comprometido con el reformismo y los enciclopedistas, corresponsal de Voltaire y otros filósofos, la figura de Pedro Pablo Abarca de Bolea, conde de Aranda, me era familiar por diversos motivos, entre ellos el papel clave que, varios años antes de estos sucesos, había jugado en la expulsión de los jesuitas de España; asunto, éste, relacionado con una novela mía anterior: *El enigma del Dei Gloria*. Conservaba por tanto, sobre Aranda, abundante material en mi biblioteca, incluidas un par de biografías notables, como la monumental *El conde de Aranda* de Olaechea y Ferrer, rica en pormenores sobre los diez años que don Pedro Pablo estuvo al frente de la embajada en París; y también tenía localizados varios retratos que me permitían darle encarnadura física al personaje. Recurrí a todo ello para perfilar más a fondo su figura, que ya había aparecido en el capítulo 5 de esta historia —sesenta y dos años en apariencia mal llevados, encorvado, estrábico, algo sordo y con pocos dientes—, y completar así, con lo documentado y lo imaginado, la segunda y última entrevista que don Pedro Zárate y don Hermógenes Molina mantuvieron con el embajador de España en el hotel de Montmartel, sede diplomática española que pronto se trasladaría al edificio que hoy es el hotel Crillon, en la plaza de la Concordia. Una entrevista, aquélla, de la que don Hermógenes daría cuenta en el informe que más tarde entregó a la Academia; y cuyo original, que se conserva en los archivos, pude tener en mis manos para reconstruir con razonable fidelidad una escena de la que el propio bibliotecario escribió:

> *Fue la suya al principio, para con nosotros, una cortesía ligera, distraída. Como la de quien tiene cosas más graves e importantes que le ocupan la cabeza.*

Las tenía, desde luego. Por esas fechas, el conde de Aranda no sólo se ocupaba de la relación entre las cortes de Madrid y Versalles, de mantener estrechos lazos con el mundo de las luces, del sostén a las colonias rebeldes contra Inglaterra en América, del apoyo francés en los asuntos de Gibraltar y Menorca, y otros serios negocios de Estado, sino que también conspiraba para segar la hierba bajo los pies de sus enemigos políticos en España, principalmente el secretario de Estado, Floridablanca, y el fiscal del consejo de Castilla, Campomanes. En la época en que los dos académicos visitaron París, el conde seguía siendo hombre ilustrado y reformista, temporalmente alejado de la corte española pero siempre influyente, con prestigio, muchas relaciones y sólidos contactos en Europa, a quien todavía aguardaba una brillante posición al regreso a España; aunque su simpatía por las ideas avanzadas que pronto iban a desencadenar la Revolución en Francia lo arruinaría políticamente una década más tarde.

Era el conde de Aranda, en cualquier caso, el hombre todavía poderoso que aquel día de luz cenicienta, con la lluvia golpeando en los cristales y una enorme chimenea encendida que hacía insoportable la temperatura en su despacho, recibió a don Pedro Zárate y a don Hermógenes Molina sentado al otro lado de una mesa llena de libros y papeles, después de que los dos académicos, con especial tenacidad del almirante, explicaran al secretario Heredia que no iban a marcharse de allí hasta ser recibidos por el embajador, por asunto grave y casi razón de Estado. Y en eso estaban. En convencerlo de que así era.

—Deplorable —dice el conde de Aranda—. Lo que les ha ocurrido es deplorable.

Parece gustarle el adjetivo, pues todavía lo repite para sí mientras toma una pulgarada de rapé —sin ofrecer a sus visitantes— de una tabaquera de oro y esmalte adornada con las armas de la corona de España.

—Deplorable —añade de nuevo, tras sonarse, ruidoso, con un pañuelo de encaje.

La luz sucia de la ventana agrisa aún más sus ojos, de los que el derecho bizquea un poco. La peluca es blanca y está rizada con absoluta perfección, a tono con la casaca de seda verde bordada en oro en puños y solapas, donde luce la orden francesa del Espíritu Santo.

—¿Qué piensan hacer ahora?

El almirante mira a su compañero, indeciso. La pregunta del conde de Aranda ha sido más de conversación cortés que de interés auténtico. De vez en cuando el embajador dirige una mirada discreta, furtiva, a los papeles y periódicos que tiene sobre la mesa en espera de su atención interrumpida por los visitantes, a los que el secretario Heredia introdujo en su despacho argumentando asunto grave.

—Necesitamos dinero —dice el almirante, con sencillez.

El ojo izquierdo de Aranda parpadea un instante antes que el otro. Dinero. Aquélla es una de las pocas palabras que a un hombre como él, bregado en toda clase de lances, pueden hacerlo parpadear. Su dureza de oído parece concederle unos segundos de tregua.

—¿Dinero, han dicho?

—Sí, excelencia.

—Hum... ¿Cuánto?

—Lo robado. Mil quinientas libras.

Aranda se toca la nariz como si el rapé le picara todavía. Es grande, corva, y destaca en la piel cetrina de su rostro. Por un momento, sin responder, estudia a los dos hombres sentados ante su mesa: los ojos tranquilos del almirante Zárate; la mirada cándida, esperanzada y bondadosa del bibliotecario Molina. Mil quinientas libras es un dineral, en estos tiempos. Incluso para la embajada. Así que arruga la frente con fastidio.

—¿Pretenden que me haga cargo de ese gasto?

Don Hermógenes, que no las tiene todas consigo, vuelve a mirar a su compañero. Éste se mantiene en silencio, serio y rígido en su silla, fija la vista en el embajador, que observa curioso las facciones regulares del almirante, el pelo gris recogido en coleta y afeitada la barba con esmero, la sobria casaca azul que le da un aire severo y casi marcial que contrasta con el desaliño del bibliotecario. Brigadier de la Armada, parece concluir Aranda con su observación. Uno de esos pulidos y estirados marinos, reconocible hasta de paisano. Ni siquiera el calor de la habitación parece afectarlo.

—Nuestros recursos son limitados —dice el embajador al cabo de un momento—. La vida en París es cuatro veces más cara que en Madrid. Representar dignamente al rey nuestro señor se lleva una fortuna. ¿Saben lo que gasta esta legación sólo en cocina, alumbrado, calefacción y caballerizas?... Pues la friolera de sesenta mil libras al año. Y ahorro hablarles del resto... Aquí se bate el cobre de la política continental, y los gastos son monstruosos.

—Necesitamos ese dinero, excelencia —dice don Pedro Zárate, con sequedad.

En otro hombre, aquello habría parecido descaro. Como si no hubiera oído sus anteriores palabras, parece considerar Aranda, molesto. Así que alza un poco la cabeza, altivo.

—Esto no es un banco, estimados señores. Me temo que en materia pecuniaria nada puedo hacer por ustedes.

El almirante se queda callado un momento, la vista distraída en los ejemplares del *Courier de l'Europe* y *La Gazette d'Amsterdam* que están entre los papeles que cubren la mesa.

—Permita que le cuente una historia, señor embajador.

Aranda mira las manecillas del reloj dorado, barroco, que está sobre la chimenea en la que arde el fuego enorme.

—Tengo que ver al rey en Versalles esta tarde —objeta—, y el camino hasta allí es, hum, tediosamente largo... No sé si dispongo de tiempo.

—Esperamos de su hidalguía que disponga de él.

Se lleva Aranda una mano a la oreja derecha.

—¿Perdón?

—Su hidalguía, excelencia.

Los ojos claros del almirante sostienen, francos, la mirada incómoda del embajador. Al fin, de mala gana, éste hace un ademán claudicante.

—Dígame, entonces.

Y don Pedro lo dice. Hace casi setenta años, cuenta, once hombres buenos que se reunían los jueves para hablar de letras decidieron enriquecer la lengua española con un diccionario, como ya habían hecho ingleses, franceses, italianos y portugueses. Cierto es que España se había adelantado a todos ellos un siglo antes, cuando el diccionario monolingüe en lengua romance de Sebastián de Covarrubias mereció universal estimación. Pero el tiempo había pasado, lo de Covarrubias quedaba anticuado, y España carecía de una herramienta eficaz que compendiase a su última perfección la riqueza de la lengua castellana.

—Todo eso lo conozco de sobra —lo interrumpe el embajador con gesto de fastidio.

Pero el almirante se mantiene imperturbable.

—Sabemos que su excelencia lo conoce —prosigue sin inmutarse—, y a eso precisamente apelamos... Porque sin duda sabe también que aquellos precursores, aquellos once primeros académicos, nombraron director al marqués de Villena y se pusieron bajo la protección del rey Felipe V.

—Eso también lo sé.

—Por descontado... Como también, supongo, el hecho de que su majestad les encomendara *trabajar en un diccionario exacto y puntual de la lengua española:* un diccionario, aparecido primero en seis volúmenes y luego en uno solo, en el que ahora trabaja la Academia de cara a una nueva edición que esperamos vea la luz en uno o dos años más.

Se impacienta Aranda, que dirige otro malhumorado vistazo al reloj.

—¿A dónde quiere ir a parar, señor?

—A que, en materia de diccionarios, los españoles hemos vivido mucho tiempo con el sonrojo de haber sido los primeros, pero no los mejores... Y es eso lo que intenta la actual Academia. Conseguir que esa primera edición con citas de autoridades, que esa segunda reducida a un tomo para su mejor manejo, que esta tercera que saldrá en un futuro cercano, sean las mejores posibles. Las más perfectas de cada tiempo... Para eso, esta vez no podemos volver la espalda a la vanguardia de las ideas en Europa, que recoge con gran acierto la *Encyclopédie.* Es un mandato real, señor embajador. Es nuestra obligación como súbditos y nuestro honor como españoles.

—Todo lo entiendo muy bien, y estoy, hum, de acuerdo —argumenta Aranda—. Pero el dinero...

—El dinero es un sacrificio, y lo comprendemos. Se lo dicen a usted dos humildes académicos que no habían visto mil quinientas libras juntas en toda su vida. La mala fortuna nos ha golpeado, y eso nos deshonra ante nuestros compañeros de la Academia, ante el rey y ante nuestra nación... Pero no merecemos esa deshonra, señor. Le doy a usted mi palabra de honor de que no la merecemos. Quizá la tarea desbordaba nuestras fuerzas, pero la asumimos con la mejor voluntad... Por eso acudimos hoy a vuestra excelencia, como español y como hombre de honor.

Opone el otro un movimiento evasivo.

—Yo sólo soy un embajador.

Sonríe un poco el almirante, casi absorto. Como si reflexionara en voz alta.

—Para quien está en tierra extranjera, un embajador es un padre, y una embajada su casa de asilo... Volver a España sin la *Encyclopédie* que se nos encargó se nos antoja una posibilidad insoportable.

—Demonios —Aranda se ha echado atrás en la silla—. Es usted elocuente, señor.

—Soy, como mi compañero don Hermógenes, un hombre desesperado.

Asiente con timidez el bibliotecario al verse aludido, mientras se seca el sudor del cuello con un pañuelo. Y sobreviene un silencio, durante el que don Pedro contempla al embajador con mucha fijeza.

—También soy un hombre que miró la antorcha resplandeciente —añade.

La sorpresa con que don Hermógenes se vuelve hacia su compañero, al oír aquello, no es nada en comparación con la que muestra el embajador. Con gesto de individuo duro de oído, éste abre mucho los ojos, incluido el derecho. Después se inclina un poco sobre la mesa en dirección al almirante, observándolo perplejo. Entonces, con los dedos índice y corazón unidos, éste se toca la solapa izquierda de la casaca.

—¿*Murator?* —pregunta al fin Aranda, casi en voz baja.

—De las Tres Luces.

—¿Grado?

—Tercio.

Los ojos asimétricos del embajador siguen muy atentos al almirante.

—¿Usted conoce, entonces...?

Se interrumpe ahí, sin dejar de mirarlo, mientras el almirante asiente despacio. Después, con los mismos dedos índice y corazón, se toca la solapa derecha.

—Asombroso —concluye Aranda, al fin.

—No tanto —don Pedro hace ahora un ademán impreciso, que abarca tiempo y distancias—. Antes de académico fui marino... En otro tiempo viajé a Francia e Inglaterra.

El embajador estudia brevemente a don Hermógenes, con visible inquietud.

—¿Su compañero, también...?

—En absoluto. Pero es hombre de honor y de silencio.

Suspira Aranda, toqueteando la caja de rapé, mientras don Hermógenes mira a uno y otro, desconcertado. Al fin el embajador abre la tabaquera y se la ofrece al almirante, que niega con la cabeza. Adelantando un poco el cuerpo, el bibliotecario toma una pizca y se la lleva a la nariz.

—No es fácil edificar en España —comenta Aranda mientras don Hermógenes saca otra vez el pañuelo y se suena, ruidoso.

Lo ha dicho mirando a don Pedro con curiosidad expectante. Éste sonríe con suavidad, melancólico.

—Lo sé —responde—. Pero apenas me ocupo de eso... Mi vínculo fue leve. Y es antiguo.

—¿Quiere decir que no es constructor activo?

—Hace tiempo que no. Aunque conservo los recuerdos, los códigos y la simpatía.

Sigue un largo silencio, en el que el embajador y el almirante se miran con tranquila complicidad mientras don Hermógenes no da crédito a lo que presencia. Al cabo, Aranda coge una pluma de ave y se la pasa por el dorso de la mano izquierda, pensativo. Por fin abre una carpeta de cuero con sus armas en oro y extrae una hoja de papel.

—¿A qué nombre quieren la carta de pago?

—Señora viuda Hénault —dice el almirante, sin inmutarse—. Así es más seguro.

Moja el embajador la pluma en un tintero y escribe, despacio. Durante un minuto sólo se escucha el rasgueo sobre el papel.

—Necesitaré un recibo firmado por ustedes. Con el compromiso de devolución por parte de la Academia —alza el rostro y los mira alternativamente—. ¿Pueden asumir esa responsabilidad?

—Naturalmente —afirma don Pedro con frialdad—. Pero no será la Academia, sino yo, quien responda. Con mi nombre y firma.

—Y el mío, naturalmente —añade don Hermógenes, picado por verse fuera del compromiso.

Aranda los mira con benevolencia.

—¿Tienen ustedes en Madrid esa cantidad?

Asiente el almirante.

—Tengo medios personales adecuados para reunirla, bajo mi exclusiva responsabilidad... La firma de mi compañero no será necesaria.

—Disparata usted, querido amigo —protesta el bibliotecario—. No voy a permitir que este compromiso recaiga sobre usted solo.

—Lo discutiremos más tarde, don Hermes. Éste no es lugar, ni momento.

El embajador firma el papel, abre la salvadera y echa polvos por encima. Luego lo agita en el aire.

—Hum. Entonces, todo resuelto.

Cogiendo una campanilla de bronce que está entre los papeles, la hace sonar. Al momento aparece el secretario Heredia en la puerta.

—Don Ignacio, haga el favor de llevar esta orden a Ventura, el tesorero, y que provea a estos señores de lo que ahí se detalla.

Coge el papel el otro, lo lee y mira al embajador torciendo la boca cual si tuviera dolor de muelas.

—¿Mil quinientas libras, excelencia?

—Eso pone ahí, ¿no?... Hala, despáchelo en seguida, porque urge.

—Por supuesto —obedece el secretario, sin más resistencia.

Aranda se ha puesto en pie, alisándose los faldones de la casaca. Los académicos lo imitan.

—Espero que todo acabe bien. Don Ignacio es hombre eficiente y se ocupará de todo... De vuelta a Madrid, saluden de mi parte al marqués de Oxinaga, que es buen amigo. Y cuando publiquen esa nueva edición del Diccionario, envíenme un ejemplar —el ojo bizco le dedica un guiño al almirante—. Creo que me lo he ganado.

—Sin duda.

—Oh, una cosa más... Tengo ahí, sobre la mesa, un informe sobre un incidente desagradable en el que se vio envuelto hace unos días un ciudadano español de paso por París. Un duelo, tengo entendido... ¿Es así, don Ignacio?

—En efecto, excelencia —el secretario enarca una ceja—. Al menos es lo que se cuenta.

Aranda se vuelve hacia los académicos.

—¿Sabrían ustedes, por casualidad, algo de esto?

—Poca cosa —dice el almirante, sereno.

—Aunque algún rumor nos ha llegado —apostilla inquieto don Hermógenes.

—Pues sí —el ojo bizco mira a don Pedro con tanta penetración como el izquierdo—. Un duelo con alguien de cordón rojo, que por lo visto llevó la peor parte... Hay un informe de la policía, con la sugerencia de que se investigue por esta embajada y se haga sufrir al responsable las consecuencias del asunto.

—¿Y qué piensa hacer vuestra excelencia? —pregunta el almirante con mucha sangre fría.

El embajador lo mira unos instantes sin decir nada, como si no hubiera oído bien. Después alza las manos con ademán de cómica impotencia.

—La verdad es que no pensaba hacer nada, pues tengo otras cosas en que ocuparme. ¿Verdad, señor secretario?... Como, por ejemplo, ir a Versalles dentro de un rato.

Hace una pausa y, vuelto hacia su mesa, rebusca entre los papeles hasta hacerse con uno de ellos. Pasea por él la vista, de modo superficial, y luego lo agita suavemente en el aire.

—Sólo quería comentarlo con ustedes, y decir que, hum... Bueno... Si antes la cosa me era indiferente, y pensaba archivarla sin pesquisa alguna, ahora rompo este papel con sumo gusto... Buenos días, caballeros.

El abate Bringas se suena ruidosamente con un pañuelo mientras maldice del tiempo y de París. Están los tres de pie, mojados como perros, refugiados junto a los puestos de libros, estampas y malos cuadros que hay bajo las arcadas del Louvre, y miran caer la lluvia mientras sacuden los sobretodos y el parasol. Huele a papel húmedo, a encuadernaciones mohosas, a barro de la calle. En la débil luz cenicienta que viene de afuera, don Hermógenes observa de reojo al almirante.

—Nunca lo habría imaginado —dice.

Como si regresara de lejos, don Pedro se vuelve despacio hacia su compañero y se lo queda mirando sin decir nada. Bringas, que estudia con crítica curiosidad el contenido de su pañuelo, lo dobla y se lo mete en el bolsillo, prestando atención a los académicos.

—¿A qué se refiere? —pregunta.

El bibliotecario no responde, y sigue mirando al almirante. Hay una expresión vagamente dolorida en su rostro: la de quien se siente traicionado, o puesto al margen.

—No me advirtió de eso —dice al fin.

—No había motivo —responde al fin don Pedro.

Los dos siguen mirándose en silencio, y por un momento sólo se oye el rumor de la lluvia.

—Creo que me he perdido algo —comenta Bringas.

Nadie le aclara las dudas. Don Hermógenes sigue atento al almirante.

—Llevamos juntos una larga temporada —dice con amargura—. Y hay cosas...

Lo deja ahí, con el mismo tono apenado, sin obtener respuesta. Bringas se vuelve a uno y otro, cada vez más curioso.

—¿Podrían decirme de qué diablos hablan?

—Don Hermes acaba de saber que soy masón —dice el almirante—. O que lo fui, un tiempo.

El abate se queda estupefacto.

—¿Usted?

—Es una historia vieja. Casi de juventud... Pasé un tiempo en Inglaterra. Y después me relacioné con otros marinos que lo eran.

—Ah, vaya —Bringas mete un dedo bajo la peluca y se rasca con vigor—. Le admiro a usted, señor.

—¿Por qué? —don Pedro hace un ademán indiferente—. Fue una tontería de aquellos años... Cedí a la moda, como otros. Nada serio.

—¿Fue iniciado, y todo lo demás?

—Sí. En Londres, renovando mi vínculo en Cádiz, con otros compañeros del Observatorio de la Armada.

Bringas se pasa la lengua por los labios, ávido de emociones conspirativas.

—¿Y luego?

—Pues luego, nada. Ya he dicho que aquello no era formal. Se fue diluyendo poco a poco. Es cosa pasada.

—Sin embargo, con el embajador fue útil —incide don Hermógenes, que sigue dolido.

—¿En serio? —Bringas respinga con sorpresa—. ¿Ése ha sido el motivo de que...?

Asiente don Pedro.

—El embajador es masón, tengo entendido. O lo fue. Al menos, simpatiza con quienes lo son. Pensé que era un cartucho por quemar. Y salió bien.

El abate abre la boca medio palmo.

—¿Se lo planteó usted directamente?... ¿Al conde de Aranda, nada menos?

—Oh, no —el tono de don Hermógenes contiene un sarcasmo insólito en él—. Hizo uso de los códigos secretos. Todos esos signos raros que usan entre ellos.

El almirante hace un gesto reposado.

—Cualquiera los conoce, y un niño podría usarlos. Así que eso hice.

—Con un aplomo que me dejó estupefacto —insiste don Hermógenes.

—Sólo fue un tiro a ciegas.

—Que les ha valido mil quinientas libras —puntualiza Bringas—. Y eso con el conde de Aranda, que gasta menos que el Gran Turco en catecismos... Debería estar reconocido, don Hermógenes.

Pero el bibliotecario sigue molesto.

—No lo estoy —apoya la barbilla en el pecho—. No a ese precio.

—¿Precio?

Sigue un silencio incómodo, sólo perturbado por el eco de las voces de los libreros bajo los arcos. Afuera sigue cayendo la lluvia.

—Yo puedo entender muchas cosas, almirante —dice al fin don Hermógenes—. Pero la masonería queda fuera de mi comprensión. Le doy mi palabra.

—¿Por qué? —se interesa el almirante.

—Hay dos bulas papales condenándola. Y tiene pena de excomunión.

—¿Ésa es la razón?... ¿Habla usted en serio?

—Completamente.

—Motivos de sobra para hacerse masón —opina Bringas.

—No diga usted simplezas —se exaspera don Hermógenes con el abate—. La francmasonería es perniciosa para la Iglesia y el Estado. Trastoca las obediencias debidas a Dios y al monarca.

—Sobre tales obediencias habría mucho que decir —opina Bringas.

Prescindiendo de él, don Hermógenes se vuelve hacia el almirante.

—No lo imagino a usted en reuniones secretas, conspirando a la luz de un candelabro. Hablando del Gran Arquitecto y todas esas bobadas.

Se echa don Pedro a reír. Una risa neutra, entre dientes.

—Usted ha leído demasiado al padre Feijoo, me parece.

Parpadea el bibliotecario, picado.

—Lo que he leído es el *Centinela contra francmasones* del padre Torrubia.

—Mejor me lo pone. No dudo que haya logias disparatadas; pero en la que yo conocí todo era mucho más simple. Hay quien se reúne en un café, y quien se reúne en una logia. La mía era una especie de club inglés: había militares, pero también hombres de negocios bien acomodados y algún aristócrata... Se hablaba de libros, de ciencia y de fraternidad, entre gente educada y sin distinción de patrias ni banderas. No era mal ambiente. Lo oculto era más mojiganga que otra cosa.

Pero don Hermógenes no se da por vencido.

—¿Y todo aquello de los juramentos y las confabulaciones fraternas?

—Eso son bobadas. Bulos de simples y de viejas —el almirante se apunta al rostro con un dedo—. ¿Tengo yo aspecto de andar minando tronos o altares, o manejando códigos mágicos medievales?

—Sin embargo, en las logias hay fanáticos —insiste el bibliotecario—. Gente de ideas extremas y destructivas.

—Insensatos hay en todas partes, don Hermes... En las logias y fuera de ellas. Pero le aseguro que eso de la Gran Conspiración Universal es un camelo.

Se quedan callados de nuevo, mirando la lluvia. Don Pedro sonríe otra vez, el aire absorto.

—De cualquier modo, en lo que a mí respecta, de todo aquello hace mucho tiempo. Hoy es más un recuerdo divertido que otra cosa.

—Que ha sido asombrosamente útil —apostilla Bringas.

—Todos los recuerdos lo son... Todo lo vivido aprovecha, de una u otra forma. Excepto para los fanáticos y los imbéciles.

Pascual Raposo retira la mano de entre los muslos de la rubia semidesnuda que tiene sentada en las rodillas y bebe un largo sorbo de vino, hasta vaciar el vaso.

—Abre otra botella, Milot.

Apartando a la mujer que está con él, Milot se levanta, tambaleante, coge una botella de la cesta que está sobre la mesa, y mientras se afana con el sacacorchos canturrea una canción licenciosa.

—Ahí lo tienes, compañero —dice llenando los vasos.

Luego ríe fuerte, con carcajadas ebrias, y las mujeres lo imitan. Los dos secuaces llevan varias horas encerrados con ellas en un burdel de la chaussée-d'Antin, lugar mal afamado del norte de la ciudad. Celebran el golpe como es debido: vino de calidad, comida razonable, cama grande y dos hembras de buen parecer, todo por treinta libras. Un día es un día.

—Por el éxito —dice Milot, alzando su vaso—. Por las mil quinientas libras.

—Hablas demasiado —le reprocha Raposo, mirando de reojo a las mujeres.

—No te preocupes. Éstas son de confianza.

—Aún no he conocido a una puta en la que se pueda confiar.

La que está sentada en sus rodillas se remueve molesta por oírse llamar así. Raposo la mira de cerca, cruel, con fría dureza.

—Sí, lo has entendido bien —le dice—. *Putain... Salope...* Puta tú y la madre que te parió.

Hace ademán de levantarse la mujer, airada, recogiéndose la ropa. Raposo la sujeta por el cabello, inmovilizándola.

—Como te muevas, te arranco la cabeza. Puerca.

Sirve más vino Milot, suelta una rápida parrafada en argot que Raposo apenas entiende, y se relaja el ambiente. La mujer que está con Raposo cambia de expresión, riendo al fin.

—¿Qué les has dicho?

—Que les vamos a llenar los coños con monedas de oro.

Raposo dirige una mirada crítica a su asociado.

—Sigo creyendo que hoy hablas mucho.

—Tranquilo, compañero —ríe de nuevo el policía—. Estamos en mi territorio. Éstas son buenas chicas. Y saben estar calladas, por la cuenta que les trae.

Bebe Raposo, poco convencido, acariciando distraídamente los senos de la mujer que tiene sentada encima.

Piensa en los académicos: en lo fácil que fue quitarles el dinero, y en los pasos que darán en adelante. En lo que al dinero se refiere, la partida parece resuelta. Lo parece, insiste mentalmente mientras repite el término. La cuestión ahora es si el almirante y el bibliotecario abandonarán París o permanecerán en la ciudad intentando conseguir los libros por otros medios. Aunque Raposo no logra imaginar cuáles pueden ser éstos. Mil quinientas libras no brotan de los árboles. Todo es asunto de no perderlos de vista en las próximas horas, y los confidentes de Milot se ocupan de eso.

—Desarruga esa cara, compañero —le dice el policía—. El negocio está acabado, ¿no crees?

—Nunca se sabe.

—Eso es verdad. Nunca. Pero en este caso, tus académicos lo tienen difícil.

—Ya te digo... Nunca se sabe.

—Serás tú. Yo sí sé algo.

—¿Por ejemplo?

—Que ahora mismo voy a tumbar otra vez a esta furcia patas arriba, en esa cama, y a darle lo suyo por delante y por detrás. Con tu permiso.

—Lo tienes.

—Pues procedo... Fíjate bien y aprende.

Bebe Raposo más vino. La rubia le pasa una lengua húmeda y tibia por la oreja, susurrándole una invitación para unirse a los otros, pero él la aparta, molesto. Sigue pensando en los académicos, en lo que ocurrirá a partir de ahora. Su instinto le dice que las cosas no son tan fáciles como parecen. Que no están resueltas como sostiene Milot. El almirante Zárate, ese individuo alto y flaco que empuñaba el espadín en el prado de los Campos Elíseos, el que disparó fríamente sus pistolas contra los bandoleros en el robledal del río Riaza, no parece de los que se dan por vencidos con facilidad, pese a sus años.

Pensar que quitarles el dinero supone liquidar la partida puede ser un error. Y a Raposo no le gusta cometer errores, sobre todo cuando cobra por no cometerlos.

—Vamos con ellos —insiste la puta, señalando la cama donde Milot ya se ha trabado con su compañera.

Niega Raposo con la cabeza mientras con ecuánime curiosidad observa actuar al policía, que realmente se afana mucho en lo suyo. Al cabo, tras pensarlo un momento y como si volviera en sí, con una mano se abre la portañuela del calzón y con la otra hace agacharse a la mujer.

—Ponte de rodillas —ordena.

En ese momento llaman a la puerta. Lo hacen de forma insistente, hasta el punto de que Milot interrumpe sus actividades en la cama, y Raposo, apartando a la mujer que ya se inclinaba sobre su calzón abierto, masculla una blasfemia, se pone en pie y va hasta la puerta remetiéndose de mala manera la camisa.

—¿Qué demonios pasa? —inquiere Milot desde la cama.

Es uno de los hombres del policía el que ha llamado, comprueba Raposo cuando abre: un esbirro menudo y flaco, con cara de hurón, al que ha visto otras veces. Se cubre con un sombrero empapado y deforme por la lluvia, y un capote que gotea junto a sus botas embarradas. Al verlo, Milot se levanta y, desnudo como se halla, rascándose con vigor una ingle —tiene el torso rechoncho, velludo, y las piernas cortas—, cruza la habitación y se acerca a su hombre, saliendo al pasillo mientras Raposo los mira desde este lado de la puerta. El de la cara de hurón cuchichea algo en el oído de Milot que hace a éste pasarse una mano por la cabeza, con gesto preocupado, antes de mirar a Raposo y seguir atento a lo que dice el otro. Al cabo lo despide, regresa a la habitación y cierra la puerta. Parecen habérsele ido de golpe los vapores del vino.

—Han ido a la embajada. Tus académicos.

Asiente Raposo, tranquilo.

—Eso era de esperar.

—Ya. Pero después fueron directamente al despacho del abogado Hénault.

A Raposo se le seca la boca. Incrédulo.

—¿Les han dado dinero en la embajada?

Milot mira a la mujer que espera en la cama y vuelve a rascarse la entrepierna.

—Eso no lo sé... Pero del despacho han cogido un fiacre, y en compañía del abogado se han ido todos a la casa de la madre. Acompañados del tal Bringas.

A Raposo se le cae el mundo encima.

—¿Cuándo fue eso?

—Hace hora y media.

—¿Y dónde están en este momento?

—Siguen en casa de la viuda. Al menos allí estaban todavía cuando ése decidió venir a informarme.

Se quedan callados. El policía mira a las putas y Raposo lo mira a él.

—Lo han hecho —murmura al fin, abatido—. Tienen el dinero.

Tuerce el otro la boca, escéptico.

—¿Me estás diciendo que en la embajada les han dado mil quinientas libras por su cara bonita?

—Son académicos de la Española. Gente respetable... No es raro.

—Mierda —casi escupe Milot—. Con eso no contábamos.

La puta rubia se ha reunido con la otra, que ahora se cubre a medias con la colcha. Las dos están sentadas en la cama y los contemplan con aire aburrido. Milot les dirige un último vistazo, despidiéndose melancólicamente de la fiesta. Después se agacha con desgana, coge su camisa del suelo y se la pone.

—¿Qué vas a hacer ahora? —pregunta.

Raposo hace un ademán de impotencia.

—No lo sé.

—Si tienen el dinero y han pagado, poco lograremos en ese sentido. Los libros serán suyos a estas horas. Nada podrás hacer en París.

—¿No hay manera de buscarles algún problema?... ¿De quitarles los libros?

Niega el policía, ceñudo.

—Hasta ahí no llego yo, compañero. Veintitantos volúmenes no se escamotean así como así. Esta ciudad tiene sus límites. Y si los han comprado, son poseedores legales.

—¿Y una denuncia falsa, o algo que los fastidie?

—Sólo conseguirías ganar unos días, y más si están en contacto con la embajada... Con los libros de su propiedad, no hay nada que hacer.

—¿No hay modo de confiscárselos?

—No hay motivo. Y te recuerdo que es un abogado, o su madre, quien los vende. Todo será legal e impecable... Poco a rascar, por ese lado.

Milot acaba de vestirse despacio. Pensativo. Al cabo parece ocurrírsele algo, pues de pronto sonríe a medias.

—De todas formas —apunta con siniestra deliberación—, el viaje de vuelta es largo. Acuérdate de lo que hablamos.

Ha bajado la voz para hurtársela a las dos mujeres. Ahora se inclina un poco hacia Raposo, confidencial.

—Son muchos días y muchas leguas —añade—. Y los caminos entre Francia y España están llenos de peligros: lobos, bandidos, ya sabes. Lo natural en esos parajes.

—Eso es cierto —admite Raposo, sonriendo al fin.

—Pues, a menos que yo te conozca poco, raro será que no haya ocasión para incidentes... Para alguna lamentable desgracia.

Mientras habla, Milot se ha acercado a la mesa donde está el vino, llena dos vasos bien colmados, guiña un ojo a las putas y vuelve hasta donde está Raposo, ofreciéndole la bebida.

—Los libros son materia frágil, ¿no es cierto?

—Mucho —coincide Raposo.

—Están expuestos a los ratones y a la polilla.

—Cierto.

—También a las inclemencias del tiempo, al fuego y al agua. Si no me equivoco.

La sonrisa de Raposo se torna carcajada.

—No te equivocas en absoluto.

Ríe a su vez Milot mientras alza el vaso, brindando con el de su compinche.

—En tal caso, estoy seguro de que sabrás apañártelas, si surge la oportunidad. O buscarla, si no surge... Que yo sepa, y como diría uno de esos filósofos, la más preciada de tus virtudes es la unidad de carácter.

Ha dejado de llover hace un par de horas, y los faroles iluminados puntean entre largos intervalos de oscuridad las orillas del Sena, reverberando sus reflejos en el agua negra del río y el suelo mojado del muelle de Conti. Más allá se percibe el resplandor del puesto de guardia del Pont Neuf, cuyo fanal encendido ilumina desde abajo la estatua ecuestre que lo domina.

—Qué hermosa ciudad —comenta don Hermógenes con el sombrero en la mano y arreglándose la capa—. Al final lamentaré irme.

Acaban de salir del restaurante donde los dos académicos han celebrado junto al abate Bringas su última noche en París. Todo está a punto para viajar mañana con la primera luz: los veintiocho grandes volúmenes de la *Encyclopédie,* empaquetados en siete fardos bien protegidos con paja, cartón y tela encerada, listos para cargarse en la parte superior de la berlina, con el mayoral Zamarra prevenido y los caballos del tiro dispuestos en su establo. Don Hermógenes y don Pedro han querido despedirse con todos los honores del abate Bringas, agradeciéndole su colaboración del mejor modo posible: con una cena de homenaje en un restaurante de la orilla izquierda. El hotel de Corty, sugerido por el propio Bringas, es famoso por sus delicias marinas, y la mesa ha estado bien provista de ostras de Bretaña y pescado de Normandía, incluidos unos rodaballos que hicieron derramar al abate lágrimas de gratitud, facilitadas por las botellas de Chambertin y de Saint-Georges que han ido vaciando, de modo sistemático, a lo largo de la noche. Hasta don Hermógenes probó un poco más de vino de lo que es corriente, y el usual tono rojizo del rostro del almirante se ha intensificado un punto.

—Una cena espléndida —comenta Bringas, feliz, dando una golosa chupada al cigarro que humea entre sus dedos.

—Usted se la merece —responde don Hermógenes—. Ha sido un leal compañero.

—Sólo he sido lo que debo ser... Doscientas libras aparte.

Los tres se han detenido junto al pretil del muelle, aspirando el aire fresco y húmedo. Sobre sus cabezas, el cielo se muestra cada vez más limpio, salpicado de estrellas. Por viejo reflejo profesional, el almirante alza los ojos y ve Orión ya bajo, a punto de desaparecer, y el brillante Sirio bien definido en el firmamento.

—Es un buen augurio para su viaje —dice Bringas, mirando también hacia lo alto—. ¿A qué hora tienen previsto salir?

—A las diez.

—Quizá les eche de menos.

Después de esas palabras permanecen en silencio, ante el río y las luces lejanas. Al fin suspira el abate y arroja el chicote del cigarro al agua.

—Ah, sí. Algún día esta ciudad será distinta —dice, pensativo.

—Pues a mí me gusta mucho como es —comenta don Hermógenes, plácido.

Bringas se vuelve a mirarlo. Sobre el estrecho gabán, del que lleva las solapas subidas, la claridad lejana de un farol perfila el rostro del abate entre las sombras, acentuando su delgadez bajo la deforme peluca. Reflejándose en sus ojos ávidos.

—Ustedes llevan unos días aquí, y en cierto modo yo he sido su Virgilio... ¿De verdad no advierten lo que hay detrás de todo esto?... ¿Tan torpe soy, a fe mía, que fui incapaz de hacerles ver que bajo la apariencia de este París que a usted, señor, le gusta tanto, hay una fuerza temible que poco a poco va aflorando y que un día arrasará esta engañosa placidez?... ¿No bastan mis comentarios y razones para hacerles comprender que esta ciudad, o el mundo que representa, está sentenciada a muerte?

Sigue un silencio tenso. El almirante, vuelto hacia Bringas, espera con atención a que éste siga hablando; mientras don Hermógenes, cogido de improviso, parpadea anonadado. No era ésa la conversación que el bibliotecario pretendía mantener.

—El veneno oportuno —prosigue Bringas, brutal—, la ponzoña salvífica que matará este mundo de mentira e injusticia, este decorado de teatro, viaja con ustedes mañana. Y estoy orgulloso de haber contribuido a ello... No imagino causa más noble que llevar esa *Encyclopédie,* y sobre todo lo que contiene y representa, al corazón de esa España oscura y cerril de la que vivo en exilio.

Don Hermógenes parece tranquilizarse un poco.

—Su nobleza es extrema, señor abate.

Bringas da una palmada sobre el parapeto de piedra.

—Maldición. No use conmigo esa palabra, tan contaminada por quienes la usan como título.

—Su pureza de sentimientos, entonces —corrige el bibliotecario.

—Tampoco.

—Vaya... Digamos, pues, su amor por la humanidad.

Bringas abre y extiende los brazos, casi sacerdotal, como si pusiera al Sena por testigo.

—Creía haber sido transparente estos días que estuvimos juntos. A mí no me mueve el amor por la humanidad, sino el desprecio hacia ella.

—Exagera —se sobresalta de nuevo don Hermógenes—. Usted...

—No exagero lo más mínimo. Ah, no. El ser humano es bestia torpe a la que no mueven los buenos sentimientos, sino el látigo. Para hacer el hombre nuevo, el que de verdad convertirá el mundo en lugar armonioso y habitable, hace falta una etapa intermedia. Una transición en la que hombres como yo, paladines de lo absoluto, le hagan ver lo que se niega a ver.

—Para eso están las escuelas, querido abate —interviene amable el almirante—. Para educar a ese hombre nuevo.

—No hay escuela posible si no se levanta antes, en el mismo solar, un buen cadalso.

Don Hermógenes se estremece, escandalizado.

—Por Dios.

La invocación arranca a Bringas una carcajada salvaje.

—Nada tiene él que ver en este asunto, suponiendo tenga que ver con algún otro... ¿Apela usted al Dios cuyos ministros aún se oponen a la inoculación de la viruela, pues tuerce la voluntad divina?... ¿Que hasta en eso se meten?

—Le ruego que dejemos a Dios y a sus ministros a un lado.

—Ah, eso quisiera yo. Porque cambiar el signo de los tiempos no es asunto de Dios, sino de los hombres. De lo que ustedes han venido a hacer aquí, y de lo que se llevan a España como precioso equipaje. Pero, ay, España... Allí sólo se pide un poco de pan y toros. Allí se odia la novedad, y se detesta cuanto pretenda removerla de la ociosidad, la pereza y la poca afición al trabajo.

—Nuestro viaje a París prueba que no todo es así —protesta don Hermógenes.

—Hará falta más que unos libros para despertar a nuestra infeliz patria, señores míos. Alguna sacudida mayor que despierte de su letargo a ese pueblo miserable y digno de lástima, al que nada debe Europa en el último siglo. Tan inútil para el mundo como para sí mismo.

—Ya estamos de nuevo con su revolución —se lamenta el bibliotecario—. Con su estallido.

—Naturalmente. ¿Con qué, si no?... Allí hace falta una conmoción total, un choque espantoso, una revolución regeneradora. Esa atonía española no es de las que se corrigen con métodos civilizados. Hace falta el fuego para cauterizar la gangrena que le pudre.

—¿Quiere usted cadalsos para nuestra patria?

—¿Por qué no?... ¿Qué otra cosa puede cambiar a un pueblo en el que, al ingresar en la profesión, a un médico o un cirujano se les exige jurar que defenderán la inmaculada concepción de la Virgen María?

Han empezado a caminar hacia el puente, siguiendo el pretil.

—Les acompaño un trecho —dice Bringas—. El último paseo.

Avanzan en silencio, reflexionando sobre la reciente conversación. La luna, que empieza a despuntar sobre los tejados, aclara el cauce del río entre los muelles y define en la distancia la claridad fantasmal de las torres de Notre-Dame.

—A fin de cuentas —dice de pronto Bringas—, viajes como el de ustedes serán inútiles mientras no se haga una siega previa, una depuración de cuanto no constituye materia educable... De todo aquello que es la parte más oscura, irrecuperable, de la raza humana.

—Eso suena fuerte —estima el almirante.

—Más fuerte sonaría si en mi mano estuviera hacerlo oír.

—¿Habla usted de una matanza colectiva?

—¿Por qué no?... Colectiva y sobre todo expeditiva. Y a partir de ahí, luego, las escuelas: niños arrebatados a sus madres, como en la antigua Esparta. Educados como ciudadanos, desde el comienzo. En la virtud y la dureza. Y el que no...

—¿No cree que cualquier ser humano es educable con métodos suaves?... Al fin y al cabo, la cultura es fuente de felicidad, pues desarrolla la lucidez del pueblo.

—No lo creo. O no del todo, al menos en la primera fase. Porque el populacho no está hecho para pensar.

Suena la risa queda y suave, siempre amable, del almirante.

—Veo que baja usted un poco la guardia, señor abate. Se contradice. Eso del populacho lo decía Voltaire, a quien usted no estima mucho.

—En algo acertó ese oportunista aficionado a lujos y reyes —responde Bringas con presteza—. En realidad, al ser humano, al desventurado hecho a aficiones groseras, sólo le educan la razón y el miedo... O mejor dicho, el miedo a las consecuencias de no seguir a la razón y quienes la encarnan... Recuerden que el gran Juan Jacobo, y ése sí era de verdad grande, tenía sus dudas, más que razonables, sobre los beneficios de la cultura repartida a espuertas.

—Pero Rousseau no hablaba de matanzas y barbaridades así.

—Da igual. Ya estamos otros para poner la letra pequeña.

—La que con sangre entra.

—Sí.

Pasan en este momento junto al retén de guardias francesas, al pie de la estatua de Enrique IV. El farol colgado de la verja ilumina en penumbra los uniformes azules y a los hombres que dormitan sentados en los peldaños. Un soldado, armado con fusil y bayoneta calada, se acerca un instante, les echa un vistazo y vuelve a su puesto sin decir palabra, después de que el almirante diga buenas noches y lo salude tocándose el pico del sombrero.

—Ustedes creen de buena fe —sigue diciendo Bringas— que basta con llevar la *Encyclopédie* a su Academia, hacer diccionarios y todo lo demás, para que el pueblo, educado a partir de eso, o de lo que simboliza, alcance su felicidad poco a poco...

—Quizá el almirante tenga alguna duda al respecto —admite don Hermógenes—. Yo, desde luego, ninguna.

—Ah, pues yo las tengo todas... Una nación que tuviera manufacturas, artes, filósofos y libros no por eso estaría mejor gobernada. Podría perfectamente seguir en manos de esos mismos, de los de siempre. Una tiranía ilustrada, por muy ilustrada que sea, siempre es una tiranía... El asunto es erradicar eso. Barrer a los enemigos del progreso. Hacer rodar cabezas.

—¿Con qué método? —se interesa el almirante, fríamente cortés.

—Seduciendo primero a los actuales miembros de la clase dirigente, ilustrados de corazón o por conveniencia, o moda, y luego, una vez a la par con ellos, sustituyéndoles.

—Y eso, ¿cómo se hace?

—Muy sencillo: exterminándoles sin piedad.

Se persigna don Hermógenes, horrorizado.

—Jesús.

—¿Y quiere usted eso para Francia? —se interesa el almirante—. ¿Para España?

Bringas se mantiene firme.

—Lo quiero para el mundo. Aquí y en la China... El único camino irreversible hacia la prosperidad pública: un baño de sangre que preceda al baño de razón.

—¿Algo así como que a quien no desee ser libre se le haga libre a latigazos?

—Pues sí, mire. Es una forma de decirlo.

—¿Y quién manejaría el látigo?

—Los Licurgos justos y lúcidos... Los incorruptibles. Los irreprochables.

—Creo que se nos ha ido la mano con el vino, señor abate.

—Al contrario. *Vinum animi speculum...* Nunca estuve más sensato que esta noche.

Bringas se ha parado en mitad del puente y señala con ademán enérgico las luces espaciadas que puntean la orilla.

—Miren esos faroles de ahí, con sus poleas. Son un buen símbolo del progreso. Del futuro.

—En efecto —asiente don Hermógenes, aliviado por cambiar de asunto—. El sistema me parece ingenioso. Y el aceite de tripas que queman...

—No me refiero a eso, hombre... Donde usted ve aceite y confort, yo veo unos lugares estupendos para colgar a los enemigos del pueblo. A los que se oponen al progreso... ¿Imagina esta ciudad con un noble o un obispo colgados en cada uno de esos faroles?... ¡Qué espectáculo grandioso!... ¡Qué lección para el mundo!

—Es usted un hombre peligroso, señor abate —opina el almirante.

—Lo soy, en efecto. Y a mucha honra. Ser peligroso es mi único patrimonio.

—Hombres flacos e inquietos, que duermen mal... Como los de Shakespeare en *Julio César*.

—Sí. Brutos y Casios. Los que tenemos los ojos abiertos somos de esa virtuosa estirpe... ¡Ay de los reyes y los tiranos, si un día les hallamos bajo la estatua de Pompeyo!... Aseguro a ustedes que en mi mano no temblará el puñal republicano.

Echa a andar de pronto, decidido, como si el puñal aguardase al extremo del puente. Lo siguen los académicos.

—Ha sido usted un buen amigo —comenta don Pedro al ponerse a su altura—. Aunque pertenezca, me temo, a esa clase de hombres que mientras son amigos resultan entrañables, pero como enemigos se vuelven implacables... El problema, imagino, es averiguar el momento exacto en que dejan de ser amigos.

Bringas sacude con vigor la cabeza, como ofendido.

—Yo a ustedes dos, nunca...

Se interrumpe de pronto y sigue andando sin añadir nada más. Al poco afloja el paso.

—De todas formas, ha sido un privilegio conocerlos —dice mientras se encoge de hombros—. Asistirles en esto... Son ustedes hombres decentes.

Sonríe el almirante entre las sombras.

—Espero que lo recuerde usted cuando empiece a colgar gente en las farolas de Madrid.

—Aún falta tiempo para eso. Aunque menos del que sospechan.

Suenan los pasos en el empedrado de la plaza vacía, pues caminan ahora junto a la prolongada y sombría fachada del Louvre. No hay en ella ni una sola ventana iluminada. Sólo reluce cerca un solitario farol, y la oscuridad acentúa el aspecto siniestro del edificio.

—¿No volvería usted a España? —se interesa don Hermógenes—. ¿A su casa?

—¿Mi casa? —el tono del abate está lleno de desprecio—. Yo no creo en esos que tienen, o creen tener, una casa, una familia y unos amigos... Además, en España acabaría mal. En prisión, en el mejor de los casos... He vivido lo bastante para saber que, allí, diferencia e independencia engendran odio.

Hace Bringas una larga pausa y se vuelve a mirar en torno, cual interrogando a las sombras.

—Yo estoy condenado a vagar por estas orillas, como los espectros de la *Eneida*.

A la luz del farol más cercano, el almirante observa cómo don Hermógenes le pone al abate una mano afectuosa en el hombro.

—Quizás un día... —empieza a decir el bibliotecario.

—Si un día vuelvo —lo interrumpe Bringas, hosco—, será montado en uno de los caballos del Apocalipsis.

—A ajustar cuentas —apunta el almirante.

—Exacto.

Se han detenido de nuevo. La luna, ahora un poco más arriba, derrama una claridad argentada sobre los altos tejados de pizarra oscura. Las siluetas de los tres hombres se perfilan vagamente en el suelo, todavía muy juntas.

—Deseo que encuentre al fin lo que busca, querido abate —dice el almirante—. Y que si es derrotado, sobreviva a ello.

Otro silencio. Esta vez, Bringas tarda mucho en responder.

—Sobrevivir a una derrota siempre implica alguna clase de claudicación —dice al fin, en tono abatido—. Y no sé ustedes; pero yo, cuando veo a un super-viviente no puedo evitar pensar qué actos miserables cometió para conseguirlo. Si resulto derrotado, deséen-me que acabe fiel a lo que soy, deséenme que no sobre-viva... Ya nada me quedará por hacer en este mundo, ex-cepto dejar sitio.

—No diga eso —ruega don Hermógenes, con voz conmovida.

Bringas mueve la cabeza.

—Alguna vez llegará el amanecer. Vendrá el nue-vo día. Habrá hombres que le gocen, entornando los ojos, agradecidos, al recibir los primeros rayos del sol... Pero los que hicimos posible ese amanecer ya no estaremos allí. Habremos sucumbido a la noche, o asistiremos al alba pálidos, exhaustos, deshechos por el combate.

Cuando calla el abate, tras un largo silencio, sue-na la voz del almirante.

—Le deseamos a usted ese amanecer, querido amigo.

—Ah, no. Deséenme sólo que, cuando llegue el momento de sostener mi fe, muera bien, sin que me aver-güence el canto del gallo... Sin renegar de ella.

Se ha acercado a don Pedro y estrecha su mano mientras éste se quita el sombrero. Es la de Bringas una mano que parece helada, como si el frío de la noche se le hubiera infiltrado en las venas. Luego, volviéndose hacia don Hermógenes, se la estrecha también.

—Fue un honor ayudarles, señores —dice, seco.

Después vuelve la espalda y se aleja en la oscuri-dad hasta fundirse con ella, como una sombra trágica que llevara sobre los hombros el peso excesivo de la lucidez y de la vida.

12. La cañada de los Lobos

> Pese a todas estas medidas, los libros franceses
> penetraron en territorio español sorteando las di-
> ficultades.
>
> N. Bas Martín. *El Correo de la Ilustración*

Abordé el último capítulo de esta historia con
otro problema por resolver. Uno de los episodios decisivos en la aventura de los dos académicos, narrado sólo en
parte —aunque con interesantes detalles— en el informe
que don Hermógenes Molina escribió para la Academia a
su regreso, estaba relatado por el bibliotecario de forma
confusa, con ciertas imprecisiones topográficas que me
desconcertaron, pues mencionaba *un paraje próximo a la
raya de España* que, sin embargo, don Hermógenes vin-
culaba al nombre de un lugar más bien alejado de ésta. Eso
me dio cierto trabajo con el antiguo mapa de Francia, así
como con las guías de caminos y postas, intentando establecer el paisaje exacto donde habían ocurrido los hechos
notables que aún quedaban por narrar.

Para ese momento de la historia, los dos académicos, a bordo de la berlina conducida por el mayoral Zamarra, con sus equipajes y los veintiocho volúmenes de la
Encyclopédie empaquetados en la baca del coche, habían
recorrido ya la mayor parte del camino de la capital francesa a Bayona y la frontera. El viaje, según se deduce de la
ausencia de incidentes consignados en el informe final,
transcurrió sin nada especial que señalar, a medida que el
carruaje iba de París a Orleans por el camino real y de allí

descendía a lo largo de la ribera del Loira, sin otros percances que los habituales en esa clase de largos viajes, los traqueteos del carruaje, el polvo y las incomodidades propias de posadas y postas no siempre de primera categoría. Sabemos que don Hermógenes tuvo una leve recaída en las fiebres catarrales que ya lo habían maltratado en París, lo que les hizo perder un par de días en Blois, esperando a que se repusiera, y que una crecida del río y la rotura de un puente de madera, unidos a fuertes lluvias y abundante barro en el camino, los hicieron desviarse y perder otros dos días en las proximidades de Tours. De cualquier modo, ésos eran inconvenientes naturales, propios de todo viaje de la época, y los dos académicos se enfrentaron a ellos con la resignación habitual de hombres de su tiempo. Así, cambiando en las postas los caballos de la berlina, leyendo, dormitando o conversando con la amistosa intimidad que esta aventura había establecido entre ellos, don Hermógenes y don Pedro fueron cubriendo etapas en tiempo razonable: Poitiers, Angulema y Burdeos quedaron atrás, y al decimocuarto día de viaje se adentraron los dos viajeros en las boscosas landas bajo el Garona.

Me detuvo en este punto el problema que mencioné antes. El relato del bibliotecario, impreciso en ciertos detalles, me hizo creer al principio que los sucesos que vendrían a continuación habían tenido lugar en el paisaje quebrado del Pirineo; pero tras estudiar bien su informe, las guías de caminos, los mapas de la época y rastrear la ruta recorrida, comprendí que el buen don Hermógenes, sin duda bajo la impresión de lo ocurrido, confundió un par de nombres y lugares, acercándolos más a la frontera de lo que estaban en realidad. Sin embargo, la descripción de uno de los momentos decisivos del incidente, relativa a su escenario, me proporcionó algunas pistas concretas que, con ayuda de mapas modernos y localizaciones aéreas, pude aprovechar de modo satisfactorio. La descripción, sobre todo, de un recorrido hecho *pasando junto a un castillo, un puente y luego, a la derecha y junto al río, una iglesia medieval con un alto campanario, todo rodeado de pinos, encinas, huertas y frutales* coincidía casi punto por punto con una de las imágenes satélite que confirmé en Google. Los árboles mencionados por don Hermógenes, aunque aún permanecían visibles, habían retrocedido mucho a causa de la expansión urbana registrada por el pueblo *de unas trescientas almas* en los dos siglos y medio transcurridos desde entonces. El bibliotecario mencionaba un lugar llamado la *gorge des Loups* —cañada de los Lobos—, próximo al río, pero no pude localizar ese sitio, seguramente desaparecido con la tala de bosques y las construcciones modernas. Pero el castillo, o más bien lujosa residencia de algún noble de la época, seguía estando allí; y tras la curva del río pasado un puente, a la derecha, se alzaba el campanario de una iglesia gótica que presidía el lugar, donde había estado el casco antiguo del pequeño pueblo que entonces la rodeaba. Su nombre era Tartas, y concluí que probablemente se trataba del lugar al que se refería el bibliotecario.

Lo que allí había ocurrido, en el pueblo y sus alrededores, era importante: decisivo para el desenlace de esta historia. Así que, dispuesto a rematarla con solvencia, viajé a Tartas provisto de mis mapas, mis notas y una copia del informe final elevado por don Hermógenes a la Academia. Lo hice en un automóvil alquilado en San Sebastián, con el que pasé la frontera y conduje hasta las orillas del Adour, cuyo curso seguí por caminos secundarios hasta la confluencia con el río Midouze y el pueblo de Tartas. Éste ya era muy distinto al del siglo XVIII, por supuesto, pero las referencias principales seguían siendo las mismas. Tuve además la suerte de que el lugar, una de las *messageries* o postas para carruajes y diligencias del camino de París a Hendaya mencionadas por el marqués de Ureña en su *Viaje,* estuviera descrito por éste con mucha precisión. Pude así establecer que, con muchas probabilidades, la descrita como *buena, aseada, para cuarenta o más personas y todo el equipaje para las bestias* era la misma posada frente a la que se detuvo la berlina de los académicos un lluvioso atardecer después de hacer cinco leguas desde Mont-de-Marsan. Una vez allí, don Pedro y don Hermógenes, cansados y hambrientos, molidos por el traqueteo, descendieron del carruaje manchado de barro para descansar; ignorando, todavía, que esa noche y el día siguiente iban a ser pródigos en dramáticos sobresaltos.

Por su parte, Pascual Raposo está decidido a facilitar los sobresaltos en cuanto le sea posible. Apoyado en el arzón de su caballo, con las solapas del capote subidas hasta las orejas y el sombrero calado hasta las cejas, el jinete solitario observa de lejos la berlina detenida ante la posada de Tartas. El sol se encuentra ya muy bajo, rozando el horizonte tras las nubes que se confunden en la distancia con los bosques que circundan el lugar, y las sombras empiezan a reptar por los campos grises enfangados de lluvia, alcanzando el pueblecito que se alza al otro lado del río, y del que ya sólo se distingue con cierta nitidez la torre aguzada de un campanario. Aquél es un terreno muy llano, próximo al cauce del Midouze, y la luz cenicienta del sucio anochecer, cribado de una llovizna fina e intermitente que lo empapa todo, moja el capote de Raposo, empapa el pelaje de su montura y se refleja mercurial en los charcos y rodadas paralelas, en los surcos dejados por el carruaje en el barro del camino; el mismo que salpica las patas del caballo fatigado y las botas del jinete.

Tras un rato de inmovilidad, Raposo arrima las espuelas a los flancos de su montura y avanza por el camino hacia la posada, escuchando sólo el chapoteo de los cascos en el fango. Cuando pasa junto a ella, sin detenerse, dirige una ojeada atenta a la berlina parada en la puerta, que el mayoral, cubierto con una capa encerada, se dispone en ese momento a conducir al cobertizo para carruajes. Los dos viajeros ya han desaparecido dentro del edificio, que es un caserón aislado y grande, cuadrangular, con una chimenea humeante que por un momento hace a Raposo, irritado por la humedad y el cansancio del viaje, envidiar el fuego ante el que en ese momento deben de estar calentándose los académicos en espera de una cena adecuada. De camino, floja la rienda, el jinete estudia con mucha atención el establo de los caballos de posta y los cobertizos donde se resguardan de noche los carruajes que allí se detienen; después acicatea un poco al caballo, encaminándolo hacia el puente de piedra que se distingue a lo lejos, entre la veladura de la llovizna. No es la primera vez que recorre aquel paisaje —por eso lo ha elegido para su propósito—, y reconoce con facilidad el pequeño castillo solitario que se alza a un lado del camino, algo alejado, tras un muro de piedra y las copas de árboles que asoman sobre éste.

El ruido de los cascos se hace distinto y recio cuando resuena sobre el pavimento del puente. Bajo los arcos, el agua corre turbia y crecida, arrastrando ramas de árboles. Dejando atrás el río, Raposo dirige el caballo por el camino a la derecha, acercándose al pueblo: medio centenar de casas donde, en la penumbra que precede a la noche cerrada, sólo hay alguna luz encendida. Orientándose por la iglesia, que tiene una antigua y puntiaguda torre, Raposo busca la plaza central, donde sabe que está el ayuntamiento. Casi todo se encuentra ya oscuro cuando echa pie a tierra, ata las riendas a una argolla de la pared, y mientras mira alrededor intenta orientarse entre los edificios que circundan la plaza en sombras. Al fin se golpea el capote con las manos para sacudirse el agua de lluvia y se encamina hacia uno de ellos, en cuyo dintel arde un pequeño farol que ilumina un rótulo mal pintado sobre la puerta: *Aux amis de Gascogne,* puede leerse. Una vez allí, empuja la puerta y entra en la taberna.

—Rediós, Raposo, ¿eres tú o tu fantasma?... Cuánto tiempo.

El tabernero, que estaba sentado ante la chimenea dando chupadas a una pipa, se ha levantado quitándosela de la boca al verlo llegar. Sorpresa, primero. Sonrisa, luego. Mano extendida, al fin —le falta el dedo índice en la derecha—. Durán, se llama el individuo. Flaco, huesudo, pelo espeso y lleno de canas. Ojos bregados de perro viejo. De fiar según para qué y para quién. Español de Valencia, casado con francesa, establecido allí desde hace tiempo. Antiguo compadre del viajero que ahora se quita el capote mojado, toma asiento frente al fuego y extiende las botas embarradas para calentarse los pies entumecidos. La taberna es un lugar agradable, con trofeos de caza en las paredes y una mesa larga, corrida y limpia, con bancos. Sólo están allí el tabernero y un individuo que, ajeno a todo, dormita junto a una jarra de vino, apoyada la cabeza en los brazos, al extremo de la mesa.

—¿De dónde sales?

—De esa puta lluvia.

En el mundo peculiar de Pascual Raposo, las palabras de más nunca se pronuncian. Sobran. A menudo conviene no saber o contar sino lo imprescindible, en especial cuando eres un antiguo camarada que aparece de improviso y, con la confianza de los viejos hábitos, ocupas un lugar junto al fuego y extiendes la mano para que te pongan en ella un vaso de vino caliente. De manera que Durán no hace otras preguntas que las imprescindibles, y Raposo no da más respuestas que las oportunas. Sigue luego, mientras las ropas del recién llegado humean por el calor —al rato se pone en pie, de espaldas a la chimenea y pegado a ella, para secarse del todo—, un intercambio de referencias comunes: amigos, lugares, recuerdos. Lo que aceita las ruedecillas secas de cualquier vieja amistad.

—Ahorcaron a Nicolás Augé.

—No me digas.

—Como te lo cuento. El año pasado.

—¿Y su hermano?

—Arrastrando una bola con cadena en el presidio de Tolón.

Tuerce Raposo la boca al oír aquello.

—Mala suerte.

—Sí.

—No se puede ganar siempre.

—Ésa es la verdad... Y a veces, nunca.

El recién llegado mira suspicaz al fulano que duerme al extremo de la mesa; y Durán, que sorprende el gesto, hace un ademán quitándole importancia.

—¿Qué te trae por aquí?

—Negocios.

—¿De qué clase?

Raposo vuelve a mirar al que dormita; y Durán, tras pensarlo un momento, va hasta él y lo zarandea.

—Ahueca, Marcel, que voy a cerrar. Vete a casa a seguir durmiéndola. Anda.

Se levanta aturdido el otro y se deja llevar por el tabernero hasta la puerta, obediente. Cuando se quedan solos, Durán le sirve más vino a Raposo, que ha vuelto a sentarse.

—¿Quieres comer algo?

—Luego —Raposo se pasa una mano por las patillas y la cara sin afeitar, cuya piel grasienta brilla a la luz del fuego—. Ahora quiero que me respondas a un par de cosas.

Lo estudia el otro con renovado interés.

—Pareces cansado —concluye.

—Lo estoy, y mucho. Acabo de tragarme cinco leguas a caballo, con este tiempo perro.

—Tus motivos tendrás —Durán sonríe ahora, expectante.

—No te quepa.

Un trago de vino. Y otro. El viajero se calienta las manos con el vaso.

—Ahí van las preguntas —anuncia.

Guiña un ojo Durán mientras enciende de nuevo la pipa, que se le ha apagado, con una brasa de la chimenea.

—Si conozco las respuestas...

—Las conoces.

Metiendo los dedos en un bolsillo del chaleco, Raposo saca tres luises de oro, los hace resonar en la palma de la mano y se los vuelve a guardar. Asiente el tabernero mientras echa humo, como quien conoce la música.

—Tú dirás.

—¿Tienes buenas relaciones con las autoridades locales?

—Muy buenas. El alcalde es amigo, y viene con frecuencia. Se llama Rouillé y es padrino de mi hija. Aquí nos conocemos todos... Sólo somos trescientos ochenta vecinos, contando las casas de los alrededores.

—¿Cómo andáis de policía?

Durán mira con súbita desconfianza a su interlocutor y da una larga chupada a la pipa. Al cabo de un instante desarruga el ceño.

—Un sargento y cuatro soldados de esa guardia rural que aquí llaman Maréchaussée... Vigilan el relevo de postas en la posada que está al otro lado del río, y echan un vistazo a la gente de paso. Pero tampoco es que se esfuercen mucho.

—¿Dónde tienen la caserna?

—Ahí mismo, en el ayuntamiento... Junto a la iglesia.

—¿Dependen los guardias del alcalde?

Durán expulsa una bocanada de humo.

—En la práctica, sí. Están asignados a la guarnición de Dax, pero todos son de este pueblo, incluso el sargento.

Ahora Raposo sonríe esquinado, con un lado de la boca. Carnicero y peligroso.

—¿Y qué crees que harían si supieran que en la posada hay dos espías ingleses?

—No fastidies —exclama Durán.

Tienen las maletas abiertas sobre un gran arcón de madera, sin deshacer del todo, y charlan como de costumbre antes de irse a dormir. La cena ha sido razonable —estofado de liebre, embutido y queso, con un poco de vino del país—, y aún permanecieron un rato de conversación frente al fuego. Ahora don Pedro y don Hermógenes están ya en la habitación que comparten: un cuarto espacioso de dos camas separadas por un biombo de caña y tela pintada, con una estufa de hierro que apenas calienta pese a que acaban de meterle dentro varios gruesos trozos de madera. Por eso demoran el momento de meterse en la cama y siguen hablando sentados en sillas junto a la estufa, a la luz de una vela puesta en su palmatoria sobre la mesa de pino sin barnizar, donde hay apilados varios libros junto al informe del viaje que don Hermógenes redacta para la Academia. Están relajados, en chaleco y mangas de camisa el almirante, con una manta por encima de los hombros el bibliotecario. Hablan de zoología, de matemáticas, del nuevo jardín de plantas que bajo protección real está a punto de abrirse en Madrid, de la necesidad de una Academia de Ciencias en España, en la que deberían ingresar los más selectos geómetras, astrónomos, físicos, químicos y botánicos. Los dos amigos conversan en el tono afectuoso de siempre, cuando escuchan pisadas en la escalera y fuertes golpes en la puerta.

—¿Qué ocurre? —se inquieta don Hermógenes.

—No tengo la menor idea.

El almirante se levanta a abrir. En el umbral hay cuatro hombres, uniformes azules con vueltas rojas y correajes blancos. Su aspecto es poco simpático. Las bayonetas caladas en los fusiles reflejan la luz del farol que uno de los uniformados sostiene en alto. Éste lleva el distintivo de sargento en la casaca y apoya la otra mano en la empuñadura del sable envainado.

—Vístanse y síganos.

—¿Perdón?

—Que se vistan y vengan con nosotros.

Don Pedro cambia una mirada de estupor con don Hermógenes.

—¿Se puede saber qué...?

Sin darle tiempo a terminar la frase, el sargento apoya una mano en el pecho del almirante y lo empuja, apartándolo de la puerta.

—¿A qué viene este atropello? —pregunta don Pedro, indignado.

Nadie responde. El sargento permanece junto a él en actitud amenazadora mientras los tres guardias penetran en la habitación y empiezan a registrarlo todo, revolviendo papeles y hurgando en las maletas. Asombrado, don Hermógenes retrocede hasta la cama mientras mira con angustia al almirante.

—Exijo saber qué ocurre —dice éste.

—Ocurre —responde el sargento, brutal— que están ustedes detenidos.

—Eso es un disparate.

El otro se le encara con hosquedad. Es un veterano de aire estólido, mostacho entrecano y rostro correoso.

—Vístanse, he dicho. O nos los llevamos como están.

—¿Llevarnos?... ¿A dónde? ¿Con qué motivo?

—Eso lo hablaremos luego. Tenemos tiempo por delante.

A un gesto del sargento, uno de los guardias muestra a don Pedro la punta de su bayoneta. Todavía desconcertado, impotente, enrojecido el rostro de vergüenza e indignación, don Pedro se pone de mala gana la casaca y coge el sobretodo y el sombrero. Por su parte, mientras acaba de vestirse, el desolado don Hermógenes ve cómo los guardias requisan cuantos papeles hay en la habitación y los meten dentro de una bolsa de lona.

—No tienen derecho a hacer eso —balbucea—. Son documentos privados y somos gente respetable... ¡Por Dios!... ¡Protesto por semejante barbaridad!

El sargento ni lo mira.

—Pueden protestar lo que les dé la gana... De todo se tomará nota en las diligencias —señala la puerta—. Y ahora, salgan.

Bajan la escalera precedidos por el sargento y seguidos por los tres guardias. Abajo están el posadero, los criados y algunos huéspedes a medio vestir o en camisa de dormir, que los miran con sorpresa y suspicacia. Al mayoral Zamarra lo ven sentado a una mesa del fondo, custodiado por otro guardia, interrogado por un individuo cubierto con un largo redingote gris. Al verlos aparecer, Zamarra les dirige una mirada de desamparo.

—Aquél es nuestro cochero —dice don Pedro al sargento—. Y no ha hecho nada malo, que sepamos.

—Eso lo vamos a ver —responde seco el militar.

Salen a la oscuridad de la calle, donde muerden la humedad y el frío. El sargento camina delante, farol en mano, conduciéndolos hasta un carruaje en el que suben todos.

—¿A dónde nos llevan? —pregunta el almirante.

Nadie le responde. El carruaje avanza en la noche, primero cruzando un puente y luego junto a una hilera de casas que apenas se ven en la oscuridad. Al fin llega a una plaza, también a oscuras, junto a la que se alzan entre las sombras los muros de una vieja iglesia. Medio centenar de pasos más allá, el carruaje se detiene ante un edificio anejo al ayuntamiento, donde hacen bajar a los académicos. Dentro, en un cuarto sucio mal iluminado por un velón de aceite, hay una mesa desvencijada, algunas sillas, un reloj parado, un armero para fusiles y dos armarios abiertos con los estantes llenos de carpetas de documentos, presidido todo por una estampa coloreada de Luis XVI. Al otro lado de una puerta entreabierta se ve el portón enrejado de un calabozo.

—¿Estamos en la cárcel? —inquiere don Hermógenes, estupefacto.

—Eso parece —apunta con inquietud el almirante.

El sargento acerca un par de sillas y las coloca frente a la mesa.

—Van a sentarse aquí... Con la boca cerrada, de momento.

—Es usted un insolente, y esto es un desafuero —don Pedro se resiste a obedecer, hasta que uno de los guardias lo obliga a sentarse—. Exijo que me digan qué está pasando aquí.

El sargento lo estudia acercando el rostro exageradamente, con mucha sorna.

—¿Exige, ha dicho?

—Eso mismo, sí. Ignoro lo que ocurre, pero están yendo demasiado lejos.

—No me diga... ¿Cómo de lejos?

—Más allá de lo que permiten el decoro y la decencia.

El otro deja de sonreír y le asesta al almirante una mirada torva. Después se sienta en un ángulo de la mesa y cruza los brazos.

—Pues tenga paciencia, que se lo van a explicar muy pronto —replica, burlón—. Y ahora estén tranquilos y callados, por la cuenta que les trae, mientras esperamos.

—¿Esperar?... ¿A quién? —pregunta don Hermógenes.

—A la autoridad competente.

La mencionada autoridad se presenta un cuarto de hora más tarde. Es el individuo de redingote gris al que los académicos vieron interrogar al mayoral Zamarra cuando se los llevaban de la posada. No trae sombrero, está mal afeitado y tiene un aire malhumorado y ruin que acentúan unos labios demasiado finos, casi inexistentes, bajo una nariz pequeña y chata, una frente estrecha y unos ojos oscuros y desconfiados. Viene en compañía de un escribiente: un hombre mayor, calvo, con lentes, que trae una resma de papel y recado de su oficio. Tras entrar en el cuarto sin mirarlos ni saludar, el del redingote gris se sienta detrás de la mesa desabotonándose el abrigo, abre un cartapacio que trae lleno de notas y sólo entonces los observa largamente, en silencio.

—Díganme sus nombres —ordena al fin.

—Díganos usted el suyo —replica el almirante—. Y qué estamos haciendo aquí.

—Soy Lucien Rouillé, alcalde de este pueblo. Y las preguntas las hago yo... ¿Sus nombres?

Señala el almirante el montón de papeles que los guardias han puesto sobre la mesa, junto a los que maneja la pluma el escribiente, anotándolo todo.

—Pedro Zárate y Hermógenes Molina. Ahí tiene usted nuestros documentos de viaje, señor.

—¿Nacionalidad?

—Española.

Al oír eso, el tal Rouillé cambia una mirada de inteligencia con el sargento, que se levantó al verlo entrar y ahora asiste a la conversación de pie junto a sus hombres.

—¿Qué hacen en Tartas?

—Viajamos de París a Madrid, por Bayona.

—¿Con qué objeto?

—Llevamos libros adquiridos en París. Entre esos documentos encontrará cartas que nos acreditan como miembros de la Real Academia Española.

—¿De la qué?

Don Pedro se inclina un poco hacia la mesa. Rígido y circunspecto.

—Señor alcalde, ya que afirma que ése es su cargo: exijo que nos diga para qué nos han traído aquí.

Sin prestar atención a lo que dice el almirante, Rouillé mira algunos de los documentos que están sobre la mesa. Lo hace con indiferencia, cual si el contenido de éstos no le interesara demasiado.

—¿Alguno de ustedes habla inglés?

—Yo —dice don Pedro.

—¿Cómo de bien?

—Razonablemente.

Rouillé se vuelve un momento hacia el escribiente, para asegurarse de que ha tomado nota de eso. Después mira maligno a don Hermógenes.

—¿Y usted? —pregunta, con intención.

Niega el bibliotecario, desconcertado.

—Yo, ni una palabra.

—Qué raro.

Parpadea boquiabierto don Hermógenes.

—¿Por qué habría de ser raro?

El otro no le hace caso. Se ha vuelto hacia el almirante.

—Así que dice usted que son españoles...

—No solamente lo digo —se indigna don Pedro—. Lo somos. Yo mismo soy brigadier retirado de la Real Armada.

—Brigadier, nada menos.

La sangre sube de golpe al rostro del almirante. Don Hermógenes ve cómo aprieta los puños hasta que le blanquean los nudillos.

—No estamos acostumbrados a esta clase de trato —protesta don Pedro, con voz sofocada por la cólera.

Lo mira Rouillé con absoluta desvergüenza.

—Pues tendrán que irse acostumbrando.

El almirante inicia un movimiento brusco para levantarse, interrumpido cuando el sargento da un paso hacia él y uno de los guardias, bajando el fusil, le apoya la bayoneta en el pecho. Conmovido, don Hermógenes advierte que en la frente de su compañero brillan minúsculas gotitas de sudor. Nunca lo había visto sudar antes. De codos sobre la mesa, con los dedos de las manos entrecruzados y apoyada en ellos la barbilla, el alcalde Rouillé asiste indiferente a la escena.

—El hombre que está bajo custodia en la posada —pregunta—, ¿es su cochero?

Toma don Hermógenes la palabra, abnegado, en un intento por suavizar las cosas.

—En efecto —confirma—. Viajó con nosotros desde Madrid, y es criado del marqués de Oxinaga. Él podrá explicarle...

—Oh, ése no explica nada —Rouillé emite una risita sardónica—. Está demasiado asustado, me parece.

Y seguramente con motivo. De momento, sostiene lo mismo que ustedes.

—Lógico. No hay más que...

—¿Qué libros son esos que traen?

—Veintiocho volúmenes de la *Encyclopédie,* obra que supongo usted conocerá. Con algunos otros títulos sueltos que hemos comprado en París.

—¿Y dice que llevan esos libros a España?

—Sí.

Rouillé modula una sonrisa astuta.

—La *Encyclopédie* está prohibida allí —dice, triunfal—. Dudo que les permitieran pasarla por la frontera.

—Estamos autorizados —apunta el almirante, que parece haber recobrado la serenidad.

—¿Ah, sí? —Rouillé se vuelve hacia él—. ¿Por quién?

—Por una orden real.

—Vaya. ¿Del rey de España, o del de Inglaterra?

Consciente de que aquello no va a ninguna parte, don Pedro hace un gesto de impotencia.

—Todo esto es absurdo —concluye alzando un poco las manos—. Ridículo.

—¿Qué le parece ridículo?

El almirante señala al propio Rouillé, y luego al sargento y sus hombres.

—La conversación. Estos guardias y sus bayonetas... El señor sargento y su grosera manera de comportarse en la posada.

Rouillé tuerce la boca en una mueca maligna.

—¿Oyes, Bernard? —se dirige al sargento—. Al caballero le pareces grosero.

Chasquea la lengua el aludido, sonriendo siniestro.

—Hum... Habrá que corregir eso, cuando llegue el momento.

Sostiene su mirada el almirante, con desdén. Después se vuelve hacia el alcalde.

—Usted mismo, señor, con esta manera...

Lo deja ahí, pero se intensifica la mueca del otro. Sus ojos desconfiados brillan con despecho.

—¿Ah, sí?... ¿Yo también le parezco grosero, como Bernard?... ¿O tal vez ridículo, como mi conversación?

—No he dicho eso. Digo que usted, con este interrogatorio...

—¿Sabe lo que es ridículo, señor?... Que crean ustedes que en este pueblo somos tontos.

Se miran almirante y bibliotecario, de nuevo desconcertados.

—Nosotros nunca... —empieza a decir don Hermógenes.

—Éste es un lugar pequeño, humilde —lo interrumpe Rouillé—. Pero somos buenos súbditos del rey nuestro señor... Gente honrada y despierta —acerca los dedos índice y pulgar—. No se nos escapa ni tanto así.

—Esto es un malentendido —dice don Pedro tras otro momento de estupor—. Sin duda nos confunden con alguien... No sé de qué clase, pero está cometiendo usted un grave error, señor alcalde.

—Eso ya se verá. De momento hay demasiados cabos sueltos en esta historia.

Señala el almirante los papeles que están amontonados sobre la mesa.

—En esos documentos tiene usted justificación de todo.

Rouillé se encoge de hombros.

—Estos documentos serán revisados a su tiempo, se lo aseguro. Y con mucho cuidado. De momento, y mientras se aclara todo, permanecerán aquí.

—Mientras se aclara, ¿qué?... ¿Puede decirnos de una vez qué demonios está pasando?

—Es muy simple: están detenidos en nombre del rey.

—¿Qué dice usted? —protesta don Hermógenes—. En una nación culta, como lo es Francia, un rey debe ser un padre que castiga cuando hace falta, no un amo bárbaro que aprisiona sin garantías, ni justicia...

—No se canse, don Hermes —dice el almirante—. Estos señores no parecen estar para sutilezas retóricas.

—Enciérrenlos —ordena Rouillé a los guardias.

—¿Encerrarnos? ¿Está usted loco? —el almirante se ha puesto en pie—. Somos académicos, le digo. Le doy mi palabra de que...

Lo interrumpe la mano del sargento, que lo agarra con mucha desconsideración por un hombro. Vejado en su dignidad, por simple instinto, don Pedro la aparta de un manotazo. Intenta el otro asirlo de manera más violenta y se resiste el almirante con insospechada energía, rechazando a los guardias que se abalanzan sobre él. Al ver tratar así a su amigo, don Hermógenes se levanta e intenta socorrerlo, pero recibe un culatazo que vuelve a echarlo sobre la silla. Todo es entonces confusión y forcejeo: Rouillé da voces, los guardias se emplean a fondo y los dos académicos acaban cercados de bayonetas, sujetos con firmeza, llevados a la fuerza, casi a rastras, y arrojados al calabozo de la otra habitación.

La noche es negra, sin estrellas. Ha dejado de llover, aunque el suelo sigue enfangado y el farol que ilumina la entrada de la posada se refleja en los charcos del camino. Es la única luz visible, y Pascual Raposo está inmóvil ante ella, pensativo, envuelto en su capote y con el calañés metido hasta las cejas. La brasa de un cigarro le ilumina la parte inferior del rostro a cada chupada.

Un ruido a su espalda le hace volver la cabeza. Una sombra que proviene del puente se perfila en la oscuridad, destacándose hasta convertirse en silueta. Un momento más tarde, el tabernero Durán, que blasfema porque ha metido las botas en el fango, estrecha la mano de Raposo.

—¿Qué tal por el pueblo? —se interesa éste.

—Todo en orden. Tus dos pájaros en una jaula y el alcalde feliz de la vida.

—¿Qué va a pasar con ellos?

—Seguirán allí hasta que por la mañana avisen al chevalier D'Esmangart.

—¿Quién es ése?

—El fulano que vive en el castillo que está más allá de la posada; el que se ve desde el camino cuando vienes de Mont-de-Marsan. Es un noble, dueño de medio Tartas incluidos bosques y cotos de caza, que hace las veces de prefecto de toda esta zona: nuestra autoridad oficial para asuntos locales... Rouillé, el alcalde, está escribiendo un informe para que lo lleven a su casa.

—¿Y cuándo irá a verlos o decidirá sobre ellos, ese chevalier?

—Ni idea. Es de los que se levantan tarde, menos cuando sale a cazar. Dudo que se moleste antes del mediodía.

Da Raposo otra chupada al cigarro.

—¿Cómo se lo tomaron, aquellos dos?

—Creo que bastante mal. Según me ha contado Rouillé, hasta se pusieron gallitos y hubo que meterles mano.

Sonríe Raposo en las sombras, imaginando la escena.

—¿Cuánta mano, dices?

—La suficiente para que se calmaran... Por lo visto. Bernard, el sargento de guardias, les tenía ganas. Los veía muy estirados, sobre todo al más alto.

Da una última chupada Raposo al cigarro y lo deja caer al suelo, entre sus botas.

—¿Conoces al guardia que se ha quedado aquí?

—Sí. Jarnac, se llama...Un buen muchacho. Casado con la hija del panadero, que es prima de mi mujer.

—Joder... Aquí todos sois parientes o compadres.

—Casi. Y como ves, tiene sus ventajas.

—Pues vamos a charlar un poco con ese pariente tuyo.

—Como quieras —los dos hombres echan a andar hacia la posada—. Y oye... ¿De verdad esos dos abuelos son espías ingleses?

—Así lo tengo entendido.

—Espero que esto no me enrede mucho la vida. Ya me entiendes.

—¿Por qué te la iba a enredar?... Tú, recuerda, te has limitado a entregar a la autoridad una carta anónima que dejó un viajero en tu taberna.

—Ya. Pero si preguntan por él...

—Si preguntan, les dices que dejó la nota y se fue. Y que no eres responsable de nada. Te limitaste a cumplir con tu deber de buen vecino y ciudadano.

—¿Pero son espías de verdad, o no?

—Mira, Durán... Piensa en los luises que te he metido en el bolsillo y no me toques los huevos.

Encuentran a Jarnac de charla con el posadero, sentado ante la chimenea y con el fusil apoyado en la pared. El guardia es un individuo de edad mediana y aspecto simple. Se ha desabrochado la casaca y alterna mordiscos a un trozo de queso con sorbos de un vaso de vino. Durán presenta a Raposo como viejo conocido y viajero de paso, interesado por el incidente de los dos espías ingleses, y durante un rato conversan sobre ello. Jarnac confirma que el mayoral que acompañaba a los dos viajeros está arriba encerrado en un cuarto, que el coche se encuentra en el cobertizo de carruajes y los caballos desenganchados en el establo de la posta.

—¿Qué han hecho con el equipaje? —inquiere Raposo.

—Nada todavía —responde el guardia—. El de los detenidos está en su habitación, excepto los papeles requisados que se llevaron mis compañeros, y el resto aún sigue encima de la berlina... Mañana nos ocuparemos de eso, supongo.

Todavía charlan un buen rato, que emplea el posadero en lamentar lo inseguro de los tiempos que corren, la gente tan diversa que allí suele parar, la perfidia de los ingleses y la oportunidad de que gente como el buen amigo Jarnac, sus camaradas y su sargento se encarguen de la ley y el orden. Al cabo de un rato, cuando considera que el ambiente ya está lo bastante relajado, Raposo se pone en pie, paga la ronda de vino y dice que va a echar un vistazo a su caballo, al que dejó sin avena en el establo. Tras cambiar una mirada de inteligencia, Durán se ofrece a acompañarlo. Abotonándose el capote, Raposo enciende un farol y sale al exterior acompañado del tabernero, al frío húmedo de la noche que sigue oscura y cerrada, camino de los establos y el cobertizo. Este último es una estructura de madera y tejas que protege a los carruajes de las inclemencias del tiempo. Sólo está allí la berlina de los académicos, negra e inmóvil, con la lanza del tronco de caballos apoyada en un tocón de madera.

—¿Qué buscas aquí? —se interesa Durán.

—Tú calla y atiende. Aunque luego no habrás visto nada.

En la baca, todavía cubierto por una lona, está el resto de equipaje de los académicos. Encaramándose a una escalera de mano, Raposo levanta un poco la lona e ilumina los bultos con el farol.

—No deberías tocar eso —dice el tabernero.

—Cierra el pico, carajo.

Los paquetes de la *Encyclopédie* son siete, grandes, bien envueltos con tela encerada e hilo bramante. Raposo los palpa y apenas se permite una leve sonrisa de satisfacción mientras hace cálculos. Peso y dimensiones. Manera de llevárselos. Bastará con una caballería extra, concluye. Dos bultos a la grupa de su caballo y cinco a lomos de otro animal. Al fin y al cabo tiene los planes hechos, conoce el paraje y no se trata de ir muy lejos.

—Voy a necesitar una mula, Durán.

Amanece, al fin. La luz gris que entra por una claraboya de vidrios sucios ilumina el rostro fatigado del almirante, que ha estado dormitando de mala manera encogido de frío, tumbado en un poyo de piedra sobre un jergón de hojas de maíz, cubierto con su abrigo y una manta vieja y sucia. Ahora, entumecido, intentando establecer que lo que vive es real y no una pesadilla, don Pedro se pasa una mano por el rostro sin afeitar, parpadea y mira a don Hermógenes, que está tumbado sobre otro jergón, tapado con la capa y con otra manta tan mugrienta como la suya, mirándolo con ojos legañosos. Insomnes.

—¿Lleva mucho tiempo despierto? —le pregunta don Pedro.

—Toda la noche.

Con un esfuerzo penoso, el almirante aparta la manta y se sienta, apoyando la cabeza entre las manos.

—¿Cuánto durará este disparate? —pregunta don Hermógenes.

—No lo sé.

La puerta del calabozo tiene una reja en la parte superior, y por ella puede verse el pasillo a oscuras y una puerta cerrada. Don Pedro se levanta, desentumece como puede sus miembros doloridos, se arregla un poco la ropa desordenada, mira alrededor y se acerca a la reja. Una vez allí, asido a los barrotes, llama sin que nadie responda. Cuando se vuelve, impotente, encuentra la mirada angustiada del buen don Hermógenes, que lo contempla como si en su mano o en su voluntad estuviera la solución de todo aquello.

—¿Qué ha ocurrido? —pregunta el bibliotecario.

—Es evidente que nos confunden con otros.

—Qué locura. ¿Con quiénes?

—No tengo ni idea.

La celda es larga y estrecha, con paredes húmedas y llenas de arañazos e inscripciones obscenas. En un rincón hay un recipiente de hojalata para que los presos hagan sus necesidades. Los dos lo utilizan para orinar, sustrayéndose con el mayor pudor posible a la mirada del otro.

—Esto es indigno —comenta don Hermógenes.

Hace memoria el almirante, intentando reconstruir lo ocurrido. Las circunstancias que los han llevado allí. Todavía confuso, intrigado, busca interpretar la actitud de los guardias, la grosería del sargento, la mala fe del alcalde Rouillé.

—Esas alusiones a Inglaterra —concluye— dan mala espina.

—¿Y qué hay con eso?

—Francia está en guerra, como España. Es posible que nos tomen por agentes extranjeros.

Don Hermógenes abre mucho la boca.

—¿A usted y a mí?... ¡Qué cosa más peregrina!... ¿Y qué íbamos a hacer en estos parajes?

El almirante ha vuelto a sentarse sobre el jergón, con el abrigo sobre los hombros. Reflexionando.

—Estamos teniendo muy mala sombra —comenta—. Primero aquel robo en París, y ahora esto.

—Santo Dios —se sobresalta el bibliotecario—. ¿Cree que puede haber relación?

Don Pedro lo piensa un poco más.

—No, realmente no lo creo —concluye—. Pero sorprende tanto incidente. Tanta mala suerte.

—Es posible que...

Un ruido de cerrojos interrumpe al bibliotecario. Un farol ilumina el pasillo, y en él aparecen algunas personas. Don Pedro reconoce al alcalde Rouillé, al sargento Bernard y a uno de los guardias de la noche anterior. Los acompaña un individuo alto, de mediana edad y aspecto distinguido, que lleva el pelo sin empolvar recogido en una coleta y viste ropas de campo, o de caza.

—Éstos son los pájaros —dice Rouillé, zafio.

El desconocido se acerca a la reja y contempla largamente a los dos académicos. Lo hace entre curioso y suspicaz.

—Soy el chevalier D'Esmangart, y hago funciones de prefecto en este lugar —dice con sequedad—. Iba a salir de caza cuando me avisaron... ¿Quiénes son ustedes?

—El brigadier Zárate y don Hermógenes Molina —responde el almirante—, miembros de la Real Academia Española.

Los mira perplejo el otro. Tiene, observa don Pedro, unos ojos grises y tranquilos que parecen inteligentes.

—¿La de la lengua castellana, de Madrid?... ¿La que edita el Diccionario?

—La misma.

—¿Y qué hacen en Tartas?

—Nos dirigimos a Bayona con un cargamento de libros comprados en París.

El chevalier D'Esmangart se queda unos instantes meditando sobre lo que acaba de escuchar. Después dirige una mirada al alcalde Rouillé y acaba volviéndose de nuevo hacia los académicos.

—¿Pueden acreditar su identidad?

—Naturalmente —responde el almirante con mucha serenidad—. Nuestros documentos de viaje, con sello de las autoridades francesas, han sido confiscados con el resto de papeles... Anoche estaban en una mesa, ahí afuera.

D'Esmangart hace ademán de que los traigan, y el sargento sale a por ellos. Pensativo, el chevalier mira de nuevo a Rouillé.

—¿Quién los denunció?

—Un viajero. En la taberna de Durán.

—¿Y dónde está ese viajero?

—No sé —el alcalde duda un momento—. Puede que siguiera camino... Pero dejó una nota.

La saca del bolsillo y se la entrega al chevalier. Éste lee, frunce las cejas y la pasa a don Pedro entre los barrotes. Está escrita en francés:

Es mi dever como buen súdito notiphicar que en la posada hay dos spías yngleses que viajan de Paris a la frontera. Viva Francia y viva el rei.

—Es lo que imaginábamos, don Hermes —indignado, el almirante devuelve la nota al chevalier—. Nos han denunciado como espías.

—¿Cómo?... ¿Quién firma esa infamia?

—No sé. No lleva firma. Es una carta anónima.

—Santo Dios... ¿Nos tratan así a causa de un anónimo?

El sargento regresa con algunos de los documentos principales, entre los que el almirante reconoce los pasaportes y los permisos de viaje. A la luz del farol que sostiene en alto el alcalde, D'Esmangart lo lee todo con detenimiento, mira a los prisioneros y vuelve a leer. Al cabo pliega los papeles, ordena que abran la celda y todos pasan al despacho donde don Pedro y don Hermógenes fueron interrogados la noche anterior. Tras ofrecer las mismas sillas a los académicos, el chevalier ocupa el asiento detrás de la mesa mientras Rouillé, el sargento y el guardia permanecen de pie.

—¿Han comido ustedes algo?

El tono parece ahora suavizado. Más cortés.

—Nada desde anoche —responde don Hermógenes.

—En seguida nos ocuparemos de eso —D'Esmangart ordena al guardia que vaya a buscar dos tazones de caldo, pan, una jarra de agua y toallas, y luego se dirige al alcalde—. ¿Quién trajo esta carta?

—Durán, como ya le dije... Según nos cuenta, un viajero que estaba de paso reconoció a estos sujetos, así que creyó su deber notificarlo.

El chevalier arruga de nuevo la frente.

—¿Por qué a Durán y no aquí?

—No lo sé, señor.

—Háganlo venir.

—Es de confianza, señor. Soy padrino de su hija. Por eso...

—Que lo traigan, digo.

Llega el guardia con el desayuno, el agua y las toallas, que D'Esmangart ofrece cortés a los académicos. Se asean éstos un poco, desmigan pan en las tazas y desayunan sin ceremonias sobre la mesa misma del despacho, mientras conversan con el chevalier. Éste, noble de provincias que se revela educado y culto, queda sorprendido al saber que llevan una primera edición de la *Encyclopédie* a Madrid con permiso real y de la Inquisición. Interrogados sobre su estancia en París, don Pedro y don Hermógenes mencionan episodios que incluyen a algún conocido común, como es el caso del enciclopedista Bertenval, a quien D'Esmangart conoce y con el que un tío suyo, intendente de Lille, mantiene correspondencia. Se presenta en eso el tabernero Durán, quien no parece tenerlas todas consigo, y responde inquieto a un frío interrogatorio por parte del chevalier, que acaba de ponerlo más nervioso todavía. Finalmente incurre en varias contradicciones y asegura de nuevo que apenas vio el rostro del autor de la denuncia anónima. D'Esmangart lo despide visiblemente disgustado, mira a los académicos con desolación y se dirige a Rouillé.

—En conclusión, señor alcalde: usted recibió una nota anónima que a su vez le habían dado al tabernero, y decidió meter en la cárcel a estos dos caballeros, sin comprobar antes sus identidades... ¿Lo he resumido bien?

A Rouillé se le ha ido el color de la cara.

—El asunto era grave, chevalier —balbucea—. Creí que lo más urgente era actuar.

—Ya lo veo —D'Esmangart tamborilea con los dedos sobre la mesa mientras mira pensativo al sargento Bernard—. ¿Fueron ustedes maltratados?

—Ligeramente —confirma don Hermógenes—. De palabra y obra.

—El alcalde lo dispuso todo —se excusa Bernard—. Yo me limité a cumplir sus órdenes.

—Sigo creyendo... —interviene Rouillé.

D'Esmangart lo interrumpe, molesto.

—Hay una evidencia, señor alcalde. Estos documentos están en regla. Están visados y sellados como es debido... Y estos caballeros, pese al mal aspecto que les ha dejado la noche pasada aquí, tienen todo el aire de ser personas respetables. Creo que anoche se le fue un poco la mano.

—Pero es que Durán...

—Es usted padrino de la hija, sí —D'Esmangart lo fulmina con su mirada gris—. Ya lo dijo antes.

Ha vuelto a observar a los académicos, que acaban el desayuno. Don Hermógenes mastica plácidamente una última corteza de pan y el almirante deja en la mesa la taza de caldo vacía.

—¿Tienen ustedes alguna explicación para todo esto?

—No sé qué decir, señor —con expresión preocupada, don Pedro se seca los labios con el pañuelo arrugado—. Lo cierto es que no es el primer incidente extraño que nos ocurre. Pero no logro imaginar quién puede querer...

Se interrumpe de pronto, pues ha caído en la cuenta y cree recordar: un jinete solitario, con el que alguna vez se han cruzado en el camino desde París, en dos o tres postas y posadas. El almirante retiene una vaga imagen de aquel individuo taciturno, con patillas de boca de hacha y sombrero calañés, vestido a la española. Y puede ser, aunque no está seguro de ello, que también lo vieran alguna vez en el viaje de ida.

—¿Dónde está nuestro equipaje? —pregunta, estremeciéndose—. ¿Los libros empaquetados que quedaron en la berlina?

—En el cobertizo de carruajes de la posta, supongo —responde el sargento Bernard a una mirada del chevalier—. Donde la posada.

—¿Los vigila alguien?

—Dejamos allí a un guardia, ¿no? —comenta Rouillé.

—Sí, Jarnac —confirma el sargento.

Para sorpresa de todos, incluido don Hermógenes, el almirante se ha puesto en pie con precipitación, casi derribando la silla. Tiene el rostro crispado, pálido. Y se dirige a D'Esmangart.

—Le ruego, señor, que vayamos allí en seguida. Tengo un mal presentimiento.

Jarnac tarda un buen rato en volver en sí. Lo han encontrado en el cobertizo de carruajes cuando llegaban apresurados desde el pueblo, tras cruzar por el puente hasta la posada. El guardia, cuenta cuando se recobra y lo interrogan, había salido a comprobar si todo estaba allí en orden y se topó con alguien que trajinaba en la berlina: un tipo que había estado antes en la posada en compañía del tabernero Durán. Al verlo, el guardia le preguntó qué hacía, el otro se acercó sonriendo a dar explicaciones, y en mitad de éstas le sacudió un golpe en la base del cráneo que lo hizo desplomarse como un saco de maíz. A partir de ahí, Jarnac no recuerda nada más, excepto al fulano que se lo hizo: vestido con ropa de camino, patillas frondosas, rostro duro y muy mala leche. Por lo demás, ignora qué estaba haciendo en el cobertizo y cuáles eran sus intenciones. Eso es Durán quien debe de saberlo, pues apareció con él en la posada. A no ser que...

—La *Encyclopédie* —dice con angustia don Hermógenes.

Todos miran en la dirección que señala. La lona ha sido retirada de la baca del coche —se encuentra tirada a un lado, junto a una rueda— y los paquetes ya no están allí.

—¿Buscaba eso? —pregunta el chevalier D'Esmangart, incrédulo—. ¿Robarles a ustedes los libros?

—Así parece —dice el almirante, demudado el rostro.

—¿Y qué tienen de especial?

—No lo sé... Le doy mi palabra de que no lo sé.

Se miran, confusos. Desolados los académicos.

—¿Qué van a hacer ustedes?

—Eso tampoco lo sé —don Pedro observa el paisaje mojado y gris, inhóspito bajo las nubes bajas de color oscuro—. Pero debemos ir en su busca.

El alcalde Rouillé se muestra desolado. Él no podía imaginar que todo aquello, la denuncia y demás, era
una conspiración. Etcétera. El tabernero Durán y él, asegura, van a tener luego algo más que palabras. Padrino de
su hija, o no. El miserable.

—Me siento como un idiota —resume.

Y con toda razón, apostilla ácido D'Esmangart;
pero lo cierto es que el daño está hecho. El asunto ahora
es ver si hay forma de perseguir al extraño ladrón.

—¿Sabemos hacia dónde se fue?

Interrogado un mozo de la posada, que ha acudi-
do con el dueño al advertir el revuelo, dice que, aún ignorante de lo ocurrido al guardia Jarnac, hace un rato vio
alejarse a un jinete con una segunda cabalgadura siguiendo la ribera del río, hacia la cañada de los Lobos. Y acaba
de comprobar que falta una mula del establo.

—La cañada está a media legua de aquí —dice el
sargento Bernard tras pensar un momento—. Si va en esa
dirección, quizá podamos alcanzarlo.

Jarnac, dolido en su amor propio además de en la
cabeza, se ofrece voluntario para dar caza a su agresor.
Irán por lo menos el sargento y él, decide D'Esmangart
en conformidad con el alcalde. Y mientras el guardia va en
busca de su fusil, el chevalier ordena al posadero alistar
los caballos disponibles en el establo. Hay cuatro en condiciones, confirma éste: dos para los guardias, y los otros
para quien decida acompañarlos.

—Yo debo ir —dice el almirante—. Eso está fuera de toda cuestión.

—El que atacó a Jarnac parece un individuo peligroso —objeta el alcalde.

—Da igual. Son nuestros libros, y tengo que saber
qué pretende llevándoselos.

—Como guste —accede D'Esmangart—. Tiene
todo el derecho, por supuesto... ¿Monta bien a caballo?

—Sí.

—Magnífico. ¿Y quién será el cuarto?

Todos miran a don Hermógenes, que ha levantado tímidamente la mano.

—Ni hablar —lo rechaza afectuoso el almirante.

—No veo por qué no voy a ir —protesta el otro—. Soy tan responsable de esos libros como usted. Estamos en esto juntos.

—Hay ciertos riesgos.

—Pues precisamente por eso, caramba... También en París los hubo, y muy a mi costa. A ver cómo me presento yo en la Academia, después, diciendo que lo dejé enfrentarse a ellos solo.

—¿Monta usted a caballo? —se interesa D'Esmangart.

Asiente con estoicismo heroico el bibliotecario.

—Consigo no caerme, que ya es algo.

El almirante sigue en desacuerdo, y los dos amigos discuten mientras el posadero y el mozo se acercan con cuatro caballos ensillados que traen de las riendas. Jarnac ya ha vuelto con su fusil, y el sargento Bernard, ceñudo, comprueba el cebo de la pistola que lleva al cinto.

—Decídanse —dice, montando en uno de los animales—, o ese canalla se nos escapará.

Se lee en su cara que no es de los que dejan que les tomen el pelo, ni les apaleen a subalternos, y que ha hecho del episodio un asunto personal. Jarnac sube a otra cabalgadura, terciado el fusil; pero el almirante, enfrentado al contumaz don Hermógenes, duda todavía.

—Su amigo tiene razón —apunta D'Esmangart, ecuánime—. Si desea ir, tiene derecho.

—Lo tengo —insiste el bibliotecario, testarudo.

Don Pedro contempla el rostro decidido que tiene delante: sin afeitar, con cercos oscuros y bolsas bajo los ojos tras la mala noche que ambos han pasado, don Hermógenes mantiene apretadas las mandíbulas y sostiene con firmeza el examen de que es objeto. Parecen haberle caído de golpe diez años encima, pero nunca antes el almirante lo había visto tan resuelto. Tan seguro de sí.

—¿Está convencido, don Hermes?

—Por completo. ¿Qué se ha creído usted?... Procuraré no estorbar.

Resignado, sin más palabras, don Pedro hace un gesto afirmativo, pone el pie en el estribo de un caballo y se acomoda en la silla. Don Hermógenes, ayudado por D'Esmangart y el alcalde, hace lo mismo, y una vez montado se envuelve en su capa con ademán casi gallardo.

—No llevan ustedes armas —cae en la cuenta el chevalier.

—Tengo mi bastón estoque —dice el almirante—. Y confío en que mi compañero no las necesite.

—Yo también confío en eso —coincide don Hermógenes con un suspiro.

D'Esmangart le alarga a Don Pedro una pistola corta, tipo cachorrillo, que saca de debajo de la ropa.

—Le ruego que acepte ésta, señor. Está cargada... Nunca se sabe.

—Es usted muy amable —sonríe cortés el almirante, tocándose el pico del sombrero—. Procuraré devolvérsela dentro de un rato. Sin dispararla, espero.

—Estaremos en la posada, aguardando noticias... Tengan mucho cuidado —D'Esmangart se dirige ahora al sargento—. Y tú, Bernard, ya sabes que te hago responsable de todo... Ningún riesgo deben correr estos caballeros.

—Descuide, chevalier —lo tranquiliza el otro—. Yo me hago cargo.

Y arrimando espuelas, bajo el cielo gris que todavía destila humedad, los cuatro jinetes abandonan el camino real y, por el curso del río, siguiendo las huellas de cascos visibles en el suelo embarrado entre los árboles, se dirigen a la cañada de los Lobos.

Corre el Midouze crecido y turbio, a la derecha de Pascual Raposo: un rumor de agua plomiza, inquieta, violenta, que a veces invade la orilla y anega el suelo entre los árboles. En la cañada que desemboca en el río surgen a trechos franjas de arena enfangada que los animales cruzan con dificultad, y luego el sendero continúa serpenteando entre los chopos de hojas claras y verdes, en cuyas ramas altas todavía parecen enredarse los últimos jirones de bruma. A veces una urraca revolotea a ras de hierba, inesperada, agitando los helechos.

En un tramo espeso, muy arbolado, la orilla se eleva en una loma tajada a un lado por el río. Raposo observa el lugar con detenimiento antes de conducir allí a los animales, apartándose del sendero. Desmonta, ata las riendas del caballo a una rama y hace lo mismo con la mula. Primero descarga los bultos que están en la grupa del caballo, y luego los cinco que lleva la mula, dejándolos caer sobre la hierba húmeda. Son pesados, desde luego. Nunca imaginó que unos libros pesaran tanto. Abriendo la navaja, corta el hilo bramante que rodea uno de los paquetes y luego parte de la tela encerada y el cartón que lo envuelve. Los libros son bonitos, aprecia: de buen tamaño, encuadernados en piel con hermosas letras doradas en los lomos. *Encyclopédie,* dice. Abre el primer volumen que encuentra en el paquete y lee unas líneas al azar: *Aussi fallut-il au genre humain, pour sortir de la barbarie...*

Para salir de la barbarie, el género humano necesita una de esas revoluciones que dan un rostro nuevo a la

tierra: destruido el Imperio Griego, su ruina hizo re-
fluir hacia Europa los pocos conocimientos que aún le
quedaban al mundo; la invención de la imprenta, la
protección de los Médicis y de Francisco I, reanimaron
los espíritus y la luz renació por todas partes...

Dejando el libro, sobre cuyas páginas abiertas hacen caer las ramas de los árboles gotas de rocío, Raposo se incorpora, va hasta las alforjas de su caballo y saca avío de fumar. Un momento después está parado al borde del tajo sobre el río, mirando correr el agua mientras da tranquilas chupadas a un cigarro. El lugar es adecuado, considera. En un primer momento, anoche, pensó en pegarle fuego al cobertizo donde estaba la berlina, para que se achicharrase todo. Pero eso habría sido matar moscas a cañonazos, llegando a extremos innecesarios. Meterse en problemas mayores y llamar demasiado la atención. Arrojarlos al río es más discreto. Más limpio. La cuestión es tirar desde allí los libros uno a uno, o hacerlo directamente con los fardos, que en aquel lugar se hundirán con facilidad. Bastará con cortar la envoltura de cada uno para que el interior se empape bien. El cauce bajo el tajo parece hondo; y el agua, de cualquier manera, acabará por arruinarlo todo.

Decidiéndose, el cigarro entre los dientes, Raposo empieza a acuchillar la tela que envuelve el resto de los bultos y arrastra el primero, tirando de él sobre la hierba hasta el borde del tajo. *El género humano necesita una de esas revoluciones que dan un rostro nuevo a la tierra*, recuerda echándole un último vistazo al libro que está encima. Lástima, concluye, no tener tiempo para leer un poco más. Raposo no es en absoluto de leer libros —ni siquiera lee las gacetas en los cafés—, y menos aún los que tratan de asuntos peligrosos en el mundo donde él se busca la vida. Pero aquellas líneas lo han hecho pensar. Y lo mismo es cierto, concluye sonriendo con una mueca lobuna. Aunque no sea negocio suyo, es posible que, como dice el libro con mucho atrevimiento, de vez en cuando el género humano necesite irse un rato al carajo. Irse bien ido, y que alguien dé un empujoncito para facilitar el viaje. Tal pensamiento lo lleva, por primera vez, a relacionar el contenido de esos libros con los hombres a los que se los arrebató. Hasta un momento atrás, antes de leer aquellas líneas, la *Encyclopédie* no era más que una palabra sin sentido; y el almirante y el bibliotecario, dos tipos cualesquiera: unos viejos carcamales respecto a los que Raposo cobra por fastidiar en lo posible. Ahora, de pronto, en función de lo leído, de esos libros que está a punto de arrojar al agua, los dos adquieren sentido como individuos. Como gente con ideas y objetivos, quizá de la que tiene fe en cosas. Hombres originales e incómodos para otros hombres, de los que creen necesarias agitaciones que den al mundo un rostro nuevo. Y nadie lo hubiera dicho, observándolos. A los dos vejestorios.

Un relincho de su caballo lo inmoviliza cuando se dispone a tirar al agua el primero de los bultos, lo hace alzar la cabeza y mirar desconfiado hacia el sendero que pasa al pie de la loma, entre los árboles. Durante un largo momento, Raposo permanece quieto y alerta, inclinado aún sobre el paquete de libros. Escuchando. No se oye nada salvo el rumor del río y el aleteo súbito de algún ave. Aun así, desconfiado por oficio y por instinto, permanece a la escucha hasta que advierte un par de sonidos lejanos, eco de voces y chapoteo de cabalgaduras al cruzar una zona encharcada. Entonces, murmurando una blasfemia, se incorpora bruscamente, da una última chupada al cigarro y lo arroja al río. Después se quita el sombrero y el capote mientras se acerca al caballo, hurga en la maleta atada detrás de la silla y saca la pistola de doble caño, y también extrae el sable de caballería de la manta donde va envuelto, tira la vaina al suelo y se aleja procurando no hacer ruido, hasta el abrigo de unos árboles y unos helechos altos desde donde puede vigilar el sendero, que discurre una treintena de pasos más allá, bajo la pendiente de la loma. Y allí, tras un vistazo en torno, considerando el lugar satisfactorio, clava el sable en el suelo, se arrodilla detrás de un tronco, comprueba que el cebo de la pistola está seco y echa hacia atrás los dos percutores del arma, procurando ahogar el sonido entre las piernas. Mientras hace todo eso respira hondo para tranquilizarse y calmar el pulso, sintiendo en las ingles el viejo y familiar cosquilleo cercano a la acción. A veces se echa ésta de menos, concluye. En ocasiones, piensa sarcástico, entornados los ojos que observan el sendero, revoluciones y rostros nuevos aparte, el género humano también necesita que le peguen un buen pistoletazo en los huevos.

—Las huellas se apartan aquí —dice el sargento Bernard.

Lo hace en voz baja, señalando suspicaz la pendiente cubierta de árboles y vegetación. Ha tirado de una rienda de su caballo, haciéndolo dar media vuelta, y mira al guardia Jarnac de modo significativo. Detrás de ellos, don Pedro y don Hermógenes han detenido sus monturas y aguardan expectantes, tensos, estribo con estribo.

—Suben por esa cuesta —añade el sargento mientras echa pie a tierra, sin dejar de mirar hacia arriba.

Jarnac desciende de su cabalgadura, empuñando el fusil. Su jefe hace una señal silenciosa a los dos académicos para que también desmonten. Mientras obedecen, el sargento da instrucciones al subordinado, indicándole la orilla del río. Asiente éste y se aparta unos pasos apostándose tras un árbol con el fusil dispuesto. Las solapas y vueltas rojas de su casaca azul, observa don Hermógenes, destacan entre el follaje verde, en la atmósfera brumosa del bosquecillo.

—No se muevan de este sitio —susurra Bernard mientras saca su pistola del cinto—. Nosotros vamos a ver si está ahí arriba.

—Puedo serles útil —dice el almirante, que empuña su bastón estoque, se ha desabotonado el sobretodo y palpa con decisión el bulto del arma del chevalier D'Esmangart que lleva en un bolsillo.

—Lo serán más si no molestan —replica desabrido el sargento.

Ha levantado una mano con ademán silencioso, profesional, para indicarle a Jarnac que suba un poco por la pendiente; y éste obedece, siempre con el fusil dispuesto, alejándose hasta el siguiente árbol con los helechos por la cintura. Mediante una mirada, Bernard se asegura de que los académicos permanecen junto a los caballos, amartilla su pistola y avanza pendiente arriba. Boquiabierto por la emoción, contenido el aliento, con una mano aferrada a un brazo del almirante en el que clava los dedos, don Hermógenes observa moverse con cautela al sargento, que asciende por la pendiente arbolada escudriñando precavido mientras pisa con mucho cuidado y dirige miradas a Jarnac, que avanza del mismo modo unos pasos a su derecha. Y lo cierto es que el bibliotecario apenas oye el disparo, cuando éste suena, o lo advierte sólo un instante más tarde, en forma de eco en la atmósfera húmeda del bosquecillo, después de que el sargento se detenga de pronto, irguiéndose como si algo inesperado reclamase su atención, y caiga de espaldas entre los helechos, echando borbotones de sangre por la garganta.

Todo ocurre ahora con tanta rapidez que el bibliotecario apenas tiene tiempo de seguir los acontecimientos. Desde su posición, Jarnac se lleva el fusil a la cara y hace un disparo —esta vez suena cerca y fuerte, como si rasgara el aire húmedo—, mientras el almirante, zafándose de la mano crispada de don Hermógenes, se abalanza sobre el cuerpo caído y con un pañuelo intenta detener la hemorragia. Inmóvil, desencajado de horror, el bibliotecario ve cómo, pese a los esfuerzos de su compañero, el líquido bermejo sigue manando en chorros incontenibles de la garganta del sargento, que tiene los ojos desorbitados y se estremece en convulsiones violentas, asfixiándose con un estertor ronco y líquido.

—¡Otro pañuelo! —grita el almirante, que presiona con las manos rojas de sangre, esforzándose en taponar la herida, arrodillado sobre Bernard—... ¡Por Dios, deme su pañuelo!

Se dispone a hacerlo don Hermógenes, apresurado y torpe, cuando una silueta que se mueve con rapidez entre los árboles, pendiente abajo, atrae su atención: es un hombre salido de la maleza que se acerca veloz a Jarnac mientras éste intenta cargar de nuevo su fusil, y que cuando está a tres o cuatro pasos, sin darle tiempo a concluir, le descerraja un tiro que proyecta al guardia hacia atrás, haciéndolo golpearse con el tronco de un árbol, y rodar luego entre los arbustos, perdiéndose de vista.

Aquello le eriza al bibliotecario la piel. Y se le torna espanto cuando ve que el almirante, al oír el disparo, deja de atender a Bernard, coge con rapidez la pistola que éste dejó caer, se yergue empuñándola, y casi en el mismo movimiento apunta y dispara contra la silueta huidiza del atacante, que se protege tras un tronco al oír el estampido —ensordecedor para don Hermógenes, que se lleva las manos a la cabeza— y después, todavía con el humo de la pólvora quemada desvaneciéndose en el aire, echa a correr con mucha agilidad pendiente arriba.

—¡Se escapa! —exclama el bibliotecario, despertando de su estupor—. ¡Virgen santa!... ¡Se escapa!

Nunca, ni siquiera durante el asalto de los bandoleros en el río Riaza o el duelo contra Coëtlegon, vio don Hermógenes a don Pedro Zárate tan decidido como en ese momento. Por un instante, mientras permanece inmóvil después de fallar el disparo, los ojos del almirante se mueven precisos, atentos, fríos como si la humedad del bosque hubiera cuajado en sus pupilas, observando al fugitivo que escapa ladera arriba. Y así, estupefacto, el bibliotecario ve a un hombre distinto, de pronto desconocido para él, de quien los años parecen haberse esfumado en un soplo, coger el bastón estoque que estaba en el suelo y desnudar la hoja antes de erguirse con inesperada agilidad, sacar el cachorrillo que lleva en el sobretodo, amartillarlo y, con la pistola en una mano y el acero en la otra, ascender con decisión por la pendiente, como si el resto del mundo hubiera dejado de existir alrededor. En ese momento, el pacífico y aterrado bibliotecario intenta gritarle que se detenga, que no siga adelante, que el hombre que ha matado a los guardias también puede matarlos a ellos. Pero cuando abre la boca para decir eso, consigue sólo articular un balbuceo incoherente, y al cabo enmudece, angustiado, seguro de lo inútiles que son ahora las palabras, mientras ve irse ladera arriba a don Pedro, que ya desaparece entre los árboles. Entonces, súbitamente avergonzado porque lo deja ir solo, don Hermógenes mira alrededor y descubre entre la hierba la pistola del sargento Bernard, que el almirante acaba de descargar contra el asesino. De manera que, a falta de otra cosa, como si aquel arma inútil le diera seguridad o consuelo, don Hermógenes se agacha a cogerla, y con ella en las manos temblorosas asciende por la pendiente, detrás de su compañero.

Al llegar arriba, Raposo desclava el sable del suelo y lo empuña, resuelto. La pelea es su elemento natural: se mueve en ella como pez por el agua, y sabe que no le va a dar tiempo a recargar la pistola de doble caño que acaba de utilizar. Así que es mejor ahorrarse gestos y lamentos inútiles. Abajo todavía hay dos hombres —contó cuatro a caballo cuando los vio llegar—, y por el ruido de pasos que se acercan vienen a buscarlo. Por un momento le ha parecido advertir que uno, el que disparó el pistoletazo cuya bala pasó zumbándole a una pulgada de las orejas, es el académico alto. El almirante. El pensamiento de que pueda tratarse ya sólo de ellos dos lo tranquiliza. No son enemigos a considerar, pese a la puntería del más alto, que tuvo ocasión de observar de lejos en el camino de ida a París, cuando lo del río Riaza. No es, desde luego, amenaza seria para él, en ese lugar y circunstancias. Así que, mientras aguarda encorvado y sable en mano tras un tronco de árbol, medio camuflado entre los helechos, Raposo se felicita de haber despachado en la primera mano de naipes, madrugándoles como es debido, a los dos casacas azules; que, ésos sí, eran gente a tener en cuenta. Por eso los eligió en primer lugar, localizándolos gracias a las vueltas rojas de los uniformes, que se destacaban con ingenua facilidad entre los pardos y verdes de la arboleda. Aunque liquidar a dos guardias de la Maréchaussée, por otra parte, no sea plato de gusto para nadie. Preferiría habérselo ahorrado, pero no había elección: eran ellos o él. Cuando se enteren los compañeros de los finados, es probable que organicen una batida en condiciones; así que lo urgente, ahora, es sacudirse de encima a los dos abuelos, echar los libros al río y poner pies en polvorosa camino de la frontera. Habiéndose ganado el jornal.

Pasos cercanos, crujido de ramas y arbustos en el suelo. Alguien llega pendiente arriba, y ya está cerca. A esa distancia, piensa brevemente Raposo, si sus perseguidores aún llevan pistolas cargadas, sobre todo en manos del almirante, la cosa puede ponerse difícil. Con tiros de por medio, nunca se sabe. Así que lo mejor es quedarse quieto y escondido hasta que los tenga al alcance del sable: su vieja herramienta de caballería, con guarnición de bronce y hoja ligeramente curva, ancha y afilada, de la que basta un tajo bien dado para dejar fuera de combate al lucero del alba.

Ruidos cercanos. Pasos rápidos y una respiración entrecortada por el esfuerzo, cuyo sonido llega hasta él. El perseguidor más próximo está allí mismo, y Raposo se relaja un poco, instintivamente, pues reconoce a un hombre mayor: sin duda el académico alto. Aun así se agacha un poco más, hasta que las hojas húmedas de los helechos le rozan la cara, respira hondo un par de veces y contiene luego el aliento, atento a los ruidos para situar con precisión exacta el lugar donde estará su adversario cuando él se descubra. Si el otro va armado, por mayor que sea, atacar desde demasiado lejos expondría a Raposo a recibir un plomazo en el pecho. Frente a una pistola, y aquel tipo sabe manejarlas, son la sorpresa y la proximidad las que darán ventaja. Y el momento es ahora.

Se incorpora de pronto, sable en alto, y apenas vislumbra al hombre que tiene delante —un bulto oscuro, mojado y jadeante que irrumpe entre los arbustos, a dos pasos de distancia—, descarga el golpe. Sin embargo, las ramas bajas del árbol entorpecen la trayectoria del arma, desviándola un poco. Así, en vez de tajar de filo, la hoja pega de plano, golpeando el hombro del adversario. Raposo blasfema entre dientes y tiene tiempo de ver la expresión de sorpresa en el rostro del otro —es el académico alto, confirma en un instante—, su alarma al caerle encima el sable y la súbita decisión de sus ojos claros y obstinados, casi simultánea al estampido y el fogonazo de la pistola que empuña, al tiempo que Raposo siente una brusca quemadura golpear en su costado derecho, y un impacto que le arranca un quejido de dolor y lo empuja hacia atrás con violencia, haciéndolo apoyarse en el tronco del árbol.

—¡Cabrón! —masculla, tirando un nuevo sablazo a ciegas.

El golpe, o el intento de esquivarlo, hace caer al otro al suelo, entre los arbustos. Y mientras Raposo retrocede un par de pasos, el sable en la derecha y tocándose la herida del costado con la zurda, ve levantarse despacio al almirante, dolorido, sucia la ropa de agua y barro. Las ramas espinosas le han arañado la cara y el pelo gris está despeinado, medio deshecha la coleta de la nuca. El maldito, piensa Raposo, desconcertado, cuando lo ve incorporarse con una sangre fría inesperada en hombre de su edad, reluciéndole el acero desnudo de un bastón estoque en la mano. El maldito y tenaz almirante, que lo mira con aquellos ojos helados como la escarcha. El hijo de la gran puta.

—Quédese ahí —ordena Raposo.

Mientras habla, termina de palparse la herida del costado, serenándose al comprobar que se trata de una rozadura que apenas tocó las costillas y no sangra mucho. Dos pulgadas más abajo, le habría roto la cadera. Eso le produce un estremecimiento de cólera. Gana de hacer daño. Quizá de matar.

—Si da un paso más, lo clavo en ese árbol.

En aquel momento desea con toda su alma que realmente el otro dé ese paso. Cumplir su amenaza, sablear con ganas, desahogar el escozor que la herida del costado y aquella absurda situación le producen. Condenados viejos. Todo se ha enredado de una forma estúpida, concluye. Ninguno de ellos, ni siquiera él mismo, debería encontrarse allí.

—Lárguese —sugiere, harto.

Pero el almirante sigue inmóvil, mirándolo con fijeza. Erguido, inexpresivo. Como si no oyera lo que le dice. Parece hallarse en trance, como en otro lugar. En otro tiempo y en otro mundo. Raposo alza su sable y se lo muestra. Ya ves, dice el gesto. Esta herramienta de tajar contra la frágil hoja de tu bastón estoque. Casi me abres un ojal en la cadera. Pasmarote suicida e imbécil.

Un ruido entre los helechos. Nuevos pasos en la pendiente. Raposo se vuelve a medias, y no sin sorpresa ve aparecer al otro académico, el bajito regordete, que se detiene al verlos. Viene descompuesto por la subida y el esfuerzo, mojadas las ropas, sudoroso, sin aliento, y mira a uno y otro con ojos de espanto. Inquieto al comprobar que empuña una pistola, Raposo se dispone a arrojarse sobre él antes de que pueda apuntar y usarla; pero se tranquiliza de pronto, al observar que lleva el percutor bajo y que probablemente ha sido disparada. Quizás el balazo que antes no llegó a alcanzarlo.

—Tire eso —le ordena—. Al suelo, ahora. O los mato a los dos.

Duda el bibliotecario, mira la pistola como si no supiera qué hacer, y obedece al fin, dejándola caer. Raposo le hace señal con el sable de que se aparte de ella y se acerque a su compañero, y así lo hace el otro.

—Las cosas están así —dice Raposo, tras pensarlo un poco—. Ustedes no tienen nada que hacer aquí... De manera que ahora mismo dan media vuelta, se van por donde vinieron, y los tres quedamos más compadres que cochinos.

—¿No va a matarnos también? —pregunta aturdido el bibliotecario.

—No, si no es preciso.

—Pero los guardias...

—Malos naipes para ellos. Y era su oficio. Yo dispongo de mi caballo y conozco bien esta comarca. Ahora lo que tengo es prisa.

El académico señala los paquetes de libros, que están en el suelo junto al caballo y la mula, a unos pasos del tajo sobre el río.

—¿Y qué pretende hacer con eso?

—Ponerlo a remojo.

—¿Cómo?

—Tirarlos al agua, si no me lo estorban.

El otro abre mucho los ojos, asombrado.

—¿Al agua? ¿Por qué?

—Eso es asunto mío... Pongamos que me sale de los cojones, por ejemplo.

—¿Fue usted quien nos robó en París?

Ríe entre dientes Raposo, maligno.

—Podría ser.

Un silencio. Largo. Todavía incrédulo, el bibliotecario mira a su compañero, que permanece callado, estoque en mano. Después se vuelve de nuevo hacia Raposo.

—No entiendo nada —concluye.

—Ni falta que hace.

—Pero ha matado a dos guardias... ¿Y todo por robar esos libros?

—Más o menos.

—¿Para destruirlos?

Se acaba el tiempo, piensa Raposo. Está perdiendo demasiado, aún tiene que deshacerse de los libros, y en cualquier momento puede aparecer un piquete de guardias buscando a sus compañeros. Es hora de abreviar. Por las buenas o por las malas. Y van a ser las malas.

—También los mataré a ustedes, como dije. Si no se largan ahora.

—¿Y por qué habríamos de irnos? —pregunta el almirante, rompiendo su largo silencio.

Raposo se fija en él. Sigue como estaba, inmóvil, el estoque en la mano derecha y la punta rozando la hierba del suelo, observando a Raposo como si no hubiera otra cosa en el paisaje. Ni siquiera ha mirado los paquetes de libros cuando los mencionaron hace un momento.

—Porque... —empieza a decir Raposo.

—¿Nos matará, si no?

Lo ha interrumpido con mucha frialdad, sin inflexión ninguna. Como si se limitara a mencionar un hecho probable. Raposo se lo queda mirando con curiosidad y tuerce la boca, cruel.

—Ustedes no están en condiciones —apunta.

—¿De qué?

—De impedir nada.

Raposo lo ve inclinar un poco la cabeza y mirar el estoque, cual si reflexionara sobre lo que acaba de escuchar. Como si hiciese cálculos sobre la resistencia o fragilidad de seres humanos y aceros. Al cabo, el almirante alza de nuevo los ojos y encuentra otra vez los de su adversario. Lo hace mientras emite un suspiro suave, resignado, apenas audible, que desconcierta mucho a Raposo, pues comprende súbitamente que el hombre que tiene delante no se irá de allí mientras pueda tenerse en pie. Mientras tenga un soplo de vigor para empuñar su ridículo estoque.

—¿Son esos libros tan valiosos como para morir por ellos? —pregunta.

El otro lo piensa un instante, o parece hacerlo.

—No es por ellos, sino por lo que tienen dentro —responde, al cabo.

—Vaya... ¿Y de qué se trata?

—De la Razón. Lo que hará que un día no existan hombres como usted.

Tuerce Raposo la boca, interesado a su pesar.

—Explíquemelo, si es rápido.

El otro parece considerarlo sólo un momento.

—Dudo que lo entendiera.

Y entonces, para conmoción de su compañero, alza el estoque y da un paso adelante, fijos siempre sus ojos fríos en los de Raposo; que, desconcertado, indeciso ante la disyuntiva de golpear o retirarse, retrocede un poco mientras levanta amenazador el sable, describiendo un movimiento semicircular en el aire que parece acotar la zona límite, el lugar último donde las palabras dejarán paso inapelable al filo de acero. Donde las amenazas se transforman en silencio y muerte.

—No siga —advierte—. Quédese ahí, o...

Pero es ahora el otro académico, el bibliotecario, quien, pálido como un cadáver, tembloroso el mentón mal afeitado, mira con angustia a su compañero, traga saliva, se retuerce las manos y luego, casi en el mismo ademán, da también un paso al frente para situarse a su lado. Para ofrecer su cuerpo a la hoja del sable que sigue moviéndose en semicírculos ante él.

—Están locos —dice Raposo, dispuesto a herir, mientras decide a quién acometer primero.

Y entonces, estupefacto, ve lo que menos esperaba en el mundo: sonreír al almirante. Lo hace aquél con una sonrisa extraña, súbita, que le surca la boca de modo inesperado y agolpa arrugas en torno a los ojos húmedos y azules, dándoles la calidez de un repentino deshielo. De una asombrosa lozanía. Y como una paradoja extraordinaria, aquel gesto insospechado obra el milagro de rejuvenecer, en un instante, las facciones del hombre que Raposo tiene ante sí, borrando en ellas los años, los arañazos de los arbustos, las marcas y los estragos del tiempo y de la vida, mientras en la cañada de los Lobos, sobrepuestos al rumor del agua en el río, a la suave brisa que agita ahora las hojas de los árboles, parecen resonar infinidad de ecos lejanos, sonidos de viejos combates olvidados, gritos de todos cuantos aullaron su miedo y su coraje cuando ponían de manifiesto lo grande, lo temible que alberga el corazón del ser humano. Y en ese rumor antiguo de siglos, y en las abigarradas imágenes que suscita, el antiguo soldado de caballería cree reconocer la misma sonrisa triste, fatigada, de aquel teniente de bigotes grises que, en otra vida que a estas alturas parece ajena, cabalgó contra el enemigo en el desfiladero de La Guardia hasta desaparecer entre el humo de los cañonazos, seguido sólo por un joven corneta, mientras el resto del escuadrón tiraba de la rienda. Y de pronto, estremecido por el recuerdo que de modo tan singular se encarna en el presente, Pascual Raposo mira con estupor a los dos hombres que tiene delante, y luego desvía la vista alrededor, al bosque con la última bruma todavía suspendida entre las ramas de los árboles, al primer rayo de sol que la penetra, al agua turbia que corre más abajo arrastrando fango y ramas, a los fardos acuchillados por los que asoman los libros que quizá un día, como acaba de escuchar, borren de la faz de la tierra a los hombres como él.

—Ustedes están locos —repite, admirado.

Después baja el sable mientras suelta una carcajada intensa, resuelta, casi feliz, que hace emprender el vuelo, sobresaltadas, a las aves que picoteaban el suelo entre los helechos.

Epílogo

Y ahora, una vez más, imaginemos otra escena. Es jueves por la tarde, y en la Casa del Tesoro, sede de la Real Academia Española, van entrando los académicos para la sesión semanal. Hay pelucas empolvadas, cabellos canos o grises, casacas de tonos discretos, alguna sotana eclesiástica. Hoy asisten casi todos los miembros de la institución: veintiún gabanes, capas, sobretodos y sombreros cuelgan en el perchero de la entrada. También circulan las tabaqueras de rapé y humea algún cigarro. Todos forman pequeños grupos en el vestíbulo y conversan saludándose corteses, dispuestos a entrar en la sala de plenos. Esta vez, hecho insólito, las grandes puertas de roble que la comunican con el vestíbulo están cerradas; y a medida que van llegando, los sorprendidos académicos se interrogan unos a otros sobre la novedad.

Falta un minuto para las seis cuando entra —más exacto sería decir que hace su entrada, con mucho sentido escénico— el director, don Francisco de Paula Vega de Sella, marqués de Oxinaga. Y lo hace con casaca de corte bordada, luciendo la Gran Orden de Carlos III y acompañado por el almirante don Pedro Zárate y el bibliotecario don Hermógenes Molina. La aparición por sorpresa de los dos académicos, tras su larga ausencia, suscita un murmullo de plácemes y salutaciones. Todos acuden a abrazarlos y a interesarse por el viaje del que regresan, y entre esos saludos no faltan los de Manuel Higueruela y Justo Sánchez Terrón, que con semblante circunspecto y forzada cortesía se suman al interés general mientras procuran, cuidadosamente, no mirarse el uno al otro. Escoltados por el director, que sonríe entre los recién llegados, éstos reciben el cálido homenaje de sus compañeros, que se admiran de la delgadez del bibliotecario y del tono curtido de caminos e intemperie que tiene la piel del rostro del almirante. Todos les preguntan por los incidentes del viaje, por París, por las personas que allí han conocido, por los sucesos extraordinarios de los que, con rigurosa fidelidad —excepto en pormenores sobre los que don Hermógenes y don Pedro convinieron en ser discretos—, el bibliotecario ha venido informando a la Academia, carta tras carta. Y todos, naturalmente, preguntan por la *Encyclopédie*.

—Su atención, señores —reclama el director.

Se hace un silencio expectante. Con amables palabras, mientras el resto de académicos hace corro alrededor, Vega de Sella da la bienvenida a los viajeros y recuerda la decisión de la Academia de enviarlos a París en busca de la obra principal de los filósofos franceses; cuya posesión, subraya, resultaba imprescindible en la puesta al día de la nueva edición del Diccionario.

—Al fin, ambos están de regreso —añade—. No ha sido el suyo un viaje fácil, y eso los hace acreedores del eterno agradecimiento de esta institución. De nuestro afecto y nuestro respeto. Han sufrido las dificultades de una aventura larga, incómoda y llena de azares; pero también es cierto que, según me cuentan, la estancia en París y el conocimiento hecho allí de destacadas personalidades del mundo de la filosofía y las ciencias compensan en buena parte no pocos sinsabores...

Lo interrumpen los aplausos de algunos académicos, que hacen sonrojarse a don Hermógenes y desviar la mirada al almirante. Vega de Sella sonríe complacido, mira a uno y a otro y continúa con el discurso, señalando que, en su opinión, el viaje que tan dichosamente acaba de culminarse puede ser considerado mucho más que un simple logro académico.

—Ha sido un acto patriótico —declara, rotundo— efectuado por hombres de bien, por dignos españoles amantes de las luces y la felicidad de los pueblos —en este punto pasea la mirada por la concurrencia y la detiene, casi por azar, en Higueruela y Sánchez Terrón—. Por eso tengo la certeza de que todos ustedes, sin excepción, lo aprecian como merece... Querido señor bibliotecario, querido señor almirante: esta su Academia, su casa, la de la noble lengua castellana, expresa por mi humilde boca la deuda de gratitud que ha contraído con ustedes... Bienvenidos, y muchas gracias.

Hay un nuevo aplauso general, sonrisas y felicitaciones. Participando de todo como si hubiera sido él quien viajó a París, el director estrecha manos y recibe parabienes. Un día de júbilo, repite. Un día de gloria.

—¿Y dónde están los libros? —pregunta alguien.

Otra pausa teatral por parte del director. Y esos instantes de silencio, durante los que no se oye ni el vuelo de una mosca, los acompaña con una mirada triunfal y un ademán solemne que invita a todos a abrir las puertas cerradas y entrar en la sala de plenos.

—La *Encyclopédie* está a su disposición, señores académicos.

Allí está, en efecto, intacta y completa, al término de su largo viaje: bajo los retratos del fundador de la Academia, marqués de Villena, y de su primer protector, el rey Felipe V, entre las cortinas de viejo terciopelo, los muebles de barniz apagado y los estantes con libros y cartapacios cubiertos por el polvo de albañilería de las obras cercanas del palacio real. Son veintiocho gruesos volúmenes bellamente encuadernados en piel, con letras doradas en los tejuelos, dispuestos con mucho cuidado sobre el viejo tapete de badana moteado de manchas de tinta, cera de velas y aceite de candiles; en el centro de la humilde habitación que es crisol, limpieza y esplendor de la lengua castellana. Y así, iluminada por cuantos elementos de luz se han podido reunir para la ocasión, velones, candelabros y la lámpara regalada por el rey Carlos III, la primera edición de la *Encyclopédie* tiene una apariencia formidable: la del monumento a la razón y el progreso que atesora en sus páginas. Uno de los volúmenes, el primero, está abierto en el Discurso Preliminar, por una página donde los académicos que hablan francés —que son casi todos— pueden leer estas líneas:

> *Son los hombres inspirados los que iluminan al pueblo, y los fanáticos quienes lo extravían. Pero el freno que debe oponerse a los excesos de estos últimos no debe, en absoluto, coartar la libertad tan necesaria a la verdadera Filosofía.*

Y así, uno tras otro, incluido el pequeño grupo que en su momento se opuso a que esa obra figurase en la biblioteca de la institución, los viejos académicos van desfilando despacio ante los libros, en silenciosa y admirada procesión. Lo hacen don Clemente Palafox, secretario de la Academia y traductor de Aristóteles; el eclesiástico don Joseph Ontiveros, glosador de Horacio; don Melchor Loygorri, autor del *Informe sobre nuevas técnicas de minería y agricultura;* don Felipe Hermosilla, recopilador del *Catá-*

logo de antiguos autores españoles... Algunos se detienen, emocionados. Otros se calan los lentes y alargan una mano a fin de tocar curiosos, incluso devotos, las páginas abiertas sobre las que se inclinan las canosas cabezas, los rostros surcados por el tiempo, los achaques y la vida; para admirar sus nítidos caracteres, la belleza de la encuadernación, la blancura magnífica de las páginas impresas con amplios márgenes en buen papel de hilo, el que ni envejece ni se hace quebradizo ni amarillea, resistente al tiempo y al olvido. El que hace a los hombres más sabios, más justos y más libres.

—Perdimos —comenta Manuel Higueruela.

—Usted perdió —replica Sánchez Terrón—. Ese asunto siempre fue cosa suya.

Caminan uno junto al otro a la salida de la Academia. Reunidos por instinto, sin necesidad de gestos previos, bajo la luz amarillenta de los reverberos.

—Es usted formidable —se burla Higueruela, regocijado—. Como esos gatos que siempre caen de pie... ¿Cuántas vidas tiene? —lo observa con curiosidad—. ¿Siete? ¿Catorce?

Desembocan, paseando despacio, en la plaza de San Gil. Van con capa y sombrero el periodista, descubierto el otro, con el gabán inglés abotonado hasta el cuello. En la distancia se aprecia en penumbra la masa enorme y pálida del palacio real.

—Todo fue un disparate desde el principio —dice Sánchez Terrón con amargura.

—¿Se refiere a traer la *Encyclopédie,* o a nuestro acuerdo?

Lo mira el otro de soslayo, crítico.

—¿Acuerdo?... Usted exagera. Nunca fue nada formal.

—Pues nos costó un buen dinero. A usted y a mí... Lo que me trae a la memoria que aún me debe unos cuantos reales.

—¿Yo?... ¿De qué?

—Del último envío de fondos que hice a ese Raposo.

Se escandaliza Sánchez Terrón.

—No pienso pagar un real más. Valiente individuo.

Se estrechan las calles al llegar junto a la iglesia de Santiago. Bajo el pórtico, un vigilante nocturno, provisto de chuzo y farol, se lleva la mano a la gorra para saludar cuando pasan por delante.

—¿Qué sabe de aquel hombre? —pregunta Sánchez Terrón.

—¿Raposo?... Por ahí anda. De vuelta en su ambiente.

—Supongo que no habrá tenido la desfachatez de presentarse ante usted.

—Pues sí, lo hizo. No es de los que se esconden... Vino a contarme cómo ocurrió todo, el problema con los guardias cerca de la frontera y lo demás. Aseguró que hizo lo que pudo.

—¿Y lo creyó?

—A medias.

—Supongo que le devolvería el dinero cobrado.

—Ni media peseta.

—Menudo canalla —se indigna Sánchez Terrón—. Pero habrá tomado usted sus medidas.

—¿A qué medidas se refiere?

—Pues no sé. Algún tipo de represalia... De denuncia.

Al oír aquello, Higueruela se rasca vigorosamente una oreja bajo la peluca. Después mira conmiserativo a su interlocutor, cual si éste fuera estúpido.

—No me haga reír, hombre... Aquí hay poco que denunciar —el periodista camina en silencio unos pasos y luego hace una mueca resignada—. Además, nunca se sabe.

—¿A qué se refiere?

—Esta vez no salieron las cosas, pero la vida tiene vueltas y revueltas. Siempre es útil tener cerca a gente como Raposo. Y más en una España como la nuestra.

Aprieta Sánchez Terrón el paso, como para distanciarse de todo aquello.

—No tengo el menor interés en sus planes, ni en gente como ese individuo. No quiero saber más de ustedes.

Lo alcanza Higueruela, poniéndosele a la par mientras ríe con descaro.

—De mí seguirá sabiendo... Al menos mientras vaya cada jueves a la Academia.

—Pues le ruego que en el futuro me dispense de esta clase de conversaciones.

Lo mira de arriba abajo el otro.

—Descuide —concluye, risueñamente despectivo—. Pero tratarlo a usted de cerca ha sido una experiencia singular, se lo aseguro.

—No puedo decir lo mismo. Le juro que no.

Han llegado a la plaza de la Villa, entre antiguos edificios velados de sombras. Un coche de punto pasa despacio, con ruido de cascos en el empedrado, encendido su farol junto al cochero.

—¿Sabe, don Justo, lo que nos diferencia a usted y a mí? —Higueruela mira el punto luminoso del carruaje que se aleja hacia la puerta del Sol—. Que yo asumo que para hacer tortillas hay que romper huevos, y no me importa decirlo. Ni hacerlo. Pero usted es de los que, ávidos de tortilla, no se atreven a tocar la cáscara, por el qué dirán, e incluso pretenden llevarse bien con la gallina mientras la guisan en pepitoria.

—Eso es una idiotez.

—¿Sí?... Pues el tiempo lo dirá.

En la puerta de Guadalajara, a la luz de un reverbero distante, pasan junto a una pared donde están fijados varios carteles con anuncios de comedias. Uno de ellos indica que en el teatro de los Caños del Peral reponen *Manolo,* de Ramón de la Cruz, acompañando otra obra; y eso arranca una sonrisa malévola al periodista.

—Por cierto, y hablando de idioteces... La semana que viene sacaré en el *Censor Literario* una reseña sobre ese drama doméstico, tan innovador y moderno, que estrenó usted hace cuatro días en el Príncipe... Ya sé que no asistió por modestia, para no tener que sonrojarse ante los aplausos. Que esos laureles no le van. Pero yo sí estuve, claro. No me pierdo estreno.

Sigue un silencio, cubierto sólo por los pasos de ambos. Socarrón, Higueruela mira de vez en cuando a su acompañante, que camina callado y con la mirada perdida en las sombras.

—¿No me pregunta qué me pareció?... ¿Por dónde irán los tiros?

—Su opinión me tiene sin cuidado —responde desabrido el otro.

—Es verdad —Higueruela se da una palmadita en la frente—. Olvidaba que usted no lee mi periódico, ni lee las críticas, ni lee la *Encyclopédie,* ni necesita leer nada.

Sánchez Terrón parece a punto de responder, pero al fin se enroca de nuevo en su silencio. Eso espolea la mala fe de su interlocutor.

—Permítame un adelanto —expone, disfrutándolo—. *El adúltero honesto, o la prueba natural de la filosofía,* título con el que, por cierto, debió usted de quedarse calvo, me pareció una castaña intragable... El primer cuadro, cuando Raimundo explica a su mejor amigo que está enamorado del ama de leche de su hijo de ocho meses, dejó al público estupefacto. En el segundo, mientras confiesa a la esposa su pasión inconfesable, cuando dice aquello de *¡Perdición! ¡Cuánto amor malgastaste en mí, vida mía!*, la gente ya empezó a reírse. Y el pateo fue general al llegar a la escena del cementerio... ¿Sabe cómo titulo mi reseña, don Justo?... *Un regenerador de la escena teatral que nos toma por idiotas.*

Se ha parado el otro, al fin, bajo la luz de un farol. La cólera quiebra su voz. Le entrecorta las palabras.

—Usted... ¡Es inaudito!... Usted...

Higueruela, que sonríe despiadado, levanta las manos para mostrarle ocho dedos extendidos.

—El viernes próximo, don Justo... Dentro de ocho días sale el *Censor.* Tiene usted por delante ocho noches para dar vueltas entre las sábanas, insomne, rumiando su despecho... Imaginando la guasa del mundillo, de esos filósofos a la violeta con los que compadrea su vanidad, cuando mi periodicucho, como usted lo calificó más de una vez, empiece a circular por tertulias y cafés... Por cierto: para redondear la cosa, en el mismo número hablo bien de *El delincuente honrado* de Gaspar de Jovellanos, autor al que usted desprecia mucho, quizá porque tiene talento de verdad, y al que ha plagiado media obra... Ese Jovellanos a quien, por aquello de los contrastes eficaces, he convertido por unos días, sin que sirva de precedente, en santo de mi devoción.

Sánchez Terrón tiene el rostro descompuesto. Sus ojos están casi fuera de las órbitas y la expresión es homicida.

—Esto no quedará así —masculla, escupiendo las palabras—. Usted, con su oscurantismo cerril, con su... Con esa puerca vileza de confesonario y sacristía... Con su reaccionaria mala baba... Oh, sí... Le garantizo que tendrá noticias mías.

—No me cabe duda —asiente Higueruela con cínica calma—. Usted y yo, don Justo, estamos abocados a darnos noticias mutuas durante un par de siglos, por lo menos... Y no todas serán en papel impreso.

Y así, furibundo uno, infame otro, los dos hombres se dan la espalda, alejándose bajo la luz del farol que todavía proyecta y alarga en el suelo por un instante, muy cercanas una de otra, sus sombras enemigas y cómplices.

Sombrero y bastón bajo el brazo, abre don Pedro Zárate la puerta de su casa, entra y se desabrocha el sobretodo. Está cansado, de resultas del viaje —él y don Hermógenes llegaron ayer por la noche a Madrid— y de las prolongadas emociones del día. Mientras cuelga la llave en un clavo de la pared se ve reflejado sobre el bastonero en el espejo del vestíbulo, que duplica la luz de dos palomillas que arden en aceite sobre una consola, bajo una talla del Sagrado Corazón. Por un momento el almirante se queda contemplando al hombre que lo mira desde el espejo, cual si le costara reconocerlo: más flaco, curtida la piel por la intemperie en el rostro donde la débil luz de las lamparillas acentúa las marcas de la edad, la delgada cicatriz de la sien izquierda, el azul acuoso de los ojos fatigados.

Amparo y Peligros, las hermanas, acuden al oírlo llegar. Están en bata de casa y llevan pantuflas y cofias de hilo almidonado. Altas, delgadas y con los mismos ojos claros que el almirante, el espejo refleja los tres rostros de rasgos muy parecidos, acentuando el aire de familia a modo de simpático lienzo doméstico.

—¿Cómo fue en la Academia, Pedrito?

Sonríe el almirante. El diminutivo demuestra que las hermanas no se han repuesto todavía de la emoción de su regreso. Lo recibieron ayer alborozadas, gritando como niñas, abrumándolo con abrazos que el carácter reservado de todos ellos está lejos de prodigar. Boquiabiertas de asombro y placer cuando sacó los regalos comprados para ellas en el viaje: dos chales de seda de Lyon idénticos, dos varas de encaje, dos rosarios de azabache, dos camafeos con la efigie de los reyes de Francia y una carterita de grabados con vistas de París. Después le prepararon una cena con lo que tenían en casa, a base de huevos y croquetas de cocido, y estuvieron hasta muy tarde sentadas con él en torno a la mesa camilla, con las piernas bajo los faldones y los pies junto al brasero, haciéndole preguntas sobre todas las cosas imaginables. Después lo acompañaron al dormitorio, y cada una le dio un insólito beso en la frente antes de que él se dejara caer en la cama, exhausto, y se durmiera sin deshacer siquiera el equipaje.

—Ha ido bien. El director y los compañeros están muy satisfechos.

—Ya pueden estarlo, porque menudo viaje... Menudo esfuerzo, el vuestro. No creo que nunca os lo agradezcan lo suficiente.

Sonríe don Pedro, distraído. Peligros lo ayuda a quitarse la casaca mientras Amparo indica la puerta del comedor.

—¿Te preparamos algo de cenar?... Hoy tenemos de todo.

Niega el almirante. Ya disfrutó de una copiosa comida a mediodía, cuando el director Vega de Sella se empeñó en invitarlo en La Fontana de Oro con don Hermógenes, a fin de celebrar el regreso y preparar la sesión de tarde en la Academia, con la presentación de la *Encyclopédie* a los compañeros. Ahora sólo desea ponerse un batín, cambiar los zapatos por las babuchas turcas y sentarse tranquilo en su despacho, quizá con alguno de los libros que adquirió en París para su uso particular. Poner término, por ejemplo, a la *Morale universelle* de Holbach, de la que le quedan por leer pocas páginas; y que, gracias a los

salvoconductos y permisos oficiales de que el bibliotecario y él venían provistos, pudo pasar hace doce días por la
aduana de Irún, camuflada en los paquetes de la *Encyclopédie,* sin ningún problema.

—Hemos terminado de vaciarte la maleta —dice
Peligros mientras cuelga la casaca en el perchero—. Lo
tienes todo en tu alcoba, sobre la cama.

El almirante, que ha creído advertir entre sus hermanas una mirada de inteligencia clandestina, se desabotona el chaleco mientras camina por el pasillo en penumbra, entre cuyas sombras parecen navegar las estampas de
navíos enmarcadas en las paredes. El dormitorio, iluminado por un candelabro de tres brazos donde hay una
vela encendida, tiene un techo alto con vigas de madera,
un armario ropero de nogal, una cómoda con cubierta de
mármol y espejo detrás, una estera de enea, un viejo arcón puesto en el suelo y un taburete.

—No hemos querido tocar nada, porque son cosas tuyas —comenta Amparo.

Los objetos que las hermanas sacaron de la maleta están encima de la cama, tras haber retirado las prendas sucias y la ropa que han metido en la cómoda y el armario. Allí, sobre la colcha de damasco, se encuentran el
estuche de cuero con peine de carey, tijeras y objetos de
aseo, otro estuche con agujas, botones e hilo de coser, la
caja con navajas de afeitar, los libros franceses, un par de
guías de caminos, los mapas de postas entelados y dobla-
dos en octavo utilizados en el viaje, una navaja de varios
usos, un cepillo para la ropa... Y también, deliberadamente puesto encima de todo, bien a la vista, está el pequeño
marco dorado con la silueta negra de madame Dancenis
que el almirante recibió en su hotel de París el día antes de
partir, tras haber escrito una corta y formal carta de despedida. El retrato venía en un paquete envuelto en papel
de seda atado con una cinta, acompañando el librito de

Thérèse philosophe; y traía, a modo de respuesta a la despedida del almirante, una breve nota manuscrita pegada en el dorso:

Hay hombres que pasan por la vida sin dejar rastro, y otros que permanecen y no se olvidan jamás. Confío en mantenerme en su memoria.

Tomando en sus manos el cuadrito, don Pedro lo contempla durante un largo rato, melancólico, antes de darle la vuelta y leer la nota otra vez mientras lo turban sensaciones halladas y perdidas, resignaciones inevitables. Crueles certezas de tiempo y distancia. El libro lo dejó en el hotel de París, olvidado a propósito, pero el retrato lo trajo consigo. La silueta, delicadamente dibujada con tinta de China, muestra un perfil de mujer esbelto, bellísimo, con alto peinado y una sombrilla cerrada en las manos. Las finas líneas del contorno hacen plena justicia a la Margot Dancenis que el almirante recuerda.

—Parece muy elegante —apunta Amparo desde la puerta.

Se vuelve don Pedro y ve allí a sus hermanas, que lo observan con atención tras haber estado cuchicheando entre ellas. Ahora se muestran educadamente curiosas y un poco escandalizadas, como si todo el rato, desde que al deshacer la maleta encontraron el cuadrito con la nota al dorso, hubieran estado aguardando su reacción. El momento en que su hermano vería de nuevo la silueta de aquella mujer para ellas desconocida, puesta sobre los otros objetos encima de la colcha.

—París debe de ser una ciudad maravillosa —suspira Peligros.

—Un lugar fascinante —añade Amparo.

—Sí —responde él, tras un corto silencio—. Lo es.

Entonces las hermanas se miran entre ellas, sonriendo como cuando los tres eran niños y a espaldas de los mayores compartían un secreto. Y ambas se cogen de la mano con ternura mientras el almirante, después de un momento inmóvil contemplando el cuadrito, se acerca despacio a la cómoda y lo coloca allí, apoyado en el espejo.

Madrid-París, enero de 2015

Índice